講談社文庫

幽女《ゆうじょ》の如き怨むもの

三津田信三

講談社

妻、小柳津絵里に本書を捧ぐ――

幽《ゆう》女《じょ》の如き怨むもの

目次

◉本文イラスト　村田 修

◉扉・目次デザイン　坂野公一（welle design）

金瓶梅楼 一階 見取図

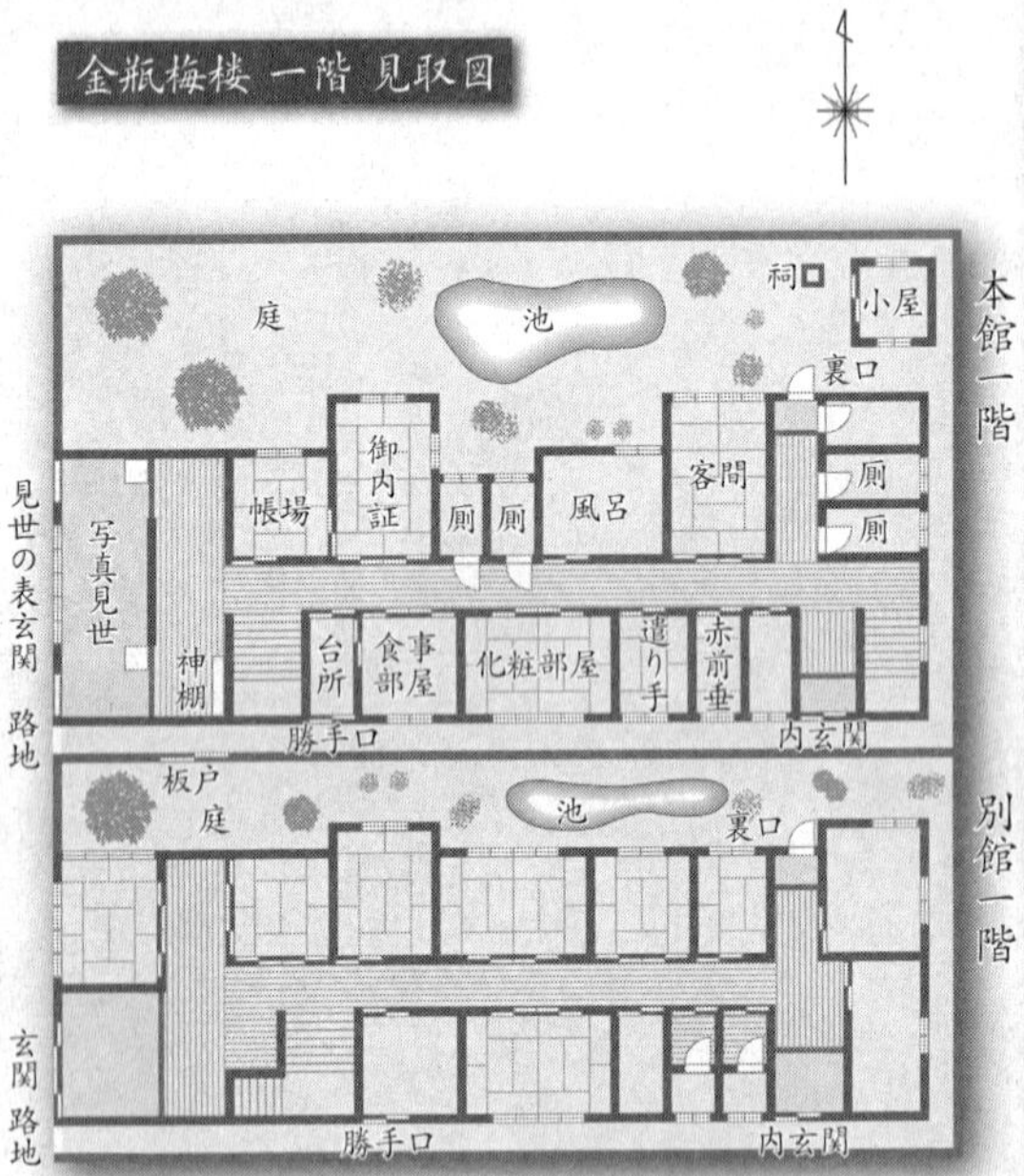
本館一階
庭
池
祠
小屋
裏口
御内証
帳場
厠
厠
風呂
客間
厠
厠
見世の表玄関
写真見世
神棚
台所
食事部屋
化粧部屋
遣り手
赤前垂
路地
勝手口
内玄関
別館一階
板戸
庭
池
裏口
玄関
路地
勝手口
内玄関

金瓶梅楼 二階、三階 見取図

本館二階

別館二階

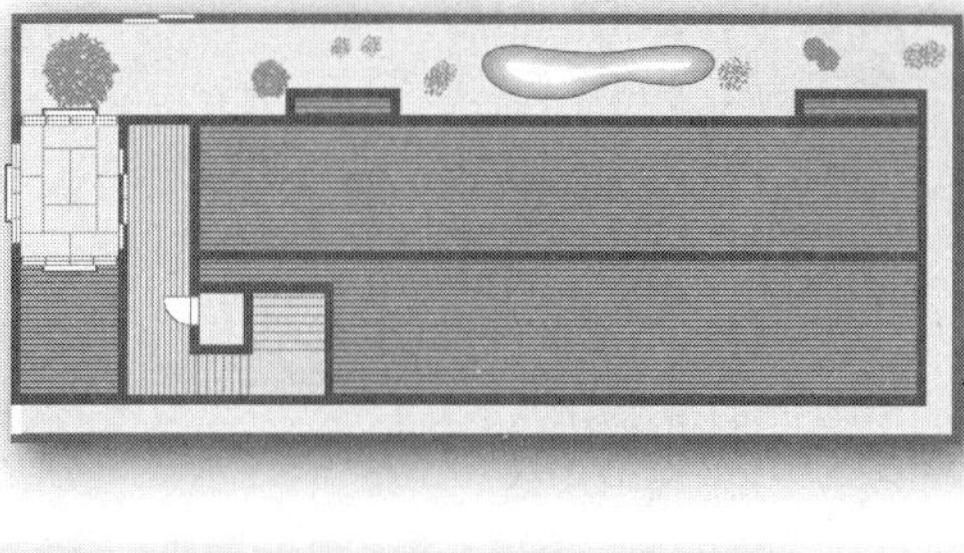

別館三階

はじめに

本件を第一部から第三部まで整理して記録するに当たり、今、僕の頭の中は大いなる混沌に支配されている。どうしてそうなったのか。その理由は二つあると思う。

まず一つは、三つの記録を読み通すうちに浮かび上がる不可解で薄気味の悪い謎に、未《いま》だ僕が何の解釈も下せていない所為《せい》である。これまでにも「怪事件」と呼べるような出来事について、自分の体験談だけでなく第三者が綴《つづ》った手記や口述録や小説などを、折に触れ整理して残してきた。その際ほとんどの記録の最後には、怪事件に対する僕なりの解釈を付加した。勿論《もちろん》それで全ての謎が払拭《ふっしょく》されるわけではないが、少なくとも大本となる事件には、一応の解決が提示されたことになる。小説に譬《たと》えるなら、起承転結が揃《そろ》った状態と言えるだろうか。

ところが、本件はそうではない。記録すべき重要な資料を集め、個人的な取材と調査を終えただけで、肝心の謎に対する解釈を、僕は未《ま》だ何一つ行なっていない。言わば「起承転」のみで、最後の「結」がないのだ。にも拘《かかわ》らず記録としてまとめようとしている。どうしてか。それが二つ目の理由となる。

怪奇小説と変格探偵小説を執筆している僕は、趣味と実益を兼ねた怪異譚蒐集《かいいたんしゅうしゅう》を行なう目的で、これまでに日本の各地方を民俗採訪してきた。今後も続けるつもりだが、なぜか困ったことに訪ねる先々で、その地に伝わる怪異な伝承に絡《から》んだ不可解で奇っ怪な現象や事件にばかり遭遇してしまう。しかも成り行きから、素人探偵めいた役割を担うことが多く、気がつけば何となく事の真相に到達している場合が屡《しばしば》あった。そのため信じられない話だが、いつしか作家としてよりも探偵として認められるようになり、今日に至っている。甚《はなは》だ迷惑な話だが、今更《いまさら》どうしようもない。お世話になった地域の人々のために、少しでも自分が役立つのであれば、それも良いかと最近では思っている。

但《ただ》し飽《あ》くまでも素人探偵である。大本の事件は解決しても、その地に古くから根付くもの――人知を超えた得体の知れないもの――によって起こされたとしか思えない怪現象などは、ほとんど謎のまま残っている場合が多い。いや、仮に名探偵と謳《うた》われる人物でも、ああいうものに合理的な解釈を施《ほどこ》すのは、まず無理なのではないだろうか。

僕が出会《でくわ》す怪現象や怪事件には、そういうものが必ず絡んでくる。それが一種の思考の壁や目晦《めくら》ましとなって、事件をより複雑怪奇にしてしまうのも事実だ。然《しか》し殺人事件の場合、そこには必ず被害者がいる。そのうえ現場が密室である、死体が異様な装飾をされている、見立て殺人の疑いがある、凶器が消失している、容疑者たち全員に完全な現場不在証明《アリバイ》がある――などと、現実的な謎が嫌でも出てくる。言わば取り組むべき問題が、その難易度の差こそあれ実にはっきりしている。だから素人探偵の僕でも、その謎解きに取り組めるわけだ。

だが、この幽女の件は違う。なぜなら戦前と戦中と戦後という三つの時代の、金瓶《きんぺい》梅楼《ばいろう》と梅遊記楼《ばいゆうきろう》と梅園楼《ばいえんろう》という三軒の妓楼《ぎろう》で起きた、緋桜《ひざくら》という同じ源氏名《げんじな》を持つ三人の花魁《おいらん》が絡む、正に「三」尽くしの奇妙な身投げが繰り返された本件の謎に於《お》いて、そもそも現実の出来事と非現実の怪異との境目が一体全体何処《どこ》にあるのか、そこが一向に分からないのだから……。

論理的な思考による推理が一切できないわけではない。むしろ合理的な解釈が可能であり、それで大本の事件はほぼ解決してしまう。但し、ある程度の不可解さや薄気味の悪さは後に留まる。とはいえ極めて現実的な推理が覆《くつがえ》されるほどの、そんな不自然さがあるわけではない。

にも拘らず、その後に何とも言えぬ痼《しこ》りのようなものが、どうしても残るのだ。本当に解決しているのか。これで間違いないのか。実は他に答えがあるのではないか。人間の理性では決して認められない、我々の言葉では説明が不可能な、そんな人知を超えた物凄《すご》く恐ろしい真相が……。

これまでに僕がまとめた事件記録は、もしかすると本格探偵小説を読むかのような――記されている事件の凄惨さや悲劇性は置いておくとして――楽しみ方ができるのかもしれない。然《しか》し、本件は無理だろう。ここには密室や人間消失も、連続殺人や見立て殺人も、試行錯誤によって齎《もたら》される多重解決やどんでん返しも、恐らく何もないと思うからだ。

果たして自分が本件の「結」に当たる第四部を記せるのか、今は全く何も分からない。ただ、第一部から第三部までの記録を纏《まと》めながら改めて目を通し、それに個人的な取材と調査で得た情報を加え、後は約束したある人物と本件について語り合ううちに、何か光明めいた閃《ひらめ》きが訪れるのではないか――という儚《はかな》き希望に掛けるしかない。そのために本件の整理と記録を、予《あらかじ》め行なっておくことにした。

尚《なお》、本記録を整理するに当たり、特に以下の点に留意した。

一、舞台となった地域が特定されないように、地名や一部の固有名詞は伏せ字とした。元の名称が何文字であろうと、全て「××」で統一した。

二、全国規模で行なわれた、先の市町村合併によって消失した地名は、逆に残した。

三、人物名も差《さ》し障《さわ》りがある場合は仮名にした。

四、所謂《いわゆる》「廓《くるわ》言葉」は舞台となった地方の特定に繫《つな》がる恐れがあるが、近い将来に消えゆく言葉と見做《みな》して、寧《むし》ろ残した。

五、方言については、かなり意図的に手を加えた。そのため方言から地域を特定することは、まず無理かと思われる。

六、初代緋桜の日記の旧仮名遣いは改め、一部の漢字は開くなど読み易くした。また日付は、月だけを残して日は伏せ字とした。どれほどの効果があるか分からないが、これも個人の特定を防ぐ用心のためである。

最後に、本件の記録には欠かせない存在だった八人の昔遊女の皆さんに、この場を借りて篤《あつ》く御礼を申し上げます。

とある昭和の年の神無月に、東城雅哉《とうじようまさや》こと刀城言耶《とうじようげんや》記す

第一部

花《おい》魁《らん》——初代緋桜《ひざくら》の日記

三月×日

うちがここに来てから、そろそろ三年が経とうとしている。

長かった。とてもとても長い三年だった。その間に一度として、古里には帰っていない。婆ちゃにもお父にもお母にも、弟にも妹にも会っていない。村が懐かしく、みんなが恋しい。だけど立派な花魁《おいらん》になるまでは、すべてを我慢しなければならなかった。

あと数日で、うちは念願の花魁になれる。遂にその日を迎えるのだ。

そう考えると興奮して、なかなか眠れない。もちろん嬉《うれ》しいからだが、そんな喜ぶ気持ちと同じくらい、何やら得体の知れぬ不安もある。花魁になって成功を手に入れた瞬間、まったく考えもしなかった災厄も同時に降りかかってくるような、とても嫌な予感を覚えるようになったのは、いったいいつのころからだったろう。

花魁にさえなれば、お姐《ねえ》さんたちのように綺麗《きれい》に着飾って、いつも上膳据膳《あげぜんすえぜん》で食事をして、歌や踊りでお客さんを楽しませ、面白可笑《おか》しく遊びながらお金を稼ぎ、田舎の婆ちゃとお父とお母に仕送りをして、弟と妹たちに白い米のご飯を腹一杯に食べさせられる。そんな夢のような暮らしが、もう少しで手に入るのだ。今までの苦労が、ついに実を結ぶのだ。だから素直に喜ぶべきなのに、どうにも不安で仕方がない。

これまで言い聞かされてきた話と、実際は違うのではないか……。

ここでの生活が長くなるにつれ、そんな風に感じることが多くなり出した。お客さんの機嫌を取るだけで楽に稼いでいるはずのお姐さんたちから、しばしば怒りや悲しみ、焦《あせ》りや諦《あきら》めといった矛盾する様々な感情が、なぜか伝わってくるせいだろうか。

もちろん客商売である以上、いつも楽しいことばかりではない。嫌なお客さんも沢《たく》山《さん》いるに違いない。それくらいはうちにも分かる。でも、お姐さんたちが折に触れ見せる辛《つら》さの正体が、実はまったく別のところにあるように思えてならない。特にこの一年ほどは、その疑いが益々大きくなっている。お姐さんたちを苦しめているものの正体を考えると、とても怖くなる。

だけど、今さら逃げられない……。それにうちが稼がなければ、古里の家族が餓《う》える。みんなが餓死してしまう。

蒲団《ふとん》の中で何度も寝返りを打ち、うちは眠れぬ夜を悶々《もんもん》と過ごした。そうしている間にも、花魁になる日は刻一刻と近づいてくる。とても待ち遠しいと思う反面、その日が永遠に訪れなければ良いのにとも感じる。矛盾した自分の気持ちを持て余していたとき、ふと綾《あや》お嬢様からいただいた、この日記帳のことを思い出した。

お嬢様との約束には随分と遅れてしまったけど、今こそ書きはじめるときではないか。今日から日記をつけていこうと思う。

町の遊廓《ゆうかく》に行って花魁になります──とご報告に伺ったとき、はっとお嬢様は息を呑《の》まれて、しばらく黙ってしまわれた。

「助けてあげられれば、良いのですが……」

そんな台詞《せりふ》をぽつりと呟《つぶや》かれたので、うちは元気よく、

「大丈夫です。お金を稼いで、一杯お土産を持って帰ってきます。もちろんお嬢様には、一等凄《すご》いお土産を差し上げます」

それなのにお嬢様は、泣き笑いのような表情をされた。優しく微笑《ほほえ》みながらも、その下では泣いておられるような、とても不思議なお顔だった。

うちをじっとご覧になると、机の引き出しからこの日記帳を取り出された。

「向こうでの生活がはじまったら、嬉しいことや悲しいこと、楽しいことや辛いことなど、何でも良いですから、あなたの本当の気持ちをこの日記にお書きなさい。嘘《うそ》は

いけません。ありのままを綴《つづ》るのです。そうやって自分の心情を正直に記し続けることで、あなたはあなた自身を見失わずにすむでしょう。良いですか、神様はいつもあなたと一緒におられるのです。見守っていらっしゃるのです」

どういう意味なのか、正直よく分からなかった。綾お嬢様は耶蘇教《やそきょう》を信心されていたので、それでうちには理解できないのかもしれないと思った。でも、お嬢様のことはとても信頼していたので、ひたすら日記帳を押しいただいた。

華族の宮之内《みやのうち》様の別荘が建てられたのは、うちが物心つくかつかないかのときだった。とても大きな家の骨組みを目にした記憶が、ほんの微《かす》かに残っている。当時、村の人たちは挙《こぞ》って首を傾《かし》げたという。

「こんな田舎に、何で別荘なんか……」

「大した景色があるわけでもねぇし、かといって旨《うま》い特産物が採れるわけでもねぇぞ」

「はぁ、華族様のなさることは、わしらごときには分からんわ」

それでも村にとって、村内に宮之内様の別荘があるというのは、何よりの誇りとなった。しかも別荘内の色々な雑用を片づけるために、しばしば村人を雇われたため、その誇りがたちまち感謝の念へと変化した。特に農閑期にいただく仕事は非常に歓迎され、村の人々の暮らしを支える貴重な収入源になっていた。

その宮之内様の別荘に、うちが子守りとして雇われたのは七歳のときだ。地主が村の女の子の中から選びに選んで、うちに決めたらしい。それが婆ちゃには自慢の種で、近所の人たちは耳にタコができるくらい、もう何度も聞かされている。

子守りをする赤ん坊は、綾お嬢様のお姉様である、宮之内様の奥様のご長男だった。病弱な奥様に代わり、その面倒を見るためにうちは雇われたのだが、それまでにやった村のどんな仕事よりも賃金が良くて驚いた。ご家族の誰もが、いや使用人でさえ大きな声を出さなかったので、とてもびっくりした。それ以上に度肝を抜かれたのは、いつもお嬢様が手助けをして下さったことだ。うちが子守りに伺ってからお暇《いとま》するまで、毎日ほとんど側《そば》についておられた。

最初はうちのような子供に、可愛い甥《おい》っ子を任せるのが不安なのかと思ったけど、そうではないと分かってきた。お子様の世話をするのがお好きだったのだ。お兄様とお姉様ばかりの間で育ったため、弟や妹が欲しかったと言われたことがある。

「うちとは逆です。うちでは、一番上がうちですから」

そう言うと、お嬢様は優しく微笑んで、信じられない台詞を口にされた。

「だったらここでは、あなたは私の妹ということにしましょう」

うちが天にも昇る気持ちになったのは、ここに記すまでもないだろう。毎日の子守りが本当に楽しくて仕方がなかった。幼いころから村でやった仕事は、どれも辛くてきついものばかりだ。それと比べても充分に恵まれていたのに、お嬢様の妹にしていただけるなんて、まさに夢を見ているような気分だった。

とはいえ、そのお言葉を真に受け、自分からお嬢様に甘えることなど決してしなかった。婆ちゃにも強く諭《さと》されていたので、あくまでも己の身分をわきまえ、調子に乗らないようにと常に気をつけていた。

「あなたは私の妹なのだから、ここではもっと楽にしていいのよ」

何度もお嬢様に言われ、そのたびにうちは恥ずかしげに目を伏せ、「はい」と小さく返事をしたけれど、馴《な》れ馴れしい態度は慎むようにしていた。

そんなうちの様子に、お嬢様は少し淋《さび》しそうだった。そのお顔を見るたびに、ちくりと胸が痛んだ。けれどお嬢様は、いつもすぐに笑顔になられた。赤ん坊とうちと、三人でいるときが一番好きだとおっしゃっていた。

そのうち綾お嬢様は、うちに読み書きを教えて下さるようになった。村の小作人の子供のほとんどは、あまり小学校には通えない。勉強する時間があれば、半端《はんぱ》仕事でもして家計の足しになるようにと働いたからだ。うちも同じだった。

「読み書きは大切です。きっと将来、あなたの役に立ちますからね」

最初こそお嬢様を喜ばすために習っていたのだが、すぐにうち自身が面白くなってきた。本を読む楽しみを覚えてからは、新しい漢字の綴りと意味や、難しい表現方法を教えてもらうことに、言い知れぬ喜びを感じるようになった。

「あなたは頭がいいわ。とっても賢いの。この分だと、じきに小学校の上級生たちと同じお勉強をすることになりそうよ」

お嬢様に誉《ほ》められ、さらに身が入るというくり返しだったと思う。今になってふり返ると、なんと贅沢《ぜいたく》な日々だったことか……。

うちにとって綾お嬢様が崇拝すべき方だったとすれば、幼馴染《おさななじみ》の照《てる》ちゃんにとっては幸代《さちよ》叔母さんが同じ存在のようだった。幸代さんは十二歳のときに町の遊廓に売られた、照ちゃんのお父の一番上の妹で、以来ずっと毎月の仕送りを欠かさず送ってくるらしい。

うちは一度だけ幸代さんを見たことがある。あれは十歳の年の、ちょうどお盆のころだった。村では非常に珍しいタクシーに乗って、幸代さんが帰ってきた。お正月でも目にしないような綺麗な着物姿で、実家だけでなく隣近所にも土産を配って歩き、みんなを仰天《ぎょうてん》させた。それなのに家にいたのは、わずかお茶を一杯飲む間だけだった。

幸代さんは湯飲みを置くと、派手な色の袋から化粧道具を取り出して、ぽんぽんと頬《ほお》に優しく白い粉をはたき、とんとんと唇に美しく赤い紅を塗った。それから急に、さっと立ち上がって、

「それじゃ兄さん、お母さんをよろしくお頼みします」

訛《なま》りのない言葉を口にすると、表に待たせていたタクシーに乗って、まるで風のように去ってしまったという。

「有り難いことや、有り難いことや」

照ちゃんの婆ちゃは幸代さんが帰るまで、ずっと両手を合わせて拝んでいたらしい。その様子を目にしていた照ちゃんは、あとでうちにすべてを教えてくれてから、こう言った。

「幸代叔母さんて、きっと物凄う偉い人なんや」

次の日から村の女の子たちの間では、ぽんぽん遊びが流行《はや》った。川沿いに咲いている薄桃色の花を摘《つ》んできては、それで白粉《おしろい》をつける真似をして自分の頰を優しくはたく。すると桃に似た甘い香りが漂《ただよ》って、ちょっと幸せな気分になれる。

ぽんぽん花は夜になると萎《しぼ》み、朝を迎えるとお日様に向かって咲いた。それが何とも不思議だった。だからこそ幸代さんに相応《ふさわ》しい気がした。あの夏の一時、女の子たちは誰もが彼女に憧れて、ぽんぽん遊びに熱中したものだった。

ただ、どうも妙に思ったのは、少なくない数の大人たちが幸代さんを罵《ののし》ったことである。

「淫売《いんばい》女が何を偉そうに……」

「尻で稼いだ土産など、誰がいるもんかね」

「まぁ恥ずかしげものう、よう帰ってこれたもんや」

よく意味の分からない言葉もあったが、幸代さんの悪口を言っているのは、その口調と表情だけで理解できた。

もちろん照ちゃんは怒った。やっかみだと噛《か》みついた。すると、ほとんどの大人たちは気まずげに黙ってしまったけど、男の何人かは嫌な笑いを浮かべながら、さも馬鹿にしたように照ちゃんを見やった。その中には変なことを言う人もいた。

「そのうちお前も、叔母さんと同じとこで働かないかんようになるぞ。そしたら叔母さんの偉さのわけが、よーうお前にも分かるやろ」

婆ちゃに尋ねても、ちゃんとした答えは返ってこなかった。

「幸代はなぁ、孝行な娘や。あん子のお蔭《かげ》で、照ちゃんの家は食べていけるんやからな。幸代の悪口なんぞ、誰であろうと言えんのや。そんな罰当たりなこと、お天道様がお許しにならんわ」

でも、婆ちゃも幸代さんの味方をしたので、うちと照ちゃんは喜んだ。やっぱり彼女は偉い人だったのだと、ほっと安堵《あんど》した。

この幸代さんのことが頭にあったので、増え続けるお父の借金を払うために、十三歳になったうちを遊廓に売るという話を聞いても、特に嫌だとも思わなかった。婆ちや、お父とお母、幼い弟に妹と離れて暮らすのは淋しかったが、年季が明ければ帰れるのだ。それまでに一杯お金が稼げるのだと聞き、むしろうちは乗り気になった。

人買いのおんじの話にも、大いに後押しされた。

「遊廓の花魁いうても、別に難しいことをするわけやない。綺麗な着物姿で、お客さんの相手をするだけなんや。そりゃ歌や踊りは、ちっとは習わんといかん。けど、それも女の子やったら、まぁ楽しいもんやて」

お嬢様に教わっている勉強は大好きだったので、習い事については何の心配もしなかった。そう言うと、おんじは目を丸くしながら、とても誉めてくれた。

「そりゃ大したもんやなぁ。それやったら遊廓で教わることも、すぐに覚えられるわ。きっと出世するんも早いで」

うちは有頂天だった。まだ見ぬ遊廓の華やかな暮らしを思い浮かべて興奮し、その稼ぎで家族が楽に生活できることを誇りに思った。

ところが、婆ちゃもお父もお母も、あまり嬉しがっているようには見えなかった。無口だったお父は益々口を閉ざすようになり、お母は正月しか炊かない白い米をうちに食べさせた。弟と妹が自分たちも欲しいと騒いだが、お母はまったく取り合わなかった。その様子が尋常ではなかったためか、駄々をこねていた弟と妹もぴたっと静かになったほどだ。

結局、うちが遊廓に行くことを喜んでくれたのは、姉が偉くなると信じている弟と妹と、照ちゃんと数人の女の子たちだけだった。

「町のお土産、絶対に買うてきてな」

彼女の頭の中には、間違いなく幸代さんの姿が浮かんでいたと思う。だから喜びながらも半ばは羨《うらや》んでいる気持ちが、手に取るようにうちには分かった。

「うん。タクシーに入りきらんくらい詰めて、お盆には帰ってくるから」

うちが古里を出たのは、四月のはじめにしては珍しく暖かい、とても陽気の良い日だった。

前の晩に婆ちゃは、まるでうちが幼子に戻ったかのように添い寝をしてくれた。お母が働きに出ている間、婆ちゃの胸に抱かれてまどろんでいた幼いころの淡い記憶がふっと蘇《よみがえ》り、何とも温かな気分になって、うちは気持ち良く熟睡した。

婆ちゃとお父とお母とは、家の前で別れた。弟と妹は泣き叫びながら、しばらく人買いのおんじとうちの後を追ってきた。

「姉ちゃん、行くなぁ！」

前の日までは何ともなかったのに、いざうちが家を出るとなると、急に淋しい気持ちになったのだろう。しかし、村外れまで来ると自然に立ち止まり、そこからうちの姿が見えなくなるまで、ずっと見送ってくれた。

うちはといえば、古里と家族から離れる悲しさよりも、町に出て遊廓で暮らす楽しさの方に、すでに心が傾いていたと思う。

それにしても人買いのおんじと一緒に村を出て、峠の店屋で飴玉《あめだま》を買ってもらって大喜びしたのも、はじめて汽車に乗って興奮したのも、もう遠い昔のように感じられてならない。あのときは照ちゃんの叔母さんのように、お盆になったら村に帰るつもりだった。古里に錦を飾るのだと、随分と意気ごんでいた。

ところが、まず汽車が着いた大きな町で、見るもの聞くものすべてにびっくりした。生まれ育った田舎しか知らないうちにとって、その地方の町は活気溢《あふ》れる大都会に映った。どこを見ても田圃《たんぼ》も畑もないことが、とにかく不思議で仕方なかった。

だが、そんな驚きは序の口だった。桃苑《ももぞの》の廓町《くるわまち》の大門《おおもん》を潜《くぐ》ったとたん、あんぐりと口を開けたまま、その場で腰を抜かしそうになったのだから。

ここは竜宮城《りゅうぐうじょう》に違いない。

本気でそう思った。もちろん竜宮城は海の底にあるので、陸の上で見られるはずがない。でも、あまりにも世間を知らなさ過ぎた当時のうちにとって、目の前に広がる世界を理解するためには、婆ちゃに聞いた昔話を持ち出すしかなかったのだ。

大門の向こうに延々と続く立派な建物の連なり、その家々の軒下を賑《にぎ》やかに彩る提灯《ちょうちん》の群れ、通りの真ん中に延びる華やかな桜並木、早くも明かりの点る異国情緒が漂う街灯……といった光景を目にして、心の底から仰天した。汽車から降りて町に着いたときの驚きの、もう何百倍分も魂消《たまげ》てしまった。

廓町の中でうちが連れて行かれたのは、〈金瓶梅楼《きんぺいばいろう》〉という名の大きな家だった。村の地主のお屋敷よりも、華族の宮之内様の別荘よりも豪華な造りで、別の家だと思っていた右隣とは二階の渡り廊下でつながり、二軒で一つだと言われて仰《の》け反《ぞ》った。しかも隣の家は、なんと三階まであるではないか。目の前の建物が本館で、右隣は別館だという。

おんじが本館の大きな玄関戸を通り過ぎ、右横の細い路地へと入ったので、うちも続くと急に目の前が真っ暗になった。すでに夕暮れ刻《どき》だったが、表の道には早々と街灯が点っていて、どこにも暗がりがない。それが二つの建物の間の狭い路地に、いきなり入りこんだものだから、すぐには目が利かなかった。

おんじは慣れたもので、どんどん奥へと入って行く。そのうち左手に明かりの漏れる窓と、勝手口らしき戸が見えてきた。おんじは戸を開くと、台所にいた赤前垂《あかまえだれ》に名乗ったうえで、遣《や》り手《て》のおばやんへの取り次ぎを頼んだ。

赤前垂は肥えて上背のある、腕も脚も太い女の子だったので、うちより二、三歳くらい年上に映った。ただ、肌の色が抜けるように白かった。丈夫そうな体格と、その色の白さが何とも不釣り合いに思えたものだ。しかし、路地の暗がりにいたうちに向けた顔は、まだまだ未通女《おぼこ》い少女のもので、自分と大して変わらないかもしれないと考え直した。

「お、お待ち下さい」

まだ慣れていないような返事をすると、彼女は慌てて台所から出て行った。

「阿呆、何で表へ回っていただかんのや」

すると廊下の方から、すぐに年配の威勢の良い女の声が聞こえてきた。どうやら遣り手のおばやんに、赤前垂が怒られているらしい。

「あれぇ！　山辺《やまべ》さん」

さっと台所の戸が開いたとたん、おばやんの声音《こわね》が一瞬で変わった。

「よう来て下さいました。さぁさぁ、どうぞ表へ——」

「いや、ここからで結構です」

「そんなこと言わんと、表に回って下さい。台所から上げたなんて知れたら、わたいが女将《おかみ》さんに叱られますがな」

しばらく二人の間で押し問答が続き、おんじが折れたらしく表へと戻ることになった。

金瓶梅楼の玄関戸は、幅の広い格子《こうし》窓を間にはさんで、建物の左右それぞれにあった。町で見かけた宿屋の玄関に似ていたかもしれない。

路地に近い右手の戸から、おんじに遅れないように中へ入ったとたん、うちは圧倒された。きらびやかに着飾った花魁たちの美しい写真が、ずらずらっと目に飛びこんできたからだ。あまりの豪華な眺めに、頭がぼうっとしたほどだ。

玄関の土間の中央に、とても大きな板壁が立てられ、そこに花魁たち一人ずつの写真が飾られていたのだ。表の格子窓から、ちょうど覗《のぞ》けるようにしてある。

どうして硝子《ガラス》の窓にせんのやろう。

その方が表を通るお客さんにはよく見えるはずなのに、と思っていると、遣り手のおばやんに出迎えられた。

おんじと再び挨拶を交わすと、おばやんはうちに微笑んだ。

「よう来た、よう来た」

でも、目は笑っていなかった。何かを見通すように、じーっと顔を凝視され、次に頭の天辺《てっぺん》から足の爪先まで、まさに舐《な》め回すように見つめられた。だからうちは一度お辞儀をしたきり、あとは棒のように突っ立っているしかなかった。

そのときうちは、古い婆ちゃの着物をお母が仕立て直してくれた地味な縞《しま》の袷《あわせ》に、赤い三尺帯を締めていたのだが、まるで真っ裸に剝《む》かれたような何とも嫌な気分を味わった。

おばやんは婆ちゃほど年寄りではなかったが、なぜか物凄く年上に思えた。顔つきも身体の動きも着物の柄も、どこを取っても婆ちゃより若々しかったのに、どうしてかそう感じた。村のどの年寄りとも似ていない、はじめて目にする雰囲気を持った年配の女に、得体の知れなさを覚えたせいだろうか。

ほんとは数百歳の妖怪やないのか……。

おばやんの正体を、そんな風にうちは疑った。その妖怪にじっと見つめられたのだから、次第に生きた心地がしなくなってきた。

「なかなかの子ぉやろ」

おんじが自慢げにうちの頭を撫《な》でたが、身体は強張《こわば》ったままである。

「山辺さんの見立てやから、もちろん信用しとります」

「いやいや、一人前に仕上げるお前さんの力があってこそや。それに比べたら、わしの見立てなんぞ大したことない」

二人の会話を耳にして、さらに疑惑が深まった。この金瓶梅楼に棲《す》む妖怪に、自分は食べられるために売られるのではないか……という恐怖心がむくむくと湧き起こり、居ても立ってもいられなくなってきた。

今でこそ笑い話だが、まったく世間知らずの田舎娘が、いきなり辺鄙《へんぴ》な古里から賑やかな町へと連れてこられたのだ。しかも、目的地は廓町という特殊な場所である。それまでの高揚していた気持ちが、ほんのささいな不安から瞬く間に萎《しぼ》んでしまい、逆に恐れ慄《おのの》くことになったとしても無理はない。あのときのうちは、まだまだ子供だったのだから。

とんでもないところに来てしまった……。

おばやんに上がるようにと促され、御内証《ごないしょう》で女将さんに会うまでの間、うちはずっと後悔し続けた。

どこでどう間違ったんやろ。

おんじに尋ねようとふり返っても、「さぁ」とばかりに急き立てられる。おばやんとおんじにはさまれているので、どうにも逃げられない。

綾お嬢様が泣き笑いのような顔をしたんは、こうなることを知ってたからか。ならどうして教えて下さらんかったんやろ。

頭の中がこんがらがって、もう何が何だか分からなかった。とにかく家に帰りたいと思った。婆ちゃやお母に会いたいと願った。

気がつくと御内証の隅に座っており、女将さんに声をかけられていた。

「そんな隅におらんで、もっとこっちへお出でなさい。この子はまぁ、まるで私が捕って喰うかのように、隅っこで縮こまってるわ」

捕って喰う——という言葉に、びくっとしてうちは顔を上げた。そこで女将さんの姿を、ようやくまともに眺められた。

目の前に座っていたのは、町中で何人も見掛けた奥様のような人だった。いや、そういった女性たちにはない貫禄《かんろく》のようなものが、女将さんには感じられた。何より間違っても妖怪には見えなかったので、一気にうちは安堵した。

「名前は」

それでも女将さんの問い掛けに、すぐには答えられなかった。もじもじしていると、横に座ったおばやんに左の二の腕をぎゅっと抓《つね》られ、思わず口を開いた。

「さ、さ、桜子《さくらこ》……」

「歳は」

「十三……」

女将さんが、ちらっとおばやんに目をやった。横でおばやんが、こっくり頷《うなず》いたのが分かった。

「しっかり働きなさい」

再びうちを見つめながら、女将さんが諭すように言った。

「あんたが一生懸命やれば、それだけ故郷の家族が助かるんです。仰山《ぎょうさん》お銭を稼いで、親孝行をしなさい」

うちが黙ったまま首を縦にふると、おばやんに再び左の二の腕を抓られ怒られた。

「女将さんに対して、そんな横着な態度があるか。ちゃんと返事をするんや」

「……は、はい」

「名前を訊かれたら『桜子です』、歳を訊《き》かれたら『十三です』、そう答えないかん」

「は、はい……です」

「阿呆、『はい』に『です』はいらん！」

びくっと身体を強張《こわば》らせ、そのまま固まってしまったうちに、女将さんが笑いかけながら、

「この喜久代《きくよ》さんが、今日からあんたの教育係や。よう言いつけを聞いて、一日も早う立派な花魁になれるように、必死に頑張らんといかんよ」

遊廓に行きさえすれば、もう花魁として稼げるものと思っていたうちは、びっくりすると同時に落胆した。それが顔に出てしまったらしい。

「なんとこの子は、すぐにでも見世《みせ》に出るつもりのようですわ」

おばやんが呆れたような声で、

「ええか。見世に出るためには、礼儀作法に言葉遣い、謡《うたい》に踊りと、覚えんといかんことが沢山ある。それをすべて身につけて、ようやっと花魁になれるんや。せやから躾《しつけ》や習い事を嫌がっとったら、いつまで経っても――」

そのとき廊下側の襖《ふすま》が急に開いて、男の人が顔を覗かせた。

「あっ、新しい子ぉか」

うちとおんじを見て襖を閉めかけたが、おばやんが慌てて呼び止めた。

「旦那さん、どうぞご遠慮なさらずに」

「い、いや、別に急いではおらんので、そっちが終わってからでええ」

「そんな、旦那さんをお待たせするわけには——」

「構わんよ。仕事が第一や」

おばやんと旦那さんのやり取りをよそに、女将さんは後ろ向きになって、何やらしているようだった。

「あなた、これを」

やがて女将さんが、紙包みを持って立ち上がりかけた。そのとたん、今までのんびり話していた旦那さんが素早く御内証に入ってきて、さっと紙包みを受け取って懐《ふところ》に入れた。

「いやいや、とんだ邪魔をしたな」

そう言っておばやんとおんじに笑いかけ、次いでうちを眺めながら、

「素直そうな良い子やないか。こりゃ別嬪《べっぴん》になるで。お前の名は」

「さ、桜子……です」

「そうか、桜子か。うん、ええ名や」

どうしてか旦那さんは、そこで何やら考える素ぶりを見せてから、

「女将さんとおばやんの言うことをよう聞いて、あんじょうみんなに可愛がってもらいや」

「……はい」

そのまま出て行こうとする旦那さんに、おばやんが声をかけた。その声音が皮肉っぽく聞こえたのは、うちの気のせいだったのか。

「もうお帰りですか。わたいらの用事はすぐにすみますよって、どうぞごゆっくりなさって——」

「それがな、そうもしてられん。わしもこれで色々と忙しい」

「あれ、それじゃあまりお引き止めもできませんなぁ」

尚《なお》も皮肉っぽいおばやんに愛想笑いを返しつつ、おんじには軽く頭を下げて、旦那さんはさっさといなくなってしまった。

金瓶梅楼のご主人なのに、ここには住んでいないような感じがして、それが不思議だった。おばやんに対する態度も何とも妙である。旦那さんとおばやんとは、古里で言えば地主さんとお父の関係に近いはずではないか。

女将さんとおばやんとおんじの三人が話をしている間、またもやうちの頭の中はこんがらがっていた。村では当たり前だったことが、ここでは通用しないらしい。もう妖怪の住処《すみか》とは考えていなかったが、やっぱり竜宮城のような普通ではない場所なのだと改めて思った。

女将さんが、うちの代金をおんじに渡したとき、半紙に包んだものも一緒に差し出した。平たくて細長く、ぷーんと磯の香りがしたように感じた。おんじは押しいただいて受け取りながらも、なぜか半紙の厚みを確かめているみたいだった。

あの半紙には何が包まれていたのか。

おんじを玄関の表まで送り出してから、再び屋内に戻って廊下の奥へと進み、おばやんの部屋に連れて行かれた。

「今日から桜子もここで、わたいと一緒に寝起きするんや」

たちまち左の二の腕の痛みがぶり返し、怒られずに上手くやっていけるかどうか、とても不安になった。

「素直に言う通りにしとったら、じきに花魁になって稼げるから、まぁ心配せんでもええ」

こちらの心配を見越したような台詞に驚いていると、

「荷物を置いて、ついてお出で」

おばやんが戻る素ぶりを見せたので、うちは慌てて後ろに続いた。

「ちゃんと挨拶するんやで」

おばやんの部屋の右隣の襖を開けたとたん、何ともきらびやかな光景が、ぱっとうちの目に飛びこんできた。

そこは端から端まで、ずらっと鏡台の並んだ広い化粧部屋だった。一つずつの鏡の前には、優美に髪を結い、色っぽく映える化粧を施《ほどこ》し、艶やかに着飾ったばかりの花魁たちが、こちらに背を向けて座っている。

なんとまぁ綺麗な……。

ただただ見惚《みと》れるばかりで、うちはぼうっとしてしまった。ここが竜宮城だと感じたのは、決して間違っていなかったのだと、改めて思った。

「仕度はできましたんか」

おばやんの声も、どこか遠くの方でしている気がした。

「はーい」

「××姐さんがまだです」

「いつものことですけどなぁ」

口々に花魁たちが喋《しゃべ》りはじめたが、そのうちの一人がうちに気づいたらしく、

「あっ、新入りの子ぉ」

次の瞬間、全員が鏡台からふり返って、まじまじとうちを眺めていた。

「ほら、ご挨拶は」

「……よ、よろしくお願いします」

おばやんに注意され、慌てて頭を下げると、

「立ったままお辞儀する人がありますか。ちゃんと座って、畳に両手の指をついて、それから頭を下げなさい」

お尻を叩《たた》かれた勢いで座ると、どっと花魁たちに笑われた。それから姦《かしま》しいほどのお喋りが、部屋の中に響き出した。

「どこの山出しの子ぉでしょう」

「おばやんも磨くのが大変そうやわ」

「あんたらかて、ここに来たときは似たようなもんでしたけどな」

「そんなことありません」

「いや、きっと××は、もっと酷《ひど》かったのよ」

「どこぞの山猿かと思われたとか」

「うちが山猿だったら、××姐さんは羆《ひぐま》でしたんかねぇ」

「何やて!」

いつしかうちなどそっちのけで、喧嘩《けんか》のような言い合いになっていた。いくつか花魁の名前が出たけど、どの呼び名がどの人なのか少しも分からない。そもそも名前を覚えるどころではないほどの騒ぎだった。

とはいえ、すべての花魁が加わっていたわけではない。うちの顔を優しげな微笑み

を浮かべながら見つめる人、また逆に悲しそうな表情で盗み見る人、何の感情も表さずに一瞥《いちべつ》しただけで興味を失くす人など、みんなとは違った反応を示す花魁も少なからずいた。

ただ、そのことがうちを戸惑わせた。これなら全員に田舎者だと笑われた方が、まだすっきりしたのにとさえ感じたほどだ。

「さぁさぁ、お喋りはお仕舞いにして――」

おばやんが急き立てると、遅れていた花魁が急いで仕度を整え、全員が廊下に出された。すると計ったように女将さんが御内証から現れ、そのまま玄関の板間の神棚の前まで移動した。すでに見世では妓夫太郎《ぎゆうたろう》や立番が待っており、みんなでそろって神棚にお参りした。

「今日も良いお客様が揚《あ》がられ、花魁たちが無事にお勤めできますように」

女将さんの祈りの言葉に、誰もが頭《こうべ》を垂れている。うちも同じようにお辞儀しかけて、ふと神棚の御神体が目に留まった。

あれが神様……。

木彫りされた細長い茸《きのこ》のようなものが、すっくと立っている様が見えた。村で祀《まつ》られている、また婆ちゃから聞いたどんな神様とも、あまりにも違い過ぎる気がした。

その奇妙な神様から目が離せないでいると、いきなり素《す》っ頓狂《とんきょう》な笑い声がした。

「あれぇ、はじめて見る神様に、あの子が目ぇを丸うしてるわ」

全員がうちに顔を向けたので、恥ずかしさのあまり下を向いてしまった。しかし、そんなことにお構いなく、花魁たちは騒ぎはじめた。

「そりゃ無理もないわ。はじめて見るものやからなぁ」

「こっちは飽きるほど目にしてるいうのに」

「あんたは最近、随分とご無沙汰やないのんか」

「な、何ですって！」

あわや喧嘩が起こりそうになったが、別の花魁がのんびりとした口調で、

「せやけどここの神様は、なんであないにいきり立っておられるんやろ」

「いややわー姐さん、そんなこと言うて」

「神様がしょんぼりされとったら、うちらの商売になりませんがな」

「そらそうや」

一斉に笑い出す花魁たちに、おばやんがその場の収拾を図るように、

「お客様いう神様のものに元気がなかったら、それを立派に上向きにさせるんが、あなた方の、それこそ花魁の務めやありませんか」

さらに笑い騒ぐみんなをまとめて、おばやんは元の化粧部屋へと彼女たちを追い立てた。その日、最初のお客さんが揚がったのは、それから十数分後だった。

そしてうちが御神体の正体を知ったのは、ほんのつい最近のことである。ただし、なぜそんなものをお祀りするのか、実は未《いま》だに分からないのだが……。

三月×日

昨夜は日記を書くのに夢中になり、つい夜更《よふ》かしをしてしまった。ちゃんと文章が綴れるかどうか、最初は心配だった。けど、綾お嬢様に教えていただいた書き取りと作文、それに優子《ゆうこ》お嬢さんと一緒に机を並べた勉強が、とても役立っているようで自分でも驚いた。知らぬ間に身についていたのだと分かり、本当に嬉しかった。昨夜の日記をお嬢様にお見せしたら、きっと喜んで下さるに違いない。

そうだ。この日記を綾お嬢様への手紙代わりにしよう。花魁になる日が決まってから、お稽古《けいこ》事《ごと》の時間は随分と減っている。お姐さんたちの用事は相変わらずあるけど、日記を書く暇はいくらでも見つけ出せる。花魁になれば、きっとまた忙しくなるだろう。さぼっていた三年間を取り戻すのは今しかない。

金瓶梅楼ではじまった生活は、何と言っても驚きの連続だった。

一日に三度ご飯を食べることが、まず信じられなかった。しかも白い米の飯が、三度とも出るのだ。花魁だけではない。赤前垂も同じ献立だと分かり、村での自分たちの暮らしが、いかに底辺であったかを思い知らされた。それなのに花魁たちは、食事の内容に文句ばかり言った。

「肉がないやない。もっと精のつくものを食べんと、お下働きできへんやない」

「また里芋《さといも》と蒟蒻《こんにゃく》の薄味の煮つけ。味の濃いのは塩昆布だけ」

「焼き魚が欲しいなぁ。両面こんがり焼けたお頭つきの焼き魚、あれが食べたいわ」

毎日三度ずつ白米を口にできる有り難さに、誰も感謝などしていなかった。白いご飯は当たり前で、おかずに愚痴ばかりをこぼしている。

うちにはお姐さんたちが、とても婆ちゃやお父やお母と同じ人間とは思えなかった。いや、そもそも毎日の暮らしぶりがあまりにも違い過ぎるのだから、まったく種類の異なる人間と考えるべきなのだろう。

金瓶梅楼の一日を簡単にまとめると、次のようになる。


―――


午前七時半から八時、男衆の仲どんが掃除をして、赤前垂が朝食の準備をする。このとき最後まで残った昨夜の泊まり客が帰る。

八時、女将さんが神棚に、お灯明、お神酒《みき》、ご飯、お水、お塩を供える。

九時から九時半、全員で朝食。昨夜から居続けるお客さんには、台の物屋に朝食を届けさせ、花魁が給仕をする。

十時から午後二時、ほとんどの花魁たちは二度寝をする。遣り手のおばやんも休む。

二時から二時半、全員で昼食。

二時半から四時半、花魁たちは風呂に入り、髪結いと化粧と着つけをして身支度を整える。

五時、神棚の前に全員がそろいお参りをする。

五時半、気の早い一番客が見世に揚がる。

七時から八時、客づき以外の全員で夕食。

十時、客づきで夕食をとれなかった花魁が、お握りなどを食べる。

午前零時、常番所の見張りによって、大門と中門と小門が閉められる。これ以降のお客さんは、大門脇の潜《くぐ》り戸から入る。

一時、遣り手のおばやんが休む。その後は一日交代の妓夫太郎が楼の中を見回り、朝まで起きている。

四時から五時、早立ちの客が帰る。


――

こうして書き記してみると、つくづく普通の暮らしでないと分かる。うちの実家のような古里の小作人の百姓だけでなく、町の人々の生活と比べてみても、きっとほとんど共通するところがないだろう。それだけ特殊な仕事なのだ。

確かに花魁たちと接すれば接するほど、他のどこにもいない人たちだなと、つくづく思う。うちは自分が生まれ育った村しか知らないけど、ここに来てからの三年間で、随分と色々なことを学んだ。楼のみんなから教わっただけでなく、本を読んだり活動写真を観たりして、以前よりは世間というものが分かっているつもりだ。そうやって外の世界を少しずつ理解するにつれ、いかに遊廓が変わっているか、どれほど花魁たちが変であるか、その事実を改めて目の前に突きつけられる気分になる。何とも不安で嫌な心持ちになってしまう。

花魁が恐ろしい……。

挙句《あげく》の果てには、そんな感情まで芽生えてしまった。そう感じる一番の理由は、彼女たちが何をするわけでもないのに、物凄くお金を稼ぐからだ。

朝は遅い時間に起きてきてご飯を食べるだけで、また寝てしまう。昼も遅い時間に起きてご飯を食べ、ゆっくりとお風呂に入る。それから髪結いさんを呼んで、同輩たちとお喋りをしながら化粧をし、着物を整えて準備をする。夕方は神棚にお参りするが、お客さんが揚がらなければ、またまたご飯を食べる。さすがに夜ともなると、どんなに売れない花魁にも客がつく。そうなると彼女たちは忙しくなるわけだが、やっていることと言えば歌や踊りを見せたり、馬鹿話をしながらお酒を飲んだりと、お客さんと遊ぶだけなのだ。

もちろん、それが真夜中まで続くのは大変だと思う。でも、面白楽しく過ごしたうえに、花魁の多くはお客さんと一緒に寝ているらしい。つまり彼女たちの生活は、就寝と食事と身だしなみと遊芸によって占められており、その他のことは何一つ関わってこない。それでいてお金が稼げるのだから、本当に不思議で仕方がない。世の中にこれほど楽な商売があるのかと、ほとほとうちは感心してしまった。

にもかかわらず花魁たちの喜怒哀楽が激しいのはなぜか。

あれほどお客さんを悪しざまに罵《ののし》るのはどうしてなのか。

なぜ部屋の中から花魁やお客さんの奇妙な喘《あえ》ぎ声が聞こえるのか。

身体の具合が悪くなるのは何が原因なのか。

ここでの暮らしが長くなるにつれ、花魁に対する謎は深まるばかりだった。自分が目指すものなのに、その正体がよく分からない。考えてみれば何とも怖い状態である。廓における他の人たちの役割が明らかなだけに、よけい無気味に感じられてしまう。

女将さんは、この金瓶梅楼の経営者だ。どうやら旦那さんは関係ないらしく、女将さんがひとりで見世を切り盛りしている。旦那さんはお子さんと一緒に廓町の外にある控え屋で暮らしていて、一週間に一度くらいの割合で顔を見せるが、目的はお小遣いにある。そのたびに女将さんからもらっては、賭《か》け事に使っていると聞く。

古里でもお父があまり働かずに、お母ばかりが苦労をしている家はあったが、楼の旦那さんほどではない。そんなことをしていては家族が飢え死にするからだ。ここには旦那さんが遊ぶくらいのお金は、うんとあるわけだ。

実際、女将さんはお金の勘定には大変うるさかった。花魁たちも陰で、「守銭奴《しゅせんど》」「業突《ごうつ》く張《ば》り」「吝嗇家《りんしょくか》」「けちん坊」などと、いつも悪口を言っている。それぞれが楼に借金していることを差し引いても、やはり女将さんのお金に対する渋さは筋金入りだと思う。

遣り手のおばやんは、とにかく仲介の人である。女将さんと花魁たち、花魁とお客さんたち、双方の間に入って、楼の商売が上手くいくように仲立ちする。特に廓へ揚がったお客さんに対して、どの花魁をあてがうかは、完全におばやんが決めている。

おばやんの仕事の中ではそれが、どうしても腑《ふ》に落ちない。お客さんのほとんどは玄関に飾られた花魁の写真を見て、この子と決めて揚がってくる。お目当てに他の客がついている場合は仕方ないが、そうでないときでも、おばやんは別の花魁を時折あてがったりする。なぜそんなことをわざわざ行なうのか。

文句を言うお客さんが少ないため、大して問題がないと言えばそうなのだが……。だったら最初からしなければ良い。自分を指名したわけではないお客さんをあてがわれた花魁の多くが、次の日に同じ不平不満を口にするのを聞くと、なおさらそう思う。

「まったく好みやない客で、ほんまに往生したわ」

「いつもいつも嫌な客ばかりあてごうて、ええ加減にして欲しい」

「しつこい客やったぁ。あんなやつ、もう二度とごめんや」

うちが遣り手のおばやんなら、まずお客さんの指名通りにするだろう。気持ち良く遊んでもらった方が、お客さんも沢山のお金を落とす。指名の花魁が客づけの場合は、もちろん他に回すしかない。それでもお客さんの好みを優先しつつ、花魁側の好き嫌いも同時に考える。花魁たちの機嫌が良いのに越したことはないからだ。少なくとも、わざわざ嫌な客はつけない。

ここに来て三年目のうちでさえ、それくらいの判断はできる。どうやら元々が花魁の出で、すでに十数年も遣り手をやっているおばやんに、それが分からないはずがない。

ところが、おばやんは文句を口にする花魁に対して、いつもこう返した。

「わたいの言う通りにしとったら、絶対に間違いは起こらんのや。考えてみぃ。その方があんたらも、少しでも多く借金を返せて、年季も早う明けるやないか」

つまりは花魁のためというわけだ。おばやんがそうせざるを得ない何かが、お姐さんたちの方にあることになる。でも、それが何なのか少しも分からない。花魁にまつわる奇妙な謎の一つとして、うちを悩ませるばかりで……。

妓夫太郎の仕事は、お客さんの呼びこみと廓の用心棒のような役目にある。冷やかしだけの男たちをその気にさせて見世へと揚げる手練手管《てれんてくだ》と、暗に睨《にら》みを利かせる凄みを併せ持っていないと、とても務まらない。

服装はいたって地味で、表を歩いていればどこの商人かと見紛《みまが》う格好をしている。着飾った花魁とは、あまりにも対照的である。最初はお給金が安いために貧乏なのかと思っていたが、そうではないらしい。楼で呼びこみをする者が、そこで遊ぶお客さんよりも派手な装いをするわけにはいかないからだ。

「あっしらはな、さり気ないとこに凝るんや。着物の裏地や履物、あとは煙草入れ、根付、金時計といった持ち物やな。羽織も商人のよりは、ちょっと丈が長うしてある」

うちが面と向かって、衣服のことを尋ねたわけでもないのに、あるとき妓夫太郎の朝《とも》さんにそんな説明をされ、心底びっくりした。今なら納得できるが、一流の妓夫太郎たちは商売柄、相手の心の内が読めるのだ。うちは無遠慮に子供ならではの好奇心を剝き出しにして、きっと朝さんの大人しい格好をじろじろと眺めていたのだろう。

妓夫太郎は見世が開けると、写真見世の右手の妓夫台に陣取って、表の格子窓から中を覗くお客さんに声をかける。外まで出て誘いこんではいけない。あくまでも内と外のやり取りになる。だから妓夫太郎は口が達者なだけでは務まらない。ちゃんとした話術が求められる。お客さんとのやり取りを通して、相手の心の動きを読む必要もある。田舎出の子供が考えたことくらい、当てるのは容易だったわけだ。

見世の中では花魁の写真を前にして、朝さんはお客さんと具体的な料金の話をする。揚がる部屋と遊ぶ時間によって玉代《ぎょくだい》が変わるためだ。ただし、ここで決めたことが、そのまま見世に揚がってからも通用するわけではない。二階の引付部屋に通されたお客さんは、今度は遣り手のおばやんに煽《おだ》てられ、さらに高額を出すように仕向けられる。とにかく遊廓では対応する人間が替わるごとに、お客さんの懐《ふところ》から少しでも多くの玉代を引き出そうと、あの手この手で攻めまくる。その遣り口にはほとほと感心してしまう。

写真見世には真ん中に飾られた花魁たちの写真を間にはさんで、左右にそれぞれ妓夫台が一つずつあった。右が妓夫太郎の、左が立仲の台だ。立仲とは妓夫太郎になる前の見習いで、縞の着物に無地の角帯を締め、着物と同じ柄の前掛けをしている。一人前に見做《みな》されると立番と呼ばれ、妓夫太郎が不在のときなど右側の妓夫台に座って呼びこみを行なう。

この立仲の下に、仲どんと呼ばれる下働きがいる。紺の股引《ももひ》きに紺無地の法被《はっぴ》を着て、足元は草履《ぞうり》という職人のような格好をしている。寒くなると紺木綿の無地の半纏《はんてん》を羽織るが、足袋は履かない。冬になっても尻端折《しりばしょ》りが仲どんの特徴だ。

いわゆる何でも屋で、楼内の掃除からお客さんの蒲団の上げ下ろし、花魁が言いつける雑用まで本当に何でもこなす。要領が悪いと何年経っても仲どんのままで、立仲には出世できない。見世が開けると表の階段の下に座っていて、揚がったお客さんを二階の引付部屋へと案内する。

ほとんど女ばかりの廓の中で、妓夫太郎、立仲、仲どんが、数少ない男衆だった。ただし妓夫太郎と立仲は通いなので、常駐しているのは仲どん一人である。あとは時折お小遣いをもらいに来る旦那さんくらいか。

そうだ。優子お嬢さんのお兄さんで、大学生の周作《しゅうさく》さんがいる。旦那さんとは対照的で、落ち着いた大人しい感じの人だ。ちょっと病弱みたいだけど、それがまた妙な魅力になっていて、実は密かに花魁たちの間でも人気があるくらいだ。

週に一度ほど顔を出す旦那さんとは違い、お二人はよく楼を訪れた。ただし、本館ではなく別館の方にだ。別館の二階と三階は廓だったが、一階は元々が女将さんたちの住居だったと聞いている。そこにお二人が学校帰りに、わざわざ遠回りをして寄るのは、懐かしさからだろうか。それとも女将さんの——自分たちのお母さんの——側に、やっぱりいたかったからか。

もっとも見世が開くのは夕方だったため、お二人がそろうころには女将さんも忙しく、とても別館に行っている暇などなかった。それでも近くにお母さんがいるだけで、お二人は満足だったのかもしれない。別館の一階で、周作さんは妹さんの勉強を見ながら、優子お嬢さんは教師志望のお兄さんの授業を受けながら、女将さんの手が空くのをいつも辛抱強く待っていた。

うちがお二人にお会いしたのは、ここに来て四ヵ月と半月くらい経ったころだった。女将さんの用事を、おばやんから頼まれて別館へ行ったのだが、ふと庭に咲いている花を廊下から部屋越しに目にして、思わず声をあげてしまった。

「あっ、ぽんぽん花！」

古里の川縁《かわべり》で風に揺れていた、あの薄桃色のお化粧花が庭の池の側に咲いていた。ぽんぽん遊びをしたのは何年も前なのに、たちまち当時の照ちゃんや友達の顔が脳裏に蘇り、とたんに里心がついて、うちはたまらなく淋しくなった。

「あれはね、ねんの木って言うのよ」

後ろから話しかけられ、飛び上がってふり返ると、そこに綺麗な洋服を着た可愛らしい少女が立っていた。

「お豆の一種なのよ」

「ええっ、あれが。食べられるんですか」

うちの驚きぶりに、少女はくすくすと笑いながら、

「マメ科には違いないけど、お豆さんのようには食べられないわね」

「……良かった。もし食べられるもんで遊んでたんなら、えらい罰が当たりますから」

「遊んでいたの？　あの花で」

ぽんぽん遊びの話をすると、少女は面白がって庭へと下り、花を採って戻ってきた。

「やって見せて」

「こうやって、ぽんぽんって頰をたたくんです」

「ぽんぽん、ぽんぽん……」

うちの真似をしながら、楽しそうに微笑む少女を目にして、ほわっと心が温かくなった。でも、この花が咲くころにお土産を一杯持って里帰りするはずだったことを思い出し、急に気分が沈んでしまった。

「どうしたの」

それが表情に出たのか、うちを見る少女の顔も曇っている。

「……い、いいえ、何でもありません」

ここでようやく目の前の少女が、女将さんのお嬢さんに違いないと気づいた。うち

のような者が気安く口を利いてはいけない方だと、遅まきながら悟った。だから一礼して、慌てて本館に戻ろうとしたのだが、また後ろから声をかけられた。

「そんなとこでお嬢さんたちは、いったい何をしてるんだ」

ふり向くと、真っ白な開襟シャツを着た青年が、腰に両手を当てた格好で立っていた。どうやら先ほどからのやり取りを、ずっとそこで見ていたらしい。

ど、どうしよう……。

女将さんの息子さんだと察したうちは、物凄く怒られることを覚悟した。

「お兄さんは駄目よ。これは女の子の遊びなんだから」

ところが、少女がそう言って軽く睨むと、青年はにやっと笑いつつ、

「嘘を教えるような妹に、そんなことを言われるとはな」

「……えっ、嘘って何。だってマメ科の木でしょ。お兄さんが教えてくれたのよ」

「それは合っている。けど、ねんの木なんてものじゃない」

「嘘よ。お兄さんが――」

「俺が教えた名前は、合歓《ねむ》の木だ」

「……そうだった？」

少女は自信なさそうに青年を窺《うかが》っていたが、ぱっとうちに顔を向けると、

「これからは、ぽんぽん花の木って呼びましょう」

「は、はい」

反射的に返事をしただけだったが、とても嬉しそうに笑った彼女を見て、うちの心は再びほっこりした温かさに包まれた。

「ぽんぽん腹でも何でも、好きに呼べばいいけど――」

「それじゃ狸《たぬき》じゃありませんか」

青年が茶化すと、すぐに少女はぷっと頬を膨らませたが、

「休憩は終わりだ。勉強に戻るぞ」

その言葉で、突然しょんぼりしてしまった。

「で、では、失礼します」

うちは潮時だと思い、一礼して本館に戻ろうとした。

「もう少し、もう少しいいでしょ」

しかし少女はうちの腕を取ると、奥の部屋へと引っ張って行った。そこには黒光りする大きな机があって、その上に本とノートが広げられていた。

「あなたお名前は。いくつなの」

「桜子です。十三歳になります」

「あら、私より一つ下なだけじゃない。私は優子、お兄さんは周作よ」

そう口にすると、優子さんは喜びもあらわに、

「一緒に勉強しましょう」

自分の横に座らせようとしたので、うちは困ってしまった。

「優子、止めなさい。この子が迷惑しているだろ」

「えっ、迷惑なの」

周作さんの言葉に、彼女は驚いたような顔を、うちに向けてきた。

「い、いえ……」

とっさに首をふったのは、本当は嬉しかったからだ。お嬢さんと同じ机で勉強するなど、もちろんできるはずもない。だから誘われても困惑するだけだったが、そんな風に誘っていただけたことが、うちには感激だった。

「ほら、桜子ちゃんも違うって——」

「この子には、ここ金瓶梅楼での勉強がある」

「歌や踊りなら、私も——」

「優子の習い事とは、また違うものなんだよ」

諭すような周作さんの口調だったが、どうしても優子さんは納得できないらしい。

「お稽古の内容が違っても、学校の勉強は同じでしょ」

「ああ、俺も学校教育というものは、誰もが平等に受けるべきだと思っている」

「だったら——」

「しかしな、小学校にも満足に通えない子供たちがいるのも事実だ。この時点で、もう学力には大きな差がついてしまう。仮に優子とこの子が一緒に勉強できたとしても、俺が同時に教えるわけにはいかないんだよ」

そのとき目に入った机の上の本の文章を、うちが声に出して読んだのは、どうしてだったのか。実は今でもよく分からない。決して自尊心からではなかったと思う。綾お嬢様に色々と教えていただいた思い出が、このままでは無になってしまいそうで、それが嫌だったからかもしれない。

「ほうっ」

周作さんは、かなり驚いた様子だった。急いで机の上の本を取り上げると、しばらく頁《ページ》をめくってから、

「ここを読んでごらん」

見開き頁のある段落を指差して、うちに差し出した。

「……はい」

受け取りながらも、うちは緊張のあまり手が震えた。綾お嬢様が与えて下さった本は、すべての漢字に読み仮名がふってあった。だから平仮名さえ覚えれば大丈夫だったのだが、優子さんが勉強に使っている本は違っていた。

もし読めへん漢字があったら……。

仮にそうなっても、もちろん何の問題もないのに、このときは朗読に失敗することが怖くて仕方なかった。

「どうした。やっぱり無理か」

「い、いいえ、読みます」

期待の籠《こも》った優子さんの眼差《まなざ》しに見つめられながら、うちは両手で持った本を一生懸命に読みはじめた。

最初こそつかえたが、次第に調子に乗り出した。とはいえ文章の意味まで理解している余裕はまったくなかった。とにかく次々と現れる文字を読むことだけに、うちは集中した。その結果、ほとんど流れるように朗読できたと思う。

「どこで習ったんだ」

周作さんに尋ねられ、綾お嬢様のことをお話しした。すると彼は少し考えてから、うちにこう訊いた。

「もっと勉強を続けたいか」

「はい」

即答したのは本心だったが、まさか優子お嬢さんと一緒に、周作さんの授業を受けることになるとは、そのときは思いもしなかった。すっかり女将さんの用事を忘れて本館へ戻り、おばやんに怒鳴られながらお尻をたたかれ、これでもう二度とお二人とはお話ができないと、逆に嘆いていたくらいだ。

数日後、女将さんに呼ばれて御内証へ行くと、週に三日は周作さんから勉強を教わるようにと言われ、びっくりした。

「花魁にも読み書きのできる者と、できない者がいます。できない者が今から学ぶいうても、そりゃ大変やけど、桜子は少しはできるようやから、あんじょう息子から教えてもらいなさい」

「……あ、ありがとうございます」

またお二人とお話ができる——それだけでも嬉しいのに、勉強までさせてもらえるのだから、うちは歓喜した。

ただし、おばやんは違った。うちと二人になったとき、苦々しい口調でこう言われた。

「証文の字くらい、まぁ読めた方がええけど。それ以上の学問は、花魁には邪魔になるだけや」

「でも、だったら女将さんは、なんで……」

「周作さんは学校の先生になりたいから、生徒は一人でも多い方がええわけや。優子さんは、きっと同じ年ごろの友達が欲しいんやなぁ。あんたが一緒に勉強できるようにと、お二人で女将さんに頼みはったそうや」

「…………」

うちは言葉もなかった。お二人にいくら感謝しても、感謝したりない気持ちだった。

「せやからいうて、こっちの勉強をなまけたりしてみぃ。ええか、承知せえへんからな」

おばやんに怖い顔で睨まれ、うちは思わず首を縦にふった。しかし、そうしながらも素朴な疑問が、ふっと口をついて出た。

「なんでお二人は旦那さんと一緒に、別館の一階で暮らさへんのです」

「どうしてお二人は旦那様とご一緒に、別館の一階でお暮らしにならないのですか——や」

言葉遣いを直してから、おばやんは教えてくれた。

「周作さんが小学校へ上がる前に、今の控え屋へと引っ越されたからや」

「なんで引っ越したんです」

おばやんは依然として恐ろしかったけど、このころには物怖じせずに質問できるくらいになっていた。分からんことがあったら放っておかんと、すぐに尋ねるんやで——と日頃から言われていたせいもあるかもしれない。

「なんでって、この廓町から離れたところの小学校に入学させるためやないか。ここでは親の家業が知られてしまうからな。そうなったら坊っちゃんが肩身の狭い思いをするやろ」

おばやんは当然だという顔をしたが、うちには理解できなかった。

「女将さんは貧しい家の子供を買い取って、親にお金を払ういう良いことをしてるやないですか。それやのにどうしてです」

おばやんは大きな溜息《ためいき》をつくと、

「あの子たちも恨み辛《つら》みやのうて、そないな風に思えたら、どない楽かもしれんのになぁ」

「花魁のお姐さんたちのこと……ですか」

「ああ、そうや」

そこでおばやんは、うちをしげしげと見つめながら、

「ええか。あんたはな、そう考えるようにせんといかんぞ」

まるで花魁たちと同じ怨恨を持つのを見越しているかのような台詞を口にして、この話題を唐突に打ち切ってしまった。

奥歯に物が挟まった感じが残って気になったが、うちはお二人と過ごす一時に、すぐさま夢中になった。別館の一階で周作さんに勉強を教えてもらい、その合い間に優子お嬢さんと庭で遊んだ。別館の庭の北側には塀があって、本館の一階からは見えな

い。二階からでも塀が邪魔になって、庭全体を見通すことはできなかった。そのため別館の二階にいる花魁たちにさえ気を配っていれば大丈夫だった。しかも、女将さんやおばやんへの告げ口を警戒しなければならないのは、紅千鳥《べにちどり》姐さんくらいである。三階の通小町《かよいこまち》姐さんは、仮にうちらを目にしても興味がなさそうな顔をするだけで、浮牡丹《うきぼたん》姐さんはいつも、とても優しく微笑んでくれる。あとの花魁は見て見ぬふりをしていたと思う。

あのころのうちは未来を目指しながら、また過去にも思いを馳《は》せていた。未来とは周作さんに習う勉強であり、過去とは優子さんとの庭遊びだ。なぜなら勉学はうちの将来にきっと役立つと信じていたからで、庭での遊びは古里の子供時代を思い出せるせいだった。

ぽんぽん花の他にも、別館の庭には様々な草木が生えていた。それを使ってうちとお嬢さんは、色々な草木遊びをしたものだ。蓮華草《れんげそう》や白爪草《しろつめくさ》で冠や髪飾りを編んだり、狗尾草《えのころぐさ》や柿の葉で犬や人形を作ったり、菫《すみれ》や蓮華草を束ねて毬《まり》投げをしたり、蒲公英《たんぽぽ》や野菊の花で占いをしたりと、季節に応じて遊ぶことができた。

「桜子ちゃん、よく知ってるわね」

うちが新しい草木で新しい遊びをするたびに、優子さんは感心した。どれも古里では当たり前だったので、最初はからかわれているのかと思った。でも、お嬢さんの喜びは本物だったので、うちは得意になった。それで調子に乗って李《すもも》の樹に登り、優子さんを慌てさせた。

別館の庭には柿や李や金柑《きんかん》など、実の生《な》る樹がたくさんあった。特に李が一番高くて三階にまで達しており、それを易々《やすやす》とうちが登ったものだから、お嬢さんは目を白黒させて驚いた。着物を尻端折りにしたことにも、どうやら仰天されたらしい。

「危ないから、もう登ったら駄目よ。第一はしたないでしょ」

いつもは優しい優子さんに、このときばかりは怒られた。それでも木登りを止めなかったのは、どんな草木遊びよりも古里を身近に感じられたからだ。照ちゃんたちと競うように裸足で駆けあがった、お寺の楠《くすのき》が頭の中に蘇るせいだった。そんなに好きな木登りを急に止めたのは、出来心で通小町姐さんの部屋を覗いてしまってからだ。

あのときは、優子さんが周作さんとまだ座敷でお話をしていた。だからうちだけ先に庭へと出たのだが、お嬢さんが来る前にと、急いで李の樹に登ることにした。天辺まで辿《たど》り着き、しばらく辺りを見回していたが、ふと三階の部屋を覗いてみたくなった。金瓶梅楼で特別室と呼ばれる部屋の中を、一目でいいから目にしたいという誘惑にかられた。

うちは形ばかりの狭い露台にそっと上がると、窓に手をかけて少しだけ開き、カーテンの隙間から恐る恐る部屋の中を覗いて、もう少しで声をあげそうになった。通小町姐さんがいたからだ。

もう室内を見るどころではなかった。姐さんに見つからず窓を閉めて、露台から李の樹に移って下まで這《は》い下りる。逃げることしか考えられない。

ところが、窓を閉めようとして、どことなく姐さんの様子がおかしいことに気づいた。カーテンの隙間から目に入ったのは、正座した姐さんのうつむいた左の顔だったのだが、それがまるで涙を流しているように見える。

あの通小町の姐さんが泣いてる……。

うちは信じられなかった。でも、そのとき姐さんの膝の上に手紙らしきものを目にして、またしても声をあげそうになった。

あの手紙を見て泣いてるんだ……。

そっと窓を閉めると、うちは気配を殺しながら李の樹を下りた。覗き見していたと知られて自分が怒られるよりも、泣いていたのを他人に見られたと姐さんが気づいて傷つくほうが、うちは怖かった。あんな風に嘆いていているところを、誰であれ勝手に盗み見て良いはずがない。以後、うちは木登りを止めてしまった。

「桜子ちゃんも、ようやくお淑《しと》やかになってきたわね」

それを優子さんが喜んでくれたので、なんだかうちは申し訳ない気になった。もっとも妹の言葉から、うちの木登りの件をはじめて知った周作さんは違った。

「それは残念だな。李の樹の上に立つ桜子の雄姿を、ぜひ一度目にしたかったのに」

「まぁ、お兄さんたら嫌らしい」

すかさずお嬢さんがぶつ真似をして、うちが顔を赤くしたのも、今となっては良い思い出になっている。

そのお二人も、最近はあまり別館にいらっしゃらない。いらしても妙に沈んでいる。何となく元気がない。特に周作さんは陰があるというか、いつも何か悩んでいるように見える。決して病弱なお身体のせいだけではない気がする。

別館の仕事もこなす赤前垂の雪江《ゆきえ》ちゃんも、うちと同じ意見だ。楼の中では女将さんとうちの次に、彼女は周作さんと優子さんによく接していると思う。だから雪江ちゃんの判断は、決して馬鹿にできない。

赤前垂は三人いて、台所仕事や洗濯などの家事に従事している。お母くらいの安美《やすみ》さん、照ちゃんの叔母さんの幸代さんと同じ歳くらいの友子《ともこ》さん、うちより二つ下の雪江ちゃんの三人で、安美さんと友子さんは通い、住みこみは雪江ちゃんだけだ。うちが金瓶梅楼に来たとき、人買いのおんじが台所で声をかけたのが、この雪江ちゃんだった。あのときは彼女の体格からてっきり年上だと思い、それから顔を見て同じくらいかと考え直したわけだが、実際は年下だった。

うちらは知らぬ間に、会えばお喋りをする仲になっていた。ただ、友だちという関係ではなかったような気がする。新入りのうちと、楼では一番下っ端の彼女と、単に境遇が似ていたせいかもしれない。

しかし、雪江ちゃんにそう言うと、思いっきり首をふって強く否定された。

「桜子さんは新造《しんぞう》やもの……。赤前垂のおらとは違う」

「どこが」

「新造はいずれ花魁になれるけど、赤前垂は何年経っても赤前垂のままや……。絶対に花魁にはなれんもん」

ここに来て一年以上が過ぎたとき、決して誰にも喋らないと約束させられたうえで、雪江ちゃんが教えてくれた。

「おらな、本当は花魁になりたいんや」

彼女の古里は、××地方の山中にあった。お父は樵《きこり》で、婆ちゃとお母は白髪太夫《しらがだゆう》という蚕《かいこ》の一種から採れる糸で機織《はたお》りをしていたらしい。あるときお父が大木の下敷きになって、足腰が立たなくなってしまった。お母の働きだけでは治療代が稼げず、たちまち借金がかさんだ。元から楽ではなかった生活が益々貧しくなり、弟や妹たちはひもじさに泣く元気もないほどだった。

「一番のご馳走がな、蚕の蛹《さなぎ》やった。婆ちゃが囲炉裏《いろり》で焼いて食わしてくれるんやけど、じわっと口の中に脂が広がって、そりゃ甘うて美味《おい》しかったんよ」

そのころ、麓《ふもと》の村に人買いのおんじが現れた。彼女は数人の村の娘たちと一緒に、この廓町へと売られることになった。

「ここに来て白い飯を食べたとき、おら下痢してな。それまで食べとったものと、あまりにも違うとったからなぁ」

山中での暮らしが、とても人間の生活とは言えなかった事実に、彼女は金瓶梅楼に来て気づいたという。

「ここで働いたらうんと稼げて、お父の治療代も出せるし、婆ちゃやお母や弟や妹たちに旨いものを食わせられる。おら、そう思った」

ところが、彼女の思惑は外れた。

「あんたはな、肌の色の白さだけは一級品や。せやけど身体つきがなぁ……、惜しいことに花魁向きではないわな」

遣り手のおばやんの一言で、赤前垂になってしまった。

「それでも、おらは諦めんかった」

楼で仕事をしていれば、そのうち花魁への道が開けるかもしれない——というおんじの言葉だけを支えに、今日まで一生懸命やってきた。だが、そんな希望は最初からなかったのではないか、と最近は思っている。なぜなら一緒に廓町へ売られた村の娘たちは、全員がどこかの遊廓で新造になっており、すでに早くも花魁として見世に出ている者もいるためらしい。

「村で女の子らを集めとったとき、山から出てきたおらを見て、すぐにおんじも分かったんやないかな。おらが新造やのうて、赤前垂に向いとるって」

この告白を聞いて、雪江ちゃんには申し訳ないけど、うちは納得した。彼女は大変な働き者で、決して悪い子ではない。ただ、どうにも花魁には向いていないと、とても強く感じたからだ。どんな田舎娘でも、廓で暮らすうちに垢《あか》抜けてくるという。容貌に関係なく、土臭い娘から色気のある女へと変化するらしい。それなのに彼女はまったく変わらない。逆にいつまで経っても、どこか得体の知れなさを身に纏《まと》っている。それが山中で生まれ育った、彼女の生い立ちに関わるのかどうかは分からないけど……。

以上が、金瓶梅楼で働いている人々の顔触れだ。働いていると記した通り、みんな普通に仕事をしている。遣り手のおばやんや妓夫太郎のように、他では見られない廓特有の仕事もあるけど、労働には変わりない。

でも考えてみれば、おばやんも妓夫太郎も花魁がいるからこそ、ここでは必要とされる。人買いのおんじも同じだ。楼の経営者である女将さんでさえ、そう見える。つまり、すべての中心には花魁がいるのだ。お客さんが廓でお金を落とすのは花魁のためなのだから、これは当たり前かもしれない。でも、その肝心のお姐さんたちが、まるで働いているようには見えない。その事実が、うちを不安にさせる。

しかも花魁たちは、おばやんの話から想像するに、女将さんや金瓶梅楼に対して、ただならぬ感情を抱いているらしい。

恨みと辛み……。

お客さんに対する嫌悪も、遣り手のおばやんへの反感も、元をただせば同じなのだろうか。遊廓に売られてきて、ここで働いていること自体が、お姐さんたちには恨めしいのか。

でも、どうして。

みんな金瓶梅楼に助けられたはずなのに。

益々うちの頭の中はこんがらがった。念願の花魁になれる直前に、まさかこれほど悩むとは思いもしなかった。つい数日前までは、一日も早く花魁になって大いに稼ぎ、まず古里の家族を楽にさせること、それから借金を返して、お土産を仰山持って一日も早く家に帰ること、それればかりを夢見ていたはずなのに……。こうして昔のことを回想すると、不安は増すばかりだ。

このまま花魁になっても、本当に良いのだろうか……。

けれどその日を迎えなければ、うちはいつまで経っても新造のままだ。田舎の家に仕送りをしたくても、花魁見習いの半人前だから稼げない。たまにお客さんからお花をもらえるが、どんなお金でも必ず女将さんに預けなければならない。自分で貯めることは絶対に許されない。

思えば新造として、何の疑問も覚えずに——そんな暇もないほどに——おばやんの厳しい教育を受けていたころが、一番幸せだったのかもしれない。

自分が花魁になったとたん、何とも恐ろしい出来事が我が身に降りかかるのではないか。そんな気がしてどうしようもない。

三月×日
今日は金瓶梅楼の見世に飾るための、うちの花魁姿の写真撮影があった。
いつもお姐さんたちが呼ぶ髪結いさんに、まず化粧部屋で髪を結ってもらった。それから遣り手のおばやんに化粧をさせられ、艶やかで綺麗な着物を纏《まと》ってから、廓町の中の写真屋さんまで連れて行かれた。
この町には、本当に何の店でもある。八百屋さん、魚屋さん、台の物屋さん、酒屋さん、薬屋さん、呉服屋さん、家具屋さん、人力車屋さん、おまけに病院まで。町から出なくても、ほとんど不自由がないことに驚く。

写真を撮られるのは、もちろんはじめてだった。昔の人は魂が吸い取られてしまうと恐れたらしいけど、うちも同じような不安を感じた。でも口にすると笑われると思い、じっと辛抱していた。すると写真屋の小父さんに、表情が硬いと言われた。苦労して笑顔を作ると、今度は顔が強張っていると首をふられた。

「ほんの少し微笑むくらいでええんや」

おばやんが横から口を出したが、とても無理な注文だ。顔の表面が突っ張っているようで、ぴくりとも動かない。

「ほんまにしょうのない子ぉやな」

「いやいや、こういう表情の方が、初々しゅうてよろしいかもしれませんな」

苦り切っているおばやんを、慣れた口調で写真屋の小父さんは宥《なだ》めると、そのまま写真の撮影をはじめた。

終わったときには、どっと疲れが出た。ただ身動きせずに、じっと写真機を見つめていただけなのに、一日分の野良仕事をしたような疲労感があった。

「あとはこちらで、いつも通りにちゃんと仕上げておきますので」

写真屋の小父さんに見送られて楼へと帰る途中、また一歩うちは花魁に近づいたのだと自分に言い聞かせた。

ここに来た当初なら、きっと飛び上がって喜んだに違いない。今でも嬉しい気持ちがないわけではない。だけど、それ以上に不安も覚えている。

この日記に肝心の花魁たちのことを、うちはまだ少しも具体的に記していない。金瓶梅楼の主役は花魁なのに、ここに来た日に会ったお姐さんたち全員をまとめて書いただけで、一人ずつにはほとんど触れていない。仲どんや赤前垂の仕事まで綴ったのに、廓の要となる花魁たちについては触れずにいる。

なぜなら、怖いから……。

うちは花魁に対して、当初は羨望と憧れの気持ちしか抱いていなかった。それが楼での生活が長くなるにつれ、次第に謎を秘めた存在に思えはじめた。そこに魅力を覚えはしたが、同時に不安も感じた。やがて、その不安がどんどん大きくなっていった。そして、いつしか花魁というものに恐怖心を持つまでになってしまった。

この日記をつけ出したせいで、そんな自分の心の変化が改めて分かったように思う。そういう意味では良かったのかもしれない。でも、だからといって何もできない。自分が花魁になるときを、じっと待つだけだ。

いや、それを考えるとよけいに恐ろしくなる。とりあえず今は、うちにとって印象的な五人の花魁の紹介でもして、少しでも気を紛らわせようと思う。ちなみに、これから書く内容はうち一人の観察によっているのではない。本人をはじめ遣り手のおばやんや赤前垂の雪江ちゃんからも、折に触れて聞いた話が元になっている。

ひとくくりに花魁と記しているけど、実はピンからキリまである。容姿や性格や芸事などの優劣によって分かれるから、では決してない。彼女たちが何よりも問われるのは、一晩でどれだけ稼げるのか、それだけだ。金瓶梅楼のように常に十数人も抱えている廓では、その差が歴然とつく。面白いのは稼ぎの高い者が、楼で一番の美人とは限らないことだ。よって稼ぎの低い者が、おかめだとも言えない。

うちが楼に来る前から一番を守っているのは、十九歳の通小町の姐さんだ。そのため別館の三階の部屋をずっと使っている。ここに入れる花魁は、楼でも一人しかいない。いわゆる特別室で、お客さんもそれなりの銭を払わなければならない。

小町姐さん——通小町を縮めて誰もが小町と呼ぶ——は色白の瓜実《うりざね》顔で、確かに金瓶梅楼でも三本の指に入る美人だ。しかし、お客さんに対する愛想は微塵《みじん》もない。つんと澄まして滅多《めった》に笑わず、いつも馬鹿にしたような眼差ししか相手に向けない。それがお客さんでもだ。

姐さんの古里の家は、その地方の素封家だったらしい。それが不審火で家屋のすべてを失ったばかりでなく、村の供出米まで焼いてしまい、一気に家が傾いた。長女だった彼女は、自ら進んで遊廓に我が身を売ったという。もちろん本当のところは分からない。花魁たちの過去は詮索しないというのが、ここでは暗黙の了解だったからだ。

ただ、旧家のお嬢様として育てられたため、廓の花魁になってもお客さんには絶対に媚《こ》びないのだという噂《うわさ》が、実《まこと》しやかに流れている。

「あの子だけは、どうにも手に負えなんだ」

遣り手のおばやんは、今でも愚痴ることがある。

「習い事を覚えるのは誰より早かったけど、お客さんとの接し方については、どれほど口を酸っぽうして言うても、頑《がん》として聞かんのやから……。わたいも往生したわ」

にもかかわらずお客さんの評判は上々で、楼では常に一番の稼ぎ頭として他の花魁たちよりも突出しているのだから、うちは不思議で仕方がない。

「腹立たしいくらい小生意気やけど、男には媚びんいう態度が、またたまらんのや」

そんな風に言うお客さんが驚くほど多くいて、益々うちは分からなくなる。高い玉代を払って遊ぶのに、どうしてわざわざ愛想の悪い花魁を指名するのか。それのどこが楽しいのか。まったく理解に苦しむ。

「そういう矛盾した男はんの気持ちを汲《く》み取るんも、花魁の勉強や。お客さんの願望が分かれば、いくらでもお銭を引き出せますよってな」

おばやんは悟ったような顔で、うちに教えを垂れる。けど、小町姐さんは狙ってやっているわけではなく、むしろ何も考えずに素の自分を見せているだけではないか。お客さんだけでなく、すべての人間に対してだ。うちには、そう思えてならない。

すべてに関心がない……。

通小町の姐さんを見ていると、そんな気がする。この人はお金を稼ぐことにさえ、もしかすると無関心なのでは……とまで勘ぐってしまう。

うちが楼に来て、最初に化粧部屋へ挨拶に行ったとき、何の感情も表さずに一瞥だけでそっぽを向いた花魁が、この小町姐さんだった。

そんな通小町と対照的な花魁が、紅千鳥と浮牡丹のお二人だ。紅姐さんが二十三歳で、牡丹姐さんが二十一歳と、どちらも金瓶梅楼での働きは長い。経験の豊富な――と言うと紅姐さんに太ももを抓られるが――花魁で、お二人ともお客さんのあしらいが非常に上手い。もっともその接し方は、まったく違っている。

紅姐さんは、とにかく賑やかで明るい。暗くてうら悲しいところなど微塵もなく、いつもうるさいくらいに元気だ。そのせいか花魁の着物も化粧も、誰よりも一番映えて見える。華があるという表現が、ぴったりかもしれない。

「どんちゃん騒ぎをして日頃の憂さを晴らすんは、やっぱり紅千鳥やな」

そう言って揚がるお客さんが何人もいる。もちろん騒いだ分だけ彼らの出費は増えるのだが、あまり不満の声が出ないのは、紅姐さんの上手さだろう。お客に余分なお金を出させる腕では、姐さんに敵《かな》う花魁は一人もいない。

「あの子の腕前は、そりゃ大したもんや」

お客さんとの交渉で、一銭でも多く玉代を取ろうとする遣り手のおばやんでさえ、紅姐さんには素直に感心するほどだ。

しかし、朋輩《ほうばい》たちからは好かれていない。煙たがられている。そういう意味では小町姐さんも同じだが、彼女の場合は一番稼ぐことに対する嫉妬《しっと》が、他の花魁たちの心の中には少なからずある。お客さんへの冷たい対応が受けているという事実も、朋輩たちを苛《いら》立たせる原因の一つだ。きっと自分たちの苦労が、阿呆らしく思えるからだろう。

とはいえ小町姐さんの無関心さは、お客さんだけでなく楼の人たちにも向けられている。朋輩に対しても同様だ。そのため最初は生意気だと苛《いじ》められたようだが、そのうち誰も構わなくなった。害のない人間だと見做されたからだ。楼で一番という立場も、悔しいながらも認めざるを得ない。そう考えるように、やがてみんなが変わったらしい。

ところが、紅姐さんは違った。朋輩のお客さんの顔触れとその評判、一晩の稼ぎから借金の額、触れてはいけない出自と過去、おまけに日々の体調にまで、何にでも首を突っこんでくる。相手の身を心配してなら良いのだが、実際は自分と比べて、己の優位を確認して安心するためなのだ。もし朋輩の方が勝っていた場合は、とたんに不機嫌になって口汚く罵ることもあるのだから、みんなが嫌うのも無理はない。

「あの詮索癖が良い方に向いとったら、花魁をまとめる頭《かしら》にもなれたやろうに」

おばやんが残念そうに呟くのを、うちは何度か耳にしている。姐さんの朋輩たちへの好奇心の強さが、そのまま上手く面倒見の良さにつながっていればと、おばやんは言いたかったのだろう。

それほど難しい金瓶梅楼の花魁頭を務めるのが、浮牡丹のお姐さんだった。いつもゆったりとした物腰で、騒いだり怒ったり泣いたりする姿を、誰にも見せたことがない。うちも牡丹姐さんのそんな様子は、少しも想像できない。物事に動じるということが、この人には無縁のように思えてならないからだ。

噂では通小町の姐さんよりも、もっと良家の出だと言われている。

「没落した華族様のお嬢様やったらしいで」

赤前垂の雪江ちゃんが教えてくれたが、本当かどうかは分からない。でも、牡丹姐さんが醸し出す気品のようなものは、そういう出自だとでも考えなければ、ちょっと説明がつかないかもしれない。そういう意味では古里の綾お嬢様と似ている。

似ていると言えば、お嬢様と同じくお姐さんも耶蘇教の信者らしい。皆に布教まではしないが、かなり深く信心しているという。そういう人が花魁になって辛いだろうなと、最初は思った。けど、その信仰がお姐さんを助けているのかもしれないと、今では感じている。お嬢様が、まさにそんな風だったからだ。

牡丹姐さんは誰に対しても優しく接するので、お客さんだけでなく花魁たちをはじめ、楼で働く人たちの間でも好かれていた。だから、どうして彼女が楼で一番の稼ぎにならないのか、それが不思議でたまらなかった。

「浮牡丹に癒されとうて、うちに揚がるお客さんは大勢おる」

おばやんも、お姐さんの人気は充分に認めていた。

「仕事で大変な目に遭うとる男衆が、家に帰っても女房には安らぎを見出せず、ここへ来て花魁に優しゅうされて、それが嬉しゅうてまた来ようとするわけや」

ただし認めながらも、こんな風に続けた。

「せやけどな、ここは遊廓や。男衆が遊びにくるところや。優しゅう癒されてるだけでは、そのうち物足りんようになってくる。ぱぁっと騒いで憂さを晴らしとうなる。うちにとって浮牡丹は貴重な花魁やけど、あの子のような子ぉばかりでは、廓は成り立っていかんのや」

この説明を聞いて、男とはややこしいものだなぁと、うちは思った。お姐さんたちの苦労が、少しだけ理解できた気がした。

「花魁頭としても、浮牡丹は優し過ぎるな。あの子が意見をまとめれば、確かに文句を言う者は少ない。けど、みんなを引っ張って行く力がないから、いつまで経ってもバラバラや。まぁ花魁なんてものは、しょせんは個人の商売やけどな」

おばやんの話を聞いていると、結局どのお姐さんも金瓶梅楼には必要だということになる。要は他の楼には見られない、うちだけの特別な存在だからだろう。良くも悪くも何か癖のある花魁が、お客さんには長く受けるのかもしれない。

とはいえ、その癖が裏目に出る場合もある。月影《つきかげ》のお姐さんがそうだ。

「月影にも困ったもんや。年中めそめそしとる。大人しゅうてええいうお客もおるが、たいていは暗うてかなわん、こっちまで気が滅入ってしまうわと、厭《いと》われるのが落ちやからな」

月影姐さんは楼に来たときから、すでに泣いていた。女将さんに叱られても、おばやんに躾《しつけ》られても、花魁に苛《いじ》められても、妓夫太郎に軽口をたたかれても、お客さんにからかわれても、とにかく泣いたらしい。

「通小町と同じ歳で、新造になった時期も大して違わんかった。けど小町が何に対しても動じんかったのに比べ、あの子は何にでも怯《おび》えて泣いたもんや」

おばやんの言うように、お姐さんにとって廓での生活は悲しいことだらけだったのだ。以前の生活では口にできない白いご飯を食べているときでさえ、昔の貧しい暮らしを思い出しては涙ぐんでいたと聞き、うちは驚いた。気持ちは理解できるが、さすがに泣き過ぎだろう。

「ほんまに影が薄い子で、おるのかおらんのか分からん。化粧部屋でも朋輩たちの中に埋もれてしもうて、なんやあんたおったんか……いうのがしょっちゅうや。あれで廓に来る前には、お客の前に立って、ちゃんと演技してたいうんやからなぁ」

月影姐さんの前身は、ちょっと変わっていた。サーカス団で綱渡りや火の輪潜《くぐ》りをする、子役の軽業師だったのだ。親が団員だったわけではないらしく、物心がつくころには他の子供と一緒にテント暮らしをしていて、既に辛い芸の訓練を受けていたという。だからお姐さんは、自分が本当は地方の大金持ちのお嬢さんで、小さいときに出先で迷子になっていたところを、サーカス団にさらわれたのだと思うようにした。いつかきっと実の両親が迎えに来てくれると、そう考えるようにしたのだ。そういう意味では、まだ夢があったらしい。けど、親方に遊廓へ売られてからは、そんな夢も見なくなったという。

「お下働きが辛い……。こんなに辛いお勤めは、もう嫌じゃ」

特に見世に出るようになると、もう夢どころではなく、そう言って泣いたというが、うちには訳が分からなかった。下働きとは、仲どんや赤前垂がやる仕事ではないのか。花魁になった月影姐さんには、まったく関係ないはずなのに。

おばやんに訊いても、ちゃんと答えてくれない。

「お下働きいうんも、色々とあるんや。あんたも花魁になったら自然に分かるよって、何の心配もいらん」

こっそりお姐さんに尋ねると、早くも瞳をうるうるとさせながら、

「桜ちゃんも数年したら、あれが仕事になるんやなぁ……」

「あれって何ですか」

「……まだな、あんたは知らんでもええんよ」

そう口にするやいなや、もう月影姐さんは泣いていた。うちは「あれ」が何のことか気にかかったものの、泣きじゃくるお姐さんを前にして、ただおろおろするばかりだった。

それでも月影姐さんのことを、うちは好きだった。泣き虫だからこそ自分が新造だったときの辛い体験をよく覚えていて、うちが同様の目に遭っていると、それとなく慰めてくれたからだ。牡丹姐さんも優しかったが、生まれと育ちがあまりにも違い過ぎるせいか、より心に沁《し》みて感じたのは月影姐さんの方である。おそらくお姐さんも、うちと同じ貧乏百姓の出に違いない。

「もっと頑張ってもらわんと、また今月もあの子が一番びりや」

おばやんにしてみれば、そんな月影姐さんの性格など、きっと花魁には必要ないと思っているのだろう。いや、むしろ商売の邪魔だと言いたいのだ。

「それやったら雛雲《ひなぐもり》のけったいな力の方が、まだお客が呼べるだけましいうもんや」

雛雲の姐さんは二十六歳で、楼でも古株の花魁になる。こんなことを書くと怒られ

るが、決して器量や性格が良いわけでも、楼での勤めが長い分だけ客あしらいが上手いわけでもない。逆にお客さんの前で気が触れたようになって、相手を心底びびらせる悪癖があるくらいなのだ。

この発作がはじめて出たとき、雛姐さん自身も驚いたという。まるで立眩《たちくら》みしたように目の前が急に真っ暗になり、ふっと誰かの臨終の光景が脳裡《のうり》に浮かんだという。次の瞬間、姐さんはお客さんに対して、それは一生懸命に喋っていたらしい。

「今日は帰った方がええ。もうすぐ家で不幸がある。今なら間に合うから、さぁ早う帰り」

相手は腹を立てるやら気味悪がるやらで、ちょっとした騒ぎになった。すぐにおばやんが飛んできたものの、雛姐さんは同じ台詞をくり返すばかり。

「一度お帰りになったらどうですか。万一いうこともありますからな。もし何もなかったら、次に来ていただいたとき、ただにしてもらいますよって」

おばやんの説得で渋々お客は帰ったが、二週間後に再び顔を出すと、実家の祖父があの日ぽっくり逝《い》ってしまってな……と口にしたため、おばやんも雛姐さんも仰天した。

この話が廓町で少しずつ広まるに従い、姐さんを指名するお客が徐々に増えていった。

「例の雛雲はいるか」

そう訪ねてくる全員が、「巫女遊女《みこ》」としての彼女に何かを期待した。とはいえ発作がいつ出るか、誰に対して起こるかは、まったく本人にも分からない。気が触れたような言動を散々した挙句、何のお告げもない場合もしょっちゅうだった。

にもかかわらずお客はやって来た。千客万来とまではいかなかったが、月影姐さんよりは多かったのだから、何が幸いするか分からない。

「巫女遊女やなんて……」

女将さんは嫌がったらしいが、お客さんが途切れずに訪れると分かってからは、もう何も言わなくなったと、おばやんが苦笑しつつ教えてくれた。

「こんな風になったのは、地獄腹《じごくばら》の鬼子《おにご》を始末してからやわ」

なぜ急に奇妙な力を得る羽目《はめ》になったのかを、朋輩たちから訊かれた雛姐さんは、しばらく考えてからそう答えたという。

お客さんとの間に子供ができることを、廓では地獄腹とか河豚《ふぐ》の横っ跳びなどと呼ぶ。鬼子というのは、お腹の中にいる赤ん坊を指している。酷い言い方だと思うが、ここでは当たり前だ。

それにしても、どうして花魁が妊娠するのか、なぜお客さんが父親なのか、正直なところちんぷんかんぷんである。スキンという細長いゴムの袋のようなものがあって、それを使えばどうやら大丈夫らしいのだが、万全ではないという。だけど、そもそもいつ、どこに、どうやって使うのか。「ハート美人」や「敷島サック」と種類があるようだが、実物を見ても意味が分からない。あれはいったい何なのか。

そう言えばおばやんが金払いの良いお客に、よく口にするお愛想がある。

「あれまぁ、そんな風に二人で寄り添うお姿なんか、そらどこから眺めても、もう仲の睦《むつ》まじい夫婦にしか見えませんわ」

確かに夫婦になれば子供はできるけど、花魁とお客さんの関係は違う。花魁は「一夜妻」とも呼ばれるが、あくまでも仮で本当の夫婦者ではない。

ただ、古里の村でもある家の小母さんが、旦那さんとは違う男の子供を孕《はら》んだ……という噂が広まったことがある。大人たちは内緒話のつもりだったようだが、うちも照ちゃんも知っていた。でも不思議なのは、その小母さんのお腹が一向に大きくならないばかりか、いつしか赤ん坊の噂も消えてしまった点だ。小母さんが病みあがりのように、ふらふらしている姿を見たくらいで、いつの間にか村は何事もなかったように、元の平穏な状態に戻っていた。

あの小母さんと同じ出来事が、花魁たちの身にも起こるのかもしれない。小母さんの妊娠が村の誰にも歓迎されていなかったのは、うちにも充分に感じられた。花魁たちが鬼子と憎々しげに呼ぶ赤ん坊も、きっと同じなのだ。

しかし、だとしたらお腹の中の子は、いったいどこへ消えたのか。あの小母さんと雛姐さんの赤ん坊は、どうなってしまったのか。

またしても花魁を巡る謎に思い当たり、思わず筆が止まりそうになる。やっぱり花魁には、うちの知らない恐ろしい秘密が、まだまだ隠されているのではないか。

そうだ。恐ろしいと言えば、雛姐さんが巫女遊女になったばかりのころ、やたらと別館の三階の部屋を「怖い……」と気味悪がったらしい。まだ通小町の姐さんが見世に出る前で、今は所替えして金瓶梅楼にはいない福寿《ふくじゅ》という花魁が、その部屋を使っていたときだという。

福寿姐さんは当時、もちろん一月の稼ぎが楼で一番だった。

「自分にお客がつかんからいうて、ここで一番良い部屋の悪口を言うやなんて、雛雲の姐さんもええ根性してますな」

一番を張る花魁だけあって黙っていなかったが、雛姐さんは決して嫉妬からではなく、自分が感じたことを正直に口にしただけだった。

「どうしてか理由は分からん。ただ、あそこの部屋が怖いんや。いや、あの部屋だけでのうて、真下の二階の部屋も……」

「何がそんなに怖いんです」

嚙みつく福寿姐さんに、ぽつりと雛姐さんは言った。

「窓……」

別館の三階には、北と南と西の三方に窓がある。三つの窓の中央には狭くて形ばかりだが、他の部屋ではお目にかかれない洒落《しゃれ》た露台がついていた。

雛姐さんに妙なことを言われた数日後、その三つのうち見世の表に面した西側の窓だけ、福寿姐さんは夕方になると早々とカーテンを閉めるようになった。

「まだ早いやないか」

遣り手のおばやんが注意しても、お客さんが不審がっても、朋輩が訳を尋ねても、福寿姐さんは何も言わずにカーテンを引き続けた。そのうえ何を思ったのか、窓枠の真ん中に「なむあみだぶつ」と墨で書きつけたのだ。そして数週間後、急に他所《よそ》へと所替えしてしまった。

もちろん女将さんもおばやんも、ここの何が気に入らないのか、文句があるなら言ってくれと、福寿姐さんを引き止めた。金瓶梅楼の稼ぎ頭を手放したくなかったからだ。それに花魁の勝手で遊廓を移るとなると、さらに少なからぬ額の借金が増える羽目になる。楼にも本人にも良いことは一つもない。

しかし、福寿姐さんは頑として喋らなかった。ただ彼女の様子は、明らかに怯えているように見えたという。所替えした次の日の夕方、化粧部屋で福寿姐さんの話になったとき、誰もがそう感じていたと分かった。

「あんたが変なこと言うて、あの子を脅したからや」

「楼で一番やからいうて、天狗になっとったからな。ええ薬やろう」

「あの部屋って、ほんまに何かあるの……」

お姐さん格の花魁たちから小言をもらっても、よくやったと誉められても、薄気味悪そうに訊かれても、雛姐さんはじっと下を向いたまま黙っていた。

「まさか……」

花魁たちの賑やかな喧騒の中で、おばやんの愕然《がくぜん》とした呟きが、ふと雛姐さんの耳に入った。

「…………」

とっさに雛姐さんは、おばやんを見たという。でも、はっと我に返ったようになって、おばやんが慌ててそっぽを向いたので、もう何も尋ねることができなかったらしい。

それから数日後の夜、雛姐さんを指名したお客さんが、別館の二階の部屋に揚がった。そこは例の三階の真下だった。おばやんに他の部屋に替えて欲しいと頼んだが、その夜の楼は盛況で生憎《あいにく》どこも塞《ふさ》がっていた。

「泊まりと違うんやから、ちょっとの間だけ辛抱できるでしょ」

「でも、あの部屋は……」

「さぁさぁ、早う行きなさい。お客さんを待たせてどうするんです」

おばやんに宥《なだ》められつつも怒られ、仕方なく雛姐さんは部屋に行った。けど、どうにも怖くて仕方がない。お客さんの背後にある窓が、もう恐ろしくてたまらない。

そんな彼女の不審な挙動が、どうやら相手に伝わったようで、

「おいおい、どうした。大丈夫か」

お客さんが心配し出したものの、すぐに顔色が変わった。姐さんの奇妙な様子が、巫女遊女になる前触れだと勘違いしたのだ。

期待に満ちた眼差しを向けてくるお客さんを放って、部屋から逃げ出すわけにはいかない。そんなことをすれば、おばやんのきついお仕置きが待っている。かといって巫女の状態になど、これではいつまで経ってもならないだろう。むしろこの部屋に居続けることで、そのうち本当に気が触れてしまうかもしれない。

そんなん厭《いや》や。

おばやんのお仕置きの方が、どれほどましかもしれない。そう思い直した雛姐さんが、急いで部屋を出ようとして、窓から視線を外そうとしたときだった。

ぬっと逆様《さかさま》の顔が覗いた……。

窓枠の上部から垂れたように下がるそれは、花魁の髪型に結って花魁の化粧をしていた。ぞくっとするほどの美人だったが、見たことのない顔である。いや、そもそも

睨《ね》めつけるように部屋の中を見回している眼差しが、とても人のものとは思えない。

第一そんな格好でこの部屋の中を覗くためには、真上の三階の部屋の窓から露台へ出て、守宮《やもり》のように逆様のまま外壁に張りつき、あの窓から顔を出さなければならない。しかも花魁の装いをしたままの状態で。

人間やない……。

そう悟った瞬間、それと目が合った。たちまち首筋から冷水を注ぎこまれたかのような、ぞっとする震えが背筋を伝い下りた。目を逸《そ》らしたいのにできない。ひたと雛姐さんに視線を定め、じぃーっと瞬き一つせずに見つめてくるそれから、どうしても視線が外せない。身体全体が金縛りになったようで、まったく動かない。蛇に睨まれた蛙《かえる》とはこういう状態のことなのだと気づき、思わず彼女は身震いした。

そのとき窓の外の顔が、にたっ……と嗤《わら》った。

まるで雛姐さんの恐怖を感じとったかのように、邪悪な笑みを浮かべている。逆様のまま窓の外で嗤う顔は、まさにこの世のものではなかった。

助けて……。

自分と窓の間に座るお客さんに、雛姐さんはそう言いたかった。でも、声は少しも出ない。ただ心の中で必死に祈るだけである。

しかし、相変わらずお客さんは期待に満ちた眼差しを、雛姐さんに向けている。巫女遊女になるのを今か今かと待ち続けている。

「どうしたんです」

後ろから声をかけられ、とっさにふり返った。そこには襖を半分ほど開けて、遣り手のおばやんが立っていた。あとから聞いたところでは、雛姐さんが心配になって様子を窺いにきたが、部屋の中があまりにも静かなので、不審に思って覗いてみた。すると彼女が突っ立っており、どうにも部屋の雰囲気がおかしかったので、たまらず声をかけたらしい。

おばやんの顔を見て一気に安堵した雛姐さんは、慌てて窓をふり返ったが、もう逆様の顔は消えていた。

それからが大変だった。ぷいっと雛姐さんは部屋を出て行くと、絶対にあの部屋には戻らないと言い張った。当然お客さんは彼女の態度に腹を立てた。おばやんが間に入り、相手には謝って玉代を返し、雛姐さんには罰則金を払わせて、どうにか収拾をつけたという。

けど、雛姐さんは二度と別館の問題の部屋を使わなくなった。どうしてもあの部屋しか残っていない場合は、罰則金を払ってでも拒否した。

そのうち他の花魁たちも、妙なことを言い出すようになった。

「あそこって、なんや真夏でも、ふと寒うなるんよ」

「自分とお客しかおらんのに、誰かに見られてる気がして……」

「表の窓の外を上から下へ、さっと黒いものが何遍も落ちるんよ」

「私は下から何かが、ずずっと上がって来るのを見たわ」

ちなみに雛姐さんは、このとき自分の体験をまだ誰にも話していなかった。にもかかわらず朋輩たちは口々に、あの部屋に対する薄気味の悪い感想を漏らしはじめた。

「あんたが騒ぎを起こすからや」

「こうなると巫女遊女も考えものですな」

おばやんには怒られ、女将さんには愚痴られたが、決して自分のせいではないと雛姐さんは思っていた。

別館の三階が変やから……。

だが、そう主張しても無駄だった。おばやんはどうも心当たりがありそうなのに、完全に口を閉ざしている。もしかすると女将さんも思い当たることがあるのかもしれない。でも、この二人が問題にしないのであれば、どれほど警告しても意味がない。

やがて通小町の姐さんが見世に出るようになり、あっという間に一番の稼ぎ頭になって、別館の三階をあてがわれた。

雛姐さんは散々迷ったが、やはり注意だけはしておくことにした。

「あそこの部屋は、気をつけたほうがええ」

「あら、そうですか」

ところが、小町姐さんはまったく取り合わなかった。平然と問題の部屋を使った。一週間、一ヵ月、半年と月日が経っても何も起こらず、そのまま別館の三階の主になってしまった。

雛雲の姐さんは、今でも巫女遊女を続けている。小町姐さんの真下の二階の部屋には、相変わらず絶対に入らない。とうに遣り手のおばやんも諦めているようで、どれほど楼が混んでいても、その部屋を雛姐さんにはあてがわない。ただし、他の花魁の文句は受けつけなかった。

「寒いんやったら、逆に夏はよろしいやないですか。冬はお客さんに身を寄せて、あんじょう甘えたらええんです。誰かに見られてるいうんは、そら気のせいですわ。仮にほんまやったら、ちょっとは刺激になって興奮しますやろ」

「いややわぁ、そんなこと言うて」

たいていは花魁がむっとするか笑い出して、その場は収まった。おばやんの「刺激になって興奮する」という言葉の意味は不明だったが、その後、雛姐さんのように窓の外に何かを見たという人が現れなかったため、次第にみんなもあまり気にしなくなったという。

この別館の三階以外にも、雛姐さんが嫌う場所が楼にはあった。建物の北側の庭の隅にある物置のような小屋だ。

「鬼門の方角に建てたんが、そもそもの間違いや」

もしかすると別館の三階よりも、こっちを厭《いと》うていたのかもしれない。ただ、花魁には何の用事もない庭にあるので、こちらは近づかなければそれですむ。

「私らがどんなに避けても、嫌でも入らんといかん羽目になることもある……」

しかし雛姐さんは、そんな意味深長な物言いをした。うちが訳を尋ねても、「知らんにこしたことない」と教えてくれない。そればかりか、とても気味の悪い話を続けた。

「あの小屋から別館の三階まで、何かが楼の中を行き来してるような気が、私にはするんや」

何かの正体については、雛姐さんも分からないというか、むしろ知りたくないようだった。うちも同じだったので、あえて尋ねなかった。

以上の五人が金瓶梅楼でも、もっとも印象的な花魁たちである。

誰に憧れるかと考えると、ちょっと難しい。浮牡丹のお姐さんは最初からはるかな高みにいらっしゃるので、はなから望めない。通小町姐さんのあくまでも我を通す態度も、真似できれば凄いけど無理だ。それに姐さんには何か重い訳が、そうするだけの理由があるのではないか、と最近になって感じはじめている。紅千鳥の姐さんは論外だし、雛雲の姐さんも嫌だ。あと残るのは月影のお姐さんしかいない。

あそこまで泣き虫ではないが、五人の中でうちにもっとも近いのは、やっぱり月影姐さんかもしれない。今は分からないけど、花魁になったら色々と苦しいことや辛いことが出てきて、うちも泣く羽目になりそうな気がする。そう考えるとお姐さんに親しみを覚えると同時に、何とか自分でもやっていけそうに思えてきた。

明日は花魁になる前のとても大切な儀式を行なうと、おばやんから言われている。だから今夜はこのへんで筆をおくことにする。

三月×日
何が起こったのか、今でもよく分からない。とにかく恥ずかしさと怒り、悲しさと恐ろしさ、そしてとてつもない痛みとで、うちの心はぐちゃぐちゃになっている。

昼食が終わってすぐ、うちは遣り手のおばやんに呼ばれた。

「これから病院に行くからな」

てっきりおばやんの付き添いだと思ったのだが、

「縁起でもない。わたいは元気や」

うちが診てもらうのだと知り、びっくりした。どこも悪いところがなかったからだ。しかし、おばやんには逆らえない。

「花魁になるためには、ちゃんと検査せんといかんのや」

そう言われると、嫌々ながらも病院に行くしかなかった。

桃苑《ももぞの》病院は廓町の南の端に建っている。すぐ横には北の大門に対する南の小門があり、主に病院の関係者の出入り口になっていた。ここを使う廓のお客さんはほとんどいない。そのため時間帯によっては人通りが少なく淋しかったが、小門を挟んだ右手に人力車を出す車屋が営業していたため、妙に活気だけは感じられる。花魁たちについて何度も来ているのに、いつまで経っても慣れる気がしない。何とも変な場所だった。

その原因は、おそらく病院にあったのだと思う。ぷんと鼻につく消毒薬の臭い、診察が終わるまで不安そうなお姐さんたちの表情、入院中の朋輩のお見舞いに訪れた花魁たちの暗い顔……といったものが、うちに悪い印象を与えていたのだろう。そんなところへ、今度は自分が検査を受けるために行くのだ。

病院では診察室に通され、診察台の上に寝かされた。看護婦さんに着物の裾《すそ》を捲《まく》られ、両脚の膝を立てられたかと思うと、いきなり大股に開かれて、うちは驚くやら恥ずかしいやらで、とっさに身を起こしそうになった。

「阿呆！　じっとしてるんや」

おばやんに怒られ、仕方なく身をすくませていると、お医者さんが入ってきた。

「さぁ、力を抜いて。すぐにすむから」

怖くてたまらなかったが、お医者さんの言う通りにした。そのとたん、ひんやりと冷たいものがお股に当たり、ぞっと寒気がした。痛いような痒《かゆ》いような変な感覚と、お腹の中をいじられているような気持ちの悪い感触を覚えているうちに、その検査は終了した。

「何ともございませんか。ありがとうございます」

おばやんがお礼を言うのを聞いて、うちは無事にすんだのだと喜んだのだが、実はまだ終わっていなかったのだ。

楼に戻ると、もう花魁たちは化粧部屋に入っていた。

「ちょうどええ」

それを確認してから、おばやんは真剣な顔で、

「ええか。見世が開く前に、花魁になるための大事な儀式をすませてしまうからな。二階の廻《まわ》し部屋へ来なさい」

うちに、そう伝えた。病院の検査は、これからはじまる大事な儀式の単なる準備だったのだと分かり、とても緊張した。

廻し部屋に行くと、長襦袢《ながじゅばん》一枚になるように言われ、布団の前に座らされた。

「これはな、忍棒いうもんや」

おばやんは一本のあまり長くはない木の棒を見せながら、

「材料は桐《きり》で、男衆の縁起に似せて作られとる」

「縁起って……神棚の御神体と同じですか」

ようやく最近になって知ったのだが、玄関の神棚に祀られている茸のような御神体は、なんと男さんの下のものらしいのだ。ただし、その理由がどうしても分からなかった。それをおばやんが教えてくれるのだと、このときうちは思った。

「ああ、そうや。有り難い御神体と一緒やからな、なんも怖いことあらへん」

「……はい」

意味のつかめぬままに頷き、布団に寝るようにと言われた。

「さぁ、膝を曲げて」

病院と同じだった。

「それからお股を広げる」

おばやんの両手がうちの両膝にかかり、ぐっと左右に力が入った。

「ほら、もっと大きゅう広げるんや」

そこからさらにお股を、ぐいっと大きく左右に開かれた。

うちは恥ずかしいやら、今から何が起こるのか理解できなくて怖いやらで、おしっこを漏らしそうだった。

「ええか。あんたの大事なとこへ、これから忍棒を入れるけど、少しの間の我慢やからな。こらえるんやで」

「…………」

まったく訳が分からない。

「なーも怖いことあらへん。ちょっと道つけるだけや。これもお稽古の一つなんやから、気ぃしっかり持って辛抱するんや」

「…………」

まったく意味がつかめない。

「明日からは、忍棒やのうてお客さんの縁起が、あんたのお秘所《ひしょ》に入るんやから、よう覚えておくんやで」

「…………」

まったく言葉が出てこない。

「さぁ脚の力を抜いて。力を抜くんや。そうそう。口で息して。口で息してごらん。そうや。その調子や」

そんな、まさか……と思ったときだった。

お股の間に異物を感じた直後、物凄い痛みが走った。お秘所から下半身にかけて、それは脳天へと突き抜けるような、これまで一度も経験したことのない鋭い痛みだった。そのあまりの衝撃に、うちは思わず大声をあげて泣き叫んでいた。

「さぁすんだ。もう終わりや」

お秘所から忍棒が抜かれる何とも言えぬ感覚と共に、どろっとした生温かいものが流れ出すのが分かった。

「これで、あんたも立派な花魁や」

うちのお秘所を布のようなもので拭《ふ》きながら、おばやんが喋っている。

「このお下働きが、あんたのお勤めになるんやからな」

お股が耐えられないほど痛かったけど、頭はぼうーっとしている。

「明日からは、ここでしっかりと稼ぐんやで」

それなのに、おばやんの言葉が頭の中で響いている。

「痛いのは最初だけや。そのうち慣れてくる。なーも心配いらん」

どっと涙が溢れた。泣き叫んだとき以上の涙が、あとからあとから流れ出てくる。

「そうやって泣くんも、はじめだけや。みーんな同じ経験をしとるんやからな」

おばやんに起こされ着物を整えられて、うちは廻し部屋を出た。そして自分の部屋を持たないお姐さんたちが使う花魁部屋まで連れて行かれた。それから夜までどうしていたのか、はっきりとは覚えていない。

とにかく誰かに会うのが嫌だった。特にお姐さんたちの顔は見たくなかった。赤前垂の雪江ちゃんが様子を窺いにきたけど、うちは返事をせずに息を詰めていた。すると襖が静かに少しだけ開いて、お皿に盛ったおにぎりが差し入れられた。どうやら夕飯の席にも、うちは出なかったらしい。でも、お腹は減っていない。しくしくと痛み続けているだけだ。

こんな目に遭うなんて……。

うちは騙《だま》されていたのだろうか。人買いのおんじも、こうなることを知っていたのか。お客さんと面白おかしく遊ぶだけというのは、まったくの嘘だったのか。

そうとしか思えない。ここで目にしたお姐さんたちの奇妙な言動も、これで説明がつく。遊廓がどういうところか教えられずに、みんな騙されて売られてきたのだ。でも借金があるため、誰もが仕方なく働いている。そうに違いない。

働く……。お下働き……。お下働きが辛い……。そういう意味だったのか。

通小町の姐さんの冷たさは、精一杯の抵抗なのかもしれない。借金を返すためにお勤めはするけれど、それ以外のことは絶対にしないという強い意思の表れではないか。にもかかわらず、そういう態度が皮肉にもお客さんを呼んだ。姐さんにしてみれば、楼に一矢を報いた気分だろうか。

小町姐さんと正反対なのが、おそらく月影お姐さんだ。花魁になって何年経っても、どうしても慣れずに泣き続けている。お下働きの辛さだけでなく、こんなお勤めをしなければならない自分の境遇を、きっと嘆き悲しんでいるのだ。

うちは、どっちやろう……。

ふと考えてしまい、自分でも驚いた。いつの間にこの境遇を受け入れる気になったのか。騙されて連れてこられたのに、このまま大人しくお下働きをするつもりなのか。

でも、この楼からはお金を借りている……。お父の借金を返して、婆ちゃ、お父とお母、幼い弟と妹が暮らしていくのに必要なお金だ。そのためにうちは売られてここへ来た。今さら帰るわけにはいかない。楼でのお勤めは、最初から決まっていたことなのだ。その内容も、うちだけが知らなかっただけで……。

婆ちゃは分かっていた？　お父とお母は？

綾お嬢様は……？

よく思い出してみると、大人たちの様子は変だった。廓町がどういうところか、きっと理解していたからだ。

だからといって誰も恨むつもりはない。婆ちゃもお父もお母も、こうするしか他に方法はなかった。いくらお家が華族様でも、お嬢様が借金を肩代わりするわけにはいかなかった。人買いのおんじはそれが仕事だった。女将さんも遣り手のおばやんも同じだ。

うちの本当の仕事が、明日からはじまる。借金を払い終わって年季が明けるまで、花魁としてのお勤めが続く。それを思うと、気が遠くなる。また泣き出しそうになる。

うちは決心した。

とにかく今は、何も考えない方が良い。通小町の姐さんのように、ぴたっと心を閉ざしてしまおう。しばらくは、そうやって乗り切るしかない。

そうだ。忘れないうちに、お秘所に薄絹を入れておかなければ……。

寝る前に必ずするようにと、おばやんから注意されている。忍棒を使った新造の多くが、寝ている間に寝小便をするからだと聞いて、うちは情けなくなった。この歳になって、おねしょをするかもしれないなんて……。

屈辱という言葉の意味が、はじめて分かった気がした。

四月×日

花魁として金瓶梅楼の見世に出てから、もう一週間が過ぎた。それとも、まだ一週間と書くべきだろうか。

確かに長かった。地獄のような日々だからこそ、きっと長く感じられたのだ。見世に出る前の晩にした、ちっぽけな決心など完全に消し飛んでしまうほど、お下働きは想像以上に辛くてきつかった。自分がいかに甘く考えていたかを思い知らされ、さらに打ちのめされた。月影お姐さんが泣き虫だと笑われるなら、うちは大泣き虫だと嘲《あざ》笑《わら》われることになる。

一週間前の初見世の日、うちはお昼の遅い時間にお風呂を使って、おばやんに言われた通り普段より丁寧に身体を洗った。お姐さんたちといっしょに入ったのは、そのときがはじめてで、色々とからかわれた。

「何やまだ子供ですがな」

「それでもお秘所には、ちゃんと毛が生えてますで」

「腰つきは、もう女ですなぁ」

うちは恥ずかしいやら腹が立つやらで、どうにもいたたまれなかった。ただ、お姐さんたちの一人が太ももに刺青《いれずみ》を入れているのを目にしてからは、もう驚いてそれどころではなくなった。それとなく観察すると、同じく太ももに刺青のあるお姐さんが数人いた。全員に共通しているのは、それが男衆の名前らしいということだった。

あるお姐さんは「定良」と、別の姐さんは「敏命」、また別のお姐さんは「辰也命」と彫ってある。最初は分からなかったが、「命」というのは名前の一部ではなく、「生命」の意味らしいと見当がついた。つまり当の花魁にとって、「敏」や「辰也」という男衆は、自分の命にも等しいという意味なのだろう。

うちは頭がくらくらした。男の名前を自分の身体に刻むなど、何が何でも絶対に嫌だ。そんなことできるわけがない。それとも花魁になると、これが当たり前になるのだろうか。

風呂を出たあとは、恐る恐る化粧部屋に入った。席は一番端っこだったが、隣が月影のお姐さんだったので、ひとまず安堵した。

「あんたは今日から、花魁の緋桜《ひざくら》やからな」

おばやんに自分の新しい名前を教えられ、緋色の地に白い梅の花を散らした長襦袢《ながじゅばん》を着せられたとたん、何とも言えぬ変な気持ちになった。

本当は小畠《おばた》桜子なのに、これからは名字のない緋桜と呼ばれることになる。まるで自分が自分でないような、とても奇妙な感覚だった。

「旦那さんも、うちらの源氏名《げんじな》をつけるのだけは、相変わらず上手ですな」

「ほんまに。その名前が本人の性格やなんかと、また合うてますのや」

うちの襦袢を目にしたお姐さんたちが、さっそくお喋りをはじめた。

「みんな梅に関する名を、旦那さんはつけるそうですけど……」

「えっ？　この子は緋桜やのに」

「阿呆。桜いうても、それは梅の名前や」

「でも、なんで梅にちなむんです」

「知らんわ、そんなこと」

「金瓶梅楼の梅からでしょう」

「ああ、なるほど。けど、あとの金と瓶はどうなるんです」

いつものように賑やかなお姐さんたちの会話から、意外にも花魁の名づけは楼の旦那さんがしていると分かった。うちは本名が桜子なので、源氏名が緋桜になったのだと思ったが、どうやら違うらしい。

鏡台の前に座り、髪結いさんに頭を整えてもらい、おばやんと月影お姐さんの手解《てほど》きを受けて化粧をした。

お風呂でちょっかいをかけられたように、化粧部屋でもきっとお姐さんたちに何か言われる、からかわれて苛《いじ》められると覚悟していた。それなのに誰も、少しも酷い仕打ちはしなかった。紅千鳥の姐さんでさえ、まったく構ってこなかった。わざと無視しているというより、そっと放っておいてくれている——そんな感じがして、ちょっとびっくりした。

楼の写真見世の壁には、写真屋さんで撮影したうちの顔が早くから貼り出されていた。

「旦那さん、いかがです。今日が初見世の、初穂の娘がおりますよ」

楼の格子窓を覗くお客に、そんな風に妓夫太郎の朝永《ともなが》さんが声をかけるのだと、おばやんに教えられ、かあっと顔が火照《ほて》った。うちの写真を見て、お客が揚がってくる。それが信じられない。嘘であって欲しいと願う。だが、逃れようのない現実だった。

花魁全員の仕度が終わり、玄関の神棚に女将さんたちと一緒にお参りをする。前日までは新造として、お姐さんたちから一歩も二歩も退いていたのに、その花魁の中に自分が入っている。昔のうちなら夢のような……と思っただろう。けど、そのときも今も悪夢の直中にいる気分だ。

見世を開ける参拝がすむと、みんなが持ち場へ急ぐ。花魁は全員が、お互いの競争心を煽《あお》るために、また化粧部屋へ戻される。自分の部屋を持つ者でも、最初は必ず化粧部屋で待機させられる。こうすると誰に一番早くお客がつくか、一目で分かるからだ。

お客が揚がったあとは、自分の部屋を持つ者と持たない者とに、花魁は分かれる。前者は通小町や浮牡丹や紅千鳥のお姐さん方、後者は雛雲や月影といったお姐さんたちになる。

もちろん、うちも部屋は持っていない。売れっ子になれば部屋を持てるが、それは数多くの男衆を相手にお下働きをした結果だ。だったら自分の部屋なんて絶対にいらない。そのため年季明けが遅くなってもいい。そう思った。でも年季が延びれば、それだけ花魁でいる月日が長くなる。その間はお下働きを続けなければならない。

考えれば考えるほど地獄だった……。

ふと視線を感じて顔をあげると、月影のお姐さんが今にも泣きそうな表情で、うちを見つめていた。初穂売りをする新米花魁に、おそらく同情しているのだ。いかにもお姐さんらしいなと考えたところで、はっとした。

お姐さんたちの誰もがお風呂での軽口以外、少しもうちに構わなかったのは、みんな自分の初見世のことを思い出して……なのだろうか。

そっと周囲を見回すと、浮牡丹のお姐さんと目が合った。優しく微笑まれ、どぎまぎしてうつむく。しばらく下を向いていたが、再び静かに顔をあげてみた。

そっと注意しながら、お姐さんたちに視線を向ける。一人ずつ観察するように、じっと眺める。けど、誰一人としてうちを見返さない。いや、決して見ようとしない。

いつもの紅千鳥姐さんなら、こうやって目下の者が見つめるだけで、

「じろじろと何を見てるんや。あたしに文句でもあるんか」

たちまち怒声が飛んできて、物凄く鋭い眼差しで睨まれるはずだ。それなのに、無

理をして気づかないふりをしているように映るのは、うちの気のせいだろうか。

通小町姐さんも一見、普通に見えた。でも、うちに一度も目を向けないのが、逆に不自然に感じられた。これまでの姐さんなら一瞥してから、あなたには何の興味もないとばかりに、すっと目を逸らすのが常だった。最初から完全に無視するのは、むしろ姐さんらしくなかった。

この化粧部屋の異様な雰囲気が、うちを震えあがらせた。初見世の初穂売りには、うちが想像もしていなかった恐ろしい体験が、実は待っているのではないか。忍棒の洗礼など序の口だと思えるほどの苦痛と屈辱が、まだあるのではないか。そんな不安に、たちまち苛《さいな》まれてしまった。

遣り手のおばやんが呼びにきたとき、うちはすっかり怯え切っていた。

「ええお客さんが揚がって下さった。さぁ、早うお出で」

おばやんに急かされ、浮牡丹と月影と二人のお姐さんたちの眼差しに見送られて、うちは化粧部屋を後にした。向かったのは本館二階の引付部屋である。

「ほうっ、こりゃまた未通女《おぼこ》い娘《こ》ぉやないか」

そこにいたのは、でっぷりと太った老人だった。お父よりも年上なのは間違いない。

「こちらはな——」

どこそこの大店《おおだな》のご隠居だとおばやんが恭《うやうや》しく紹介をしたが、うちの耳にはまったく入っていなかった。

「経験豊富な旦那様のような方に当たって、ほんまに緋桜も幸せ者ですわ」

「いやいや、わしなんぞ、まだまだや」

「まぁご謙遜《けんそん》を。旦那様の初穂狩りのご戦歴は、よぉーお存じあげております」

「こら参ったな」

老人は馬鹿笑いしながらも、その細い目だけは笑っていない。まるで蛇の瞳だった。そんな気味の悪い眼差しで、うちの全身を舐めるように見回している。

おばやんはお愛想を口にしつつも、しきりに別館の座敷を勧めた。そこは部屋の調度も蒲団もすべてに贅《ぜい》が尽くされた、本館の廻し部屋の数倍も玉代がかかる、特別室に匹敵する部屋だった。

「緋桜の初見世ですからな。しかも旦那様に揚がっていただくのですから、やっぱり相応《ふさわ》しいお部屋をお使いいただきませんと、わたいが女将に怒られます」

「せやけどな、妓夫太郎の話では——」

「何をおっしゃいます。旦那様のご戦歴に傷をつけんためにも、ここは一流のお部屋をお使いいただいた方が、絶対によろしいですわ」

「そりゃまぁ、そうやけど……」

「ありがとうございます。旦那様に初穂を買うていただいて、ほんまに緋桜は幸せ者ですわ」

本人はそっちのけで、あれよあれよという間に商談が成立してしまった。

「これ、あんたも旦那様にお礼を申さんかい」

上機嫌のおばやんに叱られ、うちは反射的に頭を下げた。だが、目の前の出来事がまだ信じられない。そんな気分だった。

引付部屋を出ると、うちの先導で老人を別館の座敷まで案内した。その途中、何度もふり返ったのは、ちゃんとついて来ているかを確認するためではない。背中を向けていると、身震いするほどの眼差しを感じるからだった。特にお尻の辺りに、ぞわぞわっと鳥肌が立つような厭《いや》な視線を覚えて、とにかくいたたまれなかった。

ようやく部屋に着いて、思わずほっとした。そこで起こる忌まわしい行為を、うちが本当に知っていたら、決して安堵などできなかったわけだけど……。

部屋に落ち着いたら、とにかくお客に酒や肴《さかな》などを注文させるようにと、おばやんには教えられていた。それらは廓町の中にある台の物屋から取り寄せるのだが、普通の店で飲み食いするよりも割高になっている。楼にも代金の一部が入るからだ。一銭でも多くお客にお金を使わせることが、楼のためにも花魁のためにもなると、おばやんは言っていた。確かに理屈だと思う。でも、そんなことをする余裕などない。あるわけがない。

幸い何も勧めないうちから、老人はお酒と肴を注文した。いかにも慣れている感じだった。そして届くまでの間、うちの手を取って握りながら、古里での暮らしぶりについて根掘り葉掘り訊き出そうとした。

廓町では、花魁の過去に触れるのはご法度《はっと》だった。朋輩たちの間でも相手が積極的に話さない限り、過去には触れないという暗黙の了解がある。ひょっとするとお客は例外だったかもしれない。しかし初見世のうちに対して、老人の仕打ちはあまりにも酷だったと思う。

とはいえ、お客には逆らえない。うちは気が進まないながらも、ぽつりぽつりと古里の思い出を語った。

やがて酒と肴が届き、うちのお酌で老人が飲みはじめた。それでも手は離さない。ずっと握ったままで、時折ねっとりと撫でさすっては、また握りしめる。そのくり返しに身震いしそうになるのを、うちは必死にこらえた。

お酒の量が増えるにつれ、老人の口が回り出した。いかに自分の代で店を大きくしたか、その自慢話を得意げに喋りはじめた。うちはあいづちを打ちつつも、まったく何も聞いていなかった。もう古里のことを話さなくて良いのだと、ほっとしていただけだった。

お猪口《ちょこ》が空けばお酒を注ぎ、話の合い間にあいづちを打つ。うちはその二つの動作しかしていなかった。どちらも反射的にやっていたと思う。だから老人がお膳からお猪口を取らずに、いつしか黙っていることに気づくまで、どれほどの間があったのか。

はっとして慌てて顔をあげると、ねっとりとした老人の視線が、うちの身体を舐め回していた。

「い、いや……」

とっさに口をついて出た言葉が、自分のものではないようだった。

「心配せんでもええ。わしに任せとったら大丈夫や」

ささやかな抵抗も空しく、あっという間に長襦袢一枚になっていた。蒲団に連れこまれ、襦袢の裾を捲《まく》られたところで、うちは四つん這いになって逃げ出した。

「ほっ、ほうっ」

後ろで奇妙な声があがり、次いで変な気配もしたが、気にしている暇などない。廊下に面した襖まで一直線に這い進んで、引き手を急いでさっと横に引いた。

「どこに行きますんや」

襖の向こうには、遣り手のおばやんが座っていた。廊下に正座して、怖い顔でこちらを睨んでいる。

「おっ、さすが遣り手婆やな」

うちの真後ろから老人の声が聞こえたとたん、おばやんはにっこり微笑むと、

「どうぞごゆっくり」

そう言って静かに、でも力強くぴしゃりと、うちの目の前で襖を閉めた。

閉じられた襖を前に、うちが恐る恐るふり返ると、同じように四つん這いになっている老人の姿が、そこにあった。逃げるうちと同じ格好をして、ここまで追いかけてきたらしい。

その滑稽さよりも、まず怖さが先に立った。

うちは急いで襖の前を離れると、そのまま這いつつ座敷の壁に沿って奥へと逃げ出した。すると、たちまち老人の気配も追いかけてきた。うちと同じように這ったままで……。

もし何も知らない人がその光景を目にすれば、孫と遊ぶ優しい祖父と映ったかもしれない。しかし実際は、そんな微笑ましいものではなく、まさに身の毛もよだつ状況だった。

うちは真剣に逃げた。でも、立って走ろうとは考えなかった。ひょっとすると座敷の中からは絶対に逃げ出せないのだと、無意識に認めていたからだろうか。そういう厳しい現実を、心のどこかで受け入れていたせいだろうか。立派な部屋とはいえ十畳

間である。四つん這いで逃れようとしたことが、うちの精一杯の抵抗だったのかもしれない。

最初は面白がっていた老人も、しばらくすると息をつき出した。

「ふうっ。こりゃ酒が回ってしまうな」

それでも四つん這いのままふり返った、うちのお尻を好色そうな眼差しで眺めながら、

「どれ、そろそろ床入りするか」

急に立ち上がると一気に向かってきたので、うちも立って逃げようとした。すると帯を、むんずとつかまれた。

でも、花魁は素人さんのように腰紐《こしひも》は使わず、決して帯も結ばない。布を腰に巻いてから、その先を胴にはさみ入れるだけだ。帯も同じようにする。これは質《たち》の悪い——例えば無理心中しようとするような——客に、花魁が簡単に捕まらないための工夫で、仮に帯をつかまれ引っ張られても、くるくると身体を回して逃げることができるようになっている。普通に寝るときも同じで、すっかり習慣づいていた。だからうちも、そうやって逃げようとした。

「ほっほう。これは愉快じゃ」

うちは必死だったのに、老人は子供のように喜んでいる。まるで猫にいたぶられる

鼠のような気分を、うちは味わった。

「けどまぁ、もうお遊びは終わりや」

そう口にすると老人は、そこから年寄りとは思えない力でうちを捕まえ、瞬く間に蒲団の上に組み敷いてしまった。

「人間はな、諦めが肝心やで」

何を勝手な台詞を吐くかと腹が立ち、思わずあらがったが、

「田舎のお祖母さん、お父さんお母さん、それに幼い弟と妹のために、ここで働いてお銭を稼ぐんやろう」

と言われたとたん一気に身体の力が抜け、抵抗する気力を失くしていた。

「そうそう、いらん力は入れんでええんや。こうやってな、大人しゅうお股を開いておれば、お客さんがお金を落としていってくれるんやから、これほど楽な商売はないで」

なおも勝手なことを口にしながら、老人は長襦袢の前をはだけると、うちの胸とお秘所をいじりはじめた。

かあっと顔が熱くなり、胸とお秘所に痛みを感じ、つぶった両の目から涙が溢れ出た。恥ずかしさと憤りと悲しさとで、ぶるぶると小刻みに身体が震える。嗚咽《おえつ》をこらえつつ、一刻も早く終わって欲しいと念じることしか、うちにはできなかった。

だが、さらにお股を開かれ、ぐいっと老人の縁起がお秘所に入ってきた瞬間、うちは忍棒のとき以上の大声をあげて泣き叫んでいた。しかも、それで終わりではなかった。そこから老人は荒々しく腰を動かして、何度も何度も縁起をお秘所に突き立ててくる。

相手が何をしているのか理解できないまま、五臓六腑を掻《か》き回されるような身の毛もよだつ感触とおぞましい嫌悪感に打ちのめされながら、うちは頭がおかしくなりそうだった。あの状態がもう少し続いていれば、本当に気が違っていたかもしれない。でもうちは、あまりの激痛にそのうち気が遠くなってきて……。

意識が戻ったとき、うちの上には老人がぐったりと伸しかかり、荒い息をついていた。自分が何をされたのか、依然としてよく分からなかったが、取り返しのつかないことをされたのだ……という思いが、じわじわっと心の中に広がるのを感じて、うちは号泣した。

この初見世の夜、うちは三人のお客を取らされた。誰もが年配の老人で、全員が祝儀だと言って別館の座敷を使い、酒と肴も奮発した。うちに花をはずんだのも、その金額こそ違え三人とも同じだった。もっとも花は廓の決まりだからと、すべておばやんに取り上げられた。

だが、うちには怒る気力も残っていなかった。お下働きが想像よりはるかに過酷であると知ったことで、ただひたすら絶望するばかりだった。

二日目も、初穂として見世に出た。三日目も、四日目も、五日目も、うちは一週間ずっと初穂を売り続けた。

「初揚がりのお客さんにはな、しばらく初穂で通すもんや」

おばやんは当たり前のように言ったが、廓特有のえぐい商売に、うちは吐き気がした。

「花魁がいつまでも初々しいようやったら、半月以上も初穂で通す見世もある。遣り手の腕の見せ所いうわけや」

うちの顔をじっと眺めながら、おばやんはにやっと笑うと、

「あんたやったら、一年くらいはいけるかもしれんで」

男衆を怖がり、床入りを嫌がり、お秘所を痛がり、お下働きの間ずっと泣いている。そんな様子がいかにも初見世の花魁らしく、初穂狩りを好むお客に受けるのだと、おばやんは嬉々として説明した。

「まぁ心配せんでもええ」

うちの表情に、あまりの救いのなさを認めたのだろうか。

「いつまでも怖かったり、嫌やったりするわけやない。じきに痛みも感じんようになる。一年も経てば、立派な花魁になっとるよ。三年も過ぎれば、せっせと自分から稼

いどるやろ」

おばやんは訳知り顔で、そう続けた。

嫌だ……、絶対に厭《いや》だ。

お下働きも辛くて嫌だが、心の底から花魁になってしまった自分を考えると、とてつもない恐怖を覚える。そんな姿など想像したくもない。

しかし、遣り手のおばやんが口にしたことで、これまで間違いがあっただろうか。少なくとも廓の中の出来事に関しては、本当に何でも知り抜いている。うちが自分から稼ぐようになると言ったのなら、やっぱりそれは正しいのだろうか。

いや、悩んでも意味のないことだった。そもそもうちに選ぶ自由などない。明日からも花魁として勤める以外に、まったく他の道はないのだから。

毎日々々、何年もの間、年季が明けるまで、うちはお客を取り続けなければならないのだ。

五月×日
見世に出てから一ヵ月が過ぎた。その間ずっと、うちは初穂売りのままだった。初見世の夜に三人のお客の相手をして、それが一週間で十九人、一ヵ月で八十一人になった。

「決して多くはないわな」

おばやんは不満そうだった。うちが時折、どうしてもお下働きが嫌だと抵抗して、花魁の勤めを放棄したため、客数が伸びなかったせいだ。

よくそんな態度がとれたものだと、自分でも驚いた。ここに来て以来、おばやんには色々と辛い目に遭わされている。だから、うちにとっては何よりも怖い存在だった。それなのに面と向かって反抗した。はじめて反抗できた。つまりこれは、お下働きがそれほど辛いものだという証拠ではないだろうか。

はじめの一週間くらいは、うちも高野《こうや》に籠って泣いていた。まだ新造だったころ、便所から出てきた花魁たちの多くが泣き顔になっているのを見て、なぜだろうと不審に思ったものだが、その訳がようやく分かった。楼の中で本当にひとりになれる場所が、花魁にとっては高野の中しかなかったのだ。他人の目を気にせず思いっ切り泣くために、みんなが高野へ入った。もしかすると用足しよりも、そっちの用途の方が多かったのかもしれない。

でもうちは、やがて少しずつ反抗を開始した。きっかけがあったわけではない。あくまでも自然だったように思える。あえて反抗の理由を記せば、借金を返すのは確かにうちの務めだけれど、無理にお客を取らされるのはおかしいのではないか、ということだ。そんな考えが芽生えたのは、綾お嬢様の影響だろうか。それとも周作さんの教えによるのか。いずれにしろ自分でもびっくりするほど、うちは抵抗を示した。

ただし、そのたびにお風呂場の洗い場に正座させられたり、蒲団部屋で敷き蒲団に包まれて蒸し焼きにされたり、物置部屋の板間でお尻をぶたれたり、二の腕や太ももを抓《つね》られたりと、うちは折檻《せっかん》を受けた。そういうときおばやんは、絶対にお客の目が触れるところは避ける。痣《あざ》が残ってもお客が気づかない箇所だけを、いつも選んで責めてくる。花魁という商品を傷つけずに、罰だけを充分に与えるために。その異様なまでの判断の冷酷さが、うちは折檻の内容よりも、しばしば恐ろしくてたまらなかった。

だが、もっと恐ろしいと感じる台詞を、あるときおばやんはさらっと口にした。

「せやけど客数が少ないのも、まぁ考えようですわ。若さだけが取り柄の娘やったら、短期間で稼いだ方が良いに決まってますが、あんたはそうやない。これからなんぼでも稼ぐ花魁になれますからな。最初にあんまりお客を取り過ぎて、お秘所が馬鹿になってしもうたら、元も子ものうなる。未通女《おぼこ》を装うためにも、そない通りはようせん方がよろしい。まっ、ここら辺りの塩梅《あんばい》が、いつも難しいとこやけどな」

「お秘所が馬鹿になる……」

うちが怯えるのを見て、おばやんの顔がたちまち真剣になった。

「そうやで。事が終わったら、なるべく早う風呂場で洗浄せえいうんも、地獄腹になって鬼子を宿さん用心やが、あそこを清潔に保ついう役目もあるんや。ええか。お秘所は花魁の商売道具や。それを粗末にしたら、みーんな自分の身に跳ね返ってくるんやで」

「……はい」

うちは無意識に、素直に返事をしていた。

「昔な、わたいの知っていた年若い花魁で、一日に十人は当たり前、一番多いときで十七人も揚げとった、千代子《ちよこ》いう娘《こ》がいましてな」

まったく言葉の出ないうちを、じっとおばやんは見つめながら、

「一月半も、まぁ持ちませんでしたわ」

その人がどうなったのか聞きたいと思った反面、知りたくないとも感じた。おばやんが何も言わないのを良いことに、結局そのままにしたのだが……。やはり尋ねておくべきだったと、今は後悔している。

お下働きがとにかく苦痛なのに、それでしか借金は返せず、おまけにそのせいでお秘所が駄目になって、花魁の勤めができなくなるかもしれない――。

いくら考えても、そこには絶望しかなかった。無事に年季が明けて、懐かしい古里に帰れる日が訪れるとは、とうてい思えなかった。そうなる前に身体が壊れ、ひとり

淋しく死んでいくような気がしてならない。千代子さんも無理が祟《たた》って、きっと亡くなったのではないだろうか。

しかし、だとしても、いったい彼女がどれほど身体を酷使したのかを考えて、うちは空恐ろしくなった。

一晩に何度もお下働きをしていると、お秘所が乾いてくる。少しも濡れなくなる。いかに花魁とはいえ、女としての限界を迎えてしまう。お客の相手をしようにも、身体が言うことをきかなくなる。ただし、そういう場合の対処法がある。遣り手のおばやんが台所の小さな鍋で煮たふのりを、花魁のお秘所に塗るのだ。その作り方は、遣り手それぞれの秘密らしい。うちにも作れそうに思えるが、固過ぎるとお秘所にくっつき、柔らか過ぎると流れてしまって、ちょうど良い塩梅に仕上げるには、それなりの年季がいるという。おそらく千代子さんも、この遣り手婆のふのりを使ったに違いない。そうまでして、一日に十数人のお客を揚げたのだ。

化粧部屋に珍しく通小町と月影のお姐さん、そのお二人しかいないときに、千代子さんを知っているかと訊いてみた。もちろん月影姐さんの方に。

「いいや、知らんなぁ。どこの楼の人やろ」

おばやんから聞いた話を伝えると、お姐さんは悲しそうな顔をしながらも、

「それは遣り手婆の、かつての朋輩やろうね」

「おばやんが花魁だったころの？」

「あれでも売れっ子やったらしいよ」

ふっと笑ってから、うちを慰めるような表情で、

「けど、そんな花魁ばかりやないからね。ええところのご主人の後妻として、楼から根曳《ねび》かれ嫁いでいった人もおれば、ちゃんと年季を勤めあげ、晴れて遊廓から出て行った人もおる」

「妾《めかけ》やのうて……ですか」

「そういう場合もあるけど、最初から本妻に納まった人もいるんよ」

「普通の花嫁さんと同じように、花魁を自分のお嫁さんにする、そんなお客さんが本当にいるんですか」

うちがびっくりしていると、意外にも小町姐さんに声をかけられた。

「こんな世界でも、お互いに好き合《お》うて、一緒になる人もいます。しかも男衆が、何もお客とは限りません。その楼で一番の花魁と、いつまで経っても立仲にもなれない、うだつのあがらない仲どんとが、花魁の年季が明けるのを待って夫婦になり、仲睦まじく暮らしたという話を、前に聞いたこともあります」

「へぇ、そうなんや」

うちよりも先に、月影姐さんが反応した。

「せやけど、そんな仲どんを選ぶやなんて、その花魁よっぽど親切にされたんやろか」

「二人が好き合っていれば、世間からどう見えようが関係ないでしょう」

「そらまぁ……、そうやね」

小町姐さんの毅然《きぜん》とした物言いに、月影姐さんはたじたじだった。それでも普段は愛想のない朋輩と話せることが嬉しいのか、

「それってどこの楼の話？　いつごろのことやろ？　誰から聞いたの？」

と立て続けに尋ねた。しかし、小町姐さんは一言も答えずに、さっさと化粧部屋から出て行ってしまった。

「なんや。また元に戻ってしもうたわ」

その後ろ姿を、月影姐さんは呆れたように見送ってから、こう呟いた。

「ひょっとして通小町にも、そういう人がおったりしてな」

「えっ……、好き合うてる仲どんが」

お姐さんは少し考える素ぶりをしたけど、すぐに首をふった。

「うちの楼では、それはないか。けどなぁ、通小町のお客に対するあの態度が、誰か一人の男衆のためのものやとしたら、どうや。感動するやろ」

「そうですね」

あいづちを打ちながらも、うちはお姐さんの様子を窺った。小町姐さんに関して、何か気づいているように思えたからだ。

「もしそうやったら、あたしは泣いてしまうやろな」

すでに両目を潤ませている月影姐さんに、うちは思い切って尋ねてみた。

「小町姐さんの男衆のことで、何か知ってはるんですか」

「……実はな」

ためらったのは一瞬で、すぐにお姐さんは話し出した。

「あの子の部屋で、千草《ちぐさ》結びを見つけたことがあったんや」

「何ですか、千草結びって」

「紙縒《こよ》りに自分と男の名前を書いて、それを向かい合うように抱き合わせて縒って、神社の木に結びつけておく呪《まじな》いや。縁結びの神様なら言うことないけど、廓町にあるはずないから、神棚や祠《ほこら》に祀ってもええって、あたしは聞いてる」

「それじゃ、小町姐さんも……」

「誰ぞ想う人があって、千草結びをしてたんやないやろか」

「紙縒りの中に書かれた、男衆の名前は見なかったんですか」

うちが好奇心から訊くと、とんでもないとばかりに大きく首をふりながら、

「そんなことしたら、千草結びの呪いが効かんようになる。他人に相手の名を見られ

たら、それまでの願いがすべて駄目になってしまうんや」

「一回でも見られたら」

「ああ、台なしや。あの子は、それこそ何百も作ってるみたいやから、緋桜もそっと見守ってあげんといかんよ」

この思いがけない二人のお姐さんとの会話が、うちをほんのわずかだが元気づけた。別に根曳かれる未来を夢見たからでも、楼で働く男衆のお嫁さんになる将来を考えたからでも、千草結びをする相手を見つけようと決めたからでも、どれでもない。

ただ、何一つ良いことがあるとは思えない花魁にも、いつか幸せは訪れるのかもしれない。そんな風に感じられただけで、うちは癒されたらしい。

ところが、それも御内証に呼ばれ、女将さんから信じられないものを見せられたとたん、完全に吹き飛んでしまった。

「緋桜が見世に出てから、一ヵ月が経ちましたな」

おばやんと一緒に女将さんの前に座ると、そう言われた。うちが返事をしなかったので、おばやんが太ももを抓ってきたが、意地でも口を開かなかった。

「ご苦労さんでしたな」

しかし、女将さんは気にした風もなく、そのまま労《ねぎら》いの言葉をかけてきた。とはいえ、それは棒読みのような口調だった。なぜなら目の前の帳簿をめくるのに忙しかったからだ。

女将さんが見ていた横長の帳面には、各月の一日から月末まで、その各々の日付ごとに、何時《いつ》から何時までという時間帯、お客の名前と年齢と職業、敵娼《あいかた》の花魁の名前、玉代と花の金額、といった内容が事細かに記されている。お客が台の物屋に注文した品があれば、当然その金額も加わる。つまり花魁たち全員の稼ぎ高が書きこまれた、それは帳面だった。

「初見世の一ヵ月分の稼ぎにしては、なかなかですな」

「初穂いうことで高う売れてますのと、台の物屋への注文と花代が馬鹿にできませんし」

すかさず説明するおばやんに、女将さんは頷きつつも、

「それやのに、客数がいまひとつなんが残念です。もっと頑張っとったら、通小町や浮牡丹の二人は無理でも、紅千鳥くらいは稼ぎで追い抜いてましたのに」

「ほんまに、わたいもそう思いますわ」

おばやんは大仰に同意すると、それ見たことかという風に、うちを睨みつけた。

「初穂売りで稼げるのは、ごく限られた期間だけです」

女将さんが帳簿から顔をあげた。

「緋桜の場合は大丈夫そうですけど、それでも長くて半年から一年未満でしょうな。

この間に稼ぐだけ稼いでおかんと勿体《もったい》ない。もう二度とこんな機会は巡ってこんのですから」

「女将さんのおっしゃる通りやで」

「せっかく稼げるのに稼がんかったら、それだけ年季明けが先になってしまうんですよ」

なおもうちが黙ったままでいると、女将さんは別の帳面を手に取って、おもむろに視線を落としてめくりながら、

「こんだけのお金を返すのに、いったい一日に何人のお客を揚げればええんか、利口な緋桜やったら計算できるでしょう」

そう言って開いた横長の帳面を、うちの目の前に差し出した。

最初は、女将さんが間違ったところを開いているのだと思った。別の花魁の借金を誤って見せられているのだと。だけど、そこの右頁には確かにお父とうちの名前と、ほぼ三年と一ヵ月前の年月日が記されていた。記憶と違っているのは、金瓶梅楼に売られたときに作った借金より大きく増えている額が、左頁の最後に書かれていることだ。

「金額が違います」

とても嫌な予感を覚えつつも、うちは異を唱えた。ちなみに女将さんやお客の前で

は、方言を出さないようにと、おばやんから躾《しつけ》られていた。

「いいえ、これで合ってますよ」

するとなんのためらいもなく、女将さんが問題の数字を指差した。

「でも、うちの借金は最初に書かれている、こっちの額です」

右頁に記されている数字を、今度はうちが指し示すと、女将さんは首をふりながら、

「はじめの金額はそうです。せやけど緋桜が新造として暮らした三年間の食費、着物代、お稽古事の月謝などが、そこに加算されますからな」

そんなことは一言も聞いていない。でも確かに帳面には、うちにかかった様々な費用が、項目ごとに明記されている。

「緋桜が一人前の花魁になるために、これだけのお金を使うたわけですから、それを自分で払うのは当然ですわな」

だったら最初に言っておいて欲しいと腹が立った。その心構えがあるとないとでは、気持ちの持ち様がまったく違う。しかし、借金に加算された金額の中に、さらに何とも奇妙な記述を見つけたうちは、それどころではなくなっていた。

「ここにお父の名前と金額が、また出てきます」

「ええ、そうですよ」

当たり前のように女将さんがあいづちを打つ。

「こっちにも、また出てきます」

「そうですな」

「何度も書かれているのは、おかしくありませんか。お父がお金を借りたのは、うちがここに来たときでしょう」

「ええ、そのときが最初で、あとは追加の借金の申しこみですな」

とっさに意味が分からなかった。だが、すぐさま物凄い衝撃に、ずんっ……とうちの胸は激しく打ちのめされた。

「お父が、あとから借金をした……。それも一度だけでなく、何度も……」

「緋桜はまだ新造でしたから、こっちも大きな額は貸せませんでしたけど、できる限りのことはしたつもりです」

うちには何も知らせずに、女将さんとお父だけで決めたのだ。

「花魁ですと、一ヵ月ごとの締めで稼ぎ高が出ますよって、同時に借金の残高も分かります。そのとき追借金があれば知らされますが、新造ではそういうわけにもいきません。それで今日まできてしもうたんですが――」

「えっ……、花魁でも締めにならないと、親がまた借金をしたかどうか、それを教えてもらうことはできないんですか」

うちは仰天したばかりでなく、もう呆れ返った。

「その追借金を負うのは花魁なのに、当人には知らせないのですか」

女将さんは溜息をつくと、信じられない台詞を口にした。

「新たにお金を借りにきた親御《おやご》さんが、娘には内緒にしてくれと言わはったら、こちらとしても喋るわけにはいきませんのや」

「そんなこと――」

あるわけがないと思ったが、女将さんの顔は嘘をついているようには見えない。

「とはいえ一ヵ月ごとの締めでは、もちろん分かってしまいます」

「いったいお姐さんたちのうち――」

何人が親の追借金を負っているのか尋ねようとして、うちは止めた。女将さんが教えるわけがないのと、おそらくほとんどの花魁が同じ目に遭っていると、とっさに悟ったせいだ。

家族のために遊廓へ売られ、その借金を返すために女の春をお客に売り、おのれの身体と心をなげうって働いているのに、当の家族が知らぬ間に借金の追加を申し出て、さらに花魁の年季を延ばしてしまうなんて……。

だが、酷いのはそれだけでないと、うちはすぐに知った。弟が上の学校に進む、兄が新しい商売をはじめる、姉妹が嫁入りをする、などという理由で追借金をしているのに、当の花魁が入学式や店の開店日や結婚式に呼ばれることは、まず絶対にない。なぜなら、その当人自身が身内の恥だからだ。晴れの場に遊女の姉や妹を呼ぶなど、みっともなくてできないというわけだ。

花魁は何のためにお下働きをしているのか……。

お姐さんたちは何のために借金を返しているのか……。

うちらは廓という地獄から、いつまで経っても抜け出せないということなのか。

八月×日
別館の二階の部屋からは、庭の池の縁に咲くぽんぽん花が見える。前に、あれは合《ね》歓《む》の木だと周作さんに教わったけど、やっぱりあの化粧花はぽんぽん花だ。
古里で暮らしていた家は、今となっては家と呼ぶのもためらわれる小屋で、当たり前だがうちの部屋などあるはずもなかった。それが花魁になって四ヵ月あまりで、自分の部屋を持てた。別館の庭を見下ろせる二階の一室が、うちのものになったのだ。
でも、大して嬉しくはない。ここが宮之内家の別荘の綾お嬢様の部屋とも、女将さんの控え屋にあるに違いない優子お嬢さんの部屋とも、まったく異なるところだからだ。うちがお下働きをする場所に過ぎないせいだ。

室内には、真新しい鏡台や箪笥《たんす》や文机《ふづくえ》などがある。すべてお客に買わせたものばかりだが、うちがねだったわけではない。

「お蔭様で緋桜も自分の部屋を持てましたが、まだ調度品が何もございません。こう殺風景では、この子が不憫《ふびん》ではありませんか。ここは、どうかご贔屓《ひいき》をいただいておりますよ旦那様に、一つお世話をいただけませんでしょうか」

おばやんが言葉巧みに次々とお客を口説いて、そのうちの何人かに家具を買わせてしまった。もちろん品物は廓町の中で商売をする家具屋から運ばれるので、町の外よりも割高になる。もっともこういう場合にお金を出すお客は、そんな差など問題にしない。

「これ、あんたからもお頼みしなさい」

うちが黙ったままでいると、決まっておばやんに怒られたが、意地でも買ってくれとは口にしなかった。おばやんとお客が話している横で、うちには関係ないとそっぽを向いていた。

「旦那様には、何をおねだりしましょうか」

しかし、お客が買ってやろうと言ったとたん、うちはすかさず主張した。

「文机が欲しいです」

「何を色気のないことを、この子はまぁ言いますのやろ」

おばやんは呆れ顔で、うちの注文をいつも却下した。

「緋桜の希望なら、文机を買ってやった方が——」

逆にお客はうちの味方につくことが多かったけど、全員が見事なまでに、おばやんに言いくるめられて終わりだった。それでも、そのうちお客にねだる高額な調度品が何もなくなってしまい、最後にはおばやんも文机の購入を渋々ながら認めた。

文机が欲しかったのは、この日記を書くためだった。花魁になる前の、最初の四日間だけ一生懸命に記して、あとは思い出したようにしか書いていない日記だけど、やっぱりうちには必要なものかもしれないと感じる。

「あなたの本当の気持ちをこの日記にお書きなさい」

「嘘はいけません。ありのままを綴るのです」

「自分の心情を正直に記し続けることで、あなたはあなた自身を見失わずにすむでしょう」

最近になって綾お嬢様の言葉が、本当に実感できはじめたような気がする。耶蘇教の神様がうちの側にいて、いつも見守っているとは思えないけど、日記を書き続けることで自分自身を見失わずにすむというのは、正しいのかもしれない。

最初の四日間を除けば、うちが日記を開くのは、とても耐えられない出来事があったときに限られている。そのつど辛い体験を記すことで、どうにか正気を保っていられる。そんな風に最近は思われてならない。

うちは今、金瓶梅楼でも二番か三番の稼ぎ頭になっていた。通小町の姐さんには敵わないが、浮牡丹のお姐さんとは絶えず順位が入れ替わるほどだ。自分でも信じられない。いや、それより男衆の好みというものが、まったく不可解でならなかった。

うちがお客に人気があるのは、小町姐さんのように無愛想なのに、そこに冷たさではなく恥ずかしさがあるからだという。姐さんのつれなさは性格だが、うちには無理にそうしている未通女《おぼこ》さが感じられ、何とも言えないほど良いらしいのだ。

「馬鹿々々しい。阿呆と違いますか」

花魁の緋桜評をおばやんに聞かされ、うちはげんなりした。こちらは何も手練手管で無愛想にしているのではない。花魁が嫌で仕方ないから、お下働きが辛くてたまらないから、それが自然に出てしまっているだけなのだ。

「男衆いうものは、実に単純で他愛のないものですわ」

うちの反応に苦笑しつつも、おばやんは続けた。

「そういったお客さんの好みを、とことん利用して一銭でも多くお金を稼ぐのが、立派な一人前の花魁ですわ」

そんな教えなど、もちろんうちは取り合わなかった。それまで通りお客にまったく媚びることなく、淡々とお下働きをするだけだった。

やっぱり正直に書こう。実際はそれほど甘くはない。淡々と……というのは、うちが望む心構えに過ぎない。身体だけでなく心にも負担がないように、お客の一人ひとりを流していく。それが理想だと考え、実行するようにしているのだが、そうそう上手くいくはずもない。もちろん相手が、お客がいるからだ。

遊廓には独特の表現がいくつもある。俗に廓言葉と呼ばれるもので、男の下半身の一物を縁起、見世に揚がる料金を玉代、お酒を気狂い水、便所を高野というように、別の言い方をする。新造のときは意味を聞いても分からなかったが、花魁になってから理解できた言葉も多い。忍棒や初穂売りなどは、その最たるものかもしれない。各々の楼でしか通用しない言葉もあるので、うちも覚えるまでは大変だった。

そういった中に「めかいち」があった。正確には「めかいちちょんちょんのじゅう」なのだが、花魁たちは縮めて「めかいち」と言う。「昨夜のお客はめかいちだった」とか、「めかいちに当たって嫌になった」とか、「おばやんにめかいちをふられた」とか、そういう風に使う。

これは何かというと、「め＝目」「か＝力」で「助」を表し、「いち＝一」「ちょんちょん＝ソ」「じゅう＝十」で「平」となり、「助平」を意味している。

助平くらいは知っていたが、どうしてお姐さんたちが毛嫌いするのか、それが少しも分からなかった。自分が花魁になり、お下働きでめかいちに当たってはじめて、いかに嫌悪すべきお客であるかが実感できた。

良いお客は事をすませてしまうと、さっさと帰るか、あとは酒を飲むか寝るかする。しかし、めかいちは違う。とにかく執拗《しつよう》なのだ。お金を払ったからには元を取るぞと言わんばかりに、時間いっぱい花魁の身体を触ろうとする。こういう真似をされると肉体的に疲れるだけでなく、精神的にも参ってしまう。

だが、めかいち以上に難儀なのが川獺《かわうそ》だ。雛雲姐さんによると、川獺は淫獣らしい。人間の女を見ると腰に抱きついて離さない。挙句は男に化けて女のところへ通うという。川獺と呼ばれて嫌われるお客も、まさに同じだった。めかいちの助平さが花魁の身体に纏《まと》いつく嫌らしさだとすれば、川獺は無理難題な注文を吹っかけ、有無を言わせずに花魁を従わせて下卑《げび》た笑いを浮かべる、そんな不愉快で好色な淫乱さである。しかも川獺の好みというのが、気性の激しいきつい女、つんと澄まして冷たい女など、川獺にとって征服し甲斐のある性格を持つ花魁なのだ。そういう女に自分の無理な注文を聞かせて、相手の嫌がる行為をさせて、とにかく屈服させることに無上の喜びを感じる屑《くず》のような男である。

「川獺にはな、何らかの理由で女房に引け目を覚えとる、根は淋しがり屋の男衆が多いんや」

おばやんによると、そういう気の小さな男が川獺になるという。

「せやからあんじょう煽《おだ》てて、向こうが気持ちようなる調子のこと口にしとったら、案外けろっと大人しゅうなる。そういう難儀なお客さんを立派にこなしてこそ、一人前の花魁いうもんや」

とはいえ、いくら商売でも無理なものは無理だ。通小町や浮牡丹、紅千鳥のお姐さんたちならできるかもしれないが、うちには荷が勝ち過ぎている。

かといって、めかいちや川獺が相手では、うちの無愛想などまったく通用しない。こちらの態度がどうであれ、玉代の時間内にはやりたい放題をするからだ。とても淡々と流すどころではない。それほど嫌なお客なのに、うちにはよく回ってきた。逆らってお下働きをしなかったときの罰として、おばやんが機会を窺ってあてがうからだ。

元々が花魁あがりのうえ、遣り手の経験も長いおばやんのお客を見る目は、いつも確かだった。だからお姐さんたちでも反抗しようものなら、その人が一番嫌がる容姿や性格の男衆を選んで、わざと敵娼にしてしまう。お客が指名しない限り――場合によっては指名しても――どの花魁を添わすかは、おばやんに一任されている。逆に誰かの好みの男が来ても、絶対に本人とは一緒にさせない。下手に恋愛感情が芽生えると、色々と厄介だからだ。そういった采配ができるのも、おばやんが花魁たちを熟知しているからで、優秀な遣り手の証拠だろう。

そんな人に盾突くなど、自分でも馬鹿だなと思う。だけど、こればかりは続けなければならない気がする。ささやかな抵抗さえできなくなれば、うちの心は折れるかもしれない。自分自身を見失わないためには、この日記を書くだけでは駄目なのだ。

でも、めかいちや川獺の相手をし過ぎたお蔭で、うちは急に寒気を覚えて、淫腹病《いんばらやみ》で寝こむ羽目になってしまった。

「おやおや緋桜も、ようやく一人前の花魁になったみたいやね」

夏だというのに蒲団を被って震えていると、いきなり紅千鳥姐さんに部屋を覗かれた。

「お下働きをしとったら、まぁ遅かれ早かれ罹《かか》る病気や。とはいえ早うなる花魁ほど、売れっ子やいうことになるわな。いつまで経っても元気なんは、少しもお客が揚がってない証拠やからな。あんたは、ほどほどというとこか」

見舞いのつもりだったのかもしれないが、うちの顔を見下ろしながら一方的に喋ると、あとはさっさといなくなったのは、いかにも姐さんらしい。

次に来たのは浮牡丹のお姐さんだった。

「どうしたの。今、紅千鳥さんから聞いたけど、具合が悪いの」

「寒いのに暑くて……、足腰がだるいんです」

「下半身はどう。痛みがある?」

「はい……、とても辛いです。お産の苦しみって、こんなのかなと思うくらい、物凄く痛んで……」

うちから症状を一通り聞くと、牡丹姐さんは仲どんを薬屋に走らせて、温かい薬湯を飲ませてくれた。

「おばやんにも知らせておきますから、ゆっくり寝ているのですよ」

お姐さんさえいれば、おばやんなど必要ないと思ったが、そう口にする元気もなかった。

「やれやれ、淫腹病かいな」

おばやんはすぐに現れた。そして同じように症状を確かめて、また出て行った。戻ってきたときには手拭《てぬぐ》いに包んだ煎《い》り塩を持っており、それでうちの腹を温めはじめた。

しばらくして痛みが和らいだので、牡丹姐さんの薬湯のお蔭だと思った。けど、おばやんの看病をまったく無視するのは、あまりにも恩知らずかもしれないとも感じた。三日後に起きられるようになるまで、おばやんはうちの世話を焼いてくれたのだから。

一番頻繁に顔を見せてくれたのは、月影姐さんだった。いつも半泣き状態で枕元に座り、看病らしいことは何もできなかったのは、いかにもお姐さんらしかったが、はじめて罹《かか》る病気で心細くなっていたうちには、とても有り難かった。

臥《ふ》せてから三日目の夕方、蒲団を抜け出したうちは、本を読もうとした。箪笥の横には、花魁の部屋には不釣り合いな本棚が置かれている。周作さんが持ってきて下さったもので、並んでいる本の大半は優子お嬢さんからいただいた。

うちが花魁になったため、別館の一階でお二人と会うことは、まったくなくなっていた。もっともその少し前から、お二人が楼を訪れる回数が次第に減り出して、三月などほとんどいらっしゃらなかった。あのときはどうしてと首を傾げたが、今なら何となく分かる気がする。

大学生の周作さんは、さすがに家業の内容を理解していたと思う。でも優子お嬢さんは、まだ知らなかったのではないか。今度うちが花魁になると誰かに教えられ、そこで改めて廓の仕事に興味を持ち、はじめて廓の実態に触れたのかもしれない。薄々は気づいていたにしろ、お下働きの本当の意味が分かり――うちと同じだ――衝撃を受けたのだ。それで楼から足が遠のいた。そんな妹の姿を目にして、周作さんも元気がなくなった。あくまでも想像だけど、おそらく大きくは間違っていないだろう。

花魁になってから、正直お二人を思い出す暇など少しもなかった。けど、それで良かったのだ。もしお二人のことを考えていれば、きっとうちは恨んだに違いない。お姐さんたちが身を売って稼いだお金で、何の苦労もせずに暮らしている廓の息子と娘に対して、心の底から恨み辛《つら》みを覚えていたと思う。あなたたちが手にするものはすべて、何十人という花魁たちの苦しみから得ているのだと、それこそ大声で叫びたかったただろう。

同じ歳頃の娘でも、一方は学校に行って勉強をしながら、花嫁修業の習い事をしつつお嬢さんとして育てられ、一方は家の借金のために遊廓へ売られ、花魁としてお下働きをしながら日銭を稼いでいる。優子お嬢さんとうちの境遇を比べると、あまりの違いに呆然となる。

だけど、だからといってお嬢さんを恨むのは筋違いだ。遊廓を経営する女将さんと、小作人の貧乏百姓の家のお母と、どちらの子として生まれてくるかなど、お嬢さんにもうちにも選べたわけがない。しかも優子お嬢さんと周作さんは、家業のことで悩んでいる。別館に顔を見せなくなったのも、うちと会わなくなったのも、その苦しみのせいに違いない。本棚と何冊もの書籍を下さったのも、うちへの後ろめたさのような気持ちからではないか。

ここまで書いたところで、本当だろうか……という疑いが、ふと芽生えた。お二人についてではない。自分の心に対してだ。

うちは本当に優子お嬢さんへの嫉《ねた》み《そね》を持っていないのか。廓の娘を羨《うらや》む気持ちがないのか。ほんの少しも周作さんを妬まないのか。廓の息子を憎む思いはないのか。お二人に責任はないと頭では理解できていても、それを心にまで受け入れることが真にできるのか。

正直に書くと、まったく分からない。自信がないと記すべきか。お二人から受けた親切を忘れたわけではない。でも辛いお下働きを続けていると、当のお客は元より、それを呼びこむ妓夫太郎、引付部屋に案内する仲どん、敵娼を決める遣り手のおばやん、金瓶梅楼を経営する女将さん、ここに連れてきた人買いのおんじ、追借金をするお父……というように、花魁としてのうちに関わるすべての人を、自分でも気づかぬ間に恨んでしまいたくなっている。その中にお二人も入れてしまいたい気持ちになる。

うちは本を読むのをやめて、ぼんやりと窓の外に目をやった。すると庭の池の縁に、ぽんぽん花が咲いているのを見つけた。その薄桃色の花が目に入ったとたん、はっと胸を突かれた。

ここに売られてきた年のお盆ごろ、あの花をはじめて目にしてから今夏まで、ぽんぽん花は四回も咲いたことになる。それなのに、うちが目にしたのは一年目と今の二回だけ。今回もし病気にならなかったら、きっと今年も気づかなかったはずだ。そう思うと、きゅっと胸が痛むと同時に、ふっと将来の自分の姿が見えたような気がした。

ぽんぽん花のことなど何年も忘れたままで、金瓶梅楼で働きに働き続けて、ある夏の日にたまたま庭の池の縁に咲くあの花が目に留まり、いきなり古里を思い出す。もう何年も、何十年も帰っていない故郷を懐かしく回想する。しかし、そのころには婆ちゃはとうに亡くなり、もしかするとお父とお母も逝ったあとで、弟と妹も家を出ておらず、家族は誰も残っていない。照ちゃんも村にはおらず、馴染《なじ》みの薄い人たちばかりが暮らしている。もはや自分の知る古里ではなくなってしまっている……。

とたんに、ぞっと寒気がした。淫腹病のせいではない。自分がこの廓町で、毎年咲くぽんぽん花に気づく心の余裕もなく、ずっとお下働きを続けて暮らしていく生活を思い、そんな未来を想像して、とてつもない悪寒に見舞われた。

もちろん改めて考えなくても、すべては承知している。そのつもりだ。だけど、ぽんぽん花を目にしたせいで、自分の暗くて救いのない将来を突きつけられたような気になった。いや、ぽんぽん花に教えられたのかもしれない。

このまま廓の中で働き続けて、ただ朽ちていくだけ。それが花魁なのだ……と。

九月×日

この一ヵ月足らずの間に、本当に様々な出来事が起こった。あまりにも起こり過ぎた。

うちはどうすれば良いのか。どう考えるべきなのか。まったく分からない。

淫腹病が治ったところで、最初にうちの部屋に揚がったお客が、飛白屋《かすりや》の織介《おりすけ》さんという隣県の呉服問屋の三男坊で、そういう生まれ育ちがぴったりなほど色が白くて痩身《そうしん》の、とても二十六歳には見えない坊っちゃん然とした男衆だった。

おばやんに言われるがまま、高価な酒と肴を台の物屋から取り寄せ、泊まりの玉代も素直に払ってしまう姿から、ほとんど廓に馴染みのない初心者だと分かった。うちがお酌をすれば飲むものの、大してお酒に強くないのか、すぐに顔を赤くした。あとはぽつりぽつりと世間話をするだけで、一向に床入りをする気配もない。

病みあがりの身にとって、これは有り難かった。おばやんの配慮だと分かるだけに、ちょっとは感謝をする気にもなった。今夜はこのままお下働きから逃れて、このお客の話に付き合い、適当にあいづちを打って相手をしていれば良い。これほどの楽はない。そう考えて、心の中では安堵の溜息をついていた。

ところが、聞くともなしに織介さんの話に耳を傾けているうちに、次第に彼のことが気になりはじめた。他愛のない話題しか口にしないのだが、そこに彼の朴訥《ぼくとつ》とした人柄が表れているような感じがして、いつしかうちは本当の話し相手になっていた。

だが、そうなると疑問が出てくる。どうしてこんな人が、よりによって廓町に来たのか。なぜ廓に揚がっているのか。

それとなく尋ねると、織介さんは恥ずかしそうな表情を浮かべつつ、

「僕は色々と奥手なもので、それで遊び上手な吉さんが、漆田大吉《うるしだだいきち》という人なんですが、方々に連れて行ってくれるのです。ただ、その吉さんが地元で、ちょっと揉《も》め事を起こしまして……。いえ、悪い人じゃないんですよ。つい調子に乗り過ぎたのでしょう。そこで誰も見知った者がいないところへ、今度は遠征しようということになったわけです」

うちは、やれやれと思った。その漆田という男は、きっと織介さんを便利な金蔓《かねづる》としか見ていないのだ。まだ花魁になって半年あまりだが、その程度の判断ができるくらいは、すでに世間の嫌な面を十二分に見てきている。

「遊ぶお金は、お客さんが用立てているのですか」

「ええ、吉さんは案内係ですからね。彼の顔で珍しい場所にも出入りできるので、僕が経費を持つのは当たり前です」

案の定だった。漆田という男は遊び人のため、素人よりは方々に顔も利くだろうが、実際はほとんど織介さんが出すお金の力に違いない。注意してあげようかと思ったが、本人が満足そうにしているのに、水を差すのもためらわれた。でも、ちょっと気の毒にも感じる。結局うちは遠回しに、それとなく伝えることしかできなかった。

その翌日の昼前である。うちは朋輩たち同様、お秘所の天《てん》から干《ぼ》しをしていた。天気は良かったけど茹《う》だるような暑さではなかったので、適当に空いている南向きの部屋を選んで、お日様にお股を広げて寝ていた。

お姐さんたちのこの姿をはじめて目にしたとき、うちは魂消《たまげ》た。なんとだらしのない格好で寝ているのかと、本当に驚いた。それがお秘所の天から干しというもので、お下働きを健康に続ける方法の一つだと教えられたのは、花魁になったあとだ。これをしておくと、冬場でも風邪をひかないという。お秘所が冷えて、足腰が冷たくなることもないらしい。

とはいえ最初は抵抗があった。でも自分でやってみて、その効果を春のうちに実感してから、好天のときには忘れず天から干しをするようになった。だから、いつも通りうちは南向きの部屋でお秘所を干していた。

うつらうつらしていたのだと思う。だから急に翳《かげ》ったのが、何となくだが分かった。あんなに晴れていたのに雲が出たのかと、少しいぶかしく感じた直後に、ずんっとお秘所に物凄い痛みが走った。

「うっ！」

呻《うめ》き声と共に目を開けると、蒲団の真横に紅千鳥姐さんが立っていて、右足でうちのお秘所を踏みつけていた。

とっさに状況が理解できなかった。何が起こっているのか、さっぱり分からない。それでも、とりあえず起きあがろうとした。紅姐さんの顔が尋常ではなく、怒りに我を失いかけているようで、とても怖かったからだ。すぐに考えたのは、何かの誤解である。うちには、これほど怒られる覚えがまったくない。

しかし、なおも姐さんは、ぐいぐいとお秘所を踏みつけてくる。その一踏みごとに憎しみをこめるかのように、足の裏に力を入れてくる。

あまりの痛さに思わず声をあげかけると、蒲団を頭から被せられ、それから背中を何度も蹴られた。逃げる機会を逸《いっ》したうちは、ひたすら身体を丸めて強張らせ、漏れる呻き声を必死に飲みこんだ。ここで声を出せば、きっと姐さんの怒りに油を注ぐことになる。なぜか瞬時に、そう悟ったからだ。これも花魁の経験からだろうか。

ずっと姐さんは無言だった。一言も喋らないまま、うちに暴力をふるい続けた。それがまた怖かった。けど途中から、小さいながらも叫びはじめた。

「他人のお客を盗っておいて、ただですむと思うてんのか。ちょっと初穂で売れたからいうて、ええ気になっとるんやないわ。紅千鳥を舐めとったら、えらい目に遭うで」

やっぱり誤解だと分かった。姐さんのお客を盗った覚えなど一度もない。そもそもお客の敵娼を決めるのは、遣り手のおばやんではないか。うちの一存でどうなるものでもない。

そう思ったが、とうてい口に出せる状態ではない。ただただ姐さんの折檻に耐えて、一時も早く終わることを願うだけだった。

そのうち姐さんの蹴る力が弱まり出し、はぁはぁと息をつきはじめた。

「……今度、……同じことしたら、……こんなものでは、……すまんからな」

捨て台詞を残すと、紅千鳥姐さんは現れたときと同様、さっといなくなってしまった。

うちはしばらく様子を窺ったあとで、そっと蒲団から顔だけを出して部屋の中を見回し、姐さんの姿がないことを確認して、ようやく半身を起こした。

そのとたん、背中に強烈な痛みが走った。蹴られている間は身体に力を入れていたうえ、精神的に受けた衝撃のせいで、ほとんど痛みを感じていなかったらしい。それが起きあがるや否や、一気に襲いかかってきた。

そのあとの昼食の席でも、風呂場でも、化粧部屋でも、神棚にお参りをするときでも、紅千鳥姐さんは何事もなかったような顔をしていた。ただし、こちらを一度も見なかったので、うちを意識していたのは間違いない。

そんな二人の不自然な関係に、おそらく気づいた人は誰もいなかったと思う。紅姐さんが極めて普通に映っていたうえ、うちは病みあがりなので、少しくらい様子がおかしくても目立たなかったからだろう。

「まだ具合が悪いの」

それでも、いきなり月影姐さんに尋ねられ、びっくりした。時折うちが辛そうに顔を顰《しか》めるのを見て、そう思ったらしい。身体を動かすと、その姿勢によっては背中が痛むため、それが表情に出てしまったのだ。

「いえ、もう大丈夫です」

被害者はこっちで、加害者は向こうなのに、この騒動がお姐さんたちに知られることを、うちは非常に恐れた。どうしてだろうか。同じ楼で働く朋輩といっても、結局はひとりだからか。それが花魁という存在だからか。

おばやんにも何も言わなかった。下手に伝えて紅姐さんが罰を受けた場合、うちが告げ口をしたからと、きっと受け取られてしまう。そうなると必ず仕返しをされるだろう。それだけは避けたかった。

とはいえ、このまま放っておくわけにもいかない。うちは紅千鳥姐さんが周囲にいないのを確かめてから、言葉遣いに気をつけつつ、おばやんに探りを入れることにした。

「昨夜のお客さんですけど、ずいぶんと変わった人でしたね」

「呉服問屋のぼんぼんやったな。まぁぼんぼんと呼ぶには、ちと歳かもしれんが、生まれも育ちも良さそうやった」

「とても大人しい男衆でしたが、それにしても高い玉代を払ってお泊まりになりながら、まったく何もせずじまいで……」

「何にもかいな」

おばやんは少し驚いたようだった。

「まさか、目ぇあがりやったんか」

まったくお下働きを求めずに、ただ花魁の身体を見たり触ったりするだけの、そんな妙なお客がたまにいる。「目遊び」ともいうが、そういうお客の多くは、たいてい縁起が一夜茸《ひとよだけ》になってしまっていた。そのため年寄りのお客がほとんどだった。

はじめて耳にしたとき、一夜茸の意味が分からないでいると、おばやんが嫌味な笑いを浮かべながら教えてくれた。

「一夜茸いうんは、ひょいっと地面から顔を出しますのや。せやけど人の手が触れると色が変わって、しなしなに腐ってしもうて、一日ともたんでな。隠居した老人の縁起と同じですわ」

お下働きをしなくても玉代が稼げるため、楽なお客で花魁に人気があるかというと、実際はその逆だった。特に若い花魁ほど、目ぇあがりを嫌がった。

お客が若い男衆だと確かにお下働きはあるが、いったん事が終われば、あとは帰らせるだけだ。しかし目ぇあがりの場合は、その終わりがない。お客が満足するということがない。時間もお金もある隠居老人だと、いつまでも執拗に居続ける羽目になる。そのうえ役立たない自分の一夜茸の代用として、縁起物を持ちこむお客がいる。こうなると花魁の身体は、ほとんど玩具のように扱われてしまう。ある意味お下働き以上の屈辱かもしれない。若い花魁ほど、肉体的にも精神的にも耐えられなくなってしまう。

「いえ、長襦袢を脱がそうともしませんでしたから……」

おばやんの問いかけに、うちが首をふると、

「ああ、前に揚がったときに、よっぽど懲りたんかもしれませんなぁ」

すぐに何かを思い出したような笑みを、おばやんが浮かべた。

「はじめてのお客さんと違うんですか」

ある程度の当たりはつけていたが、うちは嫌な予感がした。

「十日ほど前にも、うちに揚がったお客さんや。友達と一緒でな。これが遊び人風の男で、通小町がええと言うてきかん。けど、小町には先客があったから、ちょうど空いた浮牡丹を敵娼《あいかた》にしたんや。もちろん浮牡丹で満足しとったけど、どうにも通小町がええらしいて、予約したい言い出したもんやから、ちょっと困った」

金瓶梅楼で予約ができるのは、それなりのお得意さんになってからである。

「せやけど玉代に糸目はつけんいうんで、どうにか昨夜の都合をつけたわけや」

「もう一人のお客さんの最初の敵娼は、誰だったんです」

「初《うぶ》な坊っちゃんや思うたから、紅千鳥をあてごうた」

やっぱり……と、うちは心の中で溜息をついた。嫌な予感が当たってしまった。

「ああいう大人しそうな男衆には、紅千鳥のような花魁がええんや。お客は何もせんでも、花魁がぐいぐい先導してくれる。そういう関係が上手《うも》ういくんや」

「けど、違ってたんですか」

おばやんは一瞬むっとした表情をしたが、うちの顔をじっと眺めると、

「緋桜に何もせえへんだんは、あんたに魅力がなかったからやない。その前の花魁に、つまり紅千鳥に懲りたからや。あの初な坊っちゃんに対して、どうも紅千鳥が積極的に出過ぎたみたいでな。それで坊っちゃんが、ちょっと辟易《へきえき》したようなんや。あいう見た目と性格の男衆も、紅千鳥の好みやったとは……いやはや、これはわたいの失敗ですわ」

珍しく反省しながら嘆くおばやんに、どうして次の敵娼がうちになったのかと、その訳を尋ねてみた。

「最初は紅千鳥をあてがいましたんや。はじめて揚がったお客さんが二度目に見えたとき、同じ花魁を敵娼とするのは決まりですからな。ところが、はっきりとは口にせ

んけど、やんわりと別の花魁にして欲しいと、あの坊っちゃんが言いましてな。それも口数が少のうて大人しい花魁がええいうようなことを、ぼそぼそと述べますのや」

とっさに浮かぶのは通小町と浮牡丹のお姐さんたち、あとはうちだろうか。

「それとのう探りを入れてみると、どうやら紅千鳥とは合わんと分かった。誰にしようか迷うたけど、この男衆やったら病みあがりの身体にも負担は少ないやろう思うて、あんたにしたわけやが……。そうか、まったく何もせなんだか。せやけど玉代をたっぷりせしめたうえ、身体はゆっくり休めたわけやから、こんなええことはないで」

恩着せがましい口調のおばやんに、その代わり紅千鳥姐さんの折檻を受けたのだから差し引きは零かもしれないと、うちは心の中で言い返した。

これで、ようやく合点がいった。やっぱり誤解だったのだ。自分のお客をうちに盗られたと、紅姐さんが勘違いをしたわけだ。いや、この場合は逆恨みといった方が正しいか。織介さんが敵娼として紅千鳥という花魁を避け、おばやんがうちに決めた。その仕打ちに対する怒りを、姐さんはうちに向けたのだ。

確かに馴染み客は大切だった。楼でも稼ぎの良い花魁は、たいてい馴染みのお客を多く持っている。馴染みだと玉代の交渉も楽なうえ、どんな性格かも分かっている。すべてがはじめての一見《いちげん》さんに比べて、遣り手も花魁も負担が軽くてすむ。だからおばやんは、なるべく二度目も同じ敵娼にしようとする。その花魁の馴染みになってもらおうと仕向ける。

　とはいえ客商売である以上、相手の希望を無下にするわけにもいかない。この前の花魁は勘弁してくれと言われれば、さすがに馴染みにするのは難しい。また矛盾するようだが、その一方で特定のお客と花魁があまり親密になり過ぎることを、実は楼では嫌っている。花魁が他のお客の相手をしなくなったり、最悪の場合は足抜けをしたり、心中する恐れもあったからだ。

　大袈裟《おおげさ》に言えば遣り手のおばやんの采配一つに、その楼の浮き沈みがかかっていた。改めておばやんの凄さが分かったけど、今回の件は迷惑も良いところだった。文句の一つも言いたかったが、それでは紅千鳥姐さんの折檻を告げ口することになる。何とも腹立たしかったが、ここは我慢するしかなかった。

　もっとも、そんな怒りなど消し飛んでしまう出来事が、すぐに起きた。月影姐さんが地獄腹になってしまったのだ。

　お姐さんの様子がおかしいと最初に気づいたのは、うちだった。やたらと青梅を買ってきて、みんなに隠れて食べている。そんなに美味しいのかと思ったが、とてもそうは見えない。むしろ酷い味がするのを、無理矢理に食べている感じがした。やがてお姐さんの顔そのものが青梅のようになって高野に籠り出したため、うちは慌てた。

「月影はどうしたんや。腹でも下したんか」

おばやんが怪訝《けげん》そうに首を傾げた。

「みんなと違うものを、何ぞひとりで食べたんか」

告げ口になるのは嫌だったが、お姐さんの体調が普通ではなかったので、うちは青梅のことを話した。そのとたん、おばやんが吐き捨てるように言った。

「鬼子が宿ったんやな。地獄腹になってもうたんや。それで鬼追いしたんやろう。けど失敗して、高野通いする始末になったわけや」

おばやんによると、青梅には毒があるらしい。そのため子を堕《お》ろす薬としても使われる。ただし所詮は素人の生兵法《なまびょうほう》のため、場合によっては死んでしまう危険があるという。

「どうして月影姐さんは、そんな危ない方法を……」

うちが心配のあまりおろおろしていると、おばやんは皮肉な笑みを浮かべながら、

「鬼追いは遣り手の仕事やけど、これにはお金がかかるんや。手元になかったら借金するしかない。せやけど鬼追いの借金は、といちなんや。十日で一割の利子がつくわけや。おおかた月影もこれを嫌うて、自分で堕ろそうとしたんやろ」

真っ青な顔で化粧部屋に戻っていた月影姐さんを見つけると、おばやんは朋輩たちの前で問い詰め、妊娠したことを認めさせた。それから一通り毒づいたあと、こう結

んだ。

「自分がいくんやない。男衆をいかせるんやと、いつも注意しとるやろ」

おばやんによると鬼子ができるのは、花魁がお下働きのときにいくからだというのだが、この説にはお姐さんたちの誰もが不快感を示した。本当におばやんは元花魁だったのかと、みんなが陰で非難した。地獄腹になるのはお下働きの後始末をちゃんとしていないからで、あとは運の悪さがそこに加わるというのが、お姐さんたちの考えだった。

ただし、廓の中では孕《はら》んだ花魁を何よりも厭《いと》い、そして蔑《さげす》む風習がある。だから浮牡丹姐さんとうち以外の、月影姐さんを見る朋輩たちの目は、とても冷たかった。

「今日から食事の量を減らすからな。その代わり柘榴《ざくろ》の皮を煎《せん》じた薬を、朝と昼と晩に飲むんや。それから夜は必ず腰湯を使うて――」

散々お姐さんを怒鳴り散らすと、おばやんは鬼子を堕ろす準備にすぐ取りかかった。ご託を並べるだけあって、その手際は良かったと思う。遣り手の面目躍如といったところか。けど数日が過ぎても、一向に煎じ薬の効果は表れなかった。

「あかんか……。取って置きの秘薬を作るしかないか」

おばやんはぼやくように呟くと、変わった茸をはじめ何種類もの草木の根や葉や蔓《つる》などを集め、それらを擂《す》り鉢《ばち》で潰して布袋に詰めた。その袋を薬缶《やかん》に入れて煮出した汁を、日に何回も月影姐さんに飲ませるようにした。

「これでも効かんかったら、もうあれしかないな」

何のことか分からなかったが、なぜか一瞬ぞっと寒気がした。おばやんの口調から、あれというものが決して良くない何かだと察したからだろう。浮牡丹と紅千鳥と雛雲のお姐さんたちの顔色が、さっと変わったように見えたのも、とっさに寒気を覚えた原因かもしれない。

しかし、うちも月影姐さんの心配ばかりしていられなくなってきた。例の呉服問屋の飛白屋の織介さんが悪友の漆田大吉と共に、三たび金瓶梅楼へ揚がり、今度は最初から「緋桜を頼みたい」と指名してきたからだ。

もちろん、うちは断った。そんなことをすれば、きっと今度は紅千鳥姐さんに蹴り殺される。だけど、おばやんには受けるようにと怒られた。

「この前以上に、たっぷりと玉代もはずむ言うてはりますのや。こんな上客を逃すやなんて、どうかしてますで」

「でも、元々は紅千鳥姐さんのお客さんではありませんか」

うちが反論すると、そんなことを気にしていたのかとばかりに、

「二度目に揚がらはったとき、ご当人が花魁を替えて欲しいと言われた。せやから、わたいが緋桜にしましたんや」

「そういう変更は、ここの楼ではご法度だと、おばやんに教わりました」

「その通りや。けど、わたいがええと言うてますのや。第一それにお客さん自身のご希望でもあるんやで。何を断る理由が――」

と言いかけたところで、おばやんは急にうちの顔をしげしげと眺めると、

「あんた、紅千鳥から何ぞされましたんか」

うちは必死で首をふったけど、おばやんは疑わしそうにしている。

「まぁええ。お客さんには、あんたの部屋に揚がってもらうからな。この前よりも仰山、台の物屋からお酒や肴を取り寄せるようにさせて――」

そこまで口にしたおばやんは、うちが進んで注文を取るはずがないと思ったのか、織介さんを部屋に案内すると、さっさと自分ですべてすましてしまった。

「いやぁ、そうして旦那様が緋桜と並んではりますと、まるでご夫婦みたいですなぁ。ほんまにようお似合いで――。では、どうぞごゆっくりなさって下さい」

おばやんが愛想を口にして引っこむと、それまで一度も顔を向けなかった織介さんが、ようやくうちを恥ずかしそうに見た。

「また来ました」

「お金があるんですね」

うちは精一杯の皮肉を返したが、

「はい。もっとも私の働きで稼いだお金とは、ちょっと言えませんが……」

彼が真面目に答えたので、もう少しで笑いそうになった。

「しかし、そんな私でも、家業の役にまったく立っていないとも思えませんので、いくばくかは自分の稼ぎだと誇っても良いでしょうか」

続く呑気《のんき》な台詞に、うちは笑うよりも呆れてしまった。だから、とっさに思ったことが口に出たのだと思う。

「いずれにしろ、飛白屋さんのお金じゃないですか。それを相変わらずお友達に集《たか》られて、いかがなものかと思いますが」

「先日も、そう注意してもらいましたね。祖母に伝えたところ、しっかりした娘さんだと感心していました」

うちは、もうびっくりした。廓通いを実の婆ちゃに報告するなど、良い大人のすることではないだろう。また、花魁の言葉を真に受ける婆ちゃもどんな人なのか。もしかすると適当に孫の相手をしただけなのかもしれないが、けったいな婆ちゃもいたものである。

うちがよっぽど妙な顔をしたのか、織介さんが自分のことを話しはじめた。

「私はお祖母さん子でしてね。織介という名前も、絣《かすり》の紋様を織りによって表現する織絣《おりがすり》にちなんで、祖母がつけてくれたものです」

飛白家の長男だった父親と、隣県の染め物屋から嫁入りした母親は、織介さんが幼いころに立て続けに亡くなった。歳の離れた二人の兄は家業を嫌っていたので、飛白屋は叔父さん夫婦が跡を継いだ。でも実際の経営は、一度は引退したお祖父さんが復帰して行なっていたらしい。

数年前、織介さんの妹さんが他県のやはり呉服問屋に嫁いだ。二人の兄は、とっくに独立していた。そのあと急にお祖父さんが亡くなったので、店は完全に叔父さん夫婦が切り盛りするようになり、お祖母さんと彼は離れに追いやられてしまったという。

「叔父さんたちに、お店を乗っ取られたのですか」

思わず心配して訊くと、

「いえ、私も経営には関わっています。ただ叔父さんと叔母さんに言わせると、少し朴念仁《ぼくねんじん》のところがあるということで。それで、もう少し遊びを覚えた方が商売の役にも立つと、私に吉さんを紹介してくれたわけです」

お店の経営に素人のうちが聞いても、叔父さん夫婦が甥を追い出す準備をしているとしか思えず、またまた余計な忠告をする羽目になってしまった。それなのに織介さんは他人を疑うということを知らないのか、本気で聞いてくれない。

考えてみれば、うちも廓町に来るまでは似たような世間知らずだった。だけどここで働き出してから、もう嫌というほど人間の汚さ、狡《ずる》さ、卑しさを目の当たりにしてきた。特に花魁になってからは、まだ半年あまりだというのに、それまでの三年間よりも濃い人の醜さに接してきた。そう言いきることができると思う。

　そんな風に説明すると、じっと織介さんは耳を傾けたあとで、

「緋桜さんが生まれ育った故郷って、どんなところですか。ご家族のことや、子供のころの思い出など、よろしければ聞かせてもらえませんか」

　そもそもお客と、うちはろくに話さない。そのうえ花魁に訊くのはご法度である過去の話を尋ねている。織介さんでなければ、わざとやっていると腹を立てただろう。だからなのか、ためらうよりも前に、気がつけば口を開いていた。

　うちが古里の話をした以外は、この前と同じだった。うちがお酌をして、織介さんがお酒をちびちびと飲む。たちまち顔が真っ赤になる。お下働きは一切しない。床に入らなくて良いのかと何度も訊いたけど、そのたびに織介さんは首をふって、さらに子供のころの思い出を喋るように促しただけだった。

　うちの話が一通りすむと、今度は自分の子供時代を、ぽつりぽつりと口にし出した。もちろん、こっちの田舎の貧しい暮らしとは段違いの内容で、まったく別の世界の出来事を聞くようだった。だから逆に妬《ねた》ましさも覚えなかった。不思議だったのは、婆ちゃが語る昔話に夢中で耳を傾けていた幼いころの記憶が、ふっと蘇ったこと

だ。とにかく織介さんの話を、いつしかうちは楽しんでいたように思う。

そのとき、いきなり襖が開いた。

「おい、捜したぞ」

ぬっと顔を出したのは、ちょっと崩れた二枚目という風情《ふぜい》の男衆だった。

「吉さん、どうしたんです」

織介さんが名前を呼ぶ前から、その男が叔父さんの紹介した漆田大吉という悪友だと分かった。こちらに向けた眼差しが、一瞬でうちを値踏みしていたからだ。

「帰るぞ。こんなとこ、さっさと出よう」

「えっ……。で、でも、通小町さんの部屋に揚がれたんじゃないんですか」

戸惑う織介さんに、ずかずかと漆田は勝手に部屋に上がりこみながら、

「その小町が、すっかり変になってるんだよ。こっちが何をしようと、うんともすんとも反応しない。まるで木偶《でく》の人形だ」

「そういうところに味があるって、吉さんはおっしゃってませんでしたか」

「ああ、言った。けど、男に無関心なふりをしているのと、本当にまったく無反応なのとでは、正反対じゃねぇか」

「この前は、無関心なふり……だったのですか」

漆田は大仰に溜息をつくと、

「通小町が男を毛嫌いしている、お客を馬鹿にしているのは確かだろう。だがな、まだ若い女だ。こっちの愛撫を、どこまでも無視できるもんじゃない。必死に耐えているわけだ。それがお客にも伝わるから、たまらねぇんじゃないか。通小町が邪険にすればするほど、こっちは興奮して燃えあがる。だから、あの花魁は人気があるんだよ」

この下種《げす》野郎と、うちは心の中で毒づいた。お前たちのような男衆がいるから、花魁のお下働きが地獄の責め苦になるのだと言ってやりたかった。

あとになって分かるのだが、漆田大吉にはなんと覗きという悪癖もあった。自分が指名した花魁が廻しを取ると、普通のお客なら不機嫌になる。でも、この男は逆だった。むしろ喜ぶらしい。なぜなら馴染みの花魁が他の客とお下働きをしているところを覗くのが、何より好きだったからだ。完全な変態である。

「はぁ、そんなものですか」

しかし、織介さんの間の抜けた返答に、うちは思わず苦笑しそうになって困った。

「女の扱いは別の機会に教えてやるから、とにかく出るぞ」

「吉さん、お先にどうぞ」

この返しには、漆田もびっくりしたらしい。織介さんをまじまじと見たあとで、うちをじろじろと眺めはじめた。

「ほうっ、こりゃ珍しいこともあるもんだ。よっぽどこの花魁が気にいったんだな。前と同じ女だよな。そうかそうか」

下卑た笑いを浮かべて、うちの身体を舐め回すように見つめている。

「確か緋桜とかいう名だったたな。どうやら通小町とはまた違った気の強さが、こっちにはあるみたいだな」

うちの蔑むような視線をものともせずに、漆田はへらへらしている。

「どうだ、この女を廻しで遊ばないか。いや、もちろん俺が廻し部屋に入って待つよ。あんたは、ここでゆっくりすればいい。けど、ずっと抱いてるわけじゃないだろ。空きができたときでいいから、俺の方に廻してくれ」

「困りましたね。私は緋桜さんの今夜の泊まりの玉代を、もう払ってしまっています」

そう言いながら織介さんは立ち上がると、漆田を廊下へと連れ出した。すぐに戻ってきたところをみると、きっといくらかお金を渡して追い払ったのだろう。

織介さんとは夜中までお喋りをして、そのまま床についた。お下働きはせずに普通に寝るのが、とても変なことのように思えてならなかった。そんな風に感じるほど、もう自分は遊廓の女になっているのだと、改めて知らされた気分だった。

朝になって起きると、織介さんが帰り仕度をはじめた。台の物屋から朝食を届けさせましょうかと尋ねたが、帰って婆ちゃと一緒に食べるという。

「お祖母さん子ですから」

その一言に、うちは自然に笑っていた。

別館の部屋から出て渡り廊下を通って本館へ戻り、一階へ降りて玄関に着くころには、ちゃんと遣り手のおばやんも見送りに加わっている。素直に感心するしかない。

おばやんのお愛想を背に受けて、織介さんを表まで送ろうとして、がらがらっと玄関の戸を開けたときだった。

別館の上から何かが落ちてきて、どんっという物凄い音が響き渡り、一瞬の間のあとに悲鳴が廓町に轟《とどろ》いたのは。

うちが目の当たりにしたのは、ねじくれた格好で別館の前に横たわり、有り得ない角度に首を傾げて、だらだらと頭から血を流し続けている通小町の姐さんの姿だった。

九月×日
その日の朝、通小町の姐さんは別館の三階の部屋から身投げした。うちと織介さんは、まさにその瞬間に居合わせたことになる。

姐さんは頭から地面に落ちたため、首の骨が折れて絶命したらしい。息絶えるまであっという間だったと分かり、それがせめてもの慰めだとうちは思った。

前の夜、小町姐さんの奇妙な様子に腹を立てたお客は、実は漆田だけではなかった。他にも数人いたという。ただ普段からお客には冷たかったので、変だなとは思いながらも、誰も深くは追及しなかった。さっさと引きあげて、他の楼へ揚がってしまった。このとき一人でも遣り手のおばやんに文句をつけていれば、もしかすると姐さんは死なずにすんだかもしれない。

花魁のちょっとした変化にも人一倍敏感なはずの当のおばやんは、このところ月影姐さんの地獄腹の件で頭を痛めていたせいで、小町姐さんの態度がおかしなことに、少しも気づかなかったという。そういう意味では楼で一番衝撃を受けたのは、間違いなくおばやんだった。

「信じられん……。あの通小町が、自ら命を絶つやなんて……」

おばやんは呆然とした表情で、何度も首をふった。

「たとえ何があろうと、金瓶梅楼でもっとも自殺しそうにない花魁が、通小町やったのに……。いったいあの子は、どうしてしもうたんか……」

この嘆き悲しむ気持ちは、多少の差はあれ朋輩たちも同様だった。花魁同士の妬《ねた》みや嫉《そね》みはあっても、お金で売られた身は誰もが一緒で、どこかで同類相哀れむような気持ちを、お互いに持っていたからだろう。しかし、それ以上にみんなの心を揺さぶったのは、どうして身投げをしたのかという謎だった。あの通小町の姐さんに限って、自殺をしなければならない訳など、何一つ見当たらなかったからだ。

警察は、姐さんが殺されたのではないと分かったとたん、あっさり引き揚げた。

「女郎《じょろう》が自殺する動機など、いくらでもあるだろう」

事件を調べていた刑事が当たり前のように、そう女将さんに言ったらしいと、あとからおばやんが教えてくれた。

「何を偉そうに」

化粧部屋にいた紅千鳥の姐さんが、まず怒り出した。

「死んでも当然と思われてる女を、その刑事もお金を出して買うたことがあるやろう。そないな男衆が、私らより偉い人間やとでもいうんか」

「どっちが偉いかいうたら、そりゃ親や兄弟姉妹のために身を売って働いとる、あんたら花魁の方に決まってますがな」

おばやんが宥《なだ》めたが、紅姐さんの腹立ちは収まりそうになかった。

「せやったら、なぜ小町が死んだんか、ちゃんと警察は調べるべきやありませんか」

「そんな言い方されて、通小町さんが可哀想《かわいそう》や……」

次いで月影姐さんが泣きはじめ、紅姐さんが苛立《いら》った。

「あんたがぴいぴい嘆いても、小町は生き返らんし、死んだ理由も分からんわ」

「でも、誰かが泣いてあげませんと……」

「ええいっ、鬱陶《うっとう》しい。泣くんやったら、高野へ行ってひとりで泣け」

「ところで——」

お姐さんたちの間に入るように、おばやんが口をはさんだ。

「ほんまに誰も、何の心当たりもないのか。自殺の理由とまでは言わんけど、普段とは変わった通小町の様子に、気づいた者は誰もおらんかったんか」

その場にいた全員の顔を見回しながら訊くと、しーん……と化粧部屋が静まった。

「遣り手が気づかんものを、私らが分かりますかいな」

少し間があって紅姐さんが憎まれ口をたたいたが、おばやんは相手にしない。

「朋輩やからこそ気づいたことが、何ぞありませんのか」

再び化粧部屋が静まり返る。

「……呼ばれたんや」

やがて絞り出すような声で、ぽつりと雛雲の姐さんが呟いた。

「な、何に」

そう訊いたのは月影姐さんだったが、ほとんどの朋輩が身を乗り出して、雛姐さんの方を見ている。

「……あの部屋におるものに」

「も、ものって」

「正体は分からんけど、あそこにいる何かなんやと思う」

「あんたはまた、そんなこと言うて……」

おばやんが咎《とが》めたものの、いつもよりその口調が弱々しく感じる。同じように紅姐さんも思ったのか、好奇心も露《あらわ》におばやんの方へ顔を向けると、

「前から気になってたんですけど、あの別館の三階について、おばやんは何ぞ知ってるんやないんですか。女将さんもそうですわ。雛姐さんの力が本物かどうか、私には分かりませんけど、あの部屋が恐ろしいいう花魁は他にもいてますからなぁ」

「何を阿呆な……。現に通小町は怖がることなく、あの部屋を使ってたやないですか。花魁の間に妙な噂が流れたのは、雛雲の巫女遊女のせいですわ」

「けど、その通小町が、あそこから身投げして死んでしまいましたで」

「せやから、その理由を突き止めようとしてますのや」

「あの少々のことには動じん通小町に、自殺する訳があったと思いますか」

「……あったんや」

と答えたのは雛姐さんだった。

「あったからこそ、あの子は別館の三階の何かに呼ばれた……。それで、ふらふらっ

と窓から身を投げてしまいよった」

「ええ加減に――」

おばやんが怒鳴りかけたところへ、

「変わったことと言えば――」

浮牡丹のお姐さんが、当日を思い出すような顔で、やんわりと割って入った。

「古里から手紙が来ていたようです。ただ、あの子のところには、これまでにも季節ごとに手紙が届いていましたから、特別それが変だったとは言えないでしょうけど」

「ああ、例の手紙かいな」

おばやんは紅千鳥と雛雲の二人の姐さんを無視すると、牡丹姐さんに話しかけた。

「せやけど新しい消印の手紙なんぞ、通小町の部屋にはなかったで。古い手紙がまとめて、箪笥の中に大切に仕舞ってあっただけでな」

「あの子が身につけていたとか」

「いや、長襦袢の袂《たもと》には何もなかったそうや」

「着ていたのは、襦袢一枚ですか」

牡丹姐さんの悲痛な声が、うちの心にずんっと響くと同時に、手紙と聞いて何か引っ掛かるものを感じた。でも、その正体が分からない。

「通小町の格好から、発作的に身投げしたんやろうと、警察は見てますな」

おばやんが淡々と話を続けると、牡丹姐さんが不審そうに、

「いかに発作的であれ、その衝動の原因となった何かが、あの子の胸のうちにはあったはずです。部屋に遺書はなかったのですか」

「ああ、なかった。遺書どころか、自殺を仄《ほの》めかすようなものは、なーも出てこんかった」

警察の取り調べに立ち会って、別館の三階で目にした小町姐さんの持ち物について、おばやんが一つずつあげていった。

「着物はどうするんです」

さっそく紅姐さんが反応した。先程までのやり取りなど、すっかり忘れている様子である。

「縮緬《ちりめん》の着物があったでしょ。あれ、ええなぁと思うてたんですわ」

「あの子の持ち物の処分については、女将さんが決めなさる」

おばやんはぶっきらぼうに返答して、紅姐さんの質問を片づけた。それから再び牡丹姐さんと、なぜ小町姐さんが身投げをしたのか、その訳について話し合った。でも、いくら考えても身投げの理由は突き止められなかった。

二日後、通小町の姐さんの遺体が、警察から返ってきた。売れっ子だった花魁の葬式だから、きっと派手になるのだろうと思っていると、ひっそりと葬儀屋さんから棺《かん》

桶《おけ》が届けられ、仲どんが手際良く姐さんを中に入れて、さっさと火葬場まで運んでしまった。あとは廓町の側にある××寺に納骨されて、それで終わりだった。朋輩たちの見送りも一人としてない、とても葬儀とは呼べない代物だった。

ここの楼で一番の稼ぎ頭だったのに……。

うちは哀《かな》しさよりも恐ろしさが先に立った。どれほど人気があって玉代が高くても、いつも楼に大きな利益をもたらしていても、死んでしまえば関係がない。ほとんど生き倒れの無縁仏のような扱いを受けてお終いである。

古里でも人が亡くなれば、葬儀とは名ばかりの、それはもう質素な儀礼を行なうだけだった。ただし、村人たち全員がお参りしてくれた。たとえ村八分になっている家の場合でも、必ず仏様は丁重に見送ったものだ。

しかし、ここではひとりぼっちであの世へ行かなければならない。生きている間は、うちの古里とは比べものにならない恵まれた暮らしぶりなのに、死んだあとは、まるで野良犬の死骸でも始末するように扱われて何も残らない。通小町という花魁の思い出さえも、瞬く間に消え去っていく。御内証に仕舞われた女将さんの帳面の中でしか、その名を目にすることはなくなってしまう。あまりにも侘《わび》しい。本当に空恐ろしくなる。

それとも姐さんは、この金瓶梅楼の中から花魁通小町の記憶など、一刻も早く消えた方が良いと思っているのだろうか。自分がお下働きをしていた事実など、綺麗さっぱり失せて欲しいと願っているのだろうか。

××寺が遊女の「投げこみ寺」だと、うちが遅まきながら知ったのは、小町姐さんの身投げから一週間が過ぎたころだった。

「あの寺にはな、遊女の霊を祀る碑があるんや」

姐さんの初七日なのに何もしないのか……と訊くうちに、おばやんが教えてくれた。

「通小町は昔遊女たちと一緒に、そこで安らかに眠っとる。せやから何の心配もいらん」

「遺体を引き取りたいと、古里から連絡はなかったんですか」

今さらながら疑問に思って尋ねると、おばやんは苦々しい表情で、

「そんなもん、言うてくるかいな。生きてる間は金を生む大切な娘やけど、死んでしもたら一銭にもならん遊女の亡骸や。古里に連れて帰っても、近所の目がある。遊廓で身を売った挙句に身投げした娘いうことで、肩身の狭い思いをする。満足に葬式も出せん。わざわざ知らせても、そっちで適当に処理してくれ言うてくるんが、まぁほとんどやな」

うちが暗澹《あんたん》たる気持ちになっていると、もっと耳を疑うような台詞が、おばやんの

口から飛び出た。

「こうなると通小町も、あんじょう死ねてほんまに良かったわ」

「どういうことです」

驚きと腹立ちで声を荒らげるうちに、おばやんはすっと目を逸らすと、

「身投げや首吊りに失敗して、身体が言うことを聞かんようになった花魁が、どうなるか知ってますか。末無下楼町《すえなしげろうちょう》へ行くんですわ。そこも廓町と呼ばれる場所やけど、おつむや手足など、とにかく身体のどこかが不自由になって、それまで通りのお下働きができんようになった女しかおりません。そういう廓やから、玉代も異様に安い。せやから女を買いにくるお客にも、ろくな男がおらん。けど、お客の選り好みなんかできる立場やない。相手が汚い乞食でも、お金を持ってくればお客さんですわ。お下働きをせんとならん。ところが、そんなお客ばかり相手しとると、そのうち悪い病気をもろて、お秘所が爛《ただ》れ、髪の毛が抜け、歯も抜けて、鼻がもげ……と身体が腐ってしもうて、酷い死に方をするんが、まぁ落ちでしょうな」

そこでおばやんは、じっとうちの目を見つめると、

「末無下楼町いうんは、ほんまにある住所とは違う。もうこれ以上の末など無い、一番下の楼の町いう意味ですな。ここから先、花魁の行くところは、どこにもありませんわ。堕ちるだけ堕ちた先が、末無下楼町いう地獄です。世間の人は、さも廓町に売

られた女が地獄の責め苦を負うてるように言いますが、何を阿呆らしい。自分の身一つでお金を借りて、そのうえ稼いで、いずれは出て行くことができるんやから、地獄なものですか」

おばやんは益々うちの目を覗きこみながら、

「死のう思うんやったら、死ぬ気になってお下働きしたらよろしいんや。男衆を手玉にとって、稼げるだけ稼いだろうと決めたら、ここは極楽になりますのや。ほんまの地獄は死んでしもうてから行くところか、死にぞこのうて送られる末無下楼町か、そのどっちかですわ」

まだまだ自分の知らない廓の世界が、それも救いのない悲惨な状況の楼があることを教えられ、うちは完全に打ちのめされた。

金瓶梅楼の方が、どれほどましかもしれない……。

一時はそんな風にまで思ってしまった。だが、それも一般の廓町と末無下楼町を比べた場合である。そもそも廓という場そのものが、間違いなく悪所なのだ。危うくおばやんに丸めこまれるところだったと、うちは悔しくなった。

赤前垂の雪江ちゃんが別館の部屋を訪ねてきたのは、その翌日だった。ちょうど昼寝の時間で、うちも蒲団に横たわっていた。でも、通小町姐さんの身投げ、あまりにも粗末な弔《とむら》い、姐さんの古里の冷たい反応、末無下楼町の話、そして月影姐さんの地獄腹と、もう気になることが多過ぎてとても眠れず、悶々としていた。だから雪江ちゃんが無遠慮に顔を出したにもかかわらず、うちは喜んですぐに起きあがった。

　ところが、彼女の話というのが、小町姐さんが身投げをした日の早朝に、当人を本館の一階で見たというものだった。

「おら、あの日の朝、高野に行ったんだ。出ようとしたら、誰か裏口から入ってくる。こんな時間に……って変に思ったんで、戸を開けずに通り過ぎるのを待って、それからそうっと覗いた。そしたら、通小町の花魁やった」

「姐さんは、庭に出ていたの」

「……そうやと思う。ただ、よく見かけたんはお昼やったから、朝からお稲荷さんに参っていたんかは、ちょっと分からんけどな」

　雪江ちゃんの台詞に、うちは驚いた。

「小町姐さんは毎日お昼に、庭のお稲荷さんにお参りをしていたってこと」

　花魁には信心深い者が多かったが、通小町の姐さんは違った。お客だけでなく他人に対して打ち解けようとしなかった態度は、相手が神仏でも同じだった。

　本当に神様や仏様がいるなら、どうして遊廓などという地獄がこの世に存在しているのか……。

　そんな風に姐さんは思っていたのではないか。うちもそれに近い感情を、ある話を聞いてからずっと持っているのでよく分かる。

まだうちが新造だったころ、××教の団体で遊女を救う目的で組織された××会の人たちが、この廓町で一番大きな桃源楼《とうげんろう》を訪れたことがあった。過酷で非道な労働環境から遊女たちを解放するのが、その会の使命だと説いて回り、楼の一部の花魁たちの協力を取りつけた。そうして廓の実態を調べたうえで、楼の女将さんと交渉を開始した。話し合いは桃源楼だけでなく、主な楼の経営者が集まって行なわれた。談合は何日にもわたって続いたため、花魁たちも希望を持って成り行きを見守っていた。

それなのに××会の人たちは、いきなり廓町から姿を消してしまった。

「すまない。我々の力が及ばなかった……。ただし、君たちの待遇の改善は要求して、それは呑んでもらっている。その点は安心して欲しい」

という言い訳としか思えない言葉を残して、さっさと帰ってしまったのだ。

あとで分かったのだが、その人たちは楼の経営者たちから、いくらかのお金をもらったらしい。そのとたん、掌を返したように態度が変わったという。遊女たちの待遇の改善も単なる口約束のようなもので、実際どこの楼でも実現はしなかった。むしろ××会に協力した一部の花魁は、訳の分からない理由で借金を増やされ、お客もめかいちや川獺ばかりを回されと、あからさまな報復を受けたくらいだという。

この話はうちが花魁になってから、しばらくして浮牡丹のお姐さんに教えてもらった。ちょっと難しいところはあったけど、だいたいは分かった。いったん廓町に入ったら、誰も——それが神様や仏様であろうと——助けてはくれない。すべて自分ひとりで乗り切るしかない。そんな厳しい現実と一緒に、うちは理解した。

小町姐さんの場合は、こんな切っかけなどいらなかったようだ。遊廓に売られてきたときから、すでに悟っていたのかもしれない。その姐さんが、楼の庭の小さなお稲荷さんにお参りをしていたというのだから、うちが驚いたのも無理はないだろう。

「いいや、毎日やなかった。おらが見てないときがあったとしても、一月に一度くらいやったんやないかなぁ」

「いつもお参りをするだけ？　そのあと何もしないの」

しばらく考える仕草をしてから、雪江ちゃんが答えた。

「お稲荷さんの前にしゃがんで、何ぞしてたようやけど……。おらも、ずっと見てたわけやないから分からん」

「あの日……、姐さんが身投げした日は、どうだった」

「そら無理や。おらが高野から顔を出したとき、もう花魁は廊下を戻っとったんやもの」

確かにそうだ。うちが自分の馬鹿さ加減に落ちこんでいると、雪江ちゃんが妙なことを言い出した。

「ただな、しょうもないことなんやけど、通小町の花魁は奥の階段をあがったんや」

「えっ？」

「せやから内玄関の側の、裏階段を使うたんや」

「それは……庭から裏口に入り、雪江ちゃんがいた高野の前を過ぎて、本館の二階から渡り廊下を通って、別館の三階に戻ったからでしょ」

どこもおかしなところはない。もちろん、そのあと身投げをしたわけだが……。姐さんが自分の部屋まで帰ったのは、当たり前ではないか。

しかし、雪江ちゃんは首をふると、

「通小町の花魁は、絶対に奥の階段は使わんかった。いつも表の方だけを利用していたもの」

うちは、はっとなった。言われてみれば確かにそうだ。

表の豪華さに比べて裏は、いかにも普通の階段である。見ようによっては使用人のものとも映る。きっと姐さんは、そんな貧相な階段が嫌いだったのだ。だから使わないようにした。それに本館の化粧部屋や御内証に行くのも、表の方が近い。裏の階段を使う理由が、別館の三階にいる姐さんには、あまりなかったことになる。

「それがあの日の朝、姐さんは裏の階段を使った……」

こっくりと雪江ちゃんが頷いた。そうしながらも、微かに震えている。

このことを女将さんやおばやんに話したのかと訊くと、誰にも言っていないという。小町姐さんの様子がちょっと妙だと思っていたら、そのあと身投げをしてしまった。自分が誰にも知らせなかったせいだと考えると、もう怖くてたまらない。でも、これ以上は黙っているのも辛い。それでうちに打ち明けたらしい。

「雪江ちゃんが気にする必要はないのよ」

そのあとすぐに身投げをしたのだから、仮に誰かに姐さんが変だと知らせていても、もう止められなかったに違いない。そう言って慰めながら、うちは庭のお稲荷さんに行ってみようかと考えていた。それで何か分かるとは、うちも思っていなかった。でも、このまま何もしないでいるよりはましだ。どうして通小町の姐さんが身投げをしたのか、ほんの少しでも手がかりがあるのなら放っておくべきではない。

だが、じきに昼食となり、ついで風呂、髪結い、着替えと忙しくなったため、ようやく時間ができたのは、最後のお客を送り出した翌日の明け方だった。奇しくも通小町の姐さんが庭に出ていたのと、ほぼ同じ時刻になってしまった。

別館の部屋を出ると、忍び足で廊下を歩く。もし朋輩や泊まりのお客に見つかっても、高野に行くふりをすれば良い。そう思うのだが、なぜか足音を殺している。

楼の中は静かだった。心配した廻し部屋を行き来する朋輩の姿もなく、微かにお客の鼾《いびき》が聞こえる程度で、どこかでお下働きをしている気配も感じられず、花魁もお客も全員が寝入っているらしい。見世は開いているのに誰もが休んでいる。そんな珍しく貴重な時間の直中で、うちだけが起きて動いているようだった。

　渡り廊下を本館へ出たところで、どちらの階段から下りるか少し迷った。少なくとも行きは、小町姐さんも表を使ったに違いないと考え、二階の廊下を左へ進んだ。幅の広い階段を下り、一階の廊下を奥へと辿る。女将さんとおばやんの部屋の前は、特に注意して通り過ぎる。できれば二人とも顔を合わせたくない。こんな時間に本館の一階にいる理由を訊かれたら、きっと何も言えずに、かなり不審に思われてしまうだろう。言い訳くらい考えておくのだったと後悔しているうちに、幸いにも廊下の曲がり角まで来ていた。

　そこを突き当たって右を向くと裏の階段があり、その手前は内玄関になっている。周作さんや優子お嬢さんが楼を訪ねてくるときは、いつもここを使われる。内玄関の斜め向かいに左手へ延びる廊下があって、角を曲がると左側は壁で、右側に高野の戸が二つ並び、正面に板戸が見える。その戸を潜《くぐ》ると、楼の北側の庭に出る。東西に細長い庭で、真ん中辺りに池があって、造りは別館の北側の庭と似ているかもしれない。唯一の違いは、庭の東の端に奇妙な小屋があることだ。

　新造の最初のころは、単なる物置小屋だと思っていた。そのうち雛雲の姐さんから、一方的に忌むべき小屋だと教えられ、ちょっと意識するようになった。でも、自分には関係ないと高をくくっていた。やがて「闇小屋」とかいう恐ろしい言葉を花魁たちから漏れ聞くようになり、それが庭の小屋を指すらしいと分かって、少し怖くなった。そして自分が花魁になってからは、もう完全に恐怖の対象だった。おばやんに逆らってお客を取らなかったときなど、そこに入れられて折檻されるのだが、とにかく気味が悪い。

見た目は物置小屋や山小屋といった感じで、なぜか室内には柱が二本あるのだが、それ以外には何もない。まったくの空である。にもかかわらず何かが詰まっている気配が感じられ、小屋の中に入っただけで身ぶるいが出る。どれほど空気を入れ替えても、じっとりと湿った重い淀《よど》みのようなものが籠っている。そんな気がいつもする場だった。

だから今まで、自分から近づいたことはない。小屋の前に祀られたお稲荷さんの祠にも、一度も参っていなかった。

うちは裏口の板戸の閂《かんぬき》をそっと外すと、沓脱石《くつぬぎいし》の上の草履をつっかけ、物音を立てないように庭へ下りた。御内証からは、樹木が邪魔して小屋の辺りは見えないが、用心するに越したことはない。

もう空は明るかったけど、どんよりと曇っていた。小町姐さんが身投げした朝も、こんな天気だったなぁ……と思い、とたんに背筋がぞくっとした。

それだけでも充分に厭《いや》だったのに、右手斜めには闇小屋と密かに呼ばれる無気味な小屋が見えている。外から眺めているだけでも、その内部に重苦しい空気が籠っているのが感じられるほど、小屋は異様な気配を纏《まと》っている。

いったいこの小屋は何なのか……。

楼の中に立ちこめる空気も、決して良いとは言えない。一年の大半の夜、一晩中お下働きをしているわけだから、かなりの毒気が漂っている。だが、裏口から庭へ出たところで、それ以上のものを感じとり、すぐに来たことを後悔した。回れ右をして引き返しそうになった。

でも、うちは小屋を見ないようにしながら、ほぼ正面に祀られた祠へと、ゆっくり近づいて行った。なぜなら古里で幼いころに、婆ちゃと一緒に当たり前のように拝んでいたお稲荷さんやお地蔵さんの祠と、とても似ていたからだ。そう認めた瞬間、勝手に足が前へ出た。気がつくと自然にしゃがみ、うちは祠に両手を合わせていた。先程まで覚えていたおぞましさが、ほんの一瞬だったが薄らいだように思えた。

お参りをすませると、うちはお稲荷さんの周囲を見て回った。特に当てがあったわけではないけど、他に妙案もなかったから仕方がない。

最初は何も見つからず、やっぱりなぁ……と心の中でがっかりした。でも、そのうち「あれっ」と思わず声が出た。

よく見ると、祠の前の一部の地面にだけ、ほとんど雑草が生えていない。あとは庭中、少し手入れをした方が良いくらいに緑が茂っている。なのにそこの部分だけ土が見えている。まるで最近、掘り起こしたかのように……。

うちの胸は急にどきどきしはじめた。再び祠の前にしゃがむと、恐る恐る右手で土をいじってみた。指を入れて持ちあげた。

驚くほど柔らかい。やっぱり掘り起こして、また埋めたのだ。

大胆になったうちは、両手を使って地面を掘りはじめた。邪魔な土は横に盛って、とにかく穴を深く掘り下げていった。

すぐに紙片が出てきた。それもバラバラに破かれた紙らしい。とっさに小町姐さん宛に届いたという新しい手紙のことが頭に浮かんだ。これがそうではないのか。だから部屋にはなかったのではないか。そう考えたところで、あの日のあの光景が頭の中に、ふっと浮かんだ。

別館の三階の部屋で正座した通小町の姐さんが、膝の上に置いた手紙を見て泣いている……。

新造のころ、庭の李の樹に登って覗き見てしまった、意外な姐さんの姿だ。あの手紙は、きっと浮牡丹姐さんが言っていた手紙の一通に違いない。

土の中から出てきた紙片を慎重に拾っていると、その下から大量の紙縒りが現れた。それらはどれも、ねじって結んである。

「千草結び……」

うちは声に出して呟いた。これらは小町姐さんが埋めたものだ。自分の目の前に姐さんの身投げの理由があると、たちまち確信した。

破かれた手紙の紙片と千草結びを一つだけ持って、急いで沓脱石まで戻る。そうして紙片の土を払ってから広げて皺《しわ》を伸ばし、それを沓脱石の上でつなぎ合わせてみた。まだたりない部分が二つほどあったが、私信の内容を読んで理解するには充分だった。

手紙は姐さんの古里に住む男衆からのもので、どうやら二人は幼馴染らしい。これまでに来た手紙というのも、きっと同じ人が出したものだろう。ただし、今回で最後だと書かれている。なぜなら、その男衆が結婚するからだった。

千草結びを解く手が、ぶるぶると震えた。ようやく解いて広げると、片方には手紙の差出人と同じ男衆の名前が、もう片方には「千鶴子《ちづこ》」とあった。女将さんやおばんに訊くまでもなく、通小町の姐さんの本名だと分かった。

おそらく二人は許婚《いいなずけ》だったのではないか。でも、家の事情で姐さんは遊廓に売られた。違う。自分から来たんだ。そのとき二人の間にどんな話があったのか、それは分からないけど、もしかすると借金を返し終わった暁には夫婦になろう……という約束をしたのかもしれない。男衆からの最後の手紙にも、そう読み取れる文面が確かにあった。そんな風に考えれば、ここでの姐さんの無関心ぶりも合点がいく。少なくとも、うちには理解できる。

きっと通小町の姐さんにとって――いや、千鶴子さんにとっては、金瓶梅楼での暮らしは本当のことではなかったのだ。これは現実ではないと思いこもうとした。だから お客だけでなく楼の者に対しても、あんな態度を取り続けた。周囲のものすべてに関心を持たなかったのは、姐さんが身に纏《まと》った精一杯の鎧《よろい》だったわけだ。

それが許婚からの最後の手紙で、あっさりはがれ落ちた。がらがらと音を立てて、鎧がバラバラに崩れてしまった。その瞬間から姐さんは、世間に対して本当に無関心になった。何の感情も覚えなくなり、まったく無反応になった。そんな姐さんの突然の変化を、漆田をはじめ前夜のお客たちが察した。だけど、おばやんが知るまでにはいかなかった。

お客が誰もいなくなった明け方、姐さんは手紙を握りしめると、千草結びの願かけをしていたお稲荷さんの祠まで行った。そこで手紙を破くと、千草結びを埋めていた地面に捨てた。そして別館の三階へ戻り、そのまま衝動的に身投げをした。

ここまで考えたところで、うちはいたたまれなくなった。千鶴子さんを辛《かろ》うじて支えていた許婚との約束が、いきなり無残にも破られた。あっという間に彼女は、絶望の真っ直中に放りこまれただろう。そのときの心情を思うと、うちは哀しさのあまり胸が苦しくなった。まるで千鶴子さんが味わった嘆きや怒りや恨みといった感情のすべてが、どっと一度にうちの心の中に流れこんできたような錯覚に囚《とら》われた。

その瞬間、背筋がぞおぉぉっと震えた。なぜか後ろがたまらなく怖くなった。ついで首筋に冷気を覚え、ずるずるずるっ……と何かが身体の中に入ってくるような、そんな厭《いや》な感じがして、再び背筋に悪寒が走り……。

ふらふらっと立ちあがると、うちは草履のまま裏口から廊下へあがっていた。高野の前を過ぎ、角を左へ曲がり、裏の階段を上る。目は見えているのに、まるで薄い絹を通して眺めているような、変な霞《かすみ》がかかっている。二階の廊下に出ると、覚束ない足取りで進み、半ばで左へ折れる。そのまま渡り廊下を通って別館に入り、右手に曲がって表の階段まで達すると、三階へあがる。ここまでうちは導かれていた。廊下にも階段にも、点々としたたっているようなものが見える。道標が記されている。無気味な印が、うちを招いている。とにかく行かなければならない。こうして別館の三階に辿り着き、廊下を進み、目の前の襖を開けると、そこは豪華な花魁の部屋だった。だけど、通小町の姐さんの部屋とは違っていた。それに、どこか古びているように映る。でも、楼で一番の稼ぎ頭の花魁の部屋である。それは間違いない。その部屋の中に、うちは入る。ようやく着いたという思いに満たされつつ、贅を尽くした室内を横切る。真っ直ぐ表の窓まで進む。ねじこみ錠を回して、硝子窓を開ける。差しこみ錠を外して、雨戸も開ける。ぱっと空が広がる。でも、そう感じたのも束の間、曇天の陰気な空が、急に頭上に伸しかかってくる。とても強く頭を押さえられている気分になる。うちは天を見上げたまま、ゆっくり窓枠によじ登ると狭い露台に出て、そのまま頭から……。

身投げしそうになったところで、いきなり室内側に倒れており、嫌というほど横腹を打ちつけたせいで、はっと我に返ることができた。

雪江ちゃんが、うちの腰に抱きついていた。真っ青な顔をしながら、ぶるぶると身体を震わせつつ、それでもしっかりとうちを抱えていた。

彼女が身をもって止めてくれなかったら、うちはもう少しで身投げをするところだった……。

九月×日

このところ日記を書く時間が増えている。つけはじめた三月のころに戻ったみたいに、ずっと日記に向かっている。それだけ大変な出来事が起きているからで、うちも危うく命を落としそうになった。今こうして思い出しても、本当に血の気がひく。

あのときは頭も目もぼうっとして、身体はぎくしゃくしていた。だけど意識はあった。自分が何をするつもりなのか、ほぼ分かっていた。ただ、うちの意志ではないような感覚もあった。だから自分で止めることができなかった。

もしも雪江ちゃんが後ろから抱きついてくれなかったら、あのまま頭から真っ逆様に地面へ落ちて、きっと通小町姐さんのように首の骨を折り、たちまちうちは死んでいただろう。雪江ちゃんにはいくら感謝しても足りないほどだ。

当日の朝、何となく雪江ちゃんは目覚めたという。高野かと思ったが、どうやら違う。誰かに呼ばれたのかと耳をすましたが、楼の中はしーんとしている。また寝ようとしたが、なぜか胸騒ぎを覚えた。とりあえず起きて廊下に出てみた。でも、特に変わったところはない。

おかしいなと首を傾げて部屋に戻ろうとして、廊下が汚れているのに気づいた。よく見ると裏口の方から草履のような足跡が、点々と裏の階段まで続いている。

とっさに雪江ちゃんは、うちの顔が浮かんだらしい。慌てて足跡を追うと、階段の途中で薄らぎはじめ、二階の廊下に出た辺りで消えてしまった。それでも目を凝らすと、廊下に落ちている土が見つかった。わずかな土を辿って別館まで進み、それが表の階段へ向かっていることを認めたとたん、彼女は走り出した。どうしてか自分でも分からなかったが、とんでもない災いがうちに降りかかっていると、強く感じたからだという。

廊下を走って階段を駆けあがり、別館の三階の部屋に飛びこんだところで、まさに露台の外へ身を投げようとしているうちの後ろ姿が目に入り、もう無我夢中で抱きつき、部屋の中へと引きずり戻した。

うちも雪江ちゃんも覚えていないが、二人とも大声を出したらしい。すぐに浮牡丹のお姐さんが姿を現し、どうしたのかと尋ねられた。うちがお稲荷さんの祠で掘り出した通小町姐さん宛の手紙と千草結びのこと、そのあと自分が訳の分からない行動を取った話をすると、牡丹姐さんは珍しく動揺して、しばらく部屋の中を薄気味悪そうに見回していた。室内に潜《ひそ》むうちら以外の、まるで四人目の誰かを捜しているかのように……。

それから牡丹姐さんは、雪江ちゃんに手紙と千草結びを取りに行かせると共に、遣り手のおばやんを呼びに行かせた。そして戻ってきた彼女に、うちを助けた働きを改めて誉めたうえで、赤前垂の安美さんや友子さんといっしょに朝食の準備をするように頼んだ。雪江ちゃんには気の毒だったが、これ以上は関わらせない方が良いと、きっとお姐さんは判断したのだろう。

うちは同じ話を、もう一度おばやんにした。おばやんは黙って聞いていたけど、うちが喋り終えると大きな溜息をついた。

「通小町の身投げの理由が、これで分かりましたな。古里に好いた男衆がおるんやないかとは、わたいも思うてましたが、それが許婚やったとは……」

「彼女の唯一の心の支えだったのでしょうね」

牡丹姐さんがうちと似た感じ方をしたので、とても驚いた。それとも花魁だったら、誰でも同じように考えるのだろうか。

「ただ……」

それからお姐さんは口籠《くちごも》ると、うちを見てから、

「緋桜さんの身に起こったことは、どうにも説明できません。雪江さんが異変に気づいて、彼女を助けていなかったら、大変な事態になっていました」

「おおかた通小町の身投げの理由を知って同情したあまり、ふらふらっと自分も同じような気持ちになったんやろ」

おばやんは何でもないことだと言わんばかりだったが、牡丹姐さんは納得しなかった。

「同情したのは間違いないでしょうが、それで自分も……とは普通はなりません。通小町さんと非常に親しくて仲が良かったというのなら、まだ有り得るかもしれませんが、緋桜さんはそうではなかった」

尋ねられたわけではないが、うちは頷いた。

「それなのに後追いをしようとするなんて、尋常ではありません」

「何ぞ覚えとらんのか」

おばやんが牡丹姐さんから視線を外して、こっちの顔を見たので、うちは記憶にある限りのことを喋った。

「ほら、本人にも訳が分かりませんのや。いわば魔が差した……いうことですやろ」

「魔が差すにも、その魔を呼び寄せてしまった何かがあるはずです」

「そんなものがないから、昔の人は魔が差した……って言いましたんや」

「そうでしょうか」

「浮牡丹は、いつも難しゅう考え過ぎて──」

「喜久代さん、本当は何かご存じなのではありませんか」

その聞き慣れない名前が遣り手のおばやんのものだと、うちが思い出したのは、当人が手紙の紙片と千草結びを集めて、自分の懐に入れてからだった。

「これを女将さんにお見せして、ようやく身投げの理由が分かりましたと、わたいからご報告しておきます。朋輩たちには、わざわざ知らせる必要はないでしょ。ただま噂は広まりますさかい、それとなく浮牡丹の方から話しておいてもらうのは、一向に構いません。ほな、そういうことで宜《よろ》しゅう頼みます」

おばやんは一方的にそう告げると、さっさと立ちあがって部屋を出て行った。その後ろ姿を牡丹姐さんは黙って見送ってから、うちに再び顔を向けた。

「もう大丈夫とは思いますが、当分はあの小屋には近づかない方が良いでしょう。もしまた何か異変を感じることがあれば、そのときはすぐ私に知らせて下さいね」

もちろん、うちは「そうします」と返事をした。だけど、こんなに早くお姐さんとの約束を破る羽目になるとは思いもしなかった。

うちが身の毛もよだつ恐ろしい体験をした翌日、金瓶梅楼は月に一度の休日だった。誘い合って活動写真に出かけたり、楼の食事には出ない美味しいものを食べに行ったりする者と、身体を休めるために、またはお金を節約するために、あるいは外出する気分ではないために、とにかく外へ出ない者とに、花魁たちは大きく二つに分かれる。休日はいつもそうだ。

この日も同じだった。通小町の姐さんの身投げの記憶がまだ生々しいのに、ほとんどの朋輩たちが外出した。廓の中では何が起ころうと、その騒動が収まりさえすれば、すぐ普段通りに見世は再開される。病人が倒れようと死人が出ようと、そんなことは関係ない。朋輩に何があろうと、花魁たちの借金が減るわけではない。返すには働かなければならない。辛いお下働きを続けていくためには、月に一度の休日はあまりにも貴重だった。だから非情なようだが、誰もが遊びに出かけたのだ。楼に残ったのは浮牡丹と雛雲と月影のお姐さんたちと、うちの四人だけだった。

牡丹姐さんは誘われれば三回に一度くらいは付き合うが、この日は断ったらしい。

雛姐さんは誰にも声をかけてもらえず、ひとりで過ごすことが多い。占って欲しい悩みなどが朋輩にある場合は重宝がられるが、普段はむしろ気味悪がられている。相談された悩みを、ついぽろっと他の花魁に喋ってしまう癖も、嫌われる原因の一つだった。だったらご託宣など伺わなければ良いのだが、やっぱり朋輩たちも女である。しかも借金を抱えた廓での生活は、何かと問題が多くて、どうしても誰かに頼りたくなってしまう。

とはいえ、みんな自分の都合だけで姐さんに接し過ぎだと思う。困ったときだけ巫女遊女として使い、あとは仲間外れなのだから。いや、正直な気持ちを書くと、うちも苦手かもしれない。今回の件があってからは、よけいにそう感じてしまう。当たり前だが姐さんには何の責任もない。でも、別館の三階と庭の小屋が怖いと言い出したのは、雛姐さんなのだ……。

月影姐さんは地獄腹のため、遊びに行くどころではない。うちは誘われたものの、どうにも気分が乗らず出かけなかった。優子お嬢さんからいただいたご本を、ずっと読んでいた。

ちなみに外出できるとはいえ、まったくの自由が許されるわけではない。必ず仲どんか赤前垂か遣り手の誰かが、花魁たちに付き添う。逃亡しないように見張るためだ。だからいっしょに遊んでいても、仲どんや赤前垂に花魁の番人という意識がなくても、絶えず監視されている気分を味わう羽目になる。それが嫌で出かけなかったことが、うちは何度もあった。

夕方になると、朋輩たちが次々に帰ってきた。夕食の席は、もううるさいくらい話に花が咲く。あれが楽しかった、これが美味しかった、とても珍しいものがあったと、誰もが競い合うように喋り続ける。だが、決まって最後は楼の献立への文句となる。

廓では焼き魚を出さない。台所で焼いても煙は上にあがるため、お客に気づかれる。それに着物にも臭いが染みて残る。焼き魚ほど所帯を連想させるものはない。お客が女房を思い出しでもしたら、たちまち遊びに水を差すことになる。同じ理由で天ぷらも出さない。

葱《ねぎ》は口の中に臭いが残る。とろろとさつま芋とごぼうは、腹の中を駆け巡って屁の元になる。肉は女将さんが殺生を嫌うので食べない——と、あれもこれもと廓では口にできないものが多い。どれも商売に差し支えるせいだが、肉を出さないのは女将さんが食費をケチっているからだと、花魁の誰もが思っていた。

「古里での苦労を忘れるんやない。お客に惚《ほ》れるんやない。食う口を奢《おご》らすんやない。この三つを守りさえすれば、廓で成功できる。ここを出て行くことができるんや」

　遣り手のおばやんが、機会があるごとに何度もくり返す台詞だ。

　確かに金瓶梅楼に来て、はじめて白い飯を口にしたときの気持ちを思い出すと、贅沢を言ってはいけないと反省しそうになる。だけど、これならお父が川から捕ってきた岩魚《いわな》の腹に味噌を詰めて焼き、その一匹を家族みんなで突つき合い、骨は二度焼きして食べ、小さな目玉は口の中で転ばせて遊んだ古里の夕餉《ゆうげ》の方が、お腹は膨れずひもじい思いはしたものの、どれほど心が温かくなって美味しかったことか……。それとも、こんな風に考えるのは間違っているのだろうか。楼での暮らしが当たり前になって、そんな錯覚を起こしているだけなのか。

　いずれにしろ花魁たちは、おばやんから臭いについて、常にうるさく言われていた。

「肌につけるものは、いつも綺麗にしておくこと。特に腰巻は小まめに洗濯をせんといかん。それからお下働きのあとは、必ずお秘所を洗うんや」

　お裾風《すそかぜ》を吹かせては駄目だと注意された。お下働きをして何の後始末もしないでいると、花魁が立ちあがったとき、または歩いたとき、着物に籠った前の男衆の豆播き《まめま》の臭いが、ふっとする場合がある。そうなると次のお客が醒める。縁起も萎えてしまう。

「お下働きを何度もしながら、何もせんで放っておくと、そりゃもう生臭うなって、物凄いお裾風が起こりますのや」

お客を数多く揚がらせて稼ぐのは良いが、それはそれで気をつけなければならない。おばやんの教えは尽きることがない。

いや、こんなことを書いている場合ではない。うちはやっぱり避けているのだ。あの出来事を本当は記したくないのだ。なぜなら自分も将来あんな目に遭うかもしれないから……。だから、見て見ぬふりをしようとしている。でも……、あれは書き残しておかなければならない。

夕食のあと、ほとんどの花魁たちは早々と蒲団に潜《もぐ》りこんだ。お下働きをしないですむ寝床の中ほど、朋輩たちがこの世に解放感を覚える場所もないだろう。外出して遊んだ日の夜なら、なおさらだ。それとも休日が楽しかっただけに、逆に明日からの苦しみを思い、悶々と寝られぬ時を過ごす花魁もいるのだろうか。

うちは眠れなかった。残暑のせいで楼に昼間の熱気が籠っていたこともあるが、小町姐さんの身投げと月影姐さんの地獄腹、それに自分が体験したおぞましい出来事について、どうしても考えてしまう。しかも、姐さんの身投げの理由は分かったのに、うちを襲った奇怪な出来事は謎のままである。雛姐さんに尋ねれば、何かご託宣が得られるかもしれない。だけど、どんな怖いことを告げられるか……と思うだけで、もうにけない。まだ頼んでもいないのに、とにかく恐ろしくて仕方がない。

そこで——という言い方は酷いけど、うちは月影姐さんの心配をすることにした。昨日の体験があってから、さすがにお姐さんを見舞う余裕はなかった。でも、実際に身を案じていたのは本当だ。だから蒲団を抜け出すと、お姐さんの様子を見に行こうと思った。

別館も本館も、普段の夜の喧騒が嘘のように静まり返っていた。どこかから微かに聞こえる三味線の音色や嬌声《きょうせい》は、近くの他の楼のものだろう。それが妙に郷愁を誘うようで、どうにも不思議だった。その騒ぎの下で行なわれているのは、自分と同じ花魁たちのお下働きなのだ。厭《いと》わしさや憐《あわ》れみや哀《かな》しさの情を覚えるなら分かるが、どうして懐かしい気持ちになるのか。もうすっかり廓の花魁に、うちは心までなり切ってしまったのか。

落ちこんだ気分で本館の二階の廊下に入ると、月影姐さんが臥せている部屋の前から、ちょうど人影が立ち去るところだった。暗くてよく見えなかったが、前に一人、その後ろにお姐さんを背負った者が一人いて、裏の階段へと向かっている。

具合が悪くなって病院に運ぶのか……と思ったが、それなら表の階段から下りるはずだし、玄関も騒々しいに違いない。だけど本館の中は相変わらずしーんとしたままで、前方を進む者たちの気配しか感じられない。

しばし迷ったのち、うちは忍び足であとをつけることにした。怖くなかったと言えば嘘になるけど、月影姐さんがどこに背負われて行くのか、どうして連れられて行くのか、とても知らずにはすませられない。

裏の階段を下りた一行は、意外にも高野の並ぶ廊下へと入った。うちが角まで進んで、少しだけ顔を出して覗くと、裏口の板戸を開けて庭へ出ようとしている。いったい庭のどこへ……と首を傾げたとたん、うちは声をあげそうになった。

闇小屋……。

あそこにお姐さんを運び入れるつもりなのか。でも、なぜあの小屋なのか。もちろん考えても分からない。

うちは回れ右をすると、内玄関へ向かった。女将さんのものらしい草履を勝手に借りてはき、玄関戸のねじ錠をそっと回して外に出た。

そこは楼の南側に延びる細い路地だった。右手に進めば勝手口があり、さらに進むと見世の表に出られる。左手は少し歩くと壁で、そこから路地は左に曲がっており、まっすぐ辿ると楼の北側の庭に行くことができた。

路地は真っ暗だった。一瞬ひんやりとして、楼内より涼しく感じたものの、しばらく佇《たたず》んでいると汗が噴き出してきた。

目が慣れるまで待ってから、うちは手探りで左方向へ歩き出した。すぐに壁にぶち当たる。左に曲がると、向こうの方が仄《ほの》かに明るい。目の前に延びている路地の突き当たりには、ちょうどあの小屋があるはずだ。だとすると微かな明かりは、小屋の中から漏れたものではないか。やっぱり月影姐さんは、あそこに運びこまれたのだ。

はやる気持ちを抑えつつ、うちは慎重に進んだ。暗闇に目が馴染んだとはいえ、路地の中はほとんど見えない。こんな場所に何かものが置いてあるとは思えなかったけど、下手をすると足をとられて躓《つまず》いてしまう。物音を立てれば、小屋の中の誰かに気づかれる。それに自分が怪我をする恐れもある。うちは右側の壁に手を当てながら、ゆっくり歩いて行った。

そのうち、ぷーんと高野の臭いが漂ってきて、自分のいる場所が分かった。仄かな明かりも、かなり近づいてきている。さらに歩を進めると、小屋の中で動く人の気配が感じられた。そこからは抜き足差し足で、わずかな物音も立てないように小屋まで辿り着いた。

あいにく出入り口は、お稲荷さんが祀られた祠の側にしかないようだった。だけど幸い目の前の板壁には、格子のはまった窓があった。ぼうっと薄気味の悪い明かりが、物凄く汚れている窓の硝子に映っている。

指で硝子をこすってみたが、まったく汚れが落ちない。唾をつけてもう一度やると微かに薄れたので、根気良くふき続ける。汚れの下は曇硝子だったが、唾のお蔭で少しだけ透明になった。そこに片目を当てて、そっと小屋の中を覗いてみた。

本当にぼんやりと、三人いるのが分かった。一人は月影姐さんだが、あとの二人がはっきりしない。曇硝子を唾で濡らしたくらいでは、これ以上は無理そうだった。

うちは忍び足で小屋の戸口へと向かった。もちろん板戸は閉まっていたが、それに手をかけ隙間を作ろうとした。でも、内側からつっかえ棒がかませてあるのか、まったく動かない。戸口と窓がある以外の小屋の側面は、どちらも楼を囲んでいる塀に接している。そのため幅がかなり狭く、とても入りこめない。北側にも窓はあったが、まず近づくのは無理そうだった。

仕方なく再び忍び足で南側の窓まで戻ると、うちは指にたっぷり唾をつけて、さらに曇硝子をふこうとした。そのときだった。

ぎぃ、ぎぃぃ……と軋《きし》む音がしたと思ったら、目の前で窓が開きはじめた。慌ててしゃがんだとたん、頭の上で声がした。

「みんな開けますか」

その声音を聞いて、うちは仰天した。

「ああ、まずは空気を入れ替えんとな」

小屋の中から答える声の主の正体も、瞬時に分かった。

窓を開けたのは赤前垂の雪江ちゃんで、それを指図したのは遣り手のおばやんだった。廊下の先にいたのがおばやんで、月影姐さんを背負っていたのが雪江ちゃんだと察したうちは、急に両足がかくがくと震えはじめた。

おばやんはともかく、どうして雪江ちゃんがいるのか。彼女は楼で働く赤前垂で、女将さんやおばやんに用事を言いつけられることも多い。でも、うちの味方だと思っていた。それなのに、こんな小屋にお姐さんを運びこむ手伝いをしている。いったいどういうことなのか。

うちは恐ろしくてたまらなくなった。ここにいるのが見つかったら、どんな目に遭うかしれない。すぐにでも逃げ出したかった。しかし、病人の月影姐さんを放っていくわけにはいかない。そもそもお姐さんが心配で、ここまで来たのではないか。

「お、おら、やっぱり怖い……」

「何を言うてるんや」

雪江ちゃんの怯えた小さな声と、おばやんの叱咤《しった》する鋭い声が、小屋の中で響いた。

「はじめてと違うんやろ」

「そうやのうて……。おら、この小屋が怖い……」

「無駄口をきくんやない！」

おばやんの大きくはないが怒った声音に、ぴたっと雪江ちゃんが口を閉ざした。

力の入らない両足に両手を当てつつ、うちは中腰の状態で窓の下から右横に移動すると、小屋の壁に手をかけながら静かに立ちあがった。そうして左目だけで、そっと格子の端から小屋の中を覗きこんだ。

そこにいたのは、二本の柱の間に座りこんだ月影姐さん、手前の柱の側に佇む雪江ちゃん、奥の柱の横で背中を向けてしゃがんでいるおばやん——の三人だった。お姐さんは放心したような表情を浮かべている。雪江ちゃんは手拭いで鼻から下を覆っていたため、どんな様子か分からない。おばやんも頭の後ろに結び目が見えたので、同じように手拭いをつけているらしい。

奥の柱には洋燈《ランプ》が吊るされ、小屋の中を照らしている。にもかかわらず、なぜか薄暗い感じがした。洋燈は花魁たちが使っているものと同じで、一つでも充分に明るい。小屋くらいの広さなら、何の不自由もないはずである。それなのに洋燈の灯は、どこかどんよりとして見えた。まるで小屋の中に籠る悪い空気が、洋燈の明かりを翳《かげ》らせているかのように……。

しかも、内部の空気は濁って汚れていた。何とも言えぬ臭気が小屋中に立ちこめている。窓の側にいるだけでも胸が悪くなり、思わず吐きそうになったほどだ。おばやんが窓を開けさせたのも、もっともだった。

そのおばやんが急にふり返り、うちはどきっとした。見つかったと焦った。しかし、おばやんは湯飲みを月影姐さんに渡しただけで、こちらには目もくれなかった。小屋の中から見た窓の外は、おそらく真っ暗にしか映らないのだ。そう考え、うちはほっとした。

「ほら、これを飲むんや。ぐっと一息に、一気に飲んでしまうんや」

おばやんは片手を湯飲みに、もう片手を月影姐さんの顎にかけている。湯飲みの中は、鬼子を堕ろすための秘薬だろうか。だとしても、どうしてこんな場所で飲ませるのか。しかもお姐さんの苦しそうな泣き顔から、これまでの薬よりずいぶんと強そうだった。

「そうや、全部ちゃんと飲みこむんや。吐き出すんやないで」

おばやんはお姐さんの様子をしばらく窺ってから、雪江ちゃんに指示した。

「月影の後ろに回って、ちゃんと背筋が伸びるように、しっかり身体を支えるんや。腹ん中まで薬を落とさんといかんからな」

そう言うと再び背中を向けて、何かをやりはじめた。おばやんの後ろの床の上には古びた籠《かご》があったので、きっとそこに秘薬が入っているのだろう。

うちの予想通り、ふり返ったおばやんの手にはまた湯飲みがあった。それをお姐さんに飲ませて、お腹に落ち着くまでじっと待つ。そのくり返しだった。

「どうや、腹ん中は？」

四杯目を飲ませて少し様子を見たところで、おばやんが尋ねた。お姐さんは弱々しい声で何か答えたが、うちには聞こえない。ただ顔全体から、だらだらと油汗をしたたらせ、すでに着物をぐっしょりと濡らしている様が目に入るばかりだ。

「そうか。もうそろそろやな」

でも、おばやんには分かったらしい。そう呟くと背中を向け、次の薬の準備をはじめたように見えた。

「窓を閉めるんや」

籠の前にしゃがんだまま、おばやんが雪江ちゃんに命じた。彼女は最初に北の窓をぎぃぎぃと軋ませながら苦労して閉じ、ついでうちが覗いている南の窓へとやって来た。

窓を閉められたら、もう終わりだ。

仮に鍵をかけられなくても、こちらの窓も開け閉めするたびに音がする。そっと気づかれずに開けて覗くのは、絶対に無理だ。

窓の下に身を潜めつつ、うちがとほうに暮れていると、おばやんの声がした。

「いや、どっちも少しだけ開けておいた方がええ。閉め切ってもうたら、この臭いも暑さもたまらんからな」

頭上で物音がしたあと、雪江ちゃんが反対側の窓まで戻る気配が伝わってきた。

うちは静かに立ちあがると、二本の格子の間分くらい開けられた隙間から、再び小屋の中を覗き見た。それまでと同様、三人の姿が視界に入る。

「ええか、とにかくわたいに任せるんや」

おばやんが、いつの間にかお姐さんの側に座っていた。

「何の心配もいらん。言われた通りに、大人しゅう従っとったらええんや」

そう口にしながら寝間着に手をかけると、びっくりしたことに、たちまちお姐さんをむき卵にしてしまった。お客といえども、なかなか花魁を裸にはしない。お下働きをするときでも、襦袢や腰巻を着けている場合が多い。めかいちや川獺にむかれることはあるが、それ以外で真っ裸になるのはそれこそ風呂くらいだろう。

ところが、おばやんはお姐さんをむき卵にした。当のお姐さんは抵抗する気力もないのか、ただ泣いているだけで、まったくなすがままだった。

「雪江、月影の右足を持つんや。そっちやない、反対や」

おばやんが左足を、雪江ちゃんが右足を持つと、そのままお姐さんの身体を逆さに持ち上げ出したので、さらにうちは仰天した。しかも、おばやんは左の足首を柱に荒縄で縛りつけると、雪江ちゃんにも縄を放り投げて、同じように右の足首を結べと命じたのだ。

これにはお姐さんも悲鳴をあげ、足をばたばたさせた。だけど、すぐに雪江ちゃんがしっかりと押さえこみ、おばやんの命令通りに右の足も柱に結びつけてしまった。

むき卵にされた月影姐さんは、二本の柱に両の足首を荒縄で縛りつけられ、両足を開いた状態で逆さ吊りになっていた。洋燈の明かりで汗まみれの下半身を照らされながら、丸見えになった大事なお秘所を晒《さら》しつつ、逆様になっている。

あまりの仕打ちに、うちは物凄い衝撃を受けた。いったいこれは何なのか。お姐さんは折檻されているのか。今から何がはじまるのか。

弱々しくではあったが、さすがにお姐さんも「下ろして……」と泣きながら懇願している。でも、おばやんは取り合わず、逆に助けを求める口に手拭いを猿ぐつわのように咬《か》ませると、さらに信じられないことをした。

お姐さんのお秘所に、漏斗《ろうと》を差しこんだのだ。

それは台所にある漏斗と同じものだった。お酒や醬油《しょうゆ》を徳利や小瓶に移し替えるときに使う、あの漏斗だ。おばやんはそんなものを、さも当たり前のように、大股を開いて逆さ吊りにしたお姐さんのお秘所に突っこんだのだ。

もはやお姐さんには、声を出す元気もないらしい。ほとんど首が折れたような姿勢で、ぐったりと後頭部を床につけ、ひたすら両目をむいている。ただし、その両の瞳には、まがう方なき恐怖の色が浮かんでいた。

いったん柱から離れたおばやんは、湯飲みを片手に戻ってくると、

「しっかりせんかい！」

お姐さんの後ろへ回りこみ、お尻をぴしゃとたたいた。それから湯飲みに入った真っ黒などろっとした液体を、少しずつ漏斗へと流しこみはじめた。

突然、小屋の中に獣の咆哮《ほうこう》が轟いた。古里でも耳にしたことのない、おぞましくも恐ろしい雄叫《おたけ》びが響き、うちはもう少しで声をあげるところだった。

月影姐さんが吠《ほ》えていた。どれほど泣いても大声を出さないお姐さんが、しかも逆様にされ猿ぐつわまで咬まされている状態で、あらん限り絶叫していた。

「辛抱するんや。これはよう効くからな。とにかく辛抱するんや」

おばやんは少しも動じることなく、二杯目の湯飲みを漏斗に注いだ。雪江ちゃんの顔は強張っていたけど、お姐さんの口から外れた手拭いを直すなど、あくまでもおばやんに協力している。

たちまち小屋の中に新たな臭気が漂いはじめた。元から籠っていた悪い空気に、口から飲ませた秘薬とお秘所に注いだ秘薬の臭いが混ざり合い、そこに夏の夜の熱気が加わって、うちは思わず鼻と口を両手で押さえた。まともに嗅いでいれば、鼻がもげて口が曲がったかもしれない。おばやんと雪江ちゃんが手拭いで鼻から下を覆っていた本当の訳が、ようやく理解できた。

何杯分の秘薬がお秘所に注がれただろうか。どれくらい黒い液体がお股から溢れて、胸元や首筋までしたたり落ちただろうか。お姐さんの身体が黒い斑模様《まだら》になっていくのを、どれほど見つめていただろうか。

ふいにおばやんは漏斗を取り去ると、お姐さんのお秘所をつねったり、たたいたりし出した。

「どうや痛いか。なーも感じんか」

お姐さんは無反応だった。見ると、半分ほど白目をむいている。

「どうやら効いてきたようやな」

おばやんは満足そうに呟くと、雪江ちゃんにも指示しながら、お姐さんの両足首の荒縄を解きはじめた。そうして逆さ吊りから下ろし、床に仰向けに寝かせてから、お尻から手前にかけて渋紙を敷いた。そこから、またしてもお姐さんの両足を広げると、両膝を曲げた状態で、やっぱり二つの柱に荒縄で縛りつけた。

その光景を目にして、うちは思い出した。古里で照ちゃんと覗き見た、近所の家の小母さんがお産をするときの格好に、それがそっくりだということを。

おばやんは背中を向けると、籠の中から植物の根っ子のようなものを取り出した。

「これはな、鬼灯《ほおずき》の根ぇや。どれほどしぶとい鬼子でも、これで追い出せる。鬼子を祓《はら》う魔力が、鬼灯にはあるんや。どうにもならん地獄腹には、これが最後の手段なんや」

そんな説明をしつつ、鬼灯の根を一本ずつお秘所に差し入れていった。けど、お姐さんに聞こえているかどうかは疑わしい。横になってからのお姐さんは、ぴくりとも動かない。まさか死んでいるのでは……と、うちは気が気でない。

でも、おばやんは何の心配もしていないのか、お秘所から顔を出す鬼灯の根を、ゆっくりと一本ずつ増やしている。

その異様な光景は、言うに言われぬほど奇態だった。まったく別の場所で、まったく違った理由で目にしていれば、むしろ滑稽だったかもしれない。花魁によってはお客を楽しませるための、お秘所芸を持っている者もいる。他の楼の花魁だが、生卵を中に入れて器用に割るらしい。そういう芸の一部のように、時と場所によっては目の前の光景も映っただろう。

だが、闇小屋の中で大股を開かされ、鬼灯の根を一本ずつ差されているお姐さんのお秘所は、まるで醜怪《しゅうかい》な蜘蛛《くも》の化物のようにしか見えない。今にも根っ子が脚となって動き出し、お秘所だけが股から離れそうな、そんな奇怪な空想に囚われてしまうほど、おぞましい眺めだった。

「上の口から飲んだ秘薬で、そろそろ腹が絞られるように痛み出すころや」

おばやんはお姐さんにというより、また雪江ちゃんにでもなく、ひとり言のように喋った。

「下の口から飲んだ秘薬は、とっくにお秘所を痺《しび》れさせとる。今に鬼灯の根が、鬼子を堕ろす道をつけるはずや」

しばらくすると、次第にお姐さんが唸《うな》りはじめた。猿ぐつわのために籠っていたが、とても苦しそうに、うーん、うーん……と声をあげ出した。

それからは、本当に古里で盗み見たお産と同じだった。月影姐さんが妊婦で、おばやんが産婆さん、雪江ちゃんは産婆見習いといったところか。

そのうち、またしても新たな臭気が漂ってきた。ただし今度は、嗅いだことのある臭いだった。誰もが知っていて馴染みのある、日ごろから鼻につく臭い……。高野の臭気だ。よく見るとお姐さんが失禁している。大便も垂れ流していた。小屋の中に籠る空気は、もう尋常ではないほどの臭気となって渦を巻いており、それが窓の外まで容赦なく流れてくる。

にもかかわらずかなりの時間、うちは我を忘れて覗き続けた。あとで身体中を蚊に刺されていたことに、遅まきながら気づいて驚いたほど、少しも身動きせず夢中で凝視し続けた。

やがて、ひときわ大きな唸り声が小屋に響いて、お姐さんのお秘所から赤黒い肉の塊《かたまり》が吐き出された。そう、それは産まれたというより、まるで吐き出されたようにしか見えなかった。

それが鬼子だった。または闇子とも言うことを、うちは思い出した。

どうしてここが闇小屋と呼ばれるのか、そのとたん理解できた。

九月×日
あまりにも過酷な鬼追いが終わったあと、月影姐さんはお秘所を薄絹で手当てされ、小屋の隅に敷かれた粗末な煎餅蒲団《せんべいぶとん》にそのまま寝かされた。

「明日の……いや、もう今日やな、昼過ぎまでは動かん方がええ。ここで横になっとれ。ちゃんと迎えに来てやるから」

おばやんが声をかけたが、何の返事もない。気を失っているのか、口を開く元気もないのか、とにかくお姐さんは身動き一つしなかった。

「これ……、どないします」

雪江ちゃんが渋紙に載せた鬼子を差し出すと、おばやんは受け取りながら、

「××寺に持って行って、あんじょう処理してもらうわ」

さらに渋紙で何重にも包んでから、秘薬が仕舞ってある籠の中に入れた。

「供養はせんのですか」

「山の中ではしたんか」

問いかけに問いかけで返され、雪江ちゃんは首をふった。

「おぎゃーと声をあげんのは、そりゃ人でないからやと、婆から聞きました。せやから供養の必要はのうて、闇夜にお地蔵さんの祠の側に、みんなが埋めるのやと。そこは土が柔らこうて、夏には捩花《ねじばな》が一面に咲きますのや。それは闇送りの子ぉの宿り花で、ねじれているのはお母を捜して、子ぉたちが顔をあっちこっち向けるからやと、婆が教えてくれました」

「母親の子を堕ろした経験が、お前にあって助かったわ」

おばやんが珍しく弱音を吐いた。

「いいえ、わいは婆の側で、ただ見ていただけです」

「とはいえ一度や二度やないやろ。その歳で慣れとるから、ほんまに助かったわ」

「婆も鬼灯を使いよりました。ただ闇送りのあとは、お秘所に山吹の枝の芯を束ねたものを差しこんで、血を吸わせとりました。真っ白な山吹が、真っ赤な血に染まると、それを便壺に捨てますのや。草木やから無駄なく畑の肥やしになるいうて――」

「花魁の糞尿やと、そういう訳にはいかんがな」

「何でです」

「お下働きをし続けとると、普通の人には出んような毒まで、高野で下りてしまうんや。畑の肥やしになるどころか、作物を枯らすんが落ちや。せやから花魁の糞尿は、こっちが逆にお金を払うて、わざわざ持って行ってもらうんや」

「へぇー、そうやったんですか」

何年にもわたって廓町で働いていても、はじめて知る意外な事実はあとからあとから出てくる。それだけ特殊な場所なのだ。この肥やしの話も、うちは知らなかった。当事者であるだけに、雪江ちゃん以上に驚いた。いや驚いたといえば、彼女の古里での凄まじい体験がそうだ。そんな子供時代を送っていたとは……。

「さぁ、いつまでも無駄話をしとらんと、さっさと片づけて戻るで」

雪江ちゃんを促しながら、おばやんが愚痴った。

「もう、わたいはくたくたや。ちょっと寝かせてもらわんと……」

二人が後始末をはじめたところで、そっと小屋の窓から離れ、うちは朝なのに夕まぐれのように暗い路地を速足で戻り出した。おばやんたちが裏口から本館に入る前に、少なくとも裏の階段はあがっておきたい。二人が自分の部屋に引き取るまで待って内玄関から戻るのは、どう考えてもまずいだろう。下手をすると気づかれる。

とっくに夜は明けていたが、あいにくの曇空だった。思えば通小町の姐さんが身投げしてから、同じような陰気で薄暗い空模様が続いている。おまけに蒸し蒸しとして、じっとりと汗ばむ暑さだからたまらない。これなら、からっと晴れあがって強い日射しにあぶられる方が、どれほどましかもしれなかった。

夜は小屋まで長く感じたのに、朝はあっという間に内玄関へ着いていた。玄関戸を静かに開けて入り、忘れずに鍵をかける。一階の廊下を覗いて様子を窺い、何の気配も感じないのを確かめてから、うちは草履を元の場所に戻すと、上框《あがりかまち》に足をかけた。

そのとき、裏口の方から物音が聞こえた。二人が戻ってきたのだ。

うちは大急ぎで、でも足音を立てないように注意しながら、裏の階段をあがりはじめた。駆け出したかったが、必死で我慢した。唯一の救いは、高野の前の廊下からでは裏の階段が見えないことだ。それでも角まで来られたら、見つかる恐れは充分にある。

二人の足音がどんどん迫ってくる。それなのに、まだ半分も階段をあがっていない。あと数段で踊り場というところで、おばやんの声がやけにはっきりと聞こえた。もう角まで来ていることが分かり、うちはその場で立ち止った。二人には背を向けた格好で、ひたすら気配を殺して立ちつくした。

「誰や！　そこにおるんは」

おばやんの誰何《すいか》が今にも響きそうで、もう気が気でない。しかし、背後から伝わってきたのは、それぞれの部屋に二人が引きあげたらしい物音だけだった。

ほっと安堵したあまり、その場で座りこみそうになったが、うちもどうにか別館の部屋まで戻った。あとは蒲団に戻るのももどかしく横になり、すうっと意識が遠のいた。ほとんど気を失うかのように、うちは眠りについたのだと思う。

それなのに、なぜか急に目が覚めた。朝食だと起こされても、なかなか目覚めないだろうと心配していたのに、ぱっちりと目が開いてしまった。一、二時間は寝たのか。それにしては外がまだ薄暗い。いかに曇天とはいえ、起床の時刻になればもう少し明るくなるだろう。ということは数十分しか眠っていないのか。でも、どうして目覚めたのだろう……と、うちが不思議に思っていると、妙な物音が渡り廊下の方から聞こえてきた。

だん、だん、だん……という足音だった。就寝のさまたげになるほど大きく響いていたわけではないが、どうにも心が騒いだ。たちまち不安な気持ちになった。その足音が、まるで災いを運んでくるもののように感じられた。

こんな早朝に、いったい誰が……。

普段ならお客を見送った朋輩かもしれないが、楼の休みの翌日の朝では、まず有り得ない。それに問題の足音が、どうも変なのだ。

普通に歩いていない……、おかしな歩き方をしている……、まるで人ではないような……。

と考えたところで、ぞっとした。

何か得体の知れないものが、渡り廊下を通ってこっちへやって来る。うちのいる別館へ近づこうとしている。

だん、だん、だん……という奇妙な足音が、少しずつ大きくなっている。すでに渡り廊下を辿り終えて、別館の二階の廊下へ入ってきていた。

こっちへ来るな！

うちは一心に念じた。もう部屋から逃げるには遅い。廊下に出れば、それと鉢合わせするのが落ちだ。だから向こうへ行けと、ひたすら祈り続けた。

その甲斐があったのか、無気味な足音は次第に遠ざかっていった。廊下の西へ、楼の表の方へと進んでいるらしい。しばらくして、今度は階段をあがる気配が伝わってきた。つまり三階へ行こうとしているのだ。

と分かったとたん、まさか……とうちは総毛立った。

あれは月影姐さんではないのか。

そう考えるや否や、うちは部屋を飛び出していた。廊下を見世の表側へと走りながら、何度も転びそうになる。床が濡れていた。ねばっとした黒っぽい何かに、血糊《ちのり》が混ざっている。そんな液状のものが点々と垂れている。

やっぱりお姐さんだ……。

お秘所から秘薬と血がしたたり落ちているのだ。そう思ったうちは、階段を一気に三階まで駆けあがり、廊下を走り、半開きの襖を開けると同時に飛びこんだ。

表に面した窓の前に、真っ裸の月影姐さんが立っていた。部屋の中があまりに暗く、後ろ姿なので顔も見えなかったが、他の誰かであるわけがない。お姐さんは硝子窓を開け終え、ちょうど雨戸に手をかけているところだった。

間に合った……。

うちは心からほっとしたが、それでも慎重に近づいた。決して悟られないように、ゆっくり歩を進めた。

雪江ちゃんに助けられたときの自分を思い出しても、何の参考にもならない。ただ一つだけ言えることがあった。おそらく不意打ちだったから助かったのだ。どうもそんな気がする。もし前もって彼女の行動を察していたら、きっと寸前でふり切って、うちは死んでいただろう。だからお姐さんに気づかれないように、そっと忍び足で近づいていった。

その間に、お姐さんは雨戸を開けてしまっていた。次に右足を窓の框《かまち》にかけ、今度は左足をあげ、そのまま狭い露台に出ようとしている。うちは腰に抱きつき、雪江ちゃんがしたように畳の上に押し倒すつもりで、両手を広げて飛びかかった。

両腕がお姐さんの身体に触れた瞬間、ぬるっとした気色の悪い感触が伝わり、とっさに二の腕に鳥肌が立った。でも、うちは離れることなく逆に力を入れて抱きしめ、そのままお姐さんを畳に押し倒そうとした。

ところが、ぬるっと腕が滑った。慌てて右足の太ももを摑《つか》んだとたん、そこもぬるっと滑った。次に摑んだのは足首だったけど、やっぱりぬるっと滑って……。あっ……と思ったときには、うち自身が畳に尻餅をついていた。露台の向こうへ飛び出すお姐さんのお尻と両足を、はっきりと両目に焼きつけながら、うちは畳の上に倒れていた。

十月×日

先月は恐ろしい出来事ばかりが起こった。恐ろしいと言えば、うちが金瓶梅楼で花魁になった日から今までの体験すべてが、そうだったわけだけど……。

でも、それまでの怖さはよく考えると人に原因があった。お客である男衆の飽くなき性欲、廓の経営者である女将さんの凄まじい金銭欲、花魁を采配する遣り手のおばやんの強い支配欲など、いずれも人の欲の深さに根ざしていた。

ところが、通小町の姐さんの身投げこそ原因は失恋にあったが、うちと月影姐さんの後追いに関しては、まったく本人にも訳が分からない。

そうだ。月影姐さんは助かった。別館の三階から身投げしたが、ちょうど真下を通りかかった人力車の上に落ちて、幸いにも命拾いをしたのだ。もしかすると落ちた瞬間、とっさにサーカス団時代の軽業師の動きが出たのかもしれない。それで本当なら死ぬか大怪我をするところを、軽い擦《す》り傷と打ち身だけですんだとも考えられる。もしそうなら、まさに我が身を芸に助けられたことになる。本当に良かった。

車に乗っていたのは、とある大店のご隠居だった。廓町の贔屓《ひいき》にしている山水楼《さんすいろう》から、いつものように車を呼んで帰る途中だったらしい。それが突然、頭上からむき卵の花魁が降ってきたのだから、さぞ仰天したに違いない。これでご隠居が怪我でもしていれば、また色々と大変な騒ぎになっていたと思うが、車の屋根が駄目になっただけで事なきを得た。それでも女将さんがお見舞いの品を持って、すぐにご隠居のところへ謝りに行った。その品物代や車の修理代は、もちろんお姐さんの追借金となる。

奇跡的に軽傷ですんだ月影姐さんは、危うく末無下楼町に送られるところだった。鬼追いが原因で頭がおかしくなり、錯乱した挙句に身投げしたと思われたからだ。けど、本人がまったく何も覚えておらず、自分が身投げしたと聞かされ慄《おのの》いたため、あくまでも発作的な行為だったと見なされた。もっとも実際は、末無下楼町に送ってしまうとお姐さんの借金のほとんどが残り、楼が丸損することを女将さんが嫌ったからだと、朋輩たちは噂した。それよりも楼で働かせた方が、まだ稼げると判断したわけだ。うちもそう思うが、それでお姐さんの末無下楼町行きが見送られたのなら、むしろ喜ぶべきだろう。

とはいえ月影姐さんも、すぐにお下働きは無理なので、しばらく本館の物置部屋で療養することになった。病人なのに物置部屋の板間に寝かせるなんて酷い話だが、ここでは一銭も稼げない花魁はただの役立たずなのだ。

うちは日に何度もお姐さんを見舞った。ようやく泣くのをやめて、落ち着き出した頃合いを見計らって、それとなく尋ねてみた。本当に何も覚えていないのか……と。

「病院に担ぎこまれたときは、ほんまに訳が分からんかった」

お姐さんは青ざめた顔で、ぽつりぽつりと話してくれた。

「おばやんが鬼追いに失敗して、それで病院にいるんやと思うた。それが、ここに戻ったあたりから、女将さんやおばやんと話しているくらいから、段々と思い出してきてな」

「闇小屋でのことを」

「そうや。もう二度とごめんやいうほど、物凄く辛うて恐ろしい体験やったけど、確かに鬼子は追い出された。お秘所は痛うて身体はだるかったけど、ああ、やっと終わった……いう気持ちの方が強かった。正直ほっとした。おばやんの闇送りはやっぱり確かやったなと思いながら、そのまま眠ってしもうたんや」

「どうして起きたんです」

「それがなぁ……」

急にお姐さんは部屋の中を見回しながら、

「呼ばれたような気がして……」

「誰に」

「……分からん」

「名前を呼ばれた？」

「……分からん。ちょっと……とか、もしもし……とか、そんな風に声をかけられたような気もするけど……」

「あの小屋の中で」

「……ああ、そうや」

うちのうなじが、たちまち粟立《あわだ》った。おばやんと雪江ちゃんが出て行った小屋の中で、いったい誰がお姐さんに声をかけたというのか。

「目が覚めてからは、こう……ぼんやりとした、まだ完全に目が開いてないような、寝惚《ねぼ》け眼《まなこ》のような感じでな」

「薄絹を通して見ているような……」

うちの表現に、うんうんとお姐さんは熱心に頷いた。

「そうそう。そんな感じやった。それで気づいたら、いつの間にか小屋を出とった。本館の廊下を歩いて、裏の階段をあがって……」

「別館の三階に行くつもりやったんですか」

「まさか……。いや、どうやろう……。自分でも分からんわ。ただ……、こっちやで……いう風に誘われとったような気はする」

「廊下や階段に目印があったとか」

「ああっ！」

お姐さんは大声をあげると、ひたと両目をむきながら、

「あ、あった……。点々としたたってるものが、ずっと廊下の先まで続いとった」

うちのときと同じだと分かり、たまらなく恐ろしくなった。

「せやけど桜ちゃんは、なんで――」

そんなことまで知っているのかと言いかけ、お姐さんは思い出したらしい。うちもあの部屋から身投げをしかけたことを。

しばらく黙ったままお互いの顔を見つめ合ってから、うちとお姐さんは同時にぶるっと身体を震わせた。

「雛姐さんが言うてたことは、ほんまやったんやなぁ」

月影姐さんの呟きに、うちは頷きも首をふりもしなかった。頭を下げて「また来ます」と言い置いただけで、物置部屋をあとにした。

ひょっとして通小町の姐さんも、その何かに呼ばれたのだとしたら……。原因は古

里の幼馴染からの手紙にあったわけだが、それだけであの気丈な姐さんが、いきなり身投げをするだろうか。許婚の知らせに衝撃を受け、千草結びを埋めていた庭のお稲荷さんに、相手の手紙を破いて埋めた。さすがの姐さんも傷つき、動揺していた。だから呼ばれた……。

うちの場合も似たようなものかもしれない。小町姐さんの身投げの真相に気づき、何とも言えぬ気持ちになった。同情という言葉では表しきれない、非常に辛い痛みを感じた。だから同じように呼ばれた……。

月影姐さんは過酷な鬼追いをしたあとだった。鬼子を追い出し、ほっとしたのは本当だろう。とはいえ精神的に何ともなかったわけがない。それに加えて、おばやんへの闇送りの支払い、鬼子を弔った××寺へのお礼、休んでいる間の楼への罰金など、これで一気に借金が増えてしまった。きっと暗澹《あんたん》とした気持ちになっていたはずだ。だから呼ばれた……。

もう一度じっくりと、うちは考えてみた。

うちら三人は別館の三階から身投げした、またはしかけた。その前に三人ともいたのが、庭の東の隅だった。そこには闇小屋がある。

雛雲の姐さんは別館の三階を恐れた。それ以上に庭の小屋を厭《いと》うた。しかも、とても意味深長な台詞を吐いている。

「あの小屋から別館の三階まで、何かが楼の中を行き来しているような気がするんや」

うちら三人はその何かに憑《つ》かれたのではないだろうか。だから三人とも同じ道順を通って、闇小屋から別館の三階まで誘われるように辿ったのだとしたら……。

馬鹿々々しいと思いかけたが、頭の隅の方でどこか納得している自分がいた。廓町に来てからは神も仏もないものと信じていた。にもかかわらず怪談じみたこじつけを受け入れるのかと、うち自身も驚いてしまった。だけど、たとえ神様や仏様がいなくても、きっと金瓶梅楼には得体の知れない恐ろしい何かが潜んでいるのだ。そういうものがいても決しておかしくない謂《いわ》れが、おそらくここにはあるのだ。

浮牡丹のお姐さんが、珍しく遣り手のおばやんに詰め寄ったらしい。その場を見ていないので詳しいことは知らないけど、うちら三人の身投げについて何か心当たりがあるのではないか、と問い詰めたのだ。しかし、おばやんは知らぬ存ぜぬの一点張りで、お姐さんの追及をのらりくらりとかわし続けたという。

それを耳にはさんだうちは、牡丹姐さんに自分の考えを話してみた。お姐さんは黙って聞いてくれたうえで、こう言った。

「そういう怪異が、この世に本当にあるのかどうか、私には分かりません。ただ、もし存在するのであれば、人間のあらゆる業が渦巻く廓こそ、それが潜むに相応しい世界だと思います。ここではそういうことが起きても不思議ではない……という気にさせられませんか」

牡丹姐さんが賛同してくれ、うちは何より心強く感じた。でも、それ以上のことはお姐さんにも分からない。どうすれば安全なのか、雛雲の姐さんにも答えられなかったと思う。

今に殺される……。

こんなところにいたら命がいくつあっても足りない。うちも月影姐さんも助かったのは、たまたま運が良かっただけだ。一刻も早く出た方が良い。でも所替えをするには、それ相応の理由が必要になる。うちの説明を、あの女将さんが認めてくれるだろうか。どうしても楼を移るとなれば、わざわざ新たに大きな借金を作らなければならない。そこまでして他所の楼に逃げるのか。本当にそれほど危ないのか。

うちの心は揺れ動いていた。忌まわしい何かの存在は確信しているのに、新たな借金には尻ごみをする。命よりお金が惜しいわけではない。だが、さらに借金がかさむと考えただけで、思わず拒絶してしまうのだ。花魁なら誰でもそうかもしれない。

いや、違った。福寿姐さんがいた！

かつて別館の三階に部屋を持っていて、雛雲の姐さんに忠告を受けながらも、まったく取り合わなかった花魁だ。だけど、やがて日が暮れると表の窓にカーテンを引くようになり、窓枠には「なむあみだぶつ」と書いて、その数週間後には急に所替えをしてしまった。金瓶梅楼で一番の稼ぎ頭が、自分に不利な追借金までして、ここを出て行ったのだ。

福寿姐さんに何があったのか……。

彼女は何を見てしまったのか……。

ちらっと想像しただけなのに、ぞくぞくっとした悪寒が背筋を伝い下りた。頭の中で思っただけで、その何かがうちの部屋にやって来そうな気がした。

月影姐さんの騒動が少し落ち着き出したある日の昼下がり、本館の二階の廊下で雛雲の姐さんに呼び止められ、話があるからと廻し部屋に誘われた。

正直うちは嫌だったので、何とか逃れようとした。すると姐さんに、意外なことを言われた。

「見てたんやで」

「えっ、何をです」

「あんたが月影を止められずに、むざむざ窓から落としてしまうところを、襖の向こうから見てたんやで」

もう仰天した。あのとき雛姐さんが別館の三階にいたことにも驚いたが、何の手助けもせぬまま見ていただけで、しかも一言も声をかけずに立ち去ったと知り、度肝を抜かれた。

　それなのに、なぜか姐さんはうちを非難するような物言いである。別に見られていても何の問題もない。恥じるべきなのは、姐さんのほうだ。そう強く思うのに、どうしてか後ろめたい気持ちになった。まるで月影姐さんの件は、うちに落ち度があったせいだと言わんばかりに、雛姐さんに睨まれたからだろうか。

　結局うちは、ずるずると引きずられるように、廻し部屋へと連れこまれてしまった。

「いったい何があったんや。月影に訊いても、何や要領を得んでなぁ」

　雛姐さんが恐ろしいからこそ、月影姐さんは話せなかったに違いないが、それを本人に言うつもりはさすがにない。

「月影姐さん、まだ本調子と違いますから……」

「ただでさえ鬼追いをしたばかりやのに、あんなことまで仕出かしてんからな。そらなかなか恢復《かいふく》せんで」

「だから、そっとして構わずにあげて下さい」

「いや、私は月影を助けられたらと……。あんたも同じや。いったいどないしたんや」

　うちは迷った末に、覚えていることを隠さずに喋った。そうしないと雛姐さんが、また月影姐さんを煩《わずら》わすかもしれないと考えたからだ。それに、この奇っ怪な出来事に対する雛姐さんの意見を聞いてみたいと、少しは思ったせいもある。

「目印のようなものが点々と……」

雛姐さんは、うちの話のそこに反応した。

「実は月影姐さんも、同じものを目にしてるんです」

「そうか……。おそらく小屋の中から別館の三階の窓まで、その印のようなものは続いていたんやと思う」

「何ですか、それって」

しばらく考えてから姐さんは、

「それそのものを、ちゃんと緋桜は目にしてるやないか」

「えっ……うちが」

まさかと信じられなかったが、姐さんは確信のある顔をしている。

「もっとも緋桜が、その恐ろしい体験をしたあとにやけどな」

「あと……ですか」

うちが戸惑っていると、姐さんが助け舟を出してくれた。

「あんたと同じ目に遭うた人のことを考えてみい」

「月影姐さん……。それとも通小町の……」

そのとき、うちの脳裏にあの光景が蘇った。

「分かったようやな」

「月影姐さんが闇小屋から別館の三階へ行く途中で、お秘所から垂らした鬼追いの秘薬と血糊のことですか」

「ああ。廊下や階段に点々としたたってたいうんやから、そうに違いないわ」

「でも……、うちが目にしたのは、月影姐さんが――」

「身投げする前やろ。つまり緋桜には、怪異を予兆する力があるとも考えられるな」

「ありませんよ、そんなもの！」

慌てふためき大きく首をふるうちを、雛姐さんは無表情で見つめていたが、

「同じものを月影が、やっぱり身投げする前に見ていたんやったな」

「そうです。うちだけじゃありません」

「ということは月影や緋桜よりも前に、通小町よりもさらに前に、そういう出来事が過去にあったせいかもしれん」

「闇小屋で鬼追いをしたあと、そこから別館の三階まで秘薬と血糊を垂らしながら歩き、身投げして死んだ花魁がいたってことですか」

「何年前の、いつの季節かは分からんけど、きっと早朝やったんやないか」

雛姐さんのこの指摘に、うちは震えあがった。うちら三人も、ほぼ同じ時間帯に同

じ体験をしている。どんよりとした曇天だったことまで同じだ。

「……おばやんは、知ってるんですね」

「おそらくな。女将さんもご存じやろ。他にもこの廓町に長くおる者なら、みんな覚えているかもしれん。ただし、誰も喋らんやろうな。そんなことしても、何の得にもならん。金瓶梅楼の恨みを買うだけや」

とても暗い気分にうちは陥った。そこへ雛姐さんが追い打ちをかけるように、

「そもそも花魁が死ぬなんて、廓では珍しゅうない。惚《ほ》れたお客と心中したり、傍惚《おかぼ》れされたうえに無理心中させられたり、痴情が原因で殺されたり、性病や肺病やお下働きのし過ぎで亡くなったり、鬼追いの失敗で逝ったりと、ここでは常に起こってることや」

「けど……、そんな祟りめいた原因で……、こっちには何の関係もないのに……」

身投げして死ぬなど冗談ではないと、うちは言いたかったのだが、雛姐さんは完全に諦めたような口調で、

「こういう障《さわ》りは、関わってもうたのが不幸――としか言えん。こっちが積極的に寄ったんでなくても、向こうに魅入られたら終《しま》いやからな」

「供養すればええやないですか。小屋と部屋を清めてもらうんです」

とっさの思いつきを口にすると、姐さんが冷めた様子で、

「費用は誰が払うんや」

「……女将さん」

「あの人が出すと思うか」

仮に女将さんが払うにしても、その死んだ花魁の追借金にするに違いないと思い、うちはおかしくなった。もう少しで本当に笑うところだった。もし笑っていたら、そのまま頭が変になっていたかもしれないと感じ、ぞっとした。

「どうしたらええのですか」

「どうしようもない」

「そんな……」

「あんたも気をつけることや。一度でも魅入られた者は、また何かちょっとした機会があっただけで、同じ目に遭う危険があるからな」

「縁を切る方法はないんですか」

「福寿のように、所替えするしかない」

「他には」

「どうしようもない」

あとは何を言っても、同じ言葉をくり返すばかりだったので、うちは姐さんよりも先に廻し部屋を出た。

やっぱり借金を作ってでも、ここから出るべきか。それとも別館の三階と庭の小屋に近づかなければ、とりあえず大丈夫だろうか。福寿姐さんの突然の所替えと雛姐さんの恐ろしい目撃談はあったが、通小町の姐さんは少なくとも身投げするまでは、普通に暮らしていた。うちや月影姐さんのような目に遭った花魁も、他にはいない。このまま大人しくして関わらなければ、もう何も起こらないのではないか。

うちが悩んでいる間も、当たり前だが金瓶梅楼は営業を続けていた。月に一度の休み以外は、よほどの大事がない限り見世は閉めない。

書き忘れていたが、楼には新しく十四歳の娘が入っている。うちをここに紹介した山辺さんとは別の人買いのおんじが、××地方から連れてきた娘たちの一人らしい。通小町の姐さんの身投げのあと、すぐに女将さんが手配したという。

この頃になると新入りの部屋は、別館二階の奥と決まっていた。そこは楼でも稼ぐ花魁の部屋が多いので、一日も早く遊廓の雰囲気に慣れ、少しでも先輩から学べるように、というおばやんの考えである。新造から育てるという手間暇をかけたのは、ひょっとするとうちが最後だったかもしれない。

実際、おばやんに愚痴る女将さんの台詞をたまたま耳にして、うちは今さらだが何ともいたたまれない気分になった。

「半年くらいで見世に出せる子が欲しかったけど、そう上手くは見つからんもんですなぁ」

楼にとって花魁は、一晩にいくら稼げるかを計算する商品なのだ。その一つが欠ければ補充しなければならない。他所の楼の売れっ子を引き抜ければ、もちろん一番良いわけだが、所替えには色々と厄介事がつき纏《まと》う。逆にすんなり来られる花魁は、何か問題を抱えている場合が多い。とはいえ人買いのおんじが連れてきた子は、すぐ見世には出せない。新造として教育をする必要があり、時間もお金もかかる。もっとも望ましいのは、禿《おぼこ》であありながら花魁に仕立てるのに手間暇がかからない、そんな年齢と器量と性格を持った娘ということになる。

あまりにも廓にとって都合の良過ぎる話だが、女将さんは似た考えを持っているらしい。何よりも彼女の嘆きが、それを如実に物語っていた。

そんなことを思っていたせいもあり、おばやんといっしょに化粧部屋へ挨拶をしに来たその子を見て、うちはびっくりした。ごぼうのように色が黒く、不健康に痩せて目だけが大きい、とても十四には見えない田舎者丸出しの女の子だったからだ。

その垢抜けない娘を、うちがしげしげ眺めていると、

「誰かさんがここに連れてこられたころと、まぁそっくりですな」

紅千鳥の姐さんが嫌な笑いを浮かべながら、こちらをちらっと見たので、二度びっくりした。その子が三年と半年ほど前のうちだと言われ、はっとした。

まだ何一つ知らない田舎の子が、あと二年もすれば花魁になって、お客の相手をするのだ。毎日々々お下働きをして、お金を稼ぐようになるのだ。めかいちや川獺に苦しめられ、遣り手のおばやんに折檻され、嫉妬深い姐さんの苛《いじ》めに遭い、家族に追借金を負わされ、性病に罹《かか》ったり、鬼子を孕《はら》んだりしながら、この子はずっと廓で働き続けるのだ。身体だけでなく心も襤褸《ぼろ》々《ぼろ》になりながら、大きな大きな借金を返し終わるまで、ここから出られないのだ。

うちには分かり切った事実だった。だけど、その子を目にして、紅姐さんの一言が聞こえたとたん、思わず愕然とした。

何という人生なのか……。

花魁になって月日が経つにつれ、次第に諦めにも似た気持ちを覚えるようになる。諦念という言葉が相応しいのか分からないけど、仕方ない……、どうしようもない……と、いつしか思うようになっていた。

しかし、やはり廓の花魁というのは、とんでもない商売ではないのか。確かに楼には借金があるけど、うちがしている――やらされているお下働きの仕組みは、あまりにも酷くないか。借金以上の稼ぎを強制的に負わされているのではなかろうか。

いや、もはやそんなことはどうでも良い。廓という地獄にいる限り、多少の改善があっても無意味なのだ。うちがしなければならないのは、たった一つ。それにようやく気づいた。

　ここから逃げ出すことだ。

十月×日
　昔から廓町では、足抜けは重罪とされている。

　逃げ出した花魁が見つかって連れ戻されれば、とても厳しい折檻を受けた。楼によっては半殺しの目に遭ったとも聞く。そのうえ重い罰金を科せられ、さらに年季が延びる。他の花魁への見せしめの意味もあるため、絶対に容赦はしない。

　つまり足抜けをするつもりなら、万一の場合も考えて相当な覚悟で臨む必要があるわけだ。決して安易に試みるものではない。おそらく足抜けで一番厄介なのは、当人のいた楼だけでなく廓町全体の問題として、花魁の逃亡に対応することだろう。

　うちが新造だったころ、他所の楼の仲どんが「至急協議申上度《もうしあげた》キ事有《ことあり》」という通達書を持って、女将さんを訪ねてきたことがある。たまたま応対に出たうちが受け取ったのだが、そのときは何が書かれているのか、まったく分からなかった。あとで竜宮《りゅうぐう》楼《ろう》から花魁が逃げたと知り、とても驚いた。当時はまだ花魁ほど気楽な商売はないと信じていたからだ。

通達書を持ってきたのが、その竜宮楼の仲どんだった。廓町中のすべての楼の廓主に、彼は配り回っているところだった。そこには二日後の午後一時に楼桜会を開くので、各廓主は取締事務所まで参集するようにと記されていた。楼桜会とは、廓町を運営する廓主たちの組織である。

逃亡したのは小百合《さゆり》という花魁で、竜宮楼では珍しい××地方の出だった。他の花魁より言葉つきが柔らかかったため、お客の対応も自然と優しくなり、たちまち小百合は人気者になった。そのとたん、楼の客層が変わってきた。若い男衆よりも、四十代から六十代の裕福な大店の主人や隠居が増えたのだ。もちろん全員が小百合を指名した。一度でも揚がった者は、必ず二度目も訪れた。平均すると四日に一度、ご贔屓さんたちは通っていたことになる。小百合のお蔭で、楼には身元の確かなお客が大勢ついたという。

竜宮楼の廓主は大喜びしたが、それ以上に安堵もした。××地方の娘をさらに二人ほど買う資金にするため、小百合を担保に廓町の共済貯金会からお金を借りていたからだ。これで借金の返済もできるし、第二、第三の小百合も手に入るとほくそ笑んだ。

ところが、その小百合が逃げ出した。楼で一番稼ぐだけでなく、借金の担保でもある大切な花魁が、こともあろうに逃亡してしまった。

小百合はあまりの人気ぶりに、ほとんど休む間もなかった。二階の自分の部屋から出るのは、風呂と高野に行くときだけである。食事も台の物屋の出前を自分の部屋でかきこむくらいで、月に一度の病院の検査だけが唯一の外出だった。

やがて朋輩たちの間で、小百合が高野に籠る時間が長過ぎると、文句が聞かれるようになる。そのころ赤前垂の一人が、目を真っ赤に腫《は》らして白粉《おしろい》の禿《は》げた疲れた顔で、高野から出てくる小百合を見ている。

「花魁、大丈夫ですか」

思わず心配して尋ねると、小百合は淋しそうに笑いながら、

「高野は臭いが凄いけど、ひとりになれるから好きなの。ちゃんと自分の部屋があるのに、ここが一番落ち着くの。変よね……。本当にひとりになれる場所やから」

この十日後、小百合は楼を逃げ出した。お客で賑わう時間帯に姿が見えなくなったため、たちまち逃亡が疑われ、すぐに追手がかかったにもかかわらず、どこにも見当たらない。その後、古里の実家をはじめ、彼女が立ち寄りそうな場所は虱潰《しらみつぶ》しに捜されたが、どうしても見つからない。しかも、そもそも小百合がどうやって廓町から抜け出したのか。その方法が分からなかった。しばらく廓主たちは頭を悩ませた。

廓町の出入り口は、全部で三箇所ある。主となるのが北の大門で、もっとも人通りが多い。門の片側には常番所が設けられ、いつも見張りの者がいる。次は西の中門

で、××川に面した川岸に建つ。ここにも常番所はあるが、大門より規模は小さい。三つ目は南の小門で、桃苑病院の近くに位置する。ここを利用するのは病院の関係者が多く、ほとんどお客は出入りしない。そのため常番所にいる見張りも、たいていは一人だけだった。ただし、すぐ側に車屋があって繁盛しているため、逆に人目にはつきやすかったかもしれない。

この三箇所の常番所の見張りが集められ、一人ずつ当日の様子を訊かれた。だけど、小百合を認めた者は誰もいなかった。もっとも彼女を目にした見張りがいれば、その場で騒ぎになっていたはずだ。だから当たり前とも言えるのだが……。みんなが不思議だと首をひねった。

それでも廓主たちが、見張りたちの話をくり返し聞いているうちに、北の大門を担当していた男衆が、「そう言えば……」と呟いた。

「職人っぽい格好をした割には、妙になよっとしたお客が――」

「大門から出たのか」

「……はい」

「そいつが大門を入るところは見たか」

「……さぁ。……い、いえ、覚えておりません」

「出て行くときに、顔は見なかったのか」

竜宮楼の廓主が気負いこんで尋ねると、

「それが、頰かむりをしておりました。し、しかし手足は汚れて、ちらっと見えた顔も同じでしたので、おおかたどこぞの職人の見習いだろうと……。へ、変なやつだなとは思ったんですよ。でも、その手前にもお客がいたもので、よく見えなかったと言いますか……」

見張りの男は、しどろもどろになって答えた。

結局、小百合は露出する顔と手足を土で汚し、頰かむりと職人らしい着物を纏《まと》って男衆に変装し、お客の帰りが一番多い時間帯を見計らい、大胆にも大門を通って外へ出たに違いない——と見なされた。

小百合の逃亡については、雇い主だけでなく誰もが、お下働きの過酷さに音《ね》をあげてのことだと思った。だが、それから半月後、花魁の贔屓の一人だった薬問屋の婿養子の勇治郎《ゆうじろう》が失踪する騒ぎがあり、みんなの見方が変わってきた。

そもそも変装に使った職人の着物を、小百合はどこから手に入れたのか。もしかすると示し合わせての、これは駆け落ちではないのか。

すぐに竜宮楼の廓主が帳面を調べてみると、逃亡する直前のお客が、まさに薬問屋の婿養子の勇治郎だった。彼をお客として送り出したあと、小百合は顔と手足を汚し、予《あらかじ》め渡されていた着物に着替え、おそらく廓町のどこかで待っていた勇治郎と落ち合ったのだ。そして彼の陰に隠れるように、いっしょに大門を潜《くぐ》った。彼女と見張りの男の間に入っていたのは、逃亡を手助けした勇治郎だったに違いない。

　そう見当をつけた楼桜会は、小百合から勇治郎へと追跡の矛先を変えた。花魁が立ち寄りそうな場所ではなく、薬問屋の婿養子が彼女を匿《かくま》いそうなところを洗い出し、そこを重点的に捜すことにした。その結果、勇治郎の本家で彼の乳母だった老婆の家にいた小百合が呆気なく見つかり、たちまち廓に連れ戻され、勇治郎も薬問屋に引き渡された。

　その後、楼桜会と薬問屋で話し合いがもたれたらしいが、どんな内容だったのかは分からない。ただ、勇治郎は二度と廓町には姿を現さず、小百合は莫大な追借金を負わされたという。彼女が折檻されたのかどうかも不明だ。一番の稼ぎ頭のため、とにかく一日も早く見世に出す方が良いと、廓主が判断したという噂もある。折檻の代わりが、非常に大きな追借金というわけだ。

　この事件から一年と二ヵ月後、以前にも増して働きに働かされたせいで、小百合は完全に身体を壊してしまう。その三ヵ月ほど前から、足腰が満足に立たない様子で高野に出入りする姿を、赤前垂たちが目撃していたらしい。

　病院で診察を受けた小百合は、そのまま竜宮楼の使われていない蒲団部屋に入れられ、一週間後に亡くなった。

「まだまだ借金が残っとったのに……」

彼女の死の知らせを聞いた廓主は、そう言って嘆いたという。

小百合の遺体は××寺に運ばれ、無縁仏を祀る遊女塚に葬られた。茶毘《だび》と納骨には誰も立ち会わなかった。薬問屋の勇治郎の姿も、もちろんなかったらしい。

「足抜けした花魁の末路《まつろ》など、まぁそんなものや」

この話をうちにした遣り手のおばやんは、最後にそう締めくくった。

自分が逃げ出そうというときに、よりによって小百合さんの事件を思い出すなど、本当に縁起でもない。でも、失敗すれば彼女のような目に遭うのだ。いや、楼で一番の花魁だったからこそ、彼女は折檻を受けずにすんだのかもしれないが、うちの場合は無理だろう。きっと厳しく罰せられるに違いない。それに折檻は逃れたとしても、連れ戻された小百合さんは馬車馬のように働かされた。否応なくお客を揚げさせられ続けた。お秘所を駄目にするほど、過酷なまでにお下働きを強要され、そして殺されてしまった。そう、彼女は病死などではない。竜宮楼に殺されたのだ。

足抜けにしくじれば、同じことがうちの身にも待っている。それを考えると、どうにも足がすくむ。思わず決心が鈍りそうになる。

けど、このまま花魁としてお下働きを続けていけば、いずれは小百合さんのように病むのではないか。月影姐さんみたいに鬼子を宿し、鬼追いをする羽目になるのではないか。理由はともかく通小町の姐さん同様、身投げするほど追いこまれるのではないか。遅かれ早かれ、うちも金瓶梅楼に殺されてしまうのではないだろうか。

やっぱり逃げ出すべきだ。

廓町から大手をふって外に出られるのは、月に一度の休みの日しかない。ただし、このときは朋輩たちと付き添いの誰かがいっしょにいる。最低でも三、四人の目をかすめて逃げる必要がある。かといってうちひとりで外出しても、必ず仲どんか赤前垂がついて来る。それに一対一の方が、よけいに逃げにくい。しかも、今までひとりで出かけたことがないため、絶対に怪しまれる。それと問題なのは、逃げて数分も経たないうちに、うちの逃亡がバレることだ。そうなると、すぐに追手がかかってしまう。

とはいえ休みの日でもないのに、大門に近づくのは明らかに不自然だ。うろうろしていると、たちまち詰問されるだろう。第一どんな格好で逃げるのか。たとえ廓町から出られても、廓の花魁ではないかと少しでも疑われれば、それだけでかなり危ない。休みの日の外出のときでさえ、うちらの正体を察する人は多い。なるべく一般の女性に似た装いを心がけているつもりだが、どうも立ち居振る舞いから分かるらしい。つまり逃げるためには、完全に廓の匂いを消しておかなければならないのだ。

仮にそんな格好ができたとして、楼から大門まで誰にも見とがめられずに行けるとは思えない。肝心の大門も絶対に潜れないだろう。そう考えると、薬問屋の勇治郎の手助けがあったとはいえ、小百合さんの手並みは見事としか言いようがない。

あれから二年ほど経つが、同じ手が使えるだろうか。常番所の見張りの目を、同様の変装で誤魔化せるだろうか。

いや、駄目だ。うちには男衆の着物を手に入れる伝手《つて》がない。それにまったく同じ手は、いくら何でも通用しないのではないか。

中門も同じことだ。大門より規模は小さいが、同じ問題がある。そのうえ、うちは大門しか出入りしたことがない。中門の様子が分からないのに、そこから逃げ出すのは無謀過ぎる。

小門も……と考えたところで、はっとなった。

病院の検診だ。

月に一度、花魁たちは桃苑病院で検診を受けている。性病に罹《かか》っていないか、お秘所を見てもらうのだ。うちが新造から花魁になったとき、おばやんから忍棒の洗礼を受ける直前に病院へ連れて行かれたのも、この性病検査のためだった。まだ未通女《おぼこ》の娘にそこまでするかと思うが、それが廓というところだ。買った娘は、あくまでも商品なのだ。

うちは病院の検診が大嫌いだったが、これは使えるかもしれない。検査に行くため着物も地味になる。花魁によっては他所の楼に対する見栄から、むしろ派手に着飾る場合もあるが、それは少数派だった。うちは元から地味なので、いつも通りにしていれば良い。その格好のまま廓町の外へ出られれば、おそらく目立つこともないだろう。どこぞの店の使用人に映るのではないか。

逃げ出すのは小門からだ。常番所の見張りは一人しかいない。高野か用事でいないときを見計らい、一気に潜り抜ける。実際ここの見張りは、よく姿が見えなくなる。さぼっているのかどうか知らないが、少なくとも大門のような緊張感は伝わってこない。

横の車屋は人力車の出入りがあって賑やかだが、別に小門を見張っているわけではない。常番所さえ無人なら、こちらは何とかなりそうだ。

病院に行くときは、数人の朋輩といっしょになる。もちろん遣り手のおばやんと、仲どんや赤前垂も同行する。検査の終わる時間がまちまちなので、適当に花魁同士が誘い合い、そこに付き添いが一人ついて楼へと帰る。このとき忘れ物をしたと断り、病院に戻るふりをしてひとりになり、小門から逃げ出す。

以上が、うちの思いついた逃走計画だった。

検討すればするほど、あまりにも危なっかしい案だと、うち自身も不安になる。常番所に見張りがおらず、車屋は小門に無関心で、楼に帰る途中でうちだけが病院に戻れる――という機会ができて、はじめて実行できる計画なのだ。

でも、だからこそ、いつでもやめられる利点がある。小門へと近づく前に、充分に周囲の様子を確かめて、少しでも危険だと判断すれば、次回へと先延ばしすれば良い。こうして逃げ出す方法を記していると、一日でも早くと思ってしまうが、絶対に焦りは禁物だ。何年も先まで待つわけではない。好機が訪れるまで、一ヵ月ずつ延ばしていくだけだ。一年はかかる覚悟で、これには臨む必要がある。

何と言っても、うちの一生がかかっているのだから……。

十月×日
遣り手のおばやんに呼ばれて、いっしょに御内証に行くと、女将さんから信じられない申し出があった。

「緋桜も、すっかり一人前の花魁になりましたな。最近はお客さんの選り好みも、少しずつ減ってきたらしいやないですか」

逃走計画のことを考え、ただ大人しくしていただけだったが、もちろん口には出さない。黙って殊勝《しゆしよう》に頭を下げておく。

「それでな、喜久代さんとも相談したんですが、今の緋桜には別館の三階こそ相応しいんやないかいうことになりましてな」

その瞬間、うちは頭の中が真っ白になった。

「金瓶梅楼で一番の売れっ子になるのも、もうすぐですわ」

横でおばやんが、うんうんと頷いている。

「そのためにも、一番に合うた部屋を持つ必要があります」

「これは名誉なことなんやで」

おばやんの恩着せがましい言葉が横から聞こえたが、遠くのほうで喋っているような感じしかしない。

「どうですやろ。あんたさえ良かったら、別館の三階に移ってもらっても、こっちは一向に構いませんのやけどなぁ」

申し出というよりも、半ば決まっているような物言いに、うちは腹が立つよりも怖くなった。だから反論も、情けないが思うようにできなかった。

「で、でも……、通小町の姐さんの……」

「人の噂も七十五日ですわ」

小町姐さんの身投げから、まだ一月しか経っていない。でも、そんなうちの心の声を見透《す》かしたのか、女将さんがこう続けた。

「それも廓の中では、半分になります。ここは世間とは、やっぱり違いますからな」

「場合によっては悪い噂が、お客さんを惹《ひ》きつけますのや。ここでは世間の常識なんぞ、まぁ通用しませんわ」

すかさずおばやんが、女将さんに賛同した。

二人とも何を適当なことを——と思ったが、強《あなが》ち間違いでないだけに始末に悪い。うちも新造として三年、花魁として七ヵ月以上、廓で暮らしている。ここが様々な意味で魔所であるのは、充分に知りつくしていた。

「このまま放っておいたら別館の三階も、ただの空き部屋ですわ」

女将さんが嚙んでふくめるような口調で、

「かといって新しい花魁を呼んできて入れて、それが評判にならんかったら、あの部屋の価値が、そらもうがた落ちになります」

「花魁と同じように、それぞれの楼には、特別な部屋がありますのや。そこに入れるのは、もちろん楼で一番の花魁だけです。せやけど面白いことに、こういう場合は花魁と部屋が各々を高め合うんですわ。せやから部屋に合わん花魁を入れでもしたら、とたんに部屋の輝きがなくなって、取り返しのつかんことになる」

おばやんは説明しながらも、うちに決心を促すかのような鋭い眼差しを向けつつ、

「あんたを緋桜として、まだ見世に出してへんかったら、とっくに二代目の通小町として特別室に入れてますんやけどな」

とんでもないことを言い出した。

「で、でも、小町姐さんと私とでは——」

「こういう場合は、あんまり似てのうてもよろしいのや。前に桃源楼でも根曳きされた売れっ子の後釜に、その花魁の二代目いう触れ込みで未通女《おぼこ》娘を出したら、そら当たりましたからな。せやけど今のうちの楼の新造では、ちょっとその手は使えそうにもない。となるとここは、ちゃんと実力のある花魁に、あの部屋に入ってもらうんが一番いうことになる」

「それなら浮牡丹の——」

お姐さんの方が相応しいのでは、と言いかけて、うちは自分が嫌になった。お姐さんを身代わりにして、自分だけが助かるつもりなのか。それで本当に良いのか。そのまま廓町から逃げ出して何とも思わないのか。

自己嫌悪に陥っていると、女将さんが首をふりながら、

「人気と稼ぎで考えると、もちろん浮牡丹も入る資格はありおます。ただなぁ、あの子には毒がありませんのや」

「毒……」

うちの呟きに、女将さんは頷いた。

「決して悪い意味やありません。素人の娘さんでしたら、あまり良くはないでしょう

が、花魁には必要なものですわ。浮牡丹の持つ気品や優しさに、お客さんは惚《ほ》れて通うわけですが、それだけでは一番になかなかなれません。つまり毒がなさ過ぎますのや。浮牡丹の人気が衰えることは、まずないでしょうな。その代わり金瓶梅楼で一番に立つのも、まぁないでしょう。あの子は、そういう位置におりますのや」

「その点、通小町と緋桜には、華となる毒が感じられるんや」

おばやんの指摘に、うちは驚いた。小町姐さんには確かにあったと思う。新造のころは分からなかったが、自分も花魁になると感じることができた。でも、うちに毒の華があるとは、とても信じられない。否定しようとしたが、おばやんに先を越された。

「長い年月、そら数多くの花魁たちをご覧になってきた、女将さんがおっしゃるのやから、まぁ間違いありませんわ」

「喜久代さんの見立ても同じですから、私も心強い限りです」

お互いに誉め合っていれば世話はない。そんな皮肉でも返したかったが、それどころではなかった。何としても断らなければならない。それも波風を立てずに、できるだけ穏便に。

どう言えば良いかと必死に考えていると、女将さんが箪笥から豪華な着物をいくつも取り出して、うちの前に広げはじめた。

「別館の三階に移るとなったら、それ相応の着物も必要になりますやろ。どうです、ええ着物やないですか。これを緋桜にと、私は考えていますのや」

「どれも結構な値のする上物ばかりや。ほれ、よう見てみい」

うちが反応しなかったからか、おばやんは着物を手に取ると、うちの身体に当ててみせた。

「まぁ、似合いますなぁ」

女将さんはお世辞を口にすると、

「そりゃ高価なものですけど、緋桜には安くしとくつもりです。何着も欲しいんでしたら、それなりの値引きもしましょう」

ただでくれるのかと思っていたので、別に欲しくはなかったものの、うちは拍子抜けした。けれど、それも一瞬だった。次の瞬間、はっと息を呑んでいた。まさか……と思った。しかし、いくら見直しても間違いなさそうだ。そう認めたとたん、なんとも嫌なものを目にしたとばかりに、ぞくぞくっと背筋が震えた。

着物は通小町の姐さんのものだった……。

少なくとも三着はそうだ。何度も目にしているから間違いない。他の着物も柄などの好みからいって、姐さんのものに思えた。

小町姐さんが身投げしたあと、高価な着物はすべて女将さんが仕舞いこんでいた。

そしてほとぼりが冷めるのを待って、それを朋輩たちに売りつけるつもりだった。そういうことになる。

この女将さんの仕打ちも、うちは腹が立つよりも先に怖いと感じた。どこまで花魁を食い物にするつもりなのか。うちらは死んでも、その骨までしゃぶられ続けるのか。

でも、仮にそう非難したら、きっとこう反論されるだろう。

「通小町の借金は残ったままですよ。それを誰が払ってくれるいうんです。少しでも回収しようとするのが、そんなに悪いことですか」

だから何も言わなかった。言っても無駄なうえ、うちが睨まれるだけである。ただ、これで決心がさらに固まった。あの部屋には絶対に入らない。まして小町姐さんの着物といっしょになど、何が何でもごめんだ。

だけど、単に「嫌です」では通用しない。女将さんもおばやんも、かなり真剣なのが分かる。おそらく金瓶梅楼の売り上げが落ちているのだ。挽回《ばんかい》するための窮余《きゅうよ》の策が、うちを別館の三階に入れて通小町姐さんの代わりにするという案なのだ。

冗談ではない……。

せっかく足抜けの決意を固めたところなのに、あんな部屋に入ったら、今度こそ得体の知れない何かに、うちは取り殺されてしまうだろう。

でも、どうやって断れば……。

このままでは、きっと押し切られる。うちの意向を尋ねるふりをしているが、こちらがいつまでも「うん」と言わなければ、最後は強引に決めるに違いない。そうなる前に、やんわりと角の立たない方法で、はっきり無理だと伝えなければならない。

とほうに暮れ、絶望しかけたときだった。ふと良い案が浮かんだ。

「……怖いんです」

ぽつりと力なげに呟くと、女将さんもおばやんも、狐につままれたような顔をした。

「怖い？　いったい何がや」

案の定おばやんが訊いてきたので、うちは思いっきり怯えた口調で、

「あの部屋が……」

「何を言うかと思えば――」

おばやんは苦笑すると、何の問題もないとばかりに、

「そらな、あんな目に遭うたから、そう感じる気持ちは分かる。せやけど、あれは通小町に同情したあんたが、一時の気の迷いから仕出かした騒ぎなんや。それだけのことですわ」

「いえ――」

「月影は鬼追いのせいで、心身ともに疲れ果てとった。せやから、ふっと魔が差したんですわ」

「いえ――」

「どれも廓ならではの、まぁ事故のようなものですな。通小町の身投げの理由も分かってますし、別に怖いことなんか――」

「いえ、違うんです」

うちの否定の言葉に、おばやんは怪訝そうな表情を浮かべた。

「通小町の身投げと、あんたと月影のことやないのか」

「はい」

その件を持ち出しても、今のようにかわされるだけだと、うちには読めていた。おばやんに口で勝てるわけがない。明らかに白のものでも、おばやんが黒だと言ったら、本当に説得力がある。目の前に、その白が見えているにもかかわらずだ。さすがに遣り手だけはある。だからこそ別の方向からの攻めが、ふっと浮かんだのだろう。

「二人の姐さんと、自分の体験も怖かったですけど、もうすんだことだと思ってます」

「そうやな」

うちの心にもない言葉に、おばやんはあいづちを打ちながら、

「せやったら、いったい何が怖いんや」

「本館から渡り廊下を通って、別館の三階へと歩いて行く……」

そこで効果的に、うちはいったん口を閉じると、

「お姐さんたちの誰でもない花魁の姿を、たまに見てしまうことです」

このときの女将さんとおばやんの反応は、本当に見物だった。二人とも顔色がさっと変わり、お互い視線を合わせたかと思うと慌てて外し、それから改めてうちをまじまじと見つめる。まるで計ったようにいっしょだった。

「もちろん最初は、本館にいるお姐さんたちの誰かだと思いました。小町姐さんを供養するために、あの部屋に行ってお参りしているって……」

「……違うんか」

珍しくためらいがちに尋ねるおばやんに、こっくりとうちは頷きながら、

「そのうち、あれは誰やろうって気になり出して……。でも、そう考えるとお姐さんたちの中には、それらしい人は誰もいないって分かって……」

「一人ずつに確かめたわけやないやろ」

「はい」

うちは素直に返事するだけにした。おばやんがこの話を信じた手応えを、もう充分に感じていたからだ。あまりやり過ぎるのは良くない。

本当なら女将さんとおばやんに、何か心当たりがあるのではないか、と問い詰めたいところだった。だが、深追いは禁物だ。こんな作り話をしたのは、二人の隠し事を暴くためではなく、うちがあの部屋に入れられるのを阻止するためなのだから。

こちらの思惑通り、別館の三階へ移る話は、そのまま有耶無耶《うやむや》になってしまった。ただし、いつ何時《なんどき》また復活するかもしれない。

「もう少し時期を見て、それから決めましょう」

最後に女将さんが、意味深長な台詞を吐いたせいだ。

××寺のお坊さんを呼んで供養してもらうのか。どこかの神社の神主に来てもらいお祓いしてもらうのか。それは分からない。しかし、通小町の姐さんのお弔いも満足にしなかった女将さんが、そんなことにお金を使うだろうか。毎朝ちゃんと神棚にお参りして、商売の繁盛は願うくせに、死んだ者には一銭でも使うのが惜しいと思っている。それが女将さんなのに。

もっとも仮に供養やお祓いがなされたとしても、うちは見知らぬ花魁が見えると言い続けるつもりだった。女将さんとおばやんにやましい隠し事がある限り、この作り話は効くに違いない。

それにしても、あの二人はまったく恐ろしい。過去の秘密を隠しながら、別館の三階を花魁たちに使わせ続けている。福寿姐さんが急に所替えをしても、小町姐さんが突然の身投げをしても、うちが危うく飛び降りそうになっても、月影姐さんが本当に落ちてしまっても、まだあの部屋を使おうとしている。しかも、そこに当事者のうちを入れようとしている。

さすがに二人も、あの部屋には怪異めいた現象が纏《まつ》わっていると、少なくとも認めてはいるらしい。それに恐怖を覚えているのも間違いないだろう。だけど、だからといって開かずの間にするつもりはないのだ。あの部屋で稼げるうちは、徹底的に使うつもりなのだ。怪異よりも商売が、恐怖よりも玉代が、二人にとっては大事なわけだ。

ある意味、これほど恐ろしいものはないかもしれない。どんなにおぞましい怪談であれ、廓の中に巣くう貪婪《どんらん》な金銭欲の前では、朝露のごとく消え去ってしまうのだから……。

十月×日

再び部屋替えの話が出る前に……と祈るように願った、待ちに待った病院での検診日が、ようやく訪れた。

この日、うちをふくめて病院に行く六人の花魁たちは、昼食のあとおばやんに一人ずつ呼ばれ、お秘所をじっくり検《あら》められた。病院で検番医者に診せる前に、まず楼で遣り手が調べるのが、廓では当たり前の風習だった。

もしお秘所に傷でもあれば、明礬水《みょうばんすい》をつけた脱脂綿や煮出したお茶の葉っぱで、ちょいちょいと拭いて誤魔化してしまう。検番医者が傷を見つけた場合、良くても休養しろと言われるか、悪くすれば入院を告げられるからだ。

白帯下《こしけ》の激しい花魁は、新造に掌で下腹部を強く押させながら、おばやんがガンキで何度も絞り出す。あとは和紙の紙縒《こよ》りの先に焼き明礬の粉をつけ、それをお秘所に差しこんでおく。花魁は検査がはじまる直前に、そっと紙縒りを抜き取って処分する。この応急処置で、たいていは検診に引っかからないのだから不思議だ。

素人のおばやんの誤魔化しが、お医者さんに通用するのかと、うちも最初のころは驚いた。おばやんが急に偉く見えたりもした。でも結局、すべては検番医者の怠慢さにつけこんでいるのだと知り、呆気にとられた。いくら仕事とはいえ、何人もの花魁のお秘所を見続けるのだから、いい加減うんざりする。検査もなおざりになり、見落としも増える。そこがおばやんの狙い目だった。海千山千の遣り手だけのことはある。

花魁によっては、下の病に霊験《れいげん》あらたかな御符《ごふ》を飲みこむ者もいた。苦しいときの神頼みだが、うちはやったことがない。

おばやんの検めが終わると、うちは急いで部屋に戻り、鏡台の下に隠しておいたへそくりを取り出して袂《たもと》に入れた。お客からもらった花は、すべて楼に渡す決まりがある。とはいえ朋輩たちのほとんどが、こっそりと貯めていた。ここでは何よりもお金がものをいうことを、誰もが身にしみて知っている。当たり前の自衛策である。

全員の検めがすむのを待って、付き添いの仲どんと赤前垂の八人で、ぞろぞろと病院へ向かった。他の楼では病院までどんなに近くても、わざわざ人力車を立てるところもある。花魁の見栄だろうが、金瓶梅楼では誰もが歩いた。女将さんの吝嗇《りんしょく》ぶりを自分たちも真似ているのだと、前に紅千鳥の姐さんが笑いながら言ったことがある。

検診に行く花魁の中には、その紅千鳥の姐さんと、まだ体調が思わしくない月影姐さんがいた。赤前垂は雪江ちゃんではなく友子さんだったので、うちはほっとした。親しい雪江ちゃんがいないのは、ひょっとして吉かもしれない。心配なのは紅姐さんだったが、いっしょに帰らなければ大丈夫だと、自分に言い聞かせた。

病院の待合室には、もちろん他の楼の花魁たちもいた。検診を受けて必要な書類に検番医者の印鑑を押してもらわなければ、どこの楼であろうとお下働きはできない。そのため、ここで目にする花魁たちの表情は一様に暗くて心細げである。

楼同士の花魁たちの交流は、表面的にはほとんどない。顔を合わせるのは月に一度の病院か、休みの日に外出先でたまたま出会うかくらいだろう。ただし、どの楼にもお喋り好き、詮索好き、世話好きの花魁はいるので、何かあると噂だけはすぐに広まる。通小町の姐さんの身投げもそうだったし、月影姐さんのことも同じだ。うちの身投げ未遂だけは、幸いにも漏れていないようだったけど、それも時間の問題かもしれない。

かなり待たされてから、ようやくうちの番がきたので診察室に入り、検診台の上にあがって横になった。この台の上で寝るのは、本当にぞっとしない。まるで自分がもう死んでいて、棺桶に横たわっているような気分になる。

花魁以外は待合室から先には入れない決まりだが、いつもおばやんが付き添う。医者や看護婦だけでなく、ほとんどの病院の関係者とは顔見知りで、病室まで勝手に入っても怒られない。こういうところで優秀な遣り手かどうか、その力量が分かる。金瓶梅楼のおばやんは、その点なかなか抜け目がなかった。

「よろしゅうお願いします」

おばやんの言葉に、机に向かっていた検番医者がふり返り、うちの検査をはじめた。

「ほうっ、だいぶ稼いでるな」

お秘所を指で広げたとたん、そんな下卑た嫌らしい台詞を口にしたので、うちは恥ずかしさと怒りで、身体が震える思いだった。

「ええ、お蔭様で売れっ子になりましてな」

しかも、それにおばやんが追従した。

「こちらで先生方に、あんじょう診てもろうてますから、この子たちも安心して働けます。ほんまに有り難いことです」

うちが病院の検診が大嫌いなのは、何もお秘所を調べられるからではない。それも嫌だが、もっと我慢できないのは、花魁を人とも思っていないような検番医者や看護婦の態度なのだ。男衆に身を売ってお金を稼いでいる卑しい女としか見ていないことが、言葉や身ぶりや眼差しから、はっきり伝わってくる。それを隠そうともしない。

おばやんの誤魔化しが通用するのも、検番医者の検査がいい加減という以上に、はなから本気で花魁たちを診ていないからではないか、と最近になってうちは思うようになった。

とにかく不快な場所だった。だからこそ、その検診を利用して廓町から逃げ出せれば、きっと溜飲《りゅういん》が下がるに違いない。この計画を気に入った理由は、そこにもあった。

「何ともないな」

一通りお秘所を検めてから、検番医者が横柄に告げた。

「まだ若いし、日も浅いからな。こんなものやろ」

「そうですか。ほっとしました。どうもありがとうございます」

おばやんは愛想良く礼を述べると、うちを促して診察室を出て、いったん待合室のみんなのところまで戻った。

「次はあんたやな」

そこで検診を待っていた月影姐さんに目をやってから、

「これで紅千鳥と緋桜はすんだから、先に友子といっしょに戻ったらええ。次の二人は仲どんに送ってもろうて、最後はわたいが連れて帰ります」

あとの段取りまで一気に決めてしまった。

うちの心臓が、どきんと鳴った。よりによって紅姐さんと帰るのかと思うと、とたんに泣きたくなった。しかし、ここで異を唱えるのはまずい。大人しく言う通りにするしかない。

「それじゃお先に、失礼しますよ」

検査が無事にすんで、誰よりも先に帰れるのが嬉しいのか、紅姐さんは機嫌が良かった。残る花魁たちに挨拶をすると、さっさと病院から出て行こうとした。うちも慌てて「お先です」とだけ口にして、姐さんのあとに続いた。

病院を出たとたん、紅姐さんがふり返りもせず、こう言った。

「飛白屋の織介さんが、その後もいらしてるみたいやねぇ」

日記には書いていないが、通小町の姐さんの身投げのあとも、織介さんは思い出したように金瓶梅楼に揚がっていた。最初は姐さんの身投げを見てしまった、うちへのお見舞いという名目があったが、今ではもはや贔屓《ひいき》客と言って良いかもしれない。

「……はい」

うちは返事をしながらも、こんなときに……と焦った。織介さんの話をしているうちに、病院から遠ざかってしまう。計画では、ふり向いても病院と小門が目に入らないあたりで、忘れ物をしたと戻るつもりだった。でも、紅姐さんが喋っているのに、しかも織介さんの話なのに、それを無視できるだろうか。

そっと後ろを窺うと、小門の常番所に見張りの姿は見えなかった。中にいるにしても、窓から外を見張っていない状態だった。

うちの心は躍った。一つ目の障害が取り除かれている。

そのとき、こちらを見つめる視線を感じた。はっと横を見ると、赤前垂の友子さんと目が合った。うちの顔をじっと眺めている彼女が、そこにいた。

気づかれた……と考えるだけで、うちの心臓がうるさいほど鳴り出した。

「緋桜、ちゃんと聞いてますのか」

紅姐さんが急にふり返り、うちをじろっと睨んだ。

「泥棒猫のくせに、私の話を無視するやなんて――」

くどくどねちねちと姐さんが嫌味を言い出したので、

「……すみません」

うちは口だけで謝りながら、やっぱり紅千鳥の姐さんといっしょでは、上手くいくはずがないと心底がっかりした。常番所に見張りがいない絶好の機会をみすみす逃すのかと思うと、本当に泣けてきた。

前を歩いている姐さんは、うちの悪口をずっと言い続けている。後ろからは友子さんがついて来ている気配がする。このまま金瓶梅楼まで、おめおめと戻ってしまうのだ。そう考えると、とても悔しかった。

ところが、雪月花楼《せつげつかろう》が近づくにつれ、そんな簡単に諦めて良いのか……という気持ちが芽生えてきた。その楼の角を曲がると、病院と小門は見えなくなる。計画では角の手前で、忘れ物の話を切りだすつもりだった。その予定の地点が、もう目の前まで迫っていた。

「私……」

声を出して立ち止まった瞬間、これで後戻りはできないと覚悟を決めた。

「びょ、病院に戻ります」

「えっ？」

紅姐さんが驚いたようにふり返り、いぶかしげにうちを見た。

「どうして。何で戻りますのや」

不審そうな姐さんの表情を見て、うちの胃がきりきりと痛み出した。

「忘れ物でも」

いつの間にか横に来ていた友子さんが、うちの顔を覗きこむようにしている。

紅千鳥の姐さんと赤前垂の友子さんの二人に見つめられ、うちは焦りに焦った。肝心の忘れ物を何にするか、まったく決めていなかったことに、うちは自分で自分を呪った。

「へぇぇ」

「つ、月影姐さんが……、心配ですから……」

さらに姐さんに追い打ちをかけられ、うちはとっさに、

「何をしに戻るんや」

紅姐さんが馬鹿にしたような声を出したが、うちは辛うじて持ち直した。

「だ、だから、姐さんの検診が終わるのを待って、いっしょに帰ります」

「私と帰るのが嫌なんやな」

たちまち紅姐さんがからんできた。

「違います。月影姐さんが心配なだけです」

うちは軽く一礼すると、踵《きびす》を返した。その瞬間、友子さんが何か言うか、もしくは

うちに同行するのではないかと、もう気が気でなかった。それが意外にも、微かに笑いかけられたのでびっくりした。慌てて彼女にも一礼して、病院への道を戻り出した。

歩きはじめてすぐ、友子さんの微笑みの意味が分かった。きっと彼女は、うちが紅姐さんの話にうんざりして、月影姐さんを出汁《だし》に逃げたと勘違いしたのだ。あれは同情と共感の笑みだったに違いない。

うちは急に晴れやかな気分になり、お腹の底から元気が湧いてきた。この逃亡計画は必ず成功する。そう強く確信した。

しかし、その高揚感も病院と小門が近づくにつれ、みるみるしぼんでいった。あたりを見回してはいけない。何気なく歩かなければならない。と自分に言い聞かせるのだが、どうしても周囲を窺ってしまう。歩き方がぎこちなく不自然になってしまう。

見世が開くまでには、まだもう少し時間があった。そのためどの楼も、表側はひっそりと静まり返っている。でも、いくつかの楼では仲どんが、簡単に掃除をする姿があった。そんな彼らと目が合うたびに、うちは慌てて視線をそらした。

見るんやない……。しっかり前だけ向いて……。

そう思うのだが、仲どんに見られているのではと心配になる。ひとりで何をしているのかと、不審がられないだろうかと怖い。

すると前方から突然、人力車が立て続けに三台も走ってきた。病院帰りの花魁を乗せて、楼へと向かう途中らしい。その車夫と車上の花魁が、うちの側を通るずっと前から、こちらをじっと見つめている。

ひとりで何をしているのか。

赤前垂には見えない。

新造か……。いや、あれは花魁だろう。

うちに注がれている六人の十二個の目の玉から、そんな心の声が本当に聞こえてきそうで、逆にそっぽを向けなかった。

がたがたがたっ……と、すべての人力車が通り過ぎるまで、どれほど長く感じられたことか。うちをとがめるような眼差しから逃れるまで、よく叫び出さずにいたものだと思う。

安堵したのも束の間、道に舞う土埃《つちぼこり》を透かして小門と常番所が見えたとたん、とてつもない緊張感に囚われた。

小門の左側に設けられた常番所に、まだ見張りの姿はない。左手の病院の前も、右手の車屋の周囲も、どちらも人気がなく閑散としている。ちょうど病院を出た花魁たちを、車夫たちが乗せたばかりなので、たまたまそんな状態になったらしい。

まさに千載一遇の機会だった。

病院と常番所の間を目指して、うちは歩き出した。見張りが戻ってきたり、病院から帰る者があったり、車屋から誰かが出てきたりしたら、すぐに病院の玄関に足を向ける心づもりで、うちは進んだ。その後ろ姿を、どこかの楼の仲どんが見つめているかもしれない。しかし、確かめられないうえ、どうすることもできない。それについては運を天に任せるしかない。

うちは病院の玄関、常番所、車屋と目をやりながら、最後の決断を下そうとしていた。

本当に病院へ戻るつもりなら、もう少し進んだところで左手に舵《かじ》をきる必要がある。そうすれば誰に見られていても、別に何の問題もない。当たり前の自然な動きに見えるはずだ。でも、このまま右手に行けば、病院の西の側面に沿って歩き出せば、その先にあるのは常番所と小門、そして車屋だけとなる。うちには何の用もないところばかりだ。だからその途中で見つかれば、まず言い逃れはできない。

あと少しで、その決断をしなければならない。やるか、やめるか、二つに一つだ。どちらを選んでも、うちの今後の人生は変わるだろう。やめても同じだ。もう以前のうちには戻れない。良くなるか悪くなるか。いずれにしろ、そうなってからしか分からない。

うちは大きく息を吸うと、自らの足を右に向け、そして吐き出した。

これで後戻りはできない……。

心持ち足取りが速まる。あまり急いでは目立つと分かっているのに、どうしても自分を抑えられない。走り出したい衝動を辛うじて我慢する。頭の片隅では歩いてさえいれば、仮に見つかっても常番所の見張りに用事があったと言える——などと、かなり気の弱いことを考えている。そんな言い訳が通用しないのは、明らかなのに。第一その用事とは何か、訊かれても答えられるわけがない。

左手の病院の窓で動く人影が、ちらちらと視界に入ってきた。もし誰か一人でも窓の外に目を向ければ、たちまち見つかってしまう。小門に近づく花魁らしき不審な女として、きっと目に留まるだろう。病院の西側の窓まで考えなかったのは、完全に失敗だった。だが、どうすることもできない。誰も外を気にしないようにと、うちは祈るしかなかった。

やがて、南の小門の常番所が近づいてきた。

見張りが戻ってくる気配は、依然としてない。ここまで来れば、あとは車屋だけが心配だった。仮に花魁を送って行った人力車が帰ってきても、おそらくうちが小門を潜《くぐ》る方が早いだろう。誰かが人力車を呼びにきたとしても、同じことが言える。問題は、車屋から店の者が出てきた場合だ。そうなると、もろに見つかってしまい、きっと問いただされる。でも、うちは満足に答えることができない。万事休すだ。

「お願い……」

その瞬間、うちが祈ったのは神様か、それとも仏様だったのか。いくら考えても分からないが、車屋の玄関前を無事に通り過ぎ、ついに常番所の真横まで来ていた。

目の前に小門があった。

こんな小さな門なのに、その内と外では住む人間がまったく違っている。営まれる暮らしが完全に異なっている。

四角形に切り取られた向こうの世界には、そろそろ夕暮れが訪れようとしていた。こちらの世界では、これから夜の太陽が昇ろうかというのに。それほど正反対の世界が、この小門をはさんで顔を合わせていた。

元の世界に戻るんや。

とっさに婆ちゃ、お父とお母、幼い弟と妹の顔が浮かんだ。でも、古里の家には帰れない。絶対に追手が先回りしているはずだ。うちが考えたのは、綾お嬢様の別荘だった。あそこなら匿《かくま》ってもらえるうえ、今後の身のふり方についても、きっと相談に乗って下さる。

うちは小門の柱と柱の間を、通り過ぎようとした。

「おい」

そのとき、後ろから声をかけられた。びくっと身体が反応し、その場で足がすくんで動けなくなった。顔から血の気が引き、冷たい汗がつうーっと背筋を流れ落ちた。

ゆっくり恐る恐るふり返ると、常番所の窓から顔を出した見張りが、うちを睨みつけていた。

「どこへ行く？」

頭の中は真っ白だった。何も考えられない。

「お前……、花魁だな」

言い訳をしなければ、この場をとりつくろわなければと焦るのだが、まったく言葉が浮かんでこない。

うちが棒立ちになっている間に、見張りが常番所から出てきた。

「どこの楼だ」

自分が闇小屋で折檻される姿……、御内証で大きな罰金を科せられる姿……、別館の三階でお客を取らされている姿……が次々と脳裏に浮かんでくる。

「小門の常番所だと思って、どうやら舐めてたらしいな」

明らかに見張りの男衆は、この状況を楽しんでいた。

「ところがどっこい。女郎《じょろう》ごときに出し抜かれるかってんだよ」

うちをいたぶるのが嬉しくて仕方ないらしい。

「お前を突き出して手柄を立てれば、こりゃ中門の勤務になれるかもしれんな」

そう言いながらひとりでにやついている。

「どこの楼の、何て女郎だ」

このまま踵を返して、小門を駆け抜けようかと思った。

「さっさと言わねぇか」

しかし、すぐに追いつかれて捕まるだろう。

「黙ってねぇで答えろ！」

もう終わりだ……、失敗したのだ……と認めたとたん、その場に倒れそうになった。

「おい」

見張りが近づいてきて、うちの腕に手をかけた。

「観念するんだな」

死にたい……とはじめて思った。忍棒の辱《はずかし》めを受けたときも、初穂を売ったときも、過酷なお下働きのときも、何かに憑かれて身投げしそうになったときも、そんな気持ちは少しも覚えなかったのに、このときは絶望のあまり心底そう願った。

「で、お前の見世と名は」

見張りが凄みながら、うちを問いただす。

金瓶梅楼の緋桜……。

そう口にしかけたときだった。

「すみません。待ちましたか」

後ろから声がした。

「えっ？」

とっさにふり向いたうちは、小門の向こうに佇みながら、どこか恥ずかしそうに微笑んでいる、その声の主を目にして驚いた。

飛白屋の織介さんだった。

「こんな風に迎えにきてもらって、大丈夫だったんでしょうか。私はまだ、ここの風習がよく分かっていないもので……」

頭をかきながら、しきりに恐縮している。

「だ、旦那は……、どちら様で」

見張りは明らかに戸惑っているようだった。どう見ても織介さんは、廓の常連客には映らない。だけど着物やその物腰から、良いところの若旦那だとは分かる。だから、あまり失礼な対応はできない。一瞬でそう判断したに違いない。

「ああ、これは申し遅れました」

織介さんは自己紹介をすると、

「そうすると、あなたが花魁を送ってきて下さったのですね。やっぱり花魁ひとりでお客の出迎えをするなど、ここでは許されなかったわけですか。いやはや、とんだご迷惑をおかけしました」

そう言いながら織介さんは後ろを向くと、しばらくごそごそしていたが、向き直ると同時に、さり気なく見張りの片手に懐紙を忍ばせた。

「これは心ばかりのお礼です。いえ、どうぞご遠慮なさらずに」

「へ、へぇ……」

織介さんの自然な、それでいて有無を言わせぬふるまいに、見張りは何も言えないまま、懐紙に包まれた花を受け取っていた。

「それでは参りましょうか」

呆然としているうちに、織介さんは声をかけると、再び見張りに顔を向けて、

「お手数ですが、車をお願いできますか」

「へい、ただいま」

見張りが車屋まで走って行ったのは、懐紙の中身が思いのほか多そうだと、改めて睨んだからかもしれない。

すぐに来た人力車に乗ると、織介さんは慣れた様子で、車夫に声をかけた。

「出して下さい」

皮肉にも常番所の見張りに見送られて、うちは金瓶梅楼へと戻った。逃亡計画は失

敗したが、こんな風に救われるとは、まったく予想外だった。

　楼に着くと、まず妓夫太郎の朝さんの、びっくりした顔に出迎えられた。しかし、さすがに朝さんは切り替えが早かった。

「これは飛白屋の若旦那さん、今日はまたお早いお着きで」

「はい。途中まで緋桜さんに迎えにきてもらいました」

「それはそれは、よろしゅうございました」

　織介さんには笑顔を向けながらも、ちらっとうちを見た眼差しが鋭い。

「さぁ、どうぞお入り下さい」

　とはいえ、ここでうちを詮議するわけにもいかず、いつも通り朝さんは愛想良く織介さんを見世に通した。

　おばやんは病院から、まだ帰っていなかった。月影姐さんは戻っていたが、うちがいっしょでなかったことに、紅千鳥の姐さんも赤前垂の友子さんも、幸い気づいていないらしい。しかし、もしおばやんがいたら、間違いなく騒動になっていたと思う。本当に間一髪だった。

　別館のうちの部屋に入るまで、織介さんは何も言わなかった。いや、部屋の中で二人きりになっても、自分からは触れようとしなかった。

「ずいぶんと度胸がおありなんですね」

うちが感心したように——そう思ったのは本当だったが——言っても、

「とっさに口から出ただけです」

得意がる様子もなく淡々としている。

「その割には、ちゃんとあの場の状況を分かってらしたじゃありませんか」

「おや、そうですか」

「常番所の見張りの前では、絶対にうちを緋桜とは呼ばず、人力車に乗っても金瓶梅楼の名前を出さなかったのが、何よりの証拠でしょう」

「あれは、あの怖そうなお兄さんが、しきりにあなたと楼の名前を知りたがっていて、でも緋桜さんは教えたくないようだったので、ちょっと気をつけたのです」

「うちらのやり取りを、ずっと見てたんですか」

お客の前では「私」を使っていたが、つい「うち」と出てしまった。

「最初は緋桜さんだと分かりませんでした。どうも深刻な雰囲気でしたので、お二人の話がすむまで待つつもりだったのです。それがあなただと気づいて、しかも妙なことになっていると察してからは、いつ声をかけようかと考えていました」

とっさに口から出ただけ——ではないらしい。

「失礼します」

そこへ、遣り手のおばやんが現れた。

「これは飛白屋の若旦那さん、ようこそお出で下さいました。それですのにまぁ、お出迎えもしませんで、本当に失礼いたしました」

襖を開けたおばやんは廊下に座りながら、織介さんに深々と頭を下げてから、ちらっとうちに目をやった。その眼差しが妓夫太郎の朝さん同様、かなり鋭い。

「もちろん今夜も、ごゆっくりしていって下さるんでしょう」

しかし、すぐに愛想笑いを浮かべると、さっそく織介さんの懐からお金を引き出す算段を、いつも通りはじめた。その結果、泊まりの玉代、台の物屋への注文、おばやんや新造への花代と、織介さんは散財させられる羽目になった。

「では、どうぞごゆっくり」

おばやんが部屋を出るのを待って、

「ありがとうございました」

うちは畳に三つ指をつき頭を下げた。すると織介さんは照れたように、

「まだ夕方なのは分かっていますが、あなたのところに来たからには泊まりにしないと、どうにも落ち着かない気がして……」

「そのことではありません」

「えっ？」

「小門で助けていただいた件です」

ああ……という風な顔をすると、織介さんは軽く頷きながら、

「お役に立てて何よりです」

その何とも真面目な物言いに、うちは笑いそうになった。でも、それ以上は突っこんでこなかったので、不思議に思って尋ねてみた。

「何もお訊きにならないいんですね」

「はぁ……」

「どうしてです」

「正直に言いますと、興味はあるのですが……」

いかにも織介さんらしい答えに、またうちは笑いかけた。

「なら、事情をお訊きになってはいかがですか」

「よろしいのでしょうか」

「命の恩人には逆らえません」

「そんな大袈裟な……。それに私は、緋桜さんに無理強いをする気は――」

「一切のご遠慮は結構です」

「それでは――」

と織介さんは勿体をつけると、

「どういう風にしてひとりで、あそこまで行かれたのです」

うちは唖然とした。訊かれるとしたら、足抜けの理由だとばかり思っていたからだ。しかし織介さんが興味を覚えたのは、逃走計画についてだった。

淋しいような腹立たしいような変な気分になったが、うちの方から訊けといった手前、話さないわけにはいかない。そこで病院の検診を利用して、小門から逃げ出そうとした顚末《てんまつ》を説明すると、織介さんは素直に感心してくれた。

「大したものです」

「……ありがとうございます」

とりあえずお礼を言っておく。

「もう少しで成功するところでしたね」

「はい。あの見張りさえ戻ってこなければ——」

うちが悔しがっていると、織介さんがびっくりする台詞を吐いた。

「あの人は、最初から常番所にいたのかもしれません」

「えっ……。でも、確かに姿は見えませんでした」

「あの中がどうなっているのか分かりませんが、座っていたのではないでしょうか。ただし、それでは外が見えない。私は鏡を使っていたのではないかと思います」

「くそっ」

うちは思わず悪態をついてしまった。

「そうやって無人に見せかけて、ここを抜け出したい……と願う花魁たちを、実は誘っているとも考えられますね」

「まさか……」

と言いかけて、あの見張りなら充分に有り得ると考え直した。

「何て卑劣な……」

うちの呟きに、織介さんは賛同しつつも、

「緋桜さんの計画であれば、見つかったときの言い訳が、一つ考えられたかもしれませんね」

またしても驚くような発言をした。

「どんな言い訳ですか」

「月影さんのために、人力車を呼びにきたと言えば良いのです」

なぜ思い浮かばなかったのかと、うちは自分の馬鹿さ加減を嘆いた。

「もちろん小門に近づき過ぎていては、この言い訳も通用しません。まず先に常番所を覗いて、見張りがいなければ逃げ出す、いたらこの台詞を口にする。実際に車屋には人気がなかったわけですから、困って常番所に声をかけたという演技をしても、別に不自然ではありません」

うちは一瞬、新たな逃走計画を織介さんに相談しようか、と本気で思いかけた。この人なら素晴らしい案を考えつくのではないか。頼めば協力してくれそうな気もする。

だけど思い止まった。竜宮楼の小百合さんの話が、ふと頭をかすめたからだ。彼女を見殺しにした勇治郎という婿養子に、織介さんが重なったからではない。二人はまったく違う。ただ、何となく縁起でもないと感じたせいだ。それに織介さんを巻きこむのは、やっぱり良くないだろう。足抜けは、自分ひとりでやるべきだ。

その夜、いつも通り織介さんを寝床に誘った。お客なのだから当たり前だが、助けてもらったお礼の気持ちも、実はあったのかもしれない。だから、もしかすると普段とは違う雰囲気を、うちは漂わせていたのだろうか。もう少しで織介さんは、うちを抱きそうになった。でも結局、自分から身を離すと、そのまま寝てしまった。

うちはこの夜はじめて、織介さんはまだ女を知らないのかもしれないと感じた。それまで気にしたことはないのに。うちを抱くも抱かないも、彼の勝手だとしか思わなかったのに。

ずきんと胸が痛んだ。なぜかは分からない。

でも、こう思った。織介さんがその気になるまで、そっとしておこう……と。

この夜、うちは織介さんに添い寝しながら安眠した。花魁になってから、これほど安らかな気持ちで眠れたことはない。それが意外だった。まだ自分も、こんな風に穏やかな気分になれるのだと、正直ちょっと驚いた。

だけど明け方、ふっと自然に目が覚めたとき、そして織介さんを送り出したあと、これは一騒動あるに違いないと遅まきながら気づいて覚悟した。

小門の常番所の見張りに、金瓶梅楼と緋桜の名前は確かにバレなかった。でも、織介さんと人力車で見世に戻ったうちを見て、妓夫太郎の朝さんが変に思ったのは間違いない。当然そのことは、おばやんに報告したはずだ。不審に感じたおばやんが、紅千鳥の姐さんと赤前垂の友子さんに事情を訊き、うちが病院に戻ったらしいと知る。けど、それが嘘だと、おばやんにはすぐに分かる。そこから車屋を訪ね、小門の常番所の見張りに辿り着くのは、大して難しくはないだろう。そうなると絶対に、うちの足抜けが疑われるに違いない。

女将さんとおばやんを相手に、果たしてうちは誤魔化し切れるだろうか。

十一月×日
こんな風になるなんて……。
うちはどうしたら良いのだろう……。
足抜けに失敗した翌日、織介さんを送り出したあと、少し横になったが寝られなかった。普段より睡眠が足りていたせいもあるが、やはり呼び出しを恐れていたからだろう。

「ちょっと御内証まで来なさい」

遣り手のおばやんに凄まれ、ひっ立てられる自分を想像しただけで、とても不安になってたまらなかった。

不安と言えば、織介さんが帰り際に、おばやんと何やら話していたのも気になった。うちが小門の前で常番所の見張りともめていたことを、まさか彼が喋ったとは思えない……。けど、うちを助けようとして、よけいな話をした可能性はある。

「緋桜さんには、小門の外まで迎えにきてもらう約束でした」

まだ廓町の慣習や掟《おきて》をあまり知らない織介さんが、もしも素人考えでそんな嘘をついたら、たちまちおばやんに見抜かれ、逆に鎌をかけられるのが落ちである。うちを庇《かば》っているつもりでも、おばやんに巧みに誘導されて、いつしか真相に近い話を喋らされてしまう。それが目に見えるように分かるだけに、うちの不安は高まる一方だった。

朝食のあと、案の定おばやんに御内証まで来るように言われた。

「何でしょう」

おばやんの表情を窺うために、うちは惚《とぼ》けて尋ねてみた。

「とにかく来たらええんや」

でも、まったく読めない。仕方なく覚悟を決めて、あとについて行った。

「失礼します」

襖を開けると、すでに女将さんが待っていて、何とも言えない雰囲気が部屋に満ちている。

「ちょっと話があります。そこに座りなさい」

言われた通り、おばやんといっしょに腰を下ろしながら、今度は女将さんの表情を読もうとしたが、やっぱり分からない。しかし、ここまで来れば、もう覚悟を決めて度胸をすえるしかないと思った。

織介さんと出迎えの約束をしたと、あくまでも言い張るのだ。たとえ織介さんがおばやんに話した内容と矛盾しても、うちは出迎えの約束をしただけで、その他のことは何も知らないと突っぱねるのだ。それしか助かる道はない。

うちは姿勢を正すと、女将さんの目をまっすぐ見つめた。最初から弱気になってはいけない。こちらが圧倒的に不利なだけに、せめて気迫で負かさなければと、うちは決意していた。

ところが、まず口を開いたのはおばやんだった。

「昨日の夕方、飛白屋の若旦那さんを、あんたは小門まで出迎えに行ったそうやな」

「……は、はい」

てっきり女将さんに詰問されると身構えていたため、うちは妙に焦ってしまった。

「そんなら何でそのことを、前もってわたいに言わんかったんや」

「……忘れてました」

「忘れたやて。お客さんとの大事な約束をかいな」

「……はい」

「その忘れていた約束を、病院の帰りに思い出したいうんか」

「そうです」

「せやけど紅千鳥と友子には、月影が心配やから病院に戻るのやと、そう言うたそうやありませんか」

早くもまずい展開になったが、とっさにうちは言い返していた。

「いえ、思い出したのは、病院に戻る途中でした」

「ほうっ」

すべてを見透かしているような、おばやんのあいづちだった。

「病院に戻ろうとしたら、小門が目に入りました。それで飛白屋さんとの約束を、ようやく思い出したんです」

「ほうっ」

「そのとき同時に、月影姐さんに人力車を呼んであげようとも思って、それで車屋の近くまで行ったら――」

織介さんが教えてくれた言い訳を、うちは上手く使おうとしたのだが、

「ほうっ」

おばやんのあいづちを耳にすると、自分でも嘘臭いと思えてきて、たちまち何も言えなくなってしまった。

「出迎えの約束は、いつしたんです」

今度は女将さんに尋ねられた。

「この前、うちに揚がられたときです」

「その日から考えると、ずいぶんと先の約束ですなぁ」

すかさずおばやんが口をはさむ。この前とは何月何日か、ちゃんと覚えているらしい。

「飛白屋さんは、あまり来られませんから」

「そうでしたな。せやけど約束したとき、その日が病院の検診やと分かってましたやろ。お医者さんの検査が通らんかもしれんのに、そんな日をわざわざ選んだんですか」

「わ、忘れてました」

「ほうっ。よう忘れますなぁ」

「それに日取りを決めたのは、飛白屋さんです。私やありません」

「そりゃそうや。けど、あんたはお客さんと、そないな約束はせんと思うとりましたわ。緋桜らしゅうもないことやと、わたいは驚いてますのや」

「おばやんに断らなかったのは謝りますが、お客さんが次に来る日を決めて、それを出迎えるのはいけないことですか」

何とか乗り切れるかもしれないと、うちは感じはじめていた。かなり強引だったが、ここまで曲がりなりにも返答できていたからだ。

「もちろん結構なことです。特にお客さんと次の約束などせん緋桜が、そうしたわけですから、こりゃ喜ばしいことですわなぁ」

にこやかに笑いながら、しかしおばやんはこう続けた。

「それほどあんたにとっては珍しいことやのに、あっさり忘れたというのは解せませんな。しかも約束したんは、病院の検診のある日ですわ。なーもない普通の日と違うて、とても覚えやすい、ちょっとやそっとで忘れられん特別な日やないですか」

「で、でも――」

忘れたんです……とくり返すのは、さすがに無理があった。当初の強気が、おばやんと喋るたびに少しずつ消えていく。

「飛白屋の若旦那とあんたを送った車屋の車夫、それに小門の常番所の見張りにも、もうちゃんと話は聞いてありますのや」

止めを刺すようなおばやんの台詞に、

「緋桜、あんたの言うてることには、とうてい承服できませんなぁ」

引導を渡すような女将さんの言葉が続いて、御内証の中は急に静かになった。

うちは知らぬ間にうつむいていた。顔をあげて二人を見返すべきだと思うのだが、どうしてもできない。反論しなければと焦るだけで、肝心の妙案は何も浮かばない。このままでは足抜けしようとした事実を、きっと認めさせられてしまうだろう。そうなったらもうお終いなのに、うちには打つ手がまったくなかった。

「緋桜」

女将さんに呼ばれ、嫌々ながら顔をあげた。

「今回のようなことを仕出かしたら、どんな目に遭うか、あんたもよう知ってるでしょ。その覚悟があったうえで、やったんでしょうな」

「……な、何のことですか」

自分でも驚いたが、うちは惚けた口調でそう尋ねていた。

「まぁ、この期におよんで、この子は本当に……」

怒りながらも呆れたような女将さんの反応に、

「通小町とはまた違うて、これは強情ですからなぁ」

おばやんは応じながらも、どきっとする言葉を口にした。

「やっぱり厄介払いしたほうが、ええかもしれません」

「ここまで育てたのに、もったいない」

「その分は先方から、がっぽり取れるんやないですか」

「そうですなぁ」

いったい何の話をしているのかと、うちは大いに不安になった。所替えのことかと考えたが、いきなりは変ではないか。それとも懲罰と見せしめの意味で、他所の土地へやられるのだろうか。まさか末無下楼町に売られるとか……。

うちが戦々恐々としていると、女将さんが溜息まじりに、

「緋桜、あんたに根曳きの話がありますのや」

訳の分からないことを言い出したので、とっさに頭の中がこんがらがった。

「ねびき……って何ですか」

「阿呆！　身請けのことやないか」

横からおばやんに怒られ、ようやく「根曳き」という言葉が浮かんだが、まだよく分からない。

「うちに……ですか」

「そうや、お前にや」

「誰がそんな……」

「阿呆か！　飛白屋の若旦那に決まっとるやろ」

おばやんに怒鳴られ、うちは仰《の》け反《ぞ》った。もちろん迫力におされたからではなく、それ以上にその説明に仰天したせいだ。

「う、嘘……」

「あんたと違うて、わたいには嘘をつかんといかん理由などないわ。まだ正式なお申し出ではないけど、今朝の帰り際に、そうしたいと思うてなさる旨を、わたいにお告げになったんや」

織介さんがおばやんに用事があったのは、それだったのだ。

「まだ立ち話しただけやから、金瓶梅楼としても受ける謂《いわ》れはないんやが――」

おばやんはねめつけるような眼差しで、うちを眺めながら、

「あんたの扱いには、わたいもほとほと疲れましたでな。それで女将さんにご相談して、先方が正式にお申し出になられるのを、ここは待ちましょういうことになったわけや」

「私が断わったら……」

とっさに口に出ただけで、別に深い意味はなかった。だが、おばやんは両目をくわ

っと見開き、唾を飛ばして怒鳴りまくった。

「な、何様のつもりや！　そんなこと言える立場かぁ！　このお申し出がなかったら、あんたは今ごろ虫の息やいうんが分からんかぁ！　それとも何か。若旦那にはお断わりして、自分がやったことの落とし前をつけるか。ええ？」

ぶるぶると、うちは首をふった。うなだれたままの情けない格好で、首を左右にふり続けた。

「若旦那が心変わりせんように、せいぜい祈っとくことや」

そんなうちに、おばやんは憎々しげな声を浴びせた。

「もし正式なお申し出が、この三日のうちに来んかったら、あんたがやりかけて失敗したことの償いを、嫌というほどしてもらうからな」

「それまで大人しゅうしていなさい」

最後に女将さんが締めくくって、その奇妙な呼び出しは終わった。

部屋に戻ってからも昼寝どころではなく、ずっと織介さんのことを考えていた。おばやんに、うちを根曳きたいと言ったのは、本心からなのか。それとも足抜けの件があったので、うちを何とか助けようとして、そんな出まかせを口にしたのか。

もし後者なら、有難迷惑も良いところだ。一時的には助かっても、単に折檻や追借金が先延ばしになったに過ぎない。身請けが嘘と分かったとたん、うちは罰を受ける。下手をすると、よけいにきつい罰を与えられるかもしれない。

もし前者なら……。でも、そんなことがあるだろうか。わざわざ遊女を迎える男衆などいるだろうか。それも妻子のいる旦那が妾として根曳くわけではないのだ。もちろんこれに近い話——花魁を正妻にした例——は、これまでにも何度かあったと聞いている。だけど、うちにそんな話が舞いこむなんて、やっぱり信じられない。

この悶々とした悩みが、うちには生き地獄のように感じられた。廓は正真正銘の地獄だったが、それ以上の辛苦を味わった。なまじ希望があるだけに、何とも始末が悪い。こんな状態が三日も続くのかと思うと、うちは頭がおかしくなりそうだった。

ところが、その日の午後には早々と呆気なく解放された。飛白屋のご隠居の代理人という人物が、金瓶梅楼に対して正式にうちの身請け話を持ってきたからだ。

「先方がおっしゃるには、今月末にも緋桜を迎えたいということですわ」

再び御内証に呼ばれ、満面に笑みを浮かべた女将さんに、そう告げられた。

「あんた、こんなええ話はないで」

おばやんも満足そうに微笑みながら、

「花魁になって七ヵ月あまりで、こんな結構な根曳きがあるやなんて、どんだけ幸せ者か」

午前中とは正反対の二人の笑顔を目にした瞬間、この身請けに対して、かなり大きなお金が飛白屋から金瓶梅楼へ動くのだと悟った。そのとたん、うちの天邪鬼《あまのじゃく》な性格が……、いや、うちの反骨精神がむくむくと頭をもたげた。

「分かりました。それでは考えさせていただきます」

女将さんとおばやんは一瞬、ぽかんと口を開けていたが、

「こ、この子は、何を言い出しますのや」

「ええか緋桜、これほど結構な話は、めったにないんやで」

「このお話を断わってみなさい、あんたが借金を返すまで何年かかると思うてますのや」

「これまで以上の大変なお下働きを、ずっとすることになりますで」

「飛白屋さんなら身元もしっかりしているうえに、若旦那のお人柄も確かですから、うちとしても緋桜を安心して嫁入りさせることができます」

「あんたは、ほんまに果報者ですなぁ。わたいもこの世界は長いですけど、こんなええ条件の根曳きは、そらはじめてですわ」

急に二人がかりで、うちの説得を熱心にはじめた。その変わり様がおかしくて、もう少しで吹き出すところだった。

「よく分かりました」

でも、うちが無理に真面目な顔を作って答えると、

「そうですか。分かってくれましたか」

「ああ、良かった」

女将さんもおばやんも、あからさまに安堵の表情を浮かべた。

「おっしゃったことは理解できましたので、あとは私ひとりで、じっくり考えたいと思います」

しかし、そう続けたとたん、二人の顔つきが見る見る曇り、

「失礼します」

うちが一礼して御内証を出て行くときには、お互い不安そうに顔を見合わせていた。

ささやかな意趣返しを楽しみつつ、うちは部屋に戻った。ただし、それで心が晴れたのは、わずかな間だけだった。

女将さんとおばやんが気に病むのは、うちの身請けにからむ支度金やら祝い金やら、とにかく馬鹿にならない金額を取りはぐれる心配だけである。緋桜という花魁が根曳かれること、それだけを気にかけているのだ。それに対してうちは、むしろその後にこそ不安を覚える。古里での貧しい百姓の暮らしと、廓での特殊な花魁の生活しか知らない者が、堅気の大店に嫁入りして、果たして上手くやっていけるだろうか。それに織介さんが迎え入れてくれても、親族やお店の人たちが、うちを歓迎するとは

限らないではないか。

色々と悩んでいるうちに、すでに自分が身請けを受ける気持ちになっていることに気づき、ちょっとびっくりした。女将さんとおばやんには「考える」と言ったが、この話を聞いた時点で、うちの心は決まっていたのかもしれない。でも、そうだとしたら、なぜ根曳きに応じるのか。

大手をふって廓町から抜け出せるためか。

大店の若旦那の花嫁になれるせいか。

織介さんが良い人だからか。

正直に言えば、一番目と三番目が半々といったところだろうか。いかに廓から出られるからといって、身請けの相手にほんのわずかな好意さえ抱けないようなら、きっとうちは突っぱねていたと思う。おばやんに「何様や」と怒鳴られても、おそらく断わっていたに違いない。

織介さんが好きか……と訊かれれば、嫌いではないとしか答えられない。その程度の気持ちで根曳かれるのか、それで良いのか、と自分でも悩む。彼を利用して、ここから抜け出すつもりがあるのは確かだからだ。しかし、言い訳めくかもしれないが、これから時間をかけて織介さんを好きになっていける。そんな気がする。

夕方になって、いつも通りに見世が開いた。身請け話があったからといって、お下働きが免除されるわけではない。まだ花魁として稼げるうちに、せっせとお客を揚がらせようというのが、女将さんとおばやんの魂胆である。

ただし、この日からうちの客層がずいぶんと変わった。少なくとも川獺やめかいちはいなくなり、大人しく品の良いお客が増えた。おばやんの配慮らしいが、もちろんうちを思ってのことではない。きっと織介さんから、たんまり花をもらって、よろしく頼むと言われているのだ。お蔭で少しは楽ができたが、その肝心の織介さんが訪ねてくる気配が一向になく、うちは心配になった。

結局この身請け話は、夢物語で終わるのではないか……。

つい悪い方へと考えてしまうのは、廓に来てから身についた癖だと思う。そんな風に身構えておかないと、やっぱり駄目になったとき、心に受ける傷が大きくなってしまうからだ。哀しい癖だったが、自分の身はおのれで守らなければならない。

一時だけですんだはずの生き地獄に、再びうちは落ちていた。

十一月×日
正式に身請けの話があってから一週間後、やっと織介さんが金瓶梅楼に揚がった。
「もっと早く来るつもりだったんですが……、すみません」

いつも以上に愛想をふり巻く遣り手のおばやんが、ようやくうちの部屋を辞したところで、彼が頭を下げた。

「いえ」

織介さんが来たら、あれも訊きたい、これも尋ねたいと思っていたのに、素っ気なく返事をしただけで、うちは何も言えなくなった。

「緋桜さんを花嫁として迎える前に、色々とすませておかなければならない大事がありまして、それでこちらに伺うのが遅くなりました」

「その大事というのは——」

ここで訊かなければと思い、うちは気力をふり絞って尋ねた。

「お祖母様や叔父様たちに、私を認めていただくことでしょうか」

「叔父さんたちについては、そうです」

彼が率直に答えてくれたので、むしろうちは安心したが、

「お祖母様は……」

彼の婆ちゃの反応が一番気になった。

「ああ、それなら大丈夫です」

織介さんは屈託なく笑うと、

「最初に緋桜さんの話をしてから、祖母はあなたが気に入っていますからね」

「まさか……」

にわかには信じられなかった。だが、前にうちの話を婆ちゃにしたと、彼から聞いていたことを思い出した。

「……本当ですか」

「ええ。緋桜さんの話をすればするほど、祖母はあなたを好きになっています。前に僕の妹が、他県の同業者に嫁いだという話をしましたよね」

「はい」

話は見えなかったが、とりあえず頷いた。

「緋桜さんは、その妹に少し似ているのだと思います。あなたのほうが年下ですが、大して年齢も違いませんからね」

「お兄さんとは、あまり似てらっしゃらないのですか」

色白で整った顔立ちの織介さん似なら、きっと美人に違いないが、うちといくら似ていても仕方ないのにと思ったのだが、

「あっ、緋桜さんと似ているというのは容姿ではなく、性格のほうです」

織介さんに、意外な返しをされた。

「……そのように、お祖母様がおっしゃったのですか」

「言わなくても分かりますよ。妹というのが、嫁ぎ先を勝手に飛び出して連れ戻され

るような、僕とは違って行動的な女性でして——」

「えっ……」

「彼女の縁談をまとめたのが、実は叔父夫婦なんです。そのせいもあって、妹はそれほど乗り気じゃないようでした。ただ、祖母が早く彼女の花嫁姿を見たいと思っているのを、よく彼女も分かっていたうえ、いずれ結婚はするのだから、まぁいいかという感じで——」

「はぁ、されたんですか」

びっくりするうちに、織介さんは頭をかきつつ、

「我が妹ながら、とんでもないやつです。思うに、それまで男性を好きになったことがなかったので、とても軽く結婚というものを考えていたのでしょう」

同じことがこの兄にも言えるのではないだろうかと、うちはふと感じた。ただし、似ているのは異性体験に乏しいというところだけで、あとはまったく違うようだったのだが。

「祖母には花嫁姿を見せた。叔父夫婦にも義理は果たした。嫁ぎ先に対しても一年間は嫁として仕えた。だから、もういいかと判断したそうで——」

「ええっ!?」

てっきり結婚後、好きな男衆ができたので駆け落ちしたのだと、うちは勝手に想像

していた。そう言うと、

「それはそれで問題ですが……、まだ理解はできますよね」

織介さんは苦笑したあと、さらに困惑顔になって、

「祖母は心配しています。妹がまた同じことをして、今度はそのまま行方をくらませてしまうんじゃないかとね。でもその一方で、そんな妹を誇りに思っているところもあって……。まったく我が祖母ながら、ちょっと変わってますよ」

「ちょ、ちょっと待って下さい」

いったい織介さんの婆ちゃは、緋桜という花魁をどんな人間だと思っているのか。うちは物凄く不安になった。

それが顔に出たのか、織介さんは慌てた様子で、

「祖母があなたに妹を重ねているらしいというのは、決して悪い意味で言ったわけではありません。とても女性らしい思いやりと優しさを持っていながら、いざとなれば判断力も行動力も充分にある。そこが似ていると、むしろ祖母は喜んでいるのです」

「そんなこと……」

うちが否定しかけると、織介さんは真面目な顔で、

「今回の身請けについても、まず相談をしたのは祖母でした」

「お祖母様は何と」

「私の決心が固く、あなたを命がけで守る覚悟があるのなら──と認めてくれました」

うちが言葉を失くしていると、織介さんは頭をかきながら、

「ただ、叔父さんたちを説得するのに、ちょっと時間がかかってしまって……。本当はもっと早く来たかったのですが──」

「叔父様たちは納得されたのですか」

思わず身を乗り出して、うちは訊いていた。

「はい。最後は祖母の加勢もあって、叔父さんたちも認めてくれました」

うちがほっとした表情を見せたのか、織介さんは再び笑顔になった。しかし、そんな彼の笑みを目にしたとたん、たちまちうちはまたもや不安を覚えた。

「私を根曳こうと思われたのは、いつです」

「三度目か四度目に、お会いしたときだったと思います」

「どうして私を」

「生まれてはじめて惹かれた女の人だから……です」

「花魁なのに。遊女ですよ」

「そうなる前に知り合えたら良かったのでしょうが、それではお互い会えなかった。あなたがここにいて、私がここに来たから、ご縁が生まれた。ですから、あなたが花

魁だったことに感謝こそすれ、それを悪く言うつもりは毛頭ありません」

「で、でも——」

「第一そもそも祖母が、あなたを気に入っているのです。いや、こういう言い方はおかしいか。私とあなたの問題ですからね。とはいえ私はお祖母さん子なので、やはり祖母の意見は大切にしたいと考えています」

「そのお祖母様は、私を一度もご覧になっていません」

「そう、そこです」

織介さんは珍しく興奮すると、

「にもかかわらず祖母は、緋桜さんを気に入った。あなたとどんな話をしたか、すべて教えはしましたが、本当にそれだけです。つまり私の話だけで、祖母はあなたの人柄を認めたわけです。これは大変なことではありませんか」

「お眼鏡《めがね》違いという……」

そう言いかけて、そんな指摘は彼の婆ちゃの侮辱につながると気づき、ふと口籠《くちご》もった。

「祖母のお眼鏡違いだった場合は、本人の責任ですからね。祖母は何も言わずに、あなたを受け入れるでしょう」

そこで織介さんは悪戯っぽく笑うと、

「祖母の話ばかりしていますが、私は緋桜さんと何回もお会いして、あなたを嫁に欲しいと思ったのです。それでは駄目でしょうか」

「い、いえ、そんなことは……」

「良かった。それでは、お話を進めさせていただきます」

「……はい、よろしくお願いします」

気がつくとうちは頭を下げており、すんなり根曳き話がまとまっていた。

あとは女将さんと飛白屋のご隠居の代理人さんとで、日取りを今月下旬の大安と決め、金瓶梅楼から花嫁行列を出す算段をして、お祝い金——そこには当然うちの借金も含まれる——について円満に話し合いが持たれたらしい。

古里には手紙で知らせると、すぐにお母から返事があった。うちの嫁入りを全員が喜んでいると書かれてあった。特に婆ちゃは、ずっと泣きながらご先祖様にお参りしていると。ただ、はっきり記されていたわけではないが、すでにお父が織介さんに借金を申しこむつもりでいることが、何となく伝わってきた。そんなお金の無心など絶対にして欲しくないけど、とても今はそこまで考えられない。

「桜ちゃん、幸せになるんやで」

ようやく見世に出はじめた月影姐さんは、我がことのように喜んでくれた。もっとも喜びながらもぼろぼろと涙をこぼしたので、その姿を目にしたうちは、お母の手紙に書かれていた婆ちゃを思い出し、ついもらい泣きした。

「あなたなら、きっと良い奥さんにも、また良いお母さんにもなれますよ」

浮牡丹姐さんは、そんな風に祝福して下さった。良いお母さんなど想像もしていなかったけど、いずれはそうなるかもしれないと考え、思わず頰を赤らめた。

他の朋輩からもお祝いの言葉をかけられたが、全員というわけではない。それに「おめでとう」と口にしながらも、その眼差しは冷たかったり、陰で「上手くいくはずがない」と貶《けな》したり、「何で緋桜だけが……」と愚痴ったりと、表と裏のある人も結構いた。

でも、仕方ないのかもしれない。おばやんも言っていたが、花魁になって七ヵ月あまりなのに、早々と根曳きがあったのだ。もう何年もお下働きをしており、年季が明けるのも当分先という朋輩にしてみれば、とても素直に祝う気にはならないだろう。うちも同じ立場だったら、きっと羨《うらや》んで妬《ねた》んでいたと思う。

けど、このときうちは舞いあがっていた。この地獄から抜け出せる。それも根曳きという合法的な手段で出て行ける。しかも相手は、織介さんのような誠実で優しい男衆なのだ。そのうえ大店の若旦那なのだから、これ以上は望みようのない身請けである。さすがのうちも幸せにのぼせたようになって、ぼうっとしていた。つい油断をしてしまった。

その日も昼食後、いつも通り昼寝をしていると、突然どんっとお腹に痛みが走った。驚いて目を開けたとたん、紅千鳥の姐さんの憤怒の顔が飛びこんできた。鬼女のような形相で仁王立ちしながら、うちを見下ろしている恐ろしい姐さんの姿が……。しまった——と思う間もなく、どんっと再びお腹を強く蹴られ、とっさに蒲団の中で身体を丸めていた。

「この泥棒猫がぁ！」

さらに三度、四度と、今度は蹴りが腰に入る。

「飛白屋の若旦那は、元はと言えば私のお客やろっ！　それをお前は盗ったうえに、根曳きまでさせやがって！」

姐さんは怒鳴りながらも、うちの腰を蹴り続けた。

「ほんまやったら私の贔屓になって、根曳きされるのも私やったはずや！　それをお前は邪魔したばかりか、自分だけええ目を見やがって！」

紅姐さんの懇意のお客に、織介さんがなったとはとても思えない。一歩ゆずって贔屓になったとしても、姐さんが根曳かれる保証はどこにもない。そう言い返したかったが、火に油を注ぐことになるので、うちは黙って耐えた。

「お前みたいな女郎が、飛白屋のような大店の奥様になれると、本気で思うてんのか！」

そこで急に、姐さんは怒鳴るのをやめると、

「そりゃ嫁入りは、なんぼでもできるわ。問題はなぁ、嫁に行ったあとや」

わざと声を落として、うちを馬鹿にしたような口調で続けた。

「十二、三で田舎から出てきて、廓の新造として育てられ、あとは女郎になって男にお股を開いて稼いでた女が、大店の——いや、普通の家庭でもええわ——奥さんになって、いったい何ができるいうんや。ご飯も満足に炊けんのやないか。掃除もろくにできんのやないか。針と糸を持った裁縫はどうや」

この言葉にうちは、まさに打ちのめされた。お腹や腰を蹴られたときの痛みよりも、もっと強烈な衝撃が、直接ずんっと胸に突き刺さった。

「最初はええわ。若うて可愛い女房をもろうて、若旦那も鼻の下を伸ばすやろうからなぁ。せやけどそのうち、女らしいことが何もできん元女郎の妻に、きっと愛想をつかしはじめるやろうなぁ」

胸の痛みがさらに増す。

「そうなったら、お前を庇《かば》う者は誰もおらんのやで。女郎の根曳きなんぞ、たいていは周囲の反対を押し切って、男衆の我がままでやるもんや。せやから肝心の旦那の心が離れてもうたら、あとは捨てられるのが落ちなんや」

何も言い返せない。すべてに納得できてしまう。

「緋桜、あんた知ってるか。廓を出て行った元女郎の多くが、すっかり容姿も性格も変わってしもうた姿で、またここに戻ってくるいう話を。身請けされた者だけやないで。結局は離縁されて戻る者ばかりやのうて、ちゃんと年季を勤めあげて出たにもかかわらず、みんな古巣に帰ってくるんや。再びお下働きはせんでも、廓町の近くで自分の店を持ったりしてな、女郎を相手に商売をはじめるんや」

姐さんはいったん口を閉じると、うちが完全に理解するのを待つかのように、充分に間を空けてから、

「これがどういう意味か、あんたに分かるか。いったん廓に落ちた者は、絶対にここから出られんいうことや。根曳かれたり、年季が明けたり、足抜けしたりと、そら出て行くことはできる。せやけど廓の暮らしに染まった者が、世間で普通に生活する大変さを嫌いうほど味わううちに、結局ここでしか生きられんと気づいて、仕方なく戻ってくるんや」

知らぬ間に身体が、ぶるぶると震えていた。

「あんたも同じじゃや。きっとそうなる」

姐さんの言葉が呪文のように、うちの頭の中を駆け巡った。

「どこかの廓町で、また女郎として男に股を広げるんや。朋輩たちに出戻りと嘲笑われながら、またお下働きをすることになるんや。ひょっとしたら、そこは末無下楼町

かもしれんなぁ」

姐さんは楽しそうに笑うと、

「緋桜、自分だけ幸せになれると――」

おそらく止めの一撃を、うちに浴びせようとしたのだと思う。

「紅千鳥さん」

そのとき、浮牡丹姐さんの声がした。しばらく二人の間でやり取りがあったあと、急に紅姐さんの出て行く気配がした。

「大丈夫ですか」

声をかけられ蒲団から顔を出すと、牡丹姐さんが心配そうな表情で立っていた。お姐さんを目にしたとたん、うちは泣き出してしまった。それまで朋輩の前では、ほとんど泣き顔を見せたことはなかったのに、このときばかりは号泣した。

「何を言われたのですか」

牡丹姐さんは蒲団の側に座ると、うちに優しく尋ねた。けど、うちは泣くばかりで満足に話せない。それでもお姐さんは辛抱強く待ってくれたので、しゃくりながらも紅姐さんに言われたことを何とか伝えた。

「紅千鳥さんのお話には少し誇張があるようですが、まったくの嘘をでたらめに口走った、というわけではありません」

意外にもお姐さんは、まず紅姐さんの言葉を半ば肯定した。

「ですから緋桜さん、飛白屋さんに嫁がれても、決して驕《おご》ってはなりません。旦那様のこと、あちら様のご家族のこと、お店の人のことを大切に思い、みなさんのお役に立てるようにと、日々の努力を怠らないように気をつけて下さいね」

「はい」

うちが泣きながら頷くと、牡丹姐さんはにっこり微笑んで、

「とはいえ紅千鳥さんが、かなり偏った見方をしているのも事実です。廓を出て行っても必ず誰もが戻ってくるなんて、そんなことは有り得ません。そういう人が多いのは確かですが、廓とは完全に縁を切って、他所でちゃんと暮らしている人もいらっしゃいます」

「ほ、本当ですか」

ほんの少しだけ、うちは希望を感じた。

「そうですよ。それこそ身請け、年季明け、足抜けと人それぞれですが、廓の外で立派に暮らしている元花魁は、何人もおられます。結婚をしたり、子供を作ったり、自分で商売をしたりと、みなさんそれぞれに生活をしていらっしゃいます」

うちの顔をしげしげと見つめると、お姐さんは意味深長な口調で、

「紅千鳥さんが教えてくれなかった、身請けされた元花魁に見られるある、ある特徴を、あ

なたに伝えておきましょう」

「な、何でしょう」

胸がどきどきした。牡丹姐さんが悪いことを言うはずないと思ったが、元花魁に見られる特徴と聞いただけで、あまり期待できないと覚悟した。

「それはね、とても働き者だということです」

「えっ……」

とっさに意味が分からなかった。でも、お姐さんはそのまま続けた。

「廓に来る人は、たいてい田舎の貧しい家の出です。そのため幼いころから苦労が身についています。しかも家族を助けるために売られてくるので、肉親のために我が身を粉《こ》にして働くことを、厭《いと》わない人が多いのです。そういう女性が奥さんになると、旦那さんだけでなく、義理のご両親や兄弟姉妹、そこがお店の場合は店員さんにまで、それはそれは誠心誠意つくすようになります。もちろん人によって違いはありますが、元花魁の女房の良いところとして、これは男衆があげる大きな特徴の一つなのです」

なるほど……と、うちにも思えた。

「それに緋桜さん、あなたは花魁になって、まだ七ヵ月あまりです。そんなにスレていません。そういう意味では、ちょうど良い塩梅かもしれませんね」

さらになるほどと感じられ、うちは少し嬉しくなった。しかし、紅姐さんの指摘を思い出し、たちまち不安がぶり返した。

「で、でも……、料理も掃除も裁縫も、うちは満足に——」

「覚えれば良いのです」

牡丹姐さんの表情は優しいものの、その口調は厳しかった。

「聞けば緋桜さんは、向こうの家のお祖母様に気に入られているとか。でしたら、お祖母様に教えを乞いなさい。そして真剣に学びなさい」

「……はい、やってみます。いえ、必ずやります」

うちが決意を見せると、お姐さんは再び笑いながら、

「私が、緋桜さんなら良い奥さんにも良いお母さんにもなれますと言ったのは、まったくの本心からですよ」

浮牡丹のお姐さんと話して、うちは救われた。ただ、紅千鳥の姐さんに脅されたことも、決して無駄ではないと感じた。どちらか一方だけでは、きっと駄目だったのだろうと思う。二人の意見を聞いたからこそ、元花魁の妻の良い部分も悪いところも、はっきりと分かったのだ。

廓を出て嫁入りするとは、いったいどういうことか。ようやく本当に、うちは理解できたような気がした。

十一月×日

うちは馬鹿だ。本当に阿呆だ。

紅千鳥にあんな目に遭わされながら、すぐに許してしまった。そればかりか、そのあとまったく何の警戒もしなかった。だから漆田大吉がお客となり、織介さんに根曳かれたお祝いをしたいと言ったときも、うっかり信じてしまった。

「飛白屋の若旦那の奥さんになる人を、今さら俺がどうこうしようなんて、これっぽっちも思っちゃいねえです。ただね、若旦那には俺もお世話になったから、ぜひ緋桜さんに、お祝いの一献を差し上げたいんでさぁ」

それならと遣り手のおばやんも揚げたので、うちも台の物屋からお酒と肴を取り寄せ、あまり気は乗らなかったが漆田の相手をした。

「さすが若旦那だ。やっぱりお目が高い。器量だけじゃなく、緋桜さんの気風までちゃんとご覧になってる」

しきりに織介さんとうちを誉めながら、漆田は盛んにお酒を勧めてくる。自分はほとんど飲まずに、うちにばかり酌をしようとする。困っていると、漆田はにこにこしながら、

「今夜は緋桜さんのお祝いですからね。俺の酌じゃ大して旨くないでしょうが、まぁこらえていただいて、さぁ、どうぞやって下さい」

そう言われると無下には断われない。うちも仕方なく付き合った。

だけど、少しも楽しくなかった。漆田の言葉遣いが、妙に気持ち悪かったからだ。うちが織介さんに根曳かれると決まったとたん、あからさまなほど丁寧な口調に変わっている。例の覗き癖も相変わらずだったから、やっぱり信用できない男だと思った。

それでも相手をしたのは、もちろんお客だったこともあるが、本当に酒盛りしかしないつもりに見えたせいもある。とはいえまともに付き合うのは馬鹿らしいので、注がれた酒の半分以上は飲んだふりをして、実際はごみ入れにしている壺にこっそり捨てていた。

その割には、なぜか酔いの回りが早かった。こんな風になったことなど、これまで一度もなかったのに……と思っているうちに、どうやら意識を失くしたらしい。

ふっと目覚めたとき、うちは蒲団に横たわっていた。長襦袢がまくられて下半身が晒《さら》され、誰かが太ももに覆いかぶさっている。そんな状況が一瞬で分かると同時に、物凄く強烈な痛みを感じて、うちは思わず跳ね起きた。

「おっと」

とっさに漆田がよけなければ、もう少しで彼と頭をぶつけるところだった。

「参ったなぁ。もうお目覚めか」

「な、な……」

何をしているの……と言うつもりが、上手く喋れない。

「まだ半分しかできてねぇのに、こりゃ困ったな」

漆田の片手には、束ねられた数本の針が握られていた。血らしきものが滲《にじ》んだ手拭い、墨汁を含んだ筆、ぷんと鼻をつくアルコールの臭い……といったものを蒲団の側に認めたとたん、またしても太ももに激痛が走った。

見ると、黒っぽく変色したところがある。それが、まるで文字のように映る。いや、実際それはある漢字に読めた。

「俺の名前だ」

漆田が誇らしそうに、

「大吉の『吉』って字を彫って、ちょうど墨を入れたばかりでな。ちょっと小さかったかもしれんが、なーにその下に『命』って彫れば、あんたの刺青は立派に完成だ」

「な、な、何を言ってるの……」

「惚《ほ》れた男の名前を、自分の身体に刻みつけんだから、あんたも嬉しいだろ」

うちは目の前が真っ暗になった。本当に盲《めしい》たように、一瞬だったが何も見えなくなった。

「あと半分で終わるから、大人しくしてろって言っても、まぁ聞くわけねぇか」

漆田は苦笑しながら徳利と杯を手に取ると、うちへと差し出しつつ、

「まぁ飲めよ。少しは痛みも和らぐぞ」

「……何を入れたの」

うちは瞬時に悟った。こちらを眠らせてしまう薬を、きっと彼はお酒に混ぜたのだ。だからあんなにも飲ませようとしたのだ。

「鋭い女だなぁ。女郎といっても馬鹿にはできんな」

そんな言葉とは裏腹に、漆田は嘲笑うような表情で、うちを眺めている。

「いつ私が、あなたなんかに惚れたって言うの」

「おいおい、つれないなぁ」

漆田は面白がっているようだったが、急にため息をつくと、

「お前しかいないのに、演技しても仕方ないか。要は世間が、いや、飛白屋の馬鹿旦那が、そう思えばいいだけさ」

「織介さんが……」

「惚れた男の名前を、はっきり太ももに刺青している女郎を、いったいどこのお人好しが根曳くってんだ。ええっ？」

「何ですって……」

「加勢してくれるか。けど花魁の中から、俺の言い分に与《くみ》する者が出たらどうなる」

「いいえ、遣り手のおばやんも、きっと――」

「そう言うのは、お前だけだろうな」

「そ、それは、あなたが勝手に……」


うちは度肝を抜かれたが、すぐにすべてを悟った。

「紅姐さんね。これは紅千鳥の差し金でしょ」

「女ってのは怖いよなぁ」

漆田はそう口にしただけだったが、彼の背後に紅千鳥がいることを、うちは確信した。

「おあいにく様。こんなことしても無駄よ。あなたや紅千鳥姐さんと、うちと、どっちを織介さんが信じると思うの」

「そりゃそうだ」

納得したように漆田は頷いたが、一転してにやにやと嫌な笑みを浮かべると、

「しかしな、あんたの太ももには小さいとはいえ、はっきりと吉の文字が彫られてる。人間ってやつは、目に見えるものを信じてしまうんだよ。どんなに言葉で説明しても、その吉って字がな、すべてを決めてしまうのさ」

だ。

「そんなことない！」

うちは叫びながらも、とても怖かった。彼の言うことにも一理あると思ったから

「これじゃ謝礼も半分かな」

不服そうに呟きつつ、漆田は手早く片づけをすませると、

「まぁ女郎は女郎らしく、ここで一生を送るんだな」

そんな捨て台詞を吐いて、さっさと部屋を出て行った。

その夜、あとのお客はすべて断わった。おばやんは渋い顔をしたが、うちは頑《がん》として受けつけなかった。太ももの痛みもあったが、何より刺青を見られるわけにはいかない。おばやんにさえ隠して、絶対に見せなかった。

吉という縁起の良い字が、うちにとっては今や、不吉を招く忌むべき字になってしまった。

十一月×日

夜が明けるのを待って、うちは飛白屋に使いを出した。至急お会いしてご相談したいことがありますと、織介さんに連絡した。

その日の夕方、織介さんは金瓶梅楼に来てくれた。いつも通り泊まりの玉代を払い、おばやんにお愛想を言われて、うちの部屋に落ち着いた。その様子は、ご贔屓のお客が馴染みの花魁の部屋に入ったというより、まるで旅先から我が家に帰ってきて、憩いの場である居間で心からくつろいでいるような、そんな姿に見えた。

ところが、うちが刺青のことを伝えると、とたんに織介さんの顔色が変わった。

「誰が何と言おうと、もちろん緋桜さんの話を信じます」

そう口にしつつも、実際に太ももの「吉」の文字を見せると、かなり動揺した。無理はない反応だと受けとめながらも、うちはたまらなく不安になった。

結局、織介さんは泊まることなく、早々と帰ってしまった。

「この件は、早めに祖母の耳にも入れておきたいので」

もっともだと感じた反面、明日でも充分ではないかと不満にも思った。いや、そんなことより、もう二度と織介さんには会えない気がして、うちの心は重く暗くどこまでも沈んだ。

玄関で織介さんの後ろ姿を見送りながら、これが見おさめかもしれないと考えていると、自然に涙が流れて止まらなくなった。

十一月×日

夕方、織介さんが来てくれた。

昨夜の早くに見送ってから、まだ一日も経っていないのに、とてつもない時間が流れたような気がする。

織介さんは来たときから、うつむいたままだった。おばやんと話している間も、うちの部屋に入ってからも、ずっと下を向いていた。

「すみません。許して下さい」

そしてうつむいたまま、深々と頭を下げた。

「いえ……」

うちは、それしか言えなかった。しばらく夢を見させてもらったと思えば良い。世間一般の娘さんのように、お嫁入りする素敵な夢を体験したのだと考えればすむことだ。

「私が不甲斐ないものですから……」

「そんなことありません」

うなだれる織介さんの姿が痛々しくて、うちは思わず顔をそむけたけど、

「ありがとうございました」

すぐ彼に視線を戻すと、三つ指をついてお辞儀をした。

「私のような者に、こんな幸せな話を――」

しかし織介さんは、うちの言うことなどまったく聞いていなかったのか、

「祖母に叱られました」

「はい？」

「お前が緋桜さんを信じなくて、いったい誰が信じるのだと」

「えっ……」

そこで、ようやく彼は顔をあげると、

「こんな男ですが、お嫁に来てもらえますか」

ひたすら頷くことしか、うちにはできなかった。

十一月×日
明日、うちは織介さんのお嫁さんになる。
この日記を書くのも、これで最後だ。
ちょっと迷ったけど、日記はここに置いていくことにした。
花魁の緋桜は今日で消える。
明日からは小畠桜子に戻る。

いや、新しく飛白桜子に生まれ変わるのだ。

第二部

女将《おかみ》

——半《ばん》藤《どう》優《ゆう》子《こ》の語り

一

私がお話をさせて頂きますのは、二代目の緋桜《ひざくら》さんが〈梅遊記楼《ばいゆうきろう》〉にいらした頃からになるかと存じます。ちょうど私たちのような者までが、あの忌まわしい戦争に呑《の》み込まれようとしていた、そんな時代ですね。

ただ、その前に桃苑《ももぞの》の廓町《くるわまち》について、簡単にご説明を差し上げた方が宜《よろ》しいかもしれません。初代の緋桜さん——ややこしいので桜子《さくらこ》さんと呼びますが——彼女の日記だけでは、矢張《やは》り廓の仕組みがいま一つ分かり難《にく》いと思いますので。勿論刀城《もちろんとうじょう》先生は、既にお調べになって——。

あっ、左様でございますか。はい。ええ。まぁ、それはそれは……。いえいえ、そんなに恐縮なさらなくても。先生、何の問題もございません。

戦前や戦中は男の親御《おやご》さんや職場の先輩方が、未《ま》だ女を知らない息子さんや後輩を連れて、よく遊廓《ゆうかく》に見えられたものです。それを廓でも心得ておりまして、そういうお客様や童貞と見抜いた学生さんには、態《わざ》と年上で胸の大きい母親のような花魁《おいらん》を、遣《や》り手《て》婆が宛《あて》がいました。一人前の男になるお手伝いを、口幅ったいようですが遊廓が務めていた訳でございます。

かといって殿方の全てが、廓の遊女を相手に初体験をされるとは勿論限りません。はじめてどころか、一度も遊廓に揚《あ》がったことのない男衆も、恐らく大勢いらっしゃいましたでしょう。第一その手の遊廓がございましたのは戦前のお話で、戦後はすっかり変わってしまいましたからね。俗に赤線と呼ばれた特殊飲食店などには、そのような風情《ふぜい》は皆無だったと思います。ですから先生が、そんなに恥じ入られる必要は全く――。

はい？　何でございますか。ミンゾクサイホウ？　ああ、取材のことですか。

そうですね。確かに自分の知らない世界を理解する為には、そこに自ら飛び込んで、色々と経験なさるのが一番早いかもしれません。ただ……、遊廓ほど様々な意味で、ちょっと特殊な場所はございませんでしたからねぇ。そもそも取材になりましたかどうか。それに今も申しました通り、仮に戦後の赤線で取材をされたとしても、ほとんど意味がなかったでしょうね。また、もし遊廓が残っていたにしても、如何《いか》に殿方が遊ばれるところとはいえ、矢張り向いておられない男衆もいらっしゃいますので、その辺りは何とも……。

いいえ、先生が石部金吉《いしべきんきち》だなんて、そんな風には思っておりませんし、またそうも見えません。非常に真面目で純朴な方だと、僭越《せんえつ》ながら拝見させて頂きました。ですので廓やカフェーの取材などをなさいましても、遊女や女給たちに要《い》らぬ気遣いをされる余り、ほとんど成果が上がらないような気がして……。

あっ、申し訳ございません。大変失礼な物言いを致しました。先生のような偉い御方に対して、身の程を弁《わきま》えない失言でした。どうか、この通りです。何卒お許し下さい。

ふっふっ……。

あら、ご免なさい。だってお詫びしている私よりも、先生の方がどぎまぎしていらっしゃるようで。そりゃ思わず笑みも零《こぼ》れますよ。

ふうっ……。

廓に揚がるお客様の多くが、先生のような方ばかりだったら、きっと花魁たちも楽だったでしょうにねぇ。

嫌だ。桜子さんのことを思い出して、つい溜息《ためいき》なんか吐《つ》いてしまって……。

重ね重ね失礼を致しました。こんな風に上手くお話しできないかと存じますが、どうぞご勘弁なさって下さいね。

桃苑の廓町ですが、××地方では一番大きな遊廓地帯でした。町を造るうえで参考にしたのは、東京の吉原遊廓だと聞いております。何と言っても江戸時代からの長い歴史がありますし、全てに亘《わた》って他とは格が違い過ぎましたので、矢張りお手本にし易かったのではないでしょうか。「花魁」という吉原特有の呼称を採用したのも同じ理由です。尤《もっと》も桃苑の廓町は、飽《あ》くまでも似非《えせ》吉原だった訳ですが……。

吉原が他の遊廓と違っていたのは、三業組合の制度があった点です。三業と申しますのは、遊女屋である貸座敷、その貸座敷にお客様を送る為の待合である引手茶屋《ひきてぢゃや》、その引手茶屋に芸者や幇間《ほうかん》を派遣する芸者置屋、この三つの業種を指します。これら三業にそれぞれ組合が設けられていて、更に三つの組合をまとめるものとして、三業組合が存在していました。男衆が花魁と遊ぶ悪所という世間の印象からはちょっと考えられないほど、極めて合理的な一つの大きな体系が、最初から吉原の中には組織されていたのです。

吉原を訪れたお客様は、まず引手茶屋に揚がられます。ここで芸者置屋から芸者や幇間を呼び、お食事やご飲酒をされながら、暫《しばら》く遊ばれます。それが済むと貸座敷へ移り、目当ての花魁と会われる訳です。但《ただ》し、はじめての方は違います。「初会《しょかい》」と申しまして、花魁の本部屋では遊べますが、まだ寝所へは入れません。二回目の「裏を返す」で初会と同じことをして、三度目の「馴染《なじ》み」で漸《ようや》く寝所に通されるのです。勿論一見《いちげん》さんでは駄目で、ちゃんとした紹介者が必要でした。

昔なら大名や豪商といった身分の人でないと、到底《とうてい》できない遊びですね。こういう方が揚がられる貸座敷は大見世《おおみせ》に限られていて、その大見世に行く為には引手茶屋を通さなければならないという決まりが、吉原にはあったのです。単に遊女を買うのではなく、その過程も楽しむ。お金と暇と心の余裕がなければできない、多くの殿方が憧れた道楽でした。

貸座敷は大見世だけでなく、張見世《はりみせ》と呼ばれる中見世と小見世がありました。それぞれの楼が抱える花魁の人数や格式により、三つの等級に分かれていたのです。ですから一般の武士、農民や職人や商人などは、大見世ではなく中見世や小見世に揚がりました。

張見世というのは、格子《こうし》の中で遊女たちが、お客様に指名されるのを待っている見世のことです。これは大正五年に、人道上も風紀上も禁止すべきだということで取り止めになり、その代わりに写真見世ができました。ただ、その写真も目立ってはいけないということで、表からは容易に目につかぬようにと、見世には依然として格子が残された訳です。

この三つの見世の他に、実は河岸《かし》見世と呼ばれる貸座敷が、お歯黒溝《はぐろどぶ》の側《そば》にありました。お歯黒溝というのは、吉原をぐるりと囲っていた堀の通称です。この堀によって、吉原は完全に外界と隔絶されていました。花魁の逃亡に備えてですが、逃げ込んだ犯罪者を捕える役目も、そこにはあったと聞いております。

河岸見世はお歯黒溝の側という場所柄もあって、玉代《ぎょくだい》が一番安うございました。吉原に行く人は自分の身分や懐《ふところ》具合に応じて、それに相応《ふさわ》しい見世を選ぶことができるように、ちゃんと考えられていたことが分かります。

そうそう。こんな具体的なお話をする前に、どうして遊女屋を貸座敷と呼ぶのか、それを先にご説明するべきでした。

本で読んだ知識ですが、明治五年に人身売買を禁止する「芸娼妓《げいしょうぎ》解放令」という布告があったのですが、実際は名ばかりで、公娼の実質的な廃止には至りませんでした。なぜなら禁止した後の対応を、政府が何一つ考えていなかったからです。

このお達しが出たとき、遊女たちの誰もが「これで故郷に帰れる」と、最初は非常に喜んだそうです。吉原の大門《おおもん》を我先《われさき》に通ろうとしている彼女たちの写真が、ちゃんと残っていると言いますから、その反響は大変なものだったのでしょう。しかし、彼女たちが親元を離れて遊廓に来たのには、それ相応の理由がありました。多くは貧困であるが故に我が身を売って、または売られて、遊女になった訳ですから、いきなり彼女たちが自由の身になったところで、貧困という根本の問題は残ったままです。そんな彼女たちが故郷に帰っても、居場所などある筈《はず》がありません。肩身の狭い思いをするだけだったのです。

　結局、親元におられず行き倒れになる者、私娼になる者が多く出た為、政府は吉原をはじめ新宿などの五箇所を、新たに公娼地区として認めることにしました。とはいえ形式的にしろ、一旦は娼妓《しょうぎ》や芸妓《げいぎ》などの年季奉公人を解放したのですから、従来通りとは参りません。そこで遊女が楼主から部屋を借りて、そこで自ら客を取るという方法に変えた訳です。子供騙《だま》しも良いところですが、遊女屋が貸座敷と呼ばれるようになったのは、そんな経緯からでした。

　はい。全く御《お》上《かみ》のやることは、昔も今も大して変わっておりません。

　お話を戻しますと、三業それぞれが上手く機能するように目を配るのが、三業組合でした。各々の利益を守る為に会計業務も行なっていましたが、決してそれが主ではなく、遊廓の中で起こる全ての出来事に対して責任を持っていたのです。三業組合の親方は「取締」と呼ばれていましたが、廓の中で問題を起こした人間に対して、この取締は追放できる権限を持っていました。警視総監から直々《じきじき》に与えられていたと申しますから、大袈裟《おおげさ》に言えば吉原遊廓そのものが、小さな一つの国だった訳です。

　こんな組織があったのは東京の吉原と、あとは福島の白河《しらかわ》遊廓だけだったと聞いております。ですから真似ると申しましても、本当に表面的なところだけを、精々《せいぜい》なぞることしかできませんでした。そもそも吉原に比べて、桃苑の廓町では引手茶屋と芸者屋の数が、貸座敷より圧倒的に少のうございました。その理由は、はっきりしています。ほとんど需要がなかったからです。吉原のように気取ろうにも、はじめから客層が違っているのですから、同じという訳には参りません。偉いお役人や豪商といったお客様以上に、桃苑の廓町で豪遊されるのは、何と言っても大漁船の漁夫たちが多かったのです。

××地からの大漁船が××港に着くと、皆が挙《こぞ》って廓町に繰り出しました。全く女っ気のない船の上での生活から漸《ようや》く解放されて、おまけに懐にはたんまりと金子があるのですから、彼らの遊び方が尋常でないことはご想像頂けると思います。そんなお客様に対して、取り敢《あ》えず引手茶屋に揚げて——などという悠長な作法が通用しないのは、ご説明するまでもないでしょう。

尤《もっと》も船主や船長といった年配者と若い漁師たちとでは、その遊びにも大きな差がありました。年配者はお座敷を貸し切り賑《にぎ》やかなどんちゃん騒ぎを致しますが、まだ若い漁師たちは最初から花魁を買います。しかも、この一夜で彼らの一年分の給金のほとんどを使い切ってしまうくらいの、物凄《すご》い遊び方をするのです。所謂一夜大尽《いわゆるいちやだいじん》ですね。

ですから自分の部屋を持ったばかりの花魁がいると、この一夜大尽におねだりして全ての家具調度類を一気に揃《そろ》えて貰《もら》うということが、結構あったものです。その男衆が一年後にまた同じ花魁の部屋に揚がる場合もあれば、それっきり姿を現さない例もございました。××海で時化《しけ》に遭って行方不明になったとか、西班牙風邪《スペインかぜ》に罹《かか》って亡くなったとか、風の便りででも消息を知れれば、まだ良い方だったと思います。

　ええ、桜子さんは違いましたね。何人ものお客様に頼んで――と言っても交渉したのは遣り手の喜久代《きくよ》さんでしょうが――少しずつ家具を揃えていった筈です。一夜大尽の男衆に上手く当たらなかったのか、遣り手の喜久代さんが意地悪をして宛がわなかったのか、今となってはもう分かりませんけど……。

　とにかく他の廓ではまず考えられない、桃苑の廓町ならではの一夜大尽が、あの頃は普通にありました。吉原とは最初から客層が、かなり違っていたのです。

　私共の〈金瓶梅楼《きんぺいばいろう》〉は建物の大きさと部屋数、それに花魁の数と質から言えば、大見世と呼んでも良い規模を誇っておりました。ですから祖母が女将《おかみ》だった時代は、引手茶屋との関係も深かったと聞いておりますが、母の代になると次第に薄れはじめます。お客様の遊び方が変わってきたうえに、芸者の代わりを花魁が安易に務める風潮が見られるようになった所為《せい》です。それで引手茶屋の役目も貸座敷の中で果たせるようにと、何処《どこ》の楼でも挙《こぞ》って新造《しんぞう》に踊りや唄や三味線を教えるようになったと聞いております。

吉原のように三業組合がしっかりしていれば、まず絶対に起こらなかった現象でしょうが、桃苑の廓町ではあっという間に広まりました。これが似非吉原と申しました所以《ゆえん》です。地方の遊廓ならではの、いい加減さがあった訳です。その後も辛《かろ》うじて引手茶屋と芸者屋が残ったのは、昔ながらの遊びを愛するお客様が少数ながらいらしたのと、そういう遊びが官民問わず接待に向いていたお蔭《かげ》でしょうね。

いい加減と言えば、「花魁」という呼称がそうでした。遊女の蔑称《べっしょう》として、所謂《いわゆる》「女郎《じょろう》」がございます。「江戸の四宿《ししゅく》」と言われた品川、板橋、千住、内藤新宿の遊廓で働く女性たちは、「宿場女郎」とか「飯盛り女」とか呼ばれていました。そういった侮蔑《ぶべつ》的な呼び名に対極するのが、吉原の花魁でございました。

但し、吉原でも花魁と呼ばれるのは、嘗《かつ》ては上級の遊女だけだったそうです。それが全ての遊女を、何時《いつ》の頃からか花魁と言うようになったのは、矢張り吉原は別格だという自負があったからでございましょう。全員が花魁で統一されると、最上級の花魁は区別して「太夫《たゆう》」と呼んだことからも、それがよく分かります。実際、太夫までいかなくても大見世の高級花魁になりますと、歌舞音曲《かぶおんぎょく》だけでなく、茶道や華道、書道や香道などにも通じ、その教養はずば抜けていたと申しますからね。最早《もはや》「遊女」とは全く違う人種だった訳です。

それに比べますと私共の廓町では――いえ、吉原と一部の遊廓を除く恐らく全ての廓では――仮令《たとえ》「花魁」と呼ばれていても、そこまでの教養も品格も遊女たちは持っておりませんでした。そういう教育が余りにも不十分だった所為もありますが、そもそも望まれるものが違っていたのですから、これは仕方ありません。吉原の太夫や高級花魁のところには、時の大名や豪商が揚がり、また歌舞伎役者や絵師なども集まってきて、そこから江戸の新たな文化を発信していた面もあったと、前に本で読んだことがあります。しかし、同じような客層と機能を、地方の遊廓に望める筈がございません。遊女と申しましても、端《はな》から別の存在だったのです。

お断わりしておきますが、私は桃苑の廓町やあそこで働いていた花魁たちを、決して卑下しているつもりはありません。故郷の家族を助ける為に、男衆に対するお下働きに徹した彼女たちを、むしろ誇りに思っております。

ただ、夢を見る必要があったのです。女であるが故に、自分たちは女郎ではなく花魁なのだという幻想が、どうしても必要だったのです。桃苑の廓町でも、それは同じでした。虚像だと心の中では分かっていても、そういう呼称が彼女たちを支えていたのは間違いありませんから。

……どうも前置きが長くなってしまいました。それでも、まだまだ言い足りないところはあるのですが、あとは本筋のお話をさせて頂きながら、その都度ご説明をできればと存じます。

桜子さんがお嫁入りされた翌年に、日中戦争がはじまりました。この頃からですね、私共の生活の中にも、戦争の影が忍び寄って参りましたのは……。

「贅沢《ぜいたく》は止めよう」「勤労奉仕をしよう」「しっかり銃後を守ろう」といったお達しが、御国《おくに》から出るようになりました。国民精神総動員運動ですね。そうなると遊廓など真っ先に槍玉《やりだま》に挙げられそうですが、むしろ逆でした。何と申しましても軍隊は、男の集団でございますからね。後々のことですが、日本が植民地にした外地の全てに、まず遊廓が造られたと知ったときは、「成程《なるほど》なぁ、戦争とはそういうものか」と、妙に納得したものです。

それに戦時中ほど遊廓が、実は世間のお役に立ったこともなかったのではないかと、私は自負しております。例えば戦地に赴《おもむ》く兵隊さんがお腹に巻く、あの千人針がそうでした。

あれは晒《さら》し木綿を胴巻きになる長さに切って、二つ折りにした裏側に赤い木綿糸で千個の結び玉を作って仕上げますが、一人の女性が結べるのは一個の玉だけです。千人の女性が千個の結び玉を作るから、千人分の想いが胴巻きに籠《こも》り、それをお腹に巻くことで弾丸避けになると信じられました。よって一枚の千人針を完成させるには、千人の女性に協力を仰がなければなりません。男の家族が出征する家の女性たちは、胴巻きを持って街頭に立ちました。道行く女の人に千人針をお願いする為ですが、これでは余りに時間が掛かり過ぎます。

　そこで女学校など、はじめから女性が多く集まっているところに、よく大量の千人針が回ってきました。遊廓も同じでした。何しろ廓町というのは、女性たちが一つの町の規模で、集団で暮らしていた場所だった訳ですから。

　千人針だけでなく、同じ晒し木綿を使って慰問袋も作りました。この袋の中には乾パンやドロップ、燐寸《マッチ》や石鹸《せっけん》、鉛筆と便箋と封筒、それに慰問のお手紙などを入れたものです。しかも袋は縫ってある糸の縁を引っ張って解くと、手拭《てぬぐ》いとしても使えるように、ちゃんと繕《つくろ》ってありました。花魁の中には、若くして戦場にやられる兵隊さんに同情する人も多うございました。ですからこういったご奉仕には、誰もが率先して取り組んでおりました。

　ただ、女将だった母が嫌いましてね。母と同じ明治生まれの他の楼の女将さん方は、日清と日露の両の戦争を体験しておられることから、全く抵抗がなかったにも拘《かかわ》らず、なぜか母だけは駄目だったのです。

　いえ、戦争が嫌いというより、軍人が厭《いや》だったのだと思います。それも若い一兵卒ではなく、位が高くて威張っている士官たちを、もう毛嫌いしていましたね。

　とはいえ当時、兵隊さんは大のお得意客です。それに軍のお偉いさんともなりますと、使うお金が違います。廓をやっている以上、気に食わないでは済みません。第一あの時代、軍に逆らうなどとんでもないことです。

ところが、母はとても嫌がりました。それでも数年は我慢していたようですが、年を追う毎に辛抱ができなくなって参りましてね。

「これ以上、もう品のない軍人を相手に商売をするなんて、私はご免です」

そんな台詞《せりふ》を所構わず口にしはじめる始末で、遣り手の喜久代さんが幾《いく》ら宥《なだ》めても、全く聞く耳を持とうとはしません。

「そう仰《おつしや》いますが女将さん、これほど大きなお金儲《かねもう》けのできる機会は、そうそうあるもんやありませんで」

何より銭勘定に煩《うるさ》かった母の性格を、流石《さすが》に遣り手だけあって喜久代さんは突くのですが、これがさっぱり効きません。

「確かにうちは吉原とは違います。あれほどの歴史も格式もありません。しかし、お客様を喜ばせてきた、楽しませてきたという自負は、ちゃんと持っております」

「兵隊さんも、お客様やありませんか」

「いいえ、違います。金瓶梅楼のお客様は皆さん、自分で稼いだお金で揚がって下さる方ばかりです。それに引き換え、軍人などという者は——」

「女将さん、同じお金ですがな」

「自分で汗水垂らして稼いだものでも、己の才覚で得たものでもないお金は、私はその人のお金とは認めません。しかも彼奴《あいつ》らは、軍という権力を笠に着て——」

「ちょ、ちょっと女将さん！」

如何《いか》に楼の御内証《ごないしょう》の中とはいえ、余りにも母の過激な発言に、すっかり喜久代さんは困り果てていたようです。助けを求めるような眼差《まなざ》しで、偶々《たまたま》その場に同席していた私を、ちらちら見たくらいですからね。

はい。今になって振り返りますと、我が母ながら一本筋の通っていた人だったなと、改めて思います。花魁たちからは陰で、「守銭奴《しゅせんど》」「業突《ごうつ》く張《ば》り」「吝嗇家《りんしょく》」「けちん坊」などと呼ばれていましたが、お金を稼ぐことの大変さを、実は非常によく分かっていたのではないかと、今なら理解できる気が致します。

母はその頃ちょうど体調を崩していた所為もあって、

「もう私は、すぐにでも見世を閉めたいくらいです」

とまで言い出す始末でした。これには喜久代さんも私もびっくりしました。

そもそも母の実家も嘗《かつ》ては遊廓をしており、嫁ぎ先が同業なのは承知のうえでした。だからこそ母は祖母の手解きを受けて、その後を立派に継いで女将になったわけです。よって金瓶梅楼に対する想いは、人一倍強かった筈なのです。にも拘《かかわ》らずそんなことを口にしたので、喜久代さんも私も慌てました。

「女将さん、幾ら何でも突然過ぎます。そりゃ無茶ですわ。年季の残ってる花魁が、まだ仰山《ぎょうさん》いてるやないですか。あの子らは一体どうするんです」

喜久代さんが噛《か》んで含めるような物言いをしましたが、母は何でもないかのように、

「見世への借金は、全て棒引きにしたら宜しい。あとは他の楼に移るなり、古里に帰るなり、それぞれ好きにして貰ったら良いではありませんか」

「ええっ……」

驚嘆の声を発したきり絶句する喜久代さんと、涼しい顔をしている母とが余りにも対照的だったのを、私は今でもよく覚えております。

母は確かにお金に煩《うるさ》い人でしたが、必要だと認めれば惜しまずに使い、自分の懐に入らないと分かればさっさと諦《あきら》める、とても潔いところもありました。そうでなければ、廓の女将など務まりません。このときは、それが悪い方に出てしまったのです。

この後、見世を閉めてしまいたいという母と、それを説得しようとする喜久代さんの応酬が、尚《なお》も続いたのですが――。

「お母さんが見世を手放すのなら、私が後を継ぎます」

気がつくと私は、咄嗟《とっさ》にそう宣言しておりました。やっぱりあの母にして、この娘ありといった感じでしょうか。ただ、このときの自分の気持ちについては、今でもな

かなか上手く説明できないのですが……。

物心がついた頃から、控え屋の半藤《ばんどう》家で父と兄の三人で暮らし、そこに女中さんが通って来て家事をこなすという生活を、私は当たり前のようにしてきました。兄の周作《しゅうさく》は小学校に上がるまで、金瓶梅楼の別館の一階で両親と暮らした思い出がありますけど、私にはございません。普段は家におらず偶《たま》に顔を見せる綺麗《きれい》な女の人を、私は少しも奇異に感じることなく、当然のように母親として受け入れていたのです。

私が歩けるようになりますと、よく兄が見世へ連れて行って呉《く》れました。母は余り良い顔をしませんでしたが、かといって追い返す訳でもなく、私たちの好きにさせていました。実際は子供に構っている暇がないほど忙しかったのでしょう。

花魁のお姐《ねえ》さんたちには、とても可愛がられました。子供好きな人が多かったですね。本来なら母より受けたであろう愛情のほとんどを、代わりにお姐さんたちから与えられたと言っても良いほどです。私はしょっちゅう見世へ遊びに行くようになりました。あの頃の私にとって金瓶梅楼は、何時《いつ》も楽しく面白い、正に御伽《おとぎ》の世界だったのかもしれません。

それが、軈《やが》て尋常小学校に通いはじめ、学年が上がっていくうちに「女郎屋の娘」と陰口を叩《たた》かれるようになり、その意味を子供ながらに理解し出すと、次第に見世から足が遠退きました。遊廓の子供ということで苛《いじ》められないようにと、態々《わざわざ》隣町の小学校に入ったのですが、何処にも噂《うわさ》好きな人はいますからね。

とはいえ別に、花魁のお姐さんたちが嫌いになった訳ではありません。皆さん優しくて良い方ばかりで、私を本当に実の娘や歳の離れた妹のように、それは大事にして下さったものです。でも、そんなお姐さんたちが時折ふっと見せる淋《さび》しげな眼差しや表情に、一体どんな意味があったのかを、その頃になると、私も少しは察するようになったのです。ちょっとでも彼女たちの哀《かな》しい気持ちが分かってしまうと、もう駄目でした。幼いときの思い出が楽しければ楽しいほど、その裏に隠された花魁たちの悲哀をつい想像して、独りで落ち込んでおりました。

再び見世に行くようになったのは、女学校に入学してからです。遊廓の実態を次第に理解するにつれ、それを経営する女将の娘が避けていても良いのか……と思うようになった所為ですが、まぁ若かったんでしょうね。と申しますのも、私は自分のことしか考えていなかったのです。

見世に顔を出しましても、昔ほどお姐さんたちは喜んで呉れません。勿論昔と違って花魁の顔触れも変わっていましたが、お馴染《なじ》みのお姐さんたちも、まだまだ健在でした。それなのに反応が妙なのです。もう小さな可愛い子供でない所為かと、最初は首を捻《ひね》っていたのですが、そのうち自分の勘違いに気づきました。

女学生になった私の姿は、お姐さんたちが廓に売られて来た頃や、花魁として見世に出はじめた当時を、恐らく嫌でも思い出させてしまうのだ……と。

それ以来、見世を訪ねても別館の一階で過ごすことが多くなりました。一時は私と同じく見世を敬遠していた兄と一緒に、すっかり別館通いをするようになったのです。花魁がするお下働きの本当の意味を知ったのも、その頃でした。

兄ですか。そうですね……男ですからねぇ。私とはまた違った苦しみを、廓という家業に対して覚えていたのではないでしょうか。

いえ、兄妹で、それについて話したことはございません。ただ兄も私も、家の商売に影響を受けない訳には参りませんでした。

桜子さんの日記にもあったように、兄は教職に就きたがっていたのですが……。親が廓を経営していては、土台無理な話です。実は父も若い頃、同じ道を目指したものの泣く泣く断念したらしいと、つい最近になって知ったときには、本当に因果な商売だったのだなと、しみじみと改めて感じ入りまして……。

……私ですか。実は私、十九で嫁入りをしております。遊廓の娘という負い目があるのだから、結婚は早いうちにした方が良い、という母の考えで強引にさせられました。お相手は料理屋の三男で、何《いず》れは暖簾《のれん》分けをして店を出させる為、将来は料理屋の女将だと言われましてね。

はい、向こうさんは、こちらの家業をご存じでした。ですから、それを承知で私を嫁に貰った筈なのに、何かにつけて「親の商売が……」「生まれが……」「育った環境が……」と、向こうの親御さんだけでなく親族にも陰口を叩かれたので、一年で出戻りました。

こういう思い切りの良さは、母に似たのでしょうか。

それで——まぁ漸《ようや》く肝心なお話になりますが——私なりに金瓶梅楼に対する想いが、きっとあったのだと思います。だから母が見世を畳むと口にしたとき、咄嗟《とっさ》に後を継ぎますと言ったのでしょう。出戻ってから二年が経ち、もう二十二歳になっていたことも、当時の私を後押ししたに違いありません。

母は大層嬉《うれ》しがりました。私が嫁入りしたときより、それはもう大変な喜びようでした。早速その場で今後のことを、ほとんど決めてしまったほどです。

兄は大学を出たあと就職せずに、裕福な家の子息を相手に、家庭教師を続けておりました。子供の頃から病弱だった為、徴兵検査でも第二乙種とされて、兵役には就いておりませんでした。当時は日本男児たるもの甲種合格して、御国の為に命を捧げるのが当たり前という風潮でしたので、どれほど肩身の狭い思いをしていたことか、兄の心情を思うと……。

それを母は「幸いだったわ」と喜び、全くの一存で見世の対外的な仕事を一手に担う「取締」に、兄を任命してしまったのです。恐らく吉原の三業組合の取締から、ちやっかり役職名を頂いたのでしょう。

意外だったのは、この母の勝手な決定に、兄がすんなり従ったことです。家業の所為で教師になれなかった兄は、私よりも廓に対する思いは複雑だった筈なのにと、どうにも不思議でした。

とはいえ兄の協力があったればこそ、母の後を継いで金瓶梅楼の女将になった私は、見世の中のことだけに集中できたのです。もし兄の手助けがなかったら、全く何の経験もない女将が見世の外と内の両方に目を配るなど、まず無理だったと思います。

こうして女将になった私は本館の御内証を、取締になった兄は別館の一階を、それぞれ仕事場として廓を切り盛りすることになりました。

勿論この二人だけでは、未《ま》だ遊廓の経営は無理でした。表向きは引退しながらも母が後見について呉れたこと、それに喜久代さんの存在も大きかったですね。この経験者二人の指導を得て、漸く私と兄は女将と取締になれたのです。

控え屋で私の決断を聞いた父は、とても驚いたようでしたが、特に反対も賛成もせずに、

「女将が代替わりするのなら、見世の名前も新しくするか」

そう言うと硯箱《すずりばこ》から硯を取り出し、徐《おもむろ》に墨を磨《す》りはじめました。どうやら金瓶梅

楼という名も、祖母から母に見世の女将が代わったときに、父が命名したらしいのです。

先生にはご説明するまでもありませんが、この名は中国の四大奇書の一つ『金瓶梅』をそのまま使っております。あの作品が富豪の西門慶《さいもんけい》と、彼の六人の夫人とその他の女を巡る妖艶《ようえん》なお話であることを考えますと、なかなか上手い名づけだった訳です。きっと今回も相応《ふさわ》しい名称を思いつくに違いないと、私は我が子の名前が決まるのを待つような気持ちでした。

ところが、なぜか父は四大奇書に拘《こだわ》りました。四つと申しましても、どの作品を入れるのか諸説あるそうですが、とにかく『金瓶梅』を除く『水滸伝《すいこでん》』『三国志演義《さんごくしえんぎ》』『西遊記《さいゆうき》』『聊斎志異《りようさいしい》』の中から、新しい見世の名を選ぼうと致しました。しかし、どれも遊廓の名称には合いそうにありません。しかも、当時の日本は中国と戦争をしていたのですから、そんな名をつけるだけで、下手をすれば当局に睨《にら》まれてしまいます。

でも、父は頑《かたく》なでした。どうしても書名を織り込みたかったらしく、半紙に筆で「梅遊記楼」と記しました。『西遊記』の「西」を取って、「梅」を当て嵌《は》めたのです。

「優子《ゆうこ》は知っているだろ。『金瓶梅』とは、西門慶と関係をもった潘金蓮《はんきんれん》、李瓶児《りへいじ》、龐春梅《ほうしゆんばい》の三人の名前から、その一字ずつを取ってつけた書名であることを」

私が頷《うなず》くと、父は悪戯っぽく笑いながら、

「それと同時に、金はお金を、瓶はお酒を、梅は色事を表してもいる。だから遊廓の名称として、これ以上の名はなかった訳だ」

廓の仕事は何一つしなかった父ですが、花魁たちの命名だけは別でした。緋桜、浮《うき》牡《ぼ》丹《たん》、月影《つきかげ》、通小町《かよいこまち》、雛雲《ひなぐもり》、紅千鳥《べにちどり》、福寿《ふくじゅ》……といった名前は父がつけたもので、全ては梅の種類から取られていたのです。金瓶梅楼の「梅」の字に秘された意味を考えると、なかなか粋な計らいではないでしょうか。それで「梅」の一字だけを残し、『西遊記』と組み合わせたのでしょう。苦肉の策と言えばそうですが、私は素直に感心しました。

梅遊記楼——。

私が女将となる見世の名前が、こうして決まりました。本当に不思議なもので、見世の名称が変わった途端、母の隠居と私の女将就任に纏《まつ》わる全ての出来事が、一気に動き出したような気が致します。金瓶梅楼のままでは、ひょっとすると進まなかったかもしれない事案が、見世に新しい名がつけられたことにより、何の支障もなく片づいていくような、そんな奇妙な感覚に当時の私は囚《とら》われておりました。

やっぱり名前というものは、大切でございますね。だから新入りの染子《そめこ》さんに、安易に「二代目緋桜」などと命名するべきでは、きっとなかったのです。

後程お話し致しますが、巫女《みこ》遊女の雛雲さんに、こんな風に言われましたからね。

「緋桜の名前を継いだことで、あの子に憑《つ》いてた得体の知れん悪いもんまで、二代目が継いでもうたのかもしれん……」

実際、染子さんは梅遊記楼に来て早々、気味の悪い体験をされるのです。そのとき一緒にいた私も、思わずぞっとするような……。

二

二代目の緋桜さんのお話をするつもりが、とんだ回り道をしてしまいまして……。

ありがとうございます。先生にそう仰って頂くと、ほっと致します。ただ、遊廓《ゆうかく》に纏《まつ》わる諸々《もろもろ》について、ご存じない方に説明をはじめますと、もう切りがございません。あとは追い追いということで、染子さんのお話に入りたいと存じます。

梅遊記楼を開くに当たっては、本当に様々な準備が必要でした。単に見世の名前と女将が代わっただけのように見えますが、そうではありません。外に向けても内に対しても、色々と対処しなければならない問題が沢山《たくさん》ございました。

その中でも重要だったのが、新しい花魁の確保です。それも昔のように新造から育てて、数年後に見世へ出すといった悠長なやり方ではなく、すぐに花魁として働ける人が求められました。如何に母と喜久代さんの後見があるとはいえ、世間知らずの未通女娘《おぼこ》を一から教育するなど、未だ私には無理だと思われたからです。

それに……、花魁として見世に出られるのは、御国によって十八歳からと決められていました。ですから吉原では、年齢に満たない少女を下新《したしん》という下働きにしていた訳です。でも、これはお恥ずかしい話なのですが、金瓶梅楼では……、いえ、桃苑の廓町では何処の見世でも、大抵は十五、六歳から花魁としていた歴史がございました。その違反を梅遊記楼では、きっぱり改めようということになったのです。

また、そうせざるを得ない状況が、その頃の日本にはありました。商店から次第に物が消えはじめ、そのうち味噌《みそ》や醬油《しょうゆ》、石炭や燐寸《マッチ》などは切符制になって、お米も統制されて割り当てになっていったのです。何処の楼でも新造を抱えるのが、なかなか厳しい状態でした。確かに一般の方々の食糧事情に比べますと、遊廓は軍によって優遇されており、随分と助かっておりました。それでも即戦力となる花魁を入れるべきだというのが、母と喜久代さんの意見でしたし、私も尤もだと賛同したのです。

仲介屋の狭川《さがわ》さんから、何人分もの書類を見せて貰ったのですが、その中にいたのが糸杉《いとすぎ》染子さんです。写真の容姿といい、二十三という年齢といい、大店《おおだな》の若奥さんだった経歴といい、もう文句のつけようがありませんでした。

この書類というのは、本人の写真と戸籍抄本と身上書のことです。相手が未成年の場合は、そこに親の承諾書が加わります。吉原ですと、ちゃんと地元の警察に照会して、書類に記されている内容が本当かどうかを調べましたが、桃苑の廓町ではそこまで致しません。流石《さすが》に親の承諾書だけは確認を取りましたが、あとは戸籍抄本が本物だとさえ分かれば、余り煩いことは申しませんでした。特に染子さんのように成人していて、本人も納得のうえで廓に入る場合は、尚更《なおさら》です。

ちなみに狭川さんは、母にも喜久代さんにも信頼の厚い仲介屋さんでした。身売りする者が隠したがる悪癖、例えば夢遊病や癪《しゃく》持ち、盗癖や夜尿症なども、ちゃんと見抜く目を持っていたからです。だからといって、その少女や女性を見捨てるような真似は絶対にせず、本人と見世の間に入って解決策を探る為、双方に信頼が篤《あつ》いお人でした。どんな小さい見世に入るときも、表は避けて台所の勝手口か内玄関から上がるのが常で、仲介屋さんには珍しい謙虚さをお持ちでした。この方の紹介なら間違いないだろうと、私も安心しておりました。

さて、私が桜子さんを思い出したのは、染子さんの写真を見た所為ではありません。桜子さんとは、彼女がお嫁入りをする一年半ほど前から、ほとんど会っておりませんでしたし、嫁がれてからも五年近くが経っていましたので、余りお顔も覚えていなかったくらいです。それでも彼女が××県の呉服問屋の若旦那と結ばれたことは、ちゃんと記憶にありました。それで染子さんの身上書に記された嫁ぎ先が、××地方の呉服問屋の糸杉家だったと知った途端、桜子さんが懐かしく思い出され、つい口から出た訳です。それがどんな結果を招く羽目《はめ》になるのか、勿論何も知らずにですけれど……。

「桜子……緋桜ですか」

喜久代さんは当初、怪訝《けげん》そうにしていましたが、私が身上書を見せて説明すると、

「ああっ、場所は違いますけど、確かに嫁入り先の商売は一緒ですなぁ」

すぐに納得したようで、改めて写真を繁々《しげしげ》と見直しはじめました。

染子さんの実家は田舎の貧乏百姓でしたが、縁あって××地方の呉服問屋である糸杉家の長男に嫁いだらしいのです。しかし、その婚家の商売が、この一年ほどの間に傾き出しました。彼女の実家も嫁ぎ先から大きな借金をしています。このままでは共倒れになってしまう。もし彼女が嫁入りをしていなければ、今頃は恐らく遊廓に我身を沈めていただろう。そう考えると両方の家を救う為に、今からでも遅くはないので、廓に身を置く決意をした——という内容が、その身上書には淡々と書かれていました。

生半可な気持ちではありません。覚悟はできております——と最後にあるのを見て、私は一つだけ歳上の染子さんに対して、何とも言えぬ親近感を覚えました。

後で気づいたのですが、桜子さんの名前を口にしながらも、実は自分自身と染子さ

んを、私は無意識に重ね合わせていたのかもしれません。遊女屋の娘と貧乏百姓の娘が、それぞれ大店の料理屋と呉服問屋に身分違いの嫁入りをしたものの、一方は上手くいかずに婚家を飛び出し、もう一方は婚家と実家を救う為に、自ら苦界へ入ろうとしている。進む方向は全く違っていましたが、単なる同情心ではない感情を、きっと私は彼女に対して覚えたのでしょう。

ですから、取り敢《あ》えずご本人と会うことに決め、仲介屋の狭川さんを見送った後、

「この染子いう女性は、ひょっとしたら大当たりかもしれませんで」

御内証で喜久代さんがそう口にしたとき、私は我が事のように喜びました。その力みが仇《あだ》となって悲惨な結果を招いてしまう例も、非常に多かったからです。しかし、遊女としての将来性を見抜く目を持った喜久代さんに、写真と身上書だけで「大当たりかもしれない」と言わしめたのですから、これほど心強いことはありません。

と思ったのですが……。それは飽くまでも遣り手としての意見と言いますか、非常に冷酷な判断だったことに、すぐ私は気づくことになります。

「染子さんなら大丈夫だと、喜久代さんは感じた訳ですね」

「そうですな」

私の念押しに、なぜか上の空のような返事をしてから、

「嫁ぎ先が同じ商売やいうだけやのうて、見ようによっては、ちょっと緋桜に似ているところがあると思いませんか」

　喜久代さんは写真を示しつつ、頻《しき》りに私の意見を求めます。

「どうです？　ご一緒に机を並べられていたんやありませんか。わたいらとはまた違った意味で、よう覚えておられるでしょう」

「もう何年も前ですからね。それに染子さんも可愛らしい顔立ちですけど、緋桜さんはもっと幼かった覚えがあります」

「確かにそうでしたな」

　一旦、喜久代さんは納得したうえで、

「その未通女《おぼこ》かった緋桜が、大店に嫁入りして大人になったと考えたら、どうですか。その結果、この染子のような顔立ちになったと想像するんですわ。そう思うたら、この写真の容姿は、ちょうどええ塩梅《あんばい》やありませんか」

「ええ、まぁ……」

　そこまで言われれば、流石《さすが》に否定はできません。でも喜久代さんが何を言いたいのか、私にはさっぱり分かりませんでした。

「お嬢さんも——いえ、女将さんも、無理な想像やないと思われますか」

　そこから急に、喜久代さんは遣り手婆の顔になると、

「いえね。昔の緋桜を知ってるお客には、まるで人妻になったあの子が帰って来たように見えるんやないかと、わたいは考えましたんや」

とんでもないことを言い出しました。

「ど、どういう意味です？」

「そういう趣向の売り出しが、この染子を使うたらできるいうことですわ」

「で、でも……、そんな嘘《うそ》を……」

「そうやありません。そないな嘘は、幾ら何でもすぐバレますからな」

喜久代さんは得意そうに笑いながら、自分の計画を口にしました。

「染子を、二代目の緋桜にするんです」

「えっ……」

未だ理解できていない私に、喜久代さんは写真を再び示すと、

「この女子《おなご》なら普通に見世に出しても、充分にやっていけます。けど、材料があるんでしたら、それを使わん手はないですわ」

「材料って――」

「ええ、嫁ぎ先の商売が一緒やいうのと、容姿の類似ですわ。婚家については嘘やありませんし、緋桜に似てるかどうかは、お客の判断に任せたらええんです。要は、そういう売り出し方ができるいうんが、何よりも大事な訳です。もう何年も前になるけ

ど、桃源楼《とうげんろう》で根曳《ねび》きされた売れっ子花魁の二代目として、ある未通女《おぼこ》娘を見世に出したところ、そら当たりましてな」

漸《よう》く言わんとしていることが分かりましたが、喜久代さんの案は無茶苦茶でした。

「歳だけは二つほど誤魔化さんとあきませんが、それは問題ないですやろ」

「二代目の緋桜さんだなんて……」

「これは、きっと評判になりますで」

「初代の緋桜さんにしてみたら、縁起でもないじゃありませんか」

「そんなこと、××県におるあの子に分かりますかいな」

「でも、同じ呉服問屋ですよ。そのうち噂が——」

「何処から伝わるんですか。糸杉の家では、嫁が遊廓に身を沈めたことを、何としてでも隠そうとしますわな。同じ商売やからいうても、その心配はまずありませんわ」

「だとしても、本人が知らないからといって、やって良いことでしょうか」

私の口調に非難の色を感じ取ったのか、喜久代さんは鋭い眼差しになると、

「はっきり申し上げますけど、経験のない若い女将いうだけで、もう舐《な》められますわ。対外的なことは周作さんがおやりになるいうても、ここの女将は優子さんですからな。それに周作さんご自身も、廓については素人さんです。まぁ男衆いうことで、女将さんが表に出て行くよりは、風当たりもきつくはないでしょう。とはいえ何かと

大変ですわ」

私の一番の心配を、ずばり突いてきました。

「舐められるんは、何も外でだけやありません。梅遊記楼の中でも同じです。特に経験を積んだ花魁たちが、元の女将さんの娘である優子さんをどう見て、どう接してくるのか、なかなか判断し辛《づら》いところですな。そりゃ表立っては反抗しませんやろ。けど、ここぞいう大事なときにごねられるかもしれません」

きつかった喜久代さんの眼差しが、ここでふいに和らいだ。

「かといって睨みを利かせるのは、まだ女将さんには無理です。それに、そんなことしてもお互いが疲れるだけですわ。一番ええのは、誰もが感心して、尚且《なおか》つ見世の利益になるような新しい取り組みを、女将さんが率先してやることでしょうな」

「二代目の緋桜さんを見世に出す案が、それですか」

「行く行くは別館の三階に入って貰うて――と、わたいは考えています」

どきっとしました。そのときの私は、金瓶梅楼で起こった奇怪な事件の全貌を、実はまだ知りませんでした。それでも通小町さんの身投げと月影さんの事故について、一応は存じておりましたので、そんな部屋を再び使うのかと驚いたのです。

「でも、染子さんが承知するかどうか……」

うちに来ると決まった訳でもなく、また仮に梅遊記楼で働くにしても、過去にいた花魁の二代目を名乗るなど嫌だと拒否するかもしれません。

その心配を口にすると、喜久代さんは笑いながら、

「そうなったら、また別の案を考えるだけですがな」

母にも同じことが言えますが、廓で生きる女性たちの逞《たくま》しさを、あのとき私がどれほど感じましたことか……。

あら、つい感傷に耽《ふけ》ってしまって、失礼を致しました。

染子さんですが、結局うちで働くことになりました。最初は何でも仲介屋の狭川さんの説明不足から、桃苑の遊廓へは行きたくないと難色を示したらしいのですが、二代目緋桜さんの件を聞いて逆に乗り気になったといいますから、矢張り縁があったのでしょう。

その経緯を耳にした喜久代さんは、とても感心しました。

「やっぱり大店の若奥さんをやってた人ですな。商いの中身は全く違うても、ちゃんと商売いうもんが分かってますわ」

口にこそ出しませんでしたが、私が染子さんから教えを受けることは多々あると、きっと喜久代さんは思ったに違いありません。だからといって、別に腹は立ちませんでした。染子さんと仲良くしたいと、廓の女将とは思えない気持ちを、私が持っていたからでしょう。

仲介屋の狭川さんが間に入って、染子さんの身は梅遊記楼が買い取りました。証文に記された額面が決して安くなかったのは、染子さんに対する期待だけでなく、彼女を応援したいと思う私の気持ちも入っておりました。喜久代さんは良い顔をしませんでしたが、女将の権限として押し切ったのです。

しかし、彼女が背負った借金は、そのまま狭川さんから婚家へ届けられる手筈《てはず》になっていると聞き、今更《いまさら》ながらに自分が継いだ商売の過酷さを、しみじみと味わう羽目にもなりました。あの頃は慣れない廓の仕事に、毎日のように一喜一憂していたと思います。

仲介屋の狭川さんへの鰑《するめ》――廓では「守留女《するめ》」と記しますが――は、喜久代さんと相談して、四枚と決めました。これは廓町に昔から伝わる仕来たりで、礼金とは別に守留女を何枚か半紙に包んで渡すのです。枚数が多いほど、仲介屋が連れて来た娘を、女将が気に入った印になります。普通は三枚くらいで、滅多《めった》に五枚は出しません。染子さんなら五枚かと思ったのですが、喜久代さんが四枚に留めたので、私も特に反対はしませんでした。

なぜ守留女と書くかと申しますと、「廓に長く留まって、廓を守る」という意味があるとか。世間でも鰑はお目出度いときに使いますが、遊廓に新しい娘が入るのは、矢張り見世にとって祝い事だったからでしょうか。

かなり穿《うが》った見方も、また別にあったと聞きます。遊女というものは娘から年増、そして婆になるまで廓に長く留まって、すっかり女の精が抜けて干からびて鯣のようになるから……という意地の悪い解釈ですね。

はい。見世側から見るか、遊女側から考えるか、その差なのかもしれません。

狭川さんが、未だ喜久代さんとお話をされていたので、私が先に染子さんを部屋まで案内することになりました。取り敢《あ》えず彼女には、本館二階の奥の部屋を使って貰うつもりでした。

御内証を出ますと、表の階段から二階へ上がります。廊下を奥へと進み出したところで、私は赤前垂《あかまえだれ》の安美《やすみ》さんに呼ばれました。用事があったので仲介屋さんが帰るのを待っていたのに、私が染子さんと二階へ行ってしまったので、台所から後を追って来たようでした。

献立に関する相談を受けて、階段の上で安美さんと別れた私は、振り向いて廊下の先に目をやったところで、

「あっ、そっちは行けませんよ」

ちょうど渡り廊下の角を曲がろうとしていた染子さんに、思わず声を掛けました。嘗《かつ》て本館と別館の二階を結んでいた渡り廊下が、なぜか数年前から途中で塞《ふさ》がれていて、行き止まりになっていたからです。梅遊記楼を開くに当たり、再び通らせる予

定でしたが、未だ不通の状態でした。それで知らせようとしたのです。

ええ、そのときの私は、桜子さんの日記の存在さえ知りませんでした。どうして渡り廊下を通行禁止にしたのかと、実は首を傾《かし》げていたのです。ですから染子さんに声を掛けたのも、極めて自然なことでした。

ところが――、

「えっ……」

と小さく叫んで振り向いた染子さんの顔が、びっくりするほど真っ青だったのです。何かにとても驚いているようにも見えました。

「行けない？」

「ええ、その渡り廊下は閉められていて、実は通れないんですよ」

「そ、そんな……」

彼女はそう口にしたきり、あとは絶句しています。

「どうしたの」

私が近づいて行くと、染子さんは小刻みに身体を震わせているではありませんか。

「一体どうしたのよ」

尚も尋ねると、彼女は背後を気にした様子で、

「だって……」

と言い掛けましたが、やっぱり後ろが気になるのか、妙におろおろしています。

「何なの。何かあるの」

染子さんの肩越しに覗《のぞ》き込んでみましたが、変わった点は何処にもありません。廊下が奥に延びているのと、渡り廊下へ続く曲がり角が目に入るだけです。

とはいえ彼女の様子は、尋常ではありませんでした。そうこうするうちに廊下を戻って来て、私の真横に立ったくらいですから。

「何があったの。ちゃんと話して貰えますか」

改めてそう頼みますと、まるで私が何か隠し事をしているのではないか、とでも疑うような眼差しで、凝《じ》っと染子さんが見詰《みつ》めてきました。

仕方がないので、私も見詰め返しておりますと、

「……見たんです」

ぼそっと彼女が呟《つぶや》きました。

「何を？」

「あそこの角を、曲がる人を……」

染子さんの視線の先にあるのは、渡り廊下の曲がり角でした。それが何を意味するのか、ちゃんと理解する前に、私の項《うなじ》が粟立《あわ》ちました。

「ど、どんな人でした」

「後ろ姿が、ちらっと目に入っただけですから……」

そう言いながらも彼女は、何か知っているような口振りです。

「女の人ですか」

「……多分」

「服装は」

「……さぁ」

「どんな感じの人です」

一瞬の躊躇《ためら》いがあったあと、染子さんが口にしました。

「……花魁」

私たちが二階へ上がったのは、もう夕方になろうかという頃でした。三月下旬の曇った日でしたので、既に外は薄暗くなり掛けていましたが、屋内にいる人の着物の色や柄が見えないほどではありません。仮にも呉服問屋に嫁いだ染子さんが、ちらっとはいえ目にした着物を見誤るとは、私には思えませんでした。

が、そのとき梅遊記楼の花魁たちは、全員が一階の化粧部屋に入っていて、まだ髪を結ったり化粧をしたり、着物を整えている最中だったのです。その中の一人だけが早々と仕度を終えるとは、ちょっと考えられません。しかも、それが誰であれ二階の渡り廊下へ入るなんて、そんなことある訳がないのです。

「花魁の衣装を着ていたの」

自信なげに染子さんが首を傾げます。

「まだ長襦袢《ながじゅばん》だったの」

やっぱり彼女は首を傾げたままでしたが、そのまま自信なげな声で、

「はっきりと見た筈なんですが……」

「でもね、うちの楼の花魁たちは、全員が化粧部屋にいるんですよ」

私の指摘に、染子さんが目を大きく見開きました。

「一階ですか」

「この真下くらいかしら」

廊下の床に凝っと目を落とす彼女に、

「ここにいてね」

私は声を掛けると、ゆっくりと渡り廊下の角まで進みました。正直とても怖かったのですが、彼女の前でそんな姿は見せられません。

この見世の女将は私なのだから——と自分に言い聞かせて、持てるだけの勇気を振り絞って歩を進めました。

角に着いたところで、恐る恐る渡り廊下を覗きますと、ちょうど真ん中辺りに板戸が立てられたうえに、二枚の細長い板が×印に打ちつけられて、完全に塞がれている

光景が見えました。廊下には左右に明かり取り用の窓があるので、全くの暗がりではありません。ですから花魁どころか、そこに誰の姿も見当たらないのは、もう一目瞭然でした。

「ひぃ」

後ろで息を吸う音がして、びっくりして振り返ると、同じように覗いている染子さんの青白い顔が、目の前にありました。

「大丈夫？」

「そ、そんな……」

彼女は廊下を塞いでいる板戸を凝視したまま、

「あそこは通れないんですか」

「ええ。近いうちに大工さんを呼んで、全て取っ払って貰う予定ではあるんですけどね」

「だったら、さっきの人は……」

行き止まりの渡り廊下に入ったまま、ふっと消えてしまったことになります。

「その人が角を曲がる前、廊下を歩いているところは見なかったの」

「女将さんが呼ばれたとき、私も一緒に振り返ったんです。それから献立についてお話をされはじめたので、正面を向き直ったときに、この角を曲がったばかりの……後ろ姿が目に入ったので、つい私も釣られて……」

「曲がり掛けたんですね」

「……はい」

頷いた染子さんの顔には、そのまま曲がってしまわなくて良かった、という少し安《あん》堵《ど》したような表情が浮かんでいました。

つまりその花魁らしき人物は、私たち二人の前を歩いていた訳でも、廊下の奥からやって来た訳でもなく——それなら絶対に気づいた筈ですからね——渡り廊下に近い何処かの部屋から、ほんの数秒前に出て来たばかりだったことになります。

でも、こんな時間に本館の二階の部屋で、その人は何をしていたのでしょう。花魁たち全員が一階の化粧部屋にいる筈なのに、その人は誰だったのでしょう。通り抜けられない渡り廊下に入ったまま、その人は一体そこから何処に消えてしまったのでしょう。

咄嗟に頭の中に、三つの大きな疑問が浮かびました。しかし、その謎について考えを巡らせる前に、いきなり首筋を冷たい手で触られたような、ぞっとする悪寒が背筋を伝い下りて……。

気がつくと染子さんと二人で、お互いの顔を見合わせておりました。彼女も私と同じような疑問と恐怖を覚えていることが、何も言われなくても分かりました。

居た堪《たま》れなくなった私は、思い切って渡り廊下に入ると、ぱっと明かり取り用の窓を開けて、外を見下ろしました。でも、真下には本館と別館を隔てる塀の天辺《てっぺん》が見えるだけで、窓から伝い下りられるようなものは一切ありません。猫なら塀の上に飛び移れるでしょうが、人間にはまず無理です。況《ま》して花魁姿の者になど……。

暫《しば》く沈黙の時が二人の間に流れてから、

「み、見間違いだったんだと……思います」

染子さんが急に否定しはじめたので、私はびっくりしました。

「この角を花魁が曲がるのを、あなたはご覧になったんでしょ」

「いえ、花魁だったかどうか……」

「それでも、誰かが曲がるのは見たんですよね」

「……そう思ったのですが、見間違いだったのかもしれません」

どうして今になって否定するのか、全く理解できませんでした。

「私たち以外には誰もいないのに、そんな見間違いをしますか」

「……変ですよね」

「幾ら何でも――」

「……すみません。ちょっと私、疲れているんだと思います」

ただ染子さんと話しているうちに、何となく彼女の考えが分かってきました。見世をはじめて訪れ、話し合いも問題なく済み、さぁこれからというときに、自分に関する妙な噂が立つのを、きっと染子さんは恐れたのでしょう。だから遅蒔《おそま》きながら、全ては見間違いだったとして、無理にでもけりをつけようとしたのです。

そんな風に察したところで、私もそれを受け入れることにしました。

「そうよね。そう考えると、別に何でもないことだわ」

殊更《ことさら》に明るく振る舞い、染子さんを部屋に案内しながら、このことは誰にも黙っていましょうと、二人で約束しました。

それが、どうしてでしょうか。私たちは秘密にした筈なのに、何時《いつ》の間にかこの染子さんの気味の悪い体験が、梅遊記楼中に広まってしまったのです。

三

染子さんは見世に出る前に、遣り手の喜久代さんから廓の生活や花魁の仕事について、十日間に亘ってみっちり教育を受けました。

本当は最低でも一ヵ月以上の期間を、見習いの新造として体験すべきだったのですが、梅遊記楼の開店に合わせて「二代目緋桜」を売り出す為には、余り時間がありません。それでも染子さんが、未だ花魁としてお客様の相手をするのは無理だと喜久代さんが判断していれば、また別の手段を考えなければならなかったでしょう。しかし、幸いにも彼女は――喜久代さんの長い遣り手経験の中でも一番かもしれないと感心するほど――とても物覚えが良く、異例の早さで見世に出ることになったのです。

「やっぱり大店の若奥さんをやってた人ですなぁ。かなり勝手が違うと思うのに、わたいの言うことに、ようついてきますんや。あの子は勘が宜しいですわ」

口の悪い喜久代さんが、もうべた褒めです。

「ただなぁ……、あんなにそつなく何でもこなしてたら、朋輩《ほうばい》にやっかまれて苛《いじ》められるんやないかと、ちょっと心配ですな」

そんな台詞まで吐くのですから、私もびっくりしました。喜久代さんが歳を取って少しは丸くなったのか、それほど染子さんが花魁としての素晴らしい素質を持っていたのか、まぁ両方かもしれませんが……。

「女将さん、ただでさえ染子の抜擢《ばってき》は、他の花魁たちの反感を買いますからな。最初から何ぞ抑える方策を、ちょっと考えておいた方が宜しいで」

喜久代さんに忠告されるまでもなく、それは私も危惧していました。とはいえ、いきなり見世に入った新人が、わずか十日の見習いだけで別館の三階を宛《あて》がわれ、二代目緋桜として売り出されるという破格の扱いを受けるのですから、如何なる説明をしたところで、前からいる花魁の誰が納得するでしょうか。少々の策を弄《ろう》しても同じことです。

ええ、染子さんに梅遊記楼の特別室を宛がう件は、見習い期間が半分も過ぎないうちに、喜久代さんに推されて決めました。当初は暫《しばら》く様子を見る予定でしたが、すぐに入っても大丈夫だという遣り手婆のお墨つきが出た訳ですからね。

それで他の花魁たちを抑える為の策ですが、私には楼の全ての収支に対して、ある改革案がありました。と申しましても大層なものではございません。ただ、花魁たちに与える影響はかなり大きいと推察しておりましたので、染子さんの件も、その発表で霞《かす》んでしまうのではないかと、ちょっと期待していたのです。

それに致しましても、あの頃は毎日がてんてこ舞いでした。梅遊記楼を開店するに際して、対外的な折衝は全て兄の周作がやって呉れ、楼の中に関しては母と喜久代さんの全面協力が得られたとはいえ、女将は私です。どうしても廓の女将が出て行く必要のある、また動かなければならない事柄が結構あって、本当に大変でした。何の経験もない二十二歳の女が、最終的には仕切る訳ですからね。いえ、若かったからこそ、若さしか取り柄がなかったが故に、きっと乗り切れたのだと思います。当時の私は、兎《と》に角《かく》無我夢中でした。

それほど多忙な最中にも拘らず、とても印象に残っていることがございます。別に何か変な出来事があった訳でもないのに、妙に心の片隅に引っ掛かり、染子さんがある種の能力を持っているのではないか、と疑う切っ掛けになった体験が……。

それは染子さんを、別館の三階に案内したときでした。そこが彼女の仕事部屋になる為、いきなり入室して戸惑わせるよりも事前に見せておいて、少しでも慣れておいて貰おうという私なりの配慮でした。

ところが、染子さんを連れて本館の二階から渡り廊下へ――もう中央の板戸は取っ払ってありました――差し掛かる辺りから、どうも彼女の様子がおかしいのです。そのときは、例の花魁の件があったからだと思ったのですが、渡り廊下を過ぎて別館に入っても、それは変わりません。どうやら後ろが気になるらしく、頻《しき》りに振り向きます。

「どうかしましたか」

しかし、こちらが尋ねると、

「いえ……、何でもありません」

慌てて前を向き、首を振ります。でも暫《しば》くすると、また背後を気にしている様子が感じられます。まるで染子さんの後ろから、何かが跟《つ》いて来るのを恐れているかのように……。

別館の二階の廊下を見世の表側へと進み、三階に上る階段を上がり出すに連れて、染子さんの様子がどんどん変になっていきました。見世に来てからその日まで、どんなときにでも落ち着いていた彼女とは、まるで別人のようです。それが初対面でしたら、お断わりしてお引き取り願ったに違いない。そう感じるくらいの挙動不審さでした。

「気分でも？」

思わず階段の途中で立ち止まって、私は訊《き》きました。

「いいえ……」

けれど力なく首を振るだけで、黙ったままです。

母の後を継ぐと宣言してから、私が別館の三階に行くのは、このときで実は未だ三回目でした。と申しますのも最初に部屋に入ったとき、私は独りだったのですが、正直ちょっと怖いと感じてしまって……。

いいえ、何もなかったのです。なかったのですが、部屋の雰囲気と言いますか、室内に籠る気のようなものが、どうにも禍々《まがまが》しく思えましてね。恐らく通小町さんと月影さんの事件が、頭の片隅にあったからでしょう。

花魁を身投げさせる部屋……。

そんな縁起でもない表現が、ふっと浮かんだのは、ちょうど問題の窓の前に立ったときでした。しかもその窓枠には「なむあみだぶつ」の文字が見えるではありませんか。すぐさま部屋を飛び出すと、私は足早に階段を下っておりました。ですから二回目に訪れたときは、喜久代さんと一緒でした。

その最初に覚えた戦慄を、このとき私は思い出したのです。と同時に、もしかすると似たような感覚に染子さんも囚われているのでは……と、咄嗟に考えました。但し、これから訪れる部屋で二人の花魁が身投げをしたという事実を、私は分かっていましたが、染子さんが知っている筈は勿論ありません。朋輩《ほうばい》たちから過去の事件を聞かされるにしても、それは特別室に入った後でしょう。その方が話の効果が上がると、新人苛《いじ》めをする誰もが考えるからです。

私が恐怖を覚える理由は、ちゃんと存在していました。が、彼女は違います。それに、そもそも彼女は三階の部屋に入る前から、本館と別館の二階を繋《つな》ぐ渡り廊下に差し掛かる手前から、もう何かを恐れているようでした。これは一体どういうことでしょうか。

私は戸惑いながらも、あっと思いました。

染子さんは、雛雲さんと似た体質なのかもしれない……。

そうです。金瓶梅楼の別館の三階が怖いと最初に言い出した、あの巫女《みこ》遊女です。そんなことを雛雲さんが口にしているという噂は、もう何年も前に耳にしました。しかし、聞いたのが兄の周作からでしたので、よくある廓の怪談話としか思っていなかったのです。それが急に、このとき俄《にわか》に真実味を帯びてきた訳ですから、私は何だか厭《いや》な気分になりました。とはいえ今更、案内を止めることもできません。

仕方なく三階まで上がって廊下を進むと、私は襖《ふすま》を開けました。その瞬間、染子さんが目を閉じそうになったのを必死に堪《こら》えたように、私には映ったのですが……。

思わず部屋に入るのを躊躇《ためら》った私は、

「ど、どうです」

襖の外に佇《たたず》んだまま、横着にも室内の説明をはじめました。

「良いお部屋でしょう」

「……はい」

「特別室と呼んでいますが、別に派手な内装を施《ほどこ》している訳ではありません。むしろ落ち着いた風情のある雰囲気が出るようにと、先代の女将が注文をつけましてね」

「……ええ」

「それでも家具は、どれも一級品ばかりです」

「……まあ」

言葉は少ないながらも、ちゃんと染子さんは相槌《あいづち》を打っていました。ただ、私の話を聞いていたかどうか、それは分かりません。ざっと一通り室内を見渡したあと、なぜか彼女は見世の表に面した窓の方に、何度も何度も目をやっていたからです。ちなみに窓枠の念仏は、私が二回目に訪れたときには塗り潰されていました。恐らく喜久代さんの仕業でしょう。

それにしても花魁たちの身投げがあった曰《いわ》く因縁の窓の、一体何に対して、染子さんの眼差しは注がれていたのでしょうか。

案内が終わった後、てっきり「あの部屋には入りたくありません」と言われるに違いないと、私は覚悟しておりました。そのときは、はっきり理由を尋ねるつもりでした。でも一向に拒絶の言葉が聞かれないまま、毎日が過ぎて行きました。

あの部屋に向かう途中で、または当の部屋で、染子さんが何を感じたのか、何か目にしたものがあるのか、それは分かりませんが、何《いず》れにしろ大したことはなかったのだと、私は思うようにしました。先程も申しましたが、兎《と》に角《かく》やらなければならないことが、私には目白押しだったものですから――。

愈《いよいよ》その日がやって参りました。金瓶梅楼が梅遊記楼へと生まれ変わり、染子さんが二代目緋桜として見世に出る日を迎えたのです。

表に出て眺めますと、普段より華やかな雪洞《ぼんぼり》が楼の軒先にずらっと下がり、〈梅遊記楼〉と記された真新しい看板を仰ぐようにして、他楼から届いたお祝いの花が飾られておりました。格子から中を覗きますと、新たに作り替えた艶《あで》やかな写真見世が、ぱっと目に飛び込んで参ります。それらは悉《ことごと》く、宛《さなが》ら男衆という蛾《が》を巧みに誘い込む、言わば誘蛾灯のような役目を負っていたと申せましょう。女の私でさえ、その妖しく輝く見世先を見詰めているだけで、何とも言えぬほど気分が高揚したものでございます。

その日の夕方、化粧部屋での仕度を終えた花魁たち全員を神棚の前に集めて、私は短い挨拶を致しました。儀礼的な内容を除きますと、このとき話した最も重大なことは、二つだけでした。

一つは、台の物屋を使った際の手数料やお客様から貰う花の代金など、これまでは全て廓の収入としていたのを、今後は当の花魁にも分配する。また病院に掛かる費用など、これまで全額が花魁の負担だったものも、以後は見直す。つまり梅遊記楼では、花魁の取り分を増やして負担分を減じるという発表をした訳です。

この改革案は事前に、母にも喜久代さんにも相談しましたが、二人からは猛反対を受けました。廓の経営には予想以上に何かとお金が掛かるので、それでは見世が維持できないという理由からです。そう言われるのは覚悟しておりましたので、私は過去の経理関係の帳簿を示しつつ反論しました。これだけの黒字が出ているのだから、ここまで花魁たちに還元しても一向に問題はない筈だと、具体的な数字を挙げてみせたのです。

母はたちどころに、私の試算の正しさを理解したようでした。何と言っても長年に亘り、廓の女将だった訳ですからね。しかし、最後まで賛成はしませんでした。

喜久代さんは端《はな》から、同じ台詞を繰り返しました。

「花魁を甘やかすと、癖になりますからな。つけあがりますのや。それに厳しゅうした方が、結局は本人の為いうものです」

きっと遣り手としての長年の経験から、そう忠告して呉れたのだと思います。

でも、それなら私には、遊廓の女将の娘として、何不自由なく暮らしてきた二十二年間がありました。花魁たちの血と涙と汗によって稼がれたお金のお蔭で、自分は大きくなった。その恩を返したい。そんな気持ちが、家業の内容を正確に理解したときから、ずっと私の胸の内に燻《くす》ぶっていたような気が致します。ですから楼を継ぐと決めたとき、正当な配分を彼女たちは受け取るべきだと、真っ先に考えたのです。

母は、私の決意が固いと分かったのか、

「女将になるからには、見世を潰すようなことだけは、しないようにしなさい」

そう口にしたきり、何も言わなくなりました。

「やっぱり母娘ですなぁ」

喜久代さんは感心したように呟き、苦笑しました。母に比べると、まだまだ女将としては未熟者でしたが、こうと決めたら動かない頑固なところだけは、恐らく似ていたのでしょう。

「せやけどね、それくらいの心意気がないと、遊廓の女将は務まりませんで」

叱咤《しった》の如き喜久代さんの激励の言葉で、その場はけりがつきました。母は引退した以上、最終的な決定は私がするべきだと判断し、喜久代さんも助言はするものの、矢張り最後は新米女将に任せた方が良いと思ったからでしょう。

この発表に、花魁たちはどよめきました。大きな歓声が湧き起こったほどです。

「先代の女将さんとは、偉い違いや」

「鳶《とび》が鷹《たか》を生んだってやつやな」

「これで一層お下働きに励めるわ」

そんなひそひそ声が、あちらこちらから聞こえてきました。

「人気取りかいな」

という批判もありましたが、飽くまでも少数だったうえ、全員が喜んでいるのは間違いありませんでした。

私が透《す》かさずもう一つの話——二代目緋桜さんのこと——を口にしますと、不満の声は上がりましたが、予想よりは随分と少なく、余り勢いのないものでした。姑息《こそく》な私の作戦勝ちといったところでしょうか。

染子さんは忽《たちま》ち売れっ子になりました。喜久代さんの睨んだ通りに、別館の三階を宛がわれても恥ずかしくない玉代を、すぐに稼ぎはじめたのです。

兵隊さんたちに人気が出たのは、大店の若奥さんが店の借金を返す為に、自ら遊廓に我が身を沈めたという境遇が、矢張り大きかったようでした。勿論そこには廓に慣れた床上手な花魁よりも、嘗《かつ》ては人妻だった素人女の方が初々しくて良いから、という多くの男衆に共通する性癖も加わっていたと思われます。

しかし、何もこういった境遇の人妻は、染子さん一人ではありませんでした。一家の大黒柱である夫を戦争に取られて、嫁ぎ先の両親と子供の面倒を女手一つで見なければならぬ奥さんたちが、あの当時、一体どれほどいたことでしょう。その中には、知り合いがやっている地方の軍需工場へ出稼ぎに行くと偽って、遊廓に身を売った女性も多くいたのです。

そういう人は大抵、部屋に兵隊さんを通しても自分から動くことができず、愛想の一つも言えないまま、凝っと身体を硬くしているのが関の山でした。そんな姿が、廓に通い慣れた古参の兵隊さんには、きっと新鮮に映ったのでしょう。とはいえ、それだけでは染子さんほどの人気はとても出ません。梅遊記楼の別館の三階に相応しい花魁となるためには、更に何か特別なものが、その女性には求められました。

染子さんの場合は、初《うぶ》な人妻の恥じらいの言動の中に、それと矛盾するような客あしらいの良さが感じられるらしく、そこが兵隊さんに受けた一番の理由でした。

「大店でお客様と接してたときの経験が、やっぱり無意識に出るんですやろ」

そんな風に見立てた喜久代さんの、染子さんに対する株が益々上がったのは、もう言うまでもありません。

　ただ少し困りましたのは、想像以上に染子さんが売れ過ぎた所為で、心配していた朋輩たちのやっかみが出てしまったことです。喜久代さんも目を光らせましたが、余り染子さんを庇《かば》い過ぎても逆効果になりますので、なかなか扱いの難しい問題でした。

　尤もこの難題も、本人がどうにか対処していたようです。大店のお客様も、廓に揚がる兵隊さんも、自分を妬《ねた》む朋輩たちも、恐らく相手が何者であれ、染子さんにとっては一緒だったのです。何れも対応しなければならない相手という意味では、きっと同じだったのでしょう。

　別館の三階に関する特別な苦情は、特に染子さんの口から聞かれませんでした。仮に何かあったにしても、忙しくてそれどころではなかったのかもしれませんが……。

　ただ一つだけ妙なことを、彼女はしました。夕方になると、どんなに未だ日があっても、早々と窓のカーテンを引いてしまうのです。それも必ず見世の表に面した窓だけでした。他のカーテンは夜の帳《とばり》が降りてから引くのに、西側の窓だけは日が暮れる前に、絶対に閉めるのです。

　最初は兵隊さんの間で噂になり、それが花魁たちにも伝わって、軈《やが》て楼中に広がったようなのですが、最後まで知らなかったのは、どうやら私だけのようでした。そんな私に耳打ちして呉れたのが、赤前垂の雪江《ゆきえ》ちゃんです。

「女将さん、知っとられますか」

いきなり一階の廊下でそう訊かれ、訳が分からず戸惑っておりますと、染子さんの件について、内緒話をするかのように教えて呉れました。あとから、なぜ雪江ちゃんが私に――と首を傾げましたが、そのときは兎に角びっくりしましてね。

御内証に喜久代さんを呼ぶと、すぐに尋ねました。

「染子さんの奇妙な習慣が噂になっていることを、喜久代さんはご存じでしたか」

すると彼女は、珍しく歯切れの悪い口調で、

「……ええ、そうらしいですな。けどまぁ、他愛のない噂ですわ」

「花魁たちの中には、やっぱり……などと意味深長な台詞を吐く人もいるそうですけど、これは一体どういう――」

しかし、続けてそう言い掛けますと、

「雛雲ですか。巫女遊女の口にすることなど、女将さん、信じるもんやありません」

今度はやけに向きになって否定します。

私は何だか変だなと思いました。廓内で起きたことならどんな小さな出来事でも、女将として知っておく必要があるからと、喜久代さんは必ず私に伝えました。それがカーテンの件だけは、どうやら違うのです。遣り手という立場上、お客様の間で噂に

なっている話を、彼女が耳にしていない筈がありません。況《ま》して花魁の内でも知られており、そのときは楼中の者に広まっていたのですから、尚更《なおさら》です。態《わざ》と言わなかった。

そうとしか考えられませんが、どうして喜久代さんがそんなことをするのか、と首を捻《ひね》ったところで、あっと私は声を上げそうになりました。

別館の三階に纏《まつ》わる怪談の詳細を、彼女は知っているのではないか。でも何らかの理由で、それを誰にも知られたくないのでは……。

金瓶梅楼の一番の古株は、言うまでもなく喜久代さんでした。彼女なら楼に隠された秘密が仮令《たとえ》あったとしても、まず気づいていた筈です。母より詳しかったとしても、それほど私は驚かなかったでしょう。

これは尋ねても教えて呉れない気がしました。かといって放っておくのも嫌でした。渡り廊下と別館の三階に対する染子さんの奇妙な反応を目にしていなければ、私も余り拘らなかったと思います。しかし、彼女の何かに怯《おび》えたような様子を目の当りにしている以上、このまま知らん振りはできません。梅遊記楼の女将として――いえ、既に個人的にも、自分が受け継いだ廓に一体どんな秘密があるのか、もう知りたくて堪《たま》らなかったのです。

染子さん本人に訊こうかとも考えましたが、恐らく具体的なことは知らないだろうと思い、尋ねるだけ無駄かもしれないと止めました。きっと彼女は何か良くないものを感じているけど、その正体までは分からないのだと、私は判断しました。そうであれば、下手に巻き込むと徒《いたずら》に怖がらせてしまうだけで、それこそ部屋を移りたいと言われ兼ねません。女将として、そんな危険を冒す訳には参りませんからね。

私は病院の検診日を待ちました。喜久代さんが付き添いで出掛けて、花魁の中で雛雲さんが残る機会を捕まえ、巫女遊女を御内証に呼び寄せたのです。

「二代目の緋桜さんが、夕方になると早々と窓のカーテンを引くという話を、雛雲さんはご存じですか」

時間がありませんので、私は単刀直入に訊きました。

「そう言うたら、一時は噂になってましたな」

「どうしてそんなことをするのか、何か心当たりはありませんか」

「……私に、ですか」

予想とは違う鈍い反応に、どう応えて良いものか、ちょっと悩みました。二人きりになって少し水を向けさえすれば、ぺらぺらと喋《しゃべ》って呉れるものと信じていたのに、むしろ相手の口が固かったので、私は困りました。

「では巫女遊女として、何か分かることがありませんか」

「そう言われても……」

雛雲さんも困惑しています。ただ、ちらちらと私に向ける眼差しには、喋りたいのを我慢している――そんな矛盾した気持ちが表れているようにも見え、何とも不可解でした。

「おばやんは、病院ですか」

「ええ、毎月の検診の付き添いで――」

何気ない雛雲さんの問い掛けに、自然に答え掛けたところで、私は気づきました。この御内証での会話が喜久代さんに伝わるのを、彼女が恐れているらしいということに。

「喜久代さんは暫《しばら》く帰って来ませんよ」

「そう……」

相槌《あいづち》を打ちながら雛雲さんが、尚も逡《しゅん》巡《じゅん》しているのが分かりました。

「些《さ》細《さい》なことを気にするとお思いでしょうが、梅遊記楼の女将として、これは知っておかなくてはいけないように、何となく感じましてね」

「はぁ」

再び相槌を打つと、雛雲さんは探るような様子で、

「おばやんは、何も言わんのですか」

「ええ、全く……。私に二代目緋桜さんの奇妙な習慣を教えて呉れたのは、雪江ちゃ

んなんです」

「今ではほとんどの者が、まぁ知ってますもんな」

「私が最後だったようですね」

この言葉に、雛雲さんは反応しました。あと一押しで、こちらの聞きたい事実を喋って呉れそうな様子が、彼女の顔にはありありと浮かんでいます。

「ここだけの話にして下さい。これは喜久代さんにも言っていませんので」

そう私が断わると、ずいっと雛雲さんが身を乗り出しました。

「実は――」

そこで私は、染子さんが渡り廊下と別館の三階で見せた奇っ怪な言動について、包み隠さず全てを話しました。こちらが正直に打ち明ければ、きっと雛雲さんも応えて呉れるに違いないと感じたからです。

「あの二代目が、そういう目に遭うたことも、ほとんどの者がもう知ってます」

ところが雛雲さんに、あっさりそう言われ、私はびっくりしました。ちなみに花魁たちは、染子さんを二代目と呼んでいたのです。

「どうしてです。誰から聞きました」

「女将さん、こういう話は隠そうとしても、自然に広がるもんですわ」

思わず詰め寄る私に、当たり前のことだと言わんばかりに、雛雲さんが答えました。

「だったら、それはいいです。問題は、彼女が特別室で妙なことをしていると聞いて、咄嗟に今の話を思い出した点です。何か関係があるんじゃないかと、私は心配でならないんです」

「そりゃ無理もないですわ」

幸い雛雲さんが納得したようなので、透かさず私は畳み掛けました。

「何でも結構です。ご存じのことがあったら、どうか教えて貰えませんか」

「まぁ、そういう事情なら――」

渋々といった態度ながら、そこから雛雲さんは金瓶梅楼で起きた戦慄すべき出来事を、かなり饒舌《じょうぜつ》に話して呉れました。

雛雲さんが特別室の下の部屋で、窓の外から室内を覗く無気味な花魁の顔を目撃したこと。

花魁たちの間でも、特別室の下の部屋は寒気がすると言われていたこと。

福寿さんという花魁も日が暮れる前に、矢張り表側の窓のカーテンを引いていたこと。

でも結局、福寿さんは所替えをしてしまったこと。

通小町さんが特別室の問題の窓から身投げしたこと。

初代の緋桜さんが同じ窓から身投げしそうになったこと。

月影さんが鬼子を始末したあと、矢張り例の窓から身投げをしたが、奇跡的に助かったこと。

庭の闇小屋から特別室へと、何か得体の知れないものが通っているること。

次から次へと語られる怪異譚《たん》に、御内証の空気は忽《たちま》ち冷え冷えとしたものに変わりはじめ、私は何度も悪寒に背筋を震わせる羽目になりました。

特に本館と別館を繋ぐ渡り廊下が閉じられた訳を知った瞬間、あのとき染子さんが目にしたものは何だったのか……と考え、もう震え上がりました。

それだけではありません。てっきり物置だと思っていた庭の小屋が、花魁の地獄腹を始末するための堕胎場だったと知り、私は物凄い衝撃を受けました。それについては母も喜久代さんも、全く何も教えて呉れませんでしたからね。

思わずそう呟くと、雛雲さんは目を逸《そ》らしながら、

「昔のことですわ。せやから前の女将さんも遣り手のおばやんも、新しい女将さんには何も言わんかったんでしょう」

昔とはいえ、ほんの数年前の出来事です。遊廓の全てを知った気になっていましたが、とんでもない勘違いだったと、このとき私は思い知りました。

但し、落ち込んでいる暇はありません。特別室をどうするのか、予想もしなかった

問題が目の前に横たわっておりました。

「お祓《はら》いをした方が良いのでしょうか」

私が尋ねると、雛雲さんは頷きながらも険しい表情で、

「かというて、唐突にやる訳にもいかんやろうね」

「どうしてです」

「そんなことしたら、すぐに変な噂が立ちます」

「でも、それほどの事件が起きたのに、当時の金瓶梅楼の客足は落ちなかったんですよね」

雛雲さんは急に眉間《みけん》に皺《しわ》を寄せると、噛んで含めるような物言いで、

「ええですか女将さん、廓に来るお客いうんは、野次馬根性の旺盛な者が多い。やれ花魁が足抜けした、自殺した、お客と心中した、お客に殺された……、もう何でも話題になる。それも根曳《ねび》きされて嫁入りしたいう目出度いことより、扇情的で猟奇的な事件の方が、遥《はる》かに歓迎される。けど、そういったもんをお客が楽しめるんは、どれも事件がはっきりしてるからや。幾ら凄惨でも、何が起こったか分かっとるから、それが娯楽になる訳や」

「娯楽……ですか」

「そんな反応が出るんは、何も廓町の中だけやない。世間でも対岸の火事は、ええ見

世物やと見做《みな》されとりますやろ」

一理ありましたが、感覚的に納得できませんでした。でも、話を先に進める為に、私は黙っていました。

「せやけど、ある楼でいきなり神主や坊主を呼んで、お客が理由も分からんままにお祓いなんぞしたら、そりゃあかん。何も知らんが故に、お客の方で勝手に悪い想像をしてしまいよる。しかも、それがあっという間に広がってしまう。そうなったら幾ら後で本当の理由を話しても、誰も信用しよらんし、見世の評判も落ちたままになる」

「得体の知れないものが、お見世に憑いているのでお祓いをしますと、最初に発表すればどうでしょう」

「態々《わざわざ》そんなこと言う見世が、何処にありますか」

「けど……」

「身投げがあった後で、すぐお祓いをしとけば良かったんや。そういう機会を逸《いっ》したんが、そもそもの間違いですわ」

「あなたにお願いできませんか」

「…………」

私の唐突な頼みに、雛雲さんは絶句したようでした。

「巫女遊女にこっそりお祓いをして貰えれば、見世の外で妙な噂が立つこともありません」

　とても良い考えだと私は喜んだのですが、雛雲さんは曇った表情で首を振ると、

「……無理や」

「どうしてです」

「私にそんな力は……。何かを予兆したり、得体の知れんものを感知したりはできるけど、悪しきものを祓うなんぞ、とても無理な相談や」

「だったら一体……」

　どうすれば良いのかと、私は途方に暮れました。すると雛雲さんが、再び探るような眼差しを向けながら、

「二代目はその後、何も言うてませんのか」

「ええ、特には……」

「何かを見たり感じたりいうことも」

「少なくとも私は知りません」

「ほなら何もないのやな」

　その断定する物言いを、私が訝《いぶか》しがっていると、

「女将さんに何も言うてないんは、新たな怪異に遭うてへんからや」

「どうして私なんです」

「この見世で二代目が心を許してんのは、女将さんだけやからね」

雛雲さんが意外なことを言い出しました。

「……そうでしょうか」

「巫女遊女でのうても、それくらいは分かる。十四、五から新造を経験して花魁になった訳やないから、朋輩と打ち解けるんは大変や。その割には上手う立ち回ってるとは思うけど、流石《さすが》に自分から朋輩に歩み寄ることは、まぁできませんわな」

「浮牡丹さんにも」

「むしろ避けてるやろ。浮牡丹は生まれ育った家が、二代目は嫁ぎ先の家が、それぞれ裕福やった訳やからな。嘗《かつ》ての自分を思い出すような者とは、自然と距離を置くもんや。かというて紅千鳥に近づかんのは当たり前やし、月影は辛気臭《しんきくさ》いし、私は気味が悪いやろうし……」

と雛雲さんは花魁たちの名前を挙げて、染子さんの抵抗が少ないのは、まだ日の浅い新人くらいかもしれないと言いました。

「喜久代さんはどうです」

「おばやんは遣り手やから、そら二代目の面倒は見る。せやけど元は花魁やからな。大店の若奥さんやった人が、そう気安う話せる訳がない」

そこで雛雲さんは、繁々と私を見詰めると、

「けど女将さんは先代の娘さんやったとはいえ、言わば素人さんと一緒や。つまり二代目に一番近いんや。おばやんも同じように、きっと見てると思うな」

よく思い出してみれば、確かにそうでした。決して回数は多くありませんが、染子さんと比較的よく喋っていたのは、私だったのです。

「でも、窓のカーテンは」

一応は納得しながらも、新たな怪異の予感に、私は震えました。

「福寿さんが目にしたかもしれない何かを、染子さんも窓の外に見てしまったからこそ、カーテンを引くようになったんじゃありませんか」

「うーん……」

雛雲さんは頻《しき》りに唸《うな》っていましたが、

「女将さんが察した通り、二代目には巫女遊女の素質があるんかもしれん」

「だから表側の窓に、何か異変を感じた。それで怖いものを目にしてしまう前に、さっさとカーテンを閉めるようになった。そういうことですか」

「恐らくな。せやからいうて私ほどの能力があるとは、とても思えんけどな」

肯定したあと、すぐに見下す言い方をしたのは、巫女遊女としての誇りが、雛雲さんにあったからでしょう。

「ただなぁ……」

彼女は一転、案じるような表情になると、

「緋桜の名前を継いだことで、あの子に憑いてた得体の知れん悪いもんまで、二代目が継いでもうたのかもしれん……」

「そんな……」

「そのうえ別館の三階を宛がわれとる。女将さん、気をつけた方がええ」

「染子さんが危険だというのですか」

思わず私は、彼女を本名で呼んでしまいましたが、雛雲さんは気にした様子もなく、

「もし緋桜が……、初代の緋桜が根曳きされずに、あの特別室に入っとったら、恐らく通小町の二の舞になってたやろうな」

「同じことが、染子さんの身にも起こると？」

「その心配は充分にある。ただ、初代の緋桜に比べると、未だ片足を突っ込んだくらいとも言えるわな。せやからこのまま何事もなかったら、また二代目が余計なことをせんかったら、無事に済むかもしれん」

「分かりました。染子さんにも、そう忠告して――」

「いや、態々《わざわざ》そんなこと言わん方がええ。本人が気にせんようにしとるんやったら、そのままそっとしとくんが一番や。女将さんは、これ以上……」

そこで雛雲さんは、ちょっと考える仕草をすると、

「……幽女《ゆうじょ》やな」

「えっ、遊女がどうしたんです」

「いや、遊ぶ女の『遊女』やのうて、幽霊の『幽』に『女』と書いて『幽女』……そんなものが、ここには憑いてるような気がしますんや」

御内証の中をというより、梅遊記楼の全体を見回すような雛雲さんの眼差しが、何とも無気味でした。幽女と命名されたものが襖の向こうの廊下に佇んで、凝っと私たちの会話を盗み聞きしているような気が、段々としてきたほどです。

「そ、それで――」

私が焦《あせ》りながら先を促しますと、雛雲さんは真剣な表情で、

「女将さんは兎に角、この幽女を刺激せんように、見世の中のあらゆることに気を配らなあかん。別に何もする必要はない。今のままでええ。余計なことはせんようにする。それさえ心掛けとったら大丈夫やと思います」

「気をつけます」

雛雲さんに約束すると共に、私は自分自身にも固く誓いました。でも、それが数ヵ月後には呆気なく破られてしまうことになるのです。

四

幽女のことを調べてみよう。そう私は思いました。

雛雲さんのお話から推察して、その原因は庭の闇小屋にあるに違いないと、まず当たりをつけました。喜久代さんに尋ねるのが手っ取り早いと分かっていましたが、彼女が言葉を濁すことも予想がつきます。きっと母も同じでしょう。封印すべき金瓶梅楼の負の記憶が、恐らくそこには隠されている訳ですから……。

いえ、それとも更に昔の話になるのでしょうか。金瓶梅楼の前の見世は、私の祖母が経営しておりました。明治から大正に掛けて、母に女将を譲るまで、ずっと続けていたと聞いております。ただ、それ以上のことは、改めて考えますと私は何も知りません。祖母も母も教えて呉れなかった所為です。そんな祖母の時代の見世に、そもそもの因縁があるのでしょうか。

兎に角、母と喜久代さん以外で、この見世で古い人となると、あとは妓夫太郎《ぎゆうたろう》の朝永《ともなが》さんと赤前垂の安美さんくらいしかいません。しかし、二人が楼の秘密に通じているとは思えませんし、仮に知っていても決して軽々しく口にはしないでしょう。女将の私に対しても。いえ、むしろ私に対してこそ喋らないようにと、母から口止めされていてもおかしくありません。

それに朝《とも》さんや安美さんに尋ねた場合、私の不穏な動きが、すぐに喜久代さんへ伝わる恐れがあります。私が唯一有利な点は、こちらの疑念を母や喜久代さんに知られていないことでした。つまり秘密を探り出すためには、できるだけ目立たない手段を選ぶ必要があったのです。

取り敢《あ》えず私は、帳場と御内証にある箪笥《たんす》や整理棚や押入の行李《こうり》の中を、時間を掛けて調べることに致しました。祖母と母は見世の収支について、かなり克明に帳面に記しており、それが何冊も残っていたのです。書かれていたのはお金の出入りですが、そこから見えてくるものが、実は非常に沢山ありました。

はい？　ああ、民俗採訪でも同じでございますか。矢張り金銭の遣り取りというものは、人間の生活に直結しているからでしょうね。

ところが、これが遅々として進みませんでした。お蔭様でと申しますか、見世が多忙を極めたからです。

週に一度の休日になりますと、それこそ兵隊さんたちが、どっと廓町に押し掛けました。所属する隊に外出許可を貰い、更に登楼届を出して、衛生サックを片手に列を成して並ばれるのです。兵隊さんが持参したスキンは、陸軍用が「突撃一番」、海軍用が「鉄兜《てつかぶと》」と名前がついていましたが、一般用と違うのは名前だけではありません。スキンの先端に精液溜まりのない、廓言葉で「ボウズ」と呼ばれたタイプだったのです。

これには理由がございました。大陸へ侵攻した際、若い兵隊さんたちの間に梅毒が蔓延《まんえん》したのです。事態を重く見た軍部が戦地へ軍医を派遣して調べたところ、性病に罹《かか》った兵隊さんたちには童貞が多く、正しい衛生サックの使い方を知らなかった為に、言わば起きてしまった事故だったと分かりました。つまり精液溜まりを余らせることなく、その先端部分にまで縁起をぴったりと押し込んだのでしょう。それで性交中にスキンが破れて、病気を持っていた娼妓から感染した訳です。そういう事故を二度と起こさない為に、軍はスキンの製造業者にボウズを作らせ、軍への納品はそれだけに限ったのだと聞いております。

あら、ちょっと生々しいお話でしたわね。

このように兵隊さんの休日には、それは賑わったものです。普段はお茶を挽《ひ》く花魁でも、何しろ人手が足りませんので、この日ばかりは大活躍でした。

お茶を挽くというのは、お客様が揚がらない暇な花魁の状態を言い表したものです。語源は江戸時代の奉行所に対する、太夫の奉仕にあるとか――。ご存じでしたか。それは失礼を致しました。

兵隊さんのお相手ですが、実は色々と大変だったのでございます。まず玉代が、通常の半分くらいしか貰えません。これも御国のためのご奉公と思い、ほとんどの花魁は文句を言いませんでしたけど、如何に軍が幅を利かせていたかが、本当によく分かります。尤もその分お一人ずつに掛かる時間は短かったので、花魁たちは人数をこなしたものです。すると通常のお下働きよりも、むしろ稼ぎ高が上がりました。そのため、ここぞとばかりにお客を揚げる花魁もいて、見世の中はてんてこ舞いの状態でした。

但し、喜んでばかりもいられません。年季の入った花魁は良いのですが、未だ若い者は余り無理を致しますと、お秘所《ひしょ》が駄目になります。大勢の兵隊さんの相手をした年少の花魁が、その後は決まって桃苑病院へ行く羽目になった為、喜久代さんに調整をお願いしたのですが、これがなかなか難しくて……。折角の機会だから稼ごうとする花魁を、見世側が止める訳ですから、拗《こじ》れるのも当たり前です。この件には私も頭を悩ませました。

尤も喜久代さんは花魁たちの働き過ぎよりも、誰かが特定の兵隊さんと親密になっていないか、兎に角それを物凄く警戒しました。同じ心配は一般のお客様にもあった訳ですし、廓では懇意になったお客との足抜けや心中は、どうしても避けられません。だから喜久代さんが心配するのも当然でしたが、彼女に言わせると、相手が兵隊さんというだけで、その確率がぐんと高くなるというのです。

世間の人は花魁や遊女と聞きますと、男を手玉に取って金を巻き上げる性悪な女という印象が、どうもあるような気が致します。勿論そんな女性もおりましたし、そういう面がなかったとは申しませんが、大抵の花魁は——年増と呼ばれる経験者でも——心の中に、未だ純な気持ちを残していたものです。

そんな彼女たちが、これから戦場に行く兵隊さんの相手をするのです。ひょっとすると生きては帰って来られない男たちと、枕を一つにする訳です。若い兵隊さんなら、軍隊での厳しく辛い生活の愚痴も零《こぼ》すでしょう。故郷の思い出や、両親や兄弟姉妹に対する気持ちが、ふと口を衝《つ》いて出る場合もあるでしょう。そうなると一般のお客様に接するときより、花魁たちが単なる同情以上の感情を兵隊さんに覚えたとしても、無理はないと思われませんか。

実際、故郷が一緒だった、同じ方言を喋ったという理由だけで、脱走を企てたり、花魁と心中しようとした兵隊さんが、うちの楼でもいました。何れも大事には至らずに済みましたけど、喜久代さんが警戒するのも尤もだったのです。

当時は町内毎に、国防婦人会がございましてね。「何々町国防婦人会」と名づけられ、出征兵士の見送りから戦死者の出迎えまで、白い前掛けを着けて小旗を手に持った女性たちが、そういう役目を担っておりました。実は同じ会が、廓町にも存在しました。当番が順に回ってきて、一つの廓から三人ずつくらい花魁を出したものです。

その花魁たちの集まりを、世間の奥様連中は陰で、「廓町でち棒《ぼう》食う人会」だの「女郎町棍棒《こんぼう》食う人会」だのと侮蔑的な呼称をつけて、謂《いわ》れのない差別をしていたのをご存じでしょうか。

ええ、でち棒も棍棒も、どちらも男衆の縁起の比喩です。この酷《ひど》い仕打ちを知ったとき、私は女の――いえ、人間の信じられないほど醜い面を目の当たりにして、何とも不快な気持ちになりました。花魁たちの何が分かっているのかと、物凄い怒りも感じました。

そんなことが度重なると、国防婦人会に出るのを誰もが嫌がるようになって、何処の廓でも困っておりました。順番ですから、決められた人数を出さない訳には参りません。出なかったりしようものなら、忽《たちま》ち「非国民！」と罵《ののし》られ、それは大変な事態になります。しかし当番が回ってくると、その楼の花魁たちが急に腹痛を訴えたり、癪《しゃく》が出たと言い出したり、誰もが病気になってしまって、これにはほとほと困りました。

あっ、何が言いたいかと申しますと、花魁たちは肉親を戦場へ送り出す母親や姉のような、または愛しい人を見送る恋人のような慈愛を持って、特に若い兵隊さんたちには接していたということです。それだけ兵隊さんたちの、精神面の支えになっていたのです。

「死んだらあかんよ。待ってるからね。絶対に生きて帰って来てね」

この言葉に、どれほどの兵隊さんが助けられたことでしょう。勿論たった一人の兵隊さんに言うだけではありません。何人、何十人にも同じ言葉を掛けるのです。

「女郎の誠と玉子の四角、あれば晦日《みそか》に月も出る」

と唄う『吉原雀《よしわらすずめ》』という長唄がございます。花魁の言葉に誠など存在しないと唄っていて、ある意味それは正しいのですが——。この兵隊さんとの約束は、どれも本物だったに違いないと、私は信じております。

ふうっ……。とはいえ遊廓ですからね。楽しいと言っては語弊がありますが、戦時中の廓ならではの、珍妙な流行《はや》りもございました。

花魁を立たせておいて、その股の下を兵隊さんが潜《くぐ》るのです。はい、下穿《したば》きも何もつけておりません状態で、股の下を言わば這《は》い這いする訳です。背が低く足の短い花魁は、左右それぞれに枕を二つ重ねて、その上に乗ったりと苦労しておりました。これが弾丸《たま》避けの呪《まじな》いになると、何方《どなた》が言い出したのか知りませんが、桃苑の廓町では偉く流行りましてね。

尤も下級の兵隊さんだけでなく、位の高いお偉いさんまで潜って、しかも上を向いて花魁のお秘所を触る人もいたらしいので、廓らしい遊びの一つだったとも言える訳ですが……。結局は度胸つけでしょうか。そういう馬鹿らしいことをして、戦争に行く恐怖を紛らわせていたのかもしれません。そういうお手伝いを、正に花魁たちはしていたのです。

呪いと言えば、花魁のお秘所の毛も人気がございました。兵隊さんが御守り代わりに身につけるんですね。特に毛の薄い花魁が人気で……。「毛がない」即ち「怪我がない」という語呂合わせですけど、考えてみれば千人針も同じようなものじゃありませんか。それが花魁のお秘所の毛になっただけのことです。

これは話が逸れてしまいました。

そういった以前の廓とは違った状況が、もう常にありました為、調べ物をしている暇など全くございません。その後、染子さんが異状を訴えなかったこともあり、つい私も日々の忙しさにかまけて、何もしないまま月日だけが過ぎていきました。

あれは梅遊記楼を開いて三ヵ月ほど経った、六月の蒸し暑い日のことでした。私と喜久代さんは母に呼ばれて、その日の昼過ぎに控え屋を訪ねました。家には父も兄もおらず、母と見知らぬ身重の娘さんが一人、何と私たちを待っていたのです。

「こちらは登和《とわ》さんいうて、私の女学校時代のお友達の娘さんで——」

という母の説明が、そのうちとんでもない話へと進んでゆき、私は度肝を抜かれました。

見世の女将になって以来、好むと好まざるとに拘らず色々と衝撃的な体験をして参りましたが、どれほど尋常でない出来事であっても、それも廓という特殊な世界のことだからと、何処かで理解を示していた部分があったと思います。でも母が口にしたのは、立派な家柄の上流階級の家庭で起こった、ちょっと信じられない話でした。

登和さんは身籠《みご》っているが、夫の子供ではない。彼女の夫は帝国陸軍士官として、一年以上も前から満洲《まんしゅう》に赴任している。

という説明を遠回しに、飽くまでも具体名を出さないように注意しながら、母が淡々と語ったのです。

喜久代さんは顔色一つ変えずに聞いていましたが、私は他人事ながら、おろおろと狼狽《ろうばい》しておりました。まともに登和さんを見られず、それでいて盗み見てしまうという、どうにも目の遣り場に困ったほどです。

その当の登和さんの態度が、何とも妙でした。恥じ入るでもなく、また開き直るでもなく、己の感情を溜めに溜めた状態で押さえつけている。そんな風に映るのです。

私は訝《いぶか》しく思いながらも、まだ自分が何に巻き込まれようとしているのか、少しも理解していませんでした。後から察したのですが、きっと喜久代さんは登和さんを目にした瞬間、母の企みに気づいたに違いありません。

けど私は、母の次の一言で漸《ようや》く知ったのです。

「そういう事情がありますので、登和さんが無事に出産を終えられるまで、うちの見世で内密にお世話をして欲しいのです」

「えっ……、梅遊記楼で、ですか」

「そうです」

「で、でも、どうして」

辛うじて訊き返せたのは、梅遊記楼の女将は自分だという自負が、やっぱりあったからでしょうか。

「先程の話の通りです」

しかし母の答えは、素っ気ないものでした。

「登和さんが安心して出産するためには、うちの見世が打ってつけですからね」

「そらそうですわ」

何も言えずにいる私の横で、万事を心得ましたとばかりに喜久代さんが頷いて、その場の話し合いは終わってしまったのです。

「何の心配もいりません。この喜久代さんに任せておけば大丈夫ですよ」

母は、そう登和さんに声を掛けると、先に喜久代さんと二人で見世に向かわせました。

「お世話になります」

部屋を出る前に登和さんは、私に深々と一礼したのですが、その様子が驚くほど慇《いん》慇無礼《ぎんぶれい》でしてね。まるで彼女の世話を無理矢理こちらから頼んだので、それで仕方なく嫌々ながら協力しているとでもいう風に見えたのです。

「どういうことですか」

二人が家から出た途端、私は母に詰め寄りました。

「どうしてうちの見世で、あの人の面倒を見なければいけないんです」

「登和さんのお母さんの敏子《としこ》さんとはね、女学校時代に、特に仲が良かった訳ではないんよ」

ところが母は、どうにも矛盾するようなことを言い出しました。そのために私は、更に詰め寄ったほどです。

「だったら尚更《なおさら》、どうしてその程度の付き合いの旧友の娘さんを、お母さんは引き受けたりしたんですか。それに彼女のお母さんは？　その敏子さんは何処ですか」

「あなたと喜久代さんが来る前に、敏子さんには帰って頂きました」

「そんな――」

「用件は私が聞いて、登和さんもお預かりしました。これ以上、敏子さんが恥をかく必要もないでしょう」

「恥って……。実際、自分の娘が――」

声を荒げる私を制して、母は続けました。

「親しくはありませんでしたが、だからといって敏子さんは、お母さんの家が遊廓やという理由だけで、特に差別もしませんでした。他の子と同じように、私にも接して呉れたんです」

それが当時の母にとって、どれほど嬉しかったか、私にも非常によく分かりました。その途端、私は何も言えなくなってしまったのです。

「女学校を卒業してからも、敏子さんとは年賀状の遣り取りだけの付き合いでした。そんな関係の昔の旧友に、いきなり娘を助けて欲しいと、敏子さんは連絡してきた。どれほど切羽《せっぱ》詰まっている状態か、あなたにも分かるでしょう」

反論はできないながらも、かといって納得もできません。それで私が黙っておりますと、母の眼差しが急に険しくなりました。

「敏子さんの立場になって、あなたも考えてご覧なさい。女学校の同窓生だったという繋《つな》がりだけを頼って、特に親しくもなかった友達に連絡をして、訳ありの身重の娘の世話をお願いしたいと、恥を忍んで頭を下げるんですよ。それがどれほど辛いか、彼女にとって屈辱的か」

「ま、まさか！」

私が大きな声を出したので、母はびっくりしたようです。

「何ですか、この子は急に——」

「登和さんのお腹の子を、喜久代さんに始末して貰うつもりじゃ……」

雛雲さんから聞いた闇小屋の話を思い出した私は、自分の想像に震えました。

「あなたは、ちゃんと私の話を聞いてたんですか」

しかし、母は呆れたような顔で、

「登和さんの出産の手助けをして欲しいと、最初に言うたでしょ」

確かにそうでした。

「そもそも堕胎は違法やから、如何にうちが遊廓やというても、敏子さんもそんなお願いはしませんわ」

闇小屋の存在はどうなるのか――と、母を問い詰めたい気持ちはありました。でも、恐らく惚《とぼ》けられたうえに、誰から聞いたのかと逆に突っ込まれるのが落ちです。

「登和さんには、別館の一階の奥座敷に入って貰います。あの部屋でしたら、周作も使いませんからね」

母は何事もなかったかのように、

「それに奥座敷は、私が周作を産んだ部屋ですからな。験《げん》が宜しい」

私の知らない昔のことまで持ち出す始末です。

「出産に関しては、喜久代さんに任せておけば大丈夫です。あなたは兎に角、花魁やお客が彼女にちょっかいを出さんように、充分に気をつけて下さい。できれば話し相手になって……とも考えましたが、むしろ疎《うと》まれるかもしれませんな。それなりの覚悟は、登和さんもしてるでしょうから、そっとしておくのが良いでしょう」

　そこで肝心な問題を聞いていなかったことに、ふと私は気づきました。

「お腹の子の父親は、誰なんです」

　母は口を閉じたまま、凝っと私を見詰めました。それは実の娘を見る目つきではなく、元の女将が新しい女将の人柄を値踏みしているような、そんな眼差しでした。

「絶対に他言したらいけませんよ」

「……は、はい」

　その威圧する物言いは、我が母ながら迫力がありました。

「何があっても誰にも喋らないと、ここで誓って貰いますからな」

「喜久代さんにも？」

　彼女は知っておいた方が良いと思ったのですが、途端に母は苦笑しました。

「あの人やったら私の話を聞いた時点で、もう当たりはつけているでしょ」

「だ、誰なんですか」

　母は尚も私を見詰めたあとで、とんでもない人物を挙げました。

「お舅《しゅうと》さんや」

「えっ……」

「登和さんの旦那さんの父親、彼女にとっては義理のお父さんですわ」

頭の中が真っ白になるという体験を、このとき私ははじめてしました。

「勿論そう敏子さんが、はっきり言うた訳やありません。それでも彼女の話を聞いたら、よっぽど鈍い人でない限り、お腹の子供の父親は普通に見当がつきますやろな」

「普通に」

その表現が、私には堪《たま》らなく恐ろしく感じられました。

「敏子さんの話に出て来た男性は、旦那さんとお舅さんだけです。そして登和さん自身は、他の男との姦通を完全に否定している。また、そんな機会もなかったんは確からしい。あとは彼女の様子を見て、相手と合意のうえやなかったことくらい、すぐに察しがつきます」

登和さんの妙な態度が、物凄い憤怒《ふんぬ》を溜め込んだ所為だったと知り、咄嗟に私は寒気を覚えました。

「登和さんの嫁ぎ先は、代々に亘って軍人の家柄です」

「そのお舅さんも？」

「軍のお偉いさんらしいですわ」

ただでさえ表沙汰にできない姦通なのに、それに輪を掛けて内密にしなければならない妊娠という災いを、登和さんは抱えていた訳です。

「同じ妊娠六ヵ月の女性に比べると、登和さんのお腹はほとんど目立ってません。けど、流石《さすが》に周囲にも分かる頃やというので、敏子さんも焦ったんでしょうな」

「それでお母さんに連絡を……」

「恐らく私との細い繫がりが、最後の頼みの綱やったと思います」

「子供は……、出産したあと子供は、どうするんです」

私が騒ぎ立てますと、母は何でもないと言わんばかりに、

「遊廓で花魁がお客の子供を産み落とすなんぞ、昔から幾らでもあったことです。そういう場合には、ちゃんと子供の貰い手を探す伝手《つて》がありますから、何の心配もいりません。兎に角あなたは、さっき言ったように――」

母から改めて注意事項を聞かされ、私は見世に戻りました。登和さんには悪いですが、大変な荷物を背負わされてしまったと、かなり暗い気持ちになっていました。

それが、そうでもないと分かったのは、登和さんが別館で暮らすようになって、数日が経ってからです。彼女の世話をするといっても、三度の食事とお風呂だけでした。赤前垂の安美さんに一人分の追加を頼み、それを雪江ちゃんに別館の奥座敷まで運ばせ、お風呂も彼女に焚《た》いて貰いましたが、その程度です。雪江ちゃんの仕事が増えたのは気の毒でしたが、彼女は少し鈍いところがありましたからね。恐らく気にしていなかったと思います。

喜久代さんが面倒を見るのは、お産が近づいてからです。私が話し相手になろうとしても、母が予想した通り、やんわりと拒絶されました。良く言えばこちらに掛ける迷惑を最小限に抑えたいという、悪く言えばお産以外のことは放っておいて欲しいという、そんな意思を感じました。

感じたと言えば……、うちにいるのはお産の為だけで、子供を出産するのが目的だと、そう強く思っていることが、登和さんからは犇々《ひしひし》と伝わってきました。いえ、決してお産や出産という言葉が相応しい、そういう感情ではありませんでした。もっと的確に申しますと、お腹の子供を始末する——何が何でもお腹の中の子を外へ出したい——という強烈な欲求ですね。子供が生きていようが死んでいようが関係ない。自分から切り離したい。それしか考えていない。それだけを願っているのが、本当によく分かったのです。

お産までの数ヵ月間は登和さんにとって、言わばお腹の中に忌まわしい異物を抱えているようなものだったのでしょう。彼女が身籠った理由が理由ですからね。私も用事がない限りは、できるだけそっとしておくようにしました。

これで、あとはお産さえ乗り切れば良いのだと、私は安堵したのですが……。そう上手くは参りませんでした。花魁たちの数人が、登和さんに興味を持ってしまったのです。

母が心配したのは花魁とお客様ですが、お客のほとんどは兵隊さんでしたので、いざとなれば登和さんの婚家の名前を出せば、仮に何が起ころうと収まった筈です。名前を出すのは最後の手段でしょうが、万一の場合の対抗策はあったことになります。一方の花魁ですが、急に別館で暮らしはじめた訳ありそうな人妻に、そもそも興味を持つなと言う方が無理でしょう。その女性が身籠っている場合は、余計です。徒《いたずら》に花魁たちを刺激します。

ですから私は、登和さんを引き受けた日の夕方、見世を開ける前に、花魁たちに説明しておきました。

「今日から遠縁の身重の娘さんを、うちの別館でお預かりします。ちょっと事情がありまして、お産はこちらで面倒を見ることになっております。当たり前ですがお見世とは何の関係もありませんので、皆さんもそのつもりで、どうか見守ってあげて下さい」

出産を婚家でも実家でもなく、遠縁とはいえ——この説明が嘘だと見抜いた花魁もいたでしょうが——遊廓の別館で行なうのですから、複雑な事情があるのだと誰もが思った筈です。こういう場合、相手が素人の娘さんであっても、花魁たちの多くは同情的になります。問題となる事情に、恐らく望まれぬお産という臭いを嗅ぎとるからでしょう。だから好奇心は覚えても、そっとしておいて呉れるに違いないと、私は考えたのです。

それに花魁で、別館に用事のある人などおりません。兄の周作に用がある場合でも、大抵は女将の私を通して伝えていました。例外は花魁頭の浮牡丹さんくらいでしょうか。彼女はその役目上、偶《たま》に別館の兄を訪ねていましたが、花魁の中で一番信用できる人でしたので、私は何の心配もしておりませんでした。梅遊記楼で絶対に面倒を起こさず、逆に何かあったときには収拾を図って呉れるのが、彼女でしたからね。

ところが、思わぬ形で登和さんに関わる花魁たちが、何人も現れたのです。

五

登和さんを巡る花魁の一人目が、最も信用している当の浮牡丹さんでした。とはいえ彼女の場合は、一種の運命とでも言うべき偶然の力が働いた所為なのですが……。

登和さんは毎日、私が差し入れる本や雑誌を読む以外は、特に何もせずに過ごしていました。お腹の子を産む——彼女にすれば排出する——のが、梅遊記楼の別館にいる目的ですから、その日が訪れるまで淡々と暮らすつもりだったのでしょう。ただ、そうはいっても時間があり過ぎます。余り凝《じ》っとしているのも身体に良くありません。病気ではないので適度に動くようにと、喜久代さんも注意していました。

それで登和さんは、気が向けば庭に出るようになったのです。本館も別館も東西に延びた建物でしたので、一階奥の裏口から出ると庭も横に長く広がっております。左右に行ったり来たりしているだけでも、ちょっとした散歩になった訳です。

そんな彼女の姿が、別館の二階にいると目に入るのでしょう。あるとき部屋から出て来た浮牡丹さんが、廊下を通り掛かった私に気づくことなく、こう呟くのを耳にしたのです。

「まさか、登和さんだったとは……」

浮牡丹さんの顔見知りらしいと知り、私は驚きました。勿論どういう知り合いかまでは分かりません。でも、二人の年齢が同じくらいで、浮牡丹さんの出身を考えれば、何となく上流階級同士の繋がりが見えてきます。

但し問題は、片方は廓に売られた遊女として、もう片方は禁忌の子を身籠った妊婦として、ここで再会したことです。でも、だからこそ私は、浮牡丹さんがこのまま知らん振りをするだろうと考えました。相手に気づいたのは、彼女の方だけです。浮牡丹さんさえ黙っていれば、お互い嫌な思いをせずに済みます。

この予想は当たりました。その後、浮牡丹さんが自分の存在を登和さんに知らせた気配が全くないだけでなく、明るいうちから窓のカーテンを閉めるようになったという噂が、兵隊さんの間で流れたからです。うっかりと窓の側に寄って、庭に出ている登和さんに顔を見られないようにと、きっと浮牡丹さんが用心した所為でしょう。

ちなみにカーテンの件は、普通なら人気のある染子さんの真似をしたと思われて、下手をすればお客様の嘲笑を浴びていたかもしれません。しかし、それをやったのが浮牡丹さんとなると、また話は別でした。何か深い訳があるのだろうと、お客様ばかりでなく朋輩たちまで、誰も詮索しませんでしたからね。これも浮牡丹さんの人徳です。

紅千鳥さんも偶然と言えばそうですが、そこに彼女の野次馬根性と出歯亀精神が多分に加味された結果、態々《わざわざ》時間を掛けて登和さんの身元を探ったのですから、やっぱり違います。そもそも何を切っ掛けにして、そんな疑惑を登和さんに対して覚えたのか。仮にもしやと思っても、こういう場合はそっとしておくものです。でも紅千鳥さんは、その信じられない繋がりを、お金を使って人を雇ってまでも突き止めようとしました。

この二人の接点とは、選りに選って件《くだん》の舅が、紅千鳥さんの嘗《かつ》ての得意客だったという、とんでもない関係でした。そうなんです。登和さんの義理の父親は、何年か前に金瓶梅楼に出入りしていたお客様だったのです。それを母も喜久代さんも知りながら——当然このことは覚えていた筈です——私には黙っていた。言っても仕方ないと思ったのでしょうが、あとから自分には隠されていたのだと気づくのは、何とも嫌なものです。

この件は遠回しに、喜久代さんに尋ねました。紅千鳥さんの様子が変だと相談する形で、それとなく探ったのです。はっきりとは認めませんでしたが、私の睨んだ通りでした。

それにしても紅千鳥さんは、どうして登和さんの義理の父が、昔の得意客だと気づいたのでしょうか。金瓶梅楼に揚がっていた頃、ちょうど息子に縁談があって、花嫁候補の家柄や容姿などを、件の舅がぺらぺらと喋った所為でしょうか。何れにしろ紅千鳥さんは、登和さんの正体を見事に察してしまったのです。

とはいえ何もしないという点では、浮牡丹さんと一緒でした。但し、浮牡丹さんは波風が立つのを厭《いと》うたからですが、紅千鳥さんの理由がよく分かりません。時間とお金を掛けて探ったにも拘らず、そのまま放っておくというのも変です。ただ、これも紅千鳥さんの性格を考えれば、何となくですが分かるような気がしました。

金瓶梅楼時代に、息子の嫁取りの自慢話を散々に聞かされ、それを物凄く羨《うらや》む気持ちが彼女にあったとすれば、どうでしょうか。恵まれた花嫁と遊女の自分を思わず比べ合わせて、どうしようもない嫉妬《しっと》の念に駆られたのだとしたら……。

そんな推測は、豪放磊落《ごうほうらいらく》な紅千鳥さんには相応しくないとも思いましたが、花魁であれば一度くらいは誰でも覚える感情ですからね。後に桜子さんの日記を読んで、異常なほど嫉妬深い紅千鳥さんの言動を知り、やっぱり……と合点がいったものです。

そういう過去の因縁があったと推定しますと、その後の紅千鳥さんの反応が、いきなり手に取るように見えてきました。

別館で隠れるように暮らしはじめた女性は、もしや嘗《かつ》て軍のお偉いお客に聞かされた、自慢の息子の自慢の嫁ではないのか。しかし、良家同士の良縁だった筈なのに、その嫁と思しき女性が身重の状態で、なぜこんなところにいるのか。あれが本当に例の嫁であれば、何があったのかは分からないが、とても溜飲《りゅういん》の下がる思いがする。

つまり登和さんの秘密を握れたことで、紅千鳥さんは非常に歪《ゆが》んだ優越感を持てた。それで一応は満足できたので、暫《しばら》く様子を窺《うかが》うつもりなのだ。そんな風に私は睨みました。

ここまで紅千鳥さんの思惑が読めたのも、彼女が雇った漆田大吉《うるしだだいきち》という男が、私に接触してきたからです。漆田は金瓶梅楼時代からの彼女の得意客で——ええ、そうなんです。飛白屋《かすりや》の織介《おりすけ》さんの嘗ての悪友にして、桜子さんの身曳きを台無しにしようとした、あの漆田大吉です。

勿論このときの私は何も知りませんでした。一癖も二癖もありそうな男が、ある日いきなり訪ねて来たものですから、驚くと共に警戒しながら相手をしただけです。漆田の目的は、ずばり登和さんでした。既に彼女の素性は突き止めていたようですが、別館での暮らし振りについて探ろうとしていました。ただ、単刀直入というよりも単に何も考えていない、行き当たりばったりの聞き込みでしたので、忽《たちま》ち不審に思った私は逆に鎌を掛けました。

女将とはいえ所詮は小娘だと漆田が馬鹿にしていた所為もあるでしょうが、この男に口を割らせるのに苦労はいりませんでした。口が軽いうえに煽《おだ》てると饒舌になって、少しお金をちらつかせるだけで、もうべらべらと喋りましたからね。にも拘らず帰る間際に、漆田が真面目な顔で言った台詞が傑作です。

「ここで話したことは、俺と女将だけの秘密だ。紅千鳥には絶対に喋るんじゃねぇぞ」

その紅千鳥さんから恐らく安くないお金を貰っていたでしょうに、易々《やすやす》と裏切った挙句《あげく》、都合の良い口止めまでするんですからね。でも、私にとっても好都合でしたので、お互い秘密にしようと約束しました。

何はともあれ紅千鳥さんが当分、登和さんに接するつもりがないと分かったのが、唯一の救いでしたね。

月影さんは、お二人とは違っていました。登和さんご本人ではなく、彼女が身籠っているという事実にのみ、どうやら反応したらしいです。きっと自身の辛い鬼追いの過去を思い出して、居ても立ってもいられなくなったのでしょう。

しかし、月影さんの真意が、どうにも摑《つか》めませんでした。登和さんを手助けしたいのか、または疎《うと》ましく感じているのか、どちらなのかはっきりしないのです。ひょっとすると彼女にも、自分の気持ちが分からなかったのかもしれません。それほど登和さんに対して、情緒不安定な様子を月影さんは見せました。尤も彼女に近づくことはありませんでしたので、表面的には浮牡丹さんや紅千鳥さんと同じでした。

最後は雛雲さんですが、この人だけは登和さんに会って、実際に話もしています。但し会話をしたというより、ほとんど一方的に雛雲さんが喋ったらしいのです。それを私は登和さんから相談を受け、雛雲さんからは「警告しておいた」と知らされました。

「ここで子供を産んでは絶対にいかん」

「母子ともに、きっと災いがある。ただでは済まんぞ」

「無事にお産をしたければ、梅遊記楼から出て行くことだ」

という脅し文句を、雛雲さんは口にしたのですが、登和さんには通用しないばかりか、完全に逆効果でした。

登和さんはお腹の子供を憎んでいました。始末したい思いこそあれ、正常な出産などは望んでいませんでした。彼女にとって、正に鬼子だった訳です。それを葬り去る為なら、少しぐらい自分の身体を犠牲にしても良いとさえ、きっと思っていたのでしよう。

その証拠に、彼女に雛雲さんのことを訊かれ、巫女遊女の話を教えると、

「当たるのですか。あの人の託宣は、これまでにも当たっているのでしょうか」

とても期待の籠った口調で質問し、私が頷きますと、何とも言えぬ満足そうな表情を浮かべたのですから……。

それ以来、登和さんの様子が変わりました。微妙にですが、楼に来た当初よりも明るくなったのです。無事なお産ができないと巫女遊女に言われたのが、恐らく嬉しかったのでしょう。

この微《かす》かな彼女の変化は、浮牡丹さん、紅千鳥さん、月影さんの三人にも、すぐに伝わったようでした。浮牡丹さんは訝《いぶか》しそうな、紅千鳥さんは苛《いら》立つような、月影さんは不思議がるという三人三様の反応を見せました。

私は花魁たちの様子を気にしながら、一方で兄の周作についても、何時《いつ》しか窺い見るようになっておりました。ええ、登和さんが別館に来てから、なぜか兄も妙におかしいのです。かといって彼女を個人的に知っている訳でもなく、満洲にいる旦那さんや件の舅と関係があるようでも、勿論ありません。言うなれば、登和さんの存在そのものを気にしているような、そんな感じを受けるのです。

ひょっとして兄は、登和さんに懸想《けそう》しているのではないか、とまで私は考えまし

た。相手は身重の人妻ですが、好きになってしまえば関係ありませんものね。でも、どれほど注意して観察してみても、そうは見えません。どうやら違うみたいです。では一体、兄の奇妙な態度は何が原因なのでしょうか。

案じていたより登和さんの世話は楽でしたが、その代わり予想もしなかった花魁たちと兄に対する懸念《けねん》が次々と出てきて、すっかり私は疲れてしまいました。

本筋とは関係ありませんのでお話ししませんでしたが、梅遊記楼をやっていく大変さとは別に、二十二歳の遊廓の女将というだけで、色々と面倒なことも多かったものですから——。

いいえ、本当にどうでも良いお話なんです。遊廓の女将だからと、花魁に求めるのと同じお下働きを、私に要求するような人もいましたもので……。ええ、軍のお偉いさんからも、暗に求められたことがございます。惚《とぼ》けて突《つ》っ撥《ぱ》ねましたが、そういう気苦労が絶えませんでした。尤もその所為で、私は女将として益々しっかり者になったのだと思います。若い頃の苦労は買ってでもしろ、なんて言いますが、本当にそうですね。

ああ、それにこの頃でした。金瓶梅楼で働いていた飛梅《とびうめ》という花魁が、梅遊記楼に出戻って参りましたのは。飛梅さんは年季が明けて故郷へ帰っていた筈なんですが、悪い男に騙されたらしく、また身売りをさせられたようでした。子供のときは親に売られ、大人になってからは男に売られ、そう考えると本当に不憫《ふびん》で……。

でも、喜久代さんの意見は違いました。

「子供が、生んで育ててくれた親を助けるんは当たり前ですが、男のために我が身を売るいうんは別ですわ。本人が承知でしてますことやからな」

飛梅さんは当初、別の地方の遊廓へ行くつもりだったようです。しかし、男の知り合いの仲介屋を通しているうちに、知らぬ間に梅遊記楼に決まってしまった。同じ桃苑でも別の見世だから問題ないかと思っていると、何と元の金瓶梅楼だったと分かり、びっくりした。古巣に戻るのは嫌だったが、自分の意見など聞いては貰えない。全く見知らぬ土地の見世で働くよりも、馴染みのある元金瓶梅楼の方が上手くいくかもしれない。そう考えるようにして、彼女は梅遊記楼に来たらしいのですが……。

花魁の出戻りというのは、兎に角苛《いじ》められるのです。新入りに対する仕打ちとはまた違って、何と申しますか……、ねちっこくて陰惨で、全く救いがありません。どうしてでしょうね。一度は廓から抜け出したにも拘らず、再び戻って来た姿を目にすると、花魁に対する絶望しか感じられなくなるからでしょうか。それが漸《ようや》く迎えた年季明けや、玉《たま》の輿《こし》の身曳きで廓を出て行った場合など、残った花魁の羨望が強い相手に対してほど、どうやら激しく出るようなのです。当事者たちにしか分からない、かなり複雑な感情ですね。

矢張り飛梅さんも、酷く苛《いじ》められました。新入りに対する仕打ちとは違うと申しましたが、むしろ扱いは新人以下です。どれほど花魁としての経験があろうとも、それは認められません。再び一からはじめなければならないのです。

「飛梅なんていう名やから、また舞い戻って来てしもうたんや」

馬鹿にした口調で嘲《あざわら》笑う紅千鳥さんの鬼女のような顔が、今でも私は忘れられません。同じ苦界で同じ苦労をする朋輩同士、どうして労《いた》わり合うことができないのでしょうか。いえ、彼女だけではありません。他の花魁たちも多かれ少なかれ飛梅さんに辛く当たりました。庇《かば》ったのは浮牡丹さんで、何もしなかったのは月影さんと染子さんだけでした。

あっ、また話が逸れました。

飛梅さんの件はありましたが、それ以外の変化は特にありませんでした。登和さんのお腹が次第に大きくなっただけで、何事もないまま月日は過ぎていったのです。廓町の外へ顔を向ければ、あらゆる商品が店頭から徐々に姿を消しつつあったと思います。しかし何処の見世でも、ほとんど以前と変わらぬ生活をしておりました。軍が優先的に物資を、廓町に流していたからです。

一般家庭の身重の女性たちは、どうすればお腹の子の為に栄養を摂《と》れるのか、本当に頭を痛めていた筈です。そんなときに登和さんは——お腹には鬼子がいると断じる彼女は——とても満ち足りた食生活を送っていたのですから、何と言う皮肉でしょうか。しかも彼女が食事をするのは、決してお腹の子を想ってではありません。一日も早く自分自身から、忌まわしい鬼子を取り除いてしまう為なのです。

そう考えると気分が沈みました。その所為でしょうか。気がつくと私は別館の奥座敷に、ほとんど登和さんを訪ねなくなっていました。だから九月の中旬に、彼女が早産するかもしれないと喜久代さんに聞かされたときも、そのまま任せてしまったのです。

喜久代さんは早速、別館の奥座敷に自分の蒲団《ふとん》を持ち込みました。見世が開いている間は、赤前垂の雪江ちゃんに様子を窺わせているようでした。そうして遂に、あの日を迎えたのです。

私は御内証で、蒲団に入って寝ておりました。まだ少し蒸しましたので、庭に面した硝子《ガラス》窓は開けてあったのですが、なかなか眠れませんでした。うとうととしては、ぼんやりと目覚める。その繰り返しでした。矢鱈《やたら》と虫の音《ね》が聞こえていたことは、とてもよく覚えています。

それが、急に赤ん坊の泣き声に変わったのです。一瞬、登和さんが出産したのかと考えました。でも、別館の奥座敷の泣き声が、如何に明け方の静けさの中とはいえ、本館の私の部屋まで聞こえるでしょうか。

あぁ、夢を見ているのか……と思って、私は尚も蒲団に潜《もぐ》っていました。と、庭の奥が何やら騒がしくなり、それが本館の中にまで入って来たように感じて、漸《よう》く異変を察した途端、どたどたどたっと裏階段を駆け上がる足音が響いたのです。

えっ……という間が少しあってから、何が起こっているのか突如として察した私は、がばっと蒲団から飛び起きると、廊下へ駆け出しました。

そうです。そのとき、どうしてかは分かりませんが、喜久代さんが登和さんのお産を闇小屋で行ない、その結果、なぜか登和さんは別館の三階を目指して、闇小屋を飛び出すことになったに違いない――と、私は確信したのです。

咄嗟に廊下を奥へと走り掛けて、表の階段の方が近いと思い直して方向転換し、あとは脱兎の如く走り続けたのですが……。

本館の二階の廊下まで上がると、奥から走って来る雪江ちゃんが見えました。彼女より先に渡り廊下へ入り、別館の二階の廊下を表側へと進んで、三階へ上がる階段を急いで上がり掛けたところで、どんっ……という鈍い音が見世の表の方から響いてきて……。

「まさか……、そんな……」

震える声を漏らしつつ、両膝をがくがくさせながら、背後に雪江ちゃんを従えて、何とか私は三階の部屋に着きました。

そこには、開け放たれた襖の側に雛雲さん、部屋へ入ったところに紅千鳥さん、その先に月影さん、更に奥には浮牡丹さんと兄の周作が佇んでおり、そして見世の表に面した窓の前に、座り込む染子さんの姿がありました。

全員が身動きせずに固まった状態の中で、雛雲さんの呟きだけが、何時《いつ》までも無気味に響いておりました。

「同じや……。あのときと同じや……。何で……。何で同じなんや……」

はい。登和さんは正面の開いた窓から、ちょうど身投げをしたところだったのです。

彼女は首の骨を折って、即死だったと聞いております。

六

梅遊記楼には××警察署の刑事だけでなく、桃苑の廓町の中に設けられた憲兵隊の詰所から、左右田《そうだ》将校と憲兵隊員もやって参りました。

廓町の憲兵隊が司《つかさど》っていたのは、行政警察と司法警察、この二つの役割だったようです。制服を着用しているときは、例えば酒に酔った兵隊さんの暴力行為など、通常は警察が取り締まる犯罪に睨みをきかせていますが、私服に着替えた途端、今度は兵隊さんの思想調査が任務になっていたらしいのです。所謂《いわゆる》スパイ活動の摘発ですね。廓町にいるというだけで、誰しも普段よりは油断してしまいます。そういうときに人間は、ぽろっと本音が口から出るものです。壁に耳あり障子に目ありで、そんな隙を私服の憲兵は密かに狙っていた訳です。

その他に勿論、兵隊さんの逃亡も警戒していました。先に述べました通り、同情した花魁と一緒に、または手引きによって逃げる兵隊さんが、どうしても出ましたからね。

そういったお役目が憲兵隊の任務でしたので、廓の身投げ現場に顔を出すというのは、かなり異例だったと思います。

そうですね。登和さんの旦那さんとお舅さんが、軍のお偉いさんだった所為でしょうか。

はっ……、ひょっとするとお舅さんの方から、登和さんをうちで預かると決まった時点で、既に憲兵隊の詰所へ連絡が入っていたのかもしれない、と仰るのですか。最初から秘密裏に監視を依頼していたと？　はぁ成程《なるほど》……。

考えてみれば、敏子さんが身重の娘を何処に連れて行ったのか、きっとお舅さんはご存じだったでしょうから、それくらいの手配はしていそうですね。

実際の事情は分かりませんが、現場を仕切っていたのは明らかに憲兵隊の方でした。左右田将校は登和さんのご遺体を検《あらた》めたあと、現場検証と言うのでしょうか、それを警察にお任せになって、うちでご用意した本館一階の客間を使って、全員の事情聴取をなさいました。

この左右田将校という方は、憲兵隊の特高課長さんでした。桃苑の廓町の中では、うちを含めて三軒ほど贔屓《ひいき》になさっている見世がありました。所謂吉原文化がお好きだったのだと思います。桃苑風情では到底本物は味わえませんが、少しでもそういう雰囲気に浸れそうな見世に、恐らく揚がられていたのでしょう。

軍の階級は大佐だったと思いますが、詳しくは知りません。特高と申しますと、特別高等警察が思い浮かびますが、そちらの特高ではなく、憲兵隊の方でした。どちらも当時、兎に角怖い存在でしたので――あっ、左右田課長は違いますが――この両者が一緒くたになって、どうも私には区別がつきませんでした。

はぁ、憲兵隊には特高課があって、主に左翼思想犯を取り締まっていたのでございますか。ああっ、スパイの摘発が、それに当たった訳ですね。いえ、納得できました。廓町という場所は、それはもう様々な方が逃げ込んで参りますからねぇ。

お話を戻しましょう。

最初に呼ばれたのは私ですが、まず左右田課長がお訊きになったのは、登和さんの素性と梅遊記楼に滞在していた理由です。隠しても仕方ありませんので、全てをお話ししました。尤も身重の件については、不義の子らしいということ以外、こちらは何も存じませんと惚《とぼ》けておきました。でも課長さんは、特に突っ込んではこられませんでしたので、やっぱりある程度はご存じだったのかもしれません。

あとは、あのとき別館の三階にいた全員に加え、喜久代さんと雪江ちゃんの二人が、一人ずつ呼ばれました。そして最後にもう一度、私にお声が掛かったのです。

「自殺だな」

私が座るのを待って、左右田課長はそう仰いました。

「登和さんが身投げをした、ということでしょうか」

「うむ。遣り手の喜久代によると、夜中に産気づいたらしいが、その様子から尋常なお産では済まぬと分かった。それで赤前垂の雪江を起こして、登和を庭の小屋に運び入れた。それからが大変だったというが、そこは省《はぶ》こう。明け方になって、漸《ようや》く赤子が生まれた。喜久代も雪江もへとへとに疲れ、登和もぐったりしていた」

そこで課長さんは意味深長に言葉をお切りになり、

「ところが、登和は急に起き上がったかと思うと、いきなり小屋を飛び出してしまったらしい。疲れからうとうとしていた喜久代は気づかず、はっと雪江が起きたときには、もう登和の姿は小屋の中になかったというからな」

「雪江ちゃんが目覚めた頃には、きっと登和さんは、既に本館の裏の階段を駆け上がっていたのでしょう。その物音を耳にして、私もはっきりと目が覚めたのだと思います」

「皆も同じだったようだな。本館にいた月影と雛雲、別館にいた浮牡丹と紅千鳥は、廊下を走る大きな足音に起こされ、何事だと思って顔を出した途端、全てを悟ったというのだ。それも全員が、同じ変事を恐れたらしいのだ」

「染子さんは？　二代目緋桜は何と？」

「早朝の客を見送った後、うとうとしていたところに、物凄い勢いで登和が飛び込んで来た。それも長襦袢《ながじゅばん》を開《はだ》けたままの、尋常ではない状態で部屋に入って来た。訳が分からず驚いていると、見世の表に面した窓まで駆け寄り、カーテンと窓を一気に開けると、露台に登り出した。まさかと思ったが、取り敢《あ》えず慌てて止めようとした。そのとき他の花魁たちが、次々と部屋に駆け込んで来たらしいのだが、二代目の緋桜は、それを直接は見ていない。登和を制止するのに精一杯だったからな」

私は少し躊躇《ためら》いましたが、お訊きしました。

「特別室の、昔のことは……」

「ああ、聞いた。程度の差こそあれ、それも全員が喋った。雛雲が一番饒舌だったがな」

左右田課長が少し苦笑されたので、雛雲さんが特別室と闇小屋の因縁について、巫女遊女としての考えを述べたのだと分かりました。

「その雛雲だが、ここでのお産は止めるようにと、登和に対して警告していたらしいな」

「はい。そのことは二人から、別々に聞いております」

「だが、登和は相手にしなかった」

「そのようです」

「何処であれ知り合いのいないところで、取り敢《あ》えず赤子を産んでしまえれば、それで良かったからだろうな」

課長さんの物言いは、明らかに裏の事情を知っているものでした。とはいえ、ここで私が同調する訳にも参りません。困ってもじもじしておりますと、お前の立場は理解しているとばかりに、鷹揚《おうよう》に頷かれました。

しかし、そこから一転、急に険しい表情を浮かべられると、

「そんな登和が、漸《ようや》く赤子を産んだというのに、その直後に身投げなどするだろうか」

最初に「自殺だな」と口にされたのと、全く矛盾する投げ掛けを、いきなり左右田課長はなさいました。

「どういうことでございましょう」

不吉な予感に怯《おび》えつつ、私がお尋ねしますと、

「いや、そのままの意味だ。なぜ登和が身投げをしたのか、どうしても動機が分からん」

意外にも課長さんは、困惑されているようです。

「誰に訊いても、心当たりはないという返事だ。花魁も使用人も、ほとんど登和とは没交渉だったらしいから、まぁ無理もないが――」

「面倒を見ていた遣り手の喜久代や、食事の世話をしていた赤前垂の雪江は、どうでございましょう」

「あの雪江という女はちょっと鈍いのか、余り役には立たなかった。喜久代は、身投げの動機の見当はつかんとしながらも、一つの可能性を示唆したよ」

「何でございますか」

私が身を乗り出しますと、左右田課長は腕組みをされながら、

「喜久代の考えをまとめると、こうなる。お産というものは男が考える以上に、肉体的にも精神的にも大変なもので、況《ま》して登和の場合はかなり特殊な事情があった。ただでさえ妊婦は神経質になりがちなのに、彼女は遊廓の一部で暮らしたうえ、庭の小屋で赤子を産んだ。そこが遊女たちの出産や堕胎に使われていたことは、幾ら何でも彼女には喋っていないが、同じ女として感づいたとしても不思議ではない。そういっ

た異様な背景と状況の中で、彼女はお産を体験した。そして赤子を産んだ瞬間、錯乱してしまった。それで衝動的に身投げをした」

私は言葉もなく、ただ息を呑むばかりでした。

「筋は通っていると思う」

課長さんの様子から、喜久代さんの意見に重きを置いていることが分かりました。

「しかしな――」

そこで今度は左右田課長の方が、身を乗り出されるようにして、

「どうして小屋を飛び出した登和が、本館の裏口から屋内に入り、裏階段を上がって二階の渡り廊下を通り抜け、別館の二階から三階まで駆け上がって、特別室に飛び込んだのか――その説明まではできていない」

「喜久代さんは何と」

「登和は四ヵ月弱も別館で暮らして、頻繁に庭にも出ていた。だから発作的に自殺しようとしたとき、別館の三階から身投げすれば良いと、恐らく閃《ひらめ》いたに違いない――と、こう言うのだ」

「説得力があるように思えるのですが……」

私が遠慮がちに申しますと、

「別館の特別室を目指した理由は、それで説明がつく。だが、どうして本館の裏口か

ら別館の三階まで、登和は一度も迷うことなく駆けることができたのか、という謎は残る。登和の足取りには、まるで躊躇いが感じられんようだった、とは思わんか」

「そう言われますと……」

「恰《あたか》も庭の小屋から別館の特別室までの道程を、前以《まえも》って知っていたようではないか」

「…………」

　その意味を考え、私はぞっと致しました。そのまま何も言えないでおりますと、

「登和が本館に入ったことは」

「いいえ、ございません。別館の一階以外、登和さんは梅遊記楼には不案内だった筈です」

「そのようだな。尤も密かに楼内をうろついていた可能性は、まぁ残るが――」

「でも、どうして彼女が」

「好奇心からか、暇に任せてか、理由は幾らでもあるだろう」

「左様ですね」

　私が納得していない顔をしたのか、課長さんは再び苦笑されながら、

「全てに説明のつく解釈を、実は雛雲がしておる」

「それは、まさか……」

「ああ、幽女の仕業だという説明だ。この幽女については、女将も——」

「はい、存じております。尤もその発端になったと思われる昔の出来事に関しては、何時《いつ》何が起こったのか、一切が分かりません。数年前に金瓶梅楼で連続した不可解な身投げのことを、雛雲さんから聞いているだけです」

「その話は私も聞いた。雛雲には巫女遊女の能力を使って、因縁の根本を探ってくれと頼んだのだが、そう上手くはいきませんと、逆に不貞腐《ふてくさ》れる始末だ」

更に苦笑いを浮かべる左右田課長に、「申し訳ございません」と私は頭を下げつつ、勇気を出してお尋ねしました。

「それで、どういう結論になりますでしょうか」

「うむ」

すぐに課長さんは笑いを引っ込められると、

「登和の動きだけを見れば、自殺としか思えん。ただ、彼女が身投げをする直前のあの部屋には、被害者の他に六人もいた。しかも駆けつけた連中は、それぞれが団子のようになってあの部屋に雪崩《なだ》れ込んだため、かなり混沌とした状態だったらしい」

きっと私は、訝《いぶか》しそうな顔をしていたのでしょう。左右田課長は、はっきりと仰いました。

「だから、もし誰かが登和を故意に突き飛ばしたとしても、他の者には気づかれなかったかもしれんのだ」

「えっ……」

「彼女が今日の明け方、別館の三階に駆け上がることを、誰も予測はできん。よって本件が殺人の場合、犯人は目の前に降って湧いた絶好の機会を、素早く利用したことになる。早業殺人とでも呼べばいいか」

「そんな……」

「無論これは、そういう可能性もあるという話に過ぎん」

「で、でも、そう仰るからには、何かお疑いの向きがあるからでは……」

少しだけ課長さんは間を空けられると、

「あの部屋の主である二代目の緋桜は別にしても、他に五人もいたというのが、どうも引っ掛かってな」

「はい」

私は返事をしながら考えました。その五人が何れも登和さんに興味を持っていたことを、当然ですが本人たちは話していない筈です。私もお教えするつもりはありません。しかし、もし左右田課長に突っ込んで訊かれた場合、果たして何処まで隠し通せるか、不安で堪《たま》りませんでした。相手は憲兵隊の将校なのですからね。

ところが課長さんは、とんでもないことを言い出したのです。

「その五人の中でも一番怪しいのが、実は周作君なんだ」

「ええっ！　ど、どうしてです」

私が目を剝《む》いてお尋ねしますと、鹿爪らしいお顔をなさりながら、

「あとの花魁の四人は、登和が庭の小屋から別館の三階へと辿《たど》った廊下沿いか近くの部屋で、それぞれお客といたか、独りか、他の花魁と一緒に休んでいた。だから異変に気づいて、すぐに部屋を出たとしても、別に不自然ではない。まぁ過去の金瓶梅楼での身投げの際、それほどの人数が駆けつけなかった事実を考えると、些《いささ》か引っ掛かりはするが――」

鋭いご指摘に、私はどきっとしましたが、左右田課長はそのまま続けられました。

「それでも許容範囲だろう。だが、別館の一階で寝ていた周作君に、どうして本館の騒動が分かったのか。小屋は別館の庭と本館を挟んで反対側にある。裏階段は本館の奥だし、二階の廊下は建物の真ん中を通っている。彼が登和の足音を耳にしたとすれば、彼女が渡り廊下を通り過ぎて、別館の二階の廊下を走っていたときだろう」

「その通りだと思います」

「しかしな、それでは間に合わん。花魁たちと団子のようになって特別室へ入るには、もっと早く別館の一階から二階へと上がらなければならんのだ」

「兄は……、兄は何と申しておるのですか」

「蒲団には入っていたが、眠れなかったので起きていた。だから本館の騒ぎに、すぐ気づくことができた。そう言っておる」

「私も眠りが浅かったものですから——」

兄の証言を擁護したい一心でしたが、課長さんは大丈夫だという風に、

「とはいえ周作君が、何も登和を突き落としたとは考えておらん」

「ほ、本当でございますか」

「動機がないからな」

思わず私は、大きく頷きました。確かにそうです。兄に登和さんを殺《あや》めなければならない訳は、何もありません。

「同じことは花魁たちにも言える」

一瞬の躊躇いがあってから、私は首を縦に振りました。染子さんを除く四人には、登和さんとの奇妙な関わりがありました。かといって誰かが……とまでは思いませんでしたが、すっきりしなかったのは事実です。

幸い左右田課長は、私の微妙な躊躇《ちゅうちょ》に気づかれませんでした。

「ここに登和が来たのは四ヵ月程前だ。それくらいの時間があれば、殺人の動機が生まれても別におかしくはない。だが、彼女は誰とも没交渉だった。少なくとも殺人事件の被害者になるほど、誰かと濃い関係になった形跡はない。それ以前に誰かと知り

合いだったとも、ちょっと考えられん」

「はい」

今度は即座に返事を致しましたが、課長さんのご指摘が必ずしも正しくないことは、矢張り黙っておりました。

「それに雛雲が、窓から身投げしようとする登和を、必死に二代目の緋桜が抱きついて止めているところを見たと言っておる。生憎《あいにく》、半裸状態の登和の汗で滑ってしまい、完全に摑み切れなかったらしいがな。この証言が事実だとすると、もし誰かが登和に手を掛けたのなら、きっと二代目に気づかれて騒がれた筈だし、当の雛雲も目撃していただろう」

「そ、そうですよね」

思わず強く相槌を打った私に、課長さんは厳しい顔つきで、

「ただな、ここまで明確な証言をしたのが、巫女遊女だけというのが何とも心許《こころもと》ない。また二代目が抱きついたのは、登和の腰だったという。つまり誰かが彼女の背中を押したとしても、二代目には分からなかったかもしれんのだ」

「でも、その場合は雛雲が――」

「ああ、目撃した筈だ。だが、その当の彼女独りしか、はっきりとした証言をする者がおらん、という事実がある」

「……雛雲が怪しいと」

何だか私は頭の中がこんがらがってしまいました。

「いや。要は彼女だけに限らず、あの部屋にいた全員が疑わしいと言える。但し、それは極弱い疑いだ。喜久代が分析したように、登和は精神的にも肉体的にも極限状態にあった。この両者を、つまり動機のない容疑者たちと追い詰められた被害者を客観的に比較して検討した場合、登和は身投げをしたと見做す方が、極めて合理的な解釈であることは間違いないだろう」

左右田課長は少し口を閉じられたあと、

「それに要らぬ波風を立てずに、この件は処理する必要がある。そういう意味でも、登和は自殺だったと報告するつもりだ」

裏の事情があることを臭わせる発言を、さらっとなさいました。

「……左様ですか」

どっとした疲れを私は感じると共に、ほっとした安堵も同時に覚え、一気に力が抜けたような気分でした。

確かに左右田課長は最初から「自殺だ」と仰っておられましたが、お話をするに従い何やら雲行きが怪しくなってきて、しかも兄にお疑いを掛けられたのですから、もう気が気ではありませんでした。それが回り回って、当初の自殺という結論に落ち着いたのですから、私の複雑な反応もお分かり頂けるのではないでしょうか。

そんな私の思いが、課長さんにも伝わったのか、

「女将を徒《いたずら》に心配させてしまったな。許せ」

「とんでもございません。そんな――」

軽く頭を下げる左右田課長に、ふるふると私は首を振りました。

「筋の通らんことを見つけると、どうもあれこれ考える癖があってな。今回の件が登和の身投げ、彼女の発作的な自殺であることは、まず間違いないと思う。ただ、もやもやとした妙な引っ掛かりが、どうしても残ってしまう。もしかするとあの部屋に駆けつけた連中と登和の間には、本人たちしか知らない些細《ささい》な因縁があったのかもしれん。それで説明のつかない謎が残るのなら、あとは雛雲が口にした幽女の仕業とでも考えるしかない」

反応に困った私の顔を見て、課長さんは意外なことを仰いました。

「職務柄、私は物事を論理的に思考する癖がついておる。ここだけの話、特高がそういう風に機能している訳ではないがな。ただ、だからといって世の中の全ての現象が、人間の理性だけで割り切れるものではないだろう。そうとも思っている」

「うちの見世に、ゆ、幽女が本当にいると……」

「何も断定はしておらん。とことん合理的に考え抜いた結果、尚も謎が残るようであ

れば、そういう解釈を受け入れる精神的な余裕も必要だろうと、まぁそういうことだ」

「……はぁ」

仰っている意味は理解できましたが、流石《さすが》に戸惑っておりますと、左右田課長は真面目な表情と口調で、

「女将、幽女の存在は置いておくにしても、今後は気をつけた方が良い」

「どういうことでございましょう」

「それが、はっきりとは言えんのだが、どうも嫌な感じがしてな」

「何に対して……ですか」

「それが分からん。かといって雛雲のように、霊感を得た訳ではない」

課長さんの物言いに、冗談めかしたところは微塵《みじん》もありません。

「今回の登和の身投げに関して、私は色々と調べて考えた。その結果、自殺だと判断した。諸般の事情があるとはいえ、この結論は間違っていないと思う。だがな、登和は自殺でした……では済まぬ何かが、未だここには残っておる。そんな風に感じられてならんのだ」

そう仰りながら客間の中を——いえ、梅遊記楼全体を見回す仕草をされたので、忽《たちま》ち私はぞっとしました。

その日の夕方までに全てのお調べが終わりましたので、動揺する花魁たちを私が宥《なだ》め、喜久代さんが叱咤して、少し遅れただけで通常通りに見世は開けました。流石《さすが》に別館の三階は使用しませんでしたが、それ以外は何時《いつ》もと同じで変わらず、自分が女将ながら廓の逞《たくま》しさに改めて感心したほどです。

翌日の午前中、左右田課長の警告に触発された私は、帳場と御内証の探索を再開しました。幽女の手掛かりを摑みたい一心で、簞笥や行李の中を搔《か》き回したのです。そして遂に、祖母と母がつけていた何十年分もの帳簿の間から、ある記述物を見つけました。それは探していたものとは違ったのですが、中身を目にした途端、もう興奮で我を忘れてしまって……。

私が見つけたのは、初代緋桜さんこと桜子さんの日記帳でした。

七

貪《むさぼ》るように桜子さんの日記を読みながら、私は途轍《とてつ》も無い衝撃を受け続けました。別館の三階や庭の闇小屋を巡る怪異にではありません。雛雲さんから聞いていたとはいえ、勿論それらにも慄《おのの》きましたが、より恐ろしかったのは、彼女自身に降り掛かった数多《あまた》の悪夢的な出来事でした。一連の忌まわしい事件よりも、桜子さんの経験全てが、私にとっては恐怖だったのです。

　未だ何も知らない少女が古里を離れ、桃苑の廓町の金瓶梅楼に売られ、様々な習い事や雑事をこなしながら、軈《やが》て花魁となって見世に出て、お下働きを経験する——と言えば簡単ですが、その過程の全てが、厳しく、哀しく、痛ましくて、どうにも堪《たま》りません。桜子さん自身が体験した訳ではありませんが、月影さんの鬼子を葬る場面などもも、兎に角もう辛くて……。

　金瓶梅楼の女将の娘として育ったうえに、そのとき私は梅遊記楼の女将だった訳ですから、廓内のことは何であれ大抵は既に知っておりました。でも、それは単に頭で理解していただけだったのです。桜子さんの日記を、何時しか彼女自身と同化して読み、そこに書かれた出来事を疑似体験した私は、とても冷静ではいられなくなりました。遊廓の存在意義を様々な意味で認めて、自分なりに受け入れていた筈なのに、世の中に廓ほど酷い場所もないとまで、遂には思い詰めるようになってしまいましてね。

　暫《しばら》くは落ち込んでおりました。とはいえ廃業する決心がつくほど、その日記に影響された訳ではありません。時間が経つにつれ、少しずつ落ち着いてきたのです。

　そこで日記に記されていた怪異に、漸《よう》く目が行くようになりました。その内容は既に雛雲さんから聞いていたものと一緒でしたが、別の角度から見ることができたり、より詳細を知れたりと、とても役立ちました。ただ、桜子さんの体験はご本人が書かれている為、読んでいると何とも悍《おぞ》ましい気配のようなものまでが伝わってきて、夢で魘《うな》されたほどです。

金瓶梅楼で起きた怪異は、何処か一本筋が通っているようにさえ見えるのに、実際は全く摑みどころがなく、矢張り得体の知れないものの仕業としか思えませんでした。その不可解さが何とも無気味で、廊下を歩いたり階段を上がったりしているとき、不意に怖くなることがあって……。これには難儀しました。

この不可解さは、いみじくも雛雲さんが口にした「幽女」という存在を認めでもしない限り、どうにも説明がつけられません。いえ、幽女の正体が分からないのでは、結局は意味のないことでしょうが……。

意味がないと言えば、こういう比較もそうでしょうか。

月影さんは鬼子を堕《お》ろしたあと、登和さんは望まれぬ子を産んだあと、どちらも明け方に闇小屋を飛び出して別館の三階まで駆け上がり、特別室の西側の窓から身投げをしました。

そんな二人を助けようとしたのが、初代と二代目の緋桜さんでした。全裸の月影さんと半裸の登和さんという違いはあれ、それぞれの腰に抱きついて止めようとして、汗で滑って捕まえられなかったところまで同じです。

そして、この二つの身投げの様子を目撃したのが、雛雲さんでした。比較と申しましたが、気味の悪いほど似ておりませんか。偶然で片づけるにしては、余りにも気持ち悪くありませんか。言うまでもなく月影さんと登和さんとでは、境遇も含めて全てが違っておりますが、闇小屋に入った理由は、それほど大差がないように思えます。この場合は、それが何より重要ではないでしょうか。

初代緋桜の桜子さんと二代目緋桜の染子さんも、矢張り境遇も含めて全てが違っておりますが、同じ源氏《げんじ》名《な》という共通点がございます。前に雛雲さんが指摘された通り、緋桜の名を染子さんが継いだことで、彼女は否応なく巻き込まれてしまったのかもしれません。

雛雲さんが二つの身投げの目撃者になったのは、彼女が巫女遊女の所為でしょうか。但し、どちらも目撃者というよりは、明らかに傍観者でした。この一歩も二歩も退いた彼女の態度——幽女に関わりたくないという意思表示——が更に、事件に暗い影を投げ掛けているように、私には思えてなりませんでした。

しかし、どうすれば良いのか全く分かりません。気味の悪い暗合を幾ら捜し出しても、何の解決にもなりませんからね。結局、桜子さんの日記を読むことで、より一層の混沌とした恐怖に囚われてしまったような気が致します。

途方に暮れた私は、誰かに相談しようと思いました。でも、その相手を考えたところで、はたと困りました。

真っ先に浮かんだのは母と喜久代さんですが、嘗《かつ》て金瓶梅楼で身投げが連続したとき、この二人は何の対応もしていないのです。とても有益な意見が聞けるとは思えません。次に兄の周作を考えましたが、彼は合理主義者です。幽女の件を口に出しただけで、鼻で笑われてしまうでしょう。かといって雛雲さんは、こう言っては失礼ですが、具体的な話になると何の役にも立ちません。浮牡丹さんなら親身になって相談に乗って呉れるでしょうが、最後はキリスト教の話に落ち着きそうです。全く表には出しませんが、彼女が熱心な信者であることは間違いありません。何の解決にもならないのは、雛雲さんと同じかもしれません。

梅遊記楼の中で見つけるのは無理かな……と諦め掛けていたとき、染子さんなら打ってつけかもしれないと、ふと閃きました。彼女は見世に来た当日、幽女と思しき花魁を目にしています。その後も別館の三階に行くまで、何か感じるものがあったようですし、特別室に入ってからは、夕方になると問題の窓にカーテンを引いています。そして登和さんの身投げです。

考えれば考えるほど、二代目の緋桜を名乗る染子さんには、初代が関わった事件について知る権利があるのではないか、とまで私は思い詰めました。単に自分の思いつきを正当化する、手前勝手な解釈だと今なら分かりますが、あのときは違っておりました。

登和さんが身投げした翌日、私は喜久代さんと二人で、染子さんに会っています。これまで通り二代目緋桜として特別室を使って欲しいと、こちらの要望を伝える為にです。彼女は特に嫌がる素振りも見せずに、とはいえ喜び勇んでという様子でも勿論なく、淡々とした態度で承諾して呉れました。

その更に翌日、花魁たちが昼寝から起きる少し前頃を見計らって、今度は私独りで別館の三階を訪ねました。

「ちょっと宜しいですか。実は二人だけで、内密のお話があります」

襖を少しだけ開けて声を掛けますと、染子さんが起きて仕度をしている気配があって、すぐに部屋の中に通されました。

「ご免なさいね、休んでいたのに」

「いいえ。うとうとしていただけですから」

簡単に挨拶を済ませると、私は本題に入りました。それも遠回しにではなく、単刀直入に尋ねることにしました。

「まずお尋ねしたいことがあります」

「……はい」

染子さんの返事には、何処か身構えているような響きが感じられましたが、私は気にせず質問しました。

「毎日夕方になると、見世の表側の窓のカーテンを閉めるそうですけど、どうしてです」

すうっと彼女は両目を閉じると、ゆっくりと息を吸い、そして吐き出しました。覚悟していた瞬間が愈《いよいよ》訪れたので、取り敢《あ》えず自分を落ちつけている——そんな様子でした。

それから彼女は徐《おもむろ》に両目を開けて、囁《ささや》くように答えました。

「怖いから……です」

「何が」

「窓の外……」

「どうして。なぜ窓の外が怖いの」

染子さんは少しだけ躊躇《ためら》ったあと、

「見えるから……」

「何が見えるんです」

「いえ……、見られるんです」

その言葉を耳にした途端、二の腕に鳥肌が立ちました。

「み、見られる？　窓の外から？」

「……はい」

咄嗟に私が思い出したのは、雛雲さんの体験でした。別館の特別室の真下の部屋で目撃した、窓の外から室内を覗いている逆様《さかさま》の花魁の顔のことです。

「それって――」

と尋ね掛けたところで、つい私は問題の窓に目をやり、何も言えなくなってしまいました。その様子が、恰《あたか》も話を促しているように見えたのか、

「……ええ。あの窓から、こちらを覗くんです」

未だ躊躇う口調を残しながらも、染子さんは続けました。

「何がですか」

窓から目を離せないまま訊くと、

「……花魁」

予想していた答えが返ってきました。でも、それで安心できるどころか余計に怖くなって、益々その窓から目を逸らせなくなったのです。

「詳しく教えて下さい」

有りっ丈《たけ》の勇気を振り絞り、私はそう言いました。梅遊記楼の怪異を何とかする為には、染子さんの体験も知る必要があると思ったからです。

「この部屋に入って、暫《しばら》く経った頃でした――」

そんな私の決意が伝わったのでしょうか。訥々《とつとつ》とした口調ではありましたが、彼女が話して呉れました。

「あれを目にしたんです。それまでも気配だけは感じておりました。何かが部屋の中を覗いているような……、誰かに見られているような……、そんな厭《いや》な思いを、ずっと肌で感じていました。最初は本当に誰かが、襖の向こうから窺っているのだと考えました。けれど、いきなり襖を開けてみても、誰もいません……。別館の三階はこの部屋だけですから、逃げ場がありません。廊下を走って階段を駆け下りたにしても、絶対に後ろ姿は見える筈ですし、その前にまず足音が聞こえます。階段横の物置部屋も調べましたが、誰も隠れていません。変だな、気の所為かなと思っていたのですが、そのうち覗かれているのが襖からではなく、反対側の窓からではないかと感じるようになって……」

染子さんが言葉を切ったので、励ますように私は頷きました。

「それで……、ちらちらと表側の窓を見るようになりました。お客様には『何を見てる』とよく訊かれましたが、そこは適当に誤魔化して……。あれは未だ完全に日が暮れていない、けれど赤茶けた夕日に薄い影が墨汁のように広がりはじめている、そんな時間帯でした。当日一番乗りのお得意さんを迎えて、私はお茶の用意をしておりました。その頃にはもう癖のようになっていましたので、全く何の気なしに、ひょいとあの窓の方を見たのです」

そこで染子さんと私は同時に、問題の窓に顔を向けました。

「すると窓枠の下から、すうっと何かが迫《せ》り上がってくるのが見えて……」

「えっ、でも窓の向こうには、露台があるでしょ」

「そうですが……、私にはそんな風に見えて……」

染子さんが口籠《くちご も》りそうになったので、私は慌てて先を促しました。

「分かりました。それで」

「咄嗟に頭に浮かんだのは、棘《とげ》が疎《まば》らに抜けた大きな毬栗《いがぐり》でした」

「えっ？」

突飛《とっぴ》な譬《たと》えに、私は思わず笑いそうになりました。が、棘の少ない大きな毬栗の意味を悟った瞬間、ぞっとしたのです。

「まさか……、それって簪《かんざし》や笄《こうがい》を髪に挿《さ》した、花魁の頭なんじゃ……」

こっくりと染子さんは頷くと、

「それが窓の下から浮かぶように上がってきて、ぴたっと窓硝子《ガラス》の向こうで止まると、ゆっくりと部屋の中を見回し出したのです」

「お客様は？」

「窓を背にしてましたから……。もし目を向けていたとしても、あれが見えていたかどうかは分かりません」

　確かにその通りだったので、私は先を促しました。

「それでどうしたの」

「……目が合いました」

　言葉のない私の顔を、染子さんは覗き込むようにして、

「部屋の中を見回していたそれと、目が合ったんです。そうなる前に、本当は顔を逸らしたかった。でも、どうしてもできなかった……。あれが私に気づくまで、窓から視線を離せませんでした。なのにそれに見詰められた途端、忽《たちま》ち項《うなじ》が粟立って、一刻も早く目を背けたいと思いました。けど、やっぱりできません。蛇に睨まれた蛙《かえる》というのは、ああいう状態を指すのでしょうね」

　雛雲さんも同じ表現をしていたことが、桜子さんの日記に書かれていたのを思い出し、私は何とも厭《いや》な気分になりました。

「結局どうなったんです」

　それでも尋ねたのは、完全に好奇心からでした。

「私が震え上がっていると、それが嗤《わら》いました。にたっ……と嗤ったのです。その様が、まるで漸《ようや》く見つけたぞ……とでも言っているように見えて、余りの恐ろしさに目

を逸らしました。次に目を向けたときには、もういませんでした」

「だからカーテンを――」

「はい、引くようになって……。ただ、一度きっちり閉めていなかったらしくて、カーテンの隙間から室内を覗いている、それを目にしたことがあります。姿を見られないようにと、慌てて左手の壁伝いに窓まで近づいて、完全にカーテンを閉じました。以来、夕方のカーテン引きは、とても慎重にやるようにしております」

　染子さんの話が終わるのを待って、私は尋ねました。

「窓から覗く顔だけど、あなたが梅遊記楼に来た日に渡り廊下で目撃した、例の花魁と同じだったと思う？」

「……どうでしょうか」

　小首を傾げながらも、彼女は同意しているように見えました。

「もしそうだったとしたら登和さんの身投げも、彼女の個人的な事情だけが理由――いえ、原因じゃなかったかもしれないの」

「どういう意味ですか」

　怪訝《けげん》というよりは不安そうな染子さんに、私は金瓶梅楼で起きた一連の怪異について、昼寝から起き出した花魁たちの喧騒《けんそう》が微かに伝わってくる中で、全てを包み隠さずに話しました。まるで二人だけで怪談会を開いているような異様な雰囲気が、そのとき別館の三階には恐らく漂《ただよ》っていたと思います。

私が喋っている間、染子さんは全く口を挟みませんでしたが、語り終えたと分かると、一言だけ呟きました。

「何てことでしょう」

その言葉には、彼女のあらゆる感情が詰まっているようでした。そうやって自分の気持ちを抑えたうえで、

「でも女将さんは、どうして私に……」

こんな話をするのかと、彼女は訊きたかったようです。

「染子さんは桜子さん同様、この怪異に言わば巻き込まれてしまった。ですから全てを知る権利があると、私は考えました」

「ありがとうございます」

素直に頭を下げる彼女に、慌てて私は続けました。

「それとこの問題をどうすれば良いのか、相談に乗って欲しいと思ったからです」

「私が、女将さんの？」

「この手のものに対して、染子さんは全く素人という訳では――」

今度は彼女が慌てはじめました。

「そ、そんな無理です。雛雲姐さんのような巫女遊女では、私は決してありませんか

ら……」

「でも、幽女を見てるでしょ」

「……そうですけど、ただ目にしたというだけで、どうすることもできません」

「それは雛雲さんも一緒です。何もできないと、彼女もはっきり言ってます。別に幽女を祓って欲しいとか、そういうことを染子さんに頼みたい訳じゃないの。ただ知恵を貸して貰いたいの」

「私など――」

首を振る染子さんに、私も同じく首を振りながら、

「いいえ、あなただけが頼りなんです。過去の事情を全て知っているうえに――」

「それは女将さんが今、お話しになったから――」

「その一連の怪異を、少なくとも否定していない人で――」

「えっ……」

「また何の策もない為に、この問題を冷静に見られる人となると――」

「…………」

「染子さんになるんです」

彼女は一瞬、後悔したような表情を浮かべました。もしかすると私から過去の話を教えられたことを、有難迷惑に思ったのかもしれません。

しかし、次いで迷うような仕草を見せてから、

「雛雲姐さんは、何もできないと仰ったんですか」

「ええ。私は最初、神社仏閣にお祓いを頼みたいと言ったのです」

そのときの雛雲さんとの遣り取りを話し、彼女自身にお願いした経緯も、私は染子さんに説明しました。

「でも、自分には悪しきものを祓う力などないと、雛雲さんに断わられてしまいました」

「そうですか」

染子さんの相槌が妙に気になったので、すぐ私は尋ねました。

「何か引っ掛かっているような感じですね」

「いえ……」

否定の言葉を口にしながらも、染子さんは矢張り迷っているようでしたので、私は安心させるような口調で、

「ご本人には決して喋りませんので、何か知っていることがあれば、どうか話して下さい」

「実は――」

「何でしょう」

「雛雲姐さんが漏らされた言葉で、気になることがあって……。それも二つ……」

「教えて下さい」

「どういう意味かは分からないのですが……」

と断わったうえで、染子さんは教えて呉れました。

「ちょっと調べてみんとな――と、雛雲姐さんが呟いたのを、偶々《たまたま》ですが耳にしたんです」

「何時《いつ》？」

「あの女の人が身投げをしたあと……。この部屋に姐さん方がいて、かなり混乱していたときでした。私は女の人を助けようとしましたが、失敗して……窓の近くで呆然としていました。気がつくと雛雲姐さんが側にいて、そんな風に呟かれるのが聞こえて……」

「つまり登和さんの身投げについて調べるってこと？」

「……さぁ、分かりません」

「それとも幽女のこと？」

「……どちらとも考えられますよね」

染子さんはそう言いましたが、あのときの雛雲さんの別の呟きを思い出した私は、後者のような気がしました。

同じや……。あのときと同じや……。

登和さんの身投げに遭遇した雛雲さんは、過去に特別室から身投げした花魁たちを思い出して、咄嗟に慄《おの》いたのでしょう。

何で……。何で同じなんや……。

それから、なぜこれほど似た悲劇が続くのかと、恐らく疑ったのではないでしょうか。勿論そこには幽女という得体の知れないものの存在が、影を落としていた訳です。

ちょっと調べてみんとな――。

だから雛雲さんは、きっと独りで探る決心をしたのでしょう。そういう意味では、私と目的が同じです。でも、だからといって彼女と協力できるかと言えば、なかなか難しそうでした。

「あのうー」

すっかり私が考え込んでいると、遠慮がちな染子さんの声がしました。

「あっ、ご免なさい」

「いいえ。それで差し出がましいようですが、少し様子を見られては……と思ったのですが」

「雛雲さんの？」

「はい」

染子さんは頷きつつも慌てた口調で、

「雛雲姐さんが何をお調べになるつもりなのか、私には分かりません。ただ、もしお姐さんにお心当たりがあるようなら、それなりの結果が出るのではないでしょうか」

「そうですね」

相槌を打ちながらも、余り私は納得していませんでした。雛雲さんの真意が、全く摑めなかったからです。とはいえ本人に尋ねても、まず教えては呉れないでしょう。第一そんなことをすれば、染子さんとの約束を破る羽目になります。

「それとも、すぐ神社かお寺にお祓いをして貰うかですね」

私の反応が芳《かんば》しくなかった所為か、染子さんは続けてそう言いました。

「いえ。三、四日ほど待ってみましょう。それで雛雲さんに何の動きもなければ、そのときはお祓いを頼むことにします」

雛雲さんには何の期待もしていませんでしたが、ほんの少しだけ不安が薄らいだような気がしました。取り敢《あ》えずの予定が──と呼べるほどのものではありませんが──決まったので、そんな気分になったのでしょう。

「それが良いと思います。と言いますのも……」

染子さんが賛同しつつも何か言いたそうにしたので、雛雲さんが漏らした気になる言葉にはもう一つあったことを、私は思い出しました。

「二つ目の気になる呟きのことですか」

「……はい」

「それも、あのとき口にしたの」

「そうです。正確には窓から離れかけて、ふいに振り向かれて……」

「何と？」

「今回も三人、ここから落ちるんやろうか……と」

どきっとしたのが先で、その意味を察したのは後でした。

金瓶梅楼時代に別館の三階から落ちた――または落ちかけた――のは、通小町さん、緋桜さん、月影さんの三人でした。

それが梅遊記楼になって、登和さんが身投げをしました。彼女を一人目として、更に二人目、三人目と続くことを、雛雲さんは心配した訳です。

その巫女遊女の様子を見るのが、三、四日で妥当だと染子さんが判断したのは、この台詞があった所為だったのです。それ以上の猶予を見た場合、第二、第三の身投げを出してしまうかもしれないと、きっと彼女は恐れたのでしょう。

しかし、実際は一日の猶予もありませんでした。

その翌日の早朝、当の雛雲さんが二人目になってしまったのです。

八

私が特別室に染子さんを訪ねたのは、二代目緋桜さんのお得意さんが揚がられる、何時《いつ》もの水曜日の午後でした。さる軍需会社の重役――といっても未だ若かったのですが、中杉《なかすぎ》さんという方が毎週水曜の夜遅くにお見えになって、翌日の早朝にお帰りになるということを、もう何ヵ月も習慣のように続けておられました。

そうそう、この中杉さんという方は、雛雲さんの身投げの後で、ある殺人事件に巻き込まれたそうです。そういう運の方だったのでしょうか。いえ、その事件とうちとは全く何の関係もございません。××市で病院を営む上榊《かみさかき》家の離れで起きた、確か学生さんの毒殺事件だった筈ですが、それが解決したのかどうかは記憶にありません。

兎に角その日――翌日の木曜――の朝も、中杉さんが朝早くにお帰りになるというので、染子さんが見世の前までお見送りに出ました。本当なら遣り手の喜久代さんも顔を見せるのですが、母が引退する少し前頃から、めっきり目や耳や足腰までが衰え出したので、朝は休むことが多かったようです。それで中杉さんのお見送りも、染子さん独りに任せていました。

「……他に誰もいなかったので、つい魔が差したのでしょうか」

す。

憲兵隊の左右田課長に事情聴取をされた際、そんな風に彼女は打ち明けたといいます。

染子さんが何をしたかと申しますと、中杉さんを見世の前で見送ってから右横の路地に入り、そのまま奥へと進んで本館の東側を回ると、何と庭の闇小屋を見に行ったというのです。

左右田課長に理由を訊かれ、登和さんの件で気になっていたからと答えたそうですが、それだけでしたら彼女も態々《わざわざ》そんなことはしなかったと思います。雛雲さんの意味深長な呟きを耳にしたうえ、私に一連の怪異を教えられた所為で、恐らく好奇心が刺激されたのでしょう。

この寄り道が、運命の分かれ道でした。雛雲さんにとっては命取りとなり、染子さんにとっては救いとなったのですから。

どんっ……という鈍い物音を、染子さんは闇小屋から戻る途中の路地で、はっきりと耳にしたそうです。反対側から聞こえた気がしたので、路地の残りを急ぎ足で戻って見世の表へ出ると、向かいの蓬萊楼《ほうらいろう》の仲どんが硬直したまま梅遊記楼の別館の方を凝視している姿があり、それで自分も目を向けたところ、その真ん前に倒れている雛雲さんを発見した——という次第らしいのです。

お客様を見送った早朝に、顔を見れば挨拶をしていた蓬萊楼の仲どんと、暫《しばら》く染子さんは無言で見つめ合っていたといいます。それからほぼ同時に、お互い「わぁっ」と声をあげながら、それぞれの見世の中へと駆け込んだ訳ですが、染子さんは真っ直ぐ御内証へ駆けつけると、「女将さん、大変です！」と襖越しに私を起こしました。

「雛雲姐さんが……、特別室から落ちて……」

眠気が一気に吹き飛ぶと共に、ぞわっと項《うなじ》が粟立ちました。

「身投げしたの？」

蒲団から飛び起きて、廊下側の襖を開けますと、

「……はい、いえ……」

染子さんは頷いた後、すぐに首を振りました。何が起こったのか、彼女にも分からなかったからでしょう。

登和さんのときと同様、警察だけでなく憲兵隊の方も見えられ、現場検証と事情聴取が行なわれました。それが終わるのを待って、左右田課長を御内証にお誘いし、ご意見をお聞かせ下さいと私はお願いしました。課長さんのお考えを教えて頂かない限り、とても安心できないと思ったからです。

ちなみに憲兵隊が今回も顔を出したのは、死んだ雛雲さんが、登和さんの身投げを目撃した一人だったからだと、課長さんは説明されました。登和さんの死を自殺とした判断に、雛雲さんの件で齟齬《そご》が出ることがあってはならないので──矢張り彼女の

舅に対する配慮からでしょうか——同じように調べる必要があったと申されました。

そのお話の中で、左右田課長が蓬萊楼の仲どんに質問して、ちゃんと染子さんの証言の裏を取られたとお聞きし、もう私はびっくりしました。

「染子さんを疑っておられるのですか」

「特別室は彼女の部屋ではないか」

「そ、それはそうですけど……」

「女将、そんなに興奮するな。二代目の容疑は既に晴れておる」

「本当ですか」

途端に喜ぶ私の顔を見て、課長さんは苦笑を浮かべながら、こう仰いました。

「蓬萊楼の仲どんは、別館の表玄関の前に雛雲が落ちたのを目にした後、本館と別館の間の路地から二代目が飛び出して来たのを見ている。その間の時間経過を何度も確認し、実際に検分もしたのだが、どれほど長く見積もっても一分くらいだったと判明した。この僅《わず》かな時間で、雛雲を別館の三階から突き落とした後、急いで別館の二階に下り、渡り廊下を通って本館へ走り、次いで本館の一階へ駆け下り、台所の勝手口から路地へ入り、見世の表へと飛び出すのは、それが仮に若い男であっても絶対に無理だ。況《ま》して二代目は着物姿だったんだからな」

「確かに仰る通りです」

「第一そんなことをすれば、通り道の廊下沿いの部屋で寝ていた花魁たちの、誰か一人くらいは起こした筈だ。かといって別館の一階に駆け下りれば、周作君が目を覚ましてしまう。登和のときがそうだったようにな。だが、花魁たちも周作君も、廊下を走ったり階段を駆け下りる物音は、少しも耳にしていない」

「そうお聞きして、ほっとしました」

「それにだ、そもそも二代目には、雛雲を殺害するような動機が全く見当たらない。現場不在証明《アリバイ》を確かめたのは、特別室の部屋主だったからに過ぎない」

この左右田課長の物言いに、私は引っ掛かりました。染子さんの容疑が晴れて喜んだのも束の間、私は忽《たちま》ち別の不安に駆られたのです。

「お待ち下さい。まるで他の者には、雛雲さんを手に掛ける動機や機会があったかのように、私には聞こえたのですが……」

「毎週水曜の夜、二代目のところに中杉が来ることは、楼の関係者なら誰もが知っていたのではないか」

「はい。大切なお得意様ですから、誰もが存じていたと思います」

「彼が泊まり、翌日の早朝に帰ることもか」

「左様ですね」

「そのとき見送りに出た二代目と、長々と見世の前で立ち話をすることもか」

「……はい。尤も登和さんの件がございましたので、今朝は染子さんもそれどころではなく、何時《いつ》もより早く見送ったそうですが――」

「だから闇小屋を見てみようなどと思った。その結果、中杉を早々と見送りながらも、何時もより早く部屋に戻ることもなかった訳だ」

「ど、どういう意味でしょう」

左右田課長の真意が分からず――いえ、何となく察しはつくのですが、とても恐ろしくて――私はうろたえました。

「つまり木曜のその時間、別館の三階には誰もいなくなると、ほとんどの関係者が知っていたことになる」

「まさか……」

「事前に理由をつけて雛雲を呼び出しておき、未だ二代目が戻っていない特別室で会い、隙を見て露台から突き落とすのは、充分に可能だ」

「で、でも……、態々《わざわざ》どうして特別室で……」

「身投げに見せ掛ける為というのが、常識的な理由だろうな。だが、その場所が梅遊記楼の別館の三階となると、別の効果も期待できる」

「えっ……」

「登和だけでなく、ここが金瓶梅楼だった頃から、あの部屋では身投げが相次いでいた。明らかに他殺だと分かる証拠でも残さない限り、またか……で済まされてしまう可能性が高い。完全に幽女の所為にするのは流石《さすが》に無理があるだろうが、それ絡《から》みの錯乱に見せ掛けて被害者を始末することはできるのではないか。そう犯人が考えたとしても、別に不思議ではない」

私はぞっとしました。幽女の仕業だと言われるよりも、それを誰かが利用して雛雲さんを殺したかもしれないと指摘される方が、遥かに恐ろしかったのです。

「だ、誰が……。ど、動機は何でしょう」

「うむ、問題はそこだ」

課長さんは唸るような声を出されると、

「容疑者として考えられるのは、登和が身投げしたときあの部屋にいた者だ」

「浮牡丹さん、紅千鳥さん、月影さん、兄……の四人ですか」

「そうだ」

「どうしてです。どうしてこの四人に絞られるのでしょう」

やや向きになってお尋ねしたのは、勿論兄の周作が容疑者の一人だった所為です。

「登和さんとは違い、雛雲さんは金瓶梅楼時代からうちにいる花魁です。この四人の他にも、彼女と接点のあった者が——、それこそ動機のある者がいるのではないでしょうか」

「確かに」

左右田課長は一旦肯定したうえで、

「しかしな、登和の身投げは月曜だった。今日は木曜だ。ほとんど連続していると言って良い。つまり雛雲の死が、登和の身投げと無関係とは思えんのだ」

「それは……」

「もし女将の言うように、金瓶梅楼時代から雛雲に殺意を抱く者がいた場合、なぜもっと早く彼女を手に掛けなかったのか、どうして今だったのか、という疑問が出る」

「それは……」

私は必死で頭を働かせました。

「先程の課長さんのお考えが、その説明になっているのではないでしょうか」

「私の？」

「はい。特別室で身投げがあっても、またか……で済まされます。では、それが連続すればどうでしょう。益々その傾向が強まりませんか」

「成程《なるほど》な。犯人は雛雲をずっと始末したいと思っていた。だが、なかなか機会がないままに年月が経っていた。そんなとき登和が身投げをした。それを犯人は咄嗟に利用して、雛雲を殺害したという訳か」

左右田課長の顔に微かな笑みが広がったかと思うと、

「いやはや、これは女将に一本取られたな」

「と、とんでもございません」

「謙遜《けんそん》することはない。なかなか鋭い考察だ。普通は同じ場所で連続して死ぬ者が出れば、様々な疑いを持たれてしまう。だが、ここの特別室は文字通り特別だからな。今回の場合だと、登和の身投げに触発された後追い自殺という線を、犯人は演出したかったとも考えられる」

課長さんは頻《しき》りに感心されましたが、急に真面目な顔をされますと、

「だがな、女将には悪いが、登和が身投げした際に、あの部屋に六人も集まっていた不自然さの方が、私には引っ掛かってな」

「左様でしたか」

やっぱり……と思いましたが、口には出しませんでした。

「その六人のうちの一人が、登和の身投げから三日後に、全く同じ状況で死んでしまった。残った者を疑いたくなるのも、無理はないと思わんか。いや、女将に対して、別に無理強いをするつもりはないのだが――」

「いえ……、ご尤もです。ですが、動機は何でしょう」

「登和殺しを目撃され、それを雛雲に指摘されたとしたらどうだ」

「雛雲さんが強請《ゆす》った？」

私には信じられませんでした。でも、すぐに左右田課長も首を振られて、

「そうとは限らん。巫女遊女として、犯人に何か言ったのかもしれない。それが己の命取りになるとも知らずにな」

「雛雲さんは口封じの為に……」

「殺されたのかもしれん。女将も聞いておるだろう。登和の身投げの現場で、雛雲が呟いた意味深長な言葉を」

「ちょっと調べてみんとな――ですか」

「そうだ」

「染子さんから聞かれたのですね」

「ああ。そこまではっきりとではないが、あの場にいた彼女以外の者も、矢張り同じ台詞を耳にしている。それを登和の事情聴取のときに喋って呉れていたら――」

「申し訳ございません」

私が頭を下げますと、課長さんは軽く頷きながら、

「つまり雛雲は、登和の死について何か知っていたと考えられる。それが真実なら、登和の身投げも他殺であり、問題の四人の中に犯人がいることになる」

暫《しばら》く御内証に沈黙が降りました。私は新しいお茶を淹《い》れながら、どうすれば良いのだろうと、途方に暮れておりました。とはいえ私が思い悩んでも仕方ありません。左

右田課長にお縋《すが》りするしか他に手はないのですから。

「登和さんの件のとき、今後も気をつけるようにと、課長さんには折角ご忠告を頂きましたのに、こんなことになって……」

私は両手をついてお詫び致しました。

「女将として私が不甲斐《ふがい》ないばかりに……」

「あなたが謝る必要はない。さぁ顔を上げて」

課長さんを窺いますと、何処か恥じているような顔をなさっていて、びっくりしました。

「色々と現場に不審な点があり、こちらに事を荒立てたくない理由があったのも確かだが、それでも登和の死は自殺だと、私は自信を持って結論を出した。それは間違いない。だから詫びなければならぬのは、私の方だ」

「いいえ、滅相もございません」

再び頭を下げようとした私を、左右田課長は片手を挙げて止められると、

「それよりも女将」

今度はかなり真剣な顔つきで、こう仰いました。

「容疑者たちと登和の間には、本当に何の関係もなかったのか」

「えっ……」

「女将なりに掴んでいることが、実は何かあるのではないか」

「いえ……」

否定しようとしましたが、課長さんに見詰められますと、もう駄目です。全てを見抜かれているような気がして、とても惚《とぼ》けることなどできません。仮に私がしらばくれても、相手は憲兵隊の将校なのです。やろうと思えば幾らでも調べられます。

ここは梅遊記楼に好意的である左右田課長を信じて、私の感じた疑念をお話ししようと決心しました。

「申し訳ございません。別に隠していた訳ではないのですが……」

「そんな風には思っていない」

優しく言って下さったので、とても話し易くなりました。

「飽くまでも私の想像のようなものですので、確かなことは何もございません」

それでもそうお断わりすると、課長さんが頷かれたので、私が覚えた疑念を一人ずつ順番にお伝え致しました。

浮牡丹さんは、「まさか、登和さんだったとは……」という漏れ聞いた言葉から、二人が顔見知りらしいと知ったこと。但し浮牡丹さんが、登和さんと接触した気配はなく、むしろ気づかれないように避けていたと思われること。よって登和さんの方は、最後まで浮牡丹さんの存在を知らなかったに違いないこと。

紅千鳥さんは、金瓶梅楼時代の彼女の得意客が、登和さんの舅らしいと分かったこと。そのとき息子の花嫁の自慢話を聞いていて、登和さんの正体に気づいたのかもしれないこと。以上を彼女の得意客の漆田大吉を使って調べたに違いないこと。その漆田が私にも接触してきたこと。浮牡丹さん同様、紅千鳥さんも登和さんには接触した気配がないこと。とはいえ紅千鳥さんの場合は、彼女の複雑で歪んだ性格の所為と考えられること。

月影さんは、登和さん本人にではなく、身重という状態に反応したらしいこと。ただ、どういう感情を持っていたのかは分からないこと。登和さんに対して、かなり情緒不安定な様子を見せていたのは間違いないこと。そして月影さんも、登和さんに接触した気配がないこと。

雛雲さんについては、左右田課長も本人からお聞きになってご存じでしたので省きました。

兄の周作は、登和さんが別館に来てから、急に様子がおかしくなったこと。但し、その理由がどうしても分からなかったこと。

以上をお話ししました。

「何とも微妙な関係ばかりだな」

ずっと黙って聞いておられた左右田課長が、そんな感想を述べられましたので、

「登和さんを特別室から突き落とすほどの、どれも動機にはならないということですね」

思わず私は喜んだのですが、

「登和が計画的に殺害されたのならな」

何とも難しい顔で、課長さんはそう仰られたのです。

「……と申しますと？」

「前にも言ったが、もし登和の死が他殺だった場合、あれは絶好の機会を得た犯人による早業殺人だったことになる」

「登和さんがあの日のあの時間に、身投げをすることなど誰も予測できなかったから……という理由でしたね」

「ああ。闇小屋から特別室まで駆けたのは、少なくとも本人の意思だ」

そこに幽女が絡んでいるのでは……と思いましたが、敢《あ》えて口にはしませんでした。

「犯人が如何なる計画を立てても、登和にそのような行動を取らせるのは不可能だからな」

「万一そういう方法があったとしましても、早産のことまで予測するのは、流石《さすが》に無理でしょうからね」

「赤ん坊の里親は、先代の女将が見つけたそうだな」

「あっ、はい。お蔭様で……」

ちゃんと調べてあるのだと知り、私は驚くと同時に少し怖くなりました。

「よって殺人だった場合——」

左右田課長はあっさり話を元に戻されますと、

「早業殺人というだけでなく、衝動的な殺人だったと考えられる」

「先日、課長さんが仰ったように、目の前に登和さんを手に掛ける機会が偶々《たまたま》あったので……ということですか」

「そうだ。つまり彼女を亡き者にして、尚且《なおか》つ自分は疑われない、そんな場があれば殺人も厭《いと》わないのだが——という程度の動機だったことになる」

そんな動機など、私には見当もつきません。

「登和には死んで貰いたいけれど、自分が殺人犯として捕まるのは嫌だと思っていた犯人の目の前で、彼女が身投げしようとした。しかし、それを二代目が止め掛けたので、急いで協力する振りをして、逆に突き落とした——」

その光景を想像した途端、ぶるっと身体が震えました。

「だが、生憎それを雛雲に見られてしまった。そこで毎週水曜の夜、特別室に揚がる中杉の習慣を利用して、雛雲の殺害を計画した。登和の死について話がある。彼女が身投げをした現場で話したい。事前にそう言って雛雲を呼びだした。筋は通るな」

「課長さんは、誰が犯人だと……」

聞きたくはありませんでしたが、訊かなければなりません。

「機会は容疑者全員にあった。動機もどきも全員にある。ただ、女将が話して呉れた内容だけでは確かに弱い。そこに加わる別の隠された秘密が存在しなければならない」

「ということは、もし別の秘密が見つからなければ、誰も犯人とは見做《みな》せない訳ですね」

「今の手掛かりだけでは、登和も雛雲も共に殺人とは断定できぬからな」

私は安堵の溜息を吐《つ》きました。左右田課長は納得されていませんが、それでも何の証拠もないのに、二人の死を殺人事件としてお調べにはならないだろうと思ったからです。

「しかも女将は、雛雲が誰かを脅迫するなど考えられないという」

続けて仰ったので、言葉の真意は分かりませんでしたが、私はすぐに応えました。

「はい。それは母や喜久代さん、他の花魁たちに尋ねて頂いても、きっと同じ答えが返ってくると思います」

「そうなると、すぐに雛雲を始末しなければならぬ理由が、犯人にはなかったことになる」

「……そうですね」

「ならばだ、あの特別室が人々に影響を与える特別な場の異様な力を利用して、雛雲の抹殺を図るにしても、余りにも登和の死から近過ぎんか。下手をすると彼女の身投げと結びつけて考えられてしまうと、普通は警戒するのではないか」

「実際に課長さんは、そういう疑いをお持ちになられた——」

「中杉の習慣を利用することは、何時《いつ》でもできる。廓町の中では世間と違って、人の噂は七十五日も続かん。登和の身投げから一ヵ月も空ければ、雛雲の死は少なくとも今ほどの注目は集めなかった筈だ。何も焦って連続死を演出する必要はない」

「仰る通りです」

賛同しながらも、私は訳が分からなくなっていました。

「一体どう考えれば宜しいのでしょう」

「女将、二人の死について散々に検討しておいて何だが、ここで私は政治的な話をする」

課長さんが突然、そう宣言されました。

「雛雲の死を他殺として調べるには、どうしても登和の死に関わらざるを得ない。その場合、望まぬ出産を体験した所為で一時的な錯乱状態に陥り発作的に身投げをした

——と記した先の報告書の内容に、齟齬《そご》が出ないとも限らん。しかしな、それは困るのだ」

「はい」

はっきりと私が返事をしたからでしょうか、左右田課長は声を落とされながらも、とても重大なことを打ち明けられました。

「女将も薄々は事情を知っているだろうが、登和の死は自殺か事故でないと不味《まず》いのだ」

「わ、私などに、そんな重要なことを……」

「無論ここだけの話だ。女将を信用しとるからだ」

「で、でも……」

「それに雛雲の死については、目を瞑《つぶ》って貰わなければならん。その為には、こちらも手の内を見せる必要がある」

相手は廓町に詰所を置く憲兵隊の将校さんですから、本来なら「雛雲は自殺だった」と断定されれば、たちどころに片はつく筈です。それを課長さんは、私のような廓の女将風情にまで気をお遣いになられて、本当に有り難いと思いました。

はっ？　でも結果的に、雛雲さんの死が有耶無耶《うやむや》になったのではないか……と仰るのですか。

確かにそうですが、今もお話ししましたように、左右田課長はできる限りのご検討をして下さいました。にも拘らずお二人の死の何れも、他殺とは認められなかったのです。

私の考えですか。そうですね——。

登和さんは、課長さんが報告書に書かれた通りのような気がします。

雛雲さんは……、矢張り幽女の仕業でしょうか。初代の緋桜さんのように、何らかの悪影響を受けたように思えます。

はい、雛雲さんも結局「自殺」と見做されました。動機は廓での生活に疲れて……です。前々から死にたいと思っていたところ、登和さんの身投げを目にして、それを真似たという解釈ですね。一種の後追い自殺でしょうか。

全て左右田課長のお考えです。警察も納得したようでした。いえ、仮に異論があっても、まず唱えなかったに違いありません。

課長さんがお帰りになる前に、私はあることをお尋ねしました。

「登和さんの身投げのあと、今後も気をつけるようにと、先達《せんだつ》てご忠告を頂きましたが——」

「ああ、そうだな」

「雛雲さんが亡くなった今、こんな風に申しますと彼女に悪いのですが、もう心配する必要はないのでしょうか」

少し黙考しておられるご様子があってから、左右田課長は答えられました。

「恐らく大丈夫だろう。雛雲以外の者の中から、また一人、更にもう一人……と死んでいく、そんな探偵小説のような展開にはならんよ」

「そういったものもお読みになるんですか」

びっくりしてお訊きしますと、課長さんは照れた顔で、

「なかなか面白いぞ。尤も疾《と》っくに発禁処分を受けておるから、大っぴらには読めんがな」

苦笑されながらも、何処か楽しそうなご様子でした。登和さんと雛雲さんの死についてあれこれ推理されたのも、職務だからという理由の他に、ひょっとするとお好きな探偵小説の影響もあったのかもしれません。

「心配せずとも、連続殺人などの恐れはない」

課長さんは再び真面目な顔をされますと、

「なぜなら登和の死に於《お》ける容疑者たちが持っていた微妙な動機もどきは、当たり前だが彼女に対するものだった。その当事者の登和は死んでいる。もし雛雲が他殺なら、登和殺しを目撃したからという動機になるが、その当人も死んでいる。つまり雛雲の死によって、事件は幕を閉じた訳だ。これ以上の人死には出んだろう」

「雛雲さんが口にした……」

私が言い難そうにしておりますと、左右田課長が怪訝そうに、

「ちょっと調べてみんとな——という台詞か」

「いえ、もう一つの方です」

「他にも雛雲は、何か口にしていたのか」

驚かれる課長さんを見て、もう一つの台詞を耳にしたのは、染子さんだけだったのだと私は合点しました。

今回も三人、ここから落ちるんやろうか……。

そこで例の台詞のことをお伝えしますと、左右田課長は低い唸り声を出されてから、

「如何にも巫女遊女が口にしそうなことだな。だから染子も、敢《あ》えて私に言わなかったのだろう」

「そうかもしれません。しかし、やっぱり気になると申しますか……」

「いや、女将が心配するのは当たり前だ。ただな、仮に登和と雛雲が他殺だったとしても、今の説明のように、犯人にとって事件は終わっている訳だ。だから、もう殺人は起きない」

そこで言葉を切られると、何とも言えない表情をなさりながら、

「但し、殺人ではない身投げが……、それが自殺かどうかは置いておくとしても、絶対に起こらないという保証はない」

「嘗《かつ》ての緋桜さんや月影さんのように……ですか」

「雛雲が言いたかったのも、そういうことだろう」

左右田課長は否定なさいませんでした。憲兵隊の特高課長というお立場で、そのような内容のご意見をよく口にして下さったと、私は感謝の念で一杯でした。

「染子さんには別室に移って貰って、お祓いをして頂こうと思います」

「それが良い。もし三人目の身投げが出るとしたら、登和と雛雲の死に悪影響を受けた者が、恐らく発作的に決行するだろうからな。そういう懸念を取り払う為にも、お祓いは効果的だと思う。病は気からと言うが、この場合も似たようなものだ」

私は深々と頭を下げますと、言葉を選びながらお尋ねしました。

「登和さんがお亡くなりになったことで、浮牡丹さん、紅千鳥さん、月影さん、そして兄の動機もどきについては、言わば消えてしまった訳ですが――」

「ああ、そうなるな」

「もう問題にしなくても宜しいのでしょうか」

「うん？」

左右田課長は小首を傾げられましたが、すぐに合点がいったとばかりに、私の顔をご覧になりました。

「ああ、そういうことか。周作君が心配なのだな」

「兄だけが、という訳ではないのですが……」

「いや、無理もない」

そこで課長さんは少し躊躇《ためら》う素振りをされてから、

「実はな、周作君の妙な態度については、私なりの解釈があるにはあるんだが——」

「ほ、本当ですか！」

私は興奮しましたが、逆に課長さんの顔色は冴えません。

「とはいえ何の根拠もない。言わば勘だ」

「それでも構いません。お教え下さい」

「外れていても、まぁ実害はないか」

そうご自身に断わってから、左右田課長は驚くべき推測を口にされたのです。

「登和さんが来る前まで、もしかすると周作君は別館の奥座敷で、ここの花魁の誰かと密会していたのかもしれんぞ」

九

その夜、何時《いつ》ものように見世の仕事を終えて床に就いた私は、なかなか眠れませんでした。登和さんと雛雲さんの死の所為もあったのですが、すぐにでも対応しなければならない問題が山積していたからです。一般の方でもそうでしょうが、遊廓の場合は更に輪を掛けて、人が死んだからといって立ち止まってはいられません。最優先で考えなければならない案件は、三つありました。お祓いの実施、染子さんへの対応、そして兄の件です。

兎に角お祓いについては、確実に効果が出ないと困ります。しかし、何処に頼めば良いのか。じっくり構えている時間はないので、一日か二日で探す必要があります。これは母と喜久代さんに相談するしかないと、私は結論を出しました。

染子さんは、こちらが対応を考える前に、本人から別館の三階を出たいと訴えられてしまいました。そのうえ、当分は休みたいとも言われたのです。喜久代さんも部屋を移ることは賛成したものの、休業については難色を示しました。別館の二階でお下働きを続けるようにと、染子さんを説得したのです。

でも、暫《しばら》くは廓の中に身を置きたくないとまで、彼女は思い詰めておりました。とはいえ梅遊記楼から出す訳にも参りません。そこで別館の一階の奥座敷を宛がい、当分は休んで貰うことにしました。登和さんが暮らしていた部屋ですが、本人は気にしませんでした。特別室から離れられ、花魁に関わりのある部屋でなければ、きっと何処でも良かったのでしょう。またしても雪江ちゃんの仕事が増えることになりましたが、致し方ありません。

兄の件には、ほとほと困りました。梅遊記楼の女将は私ですから、取締の兄に対して何ら怯《ひる》む理由はありません。見世の人間が絶対にしてはならない、花魁との密会という恥ずべき行為について、むしろ怒りを持って問い質《ただ》すべきなのです。

そう言えば……と私は思い出しました。金瓶梅楼時代にも、兄の様子が妙だった時期があったことをです。ひょっとすると兄は、あのときも花魁の誰かと通じ合っていたのかもしれません。それが癖になってしまっているとしたら……。

しかし、桜子さんの日記を読まれてお分かりとは存じますが、私にとって兄は教師でもありました。そんな兄に詰問するなど、どうしてできましょう。母や喜久代さんにも、これぱかりは相談もできません。

あれこれ考えて悶々《もんもん》としておりましたが、それでも何時しか寝入ってしまったようです。ただ、悪夢を見ました。登和さんが闇小屋を抜け出し、裏口から本館に入り、裏の階段から二階へ駆け上がって――という例の物音が、あのときと同じように聞こえてきたのです。それが夢ではなく現実だと認めたのは、別館の方で大声があがり、微かながらも数人分の廊下を走る足音が、ばたばたと響いてきてからでした。

　私は急いで起きると座敷を飛び出し、特別室へ駆けつけました。別館の三階へ続く階段を辿っているときが、一番の恐怖でした。これから自分が目にする光景が、勝手に頭の中に浮かんできて、どうしようもなかったのです。

　その忌まわしき予感は半分が当たり、幸い半分が外れました。激しく息を吐《つ》きながら私が特別室に駆け込みますと、部屋の中程に紅千鳥さんが佇み、表に面した窓の前に浮牡丹さんと月影さんが倒れ込み、そのお二人の間に染子さんが座り込んでいたのです。

「どうした？　大丈夫か！」

　そこへ兄の周作が飛び込んで来て、奇しくも登和さんの身投げがあったときと同じ顔触れが、別館の三階に揃いました。違うのは雛雲さんがいないのと、身投げしようとした染子さんを、浮牡丹さんと月影さんが阻止できたことでした。

「危なかった……」

　放心したように月影さんが呟くと、浮牡丹さんが辛うじて聞き取れる声で、

「そうね」

　と口にしましたが、後は二人とも黙ったままでした。

「月影が両足に抱きついたものの、浮牡丹が腰紐代《こしひも》わりの布を摑んで引き戻さなかったら、今頃は真っ逆様に落ちていたやろうね」

何もせずに傍観していたらしい紅千鳥さんが、全く感情の籠らない口調でそう言った途端、へなへなと私はその場に頽《くずお》れておりました。腰が抜けたのかもしれません。

兄は窓辺の三人の側へ近寄ると、それぞれの様子を確かめたうえで、私の方を見て軽く頷きました。誰も怪我をしていないと知らせて呉れたのです。

しかし、浮牡丹さんと月影さんのお二人、そして何より染子さんが受けた精神的な衝撃は計り知れないものがあります。すぐにこの部屋を出て、別室で休んだ方が良い。そう思うのですが、情けないことに私は動けません。

そこで兄に頼もうとしたのですが——、

「な、何だか急に……お腹が苦しくなって……」

突然、染子さんが喋り出したのです。

「今ここで、そんな話はしなくていいから——」

慌てて兄が止めたものの、彼女は口を閉じません。

「それも普通の腹痛とは、違うんです。まるでお腹の中から、何かが出て来ようとしている……。とても忌まわしいものが、外に出ようとしている……。そんな感触が、お腹にあって……」

はっ……と息を呑む気配が、部屋の中に満ちました。

「すると唐突に、本館の庭の小屋に行かなければ……と思いました。それで気がついたら、もう小屋の前にいて……。でも、南京錠が掛かっていて入れません。そのとき一瞬、助かったと思ったんです。ところが――」

ずっと俯《うつむ》いた状態で、ぼそぼそと喋っていた染子さんが、いきなり顔をあげると両手で首の後ろを押さえながら、

「次の瞬間、ぞおっと背筋が震えて、なぜか後ろが怖くなりました。それから首筋が冷たくなって、ずるずるっ……と何かが項《うなじ》から身体の中に入ってきて……。いえ、そんな厭《いや》な感じがして……。再び背筋に悪寒が走った途端、ふらふらっと草履《ぞうり》のまま裏口から本館へ入っていました」

話すに従い、染子さんの口調は速くなっていきます。

「目は確かに見えているのに、まるで薄絹を通して眺めている……、霞《かすみ》が目の前に掛かっているような、何とも変な感じがありました。それだけではありません。廊下や階段の所々に、点々と無気味な印が記されていて、それが自分を誘っているように思えて……」

私はぎょっとしました。桜子さんの日記で読んだ、彼女自身が体験した恐ろしい怪異と、非常に似ていたからです。

「行かなければ、前に進まなければ……という意識が矢鱈《やたら》に強かったのですが、その一方で行っちゃいけない、引き返さなければ……という思いも、微かにありました。その所為でしょうか。とても足取りが重くて……」

　そこまで聞いて、私は間違いないと思いました。二代目として緋桜の名を継いでしまった染子さんは、初代緋桜の桜子さんと全く同じ目に遭ったのだと……。

「それで命拾いができたのね」

　受け取り様によっては残念がっているようにも聞こえる、紅千鳥さんの声が室内に響きました。

「どういうことです」

　はっと我に返った私が、透かさず尋ねますと、

「何かに誘われながら、二代目は抗《あらが》おうとした。それで千鳥足のようになって、廊下を走りながらも襖や柱にぶつかったんですよ、この娘《こ》は。だから私たちが気づいて、間一髪のところで助けてあげることができたのよ」

　あなたは何もしなかったようですけど――という言葉を、私は呑み込みました。紅千鳥さんと遣り合っている場合ではありませんからね。

　皆を特別室から出すと、染子さんの世話は兄に頼んで、喜久代さんを起こしに行きました。二代目の身投げのことを伝えると、天を仰いで恐ろしがりましたが、今日中

にお祓いをしたいと相談すると、すぐに心当たりの神社に仲どんを走らせて呉れました。

その日の午後から夕方に掛けて、盛大にという表現は変ですが、××神社の神主様によるお祓いが行なわれました。庭の闇小屋にはじまり、本館の裏口から入って別館へ続く渡り廊下を経て、三階に至る廊下や階段を進みながら、最後は特別室に入る——という移動した距離も掛かった時間も共に長い、何とも変わったお祓いだったと思います。

「これで、もう何事も起きないですよね」

神主様を見送った後、喜久代さんに同意を求めますと、

「恐らく当分は大丈夫でしょう」

意外にもはっきりしない返事がありました。

「どうして当分なんです」

「雛雲が心配していた、三人分の身投げが終わったからですわ」

「そ、それじゃ……」

「ほとぼりが冷めた頃に、何か切っ掛けさえあれば、またはじまるかもしれませんな」

私は絶句しました。

金瓶梅楼では、通小町さん、緋桜さん、月影さんの三人が……。

梅遊記楼では、登和さん、雛雲さん、二代目緋桜さんの三人が……。

これで何時《いつ》の日か、また一人目の身投げが出れば、それから二人目、更に三人目と、三度の恐ろしい悲劇が繰り返されるというのでしょうか。

そのとき、私は気づいたのです。幽女の発端になったに違いない何らかの事件で、もしかすると三人が亡くなっているのではないか……と。つまり今回の一連の身投げは二度目ではなく、既に三度目に当たるのではないか……と。

咄嗟に喜久代さんを問い詰めようとして、矢張り私は諦めました。絶対に教えて呉れないことは分かっておりましたし、それなら彼女を敵に回すような行為は、色々と大変なこの時期にするべきではないと判断したからです。

再び別館一階の奥座敷に落ち着いた染子さんは、そこに暫《しば》く籠りました。食事を摂るのも風呂に入るのも独りで、朋輩たちの誰とも会わずに、別館で独り静かに暮らしたのです。金瓶梅楼の時代でしたら、勿論こんな勝手は許されなかったでしょうし、仮に認められたとしても、多額の罰金が科せられた筈です。しかし、私は彼女のしたいようにさせ、追借金も求めませんでした。それまで染子さんは、我が儘《まま》一つ言わずに働いて呉れたのですからね。その程度の自由くらい、与えられて当然だと思いました。

復帰した染子さんは、別館の二階の座敷に入って貰いました。喜久代さんはお祓いしたのだから特別室が使えると主張しましたが、流石《さすが》に染子さんが断わったのです。

「もうあの窓にカーテンを引いたくらいでは、どうしようもありません。きっと耐えられないでしょう。頭がおかしくなりそうで、とても怖いです」

そこまで拒絶されては、如何に遣り手婆の喜久代さんでも何も言えません。それでも当初「近頃の若い女は……」と、これまで染子さんを誉《ほ》めそやしていた喜久代さんには珍しく、ぶつぶつと文句を口にしていましたが、部屋を移っても彼女の玉代が下がるどころか増えたのを見て、ころっと態度が変わりました。

「やっぱり二代目だけのことはありますな」

その変貌振りが可笑《おか》しくて、思わず私は笑ってしまいました。けれど遊廓の遣り手婆として、これは当たり前の反応でした。花魁たちの稼ぎの如何は、喜久代さんの手腕に掛かっています。そして彼女が腕前を発揮する為の一つの道具として、別館の三階があった訳です。それを封印して、染子さんの玉代を落とさずに済むかどうか、恐らく喜久代さんは心配だったのでしょう。

廓町は相変わらず兵隊さんたちで賑わっておりましたが、軈《やが》て戦争が長引くにつれ、軍から従軍慰安婦を出すようにというお達しが、組合を通じて参りました。先にも述べましたように、日本の軍隊は外地に遊廓を造った訳ですが、戦場が拡がると共に慰安婦の数が足らなくなってきたようなのです。日本人だけでなく支配地の女性も対象にしたらしいのですが、それでも不足して、吉原をはじめ他の地方の遊廓にも、その割り当てが回ってきたという訳です。

はぁ、嘗《かつ》ての国防婦人会のように、また花魁たちが嫌がったのではないかと仰るのですね。

いいえ、ところが自ら志願する者が、何処の楼でも結構おりました。と申しますのも従軍慰安婦になりますと、一気に年季がご破算になったからです。これは大きかったと思います。

尤も花魁たちの全てが、そんな打算的な理由だけで、戦場に赴いた訳ではございません。兵隊さんと一緒に行く──という一途な想いを、多くの花魁は心の中に持っておりました。そこには碌《ろく》に戦争の実情を理解していない無知さもあったでしょう。しかし彼女たちの多くが、兵隊さんと一緒に死ぬ覚悟でした。前線に行ったからには、生きて帰れるとは思っていなかったのです。

そこまで兵隊さんに尽くしたのに、彼女たちの実態はほとんど分かっていないそうですね。ちゃんとした記録が残っていないのだとか……。兵隊さんの身内には軍人遺族年金が支給されているのに、十万人はいたという従軍慰安婦たちは、未《いま》だに放置されたままらしくて……。それを考えますと、もう哀しいやら、悔しいやら……。

お話を戻しましょう。

従軍慰安婦に志願する花魁たちの世話、彼女たちが抜けた後の手配、その他にも平時とは違う慣れぬ懸案《けんあん》事項の対応に、私は追われました。ですから、ただでさえ難しい兄の問題は、完全に後回しになりました。いえ、自分の多忙を理由に、兄の件から逃げたのです。それが思わぬ格好で、一気に意外な事実を突きつけられることになろうとは――。

兄の問題に展開を齎《もたら》したのは、喜久代さんでした。染子さんが復帰したので、彼女の様子に気をつけていたらしいのです。喜久代さんによると、花魁の調子が良いかどうかを確かめるには、裸を見るのが一番とのこと。身体の具合だけでなく精神面も分かるといいます。

「勿論そこまで読めるようになるには、わたいくらい年季を積まんといけませんけどな」

と自慢した後で、喜久代さんは本題に入りました。

「それで二代目が風呂に入ったとき、それとなく裸を見ましたんや。すると両足に微かな擦《す》り傷の痕があってな。身投げしかけて皆に止められた際に、きっと窓枠で擦《こす》ったんですわ。それが漸《よう》く癒《や》えたんでしょう。身体に傷が残らんで良かったと、わたいが尚も傷跡を眺めとったときでした。とんでもないものが目に入ってしもうて……」

「な、何ですか」

「刺青《いれずみ》です」

「まさか！」

私は仰天《ぎょうてん》しました。花魁で太腿《ふともも》などに刺青を入れている者は、確かに少なくありません。ただ、染子さんにには相応しくないと感じたからです。

「わたいもびっくりしました。けど、もっと驚いたのは、彫ってあった文字ですわ」

「何という字だったんです？」

喜久代さんは凝《じ》っと私を見詰めてから、徐《おもむろ》にその文字を口にしました。

「町内を一周するいう意味の『周』の字に、作物の『作』ですわ」

「えっ……」

「その下に三文字目があったのかどうか、すぐに手拭いで隠れたので見えませんでしたけど、もしあったとしたら『命』いう字で、きっと『周作命』となるんでしょうな」

密会の件に気づいたのかと、私は慌てました。

「兄の名前を、染子さんが刺青として入れている……」

「二代目のお客の中で、『周作』いう名の男衆はおらんのです。とはいえ周作さんと……というのは幾ら何でもと思いました。わたいが気づかん訳がない。けど、刺青は見逃してた訳や。誰にも見つからんように、二代目が隠しとったからやけど、遣り手としては失格ですわ」

「よくお客様にも隠せましたね」

「二代目やったら、それくらい簡単でしょうな」

私は素直に感心しましたが、喜久代さんにとっては当然と映ったようです。

「せやけどなぁ、まさか周作さんと……」

但《ただ》し、兄との関係については合点がいかない――というよりも、自分が気づかなかったことを認めたくない気持ちが、きっと強かったのだと思います。

そこで私は、左右田課長の見立てを話すことにしました。

「別館一階の奥座敷で、二人が逢引《あいびき》してたやなんて……」

どうにも受け入れ難《にく》いのか、喜久代さんは拒絶反応を見せましたが、少し考え込んだ後で、

「せやけど憲兵隊の特高課長さんが、周作さんと話された結果そう見込まれたのなら、ちょっと無視できませんな」

「やっぱり当たってると思いますか」

「尋問の専門家が、そう感じた訳ですからなぁ」

自分の失策を認めることになるとはいえ、喜久代さんは最終的に課長さんの見立て

に重きを置いたようでした。

「どうしたら良いのでしょう。正面から兄を、矢張り問い詰めるべきでしょうか」

「そうですなぁ」

喜久代さんは思案していましたが、意外な台詞を口にしました。

「このままそっとして置いても、別にええのかもしれません」

「えっ？」

「そんな対応、遣り手として失格ですが、わたいも歳をとったんですかなぁ」

私が戸惑っておりますと、喜久代さんは照れたような苦笑いを浮かべながら、

「いえね、これが平時でしたら、幾ら相手が周作さんであれ、わたいも断固とした態度に出とったと思います。けど、今のご時世、誰が何時《いつ》どうなるか分かりません。せやから見世に支障がない限りは、見て見ぬ振りをするのもええかと思いましたんや」

この判断に、目から鱗《うろこ》が落ちる気がしました。白黒はっきりつけなければならないと、私は思い込んでおりました。世情に鑑《かんが》みて現状のまま見守るという手があることなど、全く考えもしませんでした。

「分かりました。そう致します。そのうえで兄や染子さんに今後、目に余る言動が見受けられた場合には、はっきりと二人に告げることにします」

こうして兄の件が一応は片づき、以前のように梅遊記楼の仕事だけに、私も徐々に

専念できるようになっていきました。

ただ、それと反比例するかのように、日本の戦局が悪化しはじめたのです。勿論その頃の廓の女将風情に、そんな大層な事態が分かる筈ありません。しかし、軍関係のお偉いさんのお客様が多かった所為でしょうか、不思議とそう察することができました。当然ですが、皆さんが口を滑らせた訳ではありませんよ。雰囲気と申しますか、お客様が前にはお持ちでなかった気配から、恐らく何か感じるものがあったのでしょう。尤も実際の戦局は、私が不安に思うより数年も前に、疾っくに悪化の一途を辿っていた訳ですが……。

それでも幽女の怪異、登和さんのお産、特別室の身投げ、兄の逢引、従軍慰安婦の対応といった幾つもの問題から解放された私は、ほっとしておりました。これで日本が戦争に勝ちさえすれば、梅遊記楼も一層繁盛するだろうにと、夢想さえしていたのです。廓町の中では兵隊さんと花魁の心中未遂や脱走兵騒動、喧嘩沙汰《けんかざた》や思想犯の捕物《とりもの》など、大変な出来事が起きておりましたが、幸いうちの見世には関係ございませんでしたからね。

ところが、またしても奇っ怪な出来事が、うちで起こりはじめるのです。

梅遊記楼の中を、有ろう事か幽女が彷徨《さまよ》い出したのです。

十

その日は午後の遅くに別館の一階で、兄と花魁頭の浮牡丹さんの二人と、定例の月に一度の打ち合わせを致しました。それから本館に戻った私は、ちょうど見世に出て来た妓夫太郎の朝永さんと立ち話をし、台所で赤前垂の安美さんと献立の確認をして、化粧部屋に集まった花魁たちの様子を覗くと、別館と本館の二階の部屋を、ざっと見て回ろうと思いました。

と申しますのも、従軍慰安婦で減った花魁の代わりがなかなか埋まらないのに、お客様である兵隊さんの数は増える一方で、その頃には花魁不足と共に部屋不足の問題までが、一気に出てきていたからです。

こんな言い方をしては何ですが、もう以前のような遊びをする男衆は余りおられず、兎に角お下働きだけを求められるお客様がほとんどでした。特に兵隊さんがそうで、それを捌《さば》く為には待っていて貰う部屋が必要です。取り敢《あ》えず急拵《きゅうごしら》えで良いので、まず部屋数を増やさなければなりません。一番手っ取り早いのは、今ある部屋を屏風《びょうぶ》などで幾つにも分けることでした。

あら、先生が照れてしまっては、私もお話しし難くなるじゃございませんか。いえ、別に遊廓では珍しいことではありません。一番安い玉代で済まそうとすると、他のお客様との言わば相部屋になった訳です。勿論お互いに知らぬ振りをするのですが、まぁ中にはその方が興奮すると言って、お金はたんまりお持ちなのに、態《わざ》とそういう部屋を求められるお客様もおられて――。

あらあら、これは余計なことを申しまして、どうも相すみません。それにしても先生は、初《うぶ》でいらっしゃいますね。

あっ、また余計なことを……。お話を戻しましょう。

そこで私は改めて全ての部屋を見て回ろうと思い、最初に別館二階の表側の座敷に入りました。その部屋からはじめて本館二階の奥の座敷まで辿り、どの部屋をどう新たに使えば、それで何部屋を増やせるのか、具体的に考えてみるつもりでした。

ところが、私が部屋に入った途端、微かにですが天井で物音がしたのです。そのとき別館の二階には誰もいませんでしたから、しーんと静まり返っていました。その為、僅《わず》かな音でも耳についたのでしょう。

みしっ、みしっ……と誰かが歩いているような、そんな気配を感じました。でも、頭上の部屋は特別室です。××神社の神主様にお祓いをして頂いてから、一度も使っておりません。完全に開かずの間になっていたのです。

しかも、そのとき見世の関係者は全員、誰が何処にいるのか、はっきりしておりました。つい数分前に、図らずも私が皆の居場所を確認した格好になっていた所為です。そこから若干の移動はあったにしろ、少なくとも別館と本館の二階に上がって来た者がいるとは思えません。況《ま》して私を追い抜いて、別館の三階に誰が上れるというのでしょう。

それじゃ特別室にいるのは……。

と考えたところで、私は部屋を飛び出して、本館の一階まで駆け下りたい衝動に駆られました。皆のいる化粧部屋まで逃げたいと、強く思いました。

染子さんが渡り廊下で幽女を見たときと同様、誰もそこにいる筈がないという状況が、余りにもそっくりだったからでございます。

でも、私は梅遊記楼の女将です。逃げ出す訳には参りません。

お祓いをしたのだから大丈夫……。

心の中でそう呟きながら部屋を出ると、三階へ通じる階段を上がりはじめました。

でも、特別室に向かいたら……。

どうすれば良いのかと考えた途端、足が竦《すく》みました。喜久代さんを呼びに行って、同行を求めるべきだったと後悔しましたが、もう階段は半分以上を上っています。今から引き返すよりも、このまま上がり切って廊下を進み、そっと襖を開けて室内を確認する方が遥かに簡単です。

ちょっと覗いて、すぐに戻ればいい……。

自分に言い聞かせますと、私は残りの階段を上がって、廊下を奥に進みました。しかし襖の前に立ちながらも、なかなか開ける決心がつきません。引手に指を掛けるのですが、ぶるぶると指先が震えて、かたかたかたっと襖を揺らす始末です。そこで唐紙に耳を押し当てて、まず室内の様子を窺いました。

しーん……として、何の物音も聞こえません。

何かが息を殺して凝っとしている気配も、全く伝わって参りません。

私は指先に力を込めながら、ゆっくりと少しずつ襖を開けはじめました。そして僅《わず》かな隙間ができたところで、室内を覗いてみたのです。

特別室の三つの窓は全てカーテンが閉じてありましたので、最初は真っ暗に映って何も見えませんでした。何度も瞬きを繰り返しているうちに、次第に目が慣れてきて、ぼんやりと室内が見て取れるようになったのですが、誰もおりません。大胆になった私は更に襖を開けて、終いには首を突っ込んで見回しましたが、矢張り誰もいないのです。

花魁が使う部屋には、はじめから押入がついておりません。蒲団部屋が別にございましたからね。特別室も同じです。豪奢《ごうしゃ》な箪笥や鏡台はありましたが、人が隠れられるような場所は、何処にも見当たらないのです。

けど、誰かが歩いていた……。

その物音を私は真下の部屋で、確かに耳にしたのです。この部屋の中を彷徨《うろつ》く何者かの気配を、微かにとはいえ察したのは間違いありません。

でも、部屋の中には誰もいない……。

ぴしゃっと襖を閉めると、私は廊下を走って戻り、階段を駆け下りました。そのまま皆のいる化粧部屋まで行こうとして、辛うじて——慌てふためいた様子で花魁たちの前に出ない方が良いと判断して——思い留まり、御内証に入りました。

やっぱり気の所為か……。

いや、そんなことはない。

そこから独りで悶々《もんもん》と考え続けました。とはいえ答えが出る筈もございません。はっきりさせる為には、更に調べるしか手はないのです。

翌日から私は、同じ時間になると別館の二階に上がっては、特別室の様子を窺うようになりました。本当はあの部屋の中で待つのが良いのでしょうが、流石《さすが》にそこまではできません。そんなことをして、もし幽女が階段を上がって来た場合、何処にも逃げ場がないのですから……。

謎の足音の正体を確かめたい反面、幽女には遭遇したくないという矛盾した気持ちが、正直ございました。自分でも何をしたいのか、実は分かっていなかったのだと思います。

それでも私は、日によっては時間帯を変えるなどして、誰にも知られることなく密かに特別室の監視を行ないました。毎日は無理でしたが、都合のつく限り続けておりました。

あれは最初に無気味な気配を感じてから、三週間ほど過ぎた日の夕方でした。御内証を出て二階へ上がり、渡り廊下を通って別館に入ったところで、三階から下りて来る何者かの足音を、私が耳にしたのは……。

その日も皆の居場所は、ほぼ把握しているつもりでした。特別室に上がれる者など、誰もいない筈でした。それなのに誰かが、階段を下りているのです。

思わず私は、その場で硬直しそうになりました。それを必死で堪《こら》えると、どうにか近くの部屋に飛び込んだのです。そこは別館二階の南側の部屋でした。

でも部屋に入った途端、へなへなと私はその場に座り込んでおりました。

した、した、したっ……

と、そこへ無気味な足音が近づいて参りました。階段を下りて二階の廊下を進む謎の足音が、こちらに迫って来たのです。

厭《いや》だ……。見たくない……。

と強く感じたものの、私は有《あ》りっ丈《たけ》の勇気を奮い起こして、そっと襖の引手に指を掛けました。音を立てないように少しだけ開けると、その隙間から恐る恐る廊下を覗いたのです。

した、した、したっ……

という幽《かそ》けき足音が、左手の方から近づいて参ります。次第にはっきりと、それの気配が伝わってきます。

軈《やが》て目の前を、すうっと薄い桃色の長襦袢《ながじゅばん》が左から右へと通り過ぎて、ぞっとする悪寒が背筋を伝い下りました。

幽女だ……。

またしても現れたのだと、私は震え上がりました。しかし、それが渡り廊下に入った気配を察するや否や、自分でも信じられませんが、私は大胆にも隠れていた部屋から出ると、後を尾《つ》けようとしたのです。

まぁ先生のような方に、勇気があるとお誉めいただき恐縮でございます。こういうときの人の心理は、本当に訳が分かりませんね。怖くて厭だと思う気持ちに嘘偽りはないのに、知りたいという好奇心にも抗《あらが》えないのですから。

私は部屋を出ますと、渡り廊下の角まで忍び足で進み、そっと覗きました。すると本館側の右手の角に、ふっと消える長襦袢の裾《すそ》が目に入ったのです。それが曲がったのは、本館の奥へと向かう廊下の方でした。

闇小屋に行こうとしている。

咄嗟にそう思いました。正確には「行く」ではなく、「戻る」なのかもしれませんが……。

渡り廊下よりも本館の奥へと続く廊下の方が長い為、このまま普通に追えば、私はそれの後ろ姿を確実に目にすることができます。でも、そう考えると同時に足が鈍りました。

見たいけど見たくない……。

相変わらず矛盾する自らの心理に、私は翻弄《ほんろう》されておりました。

こんな絶好の機会を逃がしてどうするの。

そう叱咤する自分がいる一方で、こう警告する己もいました。

もしそれが振り向いたら、どうするの……。

真正面から対峙して、果たして私は正気を保っていられるのでしょうか。そんな不安が頭を過《よぎ》って仕方なかったのです。

結局、独り押し問答をした結果、渡り廊下の本館側の角から二階の奥を覗いたときには、ちょうどそれが裏の階段を下りるところでした。

薄桃色の長襦袢が、ちらっと再び目に入りました。背中とお尻の一部も見えたのですが、うちの花魁の誰でもありませんでした。そんな一瞥《いちべつ》で判断ができるのかとお思いでしょうが、そのときは強くそう感じたのです。

やっぱり幽女だ……。

いずれにしても今度こそ、はっきりと正体を見定めてやろうと決意した私は、物音を立てないように注意しつつも、できる限りの速足で廊下の奥を目指しました。

ひた、ひた、ひたっ……。

裏階段の上に着く前から、それが一段ずつ下りている気配が、二階の廊下にも伝わってきました。階段を半分ほど下ったところで、手摺《てすり》越しに下を覗けば、恐らくそれの姿を頭上から眺めることができる筈です。

もう自分の足音も気にせず、私は残りの廊下を駆けると、急いで階段を下りはじめました。

とん、とん、とんっ……。

そのとき急に、一階から階段を上がって来る足音がしたのです。

えっ？　引き返して来た！

私は慄《おのの》きました。このままでは見つかってしまいます。そうなったら、私はどうなるのか。ふらふらっと別館まで戻り、当たり前のように三階へと上がると、特別室の表の窓から身投げするのでしょうか。

早く逃げなければ……。

急いで踵《きびす》を返して、二、三段ほど上ったときでした。

「女将さん……」

後ろから声を掛けられたのです。か細くて消え入りそうな、まるであの世から響いてくる感じの陰気な声を……。

私は息を呑んだまま、ただ立ち竦んでおりました。

とん、とん、とんっ……。

そこへ背後から、ゆっくりと階段を上がって来る足音が少しずつ近づいて来て、そして私の真後ろに立ったのです。

「女将さん……」

耳元で囁かれた途端、私は悲鳴をあげました。気がつくと廊下の半ばまで走って逃げていて、そこで漸《ようや》く恐る恐る振り返っておりました。

裏の階段から顔を出していたのは、浮牡丹さんと紅千鳥さんの二人でした。

「女将さん、一体どうなさったんです」

浮牡丹さんの上品な声音《こわね》を耳にして、単に二人が階段を上がって来ただけだったのに、それを私が勘違いしたのだと悟り、一気に力が抜けました。彼女の声を薄気味悪く感じたのも、ただの思い込みだったようです。

しかし、幽女が裏の階段を下りたのは間違いありません。

「……今、誰か裏の階段を下りて行きませんでしたか」

「私たちが上がって来る前に、でしょうか」

私の問い掛けに、浮牡丹さんが残りの段を上がりながら訊き返しましたので、

「ええ、ほんの今さっきです」

「いいえ。何方《どなた》も下りては来ませんでしたね」

彼女が確認するように後ろを向くと、むっつりとした顔で紅千鳥さんが、何とも鷹《おう》揚《よう》な態度で頷きました。

「お二人が階段を上って来たのは、たった今のことですよね」

私が念を押しますと、浮牡丹さんは戸惑った様子で、

「はい。但しその前に、私は階段の下に暫《しばら》くおりましたが……」

「どういうことです」

「私が高野《こうや》から出ましたら、紅千鳥さんが入るところで、ちょっと話があると言われたのです。それで彼女が出てくるまで、私は内玄関と階段の辺りで待っておりました」

「それからお二人で、裏階段を上がった？」

「はい、そうです」

つまりあれが階段を下りる前から、浮牡丹さんは一階の廊下にいたことになりま

す。しかもあれが下りはじめた頃には、既に紅千鳥さんが高野から出てきて、二人は一緒に裏階段を上がり出していました。にも拘らず誰とも会っていないのです。

裏階段の途中で消えた……。

そう考えるしかありません。二人が嘘を吐《つ》いていれば別ですが、紅千鳥さんは兎に角、浮牡丹さんに限ってそれはないと思いました。そんなことをする理由もない筈です。いえ、理由という意味では紅千鳥さんも同様でしょう。この二人が同じことを言っているのだから、これは信憑性《しんぴょうせい》があると、私は強く感じました。

渡り廊下で消えたのと同じだ……。

染子さんが遭遇した怪異に、私も見舞われたのです。だとすると次は、自分が呼ばれるのではないか。別館の三階へと誘われ、あの窓から身投げする羽目になるのでは……と咄嗟に考えて、ぞっと全身に鳥肌が立ちました。

「女将さん、何かご覧になったのですか」

気がつくと浮牡丹さんに、心配そうに顔を覗き込まれていました。

「い、いえ……。きっと気の所為でしょう」

私は慌てて否定すると、紅千鳥さんの詮索するような眼差しから逃れるように、その場を離れました。

以来、特別室の様子を窺うことは、二度としませんでした。あれと遭遇したとき恐怖心に震えたのは確かですが、一方で好奇心も覚えたので後を尾ける危険も冒せた訳です。しかし、改めて別館の三階に関わるとなると、また話は別でした。そんな勇気など、もう何処を絞ってても出てこなかったのです。

身投げさせられるかもしれない……。

この恐れがある以上、もう特別室には関われません。梅遊記楼の女将云々《うんぬん》という前に、人としてあの部屋には近づかない方が良いと悟ったのです。

一週間ほど経ってから、漸《ようや》く私はこの件を喜久代さんに話しました。自分独りの胸の内に仕舞っておくのが、どうにも耐えられなくなったからです。

「女将さんまで、それを目になさったとは……」

喜久代さんは純粋に驚いたようです。そして浮牡丹さんと紅千鳥さんのお二人が、決して嘘を吐いていないという見方にも、矢張り賛同しました。

「浮牡丹いう花魁は、仮に自分が不利になると分かっていても、絶対に嘘を口にするようなことはしませんわ。今も密かに信心しとるらしい、耶《や》蘇教《そきょう》の所為でしょうなあ」

戦時中キリスト教は、少なからぬ弾圧を受けていましたからね。

「そこにいたんが紅千鳥独りやったら、質《たち》の悪い悪戯とも思えますが、浮牡丹もいたのなら話は別です。女将さんの見たものは、やっぱり裏階段の途中で消えたとしか考えられませんわ」

「……そうですよね」

私が頷きますと、喜久代さんは妙な表情で、仰天するような台詞を吐きました。

「ここのところずっと、何やおかしいなぁ……とは思うておったのです」

「えっ……予感があったのですか」

「いや、予感いうほどのものやありません」

「……でも、何かおかしいと感じていたんですよね」

珍しく尻込みする喜久代さんに、私は励ますように尋ねました。

「ええ、まぁそうです。ただ……、周作さんと二代目の逢引《あいびき》を見逃した前科が、わたいにはありますからなぁ。余り当てにはなりませんわ」

「そんなことありません」

私は宥《なだ》めつつも、喜久代さんの予感の正体を突き止めようとしました。

「何時何処《いつどこ》で、何に対して覚えたんですか」

「そうですなぁ――」

喜久代さんによると一月半ほど前から、何となく梅遊記楼そのものに違和感を抱くようになったというのです。

「お見世にですか」

「上手く言えませんが、そないな感じです」

「具体的には？」

「……分かりません。妙な……、変な……、歪《いびつ》な……雰囲気が漂いはじめたとしか、ちょっと言い様がありませんわ」

「その頃から、また幽女が出はじめた所為でしょうか」

私が恐る恐る訊きますと、喜久代さんは思案げな口調で、

「せやけど、それやったら何ぞ切っ掛けになる出来事が、まず起こったんやないですか。あるいは雛雲や二代目のように、その手のものが視《み》える人間が、ここを訪れたりとか」

言われてみればそうです。そういう能力の一切ない私が目撃したくらいですから、その前に何か重大な事件でも起きていなければ、変な言い方になりますが辻褄《つじつま》が合いません。

「でも、何もありませんでしたよね」

と確認する私に、何とも言えぬ顔で喜久代さんは、

「ほんまは大変なことが起こったのに、梅遊記楼の者は誰一人として、実は気づいておらんのかもしれませんな」

十一

その後、幽女が姿を見せることも、特別室から誰かが身投げすることも、何か別の怪異が起こることもなく、歳月は流れました。

但し私は時折、思い出したように何かの気配を覚えて、ぞっとする場合がございました。上手く説明できませんが、裏階段の上がり口や渡り廊下の角、または襖や障子の隙間から、まるで何者かにそっと見詰められている……そんな感じでしょうか。はっと気づいて振り返るのですが、そこには誰もおりません。しかし、たった今まで何かがいて、恰《あたか》も凝っと私を窺っていたような、そんな空気が残っているのです。

その場で私が身じろぎもしないで突っ立っておりますと、向こうから花魁や赤前垂たちの誰かが現れることも、屢《しばしば》ございました。透かさず彼女たちの様子を観察するのですが、特に変わったところもなく、皆が普通にしております。あのときの浮牡丹さんや紅千鳥さんと同じです。決して二人が嘘を吐《つ》いたわけではないと、益々はっきりするばかりで……。

困ったのは、こういう目に遭った場合の私が、かなり恐ろしい顔をしていたらしい……ということです。軽く悲鳴をあげる者もいたほどですから。

女将さんの様子がおかしい……。

そんな噂が梅遊記楼内に流れるようになり、私は喜久代さんから注意を受けました。

「仮に何があっても、廓の女将はどっしりと構えてなあきませんわ。女将さんが動揺しては、他の者に示しがつきませんからな」

「分かっております。でも、あの気味の悪い……」

「見て見ぬ振りをしたら宜しい。何ぞちょっかいでも掛けてきたら別ですが、ただこっちを窺《うかご》うとるだけやったら、知らん振りをしたらええんです」

「無視するんですか」

「あの手のものは、こっちが向こうに気づいとると分かったら、余計に近づいて来ますのや」

「まさか、喜久代さんも……」

その物言いから、彼女も無気味な目に遭っているのではないか、と私は疑いました。が、それを認めることなく、ただ喜久代さんは女将の心得を説いただけでした。

恐らく彼女も、私と同じ体験をしているのだと確信しました。ただ同じように怖がっていては、私の為にならないと思ったのでしょう。女将に関する良くない噂が、既に楼内には広まっています。私がしっかりして自ら噂を打ち消さなければ、見世に影響が出ると、きっと喜久代さんは考えたに違いありません。

「そうですね。ご心配を掛けてすみませんでした」

女将としての自覚を改めて持とうと、私は自らに誓いました。尤もそのうち幽女どころではなくなる事態が、立て続けに起こるのですが……。

まず徴兵検査を第二乙種で撥《は》ねられた兄に、何と召集令状が参りました。その頃の廓町に残っている男衆は、確かに兄の他はほとんどが年配者か、身体の何処かが不自由な者ばかりでした。とはいえ病弱な兄に、とても兵隊が務まるとは思えません。軍事訓練を受けただけで、下手をすれば死んでしまうでしょう。しかし、どうすることもできません。両親と私は武運よりも、本人の無事を祈りながら兄を見送ったのです。

兄が出征して間もなく、灯火管制が敷かれました。電灯を点すときは黒い布で覆いを掛けるようになった為、遊廓特有の賑わいが文字通り火を消したようになり、何とも物淋《ものさび》しい雰囲気が漂いましてね。

それから建物疎開も行なわれました。あれにはご存じのように、家屋が密集している地域の建物を間引いて、空襲のときの類焼《るいしょう》を防ぐ目的があります。考えてみれば廓町ほど、家屋が隣り合って建っている地域もございません。

はい。建物疎開と申しますと、東京都内だけで実施されたように思われがちですが、桃苑の地でもあったのです。

　壊された廓の跡地には、防空壕《ぼうくうごう》が造られました。警戒警報が鳴る度に急いで入り、解除されると出て見世を続ける。何とも慌ただしい状態でしたが、相変わらず繁盛しておりました。

　とはいえ花魁たちの格好は、疾っくに戦時色に染まっていて、嘗《かつ》ての華やかさは微《み》塵《じん》もありません。頭は日本髪に結うのではなく、ひっつめ髪や外巻きにして、着物は一般の人と同じように、上着とモンペでした。所謂《いわゆる》二部式の和服ですね。勿論お下働きのときは長襦袢姿になる訳ですが、色気も何もあったものではございません。それでもお客様が途切れなかったのは、兵隊さんが多かった所為でしょうね。

　ただ、当時の私は廓を切り盛りすることに、次第にやる気をなくしはじめておりました。梅遊記楼という立派な名がありながら、その体を成していない商売の実態に、気がつくと嫌気がさしていたのです。

　その頃ちょうど両親とは、よく疎開について話しておりました。どちらの郷里とも疎遠になっていましたので、いっそ××辺りの田舎に家を買おうかと言っていたところ、新聞広告に出物がありまして、私は見世を閉める決心を致しました。

　母は大層驚き、また止めもしましたが、父はあっさりしたものでした。

「やっぱりお前の娘だな。決断するとなると早い」

父に指摘されて、母も私も気づきました。母が見世を閉めると言ったときと、とても似ているのです。そうと分かった途端、母も納得しました。

「優子の代で、遊廓商売は辞めましょう」

母と相談して、花魁たちの証文は全て破棄することになりました。見世は売りに出したのですが、すぐには買い手がつきません。そこで望む者には他の見世を紹介しました。証文を破いた以上、彼女たちは自由の身でしたが、それでも引き続きお下働きをしなければならない事情の者が、矢張り多かったのです。

そんな中で幾人かは、故郷などに帰って行きました。染子さんも、その一人でした。彼女の場合はほとんど借金を返し終えていましたので、大手を振って嫁ぎ先に戻ることができた訳です。

梅遊記楼で働いていた妓夫太郎や仲どんや赤前垂、そして遣り手婆の喜久代さんは、桃苑の廓町に残りました。早速別の見世に雇われた者もおりました。

ただ、身の振り方について暫《しばら》く考えたいという人もいたので、見世に買い手がつくまでという条件で、梅遊記楼での生活を私は認めました。浮牡丹さんたち数名の花魁と、雪江ちゃんらの赤前垂が残って、結局は終戦間際まで暮らしていた筈です。

私と両親が××の田舎に引っ越して少ししてから、廓町に空襲がありました。

幸い町は半焼ほどで済んで、梅遊記楼も無事だったという連絡は受け取ったのですが……。

先生のお役に立てましたかどうか、甚《はなは》だ心許《こころもと》ない限りですが、私がお話しできますのは、ここまででございます。

第三部

作家

——佐古《さこ》荘介《そうすけ》の原稿

連載第一回

一　幽女というもの

最初に断わっておくが、『書斎の屍体《したい》』に連載するからといって、この「幽女という得体の知れぬものについて」は小説ではない。同誌の新人賞に怪奇短篇「通り魔の路」が入選してデビューした僕、佐古荘介《さこそうすけ》が執筆するのは間違いないが、創作を行なうつもりは毛頭ないことを明記しておきたい。

では、本稿は何なのかと訊《き》かれれば、いささか説明に困る。探訪記というほど大層なものではないし、かといって随筆と呼ぶには題材が重過ぎる。現実に起きた事件について、僕が取材した内容を紹介するわけだから、そういう意味では記録文学に当たるのかもしれない。しかし、綿密な取材を通して題材の本質に迫り、その事実を客観的な視点で冷静に記述することなど、僕にできるわけがない。佐古荘介は小説家であって、取材記者ではないのだから。

いや、それ以前に、そもそも当の題材が問題なのだ。いかに優秀な事件記者であっても、取材対象がこの世のものではない場合は、手も足も出ないのではないか。

日頃から怪奇小説を執筆しているので、その手の話を僕が信じていると誤解があるかもしれないが、実はそうでもない。好きなのは間違いないが、飽《あ》くまでもお話として面白がるだけである。よって本当に起きたかどうかなど、あまり興味がない。そういった怪談話は、他人から聞いたり本で読んだりしたときに覚える、気味が悪い、ぞっとする、薄ら寒くなる……という自身の反応が、何よりも楽しいのである。少なくとも僕はそうだ。その人の話し方や筆者の文体が実話っぽく感じられさえすれば、もう充分だ。それ以上のことは望まない。

だから、何かしら不可解な出来事が起こると、すぐに「幽霊の仕業だ」とか「先祖の祟《たた》りだ」とか言い出す人には、心底うんざりする。安易にその手のものに原因を求める前に、少しは頭を使って考える気はないのかと、ほとほと呆れてしまう。

とはいえ、何が何でも絶対に超自然的なものは認めないという人にも、僕は与《くみ》しない。世の中には合理的に説明できない奇怪な現象が、実際いくつもある。その中に人知を超えたものが一つもないとは、誰にも言い切れないではないか。

僕が敬愛する作家の東城雅哉《とうじょうまさや》が、本名の刀城言耶《とうじょうげんや》で発表した『民俗学に於《お》ける怪異的事象』の中で、左記のような文章を書いている。

この世の全ての出来事を人間の理知だけで解釈できると断じるのは人の驕《おご》りである。

この世の不可解な現象を最初から怪異として受け入れてしまうのは人の怠慢である。

自分の考えを述べるのに、他の作家の言葉を引用するのは恥ずべきことかもしれないが、見事に僕の思いが表現されているので、厚顔ながら使わせてもらった。

ここで刀城言耶が言いたかったのは、怪異的な現象に対して常に白黒を求めることの愚ではないだろうか。まず人として精一杯の思考を試みる。ほとんどの問題は、それで解決できるはずだ。しかし、どうしても残る謎がある。その場合は、不条理を受け入れる心の余裕を持つことも大切ではないのか。最初から白か黒か、どちらかに決めてしまうのではなく、灰色でいる必要があるのではないか。そう彼は言いたいのだと思う。

だが、人気作家でありながら名探偵としても――文壇ではそう噂《うわさ》されている――一部では有名らしい刀城言耶の立ち位置は、かなり第一の文章に近いはずだ。そうでなければ民俗採訪した地で遭遇した、奇怪で不可解な事件を解決する探偵役など務まるものではない。ただし、いつも完全に合理的な結末を、それらの事件に齎《もたら》すわけではないらしい。因縁や因果と受け取るしか説明しようのない謎が、時として残るのだという。

憚《はばか》りながら僕も、この敬愛する先達《せんだつ》と同じ考えを持っている。推理のある探偵小説が書けるわけでも、実際の事件に取り組む探偵の才があるわけでもないが、合理的精神は常に持ち合わせているつもりだ。それだけに寄り掛からない柔軟な思考と共に。

ところが、これから紹介する話には——正直に記すが——端《はな》から人間の理性など通用しないような気がして仕方がない。ここまで偉そうに、しかも他人の文章を引いてまで主張してきた考えと矛盾するのは分かっている。だが、この不安感だけはどうしても拭《ぬぐ》えない。

当初は、徒《いたずら》に地方作家という立場を引け目に捉えて、編集部の希望をそのまま呑《の》んでしまったがために、まだ取材途中にも拘《かかわ》らず見切りで連載をはじめてしまった焦《あせ》りから、そんな風に感じるのかと思った。連載は何回に及ぶのか。果たして面白い読み物になるのか。最後に何らかの結論を見出せるのか。小説を書くのとは別の問題が次々と脳裏を過《よぎ》り、堪《たま》らなく不安になった。それは間違いない。しかし、恐らくそういうことではないのだ。

幽女……と呼ばれる存在を知れば知るほど、何とも言えぬ気持ちになる。それに強く魅せられると共に、こんなものに関わってはいけないと、人としての本能が警告を発する。もっとも知るといっても、ほとんど何も分からないに等しい。そのものが引き起こしたかに見える事件を、一つずつ掘り起こしていくことしか、まだ僕にはできていない。それなのに、もうこれ以上は調べない方が良い、引き返した方が身のためだ、という思いがどんどん強くなる。こうして原稿を書く段になっても、まだ躊躇《ため》っている自分がいる。

怪異に否定的な出だしで書きはじめたのも、その考えに嘘偽《うそいつわ》りはないものの、何とか平常心を保って原稿を進めようという苦肉の策からだった。でも、どうやら大して効果はなかったらしい。このままでは筆がそのうち止まり、全く原稿が書けなくなり、連載に穴を空けてしまうだろう。そうならないように、取り敢《あ》えず発端からお話しすることにしよう。

「梅園楼《ばいえんろう》には幽霊がいるらしいのよ」

その興味深い話を淑子《よしこ》伯母さんから聞いたのは、僕が実家に昼食を摂《と》りに帰っていた、つい一月ほど前の春先だった。

作家になった僕は、まず家を出た。成人した男が、いつまでも実家にいるのは恥ずかしいと思い、それで市内の下宿に引っ越した。しかし、朝食はともかく昼食と夕食の多くは、ほとんど実家に帰って食べていた。原稿料だけでは暮らしが少しきつかったこともあるが、下宿から実家が歩いて三十分という距離のため、ちょうど散歩するのに都合が良かったのだ。

「下宿している意味があるの」

お袋には呆れられたが、執筆するには独り暮らしが一番だと説明すると、あっさり納得した。それで当たり前のように実家に帰り、普通に飯を食べていると、一月が過ぎたあたりで当然のように言われた。

「荘介、先月の食費を出しなさい」

それ以来、後払いで毎月の食費を取られている。自炊するより安くはつくが、なぜかお袋に嵌《は》められたような気分である。ただ、お金を払っている以上、食べに帰らないと損だ。そのため気がつけばほぼ毎日、僕は実家に足を運ぶようになっていた。

淑子伯母さんは、父親の一番上の姉である。戦前は桃苑遊廓《ももぞのゆうかく》の近くで〈梅園《うめぞの》〉という飲み屋を営んでいたが、空襲で焼けてしまった。それで田舎に疎開していたのだが、戦後になって戻って来てしばらくしたら、何と売りに出ていた遊廓の楼を買い取り、特殊飲食店をはじめた。いわゆる赤線地帯で営業をするカフェーである。戦前に銘酒屋を開いていた者が、戦後に特殊飲食店の経営に乗り出す例は多かったようだが、普通の飲み屋の女将《おかみ》は珍しいらしい。

「あの義姉《ねえ》さんのことだから、もしかすると梅園も、裏ではその手の商売をしていたのかもしれないわね」

とはお袋の見立てである。淑子伯母さんなら、それくらいのことは平気でやりそうだったからだろう。その意見には僕も納得した。

銘酒屋とは説明するまでもないが、表向きは酒を出す飲み屋を装いながら、裏では売春婦を斡旋《あっせん》する店のことだ。もしかすると梅園には平均的な銘酒屋よりも、かなり普通の飲み屋に近い店構えと雰囲気があったのかもしれない。だが、やることは裏でちゃんとやっていたのだろう。

いずれにしろ淑子伯母さんは、桃苑の元遊廓町に〈梅園楼〉というカフェーを開いた。そこが遊廓だったとき、戦前は〈金瓶梅楼《きんぺいばいろう》〉と呼ばれ、戦中は〈梅遊記楼《ばいゆうきろう》〉と言われていたという。どちらにも〈梅〉の字が入っていたため、伯母は自分が経営していた店の名の下に〈楼〉をつけ、読みを「うめぞの」から「ばいえん」に変えて、それを新しい店名としたらしい。

梅園楼が繁盛しているのは、僕も知っていた。店が暇な昼間、よく淑子伯母さんは佐古家にふらっと現れては、米兵から手に入れた缶詰や菓子などを、お袋や僕に渡してくれたからだ。決して義姉との仲が良いとは言えないお袋も、この差し入れには感謝していたが、内心は複雑だったようだ。梅園楼の商売がそういうものだっただけに、きっと素直には喜べなかったのだ。

しかし、当の伯母はあっけらかんとしていた。

「戦後の日本で一番勢いのある商売は、やっぱりカフェーやろ」

実際、梅園楼のみが繁盛していたわけではなかった。赤線に指定された桃苑の元遊廓町にあるカフェーの多くが、連日のように大変な賑《にぎ》わいを見せていたのである。

もっとも僕がそういう事実を知ったのは、ここ数年のことだ。赤線がはじまったとき、まだ僕は十五歳だった。そのうえ淑子伯母さんと梅園楼の話をするのを――まぁ無理もないとは思うが――お袋が嫌がったため、ほとんど何も知らなかった。いや、今でも大して変わりはないか。

「荘ちゃん、筆下ろしをするのなら、梅園楼にお出で。安くしとくからさ」

僕が十八くらいの頃から、お袋がいないときを見計らって、そんな耳打ちをされていた。しかしながら却ってその誘いが、僕を赤線から遠ざけたのだと思う。いくらカフェーの経営者とはいえ、実の伯母である。「はいそうですか」と行けるわけがない。友達には頻繁に赤線へ出入りしている者もいたが、むしろ僕は足が遠のくばかりだった。

それが先に記した淑子伯母さんの、驚くべき台詞《せりふ》を耳にした途端、急に興味を覚えた。もちろんカフェーにではなく梅園楼に対してである。

「幽霊って……、どういうこと？」

当の伯母は怖がっているわけでも、幽霊の存在に重きを置いているようでもなく、単に話題の一つとして口にしたに過ぎないらしい。だから、これまで梅園楼に関心を示さなかった甥《おい》が、いきなり身を乗り出したので、ちょっと面喰らったようだ。しかし、そこは伯母のこと、すぐに乗ってきた。

「荘ちゃん、この話、聞きたいの？」

「僕は作家だよ。しかも怪奇小説を書いてる」

「そうそう。雑誌の新人賞をもらった作家先生だった。『エロ魔の辻《つじ》』だっけ？」

「違う。『通り魔の路』だ」

「あれは面白かったわねぇ」

本当に読んでいるとは思えなかったが、少なくとも淑子伯母さんは、拙作が掲載された雑誌はいつも買ってくれていた。うちの両親など、本屋に行って雑誌を手に取りさえしないのに。

「それで、幽霊の話は？」

僕の昼食の用意をしたあと、幸いお袋は出掛けてしまっていない。梅園楼の話を聞くなら今のうちである。

「それがさ、元が遊廓だったせいか、遊女の〈遊〉を幽霊の〈幽〉に変えた、〈幽女〉と呼ばれる何か得体の知れないものがいるらしいのよ」

「はっきり幽霊だと——まぁ幽霊が実在するかどうかは置くとして——分かってるわけではないみたいだね」

「幽女っていうくらいだから、そうだとは思うけど……」

この子は何に拘《こだわ》っているのだろう、という顔を淑子伯母さんはしたが、そのとき僕の頭には大きな疑問が浮かんでいた。

「それって最近の話？」

「私が聞いたのは、つい先週だよ」

「これまでに梅園楼で、誰か亡くなっているとか」

「いいや、誰も死んでないね。みんな元気に働いてるさ」

「だったらどうして？　伯母さんが梅園楼をはじめて、もう六年ほど経つじゃないか。その間に店の中で人死にがあったわけでもないのに、なぜ突然そんなものの話になるんだ？」

「それがさ、三代目の緋桜《ひざくら》を入れたせいで、そ、それが出るかもしれないっていうんだよ」

「三代目？」

「金瓶梅楼に初代がいて、梅遊記楼に二代目がいたっていうから、梅園楼は三代目になるだろ」

「そうみたいだけど——」

話が一向に見えてこないので、僕は少し苛立《いら》った。でも淑子伯母さんとの会話は、いつもこんな感じだったと思い直し、辛抱強く聞き出すことにした。

「つまり幽女と呼ばれるものは、金瓶梅楼の時代から既にいて、そこに緋桜という遊女が関わることで——あっ、緋桜って廓《くるわ》で働いていた女性だよね」

「当時は花魁《おいらん》って呼ばれてたけど」

「その花魁の緋桜と幽女には、何らかの関係があったんだ」

「さぁ、どうかね」

首を傾《かし》げた伯母を見て、僕は思わず突っ込んでいた。

「三代目の緋桜を入れたせいで、梅園楼に幽女が出るようになったって、伯母さんが言ったんじゃないか」

「出たとは言ってないよ。そういうものがあそこには潜んでいて、それが三代目の緋桜を入れたために、また出るかもしれないって話さ。荘ちゃん、あんた作家の割には察しが悪いね」

大きな溜息《ためいき》を吐《つ》きたいのを、何とか僕は堪《こら》えた。

「ということは、その緋桜という花魁が鍵になるわけだ」

「今は花魁なんて、誰も言わないよ。カフェーの女給だよ」

淑子伯母さんの指摘を有り難く聞き入れながら、

「だけどさ、初代と二代目と三代目と、三人の緋桜さんは違う女性なんだろ？」

僕は再び疑問に感じたことを尋ねた。だけど伯母からは、まるで阿呆な子を見るかのような眼差《まなざ》しを浴びせられ、呆れた口調でこう言われた。

「当たり前じゃないの」

「そうだよね」

と一旦は肯定したうえで、

「なのに幽女が出る切っ掛けになるってことは、緋桜という名前に何か因縁があるとしか考えられないんだけど――」

問題点を嚙《か》んで含めるように話した。すると淑子伯母さんは、何を今更《いまさら》といった顔で、当然のように言い返してきた。

「それはさ、初代も二代目も三代目も、別館の特別室に入ったからじゃない」

そんな話は一言も聞いてないぞ――という言葉を飲み込みながら、僕は続けた。

「梅園楼の別館の特別室と緋桜という名の遊女、この二つが組み合わさったとき、幽女が現れるってことか」

「何でもね」

急に伯母は思わせ振りな小声になると、

「金瓶梅楼時代に三人、梅遊記楼時代にも三人、特別室から花魁が身投げしたそうなのよ」

「えっ……、それって自殺？」

「花魁自身が飛び降りた身投げもあるけど、もしかすると誰かに突き落とされたのかも……って疑われたものもあるみたいね」

「緋桜と身投げした三人の関係は？」

「さぁ……。そもそも三人の中に、当の緋桜も入っていたっていうからね」

「も、もっと詳しく教えて」

この幽女の話に、僕はすっかり夢中になっていた。

「そんなこと言われても、私もこれ以上は知らないのよ」

「けど伯母さんは、わざわざ問題の特別室に、緋桜の三代目を入れたんでしょ？」

「莫迦《ばか》だねぇ、この子は」

再び淑子伯母さんは、憐《あわ》れむような視線を僕に向けながら、

「幽女なんてものの話を知っていたら、いくら私でも三代目の緋桜は採用しなかったわよ。彼女を女給として雇い、別館の特別室を宛《あて》がった後で、幽女のことを聞いたに

決まってるじゃない」

「誰に聞いたの？」

「喜久代《きくよ》っていう婆さんさ。彼女は金瓶梅楼でも梅遊記楼でも、遣り手《やりて》婆として働いていたらしい。だから身投げのことも、よく知っていた。戦後は桃苑の中に一杯飲み屋を構えていて、三代目の緋桜のことを聞きつけたので、わざわざ忠告に来たっていうんだよ」

「それじゃ喜久代さんを訪ねれば、詳細を教えてもらえそうだね」

伯母の話を聞くより、その方が早いだろうと僕は考えたのだが、

「いや。幽女の話をするのは、これが最後だ……って喜久代婆さんは言ってた」

「どうして？」

「関わりになりたくないからさ。私のところに来たのは、何も知らない元廓町の新参者に対する老婆心だってさ。でも私に話したことで、もう自分はお役御免《やくごめん》にさせてもらうって、肩の荷を下ろしたような様子だったね」

「怪異の語り部を、伯母さんに託《たく》したのか」

「そんなもの、引き受けた覚えはないよ」

「けど、そうなると当時の話は、もう聞けないってことになるのか」

むすっとする淑子伯母さんに対して、がっかりとばかりに僕は肩を落としたのだ

が、

「ところがさ、そうでもないと言ったら、荘ちゃんどうする？」

たちまち伯母の顔に、邪悪な笑みが浮かんだ。

「喜久代さんは喋《しゃべ》らないのに？」

「ああ、あの婆さんは無理だろうね。でもその代わり、金瓶梅楼と梅遊記楼の花魁だった女の子たちが——といっても三人とも、もう三十代の後半だけど——梅園楼で働くことになってさ」

「三代目の緋桜が入った後で？」

「そう。こんな偶然があるんだねぇ」

伯母は単純に感心している様子だったが、僕はそこに得体の知れない力が働いているような気がして、何とも落ち着かなくなった。

「だからさ、幽女の詳しい話が知りたかったら、あの三人に尋ねるといい」

「その前に、どうして彼女たちは戻って来たのか。なぜ三代目の緋桜が誕生したのか。そのへんの事情を教えてよ」

「それもひっくるめて、本人たちに訊けばいいじゃないか」

「それじゃ伯母さんから——」

彼女たちを紹介して欲しい、と僕が口にする前に、

「あんたも作家だったら、私を頼るんじゃないよ。幽女に興味を持つ甥がいるってことくらいは、まぁ言っておいてあげてもいいけど、後は自分でやりな」

幽女の話を振ったのは淑子伯母さんなのに、理不尽にも突っ撥《ぱ》ねられてしまった。

「そんな……。伯母さんに口を利いてもらわずに、一体どうしろって言うんだよ」

「梅園楼の客になって、彼女たちと遊べばいい」

ぼやく僕に、とんでもないことを言い出した。

「そしたら寝物語に、幽女の話が聞けるじゃないか」

「あのね」

さすがに僕も呆れた。伯母が少し臍《へそ》曲《ま》がりなことは知っていたが、ここまで意地が悪いとは思わなかった。

「もういいよ」

「おや、幽女について、もっと詳しく知りたいんだろ」

不貞《ふて》腐《くさ》れる僕に、伯母は嫌らしい笑みを浮かべている。

「そうまでして調べる気はないね。そもそも梅園楼に、肝心の幽女が出たわけじゃない。過去の遊廓時代に、そんな怪談話があったってだけだ」

「その過去の恐ろしい化物が、今になって三たび現れるかもしれないんだよ」

「どうだか。それに考えてみれば遊廓で遊女が身投げするなんて、大して珍しくもなかったんじゃないか。その身投げと幽女に因果関係があったとも限らないし、そもそも幽女の存在自体が不確かというか——」

「やれやれ、この子は相変わらず駄目だねぇ」

わざとらしいほどの大きな溜息で、僕の喋りを遮ると、

「作家って商売は、好奇心が大切なんじゃないのかい」

「えっ……」

「しかも佐古荘介は、怪奇物を書いてんだろ」

「……まぁね」

「だったら幽女なんて話は、飛びついてもいいくらいじゃないか。だいたい怪談なんてものは、端《はな》からあやふやなんだよ。それを何もしないうちから——」

淑子伯母さんの小言を耳にしつつ、僕はその場から逃げ出す算段をしていた。幽女の話に惹《ひ》かれたのは間違いない。しかし、自ら赤線で取材してまで調べるなんて、僕には荷が勝っていた。喜久代婆さんの飲み屋を訪ねるくらいならできるが、女給の客となって聞き出すなんて、そんな芸当は絶対に無理だ。

未練がなかったと言えば嘘になるが、所詮はよくある幽霊話ではないか、と僕は自分を誤魔化すことにした。

ところが、それも伯母が次のような台詞を口にするまでだった。

「あの店の庭では戦争の末期に、その幽女の死体が見つかったっていう話も、私は聞いてるんだけどねぇ」

二　謎の死体

すっかり臍を曲げてしまい、話すのを渋る淑子伯母さんを説き伏せ、ようやく僕が聞き出した話はこうだった。

空襲が激しさを増す前に、梅遊記楼の女将は店を閉めると、××地方に引っ越してしまった。そのとき遊女たちの証文を全て破いたというのだから、なかなか太っ腹な人である。その女将の爪の垢《あか》でも煎《せん》じて、伯母に飲ませたいくらいだ。

あっ、こんなことを書いては不味《まず》いか。いや、どうせ伯母がこの連載を読むことはないだろうから、まぁいいか。

さて、自由になったとはいえ、帰れる家のある遊女は少なかった。むしろ職場がなくなったことで、先行きの困る者がほとんどだった。次の仕事を見つけるといっても、すぐには決まらない遊女もいただろう。そこで梅遊記楼の買い手が見つかるまで、店に遊女や従業員たちは住むことを許されたらしい。やっぱりこの女将は大した人だと思う。

もっとも次の職といっても、遊女たちの多くは桃苑の他の遊廓に入るか、他所《よそ》の廓町に移るか、二つの選択肢しかなかったという。結局ほとんどの者が同じ廓町の他の店に行くことになったのだが、なかなか梅遊記楼に買い手がつかなかったお蔭《かげ》で、それほど再就職を焦る必要もなく、しばらくは全く廓の商売をしないまま、何とも奇妙な共同生活を送ったらしい。

しかし、やがて引っ切り無しに空襲警報が鳴るようになり、焼夷弾《しょういだん》の被害が廓町にも次第に出はじめた。半焼する店や、全焼してしまう楼もあって、少なくない数の遊女が命を落とした。建物が焼失した楼の跡地には、新たに防空壕《ぼうくうごう》が掘られた。だが、壕に避難した全員が焼け死んだこともあり、もはや廓町に安全な場所はない状態だった。

それほど悲惨な状況にも拘らず、広い敷地を持つ梅遊記楼は奇跡的に無傷だった。ただ、いつまでこの幸運が続くか分からない。でも、疎開できる者など一人もいない。死ぬも生きるも桃苑の廓町以外には考えられない、というのが全員の気持ちだった。

そんなとき数発の焼夷弾が、梅遊記楼の本館の庭に落ちた。庭の隅に建てられた物置小屋を直撃し、あっという間に全焼させてしまった。残っていた花魁と従業員たちのバケツリレーにより、幸い本館への類焼《るいしょう》は最小限に抑えられた。被害は物置小屋と楼の塀の一部だけ、のはずだったのだが……。

何と物置小屋の焼け跡から、焼死体が出てきたのだ。

ところが、梅遊記楼に残っていた者は全員が無事だった。花魁も従業員も、誰一人として欠けていない。消火活動に駆けつけた桃苑町消防団の面々も首を傾げた。

では一体、その焼死体は誰なのか……。

廓町全体で行方不明者を捜したが、不思議なことに該当者はいない。かなりの高熱で焼かれたため、焼死体の歳格好どころか性別の認識さえ不可能なうえ、満足に検死できる専門家がいなかったことも、更に身元確認を困難にさせた。

だが、梅遊記楼の住人ではなく廓町の者でもないとなると、外部の人間しか考えられない。とはいえ遊廓は、そもそも人の出入りに厳しいところである。実際ここ一月ほど遡《さかのぼ》って調べても、廓町に入ったままの者など一人も存在していないことが、はっきりしている。

あれは幽女の死体だった……。

いつしか廓町の中に、無気味な噂が流れはじめた。梅遊記楼の幽女については、桃苑の誰もが知っていた。詳細は分からぬまでも、そういうものがいるらしいという怪談が、金瓶梅楼時代から既に広まっていたのだ。

すぐに憲兵隊も乗り出してきたが、激しさを増すばかりの空襲を前に充分な調査もできぬまま、やがて終戦を迎えてしまった。

あっちこっちへ話が逸《そ》れる淑子伯母さんの説明で分かったのは、以上だった。

身元不明の謎の焼死体……。

その正体は幽女だった……。

再び僕が興味を掻《か》き立てられたのは言うまでもない。伯母を煽《おだ》てて持ち上げ、太鼓持ちのようによいしょして、何とか梅園楼の手伝いをする約束で、かつての花魁たちから話を聞く許可をもらうことができた。

ただし、無料ではない。女給への「決まり」は取るというのだ。決まりとは昔でいう花魁に払う玉代《ぎょくだい》で、女給が四、店が六の取り分らしい。今回は店の六を四にまけると言われたが、手伝いをするのに金を払うのはおかしいと、どうにか突っ撥ねた。全く伯母には参ってしまう。

「それにしても、そんな曰《いわ》く因縁のある店を、よく買う気になったね」

ようやく交渉が成立した後、半ば呆れ気味にそう言うと、

「梅園楼を開く前の一時期、ちょうど終戦の前から戦後にかけて、あそこには別の〈仙郷楼《せんきようろう》〉という店が出ていたからね」

淑子伯母さんにしてみれば、その店が一種の厄払いになっているはず、という考えらしい。

「その仙郷楼は、二、三年しか営業しなかったのか」

「そうなるね」

「何かあったから？」

思わず期待すると、あっさり伯母が否定した。

「いいや、そんな噂は聞いてないね。私が前の経営者から言われたのは、公娼制度に関する御上《おかみ》のお達しが二転三転するので、もう嫌気がさした。廓の商売から足を洗いたいので売りに出した。それだけやったね」

念のために調べてみると、なかなか面白い事実が分かった。当の女性たちの身になって考えた場合、決して面白がることではないが、戦後の公娼制度に対する日本政府と警察の態度は、確かに無茶苦茶だったのである。せっかくなので、江戸時代から続いた吉原遊廓を取っ掛かりに、その大まかな変遷を次にまとめてみる。

昭和二十年三月の大空襲で、吉原は一面の焼け野原と化した。都内も同じ有り様だったわけだから、これは無理もない。遊女は約千二百人いたが、その三分の一の約四百人が焼死した。隅田川に飛び込んだ者もいたらしいが、ほとんどが溺死《できし》したという。

翌日、文字通り命懸けで吉原から逃げ延びた者たちが、それぞれ戻って来た。焼け残った吉原病院や建物に身を寄せ、今後どうするかを話し合った。仮に国が滅びるような事態が起きても、この世から売春がなくなることはない。そう誰もが思ったのかもしれない。実際、それは一つの真理ではないだろうか。

その数日後だった。吉原は警察署から、分散疎開を命じられる。営業の再開は不可能と見做《みな》されたわけだ。このままでは食糧の配給もままならないので、各自が縁故を頼って疎開して欲しいと言われた。ほとんど廃娼宣言を受けたようなものである。誰もが吉原の終焉《しゅうえん》を覚悟したに違いない。それでも疎開先のない業者や遊女が、東京に残ったらしい。

ところが、四月になると警察から、今度は営業の再開命令が出される。その目的は治安維持と国威発揚というのだから、勝手なものである。当時、東京には妻子を疎開させた男性や、軍需工場で働く徴用工員たちが多くいた。そのため毎日のように焼跡の暗がりでは、何件もの性犯罪が発生していた。このまま遊廓のない状態が続けば、治安が悪化するだけでなく、軍需生産の向上にも大きな支障が出る。そう警察は考えたらしい。

とはいえ空襲の被害は甚大で、そんなに簡単には復活できない。それでも吉原では焼け残った建物を補修して娼館に作り変え、各地に散った元花魁たちに連絡を取って呼び戻し、どうにかこうにか再開に漕《こ》ぎつけた。すると連日、押すな押すなの賑わい振りで、お客が長い列を作るほど大いに繁盛したという。

しかし、すぐに終戦を迎えたため、再び吉原の火は消えてしまう。が、またしても復活することになる。しかも今度の再開は、もっと早かった。

終戦日が八月十五日にも拘らず、同月の二十六日には「特殊慰安施設協会」が正式に発足している。英語の名称が「Recreation and Amusement Association」で、略して「RAA」と呼ばれた。これは「新日本再建の発足と全日本女性の純潔を守るための礎石事業」のために、アメリカの「関東地区駐屯軍将校並びに一般兵士の慰安」を目的とした施設を設けて、それを運営するための特別な機構だった。後に「国際親善協会」と改称されたが、やっていることは国家公認の売春組織と何ら変わらなかった。

このとき協会は銀座の大通りなどに大きな看板を設置して、堂々と慰安婦の募集を行なっているのだが、その文言が凄《すご》い。

「新日本女性に告ぐ。戦後処理の国家的緊急施設の一端として進駐軍慰安の大事業に参加する新日本女性の率先協力を求む」

新日本女性という表現に、良くも悪くも僕は感心した。しかも条件として、「年令十八才以上二十五才まで。宿舎・被服・食糧など全部支給」とあったのだから、たちまち応募者の女性が殺到したらしい。米兵を相手に売春をさせられるとは、誰も知らなかったのだ。仕事の内容を聞いて、びっくりして協会の本部から帰ってしまう女性もいたが、多くはそのまま残ったという。他に生活費を稼ぐ方法もないことから、きっと誰もが一大決心をしたに違いない。

ちなみに警視庁は、これらの女性を「特別挺身《ていしん》部隊員」と名づけた。新日本女性より遥《はる》かに戦時色の残る名称ではあるが、彼女たちが担う労働の目的を考えると、こちらの方が実情に合っていたと言える。

こうして最初の慰安所が開店したのだが、占領軍兵士の増加に伴い、慰安所だけでなくキャバレーやダンスホールやビヤホールなどの娯楽施設が、瞬く間に激増していく。もちろん東京以外の地域でも設置が進み、特別給与で潤っていた米兵たちが一様に押し掛けるという、破格の景気の良さを見せることになった。

ただし、各施設で働く女性たちの苦労は、想像以上だったらしい。特に慰安所では、合意の上とはいえ素人女性にとっては強姦にも等しい行為を強いられるのだから、そこは推して知るべしだろう。元遊女の中には、一晩で四十七人を相手にした強者もいたというが、いきなりこの世界に飛び込んだ素人女性に、そんな働きを望めるわけがない。需要と供給の関係が、完全に狂っていたのである。

困った政府は、全国に一万三千人いた当時の公娼のうち、一万一千人を「占領軍専用」にした。この人数は戦中の公娼の、約三分の一弱らしい。減少の原因は軍需工場への動員や疎開、それに空襲による死亡などにある。特に東京に残っていた娼妓《しょうぎ》は本当に僅《わず》かだったため、業者たちは元遊女捜しに奔走する羽目《はめ》になった。

話は少し逸れるが、娼妓の中でも人気があったのは、芸者だったらしい。もっとも日本の伝統的な芸者ではなく、飽くまでも「ゲイシャ・ガール」である。「ヨシワラのゲイシャ・ガール」は「フジヤマ」と並ぶほど、外国人には有名だった。というよりも彼らにとっては、この二つが即ち日本だったわけだ。よって安物でも着物姿で出て行きさえすれば、満足に芸ができなくても、ゲイシャ・ガールとして大歓迎された。芸に通じた本物の芸者たちが、この慰安婦の役目を毛嫌いしたのは言うまでもない。

慰安所をはじめとする米兵相手の娯楽施設は大繁盛を見せたが、やがて大きな問題が発生する。性病の蔓延《まんえん》だ。淋病《りんびょう》や梅毒《ばいどく》などが、慰安婦と兵隊たちの間に爆発的に広がり出した。政府は慰安所の一斉検診、ペニシリン注射の実施、衛生サックの使用など対策を打ち出した。進駐軍も慰安所の近くに簡易治療所を設けて、兵隊たちの性病予防に躍起になった。だが、正に燎原《りょうげん》の火の如く性病は拡大するばかりだった。

そして昭和二十一年の二月、都の衛生局からＧＨＱ（連合国軍最高司令官総司令部）に提出されたレポートで、驚くべき事実が明らかになる。ＲＡＡに所属する慰安婦のうち九十パーセントが、ある米海兵隊の一個師団を調査したところ七十パーセントが、それぞれ性病の保菌者であることが判明したのだ。

その結果、翌月には慰安所への米兵の立入が禁止される。しかし、命令を無視して出入りする兵隊がいたため、遂には「off-limits」の黄色い看板が全慰安所の前に立てられた。しかも、そこには「VP（梅毒地帯）」の注意書きまであったという。

この性病騒動の前に、実はGHQから「日本に於ける公娼制度廃止に関する覚書」が日本政府に向けて出されていた。一月のことである。その趣旨は、「日本に於ける公娼の存続はデモクラシーの理想に違背」するため、「公娼の存在を直接乃至《ないし》間接に認め、若《も》しくは許容せる一切の法律法令及び其《そ》の他の法規を廃棄」して、「売淫業務に契約し若しくは拘束せる一切の契約金並《ならび》合意を無効」にせよ、というものだった。

これは明治五年に布告された「芸娼妓解放令《げいしょうぎ》」以来の、日本の売春史上に於ける非常に大きな改革だったらしい。だが、かつても名ばかりで実が伴わなかったように、このときも同様の事態が起こっただけだった。

GHQの覚書の内容を事前に察した警視庁は、自発的に廃娼の申し出をするように、と、前以《まえも》って業者に指示を出したのだ。もちろん、これには抜け道があった。従来の貸座敷業者が「接待所」を設けて、そこで娼妓が「接待婦」として働くのは問題なしとしたのである。平たく言えば公娼制度は廃止するが、集娼地帯内での私娼は認めるというわけだ。

この対応が、GHQ側の不興を買う。そこから売春業者の軍事裁判沙汰など興味深い展開がまだあるのだが、簡単にまとめると、結局「前借制度やその他の理由で女性を縛って売春させるのは駄目だが、本人の自由意思によるものは問題ない」という落ちになる。

ＲＡＡでは兵隊が払う料金を、決して慰安婦たちには扱わせなかった。兵隊即ち客から直接お金を受け取ることで、彼女らが嫌でも「挺身」ではなく「売春」を意識してしまうからである。実際「日本女性の貞操を守るために、自分が犠牲になっている」との思いに支えられて、慰安婦をしていた人は多かったらしい。しかし、そのために業者側の非道な搾取《さくしゅ》を許してしまっていた、負の面も大きかったという。

それが本人の自由意思となり、料金も女性を介して経営者に渡されるため、従来のような搾取はなくなった――わけでは実はないのだが――代わりに、正面から「売春」の二文字に向き合う結果となったのは、何とも皮肉ではないか。そんな風に感じるのは、色々と調べたとはいえ僕が単に頭で理解しているだけで、全く実情を分かっていないせいだろうか。

ちょっと枚数を費やし過ぎたようだ。後は簡単にまとめる。

事あるごとに警視庁がＧＨＱにお伺いを立てている間も、売春業者は勢いを増していた。警視庁としては集娼政策を取りたい。だが、あまり放任するとＧＨＱから睨《にら》まれる。その板挟みから、再び苦肉の策を打ち出した。接待所を「特殊飲食店」と、接待婦を「従業員」と呼び変え、女性たちが特飲店で従業員（女給）として正業に就いていると、両者の関係を見做《みな》すことにしたのだ。そのうえで従来の集娼地帯を指定地域として定め、他と区別するために地図上に赤い線を引いて囲ったのが、現在の「赤線」である。

引き続き営業する保証をせしめた業者は、おそらく一様にほっとしたことだろう。しかし、彼らには思わぬ悩みが降り掛かる。特殊飲食店とは一体どういう店構えの店舗なのか、全く分からなかったからだ。飲食店という以上、酒類を揃《そろ》えるだけでなく調理場も必要になるのか。客が飲み食いするテーブルや椅子もいるのか。売春宿ではない建前として、どの程度の準備をすれば良いのか。全てが手探り状態だったのだ。そこで多くの業者が、店の出入り口にホールを設けて椅子とテーブルを置き、飲食店を装う表向きの細工をしたらしい。

以上が様々な伝手《つて》を頼って、どうにか調べられた戦中の遊廓から戦後の赤線へと至る、その変遷である。

この混乱の時期に、先に記した仙郷楼が廓経営を止めてしまった。特殊飲食店への対応に嫌気がさしたのと、経営者が高齢だったために、もう潮時だろうと引退を決めたようだ。その建物を淑子伯母さんが買い取り、新たに梅園楼を開いて今に至っている。

物件を下見したとき、終戦間際に庭で見つかった謎の焼死体について、前の経営者は正直に教えてくれたという。ただ、だからといって怪談めいた現象が、仙郷楼で起きたことなど一度もなかったそうだ。

もっとも一人だけ、はっきりとした理由もないままに所替えした遊女がいたらしい。彼女は楼にいた際、時折こんな風に呟《つぶや》いていたという。

「ここには私たち以外に、もう一人いるような気がするの……」

連載第二回

三　梅園楼

図らずも遊廓と赤線について勉強をした僕は、いよいよ淑子伯母さんが経営する桃苑の梅園楼へ、大袈裟《おおげさ》な表現だが乗り込むことにした。といっても三人の女給たちに、すぐに質問する気はなかった。以前の僕であれば、きっとそうした愚を犯していたと思う。だが今回の下調べを通じて、遊女という特殊な境遇に身を置く女性たちを、多少は理解したつもりだった。だから、ここは時間を掛けるしかないと考えていた。

　彼女たちにとって、人間は大きく二種類に分けられる。信用できる「内の者」と、心を許せない「外の人」だ。内の者とは店のお父さんやお母さん、従業員や朋輩《ほうばい》を指し、外の人とはお客をはじめ出入りの業者などをいう。もちろん内でも信用できない者もいれば、外でも馴染《なじ》みになって内と同様の付き合いになる場合もある。それは遊女自身や相手によって、当然だが変わってくる。

　カフェーの女給たちも、かつての遊女と基本的には同じだろう、と僕は考えた。昔と制度は違っても商売の中身は元のままである。そこで働く女性たちの意識が近いと見做すのは、極めて自然ではないか。それに話を聞きたい三人は皆、そもそも元遊女なのだ。

　さて、問題は僕の立ち位置にある。経営者であるお母さん――カフェーでは「女将さん」ではなく「お母さん」と呼ぶ――の甥のため、一応は内側の者とも言える。伯母と相談した結果、僕は帳場へ入ることになった。この部屋には売り上げ金が仕舞われる金庫があるため、経営者と女給以外は入室できない。よってカフェーのお父さんやお母さんが外出するときは、留守を身内に頼むのが普通だった。そういう意味で僕は、最初から内の者だったわけだ。

　しかし、いかにカフェーのお母さんの甥とはいえ、梅園楼での日はまだ浅い。それ以前にこの業界では全くの新参者である。しかも伯母から、僕の本業が怪奇小説家であり、幽女について興味を持っている事実まで、しっかりと伝わってしまっている。そんな男に易々《やすやす》と、彼女たちが打ち解けるはずがない。

さすがの僕も、それくらいは考えた。あまり焦らずに時間を掛けて、慎重に聞き出す必要があると。遊女たちの特殊な世界を知ったときから覚悟した。この連載の原稿を書くためには、もちろん少しでも新しいネタが欲しい。でも、女給たちへの接し方を誤ったせいで、全く何も聞き出せなかったら、連載そのものが中止になってしまう。それだけは避けたかった。

ここで先に、梅園楼の間取りと遊びの種類について説明しておこう。

淑子伯母さんによると、戦前の遊廓を特殊飲食店へと変えるために、最も手を入れたのが玄関らしい。廓時代は写真見世《みせ》といって、表側は二つの玄関戸を除くと格子《こうし》の窓が連なり、内側の土間には花魁の写真が飾られていたという。それを表は曇硝子《ガラス》の扉と色硝子の窓が並んだ壁にし、内は土間だけでなく神棚が祀《まつ》られた板間まで取っ払って、その空間を全てホールにした。ホールにはバーカウンターが作られ、テーブルと椅子を五組ほど入れた。カウンターの棚には洋酒の瓶を何種類も揃え、横の台には電気蓄音機を載せ、何とか格好をつけた。

この内観だけ目にすれば、完全に立派なバーである。だが、洋酒の瓶の中は空で、テーブルと椅子もお客の飲食用ではなく、女給と遊びの交渉をする場に過ぎない。要は全て見せ掛けなのだ。唯一まともに使われていたのは、音楽を流して客と踊ったり、流行歌をかけて外の客を誘ったりした電蓄くらいである。

この奇妙な空間で、客は女給との遊びの内容を決める。赤線での遊びは、「ちょんの間」と呼ばれるショート、「時間」と言われるロング、そして「泊まり」のほぼ三種類に分かれる。ちょんの間は短時間しかなく、客は本来の目的を達することしか考えない。時間は客が交渉した時間分だけ女給を拘束できるため、少し余裕がある。泊まりは文字通り女給の部屋で一晩を過ごすので、かなりのゆとりを持てる。ただし、「廻《まわ》し」を取られる心配はあった。いわゆる掛け持ちだ。例えば泊まりの客を部屋に案内してまず事を済まし、客が満足して寝ているうちにホールに戻り、二人目の泊まりの客を捕まえて別の部屋に入れ——という遣り方である。

ちなみに遊びの料金は、先払いである。お客との交渉がまとまれば、まず部屋に案内して料金を受け取る。それを女給は帳場に持って行き、お父さんやお母さんに預ける。帳場では決められた割合に従って、店と女給の取り分を保管する。これを玉割りと言った。面白いのは帳場から部屋に戻る女給が、お茶の入った湯飲みを持って行くことだ。頭に「特殊」という文字はつくが、飽くまでも建前は「飲食店」であるため、一応はお茶を出すのだという。もっとも客のうち何人が、この出涸《でが》らしを飲むのかは定かではない。口をつけない者の方が多いのではないか。

こういった内部事情を知るのは、梅園楼での僕の立場や目的を考えると、決して悪いことではなかった。仕事にも調査にも役立つ知識だったからだ。ただしその一方で、徒《いたずら》に僕を臆させてしまったのも間違いない。とても多忙な女給たちにわざわざ時間を割いてもらい、幽女の話を聞き出すなど、あまりにも迷惑ではないか。ふと気づくと、そんな風に思っている自分がいた。お金を払って時間を買っていると考えれば良いのだ、と最初は割り切ろうとした。だが、我が身を売って稼ぐ彼女たちと接しているうちに、そういう捉え方が嫌になってきた。

結局、梅園楼で僕がしていたのは、淑子伯母さんにとっては体の良いただ働きの手伝いだったことになる。実際、僕が顔を出すようになってから、伯母の外出が増えた気がする。

「何を言ってるの。荘ちゃんが来る前どうだったかなんて、あんたが知るわけないでしょ」

そう伯母は惚《とぼ》けるが、手伝いなどいなかったのは確かだ。

「つまり出掛けたくても、帳場を離れるわけにはいかなかった。そこに僕が来たものだから、これ幸いとばかりに――」

「荘ちゃんを信頼してる証拠じゃないの。いくら打ち解けて親しくなっても、女給に帳場は任せられないからね。その点、血の繋《つな》がった甥っ子なら安心だわ。しかも偉い作家先生なんだから、私も鼻が高いってもんさ」

自分に都合が悪くなると、相手を煽《おだ》てて誤魔化すのが伯母の常套《じょうとう》手段だ。

「そうじゃなくて、やっぱり店にお母さんがいないのは不味《まず》いだろ」

「元遊女の経験者が、うちには三人もいるからね。仮に何かあっても、ちゃんと浮牡《うきぼ》丹《たん》が対応してくれるわよ」

先程の言葉とは裏腹に、すっかり女給任せである。

梅園楼を開いてから今日まで、淑子伯母さんが我武《がむ》者羅《しゃら》に働いてきたのは間違いない。だからこの辺りで、ちょっと休みたくなったとしても無理はないかもしれない。ただ、それにしても経験者の元遊女と素人の甥に頼るのは、どう考えても駄目だろう。

伯母にカフェー経営の才覚があることは、僕でさえ何となく分かった。女給には若い女の子を募るのが当たり前なのに、少し変わった動機で応募してきた二十八歳の女性を雇い、遊廓の花魁を復活させたのだから大したものである。

赤線のカフェーの名称は、ほぼ二つに分かれた。一つは〈花月〉や〈喜楽〉や〈藤〉のような和名の店で、もう一つは〈ロマンス〉や〈スター〉や〈モンパリ〉のように片仮名表記の店だ。米軍の占領時代とはいえ、まだ後者より前者の方が圧倒的に多かった。ただし、戦前の遊廓の風情《ふぜい》を引き摺っている梅園楼のような例は、さすがに少ない。そもそも和名の店だからといって、着物姿の女給がいるとは限らない。そういう意味では店名から受ける印象と女給たちが持つ雰囲気とに、ほとんど関連がなかったことになる。

前々から淑子伯母さんは、それが気になっていたらしい。梅園楼という店名に相応《ふさわ》しい営業ができないものかと、折に触れ考えていたという。ただ、戦後しばらくは米兵をはじめ、とにかく性に飢《う》えた客が多かった。女給さえ揃えておけば、いくらでも繁盛した。店側が何かを仕掛ける必要などなかった。だが、時代は動いている。東京の有楽町には「日劇小劇場」ができた。踊り子が裸で踊るヌード劇場だという。桃苑でも新しい試みに取り組むべきではないか。

そんなとき、ある女性――実名を記すわけにはいかないので、山田花子《やまだはなこ》としておこう――が女給に応募してきた。病気の夫を抱えて困っているので、ここで働きたいという。

「実は戦前ですが、他の地方の遊廓にいたことがあります。傾いた夫の商売を立て直すために、思い切ってこの世界に飛び込みました。仕事には慣れているつもりですので、どうか雇って頂けないでしょうか」

花子さんは二十八の割には若く見えたが、元遊女だけあって何処《どこ》か窶《やつ》れているようで、年齢以上の老いが感じられる部分も垣間見ることができた。しかし、それが妙な色気になっていて、いかにも男受けしそうだった。

　花子さんが持参した戸籍抄本を見ると、××県の××町とある。隣の県で、かなりの空襲を受けた地域の一部である。

「旦那さんはこっちに？」

　同情した伯母が尋ねると、彼女が小さく首を振った。

「あっ、そうか。向こうのカフェーじゃ具合が悪いから、それで桃苑に来たんだね」

　地元の赤線で働くと、知り合いの男性が客になるかもしれない。そんな心配をしないで済むように、わざわざ桃苑まで来たのだと伯母は思った。だが、再び花子は首を振った。

「違うのかい。ならどうして？」

「実は――」

　そこで花子さんが、何とも興味深い話をした。

　戦中のある時期、遊女をしていた彼女は、お客の一人に「お前は桃苑の廓町にある梅遊記楼の花魁、緋桜に似ている」と言われた。ただし、その花魁も二代目で、先代の緋桜は金瓶梅楼という梅遊記楼の前身である廓の花魁だったらしい。当の花魁が二代目を名乗っていたのは、先代に似ていたためだったのだ。だが、これが大評判になった。初代の馴染《なじ》みだった客たちだけでなく、新規も増えて大いに繁盛したという。

「再びこの世界で働こうと決心したとき、その話をふと思い出しまして……。その後お店の名前も経営者も変わっているようですので、同じ手が通用するかどうか、今の時代に合うかどうか、もちろん分かりませんが……」

「あんたが、三代目になるっていうのかい？」

「……はい」

花子さんは頷《うなず》いたものの、すぐに弱々しい声音《こわね》で、

「やっぱり……莫迦々々《ばかばか》しい考えですよね」

「いや、なかなか面白いじゃないか」

こうして生まれたのが、三代目の緋桜である。それに伴い淑子伯母さんは、梅園楼の女給たちを着物姿にして、かつての遊廓を再現しようとした。とはいえ本格的にやるとお金が掛かるため、飽くまでも間に合わせの着物で、それらしく映るように工夫しただけである。

ところが、すっかり洋服に慣れた若い子たちには、とかく着物は不評だった。花魁らしい振る舞いも、一向に身につかない。もっとも教えるのは花子さん独りで、お世辞にも上手とは言えなかったようなので、最初から無理があったのかもしれない。

伯母が諦《あきら》め掛けていると、そこに金瓶梅楼時代から働いていたという浮牡丹、月《つき》

影《かげ》、紅千鳥《べにちどり》という元遊女たちが、立て続けに訪ねて来た。三代目緋桜の噂を聞いて、ちょっと古巣を覗《のぞ》いてみようと思ったらしい。三人も続いたのは全くの偶然みたいだったが、それを伯母は好機と捉えた。聞けば皆、桃苑の他のカフェーで女給をしているという。梅園楼への移籍を打診すると、三人とも承諾した。戦前の遊廓のように証文があるわけではないので、戦後は店の所替えも自由だった。

この三人を追うようにして、雪江《ゆきえ》という女性も現れた。聞けば金瓶梅楼時代から、ずっと女中として働いていたという。元遊女たちの復帰話を耳にして、自分も雇ってもらえないかと思ったらしい。こういうとき伯母は、何より縁を大切にする。ただの偶然では済まさずに、そこに何らかの意味を見出すわけだ。そのため雪江も、あっさり採用された。

伯母は梅園楼の女給を、着物姿と洋装に分けることにした。従来のカフェー路線はそのままにして、そこに遊廓の花魁もどきを加えたのだ。

同業者の反応は冷ややかだったというから、きっと淑子伯母さんの試みが中途半端《ちゅうとはんぱ》に映ったのだろう。しかし、これが当たった。戦前の廓を懐かしがる客たちが、どっと押し掛けた。玄関部分を大改修したとはいえ、梅園楼の建物が金瓶梅楼と梅遊記楼の両時代とあまり変わっていなかったことも、恐らく良い結果に繋がった要因かもしれない。

自分より年上の元遊女を、内心では莫迦にしていた若い女給たちが、我も我もと挙《こぞ》って着物姿になりたがった。それほど元遊女たちに人気が出たのだ。だが、格好だけ真似ても中身が伴わなければ意味がない。そのため一度は似非《えせ》遊女についた客も、次からは指名しなくなった。元遊女たちの客とは違い、誰も常連にはならなかったのだ。

結局、梅園楼は伯母の考え通り、二種類の女給で営業することになり、今に至っている。店としては正に順風満帆《じゅんぷうまんぱん》だったわけだ。金瓶梅楼と梅遊記楼で遣り手だった喜久代婆さんが、余計なことさえ言わなければ……。

梅園楼に出入りする前に一度、帳場を預かるようになってからは何度も、僕は喜久代婆さんが経営する一杯飲み屋〈梅菊《うめぎく》〉に行っている。戦前の勤め先の店名から「梅」の字を取り、自分の名前の「喜久」を花の「菊」に変え、その二つを組み合わせて店名にしたのだろう。

狭くて小汚い乱雑な店を最初に訪ねたとき、何とも怪しげな洋酒らしきものを飲みながら、僕は金瓶梅楼と梅遊記楼時代の話を聞き出そうとした。喜久代婆さんはお喋りだったが、意外にもというべきか、話題が戦前の遊廓に及んでも、その饒舌《じょうぜつ》は変わらなかった。むしろ身を乗り出すようにして熱く語るほどだった。

「昔はな、遊女も誇りを持ってましたわ。貧しさ故に売られてきたけど、古里の両親や兄弟姉妹のために、我が身を犠牲にしてお下働きをするいう覚悟と根性があったんやな。それが戦後はどうです。キャーキャー嬌声《きょうせい》を上げながら、アメ公の腕にぶら下がって、人目を憚《はばか》らず媚《こび》を売る、何とも情けない女ばかりになってしもうた。ああ、ほんに嘆かわしい」

「戦前の遊廓って、どんなところだったんです？」

水を向けると、喜久代婆さんは嬉々《きき》として、

「お兄さん、そら今みたいなカフェーとは違いましてな」

自分が花魁だった当時の思い出話と、遣り手婆として活躍した時期の体験の数々を、滔々《とうとう》と喋りはじめた。要所々々に戦前の廓町を知る年配客の合いの手が入り、益々その場は盛り上がって、誰もが気持ち良く酔っているようだった。密かに幽女の件を持ち出す機会を窺《うかが》っていた、恐らく僕独りを除いて……。

しかし、なかなか口を挟む切っ掛けが摑《つか》めない。それ以前に、どうやって幽女の話へ誘導するのか。良い案が全く浮かばず、僕は焦るばかりだった。

すると常連客らしい生駒《いこま》という初老の男性が、ふと思い出したかのように、

「そう言えば金瓶梅楼で一番人気だった通小町《かよいこまち》は、特別室から身投げしたんだったな」

正にその話題を振ってくれた。

「自殺ですか」

透《す》かさず僕が尋ねると、

「故郷に許婚《いいなずけ》がいたけど、その男が嫁をもらうっていう便りが届いて、それで……という風に聞いてる。まぁ花魁の身の上話は、何処まで本当か分からんがな」

そう言って生駒は苦笑したが、すぐ真顔になると、

「ただ、通小町の後にも緋桜と、えーっと……あれは誰やったか。つ……つ……月影！　そうや、月影やった。この二人も立て続けに身投げしてな」

三人の一人が月影さんだと知り、僕は仰天した。ということは、彼女だけが助かったのか。でも一体どうして？　生駒という男に訊きたかったが、上手い問い掛けが浮かばない。

「三人が連続で？」

そこで僕は、次に気になった事実を尋ねた。

「日にちは空いておったかもしれんが、三人とも別館の三階から身投げしたのは間違いない」

「全員が亡くなったんですよね」

さり気なく探ると、

「……いや、緋桜と月影は助かったはずや」

知りたい答え以上のものが返ってきた。初代の緋桜も無事だったのだ。

「その二人にも、身投げするような動機はあったんですか」

「よう分からんけど、呼ばれたんやないかって……そんな噂があったな」

「呼ばれた？　何にです？」

「生駒さん」

当人が答えるよりも先に、喜久代婆さんが名前を呼んだ。そう言えば生駒が喋り出してから、婆さんは一言も口を挟んでいない。

「そない縁起の悪い話をするんなら、もう帰ってもらいましょか」

「えっ……」

絶句した後、生駒は抗議しようとしたが、相手の顔を見てどうやら止めたらしい。言われるままに金を払って、すごすごと梅菊から姿を消してしまった。

僕は首を竦《すく》めると、ひたすら喜久代婆さんと顔を合わせないようにした。生駒と同罪とされた場合、もうこの店には出入りできなくなる。仮に幽女の情報を得るのは無理でも、この婆さんとは近づきになっておいた方が良いだろう。そう判断したからだ。

幸い僕まで追い出されることはなく、お蔭でその後も店には通えた。だが、もう二度と金瓶梅楼の身投げの話は聞けなかった。

ただ一度だけ、僕が梅菊に入ろうとすると、客が生駒しかいないときがあった。何となく入店を躊躇《ためら》っているうちに、店内の会話が漏れてきた。

「どうして女将は、金瓶梅楼時代の身投げの話を嫌がるんや」

「楽しい話やないですやろ」

「まぁな。けど、昔話やないか」

「いいえ。梅遊記楼でも同じような身投げがあったんを、生駒さんもご存じでしょ」

「あれも、もう何年前や」

それには応えずに、逆に喜久代婆さんが尋ねた。

「金瓶梅楼と梅遊記楼の後釜として、どういう店ができたか知ってはりますか」

「……確か、仙郷楼とか言ったな」

「あれと違うて、その後です。今の店ですがな」

「ああ、梅園楼だろ。昔の遊女を復活させたいうんで、偉い評判になってる。そうそう、緋桜の三代目がいるっていうんで、私も一度はお相手を願いたいと思っていたんだ」

半ば茶化すような生駒の口調だったが、返ってきた喜久代婆さんの声音は、はっと驚くほど無気味だった。

「せやから、まだ昔の話とは違いますのや」

「うん？」

「金瓶梅楼の身投げには最初の緋桜が、梅遊記楼の身投げには二代目の緋桜が、それぞれ関わっておったんですわ」

「……えっ？」

生駒は戸惑う素振りを見せてから、急に相手の言わんとしていることに気づいたようで、

「ま、まさか……」

「梅園楼に三代目の緋桜がおる限り、いつ何時《なんどき》また身投げがあるかも分かりませんのや」

「そんな……」

どう反応して良いのか、生駒も困ったらしい。だが、喜久代婆さんは低いながらも、しっかりとした声で、

「あそこには、まだ幽女がおりますからな」

四　女給たち

ここには私たち以外に、もう一人いるような気がするの……という仙郷楼で一人だ

け所替えをした遊女の呟き。

あそこには、まだ幽女がおりますからな……という喜久代婆さんの言葉。

梅園楼に出入りするようになった僕が、幽女に関して仕入れた情報は、この二つだけだった。しかも前者は淑子伯母さんから聞いただけで、後者は偶然にも立ち聞きした結果である。連載の第一回に「現実に起きた事件について、僕が取材した内容を紹介する」などと書いておきながら、この体たらくだ。梅園楼での取材の機会が全くないわけではないだけに、我ながら非常に情けないと猛省している。

女給たちとは毎日、何度も顔を合わせていた。決まりを受け取るときもそうだが、客が来る前の昼間や夕方などの暇な時間に、彼女たちが帳場に顔を出すからだ。ただし伯母が独りのときには、もっと皆が頻繁に訪れていたのではないかと思う。僕が帳場を預かるようになって、遊びに来る女給の顔触れもその頻度も、恐らく減ったに違いない。

それでも女給たちが顔を出すのは、帳場にラジオがあるせいだ。ホールには電気蓄音機しかないので、聴きたい番組を楽しむためには、ここに来るしかない。すると自然に、女給たちと喋る機会も増えてくる。会話する回数が多くなれば、少しは打ち解けもする。

そこには問題の三人、浮牡丹さん、紅千鳥さん、月影さんもいた。でも、彼女たちの過去について尋ねられるほどは、まだ親しくなっていない。若い女給に比べると、あまり三人が——特に浮牡丹さんが——ラジオを聴かないせいもあった。とはいえ、もっと自分から積極的に話し掛ければ良いのだ。そう思うのだが、どうも照れがあるというか、なかなかできないでいる。

そんな状況にも拘らず、仲良くなった女給がいるにはいた。肝心の三人ではなく、サチコという二十歳の子だ。梅園楼の洋装組の一人で、とても愛嬌があるのでお客の受けもよく、なかなか稼いでいる新人だ。

「子供のとき遊んでくれた近所の幸男《ゆきお》兄ちゃんと、先生は少し似てるの」

あるときサチコに、懐かしさを込めて笑い掛けられて以来、僕は彼女と親しく口を利くようになった。サチコという名前も、そのお兄ちゃんの幸男の「幸」の字を取ってつけたらしい。先生なんて呼ぶ必要はないと言うと、「お兄ちゃん先生」という渾《あだ》名《な》をつけられ、洋装組の女給たちに広まったのには、ほとほと参ったけど。

サチコとの会話は本当に楽しかった。でも、その後でいつも、自分は何をしているのだろうと落ち込んだ。可愛い女給さんと話をするために、僕はカフェーの帳場にいるのではない。彼女と仲良くなれたのは嬉《うれ》しいけど、その気持ちが大きい分だけ、それ以外は何もできていないという反動が強かったのかもしれない。

ところが、このサチコとのお喋りが、僕に思わぬ情報を齎《もたら》してくれた。

遊女にも女給にも、「内と外」という区別があると前に説明した。だが、同じ内の者でも様々な人種に分かれる。その中で彼女たちが最も打ち解けられるのは、やはり朋輩《ほうばい》らしい。個人の事情はどうであれ、我が身を売ってお金を稼いでいることに変わりはない。そこに戦友にも似た感情が、どうやら生まれるようなのだ。もっとも戦友と違うところは、今日の味方は明日の敵になるかもしれない、という厳しい現実だろうか。己の身体が資本の一匹狼《おおかみ》である。最後は誰にも頼れないという気概と悲壮な思いが、きっと彼女たちにはあるのだ。

しかし普段は、朋輩同士で何かとお喋りをする。お互いの経歴には触れないという暗黙の了解はあるが、そこは女性のこと、つい過去の辛《つら》い体験をぽろっと口にしてしまい、気がつくと打ち明け話の応酬になっていることが多いという。もちろん、そこには嘘も多分に含まれるが、真実もたっぷりあるのは間違いない。

サチコはお客に対してだけでなく、朋輩にも愛想が良かったので、誰からも好かれていた。元遊女たちにも、この世界について素直に教えを請うていたので、随分と可愛がられているようだ。そのため三人から、金瓶梅楼と梅遊記楼の昔話をよくされていたのである。

「お兄ちゃん先生も、前の遊廓《ゆうかく》の話を聞きたい？」

「その呼び方は止めてくれ」

　梅雨の曇り空が広がったある日の昼過ぎ、僕は帳場でサチコと二人きりだった。淑子伯母さんは例によって外出しており、他の女給たちは昼寝をしているか出掛けているかで、梅園楼はひっそりしていた。

「昔の怪談話を調べて、それを原稿に書かないといけないんでしょ」

「そうだけど……」

　サチコにだけは本稿の内容を、つまり『書斎の屍体』に連載している「幽女という得体の知れぬものについて」を見せていた。伯母は雑誌を買っていたが、もちろん読んでいるわけがない。女給たちの中で目を通しているのは、サチコによると浮牡丹さんだけらしい。

「それなのに先生が、一向にお姐《ねえ》さんたちに取材しないから、私が代わりにやって上げようと思ったのよ」

「けど……」

　サチコの気持ちはとても嬉しかった。本当に有り難いと思った。でも、彼女が朋輩から聞いた話を僕に喋っていることが分かったら、梅園楼での本人の立場が悪くならないだろうかと、僕は物凄く心配だった。

「何よぉ、どうしたの。そういう煮え切らないところも、幸男兄ちゃんと一緒だよ。やっぱりお兄ちゃん先生だな」

「だってさ」

仕方なく僕は、懸念《けねん》していることを話した。するとサチコは明るく笑いながら、

「大丈夫だよ。お姐さんたち、どうして先生が何も訊いてこないのか、逆に不思議がってるくらいなんだから」

「えっ、そうなんだ？」

僕はびっくりした。幽女について尋ねるなど、絶対に疎《うと》まれると考えていたので、これには本当に驚いた。

「かといって自分から先生に話に行くのも……ねぇ。浮牡丹姐さんは控え目な人だから、そういうことはしないと思う。紅千鳥姐さんならやりそうだけど、ここは待った方が得かどうかを、もしかすると考えてるのかもしれない。だから先生が話を聞こうとしたら、取材料をくれって言われるかもね」

「伯母と話したんだけど、お客と同じように、決まりは払うことになってるんだ」

「なら、紅千鳥姐さんは大丈夫よ。浮牡丹姐さんは受け取らないかもしれないわね。けど月影姐さんは、お金の問題じゃないと思う。怖がってるっていうか……」

「自分も身投げしてるからか」

今度はサチコが驚く番だった。

「どうして知ってるの？」

　僕が梅菊で立ち聞きした内容を伝えると、

「遣り手のおばやんだった、喜久代婆さんの店ね。月影姐さんだけは、偶《たま》に顔を出すそうよ」

「そうなんだ」

　店で顔を合わせていれば、どうなっていたことか。そこに生駒もいれば……と、つい考えてしまった。

「月影さん、自分の身投げについては、何て言ってる？」

「よく覚えていないみたい。ただ……」

　サチコは少し言い淀《よど》んだが、僕の目を真っ直ぐ見ると、

「紅千鳥姐さんによると、身投げの直前に月影姐さんは、闇小屋で赤ちゃんを堕《お》ろしたばかりだったんだって……」

「闇小屋？」

　サチコの説明を聞いて、僕はぞくっと寒気を覚えた。その小屋は終戦の末期に、謎の焼死体が発見された場所ではないのか。

　幽女の死体……。

　そんな莫迦なと思ったが、何やら暗示的な気もして仕方がない。

「どうかした？」

知らぬうちに険しい表情になっていたのか、サチコに顔を覗き込まれた。そこで謎の死体について教えると、彼女は気味悪がりながらも、そんな話は三人から一言も聞いていないと、不思議そうに首を傾げた。

「そのころには誰も残っていなかったからかな」

「ううん、姐さんたちは三人とも、お店が売れる直前までいたそうよ」

それならどうして、この話が出ないのか。幽女について触れるよりも、こっちの死体を話題にする方が、何の害もないのではないか。

僕が考え込んでいると、サチコが妙なことを言い出した。

「庭に何かあるのかも……」

「どうして？」

「身投げをする前に、月影姐さんは闇小屋にいたわけでしょ。それで通小町という花魁は、お稲荷さんの祠《ほこら》にいたらしいの」

闇小屋の跡は雑草しか生えていない、全く何もない空間だったが、その側《そば》のお稲荷さんの祠は昔のままらしい。

「通小町は、どうして祠に？」

「故郷の許婚から届いた別れの手紙を、祠の前の地面に埋めていたんだって。可哀想《かわいそう》だね」

生駒の話と合致することに、僕は興奮した。

「初代の緋桜は？　やっぱり彼女も身投げの前に、庭に出ていたのか」

勢いづく僕に、申し訳なさそうにサチコが、

「ごめん。まだ緋桜さんのことは、ほとんど聞いてないの」

「……あっ、いや、こっちこそ悪かった」

まるでサチコが全てを知る当事者であるかのように、いつしか僕は振る舞っていたようで、これには大いに反省した。

「もうちょっと待って。折を見て、姐さんたちに訊いてみる」

すぐにサチコがそう言ってくれたので、

「ありがとう。でも、無理する必要はないよ。そろそろ僕も取材をはじめるつもりだから」

ようやく僕も覚悟を決めようと思っていると、一段と元気な声が返ってきた。

「だったら尚更《なおさら》、先生のお手伝いをするわ。そしたら私、作家の助手になれるもの」

「そうか。報酬は、ご飯を奢《おご》るくらいしかできないけど」

「ほんと！」

サチコの喜びようは、こちらが恥ずかしくなるほどだった。

「それって、デートでしょ？」

「うん」

咄嗟《とっさ》に僕が頷くと、彼女は大はしゃぎした。その無邪気な様子に、こちらまで微笑《ほほえ》ましい気持ちになる。本稿の原稿料が出たら、ちょっとした店に連れて行くか。でも、そんな場所など僕は一つも知らない。誰かに訊こうにも、そういうことに詳しいのは淑子伯母さんくらいだ。だけど……、いや、やっぱり伯母には内緒にしておこう。相談しようものなら、何を言われるか分かったものではない。第一その前に、まず取材である。

どういう風に三人に接触するかだが、それについてもサチコの話が役立ちそうだった。彼女を通して、三人三様の性格が少し分かってきたからだ。

浮牡丹さんは落ち着いた聡明《そうめい》な感じで、三十代の後半だというのに、まるで深窓《しんそう》の令嬢めいた独特の雰囲気を今なお纏《まと》っている。没落華族の出だという噂《うわさ》も、あるいは本当かもしれない。戦前からキリスト教を信仰していて、かなり厳格な信者のように見受けられる。ちょっとした原理主義者というところか。

已《や》むに已まれぬ理由で遊女になったのだろうが、キリスト教の教義と照らし合わせたとき、己の生業《なりわい》が彼女にはどう映るのか……と、僕はお節介にも気になった。信心すればするほど、自己矛盾のような精神状態に陥るのではないかと、つい考えてしまうのだ。しかし、見かけとは違って彼女の芯が強いのは、もしかするとこの辺りに要因があるのかもしれない。

　紅千鳥さんは、まるで浮牡丹さんとは正反対だった。賑やかで派手好きで、四十前とは思えない若作りをしながら、それが妙に似合っている。良く言えば明るい人だが、悪く取ればがさつ者ということになる。好奇心が旺盛なのは結構だが、それが覗き趣味の域にまで達している感じがある。相手の気持ちなどお構いなしに、ずかずかと踏み込んで来る強引さもあって、若い女給たちとの間で揉《も》め事が少し多いのが、こちらとしても頭が痛い。仲良くなれば心強い味方だが、敵に回すと物凄く怖い存在になるという、そんな人物だ。

　ただ彼女の場合、厄介なのは本人だけでないところに、ちょっと問題がある。漆田《うるしだ》大吉《だいきち》という四十過ぎの男が、ちょくちょく梅園楼に出入りしているのだが、淑子伯母さんによると、どうやら彼女のヒモらしい。それも金瓶梅楼時代から続く関係で、完全に腐れ縁になっているという。一時は帳場にも当たり前のように顔を出したので、そのたびに撃退したと伯母から聞いている。所詮は小者の悪党だが、油断すると売上金を盗られ兼ねないので、充分に注意するようにと念を押されている。

　ところが、金が駄目なら色ということなのか、この漆田大吉が覗きをするのだ。女給たちが部屋で着替えているとき、風呂に入っているとき、果ては厠《かわや》の中まで覗くのだから、もう立派な変態である。若い女給から猛然と抗議が出て、僕が紅千鳥さんに苦情を言いに行く羽目になった。

「カフェーの女給が、それくらいで騒ぎなさんなって」

ヒモの覗き癖を恥じるかと思えば、これが全く通じない。女給たちの中には、紅千鳥さんが漆田を使って自分たちをスパイさせているのではないか、と疑う者も実はいた。皆の弱味を握って梅園楼の女給を牛耳ろうという野望を、紅千鳥さんが持っている。そう言うのだ。それで風呂や厠までは覗かないだろうと思ったが、強《あなが》ち的外れな疑惑でもないため、こちらも放ってはおけない。

そこで漆田に注意をするようにと、僕が重ねて頼むと、急に怒り出した。

「本人に言えばいいじゃありませんか。私はあいつの母親じゃないんだからね。仮にそうだったとしても、あいつも子供って歳じゃないだろ」

「もちろん漆田さんにも言いますが、ここは紅千鳥さんからも——」

「私が指図してやらせているわけでもないのに、そりゃ変じゃありませんか。そうでしょ？　そうは思いませんか、センセイ？」

にやりと笑った紅千鳥さんの顔を目にして、僕は確信した。漆田の覗きは、やっぱり彼女の差し金なのだと。風呂や厠は彼の暴走というか、本当に変態趣味があるのかもしれない。だが、きっと元々の目的は女給たちの部屋を探って、何かネタを摑むことにあるのだ。しかし、それを証明する手立てがない。漆田を問い詰めても、仰せの通りですと白状するわけがない。

　仕方なく僕は漆田本人を捕まえると、かなり強い口調で抗議した。もしまた同じ苦情が女給たちから一度でも出たら、今後一切の出入りを禁止する。そのときは桃苑の組合にも話を通すので、梅園楼だけの問題では済まなくなる。そう言ってやった。

　すると漆田は、にやにやと嫌な笑いを浮かべながら、

「おいおいセンセイ、分かったから、そう怖い顔をするなよ。結構なものを充分に拝ませてもらったからな。ああいうものは余り見過ぎると飽きる。そろそろ止めようと思ってたところだ。それよりも、ちょいと上手い儲《もう》け話があるんだが、どうだいセンセイ、一口乗らねぇか」

　それは、誰が聞いても怪しげな投資話だった。興味はないと断わると、意外にも漆田はあっさりと引っ込んだ。彼の性格なら、もっと執拗《しつよう》に誘うはずなのに。いずれにしろ紅千鳥さんと漆田大吉は、要注意人物だった。

　月影さんは二人の元遊女に比べると、極めて影が薄い。梅園楼の女給たちの中でも、最も華のない存在だった。でも、そこが良いと喜ぶ客がいるのだから、この世界は奥が深い。それでも彼女が現代風の女給だったら、恐らく客などつかなかっただろう。昔ながらの遊廓の遊女として店に出ていたので、そこに客は食いついたのだ。普通なら毛嫌いされる彼女の厭世《えんせい》的な性格も、廓時代の遊女らしさの演出に一役買って

いるのかもしれない。

とにかく月影さんは、よく泣いた。その様だけ目にすれば、遊廓に売られて来たばかりの幼い少女のようである。わんわんと声を上げて泣くわけではなく、さすがに涙ぐむ程度だったが、それでも涙腺が非常に緩いことは確かである。ここまで泣き虫だと朋輩からも嫌われないかと心配したが、それは杞憂《きゆう》だったようで、むしろ若い女給たちには慕われた。身の上話など親身になって聞き、一緒に泣いてくれるかららしい。


こういった癖のある三人に、僕は取材をしなければならないのだ。一番やり易そうなのは、やっぱり浮牡丹さんだろうか。彼女なら決して拒絶することなく、こちらの話にも真摯《しんし》に耳を傾けてくれそうだ。ただし、僕が知りたい幽女の話をしてくれるとは限らない。何となくそんな気がしたのだが、ある意味それは当たっていた。

サチコと話をした数日後の昼過ぎ、珍しく帳場に顔を出した浮牡丹さんを捕まえ、僕は取材の申し込みをした。

「それは一向に構いませんが――」

彼女は一旦目を伏せると、すっと僕の顔に視線を定めながら、

「先生は一体、何をお調べになるおつもりですか」

「幽女の正体……でしょうか」

「…………」

「それが駄目なら、二つの遊廓で起きた身投げ事件の真相です」

「…………」

「どちらも無理だとお思いですか」

俯《うつむ》いてしまった浮牡丹さんに尋ねると、彼女は微《かす》かに首を振りつつ、

「無理というよりも、無意味かもしれませんね」

「どうしてですか。詳しく教えて頂けませんか」

僕の頼みに、浮牡丹さんは一瞬だけ迷った風に見えた。しかし最初に快諾したように、二つの遊廓で起きた六人の身投げについて、丁寧に話してくれた。

「何なんでしょうか、一体それらは……」

凝《じ》っと彼女の語りに耳を傾けていた僕は、その話が終わった途端、思わず呟いていた。個々の身投げの詳細が分かるにつれ、何とも表現のできない変な……、それとも厭《いや》なと言うべきか、いやいや恐ろしいだろうか……、とにかく上手く言葉にできない、とても得体の知れぬ気持ちになったのだ。

今は梅園楼となった別館の特別室から、六人もが飛び降りた事件は、到底《とうてい》ただの身投げとは思えなかった。だが、かといって殺人と断じることもできない。況《ま》して連続殺人と考えるなどナンセンスだろう。しかし、自殺や事故で片づけるには、余りにも

不可解である。つまりただの身投げとは思えない……と最初に戻ってしまうのだ。後はその堂々巡りである。

本当はここで六人の身投げについて、読者に詳しく説明するべきだろうが、もう少しお待ち頂きたい。できるだけ客観的な記述をするためには、少なくとも三人への取材が終わってからの方が良いからだ。

「ええ。非常に無気味な話だと、私も思います。金瓶梅楼で三人の身投げが続き、更に梅遊記楼でも連続したのですから、これはもう人外のものが関わっているとしか考えられない、そんな空気が当時もありました」

僕の反応に対して、浮牡丹さんは一先《ひとま》ず肯定する物言いをしたが、

「ですが、お一人ずつの動機や原因については、今も申しましたように、かなり明らかだったのです」

「そうでしょうか。そこまではっきりしているでしょうか」

透かさず否定的な言い方をしたので、それに僕は異を唱えた。すると彼女は事実だけを述べるといった調子で、

「金瓶梅楼の身投げで、通小町さんは自殺ですし、緋桜さんと月影さんは一時的に精神が錯乱した結果です。梅遊記楼では、やはりTさんが自殺ですし、巫女《みこ》遊女の雛雲《ひなぐもり》さんと二代目の緋桜さんも精神錯乱のせいです。全員の説明がつきます」

なお、Ｔさんは遊女ではないため、その名前は伏せる。なぜ一般の女性が梅遊記楼にいたのかも、六人の身投げについて詳述するときに、併せて記すことにしたい。

浮牡丹さんの断定的な物言いに、僕は反論した。

「確かに通小町さんには、故郷の許婚の手紙という自殺の原因となる証拠が、ちゃんとあると言えそうです。けど他の人には、そこまで明確なものは何もないじゃありませんか」

「ええ、それは仰《おつしや》る通りです」

彼女は否定せずに、まず僕の意見を受け入れたうえで、

「ただし、状況証拠とでも呼べるものが、皆さんにはありました」

「幽女ですか」

僕の問い掛けに、彼女はやや困った表情を見せたが、

「根本をそこに求めるかどうか、その解釈は置いておきたいと思います。私がお話しできるのは、緋桜さんが通小町さんの身投げに同情した余り、ご自分も発作的に後追いをしそうになったという説明です。月影さんの場合は、堕胎によるショックからですね。同じことがＴさんにも言えます。望まぬ出産をしたわけですから」

「当時の本人の心理状態に踏み込むと、身投げしても不自然ではなかったと？」

「少なくともこじつけにはならないと思います」

「では、雛雲さんと二代目緋桜さんはどうです？　彼女たち二人に、そこまでの心理的要因が果たしてあったのでしょうか」

　浮牡丹さんの顔に、更なる困惑の表情が浮かんだ。ただし、それは説明できないからではなく、どう言えば上手く伝わるのか、彼女が悩んでいるせいのように見えた。

「雛雲さんについてですが……」

　やや躊躇《ためら》いがちに、それでも浮牡丹さんが口を開いた。

「あの人が巫女遊女だったことに、とても大きな原因があったような気がします」

「そこに幽女が絡《から》むからですね」

「はい。ただ……、そういうものが存在しているのかどうか、私には分かりません。でも、巫女遊女だった雛雲さんには、きっとそれが実感できたのでしょう。そして実際のものとして認めただけでなく、恐らく影響を受けてしまったのだと思います」

　巫女遊女ならではの弊害というわけだ。

「その影響は、ずっと金瓶梅楼時代から続いていた。そこにTさんの身投げが起きたため、雛雲さんは大きなショックを受けられたのでしょう」

「つまりは、幽女のせいで――」

「いえ。雛雲さんがそれの実在を信じていたこと自体が、言わば原因なんです。同じことが二代目の緋桜さんにも言えます」

「初代の緋桜さんや月影さんと同じく、二人とも精神錯乱だった。違っていたのは、その要因が超自然的なものに求められるところだった。ただし、問題の幽女がいるかどうか、それは分からないし、実は関係もない。ということですか」

浮牡丹さんが頷くのを見て、僕は感嘆してしまった。決して元遊女や女給たちを莫迦にしていたわけではないし、その中でも彼女は少し特別だと感じていた。しかし、ここまで客観的に事件の解釈ができる人だったとは、全く思いもしなかった。

「でも——」

と僕は敢《あ》えて反論した。いや、彼女だからこそ問い掛けたのだと思う。

「確かに個々の身投げの説明はつきますが、それが連続して起きた問題については、やはり謎ですよね。しかも金瓶梅楼と梅遊記楼と、店が代わってからも身投げは起きています。それも別館の三階の特別室という場所、三人ずつという人数、初代と二代目の緋桜さんが巻き込まれているという点まで、全て一緒です」

「連続した点については、前の身投げが次を誘発して連鎖した……としか言い様がありません」

「他の奇妙な一致については？」

「とても私には……」

浮牡丹さんが弱々しく首を振った。

「そこに幽女が絡んでいたとは思えませんか」

「さぁ、どうでしょう」

「あなたは、幽女の存在には否定的なんですね」

「いえ、本当に分からないのです。ただ……」

そこで彼女は言葉を切ったが、今度は躊躇《ちゆうちよ》からではないようだった。僕の顔を真剣に見詰めながら、諭《さと》すような口調でこう言った。

「こういうことは、余り穿《ほじく》り返さない方が良いと思います」

「どうしてです？」

「……上手く言えませんが、触らぬ神に祟りなし、寝た子を起こすな、知らぬが仏、触らぬ蜂は刺さぬ、と申しますからね」

幽女の存在を積極的には認めなかった浮牡丹さんが、急にそんな発言をしたので、思わず僕はぞくっとした。

「三代目の緋桜さんがいる今、幽女の話を掘り起こすのは不味いと？」

「そんな気がします」

「また身投げが起きると、あなたは思われるのですか」

「そうではありませんが……」

と言いながらも、その不吉な可能性を完全には否定できない、困惑と不安が交じり合ったような表情を彼女は見せた。

この人は幽女について、実は何かを知っているのではないか……。

ふとそう感じた。これほど理路整然とした解釈のできる人が、最後になって言葉を濁すのは、どう考えてもおかしいではないか。かといって素直に尋ねても、恐らく教えてはくれないだろう。それを突き止めるためには、このまま取材を続けるしか他に手はない。

もう少し調べてから……と頭を掻く僕に、なるべく早く止めて下さいね——と丁寧に頭を下げると、浮牡丹さんは帳場から出て行った。

とはいえ調べるといっても、紅千鳥さんと月影さんの二人に話を聞くくらいしか、今は思い浮かばない。おまけに月影さんには余り期待できそうもないし、紅千鳥さんも癖があり過ぎるから、上手く聞き出せるかどうか……。

あっ、雪江さんはどうだろう。何処となく鈍そうな人なので、これまで全く対象外だったが、二つの遊廓を知る者であることに変わりはない。女中という立場から見聞きしている何かがあるのではないか。望み薄ではあるが、取材するなら一人でも多い方が良い。

そうだ。漆田もいるか。彼は外の人間だが、ああいう男である。逆に内の者より詳しい情報を持っているかもしれない。しかも金次第では、何でも喋りそうではないか。どれほどの出費になるのか不安はあるが、ここは当たってみるべきだろう。

そこまで考えた僕は、取材の前途に希望を見出した気になったのだが……。それどころではない大変な事件が起きてしまった。

当の漆田大吉が、別館の特別室から転落死したのである。

連載第三回

五　一人目なのか

七月第一週の水曜日は、たまたま梅園楼の休みだった。火曜の夜の泊まりの客を水曜の朝に送り出してから、木曜の夕方に再び客を迎えるまでが、女給たちの休日になる。時間にすると一日半ほどあるが、普段が重労働なだけに何もせずに寝て過ごす者も多い。若い女給たちの中にはお洒落《しやれ》して出掛ける者もいたが、いずれにせよ休日の店はいつも静寂に包まれていた。
特に休日の夜から翌日の朝――今回だと水曜の夜から木曜の朝――に掛けては、泊まり客が一人もいないため、とても静かだった。昼間に遊びに出た者も店に残っていた者も、全員が束の間の安眠を貪《むさぼ》っていた。

僕も同じだった。帳場の横の座敷に蒲団《ふとん》を敷いて寝ていた。当初は下宿から通っていたのだが、淑子伯母さんの外出が増えるにつれ、いつしか泊まり込むようになった。ちなみに伯母は、別館の一階を住居として使っている。僕が来るまでは、彼女も本館の座敷で生活していた。そのため、ほとんど別館の一階は閉め切り状態だったらしい。独りで住むには、きっと余りにも広過ぎたからだろう。

さて、木曜日の午前七時前である。僕は玄関戸を叩《たた》く音に起こされた。出てみると興奮気味の若い警官がいて、店の前には男が倒れているではないか。

「ど、どうしたんです？」

驚きながら尋ねると、若い警官は男を指差して、

「知っている人ですか」

よく見ると、それが漆田大吉だったので、もう仰天《ぎょうてん》してしまって……。

「う、う、うちのお客さんです」

それから刑事たちがやって来て、現場検証がはじまり、僕は伯母と一緒に座敷で話を聞かれ——と、とにかく大変だった。今になってみれば、警察の捜査を間近で見られた良い機会だったと思うのだが、そんな余裕など残念ながら全くなかった。

ただ、左右田《そうだ》と名乗った若い刑事が、何と『書斎の屍体』の愛読者だったのには、

また別の意味で驚いた。

「先生の作品は残らず読んでいます」

と先輩刑事のいないところで、そっと打ち明けてくれたのだ。

そのため後日、内緒で捜査状況を少し教えてもらった。といっても極秘事項は含まれていないようなので、次にまとめて書いておく。


漆田大吉の死亡推定時刻は、木曜日の午前五時から六時である。

死因は頭部の強打によって起きた脳挫傷《のうざしょう》で、梅園楼の別館三階の特別室から転落したのが原因と考えられる。

死体の発見者は他店のカフェーの客で、帰宅途中に梅園楼の前を通り掛かって見つけた。

発見が遅れたのは、カフェー帰りの客たちが死体を目に留めながらも、その多くは酔っ払いと見做して放置したためと思われる。

転落現場の血痕は、昨夜からの雨で完全に洗い流されていた。死体が酔っ払いと勘違いされたのも、被害者の周囲に血痕が見当たらなかったせいらしい。

被害者は多量のアルコールを摂取していた。酒飲みではあったが、決して強くはなかったという証言がある。

いつから被害者が店の前に倒れていたのか、それを特定することは今のところできていない。目撃者は恐らく複数いるに違いないが、場所が赤線だけに名乗り出る可能性は極めて低い。

ただ付近の店の聞き込みによって、奇妙な人物が浮かび上がった。曇や雨の日の早朝に、しばしば梅園楼の別館を見上げていた者がいるというのだ。調べた結果、それは桃苑の中で梅菊という一杯飲み屋を開く増田《ますだ》喜久代だと判明した。

増田喜久代に事情を訊いたが、早朝の散歩であるとしか言わない。ちなみに彼女は梅園楼の前身に当たる、金瓶梅楼と梅遊記楼で遣り手婆を務めていた過去がある。

別館三階の特別室に入っている山田花子（仮名、三代目緋桜）は、睡眠薬で眠っていた。そのため被害者がいつ入室したのか、他にも人がいたのか、全く知らないという。普段は使わないが、休日は生活の調子が狂うので、たまに服用することがあったらしい。この山田花子の習慣は、梅園楼に出入りする者なら誰でも承知していた。

特別室の水差しからは、睡眠薬が検出された。ただし花子によると、直接そこに入れた覚えはないという。ちなみに睡眠薬は闇市でいくらでも入手できる種類で、また女給であれば医療関係の客から融通してもらうことも難しくない。

水曜の夜から木曜の朝に掛けて、梅園楼の一階は戸締りがされていた。外部の人間が出入りするのは困難だったと思われる。

被害者が転落したとき梅園楼にいたのは、僕と淑子伯母さん、女給たちと女中たちを除くと、被害者ともう一人の男性だけと判明した。この人物の正体が、また意外だった。金瓶梅楼の女将の息子で、梅遊記楼では取締を務めた、半藤周作《ばんどうしゅうさく》という人だったのだ。

この周作氏がいたのが、浮牡丹さんの部屋である。彼女によると、いつも店の休日には外で会っていた。しかし、この日は彼女の体調が思わしくないため、彼が店に来て泊まったのだという。二人が客と女給の関係以上になったのは、この一年ほどのことらしい。

警察では梅園楼の内部と、被害者が出入りしていた闇市を含めた外部との両方で、漆田大吉の交遊関係を調べている。

以上である。

それにしても、本当にあの部屋から身投げが出るとは……。

事件のショックと警察への対応で、しばらく僕は気の休まる暇もなかった。だが、徐々に落ち着いてくるに従い、これが梅園楼に於ける不可解な身投げ事件のはじまりではないのか、という恐ろしい疑いが頭を擡《もた》げてきた。

つまり漆田大吉は飽くまでも一人目で、これから二人目、更に三人目の身投げがあるかもしれないのだ。

そんな莫迦な……とは思う。しかし、金瓶梅楼と梅遊記楼で過去に三人ずつ、別館の特別室から身投げが出ている。しかも、そこには緋桜という源氏名《げんじな》を持つ花魁の存在が、常に影を落としているのだ。今の梅園楼にも同じ条件が揃っているではないか。

とはいえ、気になる新事実もある。一人目が男だったことだ。過去の三人は全員が女性である。そのうえ皆に、身投げをする動機や原因があった。これまでの例から考えると、漆田は外れるのだろうか。彼の死は、過去の身投げとは何の関係もないのだろうか。

事件から数日後の夜、左右田刑事が訪ねて来た。僕は渋る淑子伯母さんに帳場を頼むと、彼を別館に案内した。そもそも伯母がどうして帳場に座ることに難色を示すのか、経営者としての自覚がないのかと言いたかったが、面倒なので止めておいた。

別館一階の座敷に落ち着くと、左右田刑事が恐縮しながら頭を下げた。

「先生、お仕事中にご迷惑ではありませんでしたか」

「いえ。店の方は飽くまでも副業ですから」

咄嗟《とっさ》にそう返すと、彼は困ったような笑いを見せた。

「刑事さんこそ、お忙しいのに大丈夫ですか」

「はぁ。これも半分は仕事と思っておりますので」

うちを訪ねて来たのは通常の捜査ではなく、恐らく彼個人の判断だろうと察したのだが、やはりそうらしい。

改めて挨拶を交わした後、左右田刑事が徐《おもむろ》に切り出した。

「近日中にご連絡が行くと思いますが、漆田大吉の死は自殺と判断されるようです」

「そうですか」

相槌《あいづち》を打ちながらも僕は、ほっとすると共に、喉の奥に小骨が突き刺さったような気分も、同時に味わった。

「一時は警察でも、漆田の覗きが動機となり、弱味を握られた女給たちの誰かが、被害者を特別室から突き落としたのではないかと考えました。しかし、いくら女給たちを調べても、そういう動機になりそうな秘密が一向に見つかりません。もちろん本人が喋るとは思えませんが、彼女たちを取り調べているうちに、漆田が気づく程度の秘密なら、先に朋輩たちの誰かが感づいてもおかしくなかったのではないか……と、こちらも分かってきたわけです」

「なるほど、そうかもしれません。カフェーでは、どうしても他の女給は商売敵《がたき》になりがちですが、何処か姉妹のような関係にあるのも事実ですからね。共同生活をしているうちに、きっと身内に近い感情を覚えるせいでしょう」

僕の説明に頷きながらも、次いで左右田刑事はびっくりするような台詞を吐いた。

「漆田の情婦だった紅千鳥にも訊いたのですが、彼が誰かの秘密を嗅ぎつけたなど、全くなかったというのです」

「えっ……、彼女は自らのスパイ行為を、み、認めたのですか」

「はい。年長者の自分が、若い者のことを知っておくのは当たり前だと。もちろん実際は、単なる出歯亀根性でしょうけど」

そう言って彼は苦笑したが、僕は呆れてしまった。

「ただし紅千鳥によると、女給の秘密を握りながら、漆田が彼女には黙っていた可能性もあるというのですが……」

「自分独りだけ甘い汁を吸おうとして、ですか」

「そうです。でも先程もお話しした通り、こちらが事情聴取をした結果、そういう事実はなかったようだと分かりました。一方、外部での聞き込みにより、漆田大吉が闇市で揉め事を起こして、抜き差しならぬ状態に陥っていたことが判明したのです」

「では、それを苦に……」

「漆田には揉め事を解決する手立てが全くなかった。このままでは報復を受けてしまう。彼は色々と悪事を働いてきたようですが、所詮は小者だったようで、からきし意気地がなかった。それで思い余って、情婦がいるカフェーの最上階から飛び降りた、というわけです」

「揉め事の相手側が、特別室から突き落とした可能性はないのですか」

「彼らが始末するときは、闇市の中でやるでしょう。後は死体を処理して行方不明にさせるか、全く別の場所に遺棄するはずです。それに事件当夜、ここの一階は戸締りがしてありました。外部からの侵入は難しいでしょうね」

「あっ、そうでした」

僕は頭を掻いてから、気になっている質問をした。

「漆田は飛び降りの前に、紅千鳥には会っているのですか」

「部屋にいたそうです。ただ彼女は朝まで、ぐっすり寝ていたといいますから、彼は明け方そっと部屋を抜け出して、特別室に行ったのでしょう」

「もしかすると紅千鳥にも、密かに睡眠薬を飲ませたのかもしれませんね。そうなると緋桜の水差しに睡眠薬を入れたのも、もちろん彼ということに？」

「事前に入れておいたとも考えられますが、その見解に警察は否定的です」

「なぜです？」

「漆田が多量のアルコールを摂取しているにも拘らず、紅千鳥が寝る前には大して飲んでいなかったと証言していることから、彼女が就寝した後に独りで飲酒をはじめ、その酔いも手伝って発作的に自殺したと見做しているからです」

「つまり小心者の彼に、自殺の準備などできるはずがなかった。だから水差しの睡眠薬は、緋桜の勘違いだと」

「はい。漆田は緋桜が起きているか寝ているかなど、ほとんど気にしなかった。そんなことを考える余裕もなかった。こちらではそう見ています」

　左右田刑事が口を閉じると、急に女給たちの嬌声が耳についた。人が死んで間もないのに、既に男女の営みが行なわれている。その事実を当たり前のように受け入れている自分に気づき、僕は一瞬はっとなった。

「これで一件落着です」

　黙ったままの僕に、念押しするように左右田刑事が言った。

「でも……」

　と自然に僕は喋っていた。

「刑事さんは、その解決に納得できないんじゃないですか」

「先生はどうです？」

　逆に訊き返され困ったが、そのとき感じた正直な気持ちを口にした。

「変な言い方かもしれませんが、自殺の原因があって良かった……と思いました」

「どういう意味ですか」

「女給たちの誰かが突き落としたのでなければ、自殺か事故になります。しかし、特別室という場所と午前五時から六時という時間を考慮すると、事故の可能性は極めて低いでしょう。残るのは自殺ですが、少しも動機が見つからなかった場合、彼の死は宙に浮いてしまう……」

「真相はどうであれ、自殺と見做すことができて良かった？」

ぐっと言葉に詰まった僕に、左右田刑事は頭を下げながら、

「いや、これは嫌な言い方をしてしまいました。ご勘弁下さい」

「いいえ、その通りです。僕の今の気持ちは、正に刑事さんが仰ったままです。自殺という結論に満足していないのに、心の何処かで安堵《あんど》している。なぜなら――」

と言ったところで固まっていると、左右田刑事が続けた。

「自殺の可能性も否定されると、幽女が出てきてしまうから……ですね」

「…………」

そうだった。この人は『書斎の屍体』の愛読者なのだ。ということは当然、僕の連載「幽女という得体の知れぬものについて」も読んでいるに違いない。

恐る恐る尋ねると、彼は何とも言えない表情を浮かべつつ、

「拝読しております。とはいえ、あの内容を捜査会議で提示するのは……」

「……無理ですよね」

強く首を振りながらも僕は、まさかという思いに囚《とら》われていた。だが、相手は刑事

である。そんなわけがない。いくら拙作の読者であろうと、それとこれとは別だ。これは現実の事件なのだ。現職の刑事が、そんなことを考えるはずがない。

と心の中では否定したのだが、口に出すのを止めることはできなかった。

「……ひょっとして刑事さんは、漆田の転落死に幽女が関わっていると、そう考えていらっしゃるのですか」

左右田刑事は何も答えぬまま、僕から視線を逸らせている。

「こうして非公式に訪ねて下さったのも、そういう疑念をお持ちだからではありませんか」

微かに頷《うなず》いたかに見えたが、何処か躊躇しているようでもあり、彼の真意が那辺《なへん》にあるのか、ちょっと分からなくなってきたときだった。

「私の父は、憲兵隊の特高課長でした」

突然、左右田刑事が話しはじめた。

「そうでしたか」

僕は取り敢《あ》えず相槌を打った。憲兵隊にいたのなら、戦後は公職追放を受けたはずだ。それが彼自身の就職に影響しなかったのか。なぜ今そんな打ち明け話をするのか。思わず訊きそうになったが、ぐっと我慢した。

「父の勤務先は、この町にありました。当時の桃苑遊廓です」

あっ……と声を上げそうになったが、更に驚くべき事実を彼が放った。

「ここの憲兵隊の詰所にいたとき、父は梅遊記楼での身投げ事件に関わりました」

「えっ？」

「先生が連載で名前を伏せられた、Tという女性がそうです」

僕は納得した。なぜなら当時、Tさんの夫は陸軍の士官で、義父は将校だったからだ。

「何でも望まぬ妊娠を……、義父のせいでさせられたために、それで梅遊記楼の女将を頼って来たとか」

「やはりご存じでしたか」

「連載でも断わりを入れたのですが、もう少し多くの人に取材してから、六人の身投げの詳細については、一度にまとめて書くつもりですので――」

「私の父は、どうやらTの義父を通じて、彼女の動向に注意するようにと、上から命ぜられていたようなのです」

「ところが、Tさんは身投げをしてしまった。でも彼女はここに、別館の一階に住んでいたのですから、いくら注意するといっても――」

限界があるので、あなたのお父さんの責任では決してないと言いたかったのだが、左右田刑事は右手を軽く挙げながら、

「いえ、その件で父の立場が悪くなることは、少しもありませんでした」

「あっ、そうなんですか」

僕は自分の早とちりを恥じた。

「ただ……、父としてはTの身投げを、穏便に処理する必要がありました。仮に不審点や疑問点があっても、表沙汰にはできなかったのです」

「彼女の義父のせいですね」

「はい」

「まさかお父さんは、殺人の疑いを……」

「それについては検討して、容疑者も絞ったものの、動機が全く見当たらなかったようです」

「お父さんは納得されたのですか。何と仰ってます？」

「あっ、いや……。この件で父と話したことはありません。私が梅遊記楼の事件を知ったのは、父が残した記録からです」

「日記のようなものですか」

「憲兵隊時代に関わった事件の、飽くまでも個人的な覚え書きといったところでしょうか。警察に入ってから、私が個人的に調べた部分もありますが」

「お父さんは？」

「桃苑の空襲で亡くなりました」

僕が一礼すると、左右田刑事は返礼してから、

「Tの身投げだけで済んでいれば、恐らく父も拘らなかったのだろうと思います。しかし、次いで雛雲という遊女が身投げをしたため、再び事件に関わったようです」

「そして二番目の身投げも、自殺と判断された？」

「はい。ただし実際は、Tのときより殺人を疑った節があります。容疑者も絞っているのですが、やっぱり動機がない」

「それで自殺と？」

「いえ、違うようです」

左右田刑事は辛そうな顔をすると、

「父は雛雲が他殺だった場合、Tの身投げも殺人だったに違いないと考えました。そもそもTは身投げをするつもりだったが、誰かが彼女の背中を押したのではないか、と父は推測したのです。そして、その瞬間を雛雲が目撃してしまったために、彼女は殺されたのだと推理しました」

「ところが、雛雲さんの死を殺人事件として調べるためには、Tさんの身投げに触れないわけにはいかない。そうなると再捜査ということになり、彼女の義父が黙っていない――」

「ええ。父としては、二人とも自殺として処理するしかなかったのです」

「……無念だったでしょうね」

「警察官だったわけではありませんから、そういう思いを抱いたかどうか……。ただ、残されたノートを見ると、梅遊記楼の事件の書き込みだけが突出して多いものですから、非常に気に掛かっていたのは間違いありません」

「二代目の緋桜が、同じく身投げしそうになったことは？」

「ちゃんとノートに記されてありました。梅遊記楼まで調べに行った事実はなさそうですが、どういう状況だったかは、かなり詳しく書かれています」

「お父さんは、金瓶梅楼の身投げについても？」

「ノートにまとめてありました」

「何かご自分の意見は、そこには記されていなかったのですか」

僕の問い掛けに、左右田刑事は少し間を置いてから答えた。

「最後に、たった一文だけ――」

「何と？」

「不可解也《なり》。それだけです」

しばらく二人の間に沈黙が下りた。もしかすると左右田刑事は、亡き父のことを想っていたのかもしれない。僕はといえば、わざわざ彼が訪ねて来た目的を改めて考え、何だか落ち着かない気分になっていた。

「そ、それで――」

口火を切ったのは、僕だった。

「今回の転落死について、過去の身投げとの関連を、刑事さんは疑っていらっしゃるのですか」

「……それが、正直よく分からないのです」

左右田刑事は本当に困惑しているようだった。だが急に身を乗り出すようにすると、

「ただ気になるのは、金瓶梅楼、梅遊記楼、そして梅園楼と、三つの時代の三つの事件に於いて、いつも関係者に含まれる人物が数名いることです。金瓶梅楼の女将の息子で梅遊記楼の取締だった半藤周作、金瓶梅楼と梅遊記楼の遣り手婆だった増田喜久代、元遊女の浮牡丹と紅千鳥と月影、そして女中の雪江、この六人です」

「まさか、その中に……」

「殺人犯がいるのではないか、と私も考えました。しかし、金瓶梅楼の身投げから十六年が、梅遊記楼の事件から十一年が、漆田大吉の死までの間には経っています。もしこれが連続殺人だとすると、何とも気の長い話です。しかも、では六人の身投げのうち誰が真の被害者なのか、その動機は何なのか、という問題が出てきます。でも、

全く見当もつきません」

「同一犯人による連続殺人……と見るには、余りにも不自然ですからね」

「先輩刑事に、前に教わったことがあります」

唐突な物言いだったが、僕は気にしなかった。

「何でしょう？」

「殺人は癖になる――ということです」

「人殺しという手段で問題の解決を図った者は、別の問題が出た場合にも再び人殺しをする可能性がある、という意味でしょうか」

「さすがにご理解が早いですね」

「いえ……」

極めて真面目な話をしている最中に、刑事に誉《ほ》められたくらいで照れている自分に我ながら呆れていると、彼が先を続けた。

「犯人は、まず金瓶梅楼時代に何らかの理由で三人のうち一人を、または二人か、もしくは三人とも手に掛けようとした。同じことが梅遊記楼時代にも再び発生し、そして今、それが三たび起こった。個々の動機は異なるが、犯人は一緒というわけです」

「殺人は癖になる……。筋は通ります」

「そういう意味では連続殺人というより、同一犯人による不連続殺人――と呼んだ方が良いのかもしれません」

「興味深いお話です」

いつしか僕は身近な現実の事件に対してではなく、小説で描かれる架空の怪事件にでも接している気分になっていた。それが伝わったのだろうか、

「とはいえです。一つの解釈としては有り得ますが、そんなことが実際に起こり得るでしょうか。ちょっと考えられないではありませんか」

左右田刑事はやや自嘲気味にそう言うと、乗り出していた身体を引きながら、

「これが欧米の話なら、あるいはという気もします。何処かの片田舎に殺人癖のある異常者が住んでいて、長年に亘《わた》って通り掛かった旅行者を捕まえては、殺して死体を隠していた。そんな事件があっても不思議ではないでしょう」

「一八九〇年代のアメリカのシカゴに、『ホームズの城』と呼ばれたホテルがありました。建てたのはＨ・Ｈ・ホームズという男ですが、彼はこのホテルに泊まった客たちを次々と殺害しては、秘密の部屋や地下室に死体を遺棄したのです」

「異常者ですか」

「元々は詐欺師紛《まが》いの男で、女性を食い物にしていました。重婚の罪も犯しています。殺人に手を染めたのも、そのときです。しかし、彼が本領を発揮するのは、このホテルを建ててからでした。本人の自供によると、二十七人を殺害したそうです」

「大量殺人ですね。それには及びませんし、異常性の種類も随分と違うでしょうが、その縮小版ともいうべき事件が、この日本の、しかも遊廓の中で、果たして起こるでしょうか」

「全くないとは、もちろん誰にも断言できません。でも一連の身投げには、それだけでは済まない不可解な要素が見られますから……」

「幽女の存在……ですか」

「それもあります。しかし幽女は、単なる気のせいだと見做すことは可能です。ところが、緋桜という源氏名を持つ遊女の関わりや、身投げする者が本館の庭にある祠《ほこら》や闇小屋の辺りから別館の特別室まで、飛び降りの前に必ず辿《たど》っている点など、殺人癖のある犯人の存在だけでは、どうしても説明のつかない謎が出るのです」

「ご指摘の通りです。漆田大吉の死が自殺であろうと他殺であろうと、私が釈然としない最大の理由も、そういった不可解さが残るからだと思います」

「待って下さい」

そこまで話してきて僕は、ようやくあることに気づいた。

「これまでの身投げは全員が女性でしたが、今回は男です。そこに最大の差があると思っていたのですが、そもそも漆田は庭に出ていませんよね。ということは、過去の身投げと彼の転落死には、全く何の関わりも――」

僕が喋り終える前から、左右田刑事は首を振っていた。

「それが、あるのです」

「えっ……」

「漆田大吉の財布が、庭の祠付近から見つかっています。正確には、かつて闇小屋があった辺りに落ちていたのを、捜査員が発見しているのです」

「………」

「彼がいつ財布を落としたのか、それは分かりません。紅千鳥によると、彼女の部屋で見た覚えはあるそうですから、その後ということになりますが……」

「別館の特別室に行く前だった、とは限らないわけですね」

「はい。ただ、そんな場所に彼は何をしに行ったのか、どうして財布を落とす羽目になったのか、謎は残ります」

「この財布の件について、警察ではどう解釈されたのですか」

「揉め事の相手側が、梅園楼に漆田を訪ねて来たので、彼は人目につかない庭で会った。金で解決しようとしたが、そんな端金《はしたがね》では問題にならんと凄まれ、財布を叩き落とされた。大金を用意しなければ殺すと脅された彼は、絶望の余り酒を飲んで、その勢いで身投げをした――」

「そこまでの筋書きが組み立てられたので、警察も自殺と断定したのですね」

「この極めて現実的な解釈の前では、過去の不可解な身投げの事実も、父がノートに記した事件の記録にも、全く何の力もありません。況《ま》して幽女の噂など……」

「いや、口にできるわけがありませんよ」

そう言いながらも僕は、かなり上の空だった。漆田大吉が身投げをする前に、本館の庭の闇小屋があった辺りから別館の特別室まで、他の六人と同じように言わば死の道程を辿っていたらしいと知り、相当なショックを受けたからだ。

いつしか二人の間には、重苦しい沈黙が下りていた。

自分たちが何か異常な事件に遭遇したのは間違いないのに、その正体が一向に見えてこない。にも拘らず警察は一件落着と見做している。だが、実際は何も解決していない。だから、また恐ろしい事件が起きるのではないか。

きっと同じ不安と恐れを、僕と左右田刑事は抱いているに違いない。だが、どうすれば良いのか全く分からないのも一緒なのだ。

「やっ、もうこんな時間ですか。これは長居をしてしまいました」

唐突に左右田刑事が立ち上がろうとしたので、僕は慌てて制止した。

「急にどうされたんです？　肝心の話は、ここからじゃありませんか」

「はぁ……」

と中腰のまま返事をした彼は、そのまま座り直しながらも、何処か絶望的な口調

で、

「先生には、何かお考えがありますか」

「えっ……」

「私が伺ったのは、確かにこの件を先生と二人で検討したいと考えたからです。でも今、改めて事件を振り返ってみて、そんな取り組みは不毛ではないかと感じました」

「そんな……」

「いや、面目ないです。徒《いたずら》にお騒がせしただけで、何のお役にも立てずに……」

深々と一礼して、再び立ち上がろうとしたので、咄嗟に僕は尋ねていた。

「な、何か、助言はありませんか。警察官としてでも、お父さんの記録を読まれた一個人としてでも、どんなお立場でも結構ですから」

すると左右田刑事は少し考えてから、こう口にした。

「根拠があるのかないのか、それは分かりません。ただ、過去の身投げ事件を振り返って言えるのは、三代目の緋桜も危ないのではないか、ということです」

六　三代目緋桜

漆田大吉の死について――いや、今は梅園楼となった別館の特別室で起きた、過去から今回までの七つの身投げ事件について、具体的な検討は一切しないまま、左右田刑事は帰ってしまった。わざわざ訪ねて来たのは、僕となら忌憚《きたん》のない意見交換ができると考えたからなのに、何とも残念でならない。

しかし、如何《いか》に非公式とはいえ彼の身分と立場を思うと、これで良かったのかもしれない。もしこの件で妙な噂でも立てば、彼の今後の仕事と出世にも影響が出るだろう。そんなことにでもなれば、記録ノートを残した彼のお父さんも、さぞ浮かばれないに違いない。

とはいうものの一時、心強い味方ができたと喜んだのは事実なので、さすがにがっくりきた。また独りになってしまったと、妙な淋《さび》しさを覚えた。だが、そんな気持ちに苛《さいな》まれたのも、翌朝までだった。

「先生、おはよう」

サチコの明るい声を聞いて、現金にも彼女の存在を思い出したからだ。

「そうだ。僕には助手がいたんだ」

帳場に顔を出したサチコを目にして、何だか救われた気になっていると、

「はい。先生の探偵助手の島崎早苗《しまざきさなえ》です」

いきなり彼女が本名らしき姓名を名乗ったので、びっくりした。ここに記した島崎早苗という姓名は、もちろん仮名にしてある。

「だって、サチコはお店の名前だもの。先生の助手を務めるのはサチコの私じゃなく、島崎早苗の私なの。だから他に誰もいないときは、早苗って呼んで下さい」

「……うん、分かった」

「ご褒美《ほうび》のデートも、島崎早苗の私を誘うこと」

「そうする」

面喰らいながらも応える僕を、早苗はおかしそうに眺めていたが、急に真面目な顔になると、

「それで先生、探偵助手に新たな任務はありますか」

「三代目に気をつけて欲しい」

時間がなかったので、昨夜の左右田刑事との会話を掻《か》い摘《つま》んで話した。

「緋桜姐さんが、二人目に……」

「絶対ってわけじゃない。でも、その可能性は高いと思う。別の言い方をすれば、彼女しか気をつける人物がいないってことだ」

「どういう意味です？」

「二人目は別の誰かで、彼女は三人目かもしれない。しかし、その二人目を予測するのは明らかに不可能だ。だったら今から、三代目に注意しておいた方がいい」

「なるほど。さすが先生ですね」

とても素直に感心する早苗を前に、照れそうになるのを僕が必死で隠していると、

「取材の方はどうです？　進んでいますか」

彼女が痛いところを突いてきた。

「浮牡丹さんには話を聞いたけど、こういう事件は余り掘り返さない方が良いと言われた」

「お姐さんらしいですね」

「紅千鳥さんと月影さんは、まだだ」

「お二人とも今は、ちょっと難しいかもしれません」

早苗が言うには、紅千鳥さんは漆田大吉の死に相当なショックを受けているという。それは愛しい情夫が亡くなったからではなく、色々と良からぬ行為を続けてきた相棒が、不可解な死に方をしたせいらしい。その死に様が、金瓶梅楼から梅遊記楼へと連鎖している身投げ事件とそっくりなのだから、余計だろう。

月影さんは、とにかく怖がっているという。本館の庭に出ないどころか、一階の厠は絶対に使わない。所替えも考えているようで、しきりに浮牡丹さんを誘っているらしい。

「でも浮牡丹姐さんには、『今すぐは無理なので、もう少し待ってね』って、月影姐さんは言われたようですよ」

なぜもう少し待つ必要があるのか。

二人目と三人目の身投げを見届けるつもりなのか。

しかし、どうして浮牡丹さんが……。

僕がすっかり考え込んでいると、完全に失念していた人物の名を早苗が上げた。

「雪江さんは、すっかり口が固くなりました」

「あっ、彼女がいたな」

「先生、忘れてたんですか。元々そんなに口数が多い人じゃなかったけど、漆田のことがあってから、少なくとも昔の身投げについては、全く喋らなくなったんです」

「怖がっている感じかな」

「さぁ、どうでしょうか。余り感情を表に出さないですから」

「忘れていると言えば、半藤周作さんもいるな」

「浮牡丹姐さんの好い人ですよね。どういう人か分かって、私びっくりしました」

「金瓶梅楼の女将の息子で、梅遊記楼では彼の妹が女将になり、本人は取締だったらしい」

「取材するんですか」

「相手はお客だからな。やるにしても、何か切っ掛けがないと」

「しかも浮牡丹姐さんの、お客さんですからね」

「うん。僕のことは、もう彼女から聞いてるだろう。正面から行っても警戒されるだけだ。それに元遊女と比べて、何処まで当時のことを知っているかだ」

「期待できないってわけですか」

「決めつけるのは良くないけど、話を聞くのは最後でいいと思う」

結局、無理を承知で女性三人に当たってみることにした。特に紅千鳥さんは、取材料を弾めば大丈夫かもしれないと思ったのだが、完全に当てが外れた。

「喋ることなんか、何もないね。いいかいセンセイ、人が死んでんだよ。なのに昔の話を蒸し返そうだなんて、作家ってのは頭がおかしいんじゃないか」

部屋を訪ねると、けんもほろろだった。ただ僕は、おやっ……と思った。紅千鳥さんが虚勢を張っているように感じたからだ。ひょっとすると彼女は、とても怯《おび》えているのではないか。これまでは他人事だった不可解な身投げ事件が、自分の情夫の身に起こった。それで突如、恐怖に囚われてしまったのかもしれない。

僕は叩き出される前にと、ほうほうの体で退散した。

「昔の話はしたくないです。この前の身投げの話も勘弁して下さい」

月影さんは同じ台詞を繰り返すばかりで、どうしようもなかった。こちらが諦めて部屋を出ようとすると、所替えの話を持ち出したので、その件は淑子伯母さんに相談してくれと言っておいた。しかし、どうやら独りでは移りたくないらしい。

考えてみれば、臆病な彼女が忌まわしい体験をした場所に戻って来たのも、きっと浮牡丹さんと紅千鳥さんの二人が梅園楼に所替えしたからだろう。恐ろしい思いはしたくないが、独りきりの淋しさはもっと嫌なのかもしれない。

雪江さんは、端《はな》から話にならなかった。

「さぁ、もう昔のことやからなぁ」

何を尋ねても、暖簾《のれん》に腕押しのような応答である。それが本当に忘れているようにも、わざと惚《とぼ》けているようにも見えるのだから、何とも始末が悪い。実は紅千鳥さんよりも遥かに役者が上なのでは……と、ふと思ってしまった。いくら何でも買い被り過ぎだろうか。

困った僕は、三代目の緋桜さんを訪ねることにした。過去の身投げについて、彼女を相手に話そうと考えたからではない。それこそ意味がないうえ、そんな無茶をすれば徒《いたずら》に怖がらせてしまうだけだろう。所替えでもされたら、僕は伯母から大目玉を食らう羽目になる。そうではなく、過去の事件を調べられないのであれば、今の状態——特別室や彼女自身のこと——を調査すれば良いのだと、頭を切り替えたのだ。

「先生、さすがです」

早苗に言ったらまた感心してくれたので、僕は勇んで特別室へ向かった。

ところが、一通り世間話が終わった途端、いきなり言葉に詰まった。他の元遊女や雪江さんたちと違って、三代目の緋桜さん——という名前は長いので、以後は花子さんとする——は、当たり前だが昔の事件を体験していない。彼女が何処まで知っているのかも定かではない。如何に今の話をするとはいえ、そんな人を相手にどう喋ればいいのか、僕は途方に暮れてしまった。


会話の段取りを全く考えていなかったことに、僕が後悔していると、

「幽女……というもののお話ですか」

遠慮がちな口調で、逆に花子さんから尋ねてくれた。

「やっぱりご存じでしたか」

「ここに紅千鳥さんが入られたとき、真っ先に教えて下さったのが、その話ですから」

「ああ、なるほど」

誰が聞いても納得する、本当に紅千鳥さんらしい逸話である。

「それじゃ漆田大吉が身投げしたとき、受けたショックも尋常じゃなかったでしょうね」

「……はい」

花子さんが俯きながら身体を震わせたので、僕は慌てた。

「すみません。余りにも配慮のない訊き方でした」

「いいえ」

そのまま弱々しく首を振っていたが、花子さんは決心したかのように顔を上げると、

「……あの漆田という人の身投げに、そのうー、幽女という恐ろしいものが、やっぱり関わっているのでしょうか」

「それが僕にも、よく分からないのです」

「……そうですか」

花子さんは失望したようにも、安堵したようにも見えた。かなり複雑な心境なのだろう。

「紅千鳥さんからは、どういう話を聞かれました？」

「ここが金瓶梅楼という遊廓だったときに三人、梅遊記楼という遊廓だったときにも三人、この部屋のあの窓から身投げをした人がいると……」

「そのままですね」

「しかも、どちらにも初代と二代目の緋桜さんが関わっていたと……」

「だから、あなたも気をつけた方が良いと忠告されたんですか」

再び彼女は弱々しく首を振ると、

「そんな部屋で三代目を名乗るなんて、自分ならご免だ――って言われました。もち

ろん私も嫌です。でも、この話をお母さんに持ち込んだのは、私なんです。ここでそういう事件が起きたのを知ったからといって、既にお客さんもついて繁盛しているのに、今更やっぱり止めますなんて……。お母さんが過去の事件をご存じで、私に隠していたのなら別ですが、そうじゃありませんでしたからね」

謎の焼死体の件は黙っていたわけだが、わざわざ花子さんに言う必要はない。

「事情は分かりますが、怖くはなかったのですか」

「……怖かったです。今でも恐ろしいです」

愚問だったようだ。それはそうだろう。だが、病身の夫を抱えているため、彼女にはお金が必要だった。他の女給よりも実入りの良い三代目緋桜という役柄を、そう簡単に投げ出すわけにはいかなかったのだ。

「こんなことを訊くのは、本当に申し訳ないのですが——」

花子さんには同情を覚えながらも、僕は質問した。

「この部屋で、何か異常を感じたことはありませんか」

「そうですね」

むっとされるか、呆れられるかと思ったが、彼女は真剣に思い出しているようだった。

「そう言われて改めて考えると、特に何もないんです」

「気配のようなものも？」

「少なくとも紅千鳥さんが来られる前、つまり私が事件や幽女の話を未《ま》だ知らないときに、この部屋が変だと感じたことは一度もありません」

「それじゃ紅千鳥さんが話した後では、そういう例があったのですか」

やや興奮して突っ込んだ僕に、花子さんは苦笑しながら、

「私も普通の女ですから、そういうお話を聞かされてしまったら、ちょっとした風の音でも怖くなります。でも、それが幽女のせいかどうかまでは……」

彼女がなかなかの合理主義者だと分かり、僕は安心した。こういう人なら、本当に幽女が存在していたとしても、その影響は受けないだろうと思ったからだ。

そう言うと彼女は真剣な面持ちで、

「幽女というものがいるのかどうか、身投げにそれが関係しているのかどうか、もちろん私には全く分かりません。もしそうだとしても、幸い私は何も感じないようなので、このまま何事もなく過ごせるのではないかと……」

「それは言えますすね」

一先《ひとま》ず花子さんを安心させてから、念のためにという口調で僕は忠告した。

「でも、本館の庭には出ないようにして下さい。特に東側の祠の周囲には近づかないこと」

「なぜです？　祠にお参りしてはいけないのですか」

「あ、あの祠には、もうお参りを……」

焦る僕に対して、あっさりと彼女は否定した。

「いえ、そういうわけではありません。敗戦からこちら、神仏には祈っておりませんので」

「でしたら問題ないでしょう」

そこで僕は、身投げをした人たちが皆、本館の庭のその辺りから別館の特別室まで、まるで死の道程を辿るかのように彷徨《ほうこう》しているらしい事実を話した。

「死の道筋……」

「はい。そこを通ることにより、次第に死そのものに憑《つ》かれてしまう……とでも言いますか」

「何だかその途中で、通り魔でも待ち伏せしているみたいで……、怖いです」

「あっ、いや。飽くまでも譬《たと》えですので」

せっかく花子さんが、自ら幽女の恐怖を払拭《ふっしょく》しようとしているのに、その邪魔をする格好になってしまい、僕は自分の軽率さを呪った。

「これまでにも、今の道筋に出てくる廊下や階段を通ってますよね」

「……は、はい」

「それでも、特に変わったことはなかった？」

「……はい」

「でしたら、やっぱりあなたは大丈夫ですよ」

「そ、そうですよね」

ようやく彼女は、再び自分の安全に自信を持ったらしい。

「これまでのお話から考えても、何の心配もいらないと思います。ただ、ちょっとしたことでも結構ですから、何か妙だなと感じられる現象が起こった場合は、すぐ僕に教えてくれませんか」

「分かりました。そのときは、よろしくお願いします」

部屋を訪ねた当初、花子さんに感じられた強い緊張感が、随分と和らいだように見えた。いくら自分は大丈夫だと思っていても、それを第三者に認められるかどうかは、また別なのだろう。僕の取材は何の進展もなかったが、少なくとも彼女の役には立ったわけだ。

そろそろ店を開ける時間なので、僕が暇《いとま》を告げようと思っているところへ、雪江さんが一通の封書を持って現れた。

「たった今、これを緋桜さんに渡してくれって、男の人が来ました」

切手も消印もなかったので、お客の付文だろうと僕は睨んだ。男の癖に何とも古風なことをする奴だと、内心では面白がった。しかし、見せてもらうわけにもいかない。

「もう仕度をしなければなりませんね。お仕事前の貴重な時間を、ありがとうございました」

僕は取材の礼を述べると、雪江さんと一緒に特別室を出た。

あのとき無理にでも、あの封書の中を確かめていたら……と今でも後悔しているが、そんなことを考えても詮《せん》ないばかりだ。仮に見られたとしても、完全に阻止できたかどうか、非常に心許《こころもと》ない限りなのだから。

翌日の早朝、まさか花子さんが特別室から身投げしようとは……。

連載第四回

七　疑似体験的実験

迂闊《うかつ》だったという後悔と、意外だったという驚愕《きょうがく》が、今の僕を支配している。三代目緋桜である花子さんが危険であることは分かっていた。しかし、彼女との会話によって、それは回避できそうだという判断がついた。にも拘らず彼女は身投げしようとした。迂闊さの後悔と意外さの驚愕、この二つを僕が味わったのも当然かもしれない。

幸い彼女は助かった。前号を読み直すと、原稿の末尾に恰《あたか》も身投げしたかのように書いてしまっている。思わず筆が滑ったらしい。読者よ許せ。実際は早苗の活躍により、彼女の身投げは未然に防がれたのだ。順を追って記そう。

僕から三代目の緋桜さんに気をつけて欲しいと頼まれた早苗は、花子さんに奇妙な封書が届いたと知り、もしや……と思ったらしい。そういう類の手紙は、大半が悪い知らせだからだという。この辺りの感覚は、カフェーの女給ならではだろうか。

胸騒ぎを覚えた早苗は、翌日の早朝、厠に行くついでに本館の庭の様子を窺ってみた。すると、祠の横の地面——闇小屋があった付近——に、細い煙を棚引《たなび》かせた線香が一本だけ立っているのが見えた。

はっ……とした早苗が、そのまま裏の階段から本館の二階へ上がり、渡り廊下を通って別館へ入ると、誰かが特別室へと上って行く気配がした。慌てた彼女が廊下を走り、階段を駆け上がって特別室の襖《ふすま》を開けると——。

いぎたなく蒲団で眠り込んでいる泊まりのお客の向こうに、正面の窓を開けて露台へ出ようとしている三代目の緋桜さんの姿があった。

「姐さん！　駄目ぇぇー！」

叫びながら早苗が部屋の中に駆け込み、花子さんを引き戻そうとした。だが、物凄い力で振り払われた。それでも相手の腰に抱きついたが、このままでは持ち堪《こた》えられない。身投げを止めることができない。

絶望の余り早苗が泣きそうになっていると、一気に部屋の中に引き倒された。目を覚ましたお客が、二人ごと引き戻してくれたのだ。

その客へのお礼とお詫びや、動揺する他の女給たちを宥《なだ》めたりしてから、淑子伯母さんと僕、そして浮牡丹さんも交えて、花子さんから話を聞くことにした。その結果、例の封書は病身の夫の死亡通知であり、女給する意味を失った彼女が後追い自殺を図ろうとした、という事情が明らかになった。庭に出て線香を立てたのは、もちろん夫のためである。

ただ、そのとき花子さんは虚空を見詰めながら、唐突にこんな台詞を吐いたのだ。

「……もしかすると、これまで身投げされた方々に対する、あれは供養の意味もあったのかもしれません。何だか、そんな気もするんです」

その瞬間、僕の項《うなじ》が粟立《あわだ》った。目の前の彼女が、まるで別人のように思われたからだ。

「莫迦なこと言うんじゃないよ」

ぞっとした僕を救ったのは、伯母の怒ったような声だった。

「仮に夫の後を追うにしても、ちゃんと先に弔《とむら》ってやるのが妻の務めだろ。うちの庭で線香なんか上げてる暇があったら、さっさと仏のところへ行ってやりな」

言っている内容は無茶苦茶だったが、伯母の気持ちは伝わったらしい。無表情で訥々《とつとつ》と話していただけの花子さんが、わっと急に泣き出したからだ。さすが年の功というところか。

取り敢《あ》えず三代目緋桜の看板は降ろして、花子さんは少し休むことになった。身投げ騒動以来、彼女の世話は浮牡丹さんが見てくれている。早苗によると、前々から浮牡丹さんは彼女を気に掛けていたというので、ここは有り難く厚意に甘えようと思った。

その早苗だが、梅園楼の女給たち全員から誉められたうえ、あの渋い淑子伯母さんに金一封まで出させてしまったのだから、大したものである。

「ありがとう。本当によく気づいてくれたよ」

「先生の探偵助手だからね」

僕が心から礼を言うと、珍しく彼女が照れた。

「それにしても、花子さんが庭に出たのは、単なる偶然だったのか」

「えっ……」

しかし、僕の次の言葉に、早苗の照れ笑いが翳《かげ》った。

「旦那さんの病死に、彼女が打ちのめされたのは間違いないし、後を追おうと思ったのも本当だろう。でも、それが庭のあの場所に行ったことで、増幅されたのだとしたら……」

「ぞうふく？」

「増す。増えるってことだ」

「嫌だ、先生」

「それも身投げした人たちが、あの場所にいたのと同じ時間帯に、つまり早朝に出てしまったがために——」

「怖いよ、先生」

「あの日の朝は、どんよりとした曇り空だった。身投げした人たちも、同じような天気の……」

「止めてよ、先生」

「だから……」

「先生！」

彼女の顔に、もう笑みは少しも残っていない。

「ごめん」

僕は謝りながらも、そのとき思いついた二つの計画のうち一つだけを早苗に話し、もう一つは黙っていることにした。言えば必ず反対するに決まっている。

「ここの昔を調べようと思う」

「金瓶梅楼のこと？」

「いや、もっと昔だ。ここに今の建物ができたころ、または遊廓として営業をはじめた時代だな。そこまで遡れば、幽女に纏《まつ》わる何かが摑めるかもしれない」

「あっ、そういうことか」

早苗は合点がいったとばかりに、胸の前で両手を叩いたが、すぐ暗い顔になると、

「……きっと昔、緋桜っていう名の遊女が、庭の闇小屋で赤ちゃんを堕ろしたんだよ。そのとき何かがあって……、恐らく別館の三階から身投げしたんじゃないかな」

「それが幽女の正体にして、因縁ってわけか」

「違う？」

「いや、なかなかの読みだと思うな」

鹿爪らしい顔でそう応えたが、それほど単純ではないだろうと、僕は覚悟していた。明確な理由はない。ただ、覚悟をするに越したことはないと強く感じた。

「だからさ、ご飯を奢るのはもう少し待ってくれ」

「デートだよ」

少しだけ笑顔が戻った彼女と別れてから、僕はもう一つの計画の実行を、明後日に迫った梅園楼の休日の翌朝にすることに決めた。一番早い機会はその日しかない。取材が行き詰ってしまった今、別の角度からも取り組む必要がある。それに――まぁこれは関係ないけど、「いつまでそんなところにいるのか」と、このところお袋が煩《うるさ》いのだ。

過去の調査は、ここにいなくても可能だ。むしろ滞在していない方が良いかもしれない。だが、もう一つの計画はここでないとできない。

いずれにしても、この辺りで何か新展開が欲しい。これが小説ならいくらでも想像を広げられるが、そうもいかない。となると自分自身で、何か事を起こすしかない。

僕のもう一つの計画とは、こうである。まず早朝に梅園楼の本館の庭に出て、祠の周囲を一通り散策しつつ、その雰囲気を充分に体感する。そして裏口から本館に入り、そこから身投げした人たちが通ったのと同じ道筋で廊下と階段を辿り、別館の三階の特別室へと至る。部屋に入ったら正面の西側の窓を開けて、露台に出てみる。できれば身を乗り出して、真下を覗き込むくらいはしたいが、そこまでの度胸があるかどうか、やってみなければ何とも言えない。

要は身投げした人と、可能な限り同じ体験をしてみるわけだ。それだけで分かることが、摑めるものが、もしかすると存在するかもしれない。少なくとも感情に訴えてくる何かが、僕はあると思っている。何と言っても、僕は作家なのだから。

　この疑似体験的実験をしたうえで、

＊

【お断わり】

　本稿の著者である佐古荘介氏が、急逝《きゅうせい》されました。今回の連載第四回の原稿が、文字通り氏の絶筆となります。ご遺族とも相談した結果、そのまま氏の原稿を掲載することに致しました。

　読者の皆様には諸般の事情に鑑《かんが》み、このような形で連載が終了することに、ご了解を頂ければ幸いです。

　最後になりますが、佐古荘介氏のご冥福を心よりお祈り致します。

編集部

第四部

探偵——刀《とう》城《じょう》言《げん》耶《や》の解釈

一

「その後ご無沙汰を致しまして、申し訳ありません」

客間に通されて腰を落ち着けたところで、刀城言耶《とうじょうげんや》は改めて一礼した。

「とんでもございません」

透《す》かさず半藤優子《ばんどうゆうこ》も頭を下げたが、言耶が返礼を繰り返すので、

「先生、これではいつまで経ってもご挨拶が終わりませんよ」

遂には笑い出してしまった。

「はぁ。ところで、以前にも申しましたが、その先生というのは……」

「未《ま》だそんなことを仰《おっしゃ》ってるんですか。先生のような偉い作家先生を先生と呼ばず

して、一体何方《どなた》を先生とお呼びするんです？」

「いえ、僕なんか少しも偉くないですし――」

言耶が奇妙な言い訳をするのを、優子は可笑《おか》しそうに黙って聞いている。彼が真剣になればなるほど、彼女の笑みも深まっていくようだった。

「先生の仰ることは、よーく分かりました」

「いえ、ですから……」

尚《なお》も説明しようとする彼を残して、彼女は一旦お茶を淹《い》れに席を外してしまった。

「ふうっ。やれやれ」

言耶が溜息《ためいき》を吐《つ》いて窓の外の庭に目をやると、こぢんまりとした瓢箪《ひょうたん》形の池が目に入った。池の周囲には春風に揺れる草木が生い茂り、垣根の彼方には低い山々の連なりが望める。何とも長閑《のどか》な眺めである。

思わず言耶がほっこりしているところへ、優子が盆を持って戻ってきた。

「お口に合いますかどうか」

慣れた手つきで言耶にお茶と茶菓子を勧めてから、彼女は居住まいを正すと、

「それで先生、早速ですが、お調べの方はついたのでしょうか」

「……あっ、いや、それが、ですね」

その途端、のんびり顔から一転、刀城言耶の表情が曇った。

二人がいるのは、某県の某所にある半藤優子の家である。彼女は市内で〈梅花《ばいか》〉という小料理屋を開いていたが、住まいは外れの田園地帯の中に建っていた。ちょうど季節は春で、家の周囲では見事に咲き誇った桜の樹木を何本も目にすることができる。訪問者である言耶は相変わらずのジーンズ姿だったが、客を迎える優子は絣《かすり》模様の銘仙《めいせん》の着物姿で、如何《いか》にも料理屋の女将《おかみ》然としている。ここを言耶が訪れるのは、今回で三度目となる。

一度目は、戦前の桃苑《ももぞの》の遊廓町《ゆうかくまち》にあった〈金瓶梅楼《きんぺいばいろう》〉で、花魁《おいらん》だった初代緋桜《ひざくら》の日記帳を、半藤優子から借り受けるために。二度目は、戦時中に優子が女将を務めていた〈梅遊記楼《ばいゆうきろう》〉の話を、本人から聞かせて貰《もら》うために。そして今回は、とある廓《くるわ》と佐《さ》古荘介《こそうすけ》の転落死に関する言耶の調査結果の報告と、三つの楼で起こった不可解な連続身投げ事件についての解釈を、彼女に聞いて貰うためだったのだが……。実は、それが余り捗々《はかばか》しくなかったのである。

事の発端はこうだ。

今から七年前、怪想舎が発行する探偵小説の専門誌『書斎の屍体《したい》』の七月号から十月号に、怪奇小説家の佐古荘介が「幽女という得体の知れぬものについて」という一風変わった連載をした。それは彼の伯母が経営するカフェーに、幽女と呼ばれる幽霊のようなものがいるらしいので、その真偽を確かめるという随筆とも探訪記ともつかない原稿だった。生憎《あいにく》その連載は筆者の急死で中絶してしまったのだが、佐古荘介の死に様がまた、何とも無気味だったのである。

怪想舎としては当時、この怪奇小説家の死の謎について特集を組むつもりだった。決して興味本位に取り上げるのではなく、同誌の新人賞を受賞して作家になった佐古荘介に対する、それは飽《あ》くまでも追悼の意からだった。しかし遺族に反対され、企画は立ち消える。未《ま》だ作品数が少なかったこともあり、やがて佐古荘介という作家は読者からも忘れられ、怪想舎の編集者の間でも滅多《めった》に名前が出なくなっていった。

それが今年、『書斎の屍体』の新人賞から巣立った作家たちの特集を組むことになり、編集部内でも佐古荘介の作品が数年振りに言及された。そのとき、ある編集者が改めて彼の絶筆「幽女という得体の知れぬものについて」を熟読して、この原稿の「解決篇」を他の作家に書かせるという企画を思いつく。ある編集者とは誰あろう、言耶の担当の祖父江偲《そふえしの》である。そのため依頼する作家は、ほぼ自動的に決定してしまった。

刀城言耶は、東城雅哉《とうじょうまさや》の筆名で怪奇小説や変格探偵小説を執筆する作家である。ただ、趣味と実益を兼ねた怪異譚蒐集《かいいたんしゅうしゅう》を行なうために訪れた地方で、その土地に纏《まつ》わる奇怪な伝承に彩られた不可解な事件に遭遇して、気がつけば成り行きで素人探偵を務めてしまうことが多かった。しかもその結果、しばしば事件を解決に導いたために、いつしか「作家の東城雅哉」よりも、「探偵の刀城言耶」の方が、一部では有名になってしまった。この企画で怪想舎編集部が刀城言耶に白羽の矢を立てたのも、そういう彼の特異な立ち位置があったからだろう。

尤《もっと》も企画そのものは、かなり早い段階で流れている。刀城言耶が難色を示した所為《せい》ではなく、逆に真剣に取り組んだためである。解決篇の内容も日程も、編集部では当初かなり甘く考えていた。だが、言耶が取材をすればするほど、一筋縄ではいかない事件だと分かってきた。とても雑誌の締切までに、何らかの結論を出すなど無理である。そこで特集から本件は外して、全く別の企画として言耶が取材を続けることになった。

刀城言耶が最初に訪問したのは、佐古荘介の実家だった。彼の両親には玄関払いを食わせられる覚悟で臨んだのだが、意外にも歓待された。息子が先輩作家として敬愛していたのが、当の言耶だったからである。

「刀城先生にお参りをして頂き、あの子もきっと喜んでいると思います」

仏壇に線香をあげて手を合わせていると、荘介の母親の涙声が聞こえた。そこで言耶もできる限り、作家・佐古荘介の思い出話を語ることにした。佐古家にいる間、母親から亡き息子の話を聞き出すよりも、言耶が彼の両親に披露した荘介に関する逸話の方が、遥《はる》かに長く多かったかもしれない。だが、それで良かったのだと言耶は思った。

佐古家の次には、荘介の伯母を訪ねた。桃苑の赤線地帯で、カフェー〈梅園楼《ばいえんろう》〉を経営していた佐古淑子《よしこ》である。だが結局、ここでも余り収穫はなかった。荘介が連載原稿に書いた内容以上のことは、ほとんど聞けなかった。

ここから言耶は、梅園楼の元女給たちの行方を突き止めようとした。特に浮牡丹《うきぼたん》、紅千鳥《べにちどり》、月影《つきかげ》の元遊女たち三人と、荘介と親しかったサチコ（島崎早苗《しまざきさなえ》）を追ったのだが、残念ながら本人にまで辿《たど》り着くことは、誰一人としてできなかった。

昭和三十二年から翌年に掛け、二段階に分けて施行された売春防止法により、疾《と》っくに赤線の灯は消えていた。元女給たちも、これを機に足を洗う者や他の風俗営業に鞍《くら》替えする者など身の振り方が様々だった。そのため人によっては、あっさり移転先が見つかる場合もあれば、何処《どこ》に行ったのか全く行方不明という者もいて、生憎、問題の四人は後者だったわけだ。

そこで言耶は、桃苑の元赤線で今も営業を続けている〈梅菊《うめぎく》〉に通うことにした。そこが未だ遊廓町だった時代、金瓶梅楼と梅遊記楼で遣《や》り手《て》婆をしていた増田喜久代《ますだきくよ》に近づくためである。荘介の原稿から、彼女の前で幽女の話は御法度《ごはっと》だと分かっている。ここは時間が掛かっても、じっくりと情報を聞き出す必要があった。

この慎重な対応が幸いして、金瓶梅楼の女将の娘で、梅遊記楼では自身が女将だった半藤優子の居場所が判明した。完全に付き合いがなくなってからも、喜久代が年賀状の遣り取りだけは続けていたお蔭《かげ》である。

半藤優子を訪ねた刀城言耶は、『書斎の屍体』の佐古荘介の連載原稿を見せて、幽女に関する取材協力を頼んだ。当初は彼女も迷っている様子だったが、佐古淑子に対する増田喜久代の忠告の言葉を知ると、次第に難色を示し出した。

「……やっぱり、あれには関わらない方が宜《よろ》しいのではないでしょうか」

そんな風に怯《おび》える優子を、辛抱強く言耶は説得した。その結果、取材に応じるための条件を、彼女が一つだけ出したのである。

「幽女の謎を、先生が解いて下さるのであれば——」

もちろん言耶は、即座に「無理です」と首を振った。優子に取材協力を仰げれば、大いに助かるだろう。だが、だからといって自分にできもしない約束を、安易にするわけにはいかない。それが相手の条件であれば、尚更《なおさら》である。

「何が何でも解決をつけて下さいというわけではありません。お調べを通じて先生がお考えになった内容を、私にも分かるように教えて頂ければ良いのです」

気がつくと優子の方が、いつしか言耶を説得していた。

結局その日、言耶は初代緋桜の日記帳を借り受け、優子には『書斎の屍体』の七月号から十月号を預けることになった。お互い日記と雑誌を読み合い、そのうえで二度目の話し合いを持つかどうかを、改めて決めようというわけだ。
約束した日時に刀城言耶が再訪すると、半藤優子は既に全てを語る気になってい
た。そこで彼女が詳しく述べたのが、梅遊記楼時代の話である。
元女将の長い長い語りの後で、思わず言耶はこう言った。
「戦前と戦中と戦後という三つの時代、金瓶梅楼と梅遊記楼と梅園楼という三軒の
店、初代と二代目と三代目という三人の緋桜、そして特別室からの身投げが各時代に
三件ずつ……と、まるで三という数字に取り憑《つ》かれているみたいじゃありませんか」
今後の取り組みについて訊《き》かれた言耶は、二つの問題に焦点を絞って調べるつもり
だと即座に答えた。
「一つは、佐古荘介氏の転落死についてです。九件の中では、最も詳細が分かってい
ない事件なので、当時の状況をできる限り明らかにしたいと思います。もう一つは、
金瓶梅楼以前の店の過去についてです。幽女という存在が――噂《うわさ》と言い変えるべきか
もしれませんが――一体何から生まれたのか、それを突き止められれば、きっと新た
に見えてくるものもあるでしょう。初代緋桜さんの日記帳、女将さんのお話、佐古荘
介氏の原稿――、これらに欠けているのが、この二つの情報ですからね」
そして今、刀城言耶は三度目の訪問を果たしていた。しかし、半藤優子に調査状況
を尋ねられ、しどろもどろになってしまったのである。

「上手く参りませんでしたか」

気遣うような優子の問い掛けに、言耶は軽く頭を下げると、

「いえ、一応の調べはつきました」

「でも、有益な情報は得られなかった？」

小首を傾《かし》げる彼女に、再び頭を下げつつ、

「僕の力不足もあったと思いますが、先に結果だけを申し上げれば、そうなります」

「そんな——」

慌てて否定し掛ける優子を、やんわりと言耶は身振りで押し止めながら、

「まず佐古荘介氏の転落死について、ご報告したいと思います。これは警察関係の伝《つ》手《て》を頼って、桃苑の元赤線地区を管轄していた地元警察から、当時の捜査資料を見せて頂いた結果ですので、もう信用するしかないのですが——」

「……はい」

固唾《かたず》を呑《の》んで、彼女が返事をした。

「警察が出した結論は、事故死です」

「誤って露台から落ちた……と？」

「日付が変わった夜半から、しとしとと小雨が降っていたため、転落現場の露台は濡れていた。そのうえ老朽化しており、かなり不安定だったらしいのです」

「広さもなく、狭い空間でしたからね」

「荘介氏は原稿にもあったように、恐らく身を乗り出したものと思われます。そこで足か手を滑らせて、身体の釣り合いを崩してしまった結果、露台から転落した。よって事件性は少しもない、というのが警察の見解でした」

「先生のお考えは？」

「……僕も同じです」

一瞬の間は空いたが、合理的な解釈を求めれば、佐古荘介の死は事故以外には考えられないというのが、言耶の結論でもあった。

「そうですか。事故死だったとしても、もちろんお労《いたわ》しいことに代わりはありませんが……正直なところ、少しほっとしてもおります」

「お気持ちはよく分かります。自殺や他殺ではないわけですから」

「そう言って頂けると、大変有り難いです」

丁寧に一礼する優子に、何とも言えぬ表情を言耶は浮かべながら、

「とはいえ、金瓶梅楼時代から続く身投げの事実を知る我々には、どうにも割り切れないものが残るのも確かです」

「…………」

「どうしても幽女というものの存在が、そこには浮かび上がってきてしまいます」

「で、でも警察は……」

「ええ、そんなものを認める筈《はず》がありません。万に一つ認めたとしても、殺人事件として捜査することは不可能です」

「だから先生は、幽女の過去を調べようとなさった。佐古荘介先生が書かれているように、金瓶梅楼の前の遊廓で昔、緋桜という名の遊女が庭の閨小屋で赤ちゃんを堕《お》ろした際に、何か恐ろしい出来事が起きて、それで別館の三階から身投げをした──というような過去を、先生も探り出そうと考えられたわけですよね」

「そうなんですが──」

言耶はそこで両肩を落としたが、気を取り直したように口を開いた。

「江戸時代、桃苑の地があった××藩では、城下に遊廓を造ることを禁じていました。ある歴史的な事件に遊女屋が関わっていたため、それで敬遠したようなのですが、今回の件とは関係ありませんので、そこは省《はぶ》きます。当時のお客は遊女を買うために、わざわざ白鍋《しろなべ》の遊廓町まで足を運ばなければならなかった。それだけ分かれば、ここでは充分でしょう」

「母や私が女将をしておりました頃にも、白鍋に遊廓はございました。ただ桃苑と比べますと、ちょっと規模が小さかったですね」

「その桃苑の地が遊廓町として栄え出したのは、明治に入ってからになります。敏感に時代の変化を読んだ白鍋の遊廓主たちが、地の利の良い桃苑へと、挙《こぞ》って進出しはじめた。そのため明治も半ばになると、白鍋は寂《さび》れて桃苑が繁栄するまでに変わってしまった。それでも白鍋が完全に廃《すた》れなかったのは、やはり需要があったからでしょう」

「江戸時代から続く遊廓町ということで、確かに一部のお客さんには人気がありました」

「さて、問題の金瓶梅楼の建物ですが──」

言耶が口調を改めると、優子も心持ち姿勢を正した。

「本館が建てられたのは明治の半ばでした。正に桃苑が繁栄しはじめた時期です。そのときは〈梅花楼《ばいかろう》〉という廓で、桃苑の中では一番大きかったといいます」

「梅花楼……ですか。今の私の店と同じ名ですね」

少し興奮気味の優子に、しかし言耶はあっさりと頷いただけで、

「梅花楼は十数年ほど営業をしましたが、その後は〈梅林楼《ばいりんろう》〉という別の店になっています。このとき別館を建てたわけです。ちなみに二つの楼の経営者に、姻戚関係などは特に認められませんでした。全く赤の他人と見て問題ないようです。つまり梅花楼と梅林楼という似た名称には、大して意味がなかったことになります」

「廓らしい名前を考えたら、たまたま似てしまった。または前の名称を、少しだけ変

えるに留めておいた。そういうことでしょうか」

「はい、恐らくは。とはいえ、どちらにも〈梅〉の文字が入っているのが、何とも暗示的と言いますか……」

「そうですね」

しばしの間、優子と見つめ合ってから、言耶は先を続けた。

「ところが幾《いく》らも経たないうちに、その梅林楼の経営が破綻します。原因は廓主が手を出していた他の事業の失敗らしいのですが、詳しいことは分かりませんでした。とにかく店は売りに出され、それを買いつけたのが半藤知穂《ちほ》さん、女将さんのお祖母様ですね」

「祖母の店は、何という名前だったのですか。お恥ずかしい話ですが、昔のことは全く知らされていなかったものですから……」

「それが、三つの梅の楼と記す〈三梅楼《さんばいろう》〉というのです」

「えっ……」

「梅花楼と梅林楼に続く三番目の店ということで、きっとそんな名称にしたのでしょう」

「三梅楼という命名にも、特に意味はなかった……と？」

「……はい、多分」

「でも、ここまで重なると、ちょっと薄気味が悪くありませんか。その後も梅の一文字は、見世《みせ》の名の一部として続くわけですから……」

優子は同意を求めるような眼差《まなざ》しで言耶を見たが、彼の無言の反応を目にした途端、

「あっ、申し訳ありません。お話の腰を折ってしまいましたね」

「いえ……」

「肝心のお話はこれからですのに、余計な口出しを致しました。もう口を閉じておりますので、どうか先をお聞かせ下さい」

恐縮して頭を下げる優子よりも、なぜか言耶は更に恐れ入った様子で、何とも遣り難そうに話を続けた。

「梅花楼も梅林楼も経営陣をはじめ、そこで働いていた従業員や元遊女の方々など、誰一人として見つけることはできませんでした」

「結構人の出入りの激しい業界でしたし、過去は詮索しないという暗黙の了解があったので、なかなか尋ね人は難しいと思います。そのうえ戦争もありましたからね」

「はい」

「もし母が生きていれば、三梅楼だけでも誰かご紹介ができたかもしれませんのに、本当に残念です。赤線の灯が消えるのを待っていたかのように、急に亡くなってしま

いまして……」

「女将さんのお母様には、是非お会いしたかったです。ただ、増田喜久代さんと同じく、何かご存じのことがあったとしても、他言なさる気はなかったのではないでしょうか」

「……そうかもしれません」

優子は考え込む仕草をしてから、

「元遊女の方でも、ずっと年賀状だけは下さる方もいらっしゃいました。ただ、祖母も母もさっぱりした性格でしたからね。私が知らないだけで、商売を止めた途端、それまでの付き合いを絶ってしまっていた可能性はあります」

「なるほど」

「それに私に致しましても、桜子《さくらこ》さんと――あっ、初代の緋桜さんのことですが、お付き合いと申しますか、その暮らし振りが分かっていたのは、ご結婚されてから精々《せいぜい》五年ほどまでです。向こうのお祖母様が亡くなられたとお聞きしたのが、恐らく最後だったと思います。元遊女の方からお知らせがある分には何の問題もありませんが、こちらからご連絡を取るとなると、やっぱり向こう様のご迷惑を考えてしまいますから」

「ご尤もです」

「それでは結局……」

昔のことは何も調べられなかったのか、と優子は尋ねたかったのだろう。しかし、あからさまに訊くのは憚《はばか》られたので、咄嗟《とっさ》に言葉を濁したらしい。

「いえ」

だが、そこで言耶が首を振ると、彼女は驚いたように、

「まぁ、何方《どなた》かいらっしゃったのですか」

「店の関係者は無理だと判断した後、次は遊廓の客を捜すことにしました」

「あっ、お客さん！」

「桃苑周辺の地域を訊き込めば、そのうち該当者に行き当たる筈だと踏んだのです。お客さんの多くは、きっと戦後も地元で暮らしているでしょうから」

「先生、流石《さすが》です。でも、昔の梅花楼や梅林楼や三梅楼のお客だったかなんて、一体どうやって調べられたのです？　何方かに訊かれたんですか」

興味津々の優子に対して、ばつが悪そうに言耶は頭を掻《か》きながら、

「最初は喜久代さんの店に網を張りました。佐古荘介氏の原稿にも、昔の遊廓を知る生駒《いこま》という男性が出てきていましたよね」

「それじゃ梅菊で？」

「あの店の中では、お客さんには話し掛けていません。これはと睨《にら》んだ人が外へ出た

ときに声を掛けて、三つの遊廓の名前を告げたうえで、取材を申し込んだのです」

「上手くいきました？」

「一人目を捕まえるまでは、少し時間が掛かりましたが、その後は割と楽でした。当人の友達や知り合いを紹介して貰うという行為を、ずっと繰り返せば幾らでも取材が可能でした。そうやって僕は、二十人近くに話を聞くことができたのです」

「まぁ、そんなに」

びっくりする優子に、言耶は心持ち笑みを浮かべると、

「僕が話を聞いた男性たちにとって、遊廓という場所は、言わば青春の思い出の地だったのです。そのためほとんどの人が、非常に協力的でした。こちらが少し水を向けるだけで、とてもよく喋《しゃべ》ってくれました。仮に廓の経営者関係や従業員、また元遊女と会えていたとしても、果たして彼らほど忌憚《きたん》なく話してくれたかどうか。今となっては、ちょっと疑問です」

「仰る通りかもしれません。しかも話が、幽女に関わるのですからね」

「その幽女ですが――」

言耶の顔から、忽《たちま》ち微《かす》かな笑みが消えた。

「薄気味の悪い噂は、既に梅林楼時代からあったようです。ただし、それが幽女のことなのかどうかは分かりません。廓のお客だった彼らが敵娼《あいかた》から聞いたのは、『ここ

には幽霊がいるらしい』『誰々が得体の知れないものを見た』『何処其処《どこそこ》の部屋は夏でも寒い』といった、はっきりとしない怪談めいた噂がほとんどでした」

「闇小屋のことは？」

「その名前を口にした人は、誰もいません。ただ、折檻《せっかん》部屋や堕胎小屋については、何人もが実在したと言っています。とはいえ、それを目にした人は皆無です」

「仕方ありませんね。如何《いか》に贔屓《ひいき》のお客さんでも、そこまで廓の内部に入り込む人など、まずいませんから。遊女と親しくなって、そういった裏話を耳にするのが精々でしょう」

「漆田大吉《うるしだだいきち》氏の場合は、やっぱり特殊なんですね」

彼の名前を出した途端、優子の顔が歪《ゆが》んだ。それから吐き捨てるように、

「ああいう男は、何処に行っても同じですよ」

「その末路も、結局は似ているのかもしれません」

言耶の指摘に、漆田大吉も不可解な身投げ者の一人だったと、どうやら彼女は改めて思い出したらしい。咄嗟《とっさ》に身震いをした。

「話を戻しますと、廓に纏《まつ》わる怪談話は、実は梅花楼時代からありました。それが幽女らしくなっていったのが、梅林楼の時代と言えます。だからといって幽女の発端が、梅花楼時代にあったのだと決めつけることはできません」

「具体的なお話が、お客さんの間から出なかった所為ですか」

「いいえ」

はっきりと首を振りながらも、言耶の口調は重かった。

「折檻や堕胎で亡くなった遊女がいた、という話は皆さんがされました。その中には、とても酷《ひど》い仕打ちを受けた遊女がいて、廓を呪いながら死んだのに、満足な供養は何もされなかったという、かなり具体的な話もありました。梅花楼から三梅楼までの時代には、そういった例が多かれ少なかれ必ずあったわけです」

「ということは、その中の花魁の一人が文字通り初代の緋桜で、非業の死を遂げたがために……」

「幽女になったのではないか、と僕も思いました」

「えっ？　違うのですか」

戸惑う優子の瞳を、真っ直ぐ言耶は見詰めながら、

「ところが何方《どなた》に尋ねても、緋桜という名前の遊女など、絶対にいなかった、と言われたのです」

二

「緋桜という遊女はいなかった……」

唖然《あぜん》とする半藤優子の様子を気遣うような口調で、刀城言耶が続けた。

「最初は『緋桜なんか知らない』と言われても、僕も余り気にしませんでした。しかし、お話を聞く人数が増えるに従い、次第に焦《あせ》りはじめました。そんな筈はない……と何度も首を傾げる羽目《はめ》になりました。そのうちきっと『ああ、緋桜か』という人が出てくるに違いないと、そう思っていたのですが……」

「一人もいなかった」

「はい。むしろ存在を完全に否定した男性が、三人も出る始末です」

「で、でも、幾ら遊廓通いをしていたお客さんとはいえ、当時の遊女の名前を全て覚えていらっしゃるとは――」

「ええ、限りません。しかし緋桜は、単に過去の遊女というわけではないのです。物凄《すご》い怨《うら》みを残しながら死んだ、そんな存在の筈ではありませんか。そこまで凄《すさ》まじい怨念を纏《まと》って死んだ遊女の名前を、誰一人として覚えていないことがあるでしょうか」

「遊廓側が、緋桜の死を隠したとしたら？」

「その場合、ある日いきなり廓からいなくなるわけですから、お得意さんに不審に思われるでしょう。何らかの噂にもなりますから、余計にお客さんたちの記憶に残りませんか」

「……そうですね」

弱々しい声音《こわね》と共に、優子は俯《うつむ》いてしまった。だが次の瞬間、はっと顔を上げると、

「では一体、幽女というのは何なのでしょう？　その正体は……」

と言い掛けて、思わずぞっとしたように見えた。

「佐古荘介氏の原稿の中で――」

言耶は二人の間に置かれた『書斎の屍体』の十月号を取り上げると、該当の頁《ページ》を開いて目を落としながら、

「島崎早苗さんが幽女について、嘗《かつ》て緋桜という名の遊女が庭の闇小屋で赤ん坊を堕ろして、そのとき何か恐ろしい出来事が起きて、それで別館の三階から身投げをしたのが、そもそものはじまりではないか――という意味のことを口にしています。彼女の指摘に荘介氏は一応賛同しながらも、『それほど単純ではないだろうと、僕は覚悟していた。明確な理由はない。ただ、覚悟をするに越したことはないと強く感じた』

ったわけです」
と心の声を記しています。作家としての直感でしょうが、それが見事に当たってしま
「ここでお終い……ということでしょうか」
「残念ながら本件に関する調査で、これ以上の進展は望めそうにもありません。い
え、むしろ謎が増えてしまったわけです。嘗《かつ》て緋桜と呼ばれた遊女は存在していなか
ったのに、なぜ初代から三代目までの緋桜が三人とも、一連の不可解な身投げに悉《ことごと》
く関わってしまうのか」
「全く訳が分かりません……」
「こうなると、三つの楼のいずれかで働いていた関係者が見つかり、その人の口から
新事実でも出ない限り、もうお手上げです」
「先生の謎解きも、お出来にならないわけですね」
そう訊かれて言耶は、何とも困惑した表情を浮かべた。
「……それが、よく分からないのです」
「どういうことでしょう？」
「調査は頭打ちで、新展開も望めないのは事実です」
「はい」
「しかし、何の根拠もないのですが、我々が入手できる情報や手掛かりは、実はもう

ほとんど揃《そろ》っているのではないか……とも思えるのです」

「えっ？　それでは――」

「事件の解釈を試みることは、本来であれば可能ではないか……ということです」

「でも、何か肝心なところが、これまでとは違うのですね」

「はっ？」

訝《いぶか》しそうな顔をする言耶を、優子は凝《じ》っと見詰めながら、

「先生が解決されてきた数多くの事件には、決してなかった何かが、この幽女の件には纏《まと》いついている。そうではありませんか」

「いや、僕が解決した事件なんて――」

「ご謙遜《けんそん》なさる必要はございません。失礼とは存じましたが、先生のご活躍については、少し調べさせて頂きました。と申しましても、東京の怪想舎さんにご連絡をしたところ、対応して下さった女性編集者の方が、刀城言耶先生の名探偵振りを知りたいのなら、これこれこういう本を読めば良いと、それは懇切丁寧に教えて下さったからなんです」

「祖父江偲君ですね」

思わず言耶が苦笑した。

「そうそう、その方です。もう先生のお話になると、電話ですのに止まらなくなっ

て。その後で頂戴した封書のお手紙も、とても分厚くて」

「彼女は、僕の担当なんです」

「しかし先生、あの熱狂振りは担当の編集者さんというより、物凄く熱心な愛読者と言った方が宜しいような……いえ、それよりもむしろ――」

と何か言い掛けたところで優子は口籠《くちごも》ると、

「兎《と》に角《かく》、先生が名探偵でいらっしゃることは、よく分かりました。その先生が、ほとんど手掛かりは揃っているのに、謎解きを躊躇《ためら》っておられるのは、これまでの事件と違う何かが、この幽女の件にはあるからではございませんか」

「ご慧眼《けいがん》、恐れ入ります」

深々と頭を下げた後で、言耶は徐《おもむろ》に面《おもて》を上げながら、

「僕が名探偵かどうかは置くとしても、これまでに民俗採訪した地で、不可解で奇っ怪な事件ばかりに多く遭遇しているのは、確かに事実です。また、そういった事件の周囲を右往左往しているうちに、何となく事の真相に到達してしまっている。そんな役目を気がつけば担っていることが多いのも、これまた事実です。しかし、だからといって事件に纏《まつ》わる全ての謎が、僕によって解けているわけではありません。特にその地に伝わる怪異な伝承に絡《から》んだ怪奇現象などは、ほとんど謎のまま残っているとさえ言えます。結局のところ僕に暴けるのは、人知によって引き起こされた事件だけな

のです」

言耶の訥々《とつとつ》とした喋りに、ただ優子は静かに耳を傾けている。

「あっ……いえ、そんな言い方をすると、まるで人間の起こした計画的な犯罪なら、どんな難事件でも解決できると豪語しているように聞こえますね。そんなことは無論、決してあるわけではないのです。ただ――」

言耶が慌てて言い訳をはじめると、彼を見る優子の眼差しに微かな笑みが認められた。その途端、すっと言耶は元に戻っていた。

「失礼しました。要点を述べますと、これまで遭遇した事件にも、人知を超えた得体の知れないものの存在はありました。それそのものが事件に関わっている、そんな例も多かったのです。とはいえ殺人事件の場合、そこには被害者がいます。そのうえ現場が密室だった、見立て殺人の疑いがある、凶器が消えていた、死体が異様な装飾を施《ほどこ》されている、容疑者たち全員に完全な現場不在証明《アリバイ》が認められた、という謎がいくつも出て参ります。言わば取り組むべき問題が、その難易度の差こそあれ、実にはっきりしているわけです」

そこで一旦、言耶は言葉を切ってから、

「ところが、この幽女の件は違います。三つの時代の、三軒の遊廓で起きた、三人の緋桜さんが絡む、三つの身投げが三回も繰り返された謎については、現実の事件と非現実の怪異との境目が一体全体何処にあるのかさえ、一向に分からない」

そう言って両の掌を上に向けると、

「正にお手上げの状態です」

冗談めかしたが、その表情には少しの笑みも浮かんではいない。

「始末に悪いのは、九件の身投げ全てに、一応ちゃんとした説明がつけられることです」

「……言われてみれば、確かにそうですね」

一件ずつの身投げを思い出しているような様子で、優子がぼそっと呟《つぶや》いた。

「金瓶梅楼の初代の緋桜さんは――紛《まぎ》らわしいので今後は小畠《おばた》桜子さんと呼びましょう――まだ新造《しんぞう》だったとき、別館の庭の李《すもも》の樹に登って特別室を覗《のぞ》いた際、通小町《かよいこまち》さんが手紙を読みながら涙ぐんでいる場面を目にしています。また月影さんによると、通小町さんは千草《ちぐさ》結びをしていました。これらの証言から、どうやら人目のないところで通小町さんは、郷里の許婚《いいなずけ》のことを常に想い続けていたらしいことが窺《うかが》えます。そういう背景があるからこそ、郷里の許婚が他の女性と結婚するという手紙を受け取った彼女が、発作的に特別室から身投げをしたと、警察も判断したわけです。実際、千草結びに記されていた男性の名前は、手紙の差し出し人である許婚の名と同じだったと、桜子さんも日記に明記しています」

「通小町さんは自殺だった……。私もそう思います」

「二人目は、当の桜子さんです。金瓶梅楼時代の事件では、彼女の身投げが最も不可解と言えるでしょう。ただし、幸いにも本人の詳細な証言が、彼女の日記には残っています。書かれている内容は非常に謎めいていますが、何しろ本人が記しているので、これを疑うことはできません。また疑う理由も何一つありません。この記述を元に合理的な解釈を行なうと、通小町さんの自殺に感化された桜子さんが、やはり発作的に朋輩《ほうばい》の後を追って身投げをしてしまったのだ、と見做《みな》すことができます。この背景として、ただでさえ多感な年頃に遊廓に売られ、憧れの花魁となったものの、理想と現実の余りの差に打ちのめされた、当時の桜子さんの精神状態も加味する必要があります。つまり他の人が仮に彼女と同じ行為をしていても、後追いの身投げまではしなかったかもしれないということです」

「そんな桜子さんの心の隙間に、幽女が取り憑いた……とも考えられますか」

「合理的な解釈以外に真相を求めた場合、そういう見立ては有効かもしれません。彼女の日記に書かれた内容も、ある意味それを裏づけているとも見做せるからです」

「ええ……」

「しかし、桜子さんの身投げには、合理的な説明が立派につきます。わざわざ幽女を持ち出す必要はありません」

言耶の解釈に納得しながらも、何処か優子は不安そうに見えた。ほとんどは彼の推理通りかもしれないが、ほんの僅《わず》かでも幽女の影響があったのではないか……という疑いが、どうやら払拭《ふっしょく》できないらしい。

「三人目の月影さんですが――」

だが言耶は、そのまま先へと進んだ。

「日頃から悲観的な性格の彼女が、遊女の間では恥とされる妊娠をして、更に個人的な堕胎に失敗して身体を壊し、遂には喜久代さんに曰《いわ》く因縁のある闇小屋で赤子堕ろしをされた結果、一時的な精神錯乱の状態に陥り、やはり発作的に身投げをしたと見做すのが、この場合は極めて自然でしょう」

「桜子さんのときよりも、月影さんは発作的に……というご説明が、更に実感されますね」

当人を知る元女将ならではの、何とも重い優子の口調だった。

「次は梅遊記楼ですが、実は登和《とわ》さんの身投げが、僕には一番腑《ふ》に落ちなかったのです」

「どうしてでございましょう?」

「夫が留守の間に、舅《しゅうと》に無理強いされて身籠《みご》ってしまった彼女にとって、お腹の中の赤ん坊は文字通り鬼子でした。一刻も早く自分から切り離したい。兎《と》に角《かく》それだけが望みだったのではないでしょうか」

「はい。当時、ほとんど登和さんと喋る機会はありませんでしたが、彼女の胸の内は、今、先生が仰ったその通りだと思います」

「それなのに念願の出産を果たした後、登和さんは身投げをした。そこに心理的な矛盾を、どうしても僕は感じたわけです」

「憲兵隊の左右田《そうだ》課長も、彼女には動機がないと気にしてらっしゃいました」

「そうなんです。ただ、そのとき左右田氏に述べた喜久代さんの解釈が、かなり説得力のあるものでした。出産は男が考える以上に、肉体的にも精神的にも大変である。況《ま》して登和さんには特殊な事情があった。そんな精神状態の中で、彼女は遊廓の一部で暮らし、庭の闇小屋で赤子を産んだ。これらの悪環境が、登和さんの心に及ぼした影響は計り知れない。そのため赤子を産んだ直後、錯乱して衝動的に身投げをしたとしても、何の不思議でもない。そういう説明でした。僕は男なので完全に理解できないかもしれませんが、見事な分析だと思います」

「私も子供を産んでおりませんので、とても偉そうなことを言えませんが、喜久代さんの仰ったことは納得できます」

「立場は大きく違えども、月影さんと登和さんが身投げをしたときの精神状態は、非常に似通っていたと考えても良いかもしれません」

「なるほど。でも、登和さんの身投げには……」

「ええ。最後の最後で誰かが彼女の背中を押したのかもしれない……という疑惑が残った」

「左右田課長は、浮牡丹さん、紅千鳥さん、月影さん、雛雲《ひなぐもり》さん、そして兄の周作《しゅうさく》を容疑者とされました。その中で最も濃い容疑を受けたのは、兄でした……」

「ただし、五人の誰を犯人と考えても、余りにも動機が弱過ぎる。僕も同じ意見です」

「ところが身投げの二人目に、雛雲さんがなって仕舞われて……」

「再び登和さんの他殺説が浮かび上がった。しかし左右田氏は当時の仕事柄、登和さんが自殺したという報告を、この期に及んで覆《くつがえ》すわけにはいかなかった」

「真面目なお方でしたからね。内心は忸怩《じくじ》たる思いがおありだったかもしれません」

当時を思い出すような表情を、ふと優子が浮かべた。

「そういった経緯に鑑《かんが》みて振り返ると、この二人の身投げについては再考する余地がありそうにも思えます。左右田氏が指摘したように、何者かが登和さんを早業殺人で手に掛けたところ、それを雛雲さんに見られてしまったので、彼女を身投げの二人目に仕立てて亡き者にした、という連続殺人の可能性です」

「でも、動機の問題が……」

「そうなんです。如何に僥倖《ぎょうこう》を利用した早業殺人とはいえ、登和さん殺しを実行するほどの動機を持った人物が、どう考えてもいないのです」

「やはり登和さんが自殺だったとしますと、雛雲さんは一体……」

「彼女と、三人目となる二代目の緋桜さんは——今後は糸杉染子《いとすぎそめこ》さんと呼びましょう——これまでの方とは、どうしても別に考察する必要があります」

「なぜですか」

「雛雲さんは巫女《みこ》遊女であり、染子さんも似た能力を持っていたと見做せるためです」

「渡り廊下や特別室の窓に、染子さんが幽女を見ているから……ですね」

言耶は頷くと、

「この場合、幽女が本当にいるのかどうか、実は余り関係ありません。問題は、雛雲さんと染子さんが幽女の存在を認めていたこと、それに尽きます」

「つまり身投げは、彼女たちの妄想が引き起こしたと？」

「いえ、ご本人たちにとって梅遊記楼の中で起こる怪異は、間違いなく現実でした。だからこそ影響を被った。それから逃れることができなかった。雛雲さんと染子さんの身投げは、幽女の所為だと考えることはできる。しかし、だからといって幽女がいるとは限らない。その存在を認める必要性は全くない、というわけです」

「どちらに転んでも、結局は同じなのですか」

混乱しているらしい優子に、言耶は優しく話した。

「そういうものを視《み》てしまう体質の所為で、それから悪影響を受けて身投げしたと考えるのと、そんな妄想に囚《とら》われていたために、その悪影響から身投げしたと見做すのと、実際は百八十度違う解釈ですが、我々の社会の法律に当て嵌《は》めると、同じ結論になります。即ち事故死です。染子さんは死んでいませんが――」

「事故……」

「仮に幽女に誘われたのだとしても、身投げは本人たちの意思です。とはいえ自殺ではない。二人には全く動機がありませんからね。そうなると一番近い説明は、事故になります。そういう意味では桜子さんと月影さんも、限りなく事故に近い身投げと言えます。尤もより正確に表現しようとすると、自殺のようにも見える事故――とでも申しますか」

「何となく理解できるような気も致しますが……」

そのあやふやさに優子は怯えているように映った。

「さて、最後の梅園楼です。漆田大吉氏は闇市で起こした揉《も》め事の収拾を図ることができずに、このままでは大変な報復を受けるという恐怖から自殺した。三代目緋桜の山田《やまだ》花子《はなこ》さんは女給をしてまで治療代を稼いでいた旦那さんが亡くなったため、発作的に身投げしようとした。佐古荘介氏は幽女のことを調べようとして、雨に濡れた狭い露台から誤って転落死した。先の二軒の楼の身投げに比べると、より原因がはっきりしているかもしれません」

「……そうですね」

「以上のように、九件の身投げには全て納得のいく説明ができます。ある程度の不可解さや薄気味の悪さは残るでしょうが、個々の身投げに下された合理的な解釈が、簡単に覆されるほどではありません」

「……はい」

「通常ですと、謎めいた人死に合理的な解釈を下すことができれば、それで事件は解決です。何の問題も残らない筈です。しかし——」

「…………」

言耶はしばし優子と見つめ合ってから、

「この幽女の件については、どうにも終わったという気がしません。個々の身投げの説明には納得している筈なのに、全体に目を向けた途端、いやそんな訳がない……と感じてしまう。けど、何処がどうおかしいのかと自問しても、それに自分で答えられない。ただ、何かが妙だという変な気持ちだけが、いつまでも残るのです」

「やっぱり……余りにも不自然だからでしょうか。先生が仰ったように、三つの時代の、三軒の遊廓で、三人の緋桜さんが関わる、三つの身投げが、三回も繰り返されたのですからね」

「金瓶梅楼の三人の身投げだけなら、偶々《たまたま》で済みます。そこに梅遊記楼や梅園楼の身投げが一人ずつ加わったとしても、何と曰くのある建物か……、別館の特別室は恐ろしい……という噂だけで終わったかもしれません。でも、ここまで身投げが繰り返されると、もう偶然や因縁といった言葉を受け入れ難くなってしまう。なのに、そう考えるしかない。後は堂々巡りです」

「私……、ちょっと寒気がして参りました」

不安そうに身を竦《すく》める優子に対して、

「それだけではありません。幽女を見たという目撃談もあります」

まるで追い打ちを掛けるように、言耶が更なる問題点を付け加えた。

「……そうでした」

「この幽女の存在が、一連の身投げに大きな謎の影を落としているのは、今更《いまさら》もう申すまでもないでしょう」

「金瓶梅楼では福寿《ふくじゅ》さんと雛雲さんが、梅遊記楼では染子さんと私が、仙郷楼《せんきようろう》でも所替えした遊女の一人が、幽女らしきものに接していますからね」

「いえ、その中で重要なのは、女将さんの目撃証言だけです」

「えっ……、どうしてです？」

言耶の応答に、優子は心底びっくりしている。

「福寿さんはご本人の明確な証言がありません。雛雲さんは巫女遊女と呼ばれた方ですし、染子さんにもその手のものが視える力がどうやらあったらしい。仙郷楼を所替えした遊女の話も伝聞にしか過ぎません。つまり信憑性《しんぴょうせい》がある目撃情報は、女将さんお一人ということになります」

「わ、私だけ……。それでは別館の三階や二階の窓の外で見られた、室内を覗く花魁というのは、嘘《うそ》だったと……」

「そうは言っておりません。先程も申しましたように、雛雲さんや染子さんにとって、それは現実だったわけです。しかし、だからといって合理的な解釈を行なう俎上《そじょう》に、そういった目撃談まで載せていては大変です。むしろ排除するべきでしょう」

「私の場合は、そういう能力が何もないからですか」

「はい。にも拘《かかわ》らず特別室を歩き回る足音を、真下の二階で聞かれた。急いで特別室に行ってみたが、室内には誰もいない。また別の日には、その特別室から出て来る何者かの姿を目撃された。ところが今度も、それは裏の階段の途中で消えてしまった。これらは、実際に女将さんが体験されたことばかりです。判断が難しいですが、そこには染子さんが渡り廊下に入るのを見た、謎の花魁の件も入れるべきかもしれません。女将さんも、その場におられたわけですから」

「で、でも先生……」

優子は戸惑いと恐れが交ざったような表情で、

「その幽女の所為ではないかと思える身投げには、一応の説明がついておりますのに、幽女そのものの解釈をなさるおつもりなのでしょうか」

「全てです」

「……………」

「三つの時代の三軒の楼で起きた不可解な事件の全てが対象です」

「し、しかし……」

「もちろん、その全ての謎を解くことは、恐らく不可能でしょう。昭和の名探偵と謳《うた》われる冬城牙城《とうじようがじよう》でさえ、まず無理だと思います」

「あの名探偵でも……」

「ただし、この余りにも不自然で不可解な諸々《もろもろ》の事態に対して、幾許《いくばく》かの光明を投げ掛けることは、もしかすると不可能ではないかもしれません」

「全てではないまでも、例えば八割くらいは説明がつけられる……という意味でしょうか」

「何割という言い方はできませんが、ある解釈をすることにより、残った不可思議な問題点も余り気にならない、後は偶然とか因縁といった観念を用いることで少なくとも納得はできる、そういう次元にまで持ってこられる――のかもしれません」

「ある解釈……」

「はい。たった一つの事実に気づくことさえできれば、自ずと下せる解釈です」

「たった一つの事実？」

思わず身を乗り出した優子に、言耶が険しい表情で答えた。

「それも短い一文で説明できてしまう、そんな単純な事実です」

三

「お聞かせ頂けますか」

半藤優子が恐る恐るといった体で切り出すと、刀城言耶は頷きながらも、

「その前に、幽女の正体を暴きたいと思います」

「な、何ですって？」

「いえ、本物の方ではありません。女将さんが体験された、偽者の正体です」

「偽者？　私が見たのが……。一体どういうことです？」

訳が分からないという表情が、彼女の顔一杯に広がっている。

「別館の特別室から出たそれの後を女将さんが追うと、本館の裏階段の途中で消えてしまった。浮牡丹さんと紅千鳥さんの証言があるうえ、この二人が共謀して嘘を吐《つ》くとも思えない。第一これ以降も女将さんは、それの気配を廓内で何度も感じられた。しかも、それが消えた方向から、何事もなかったように他の花魁や赤前垂《あかまえだれ》が姿を現している。つまりそれは人知を超えた何か、幽女に違いないと、女将さんは考えられた」

「ち、違うのですか。でも、そう捉える以外に説明が――」

「一つだけ説明のつく解釈があります。全員が嘘を吐いていた、知らない振りをしていた、というものです」

「……な、何のために？」

「脱走兵を匿《かくま》うために、です」

「あっ……」

小さく口を開けて優子が絶句した。

「女将さんは仰いました。花魁たちの多くは、若くして戦場にやられる兵隊さんに同情していた。兵隊さんと一緒に行くという一途な想いで、従軍慰安婦になった花魁が沢山《たくさん》いた――と。一方、女将さんが梅遊記楼の中で幽女を感じられるようになる前に、桃苑の遊廓では脱走兵騒動があったとも言っておられます」

「……そうでした」

「心情的に若い兵隊さんの側に立つ花魁たちが、もし脱走兵を見つけたとしたら、一体どうしたでしょうね」

「もちろん、匿った筈です。しかし、一体何処に？」

「飽くまでも推測ですが、本館の裏階段の下、内玄関を入った右手に、恐らく隠し部屋があったのだと思います」

「まさか。そんなものが——」

「問題の建物は明治の半ばに建てられています。当時は、その土地と他所《よそ》からやって来たその手の筋の人が、女郎《じょろう》を買うという名目で廓に揚《あ》がって、でも実際は博打を打つことがあった。それを取り締まるために、しばしば警察の手入れが行なわれた。そんなときに、その手の筋の人を匿うために、多くの廓には隠し部屋があったらしいのです」

「それを母や喜久代さんは？」

「ご存じだったかもしれませんが、脱走兵の件は違うでしょう。口裏を合わせて匿っていたのは、恐らく花魁たち全員と赤前垂の皆さんではないでしょうか。食事の問題を考えると、赤前垂の協力は絶対に必要です。仕事内容は違いますが、所謂《いわゆる》お下働きをしているという意味で、花魁たちも説得し易かったかもしれません。それに同じ女性ですからね。間違っても妓夫太郎《ぎゆうたろう》や仲どんには、協力は求めなかった筈です」

「それは言えます。しかし、その脱走兵がどうして特別室などに？」

「裏階段の下の隠し部屋は、非常に狭かったのでしょう。ずっと籠《こも》っていると息が詰まる。何より運動不足になります。そこで楼全体が暇になる午後の時間帯を狙って、花魁たちは彼を隠し部屋から出すことにした。とはいえ建物の中を勝手にうろつかれては困る。そこで開かずの間となっていた、別館の特別室に入れることにした」

「私が耳にした足音は、脱走兵のものだったのですね。でも、すぐに特別室を確かめたのに、誰もいなかったのは……」

「窓の外の露台に隠れていたのです。カーテンを引いてしまえば、部屋を覗いた女将さんには見つかりません。表側は目立ちますから、庭側の露台にでも身を潜めたのでしょう」

「本館側から事情の知らない誰かに見られて、よく騒がれませんでしたね」

「幸運だったとも言えますが、別館の庭には桜子さんが木登りをした李の樹があって、ちょうど特別室の窓際まで伸びていましたよね。その枝葉が、きっと彼を隠していたのでしょう」

「脱走兵が花魁の着物を纏《まと》っていたのは、他に着るものがなかったのと、万一ちらっと姿を見られても、彼女たちの誰かだと勘違いさせるためですか」

「はい。ただ女将さんの場合、それが却って仇《あだ》になった。彼を庇《かば》うために吐《つ》いた嘘も加わって、幽女が出たのだと思わせてしまった」

「紅千鳥さんだけなら疑いましたが、まさか浮牡丹さんが嘘を言うとは、流石《さすが》に考えもしませんでしたからね」

「キリスト教徒の彼女にとって、この嘘は大事だったかもしれません。しかし、彼女も遊女です。脱走兵に覚えた心情は、他の花魁たちと同じだったのでしょう」

「ところで、脱走兵はその後どうなったのですか」

優子の問い掛けに、言耶の顔が曇った。

「これも推測に過ぎませんが、焼夷弾《しょういだん》で焼失した闇小屋の跡地で発見された謎の焼死体こそ、その脱走兵ではなかったのか、と僕は睨んでいます」

一拍置いてから、優子が応えた。

「……辻褄《つじつま》は合いますね」

「女将さんたちが楼を出た後、兵隊さんは闇小屋で暮らしていたのかもしれません。人目につかないという意味では、きっと格好の場所だったでしょうから」

「それは言えます」

「遊廓への出入り確認は厳しい筈なのに、警察で調べても身元が分からなかったのは、終戦間際の混乱期だったからでしょう。しかも桃苑への出入りは、一ヵ月しか遡《さかのぼ》って調べていません。それ以前に脱走兵が潜《もぐ》り込んでいた場合は、この調査に引っ掛からないのです」

「それに致しましても当時の軍が、よく脱走兵を見逃しましたね」

「僕もそこが気になったので調べてみると、遊廓で脱走兵を匿《かくま》っていたという話は、他にもあったのです。その中には、廓主も承知だった例まで見つかりました。しかも終戦を迎える日まで、一年以上も匿っていたというのですから、大したものです」

「本当に」

「また梅遊記楼に脱走兵がいた期間は、恐らく二ヵ月弱だったのではないかと思われます。なぜなら喜久代さんが、何かおかしいぞ……と流石《さすが》に少しは感じていたらしいからです」

「そうでしたか」

「女将さんが幽女体験をなさった後のお話で、、喜久代さんが『一月半ほど前から、何となく梅遊記楼そのものに違和感を抱くようになった』という件《くだり》がありましたからね」

「やっぱり喜久代さんですねぇ。楼の中の雰囲気がそれまでと違うことを、きっと無意識に察していたんですね」

優子は遣り手の喜久代に感心しながらも、

「あの時代を思い出しますと、脱走兵を匿った廓主や梅遊記楼の花魁たちは、何と勇気があったことでしょう」

見ず知らずの廓主まで誉《ほ》め称えた。だが、すぐに悲しそうな口調で、

「でも、梅遊記楼で匿って貰った兵隊さんは、結局は空襲で亡くなったんですよね」

「残念ながら……。しかし、異国の戦地に送られて戦死した可能性を考えれば、花魁たちに世話されて亡くなったわけですから、まだしも救いはあったのではないでしょうか」

「それは言えているかもしれません。そう思った方が、きっとご本人も浮かばれるでしょうし――」

と言い掛けたところで、優子が小さく叫んだ。

「あっ！　ということは染子さんが見た、渡り廊下を曲がった花魁というのも……」

「それは違うでしょう」

「なぜです？」

「その頃から匿っていたと考えるには、余りにも期間的に無理があるからです。他の楼の例から見ても、長くても終戦の一年ほど前くらいではないですか」

「……そうですね」

優子は納得したようだったが、突如、ぎょっとした様子で、

「で、では、あの花魁は、本物の幽女だったと……」

「見做すことは、もちろん可能です。しかし、それと同様に、何らかの合理的な解釈をつけることも、また簡単なのです」

「えっ……」

「いえ、そんな不可解な現象がどうやって起きたのか、その方法だけを説明するのであれば、幾らでもできます」

「まさか」

半信半疑の優子に対して、言耶が淡々と続けた。

「犯人は——という表現をしますが、予《あらかじ》め本館二階の渡り廊下近くの部屋に潜んでいた。そこへ女将さんと染子さんが上がって来たので、そっと様子を窺っていると、上手い具合に赤前垂の安美《やすみ》さんが女将さんに声を掛けた。そこで犯人は、染子さんに完全に見咎《みとが》められる前に、別館への渡り廊下に入って、自分の後ろ姿だけをちらっと見せた。釣られた染子さんが、渡り廊下の角を曲がるだろうと見越してです。仮に曲がらなくても、たった今そこへ入った花魁が消えたと分かれば、その効果は絶大です」

「確かに私もぞっとしましたが、一体どうやって行き止まりの渡り廊下から、その犯人は逃げることができたんですか。何処から出て、何処へ行ったんです？」

「渡り廊下の明かり取り用の窓を開けて外を見下ろすと、真下に本館と別館を隔てる塀の天辺《てっぺん》が見えたといいます。犯人はその上に飛び移って、そこから狭い路地へと飛び下り、台所の勝手口から本館の中へ逃げ込んだのです」

「そ、そんな芸当、猫にしかできませんよ」

「遊廓に売られる前、サーカス団で綱渡りや火の輪潜《くぐ》りをする子役の軽業師だった、月影さんならどうでしょう？」

「…………」

再び絶句し掛けたところで、優子が猛然と反論してきた。

「あのとき月影さんは、他の花魁たちと一緒に、一階の化粧部屋にいた筈です。その彼女が二階の部屋に潜んでいたなんて、幾ら何でも無理です」

「そうでしょうか」

「一階と二階ですよ」

「場所の問題ではなく、月影さんの現場不在証明《アリバイ》の方です。本当にそのとき、彼女が一階の化粧部屋にいたと断言できますか」

「そりゃ、だって――」

と言ったところで、咄嗟に優子が躊躇《ためら》った。

「喜久代さん曰く、月影さんは『おるのかおらんのか分からん』かったという存在でした。化粧部屋でも朋輩《ほうばい》たちの中に埋もれてしまうほど、とても影が薄かった」

「……確かにそうでした」

と一旦は認めつつも、優子は叫ぶような声を出した。

「けど、何のためにですか。一体どうして月影さんは、そんなことをしたんです？どう考えても変ではありませんか」

「そうです。全く動機がありません」

「はぁ？」

あっさりと同意した言耶に、優子が戸惑いを露《あらわ》にしている。

「あ、あの……、今の先生のご説明は……」

「不可解な人間消失について、その方法を解釈するだけなら、このように幾らでも可能なのです。しかし、どうして態々《わざわざ》そんな不可解な行為をしたのか、その必然性について納得のいく説明をつけるのは、かなり難しい。つまりは動機の問題です」

「なぜあの花魁は消える必要があったのか……ということですか」

言耶は大きく頷くと、

「この渡り廊下事件について、合理的な解釈を試みるべきかどうか、随分と僕は迷いました。女将さんが実際に目撃していないこと、染子さんにその手の力があるらしいこと、この二点が引っ掛かった所為です。ただ、女将さんのお話には、物凄い臨場感がありました。少なくとも染子さんが何かを見たに違いない——と思えるほど、現実味を覚えたのです」

「……はい。あのときの染子さんは、本当に怯えていらっしゃいました。それは絶対に間違いございません」

「いつしか僕は、この渡り廊下に現れた幽女こそ、一連の不可解な謎に光明を投げ掛ける端緒になるのではないか——と考えるようになりました。この幽女の謎を解くことが、突破口になりそうな気がしたのです」

「なったのですね」

それは問い掛けではなく、明らかに確認だった。

「恐らく——」

「教えて下さい」

「染子さんが目撃した花魁が、行き止まりの渡り廊下から忽然《こつぜん》と消えたのは、最初から存在していなかったためです」

「はっ？」

「なぜなら、彼女が嘘を吐《つ》いたから」

「ちょ、ちょっと待って下さい」

焦る優子に、構わず言耶は、

「では、なぜ嘘を吐いたのか。それは、つい渡り廊下へ入ろうとした染子さんに、女将さんが『そっちは行けませんよ』と注意したことに対して、『えっ……行けない？』と顔を青くするほど驚くという、その場の状況をよくよく考えれば少し過剰ではないか、と思えるほどの反応を示してしまった所為です」

「…………」

「その失策を取り戻そうとして、彼女は嘘を吐いたのです」

「失策？」

「渡り廊下に入り掛けて、それを止められたからといって、普通ここまでの反応はしません。でも染子さんは、誰かが渡り廊下に入るのを見たと、咄嗟に嘘を吐くことによって、自分の行動の正当性を主張しようとした。ところが、その渡り廊下は通行止めになっていると知らされ、結局『そんな……』と言った切り絶句する羽目になった」

「い、意味が分かりません……」

「つまり染子さんは、つい渡り廊下を曲がろうとしてしまった自分の行為を、何としても誤魔化したかった」

「なぜです？」

「梅遊記楼にはじめて来たわけではないと、見破られるのが怖かったから」

「えっ？」

「糸杉染子の正体が、本当は小畠桜子だと知られるのを恐れたから」

「…………」

「三人の緋桜は、全て同じ人物だった。二代目の糸杉染子も、三代目の山田花子も、どちらも初代の小畠桜子だったのです」

四

「そ、そ、そんな……莫迦《ばか》な話が……」

そう言った切り、三たび半藤優子は絶句した。

「桜子さんの日記には、『この頃になると新入りの部屋は、別館二階の奥と決まっていた』という記述がありました。そのため部屋に案内されると言われた彼女は、つい本館二階の渡り廊下の角を曲がりそうになった」

刀城言耶は鞄《かばん》から取り出した取材ノートに目を落としながら、先を続けた。

「そのとき、女将さんに声を掛けられた。普通なら『そっちは行けませんよ』と言われたところで、別に問題はありません。『そうなんですか』とか『どうしてです？』と返答すれば済みます。でも桜子さんは、何も指示されていないのに、自ら渡り廊下に入ろうとした行為を、咄嗟に不昧いことをしてしまったと思ってしまった。と同時に、金瓶梅楼時代は使用できた渡り廊下が通れないと言われ、つい『えっ……行けない？』と反射的に尋ねてしまった。更に、そんな自分の言動が一層の墓穴を掘ったのではないかという不安から、『そんな……』と言った切り絶句してしまった。このときの彼女の心の中は、もう恐怖心で一杯だったに違いありません。焦《あせ》り捲《まく》った彼女は、誰かが渡り廊下に入るのを見た。だから自分も釣られて曲がろうとしたのだ、という嘘を吐《つ》きます。通れないと言われた廊下に誰かが入ったという説明は、もちろん矛盾していますす。しかし、その場を取り繕《つくろ》うためには仕方がなかった。他に妙案が浮かばなかったのでしょう」

言耶は一旦言葉を切ると、

「このとき桜子さんは、ひょっとすると矛盾は幽女の所為にすれば良い……と考えたのかもしれません。だから女将さんと特別室を見に行ったとき、態《わざ》と何かに怯えている、何かを気にしている振りをした。自分にはその手のものを視る力が少しある。そう女将さんに勘違いさせるためにです。渡り廊下の一件は誰にも喋らない。女将さんと桜子さんだけの秘密にしておこうと約束したにも拘らず、いつしか楼中に知れてしまったのは、桜子さん自身がそれとなく広めたからでしょう。つまり自ら巫女遊女もどきの衣を纏《まと》うことにより、己の正体を隠そうとしたのです。ちなみにこれとよく似た嘘を、彼女は初代緋桜時代にも吐いています。特別室に入れられそうになったとき、『本館から渡り廊下を通って、別館の三階へと歩いて行く……姐《ねえ》さんたちの誰でもない花魁の姿を、たまに見てしまう』という台詞《せりふ》です。それを二代目の際にも繰り返して、何とか危機を脱しようとしたわけです」

黙ったままの優子の様子を、言耶は窺うようにしながら、

「もし糸杉染子さんが——ややこしいので今後は、これまで通りに糸杉染子さん、山田花子さんと呼びましょう——その手の力を本当に持っていたのなら、『身売りする者が隠したがる悪癖、例えば夢遊病や癪《しゃく》持ち、盗癖や夜尿症なども、ちゃんと見抜く目を持っていた』という仲介屋の狭川《さがわ》さんが、絶対に気づいた筈ではありませんか」

「…………」

まだ無言ながら、ようやく優子が反応を示したように見えた。

「それに遊廓を訪れたのは、その日がはじめての染子さんが、なぜ渡り廊下を曲がったのが花魁だと分かったのか。花魁の衣装を着ていたか、長襦袢《ながじゅばん》のままだったか、という女将さんの問い掛けに首を傾げていた彼女に、どうしてその人物が花魁だと言えたのか。梅遊記楼に入ったところで、写真見世を目にしたからではない筈です。なぜなら仲介屋の狭川さんは、いつも表は避けて台所の勝手口か内玄関から楼に上がる、そういう謙虚さを持った人だった。そんな狭川さんに連れられて来た染子さんが、写

真見世を見られたとは思えません。仮に表の格子《こうし》越しに覗けたとしても、ほんの一瞬に過ぎませんからね」

「…………」

「ある意味それと同じことを、特別室に入ってからも染子さんはやっています。自分がその手のものを視てしまう体質だと訴えるために、表の窓の外に『棘《とげ》が疎《まば》らに抜けた大きな毬栗《いがぐり》』のようなもの、つまり簪《かんざし》や笄《こうがい》を髪に挿《さ》した花魁の頭を目撃したという証言です。巫女遊女の雛雲さんでさえ、ここまで明確な目撃談は口にしていないのに、ちょっと妙ではありませんか。巫女遊女もどきの衣を更に纏《まと》おうとする余り、つい嘘が大袈裟《おおげさ》になってしまったのです」

「…………」

「喜久代さんは染子さんについて、『緋桜を知ってるお客には、まるで人妻になったあの子が帰って来たように見えるんやないか』と言い、とても物覚えが良いと、口の悪い遣り手にしては珍しく誉めています。その一方で女将さんは染子さんを、『初《うぶ》な人妻の恥じらいの言動の中に、それと矛盾するような客あしらいの良さが感じられる』と評しています。また、朋輩たちから嫉妬《しっと》されたときも上手く立ち回っていたと、とても感心されたわけですが――。それは彼女に、初代緋桜としての立派な経験があったからなのです」

「…………」

「子供の頃の付き合いしかない女将さんは別としても、どうして喜久代さんや花魁たちや赤前垂の皆さんが、染子さんの正体に気づかなかったのか。それは嫁入りする桜子さんに、紅千鳥さんが『廓を出て行った元女郎の多くが、すっかり容姿も性格も変わってしもうた姿で、またここに戻ってくる』と言ったことに、まず大きなヒントがありました。そのうえ二代目の緋桜という彼女の売り出しそのものが、格好の煙幕になってしまったのです。二代目だから似ていても問題はない、むしろ好都合であるという無意識の思い込みが、全員の目を曇らせた。ただし、喜久代さんは別です。二代目緋桜の案が出る前に、彼女は染子さんの写真を目にしています。しかも優秀な遣り手だった彼女が、初代緋桜さんのことを忘れていたとは、ちょっと思えません。これには僕も首を捻《ひね》りましたが、女将さんのお話を記録したノートを見返して、その疑問が解けました。女将さんは喜久代さんのことを、『母が引退する少し前頃から、めっきり目や耳や足腰までが衰え出した』と仰っていたからです。確かに女将さんに指摘されるまで、糸杉染子さんが小畠桜子さんと似ていることに、喜久代さんは少しも気づいていませんでした。これは彼女の目が——」

「……こ、こ、戸籍」

そのとき優子が、絞り出すような声を上げた。

「糸杉染子さんの戸籍抄本が、ちゃんと存在していたではないか——と仰りたいのですね」

逸早《いちはや》く言耶が察して確かめると、こっくりと彼女が頷いた。

「飽くまでも推測ですが、小畠桜子さんに何があったのか、それを整理してみたいと思います」

「……はい」

「飛白織介《かすりおりすけ》氏と桜子さんが結婚されて四年ほどが経ったとき、飛白屋の商売が傾きはじめた。これは染子さんが、この一年ほどの間に婚家の商売が傾き出した、と身上書に記した通りだと思われます。そして結婚から五年が経ったとき、彼女を可愛がってくれた織介氏のお祖母さんが亡くなられてしまった」

「あっ……」

「そうなんです。お祖母さんさえ生きていらっしゃれば、恐らく桜子さんが再び苦界に沈むことはなかったのではないか。僕はそう思えてならないのです。飛白屋の商売が傾く中で、お祖母さんも他界された。そのとき織介氏の叔父夫婦が、桜子さんを焚《た》きつけたのではないでしょうか。彼女が遊廓に戻りさえすれば、お店を持ち直すことができる……と」

「酷《ひど》い」

「もちろん織介氏は反対したでしょうが、叔父夫婦に押し切られた。もしかすると桜子さん自身、最後は自分から行くと口にしたのかもしれません」

「多分……そうでしょう」

　遣り切れないという口調で、優子が相槌《あいづち》を打った。

「ただし、桃苑の遊廓に戻ることだけは、何としても避けたかった。なぜなら紅千鳥さんから散々、『廓を出て行った元女郎の多くが――またここに戻ってくる』とか、『いったん廓に落ちた者は、絶対にここから出られん』とか、『廓の暮らしに染まった者が、世間で普通に生活する大変さを嫌いうほど味わううちに、結局ここでしか生きられんと気づいて、仕方なく戻ってくる』とか、『朋輩たちに出戻りと嘲笑《あざわら》われながら、またお下働きをすることになる』とか、身曳《みび》かれる前に嫌と言うほど酷い言葉を浴びせられていたからです」

「それがなくても、古巣には二度と戻りたくないという気持ちは、痛いほどよく分かります。それに実際、梅遊記楼では出戻った飛梅《とびうめ》さんという花魁に対する、酷い苛《いじ》めがありましたからね」

「他の遊廓町に行くにしても、飛白桜子では嫌だった。そこで他県の呉服問屋に嫁いでいた織介氏の妹である、糸杉染子さんの戸籍を使うことにした」

「飛白屋の旦那さんの妹さん？」

「織介氏はお祖母さん子でした。『織介という名前も、絣《かすり》の紋様を織りによって表現する織絣《おりがすり》にちなんで、祖母がつけてくれたもの』だと、桜子さんに説明しています。そもそも飛白とは、その模様の所々が掠《かす》ったように織られた染め紋様のことです。肝心の紋様を織りによって表したのが織絣で、染めによって表したのが染絣《そめがすり》と呼ばれます。お祖母さんは、兄を織介と名づけたので、その妹を染子と命名されたのでしょう」

「ご本人は？　勝手に戸籍を使っては、本物の染子さんが困りませんか」

「織介氏は、妹さんが嫁ぎ先を飛び出した騒動を喋った後で、『祖母は心配しています。妹がまた同じことをして、今度はそのまま行方をくらませてしまうんじゃないか』と、桜子さんに話しています。このとき正に、ひょっとするとそういう状態にあったのかもしれません」

「それを利用した……」

「女将さんは廓に身売りする女性について、未成年者の場合『流石《さすが》に親の承諾書だけは確認を取りましたが、あとは戸籍抄本が本物だとさえ分かれば、余り煩《うるさ》いことは申しませんでした。特に染子さんのように成人していて、本人も納得のうえで廓に入る場合は、尚更《なおさら》です』と仰っています。新造から花魁になるまで金瓶梅楼にいた桜子さんには、それがよく分かっていた。そこで糸杉染子さんの戸籍を借りるという条件で、桜子さんは他の地方の遊廓に戻る決心をした」

「それが、どうして桃苑に？」

「仲介屋の狭川さんの手違いです」

「あっ、そう言えば……」

思い出したのか、優子が啞然《あぜん》とした表情をした。

「女将さんのお話の中で、『最初は何でも仲介屋の狭川さんの説明不足から、桃苑の遊廓へは行きたくないと難色を示したらしいのですが、二代目緋桜さんの件を聞いて逆に乗り気になった』という件があります。恐らく桜子さんは、別地方の遊廓を紹介して欲しいと頼んだつもりだった。ところが蓋を開けてみれば、有ろう事か桃苑だったので、そこには行きたくないと断わった。でも、二代目の緋桜として見世《みせ》に出るという話を聞いて、これは利用できると考えた。如何に身元を隠して他の地方の遊廓で働いたとしても、どんなことで身元がばれるか分かったものではない。しかし、最初から二代目緋桜に扮《ふん》するのであれば、どう転んでも初代緋桜と見破られることはないだろう。似ているところがあればあるほど、そっくりさんとして通せば良い。きっと桜子さんは、そんな風に睨んだのです」

「桜子さんは、とても賢かった……」

別館で一緒に机を並べて、兄の周作に勉強を教えて貰っていた当時を思い浮かべたのか、優子の顔は少しだけ穏やかになった。

「山田花子さんの戸籍については、正直よく分かりません。ただ、そこに記された××県の××町は、かなりの空襲を受けた地域の一部だと、佐古荘介氏の原稿にはありました。あの戦後の混乱期、役場によっては自己申告さえすれば、戸籍はかなり自由に作れたと言います。そうやって桜子さんは偽の戸籍をいざというときのために、つまり三たび遊廓に戻る必要があった場合の保険として、予め用意していたとも考えられます。もしそうだったとすれば――」

と言耶は少し言い淀《よど》んでから、ぼそっと続けた。

「元遊女の悲しい知恵ですね」

「山田花子さんとして梅園楼を訪ねたとき、戦前は傾いた夫の商売を立て直すために、他の地方の遊廓にいたと言ったのは、糸杉染子さんとして梅遊記楼で働いていた時期のことを、実は口にしていたのですね」

「嘘を吐《つ》く必要のないところは、できるだけ本当のことを言おうとしたのでしょう。病気の夫を抱えて困っているというのも、実際に織介氏が臥《ふ》せられていたからだと思います」

「飛白屋は？　叔父夫婦に乗っ取られたのでしょうか。梅遊記楼に糸杉染子さんとして入り、二代目緋桜としてあんなに稼いだのに……」

「病気の夫を抱えて、三たび苦界に身を沈めたわけですから、叔父夫婦かどうかは別にしても、既に店は人手に渡っていたのかもしれません」

二人の間に、しばし重苦しい沈黙が降りた。

「荘介氏は原稿で――」

気を取り直したように、言耶が続ける。

「花子さんについて、『二十八の割には若く見えたが、元遊女だけあって何処か窶《やつ》れているようで、年齢以上の老いが感じられる部分も垣間見ることができた』と書いています。染子さんを目にした喜久代さんの描写と、何処か似ていると思いませんか」

「そうですね。染子さんのときは二歳上に、花子さんのときは四歳下に、それぞれ年齢を偽っているのに、特に不自然に感じられていないのが流石《さすが》です。元々が童顔で可愛らしかったところに、遊女としての経験が上手く合わさった所為でしょうか」

そこで優子は、「あっ」と声を上げると、

「桜子さんの腿《もも》にあった、漆田大吉に入れられた『吉』の文字の刺青《いれずみ》は、どうなったのです？　染子さんの腿に入っていたのは、兄の名前でした。これは一体……」

「遊廓へ戻る前に、桜子さんは身分を隠す準備をした。その一つに、刺青の件もありました。腿に『吉』の文字を入れた遊女がいる。そんな噂がもし伝わったら、自分の正体がばれる恐れがある。そこで彼女は『吉』の字の周囲に、けいがまえを描いてもらって――」

言耶はノートの余白に「冂」と記して、その中に「吉」の字を書き加えた。

「このように『周』という文字に、刺青師に変えてもらったのです」

「何と……」

「桜子さんの日記によると、漆田大吉氏は『吉』という刺青について、『ちょっと小さかったかもしれんが』とか、『小さいとはいえ』と言ったとあります。つまり周囲にけいがまえを描き加えたとしても、それほど不自然には見えなかった筈です。ただ、それでも桜子さんは不安だった。そこで『周』の下に『作』の文字を更に加えて、『周作』とした。女将さんのお兄さんの名前を、咄嗟に拝借したわけです。まさか金瓶梅楼改め梅遊記楼に行くことになるとは、もちろん考えもしなかったからでしょう」

「では、兄と染子さんの密会は……」

「ありませんでした。もしお二人がそんな関係にあったとすると、当然それは染子さんが梅遊記楼に勤めはじめた後で、ということになります。すると売れっ子だった染子さんは、一体いつ刺青を入れたのでしょう？　彼女には刺青を入れる時間など少しもなかったのに」

「それじゃ兄の相手は？」

「浮牡丹さんです」

「えっ……」

「それも金瓶梅楼時代から、ずっと想いを寄せていたのではないか、と僕は睨んでいます」

「…………」

「金瓶梅楼が梅遊記楼に変わるとき、先代の女将さんが周作さんを取締に任命しましたが、それについて女将さんは、『意外だったのは、この母の勝手な決定に、兄がすんなり従ったことです。家業の所為で教師になれなかった兄は、私よりも廓に対する思いは複雑だった筈なのにと、どうにも不思議でした』と仰っています。周作さんは梅遊記楼の取締に就くことにより、今後は比較的自由に浮牡丹さんと会えると、きっと踏んだのです」

「あの兄が……」

「実際、花魁頭の浮牡丹さんは役目上、偶《たま》に別館の周作さんを訪ねていたというではないですか。ところが、登和さんが別館で暮らすことになり、その逢瀬《おうせ》ができなくなった。そのため周作さんは苛《いら》つき、それが女将さんに何処か妙だと感じさせる原因になってしまった」

「すると梅園楼で、兄が浮牡丹さんの部屋にいたのも……」

「金瓶梅楼時代から続いていた関係故にだったと思います。ただ朋輩たちの手前、それを認めるのは不味いと考えたのでしょう。それで付き合いは一年ほど前からだと誤魔化した」

「山田花子として梅園楼で働いていたとき、よく太腿《ふともも》の刺青がばれませんでしたね」

「染子さんの刺青を遅蒔《おそま》きながら発見した喜久代さんは、自分は遣り手失格だと大いに嘆いた。そのとき『よくお客様にも隠せましたね』と驚く女将さんに、彼女は『二代目やったら、それくらい簡単でしょうな』と答えています。つまり花子さんとしても、刺青には細心の注意を払っていたに違いありません」

「はぁ」

優子が大きな溜息《ためいき》を吐《つ》いた。

言耶によって暴かれた三人緋桜の秘密に驚愕《きょうがく》しながらも、そんな羽目《はめ》に陥った桜子に対して、何とも言えぬ感情に囚われているようだった。ただし、そこには哀《かな》しみや怒りや遣り切れなさといった気持ちだけではなく、ある種の感嘆と称賛も入り交じっていた。楼のお客まで含めると桜子は何百人も騙《だま》していたことになる。そこに優子は感じ入ったのかもしれない。

「ということは……」

だが、そう切り出した優子の顔には、今度は険しさだけが浮かんでいた。

「初代の緋桜さん以前に、緋桜という名の花魁が存在していなかった問題は、一応これでけりがついたのでしょうか」

「その謎に関しては、そうです」

「……………」

「しかし、どの楼の身投げのときも、なぜ緋桜さんが関わっていたのか、どうして桜子さんが関係することになったのか、という謎は残ります」

「やっぱり、そこは避けられないわけですね」

ゆっくりと優子は俯くと、暫《しばら》く凝っと黙った後で、

「教えて下さい。桜子さんに何があったのか」

徐《おもむろ》に顔を上げると、はっきりと覚悟を決めた口調で言い切った。

「金瓶梅楼時代の身投げについては、これまでに解釈されている内容通りで、ほぼ間違いないと思います」

彼女の覚悟に応えるように、すぐに言耶が話しはじめた。

「そこに事件性を認める必要はありません。梅遊記楼の登和さんについても、喜久代さんの見立てが正しいのではないでしょうか。少なくとも異論を挟むほどの問題は、何処にも見当たりません。ただし、このときの身投げが、はじまりだったのです」

「登和さんが？　自殺なのに？」

「憲兵隊の左右田氏は、こう推理したんですよね。身投げしようとした登和さんの背中に、咄嗟に誰かが手を掛けた。それを雛雲さんに目撃されたので、口封じのために彼女を特別室から突き落とした」

「確かにそうですが——。でも登和さんの死が自殺なら、左右田課長の推理も外れたということではありませんか」

「いいえ、半分だけ当たっていたのです」

「半分？」

「雛雲さんが何かを目撃した、というところです。しかし彼女が目にしたのは、登和さんを突き落とす行為ではなく、その逆でした」

「逆？」

「登和さんを助けようとした、染子さんの姿だったのです」

「…………」

戸惑う優子に、痛ましげな表情で言耶は、

「その姿を目にして、雛雲さんは思った。『同じや……。あのときと同じや……。何で……。何で同じなんや……』とね」

「えっ？」

「彼女の言葉の『同じ』とは、金瓶梅楼の特別室の露台から身投げしようとした月影さんを、必死に初代の緋桜さんが止めた件と、そのとき登和さんを止めようとした二代目の緋桜さんの件とが、とても似ている出来事として重なった、という意味の同じではなかったのです」

「えっ？」

「雛雲さんが口にした『同じ』とは、月影さんと登和さんの腰に抱きついた、初代と二代目の緋桜さんの格好がそっくり同じに見えた、という意味だった。だから彼女は、『何で同じなんや……』と自問したのです」

「そんな……」

「そのときの一瞥《いちべつ》だけで、もちろん染子さんの正体を見破ったわけではないでしょう。ただ、まさか……という小さな疑惑が、雛雲さんの心に芽生えた。だからこそ雛雲さんは、『ちょっと調べてみんとな』とも呟いた。あれは染子さんの素性についてだったのです」

「…………」

「その後、二人の間に何があったのかは、今となっては分かりません。雛雲さんが鎌を掛けたか、遠回しに探ったか。兎に角、染子さんが桜子さんだと突き止めてしまった」

「だ、だからといって雛雲さんが、染子さんを脅迫したなんて……」

とても信じられないという顔の優子に、言耶は首を振った。

「雛雲さんは脅迫などしていないと思います」

「えっ……。だとしたら、彼女が特別室から落ちたのは……」

続けて言耶は首を振ると、

「いえ、それは染子さんが突き落としたからです」

「だ、だって先生は——」

「染子さんの動機は、雛雲さんに脅迫されたからではありません。この秘密は黙っているからと、むしろ雛雲さんは約束したとも考えられます」

「……なのに、どうして？」

「遅かれ早かれ雛雲さんが他言してしまうことを、染子さんは知っていたからです。金瓶梅楼時代の雛雲さんは、巫女遊女として朋輩たちに重宝された。しかし一方では、気味悪がられたり嫌われてもいました。なぜなら彼女には、『相談された悩みを、ついぽろっと他の花魁に喋ってしまう癖』があったからです」

ノートに書き出した初代緋桜の日記の文章に目を落としながら、言耶が説明した。

「桜子さんは、それを恐れたんですね」

「正直この動機が自分に理解できるかどうか、僕には自信がありません。身売きされる前の桜子さんに浴びせた、紅千鳥さんの酷い台詞が前提にあったとしても……。しかし、これが遊廓という極めて特殊な場所で、遊女という非常に特異な立場に置かれた女性によってしか、恐らく引き起こされなかった事件であることは、まず間違いないと思います」

「私は廓内の人間でしたが、先生と同じ気持ちです」

優子は力なく応えていたが、

「ま、待って下さい」

はっと思い出したかのように、急に言耶を見詰めると、

「左右田課長のご説明によると、あのとき染子さんには現場不在証明《アリバイ》というものが、確かあった筈です。雛雲さんが別館の特別室から落ちたとき、染子さんは本館の庭にいた。つまり彼女は、雛雲さんを突き落とすことなどできなかった？　そうじゃありませんか」

優子の顔に一瞬、希望の色が浮かんだ。三人緋桜の秘密は認めることができても、染子が人殺しにまで手を染めたとは、やはり信じたくなかったからだろう。

だが、変わらぬ言耶の表情を目にした途端、それは忽《たちま》ち霧散した。

「違うんですか」

「二代目の緋桜さんが本物の糸杉染子さんであれば、問題の現場不在証明は有効でした。しかし、それが小畠桜子さんだったと分かった今、彼女の現場不在証明は崩れて

います」

「なぜです？」

「そもそも雛雲さん殺しは、計画犯罪でした」

「まさか……」

「登和さんが身投げした後、雛雲さんが呟いた台詞がありましたね。先程の『同じや』ではなく、表の窓の側《そば》で口にした言葉です」

「はい。『ちょっと調べてみんとな――』と、『今回も三人、ここから落ちるんやろうか……』ですね」

「そのうち前者は、染子さん以外の人も耳にしていることが、左右田氏の取り調べで分かっています。しかし後者は、染子さんだけしか聞いていません」

「……嘘だったと？」

「雛雲さんを二人目にして、その身投げにある種の信憑性を付け加えるために、咄嗟に染子さんが吐《つ》いた嘘だったと、僕は見ています」

「そんな……」

「その裏づけとして彼女は、すぐにでも特別室をお祓《はら》いしようとした女将さんに、とても遠回しに数日は延期するように促しています。雛雲さんが身投げをする前に、あの部屋がお祓いを受けてしまうと不味いからです。ある種の信憑性が薄れてしまうことを、彼女が恐れた所為です」

「…………」

「女将さんが、この件で雛雲さんと接触することはないと、きっと染子さんは読んでいたのでしょう。だから自分の嘘がばれる気遣いはないと踏んでいた。それでも念のために、本人には決して漏らさないと約束をさせたうえで、彼女は雛雲さんの話を女将さんにしたわけです」

「現場不在証明はどうなるんです？　糸杉染子さんであれば有効で、小畠桜子さんだったら崩れるというのは、一体どういう意味ですか」

「裕福な呉服問屋のお嬢さんとして育った糸杉染子さんには無理かもしれませんが、小畠桜子さんなら別館の庭の李の樹に登れますからね」

ほんの一瞬、優子はその意味が分からなかったらしい。

「……あっ」

だが、すぐに小さく叫んだ。

「問題の樹の枝は別館三階の特別室まで伸びていて、南側の窓の露台に上がれることが、初代緋桜さんの日記で分かっています。嘗《かつ》て桜子さん自身が楽々と、何度も李の樹に登っていた事実と共に」

「…………」

「お客の中杉《なかすぎ》氏が帰った後、特別室まで来るようにと、染子さんは予め雛雲さんに言っておいた。そして表の窓の露台まで巧みに誘い込むと、隙を見て突き落とした。相手は巫女遊女ですから、曰くのある身投げの現場に誘うことは、そう難しくないでしょう。そこから彼女はすぐ南の露台に出ると、着物を尻端《しりばしょ》折りして李の樹を滑り下り、塀の板戸から本館側の路地へと入り、さも奥から駆けて来たかのように、梅遊記楼の表へと走り出たのです」

「……………」

「その後、特別室を出たいと訴えたのは、流石《さすが》に自ら殺人を犯した部屋には住めなかったからでしょう。仕事を休みたいと言ったのは、李の樹を下りる際に、恐らく足に擦《す》り傷を負った所為ではないかと思われます。廓の中に身を置きたくないという本人の希望から、彼女には別館一階の部屋が宛《あて》がわれました。暫《しばら》く食事を摂《と》るのも風呂に入るのも独りでした。その間に彼女は傷を治したわけですが、まだ完治していないところを喜久代さんに見られている」

「……………」

「尤も喜久代さんはその傷を、彼女自身が身投げし掛けたときに負ったものだと誤解した。皆から制止された際にできた傷だと勘違いした。でも当時、彼女をはじめ身投げを止めた浮牡丹さんと月影さんの誰も、少しも怪我をしていないことを周作さんが確認しています」

「…………」

「身投げを阻止されて太腿に擦り傷を負うかどうか、普通なら疑問に感じるかもしれません。ただ、そのとき喜久代さんは、例の『周作』という刺青も目にしていますからね。そっちの方に注意が逸《そ》れたとしても、まぁ仕方ないでしょう」

「それでは、染子さん自身の身投げは……」

「狂言です」

「…………」

「雛雲さんが口にしたと、染子さんが嘘を吐いた、『今回も三人、ここから落ちるんやろうか……』というあの台詞が、彼女自身の狂言身投げまで含めて考えられたのだとしたら、お見事としか言い様がありません。いずれにしろ彼女は自分が三人目を演じることで、不可解な連続身投げ事件に幕を下ろすつもりだったのではないか。僕はそう考えています」

「……狂言といいましても、あのときの騒動は本物でした。身投げの場を直《じか》に見たわけではありませんが、特別室に飛び込むや否や伝わってきたあの場の緊迫した雰囲気に、嘘偽りはなかったと思います」

優子が一気に反論してきた。

「それに狂言なら、誰かに止めて貰う必要がありますよね。あのときは偶々《たまたま》、浮牡丹さんや月影さんが気づいて――」

言耶が小さく首を振ると、優子の口が自然に閉じてしまった。

「偶々《たまたま》ではなかったのです。紅千鳥さんが、『何かに誘われながら、二代目は抗《あら》がおうとした。それで千鳥足のようになって、廊下を走りながらも襖《ふすま》や柱にぶつかった』ので、『だから私たちが気づいて、間一髪のところで助けてあげることができた』と言っています。実際に助けたのは浮牡丹さんと月影さんでしょうが、紅千鳥さんのこの証言は貴重です」

「つまり染子さんは、態《わざ》と物音を立てた？」

「闇小屋から特別室までは距離があります。その間に誰か一人くらいは目を覚まして、駆けつけて来るだろうと彼女は読んだ。月影さんと登和さんの身投げ前の行動が、恐らく参考になったのでしょう。二人とも物音を立てたために、桜子さんや朋輩たちに気づかれたわけですから」

「で、でも万一、本当に落ちてしまったら……」

「染子さんは殺人を犯しています。それを隠蔽《いんぺい》するためには、少々の危険は覚悟だった。その隠蔽方法というのが、かなり特殊な環境と状況に因《よ》っていたのは、こういう言い方は不謹慎ですが、非常に興味深いです」

「……そうかもしれませんが」

未だ優子は納得いかなそうである。

「なぜ身投げをしようとしたのか。染子さんの説明を聞いて、女将さんはぎょっとされた」

「えっ……」

「なぜなら『桜子さんの日記で読んだ、彼女自身が体験した恐ろしい怪異と、非常に似ていたからです』と、女将さんは仰っています。桜子さんの身投げ未遂体験の原因は、少なくともご本人にとっては本物でした。しかし染子さんのそれは、過去の自分の体験を模倣したに過ぎません」

「…………」

「それに染子さんは、ちゃんと保険を掛けていました」

「保険？」

「初代緋桜の日記に、こんな記述があります」

言耶は取材ノートに目を落としながら、

「遊女の帯について書かれた内容です。『花魁は素人さんのように腰紐《こしひも》は使わず、決して帯も結ばない。布を腰に巻いてから、その先を胴にはさみ入れるだけだ。帯も同じようにする。これは質《たち》の悪い——例えば無理心中しようとするような——客に、花魁が簡単に捕まらないための工夫で、仮に帯をつかまれ引っ張られても、くるくると身体を回して逃げることができるようになっている。普通に寝るときも同じで、すっかり習慣づいていた』のだと。染子さんは狂言身投げをする前に、この腰紐代わりの布をしっかりと結んでいたのです。誰かに掴《つか》まれて、解けて自分の身体から離れないように」

「先生……、そんな見てきたような……」

「もちろん推測ですが、強《あなが》ち外れていないと思います。なぜなら染子さんの腰紐代わりの布を掴んで引き戻した結果、その身投げが狂言だったのではないかという疑いと戸惑いが、どうやら浮牡丹さんの心に生じたらしいからです」

「な、何ですって？」

「浮牡丹さんがそう感じたのは、もちろん腰紐代わりの布が、しっかりと結ばれていたからでしょう」

「浮牡丹さんは、二代目緋桜の正体に気づいたのですか」

「いつの時点で何が決め手となって確信したのか、それは僕にも分かりません。ただ、ご存じだった筈です。だからこそ梅園楼に三代目緋桜が現れたと聞いて、ご自分も古巣に戻る決心をした。そう僕は見ています」

「浮牡丹さんが戻ったのは、桜子さんのため？」

「三代目緋桜の噂を耳にして、もしや……と思った。そんな浮牡丹さんの後を追って、月影さんが戻った。嘗《かつ》ての花魁頭を慕ってでしょう。紅千鳥さんについては動機が不明ですが、二人に影響されたのかもしれません」

「雪江ちゃんも同じですね」

「浮牡丹さんは三人緋桜の秘密を知っているのではないか、と僕が睨んだのは、佐古荘介氏の原稿からです。荘介氏に対して幽女の存在を積極的には認めず、また過去の不可解な身投げについて極めて理路整然とした合理的解釈を披露しながら、その一方で荘介氏が幽女の調査を行なうことに対しては、やんわりとですが『余り穿《ほじく》り返さない方が良いと思います』と反対を表明し、『触らぬ神に祟《たた》りなし、寝た子を起こすな、知らぬが仏、触らぬ蜂は刺さぬ』などという言い回しまで出して、彼を思い留まらせようとした。『どう考えてもおかしい』と荘介氏が感じたほど、浮牡丹さんの態度は矛盾していた」

「桜子さん——このときは山田花子さんですが、彼女の正体が暴かれるのを、浮牡丹さんが恐れたからですね。そっとして置いて欲しい……と」

「はい。ところが、その荘介氏ではなく、別の人物が花子さんの前に立ち塞《ふさ》がった」

「……まさか、漆田大吉？」

「そうです」

尋ねる優子も答える言耶も、二人とも辛《つら》そうな口調である。

「でも、どうしてです？　漆田は一体何に感づいたのですか」

「自分が金瓶梅楼時代に彫った、花子さんの太腿の刺青だと思います」

「あっ……」

「彼には覗きの癖がありました。それで風呂場かあるいは厠《かわや》かで、花子さんの太腿の刺青を目にした。もちろん『吉』は『周』に変わっていますし、『周作』という誤魔化しも施してある。しかし彼には、きっと感づかれてしまったのでしょう」

「あんな男のために……」

「荘介氏は書いていています。『紅千鳥によると、女給の秘密を握りながら、漆田が彼女には黙っていた可能性もある』と」

「あんな男のために……」

同じ台詞を優子は繰り返すと、

「漆田大吉は、花子さんを強請《ゆす》ったのですね」

「未だ自分だけしか知らないからと言って、恐らく口止め料を要求したのでしょう」

「それで花子さんは……」

「殺人は癖になる――」

言耶の返しに、思わずといった感じで優子が目を逸らした。

「花子さんは夜明け前の時間を指定して、特別室に彼を呼び出し、歓待して酒を飲ませたうえで、問題の窓の露台から突き落とした。彼女が非常に巧妙だったのは、自室の水差しの中に睡眠薬を混入しておき、自分には覚えがないと証言したことです。これは万一、彼の他殺が疑われたときの保険だったのでしょう」

「やっぱり頭がいいですね」

「彼の財布を、嘗《かつ》て闇小屋があった辺りに落としておいたのも、花子さんです。被害者が誰かに呼び出されたように見せ掛けるためと、幽女絡みで身投げをしたようにも映ることを、言わば同時に狙ったわけです。警察が他殺と判断した場合、幽女の仕業とは流石《さすが》に思わないでしょうが、過去の一連の身投げがありますからね。その存在をちらつかせるだけで、充分な煙幕にはなる。自分の正体がばれないように、兎に角それだけを考えて、花子さんは計画を立てた」

「月影さんが梅園楼から所替えをしたがったとき、浮牡丹さんが『今すぐは無理なので、もう少し待ってね』と言ったのは、そんな花子さんを心配してですか」

「心配と不安と恐れ、でしょうか」

「恐れ？」

「このままでは二人目と三人目の身投げが出るのではないか、と浮牡丹さんは恐れた」

「それは、花子さんが……」

「殺人は癖になる――です」

「…………」

「花子さんが殺人狂だという意味ではありません。また自分の正体に気づく者が現れた場合、彼女が同じ手段に訴える恐れがあると、浮牡丹さんは考えたのだと思います」

「次こそは止めようとした？」

「はい。漆田大吉氏が転落死した後、荘介氏は花子さんに会って話を聞いています。そのとき『身投げをした人たちが皆、本館の庭のその辺りから別館の特別室まで、まるで死の道程を辿《たど》るかのように彷徨《ほうこう》しているらしい事実』を、彼は彼女に話した。すると花子さんは、『死の道筋』と口にしてから、『何だかその途中で、通り魔でも待ち伏せしているみたい』と言っている。これは無意識に彼女が、佐古荘介氏の『通り魔の路』を思い浮かべたからではないでしょうか」

「そう言われれば、通り魔なんて言葉、ちょっと唐突ですよね」

「荘介氏はサチコさんこと島崎早苗さんから、『書斎の屍体』に連載している「幽女という得体の知れぬものについて」の連載を、『女給たちの中で目を通しているのは、サチコによると浮牡丹さんだけらしい』と聞いています。つまり花子さんは読んでいない筈なんです」

「しかし実際は、こっそり目を通していた。佐古荘介さんが何処まで調べているのか、どうしても気になったから……」

「ところが、有ろう事か旦那さんが亡くなってしまった」

「飛白織介さんが……」

「がっくりきた花子さんは、今度は本気で身投げしようとした」

「その前に例の庭に出て線香を立てたのは、やはり……」

「ご本人が口にしたように、『これまで身投げされた方々に対する、あれは供養の意味もあったのかもしれません』というのが、本心だったのではないでしょうか。特に雛雲さんに対する気持ちが強かったのではないか、と僕は思います」

「そうです。きっとそうですよ」

優子は祈るように呟くと、

「桜子さんは、故郷のお祖母様とご両親と幼い弟と妹を助けるために金瓶梅楼でお下働きをされ、嫁ぎ先の飛白屋を立て直すために梅遊記楼で再びお下働きをされ、病気の旦那様の薬代を稼ぐために梅園楼で三たびお下働きをされて……。そりゃ人を殺《あや》めるのは良くないですけど、彼女にも守りたいものがあった。それが痛いほど分かるだけに、もう私は……」

と一気に喋った後、言葉に詰まって黙ってしまった。一時期とはいえ桜子とは机を並べて一緒に勉強をし、また姉妹のように仲良く遊んでいたため、何とも言い難い気持ちなのだろう。

「そうなりますと……」

しかし優子は、やがて恐る恐るといった感じで、

「佐古荘介先生が亡くなられたのは？」

「やはり事故死ということになります。他には考えられません」

言耶の口調には、何処か自信のなさがあった。

「……そうですわね」

だが、それを優子は敢《あ》えて受け入れるかのように、ぎこちないながらも頷いた。そして急に、もっと大事なことを忘れていたと言わんばかりに、

「は、花子さんは──いえ、桜子さんはどうなったのですか。彼女の行方は分かっているのでしょうか」

「それは──」

言耶が答える前に、今回の取材で元遊女や従業員の誰も見つけられなかった事実を、彼女は思い出したらしい。

「……そうでした。何方《どなた》の行方も分からなかったんですよね」

「はい。ただ桜子さんは、もしかすると浮牡丹さんと一緒なのかもしれません」

「えっ？」

「荘介氏の原稿に、『早苗によると、前々から浮牡丹さんは彼女を気に掛けていた』とありましたからね。この一文も、浮牡丹さんが花子さんの正体に気づいていた裏づけになると、僕は考えたわけですが――」

「桜子さんが、浮牡丹さんと一緒に……」

「夜のお仕事を続けておられるのか、それは分かりませんが、お互いに助け合って暮らされているような気がします」

優子を慰めると共に、自分でもそう信じたい、そう願いたいと言耶は思った。

「いえ」

ところが、意外にも優子が否定した。

「そういうお仕事には、もう就いていらっしゃらないでしょう」

「はぁ、どうしてですか」

尋ねる言耶に、少し彼女は躊躇《ちゅうちょ》しているようだったが、

「先生のことは、もちろんご信頼を申し上げております。ですからお話を致します」

「はい」

言耶が居住まいを正して拝聴する姿勢を見せるのを、優子は少し可笑《おか》しそうに見詰

めながら、

「実は兄の周作から、一年ほど前に手紙が参りました。それによりますと兄は、どうやら浮牡丹さんと一緒に暮らしているようなのです」

「そうでしたか」

「何処でどんな暮らしをしているのか、そういうことは何も書かれていませんでした。住所の表記もなく、消印から××に住んでいると窺えるだけの手紙でしたが、そこに浮牡丹さんの様子が記されていましてね。ああ、二人は同居しているのだと、私は嬉《うれ》しく思いました。ですので先生のお見立て通りだとすると、桜子さんも一緒か、もしくは近くにいらっしゃるに違いありません」

「きっとそうですよ」

安堵《あんど》めいた表情が、ふっと優子の顔に浮かんだ。

「先生」

それから彼女は、改めて真面目な顔つきになると、

「桜子さんの嫁ぎ先の飛白屋と、織介さんの妹である染子さんの嫁ぎ先の糸杉家に、敢《あ》えて取材に行かれませんでしたこと、本当にありがとうございました」

そう言って深々と頭を下げた。

「い、いやぁ、それは偶々《たまたま》で……」

「そんなこと、先生に限ってある筈ございません。私には探偵の真似事など絶対できませんが、それでも三人緋桜の秘密に気づいた時点で、その確かな証拠を手に入れるためには、この両家への取材と調査が欠かせないことくらい、よく分かります。でも両家に接触すると、どんな迷惑が桜子さんに及ぶか、またしても辛い思いを彼女にさせてしまうか、その心配が大いにあります。だから先生は、飛白屋と糸杉家へは行かれなかった――」

「やっぱり僕は、探偵には向いていませんね。最後の詰めが甘いわけですから」

言耶が照れるように、苦笑いして頭を掻いていると、

「いいえ、先生のようなお人こそ、探偵に相応《ふさわ》しいのです。そう私は思います。如何に人殺しとはいえ、そこに至る動機をちゃんと慮《おもんぱか》られて、証拠を得るためだけに犯人の人生を暴き立てることはなさらず、別の方向から事件の謎に迫られる。そういう配慮をなさりながら、探偵としての役目を全《まっと》うされている。とても立派です」

「……あ、ありがとうございます」

言耶が頭を下げ、また優子もお辞儀をするという繰り返しが続き、二人の間に小さな笑いが起こった。

お茶を替えに優子が席を立ち、言耶は窓の外の庭を眺めた。すると春風に揺れる池の草木を見ているうちに、何処からか可愛らしい少女の声が、ふと聞こえてきたよう

な気がした。

ぽんぽん、ぽんぽん……。

季節は未だ春だったが、夏のお盆の頃に咲くという合歓《ねむ》の木の花が、一部の地方ではぽんぽん花と呼ばれる薄桃色の花が、庭の池の周り一杯に咲き誇っている……。

そんな幻視に見舞われながら、いつしか一人の昔遊女の行く末に思いを馳《は》せる、刀城言耶がそこにいた。

追記

本件の第四部を辛《かろ》うじてまとめ、先の「はじめに」と第一部、第二部、第三部と一緒に整理して記録してから、もう十年近くが経った。本当なら発表できる時期がくるまで、この記録は手をつけることなく眠らせておく筈《はず》だったのだが、ここに「追記」を加えておきたい。

実は先日、性風俗研究家の尾上櫂《おのうえかい》氏の『遊廓《ゆうかく》放浪日記』に目を通していて、非常に気になる記述に出会った。本書は四年ほど前に上梓《じょうし》された著作で、実際に氏が訪れて遊んだ戦前の遊廓を全て取り上げ、それを地域毎に章立てをして紹介した廓《くるわ》探訪記である。その中で遊女の病死や心中や自殺に言及している箇所があったのだが、そこで次のような文章が目に留まり、暫《しば》し愕然《がくぜん》とした。

（前略）また桃園《ももぞの》の梅林楼《ばいりんろう》のヒサクラのように、身売りの後すぐに不慮の死を遂げてしまったが為に、その存在自体を闇に葬られた遊女もいた。

この「桃園」とは「桃苑」の誤りではないのか。そして梅林楼の「ヒサクラ」とは、漢字表記では「緋桜」になるのではないか。

尾上氏に問い合わせたかったが、残念ながら氏は一昨年の秋に他界されている。そこで版元の編集者に連絡を取ったのだが、本書に書かれている以上のことは何一つ分からなかった。

嘗《かつ》て取材した遊廓の客たちは、僕が「ヒサクラ」と言わずに「緋桜」と漢字で尋ねたため、誰もが首を振ったのだろうか。それとも「身売りの後すぐに不慮の死を遂げてしまった」ために、誰の記憶にも残っていなかったのか。いや、そもそも僕が捜していた「本当の初代緋桜」とは、この「ヒサクラ」で間違いないのだろうか。

幽女という得体の知れぬもの……。

今後、本件に関して新たな情報を摑《つか》むことがあれば、その都度「追記」として本記録に加えていきたいと思う。

主な参考文献

竹内智恵子『昭和遊女考』（未来社）
同　『鬼追い　続昭和遊女考』（同）
同　『鬼灯火の実は赤いよ　遊女が語る廓むかし』（同）
森光子『吉原花魁日記　光明に芽ぐむ日』（朝日文庫）
同　『春駒日記　吉原花魁の日々』（同）
福田利子『吉原はこんな所でございました』（ちくま文庫）
岡崎柾男『洲崎遊廓物語』（青蛙房）
日比恆明『玉の井　色街の社会と暮らし』（自由国民社）
前田豊『玉の井という街があった』（立風書房）
小林大治郎・村瀬明『みんなは知らない国家売春命令』（雄山閣）
藤野豊『性の国家管理　買売春の近現代史』（不二出版）

下川耿史・林宏樹『遊郭をみる』（筑摩書房）
上村敏彦『花街・色街・艶な街　色街編』（街と暮らし社）
木村聡『赤線跡を歩く　消えゆく夢の街を訪ねて』（ちくま文庫）
広岡敬一『戦後性風俗大系　わが女神たち』（小学館文庫）
永井良和『風俗営業取締り』（講談社選書メチエ）
加藤政洋『花街　異空間の都市史』（朝日新聞出版）
吉村平吉『吉原酔狂ぐらし』（ちくま文庫）
上原栄子『新篇　辻の華』（時事通信社）
今西一『遊女の社会史　島原・吉原の歴史から植民地「公娼」制まで』（有志舎）
F・クラウス　風俗原典研究会・編訳『名著絵題　性風俗の日本史』（河出文庫）

解説

皆川博子
（作家）

墓石の周囲は、紅《あか》い椿《つばき》が地面も見えぬほど落ち散っていました。投げ込み寺の墓所でした。訪れたのは何十年も昔なので細部は忘れましたが、深紅の波の中に立つ墓石のイメージは今も鮮烈です。

三津田信三さんのデビュー作『ホラー作家の棲《す》む家』（＊注）を読んだとき、すっかり惑わされ、かつ、魅了されました。

それ以来、刊行されるのを待ちかねて作者買いしています。『厭魅《まじもの》の如き憑《つ》くもの』で初登場した刀城言耶《とうじょうげんや》が、怪異譚《たん》を求めて各地を巡り歩く間に巻き込まれる数々の禍々《まがまが》しく不可解な事件は、その土地ならではの土俗的な風習、俗信などと絡みあっていました。彼が訪《おとな》うのは、都会を離れた閉鎖的な地です。

刀城言耶シリーズには短編集もありますが、長編だけを刊行順に羅列してみます。

『厭魅の如き憑くもの』神隠しの村とも呼ばれる神々櫛村《かがぐしむら》で起きる怪異と連続怪死事件。犠牲者は蓑笠《みのかさ》をつけた案山子《かかし》のような姿にされている。

『凶鳥《まがとり》の如き忌むもの』化け物鳥女《とりめ》の存在が伝えられる孤島、鳥憑島《とりつきじま》の異称もある鳥《とり》坏島《つきじま》で、断崖絶壁に面した逃げ場のない拝殿から、巫女《みこ》が消失する。

『首無《くびなし》の如き祟るもの』奥多摩の、怪異の伝承が多い媛首村《ひめかみむら》で起きる、妖美な首の無い屍体《したい》と犯人消失の謎。

『山魔《やまんま》の如き嗤《わら》うもの』媛首川《ひめかみがわ》の源流域神戸《ごうど》の村での、マリー・セレスト号を彷彿《ほうふつ》させる一軒家からの家族消失。見立て殺人。

『水魑《みづち》の如き沈むもの』奈良の山奥、水魑様を祀《まつ》る村々で行われる雨乞いの儀式。それに前後して起きる不可能犯罪。

人智《じんち》の及ばない怪異か。伝承やら行事やらを利用して人間が超常現象を作り出したのか。

刀城言耶は人間のわざによる部分を論理的に解き明かすけれど、読後、怪異妖気がなお澪《みお》をひきます。

『幽女の如き怨むもの』が刀城言耶シリーズの中でも異色なのは、舞台を遊廓《ゆうかく》に設定していることです。

遊廓も亦《また》、外界から隔離された閉鎖的な空間ではありますが、山間僻地《へきち》と異なり、ています。

世相の影響をもろに受けます。

本作は、戦前、戦中、戦後と、激変する三つの時代にまたがる廓町《くるわまち》の遊女屋を扱っています。

本格ミステリでは、解説のほんの一言が趣向を台無しにする恐れがありますから、どこまで記したものか筆が竦《すく》むのですが。

親本の惹句《じゃっく》の一部を引きます。

〈……三人の花魁《おいらん》が絡む不可解な連続身投げ事件。誰もいないはずの三階から聞こえる足音、窓から逆さまにのぞき込む何か……。〉

遊廓がどういうものか、組織から仕来《しきた》り、その変転まで、本書は詳しく手引きしてくれます。

吉原を模して作られた廓町桃苑《ももぞの》。その中の大見世《みせ》金瓶梅楼《きんぺいばいろう》に、将来花魁になるべく売られてきた少女桜子《さくらこ》の日記で、物語は始まります。何も知らない女の子が、ひとつひとつ知識を得てゆくその過程を、読者も共に辿《たど》ることになります。桜子が出会う怪奇な現象もまた読者の共有するところとなります。

江戸の吉原で、花魁といったら遊女の最高位。それは華やかなものでした。明治維新でいろいろ変わり、格子《こうし》越しに遊女が居並ぶかわりに写真を飾るようになり、桃苑の金瓶梅楼もそれに倣《なら》っています。

明治期の花魁の全身写真を見たことがあります。艶《あで》やかでも華やかでもありません。高々と結い上げた髪に 笄《かんざし》 をずぶずぶ挿《さ》し、金襴《きんらん》の裲襠《しかけ》を纏《まと》い、三枚歯の高下駄を履いた姿ですが、当時の女性の平均身長は今よりずっと低いため、頭でっかちで、貧弱な躰《からだ》が重い裲襠に押し潰されそうで、足元も危なっかしく見えました。

歌舞伎の舞台ですと、男性の女形《おやま》がつとめますから、たいそう見栄えがします。見事な八文字《はちもんじ》で花道を誇らかに優雅に歩む『籠釣瓶《かごつるべ》』の傾城《けいせい》八ツ橋《はし》は、花魁の理想の姿でしょう。

桜子も、理想的な花魁を脳裏に描き、憧れてさえいたのですが、たちまち現実の辛《つら》いつとめを知るようになります。

複数の男に躰を嬲《なぶ》られる。足抜け（脱走）に失敗したものは責め折檻《せっかん》。迂闊《うかつ》にも子を孕《はら》めば悲惨な堕胎を強いられる。遊女が幽女になるのも当然な環境です。

そんな中で、幽女の気配と共に奇妙な身投げ事件が三度続きます。

第二部は、戦中です。金瓶梅楼は、楼主を変え、名前を変えながら営業しています。

楼主が刀城言耶に、戦時の遊女屋の模様、そうして前の三度の事件を再現するように、またも起きた不可解な身投げ事件を語ります。

軍部の厳しい監視下、遊女屋は、死地に向かう兵士たちの唯一の慰めの場として繁盛しました。戦前とは様変《さまが》わりした遊郭のありようも、楼主の話から知ることができます。余談ですが、『真空地帯』という軍隊の内務班を扱った映画があります。野間《のま》宏の原作です。古参兵の新兵いじめが苛烈な中で、上官に逆らった兵が危険な最前線に飛ばされることになります。出発の前夜、彼は遊女屋で情の濃い一夜を過ごします。生還は不可能であろう戦地に向かう船の、暗い部屋に横たわり、彼は呟《つぶや》くように歌います。〈帰るつもりで来は来たものの　夜ごとにかわるあだまくら　色でかためた遊女でもまた格別のこともある　来てみりゃみれんで帰れない〉メロディーは「練鑑《ねりかん》ブルース」と同じです。

第三部は、戦後、怪奇小説作家佐古荘介《さこそうすけ》氏が、探偵小説専門誌『書斎の屍体』に連載する予定の原稿です。金瓶梅楼時代から代々続く奇怪な身投げ事件と幽女について調べながら、その次第を書き綴《つづ》ります。敗戦後の赤線地帯が詳細に描かれます。

『書斎の屍体』とはどのような雑誌か。

『首無の如き祟るもの』に四月号の目次が掲載されています。

並んだ作者の名前が、なんとも懐かしい。土屋隆夫《つちやたかお》、西東登《さいとうのぼる》、天藤真《てんどうしん》、梶龍雄《かじたつお》、藤本泉《ふじもとせん》……私が探偵小説に没頭し始めた頃愛読した方々ばかりではありませんか。何人かの方とは面識もあります。あ、瀬下耽《せじもたん》「無花果病《いちじくびょう》」って、これは読みたいですよ、三津田さん。

虚と実が綯《な》い交ぜられる手法は、実に楽しいです。

佐古荘介氏は、原稿に刀城言耶の言葉を引いています。

この世の全ての出来事を人間の理知だけで解釈できると断じるのは人の驕《おご》りである。

この世の不可解な現象を最初から怪異として受け入れてしまうのは人の怠慢である。

『幽女の如き怨むもの』においても、刀城言耶は、怪異現象と度重なる身投げ事件の謎を一応論理的に解き明かしますが、読後なお、幽女のあえかな跫音《あしおと》は、落ち椿のように、ひた、ひた、ひた、と読者《あなた》にまつわりつくでしょう。

＊『ホラー作家の棲む家』講談社ノベルス。文庫は『忌館《いかん》　ホラー作家の棲む家』と改題。

本書は二〇一二年四月、原書房より単行本として刊行されました。

|著者|三津田信三　編集者を経て2001年『ホラー作家の棲む家』（講談社ノベルス/『忌館《いかん》』と改題、講談社文庫）で作家デビュー。2010年『水魑《みづち》の如き沈むもの』（原書房／講談社文庫）で第10回本格ミステリ大賞受賞。本格ミステリとホラーを融合させた独自の作風を持つ。主な作品に『忌館』に続く『作者不詳』などの〝作家三部作〟（講談社文庫）、『厭魅《まじもの》の如き憑くもの』に始まる〝刀城言耶《とうじようげんや》〟シリーズ（原書房/講談社文庫）、『禍家《まがや》』に始まる〝家〟シリーズ（光文社文庫/角川ホラー文庫）、『十三の呪《じゅ》』に始まる〝死相学探偵〟シリーズ（角川ホラー文庫）、『どこの家にも怖いものはいる』に始まる〝幽霊屋敷〟シリーズ（中央公論新社/中公文庫）、『黒面の狐』に始まる〝物理波矢多〟シリーズ（文藝春秋/文春文庫）などがある。刀城言耶第三長編『首無《くびなし》の如き祟るもの』は『2017年本格ミステリ・ベスト10』（原書房）の過去20年のランキングである「本格ミステリ・ベスト・オブ・ベスト10」1位となった。

幽女《ゆうじょ》の如《ごと》き怨《うら》むもの

三津田信三《みつだしんぞう》

2015年6月12日第1刷発行
2022年3月4日第4刷発行

発行者――鈴木章一
発行所――株式会社　講談社
東京都文京区音羽2-12-21　〒112-8001
電話　出版（03）5395-3510
　　　販売（03）5395-5817
　　　業務（03）5395-3615

Printed in Japan

講談社文庫
定価はカバーに表示してあります

KODANSHA

デザイン―菊地信義
製版――株式会社新藤慶昌堂
印刷――豊国印刷株式会社
製本――加藤製本株式会社

ISBN978-4-06-293094-9

講談社文庫刊行の辞

二十一世紀の到来を目睫に望みながら、われわれはいま、人類史上かつて例を見ない巨大な転換期をむかえようとしている。

世界も、日本も、激動の予兆に対する期待とおののきを内に蔵して、未知の時代に歩み入ろうとしている。このときにあたり、創業の人野間清治の「ナショナル・エデュケイター」への志を現代に甦らせようと意図して、われわれはここに古今の文芸作品はいうまでもなく、ひろく人文・社会・自然の諸科学から東西の名著を網羅する、新しい綜合文庫の発刊を決意した。

激動の転換期はまた断絶の時代である。われわれは戦後二十五年間の出版文化のありかたへの深い反省をこめて、この断絶の時代にあえて人間的な持続を求めようとする。いたずらに浮薄な商業主義のあだ花を追い求めることなく、長期にわたって良書に生命をあたえようとつとめるところにしか、今後の出版文化の真の繁栄はあり得ないと信じるからである。

同時にわれわれはこの綜合文庫の刊行を通じて、人文・社会・自然の諸科学が、結局人間の学にほかならないことを立証しようと願っている。かつて知識とは、「汝自身を知る」ことにつきていた。現代社会の瑣末な情報の氾濫のなかから、力強い知識の源泉を掘り起し、技術文明のただなかに、生きた人間の姿を復活させること。それこそわれわれの切なる希求である。

われわれは権威に盲従せず、俗流に媚びることなく、渾然一体となって日本の「草の根」をかたちづくる若く新しい世代の人々に、心をこめてこの新しい綜合文庫をおくり届けたい。それは知識の泉であるとともに感受性のふるさとであり、もっとも有機的に組織され、社会に開かれた万人のための大学をめざしている。大方の支援と協力を衷心より切望してやまない。

一九七一年七月

野間省一

南 杏子 希望のステージ
村上 龍 愛と幻想のファシズム(上)(下)
村上 龍 村上龍料理小説集
村上 龍 村上龍映画小説集
村上 龍 新装版 限りなく透明に近いブルー
村上 龍 新装版 コインロッカー・ベイビーズ
村上 龍 歌うクジラ(上)(下)
向田邦子 新装版 眠る盃
向田邦子 新装版 夜中の薔薇
村上春樹 風の歌を聴け
村上春樹 1973年のピンボール
村上春樹 羊をめぐる冒険(上)(下)
村上春樹 カンガルー日和
村上春樹 回転木馬のデッド・ヒート
村上春樹 ノルウェイの森(上)(下)
村上春樹 ダンス・ダンス・ダンス(上)(下)
村上春樹 遠い太鼓
村上春樹 国境の南、太陽の西
村上春樹 やがて哀しき外国語

村上春樹 アンダーグラウンド
村上春樹 スプートニクの恋人
村上春樹 アフターダーク
村上春樹 佐々木マキ絵 羊男のクリスマス
村上春樹 佐々木マキ絵 ふしぎな図書館
村上春樹 糸井重里 夢で会いましょう
村上春樹・文 安西水丸・絵 ふわふわ
U・K・ル＝グウィン 村上春樹訳 空飛び猫
U・K・ル＝グウィン 村上春樹訳 帰ってきた空飛び猫
U・K・ル＝グウィン 村上春樹訳 素晴らしいアレキサンダーと、空飛び猫たち
U・K・ル＝グウィン 村上春樹訳 空を駆けるジェーン
T・ファリッシュ著 B・ルート絵 村上春樹訳 ポテト・スープが大好きな猫
群ようこ いいわけ劇場
村山由佳 天翔る
睦月影郎 密通妻
睦月影郎 快楽のリベンジ
睦月影郎 快楽ハラスメント
睦月影郎 快楽アクアリウム
向井万起男 渡る世間は「数字」だらけ

村田沙耶香 授乳
村田沙耶香 マウス
村田沙耶香 星が吸う水
村田沙耶香 殺人出産
村瀬秀信 気がつけばチェーン店ばかりでメシを食べている
村瀬秀信 それでも気がつけばチェーン店ばかりでメシを食べている
虫眼鏡 東海オンエアの動画が6.4倍楽しくなる本〈虫眼鏡の概要欄 クロニクル〉
室積 光 ツボ押しの達人
室積 光 ツボ押しの達人 下山編
森村誠一 悪道
森村誠一 悪道 西国謀反
森村誠一 悪道 御三家の刺客
森村誠一 悪道 五右衛門の復讐
森村誠一 悪道 最後の密命
森村誠一 ねこの証明
毛利恒之 月光の夏
森 博嗣 すべてがFになる〈THE PERFECT INSIDER〉
森 博嗣 冷たい密室と博士たち〈DOCTORS IN ISOLATED ROOM〉
森 博嗣 笑わない数学者〈MATHEMATICAL GOODBYE〉

講談社文庫　目録

講談社文庫　目録

森　博嗣　ツベルクリンムーチョ〈The cream of the notes 9〉
森　博嗣　追懐のコヨーテ〈The cream of the notes 10〉
森　博嗣　100人の森博嗣〈100 MORI Hiroshies〉
森　博嗣　的を射る言葉〈Gathering the Pointed Wits〉
森　博嗣　カクレカラクリ〈An Automaton in Long Sleep〉
森　博嗣　DOG&DOLL
森　博嗣　森には森の風が吹く〈My wind blows in my forest〉
諸田玲子　其《そ》の一《いち》日《にち》
諸田玲子　森家の討ち入り
森　達也　「自分の子どもが殺されても同じことが言えるのか」と叫ぶ人に訊きたい
森　達也　すべての戦争は自衛から始まる
本谷有希子　腑抜けども、悲しみの愛を見せろ
本谷有希子　江利子と絶対〈本谷有希子文学大全集〉
本谷有希子　あの子の考えることは変
本谷有希子　嵐のピクニック
本谷有希子　自分を好きになる方法
本谷有希子　異類婚姻譚
本谷有希子　静かに、ねぇ、静かに
茂木健一郎　「赤毛のアン」に学ぶ幸福《しあわせ》になる方法
茂木健一郎 with ダイアログ・イン・ザ・ダーク　まっくらな中での対話
森川智喜　キャットフード
森川智喜　スノーホワイト
森川智喜　一つ屋根の下の探偵たち
森林原人　セックス幸福論〈偏差値78のAV男優が考える〉
桃戸ハル編・著　5分後に意外な結末〈ベスト・セレクション〉
桃戸ハル編・著　5分後に意外な結末〈ベスト・セレクション　黒の巻・白の巻〉
桃戸ハル編・著　5分後に意外な結末〈ベスト・セレクション　心震える赤の巻〉
森　功　高倉健〈隠し続けた七つの顔と「謎の養女」〉
望月麻衣　京都船岡山アストロロジー
山田風太郎　甲賀忍法帖〈山田風太郎忍法帖①〉
山田風太郎　伊賀忍法帖〈山田風太郎忍法帖③〉
山田風太郎　忍法八犬伝〈山田風太郎忍法帖④〉
山田風太郎　風来忍法帖〈山田風太郎忍法帖⑪〉
山田風太郎　新装版 戦中派不戦日記
山田正紀　大江戸ミッション・インポッシブル〈顔役を消せ〉
山田正紀　大江戸ミッション・インポッシブル〈幽霊船を奪え〉
山田詠美　晩年の子供
山田詠美　A《エイ》2《トゥ》Z《ズィ》
山田詠美　珠玉の短編
柳家小三治　ま・く・ら
柳家小三治　もひとつま・く・ら
柳家小三治　バ・イ・ク
山口雅也　垂里冴子のお見合いと推理
山口雅也　落語魅捨理《ミステリ》全集〈坊主の愉しみ〉
山本一力　深川黄表紙掛取り帖
山本一力　牡丹酒〈深川黄表紙掛取り帖(二)〉
山本一力　ジョン・マン1　波濤編
山本一力　ジョン・マン2　大洋編
山本一力　ジョン・マン3　望郷編
山本一力　ジョン・マン4　青雲編
山本一力　ジョン・マン5　立志編
椰月美智子　十二歳
椰月美智子　しずかな日々
椰月美智子　ガミガミ女とスーダラ男
椰月美智子　恋愛小説
柳　広司　キング&クイーン
柳　広司　怪談

柳　広司　ナイト&シャドウ
柳　広司　幻　影　城　市
柳　広司　風神雷神 (上)(下)
薬丸　岳　闇　の　底
薬丸　岳　虚　夢
薬丸　岳　刑事のまなざし
薬丸　岳　逃　走
薬丸　岳　ハードラック
薬丸　岳　その鏡は嘘をつく
薬丸　岳　刑事の約束
薬丸　岳　Aではない君と
薬丸　岳　ガーディアン
薬丸　岳　刑事の怒り
薬丸　岳　天使のナイフ〈新装版〉
矢野龍王　箱の中の天国と地獄
山崎ナオコーラ　論理と感性は相反しない
山崎ナオコーラ　可愛い世の中
山田芳裕　へうげもの　一服
山田芳裕　へうげもの　二服

山田芳裕　へうげもの　三服
山田芳裕　へうげもの　四服
山田芳裕　へうげもの　五服
山田芳裕　へうげもの　六服
山田芳裕　へうげもの　七服
山田芳裕　へうげもの　八服
山田芳裕　へうげもの　九服
山田芳裕　へうげもの　十服
山田芳裕　へうげもの　十一服
山田芳裕　へうげもの　十二服
矢月秀作　A《ア》C《ク》T《ト》〈警視庁特別潜入捜査班〉
矢月秀作　A《ア》C《ク》T《ト》2 告発者〈警視庁特別潜入捜査班〉
矢月秀作　A《ア》C《ク》T《ト》3 掠奪〈警視庁特別潜入捜査班〉
矢野　隆　清正を破った男
矢野　隆　我が名は秀秋
矢野　隆　戦《いくさ》始末
矢野　隆　乱
矢野　隆　長篠の戦い〈戦百景〉
矢野　隆　桶狭間の戦い〈戦百景〉

山本　弘　僕の光輝く世界
山内マリコ　かわいい結婚
山本周五郎　さ　ぶ〈山本周五郎コレクション〉
山本周五郎　白石城死守〈山本周五郎コレクション〉
山本周五郎　完全版 日本婦道記 (上)(下)〈山本周五郎コレクション〉
山本周五郎　戦国武士道物語 死《し》處《しょ》〈山本周五郎コレクション〉
山本周五郎　戦国物語 信長と家康〈山本周五郎コレクション〉
山本周五郎　幕末物語 失　蝶　記〈山本周五郎コレクション〉
山本周五郎　逃亡記 時代ミステリ傑作選〈山本周五郎コレクション〉
山本周五郎　家族物語 おもかげ抄〈山本周五郎コレクション〉
山本周五郎　繁《しげ》　あ　ね〈美しい女たちの物語〉
山本周五郎　雨　あ　が　る〈映画化作品集〉
柳田理科雄　スター・ウォーズ 空想科学読本
柳田理科雄　MARVEL マーベル空想科学読本
靖子靖史　空《くう》色《しき》カンバス〈瑞《ずい》空《くう》寺《じ》凸《でこ》凹《ぼこ》縁《えん》起《ぎ》〉
安本由佳・山本理沙　不機嫌な婚活
山中伸弥・平尾誠二・惠子　友　情〈平尾誠二と山中伸弥「最後の約束」〉
夢枕　獏　大江戸釣客伝 (上)(下)
唯川　恵　雨　心　中

講談社文庫　目録

2021年12月15日現在